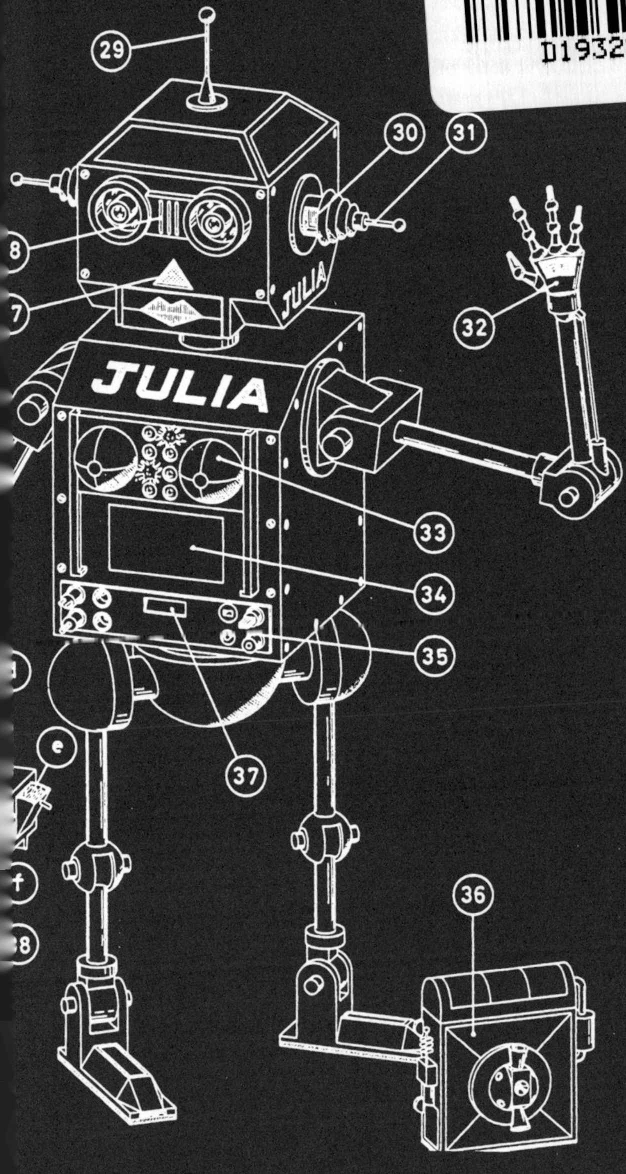

Zeichnung: Bernard Stoessel

Perry Rhodan

Raumschiff in Fesseln

Perry Rhodan

Raumschiff in Fesseln

Pabel-Moewig Verlag KG, Rastatt

www.moewig.de
Redaktion: Hubert Haensel
Titelillustration: Johnny Bruck
Druck und Bindung: GGP Media, Pössneck
Printed in Germany 2003
www.perry-rhodan.net
ISBN 3-8118-4060-6

Vorwort

Eine Faszination von PERRY RHODAN ist die endlose Weite, die nur darauf wartet, dass wir Menschen uns aufmachen, sie zu erforschen. Es begann mit der Landung der STARDUST auf dem Mond – tatsächlich nur ein kleiner Schritt – und führte über den Vorstoß in unsere Nachbargalaxis Andromeda weiter in immer neue und aufregendere Fernen. Bislang unbekannte Lebensformen und faszinierende astronomische Phänomene, was gibt es nicht alles zu entdecken, je weiter wir uns von der Heimat entfernen?

Hier und heute ist es die Besatzung der SOL, des größten von Menschen je gebauten Raumschiffs, die eine beispiellose, bereits 38 Jahre währende Odyssee durchlebt. Perry Rhodan und seine Gefährten suchen im Dschungel der Sterne nach der Milchstraße. Auch Odysseus suchte einst den Weg zurück nach Ithaka und ließ sich von seiner Sehnsucht treiben. Er schaffte es, nach 19 Jahren wieder eine vertraute Küste zu erreichen. Für die Männer und Frauen an Bord der SOL schlägt das Schicksal jedoch nach doppelt so langer Zeit unbarmherzig zu …

Ich wünsche mir, dass Sie diese Abenteuer genießen wie ich einst die Fahrt von Odysseus und bald darauf die der SOL!

Die in diesem Buch enthaltenen Originalromane sind: *Verkünder des Sonnenboten* (706) von H. G. Francis; *Der Arenakämpfer* (707) von H. G. Ewers; *Zwischenspiel auf Saturn* (708) von Clark Darlton; *Stahlfestung Titan* (709) von William Voltz; *Raumschiff in Fesseln* (710) von Hans Kneifel; *Die Unendlich-Denker* (711) von Ernst Vlcek sowie *Am Rand der 7. Dimension* (712) von H. G. Francis.

Ich bedanke mich bei allen Lesern, die mit ihren Zuschriften zeigen, dass sie regen Anteil an der zukünftigen Geschichte der Menschheit nehmen.

Hubert Haensel

Zeittafel

1971/84 Perry Rhodan erreicht mit der STARDUST den Mond und trifft auf die Arkoniden Thora und Crest. Mit Hilfe der arkonidischen Technik gelingen die Einigung der Menschheit und der Aufbruch in die Galaxis. Geistwesen ES gewährt Rhodan und seinen engsten Wegbegleitern die relative Unsterblichkeit. (HC 1–7)

2040 Das Solare Imperium entsteht und stellt einen galaktischen Wirtschafts- und Machtfaktor ersten Ranges dar. In den folgenden Jahrhunderten folgen Bedrohungen durch die Posbis sowie galaktische Großmächte wie Akonen und Blues. (HC 7–20)

2400/06 Entdeckung der Transmitterstraße nach Andromeda; Abwehr von Invasionsversuchen von dort und Befreiung der Völker vom Terrorregime der Meister der Insel. (HC 21–32)

2435/37 Der Riesenroboter OLD MAN und die Zweitkonditionierten bedrohen die Galaxis. Nach Rhodans Odyssee durch M 87 gelingt der Sieg über die Erste Schwingungsmacht. (HC 33–44)

2909 Während der Second-Genesis-Krise kommen fast alle Mutanten ums Leben. (HC 45)

3430/38 Das Solare Imperium droht in einem Bruderkrieg vernichtet zu werden. Bei Zeitreisen lernt Perry Rhodan die Cappins kennen. Expedition zur Galaxis Gruelfin, um eine Pedo-Invasion der Milchstraße zu verhindern. (HC 45–54)

3441/43 Die MARCO POLO kehrt in die Milchstraße zurück und findet die Intelligenzen der Galaxis verdummt vor. Der Schwarm dringt in die Galaxis ein. Gleichzeitig wird das heimliche Imperium der Cynos aktiv, die am Ende den Schwarm wieder übernehmen und mit ihm die Milchstraße verlassen. (HC 55–63)

3444 Die bei der Second-Genesis-Krise gestorbenen Mutanten kehren als Bewusstseinsinhalte zurück. Im Planetoiden Wabe 1000 finden sie schließlich ein dauerhaftes Asyl. (HC 64–67)

3456 Perry Rhodan gelangt im Zuge eines gescheiterten Experiments in ein paralleles Universum und muss gegen sein negatives Spiegelbild kämpfen. Nach seiner Rückkehr bricht in der Galaxis die PAD-Seuche aus. (HC 68–69)

3457/58 Perry Rhodans Gehirn wird in die Galaxis Naupaum verschlagen. Auf der Suche nach der heimatlichen Galaxis gewinnt er neue Freunde. Schließlich gelingt ihm mit Hilfe der PTG-Anlagen auf dem Planeten Payntec die Rückkehr. (HC 70–73)

3458/60 Die technisch überlegenen Laren treten auf den Plan und ernennen Perry Rhodan gegen seinen Willen zum Ersten Hetran der Milchstraße. Rhodan organisiert den Widerstand, muss aber schließlich Erde und Mond durch einen Sonnentransmitter schicken, um sie in Sicherheit zu bringen. Doch sie rematerialisieren nicht am vorgesehenen Ort, sondern weit entfernt von der Milchstraße im »Mahlstrom der Sterne«. Den Terranern gelingt es nur unter großen Schwierigkeiten, sich in dieser fremden Region des Universums zu behaupten. (HC 74–80)

3540 Auf der Erde greift die Aphilie um sich, die Unfähigkeit des Menschen, Gefühle zu empfinden. Perry Rhodan, die Mutanten und andere gesund Gebliebene beginnen an Bord der SOL eine Reise ins Ungewisse – sie suchen den Weg zurück in die Milchstraße. (HC 81)

Prolog

Wir schreiben das 36. Jahrhundert.

In der Milchstraße herrschen die Laren. Lordadmiral Atlan konnte einem Teil der Menschheit in der Dunkelwolke Provcon-Faust eine sichere Zuflucht schaffen und das Neue Einstein'sche Imperium gründen. Doch auf Dauer in Isolation zu leben ist nichts für Atlan und die Menschen. Als ein fremdes Raumschiff erscheint und der Verkünder des Sonnenboten die Freiheit verspricht, erwacht neue Hoffnung …

An Bord des Fernraumschiffs SOL haben Perry Rhodan und seine Gefährten nach beinahe 40 Jahren Odyssee endlich die Position der Milchstraße gefunden. Doch ein letzter Stopp bringt Unheil über die Besatzung – und dann werden SVE-Raumer der Laren gesichtet. Gibt es eine Verbindung zur heimatlichen Galaxis?

Milchstraße
3580

1.

»Ein Lichtstrahl wird kommen und die Galaxis durchdringen. Er wird euer Dasein erhellen, und in ihm wird die Freiheit neu geboren werden.«

Aranes, Prophet, im Jahr 3560, anlässlich der Einweihung des Vhrato-Galakteons von Sol-Town (Gäa)

»Ich brauche ein Gleitertaxi, Mann. Weil ich möglichst viel von Sol-Town sehen will. Ich komme nicht alle Tage in die Hauptstadt.«

»Nach rechts halten, Alter. Der Antigrav bringt Sie nach oben.«

»Danke. Vhrato möge Ihnen auf die Schulter klopfen, sobald er nach Sol-Town kommt.«

»Mit Vhrato scherzt man nicht, Mister.«

»Habe ich das getan?« Der weißhaarige Besucher humpelte weiter, bis ihn das Antigravfeld erfasste und zum Gleiterterminal emportrug. Ohne zu zögern, stieg er in die nächste Maschine.

Das Randgebiet von Sol-Town fiel unter dem Gleiter zurück. Aus der Höhe waren die drei Ringsegmente der Stadt deutlich zu erkennen. Im Zentrum erhoben sich die Verwaltungs- und Geschäftsgebäude der großen Industrien, der Banken und Versicherungsgesellschaften. Ein breiter Grüngürtel trennte die City von den Vergnügungs- und Einkaufsstätten.

Der Weißhaarige warf nur einen flüchtigen Blick auf die Wohninseln des äußeren Rings. Sol-Town trug alle Kennzeichen einer durchgeplanten Stadt. Die Wohn- und Geschäftsgebäude, Stadien und Vergnügungspaläste waren Werke der fantasievollsten Architekten von Gäa.

»Ich benötige eine Interkomverbindung.« Der Alte nannte eine Kennung. Gleich darauf erschien die Holoprojektion eines männlichen Gesichts. Wasserhelle Augen blickten ihm überrascht entgegen.

»Kaiser Karl – bei allen Provcon-Geistern, was suchen Sie in Sol-Town? Ich glaubte, Sie jagen zu dieser Jahreszeit Großwild am Nordpol.«

»Irrtum, Vancon, ich bewundere soeben unsere neue Hauptstadt aus der Luft.«

»... und wie finden Sie Sol-Town?«

»Hübsch, Commander, wirklich. Aber ich fürchte, hier gibt es kein Bier.«

»In Sol-Town wird ein Bier serviert, das besser ist als alles, was es je auf der Erde gab.« Tabhun lachte. »Ich lade Sie ein. Der Gleiter bringt Sie zu mir, positronische Peilung und so. Am besten, Sie überlassen das mir.«

Nur Minuten vergingen bis zur Landung. Als Karl den Ausstieg öffnete, eilte ein hochgewachsener Mann auf ihn zu. Langes blondes Haar umwehte sein Gesicht.

»Hallo, Kaiser!«, rief er und streckte lachend die Hand aus.

»Wo gibt es das Bier?«, war die ganze Antwort.

Der Kommandant zog Kaiser Karl, der über seine morschen Knochen jammerte, durch ein erleuchtetes Portal. Ein Roboter zählte ihnen die angebotenen Vergnügungen auf.

Vancon Tabhun führte den Weißhaarigen in eine schummrig erleuchtete Bar. Obwohl nur wenig Gäste die Theke belagerten, setzten sie sich in eine Nische.

»Was ist das?« Kaiser Karl deutete kopfnickend auf ein kleines Gerät mitten auf dem Tisch. »Eine Transmitterimitation?«

»Bewahre!«, entgegnete der Kommandant. »Wir befinden uns in der Transmitterbar. Passen Sie auf!« Seine Finger tippten rhythmisch auf die Tischplatte. Zwischen den miniaturisierten Transmittersäulen entstand ein schwarzes Transportfeld, und Sekunden später materialisierte ein Glas Bier.

»Bestellen Sie mir auch eins!«, bat Kaiser Karl.

»Das ist für Sie.« Der Oberst orderte ein zweites Glas. »Zum Wohl, Kaiser Karl.« Er prostete dem Alten zu.

»Lassen wir das Förmliche!«

»Danke, Kaiser.«

»Auf deine Gesundheit, Vancon!« Kaiser Karl nahm einen tiefen Schluck, wischte sich dann mit dem Handrücken den Schaum vom Mund. »Das Leben ist langweilig geworden«, seufzte er. »Ich fürchte, dass mir die Pensionierung nicht bekommt. Ich will wieder hinaus ins All und fremde Planeten sehen ...«

Tabhun lächelte. »Wenn jemand genug Geld für eine solche Privatreise hat, dann wohl du.«

»Ich habe etwas mehr ausgegeben als zuträglich. Deshalb bin ich ja in die neue Hauptstadt gekommen.«

»Das verstehe ich nicht.«

Die nächsten beiden Biere orderte Kaiser Karl. »Ich war zu einem Organgeschäft gezwungen«, sagte er unvermittelt.

»Organgeschäft? Du scherzt. So etwas gab es früher.«

»Heute auch noch. Die Mediziner brauchen wieder Organe für die Mucys.«

»Ausgeschlossen, Kaiser. Multi-Cyborgs sind synthetisch gezüchtete Lebensformen. Für die braucht niemand Organe.«

»Eben doch, Vancon. Die Herstellung der Cyborg-Gehirne stößt auf enorme Schwierigkeiten. Die Biochemiker und Biophysiker unserer Neuen Menschheit gehen deshalb bei der Produktion der Mucys den Weg des geringsten Widerstands. Sie integrieren in das hochwertige Zellgewebe der synthetischen Gehirne siganesische Mikropositroniken.«

»Davon habe ich gehört, Kaiser.«

»Aber das ist nicht immer möglich. Bei gewissen Einsätzen würden die Energieschwingungen der Positronik einen Mucy verraten.«

»Das ist klar. Aber was hast du damit zu tun? Du bist ein alter Mann.«

»So alt auch nicht, Vancon. 146 Jahre sind nicht viel.« Kaiser Karl hustete gequält. »Aber zurück zum Thema: Für solche Cyborgs verwenden die Konstrukteure organische Zellverbindungen aus den Plasmavorräten der Hundertsonnenwelt, aber auch Hirngewebe kürzlich verstorbener Menschen.«

»Ach, und du ...?«

Kaiser Karl lächelte. »Meine Großmutter sagte immer: Junge, sieh zu, dass du irgendwie überlebst. Sie selbst hat das zwar nicht geschafft, aber ich ...? Einfach abwarten.«

»Verdammt, Kaiser, ist das ein Leben? Als Gehirnteil eines Mucys zu existieren ...« Vancon Tabhun schüttelte sich.

»Ich brauche Geld, und die Mucy-Meister geben es mir, sobald ich unterschrieben habe. Danach mache ich ein Fass Bier auf. Und ich lade dich und deine Offiziere heute schon dazu ein.«

»Tut mir Leid, Kaiser, aber wir müssen ablehnen.«

»Unsinn. Das gibt es nicht.«

»Wir haben einen Spezialauftrag.«

»Außerhalb der Provcon-Faust?«

»Da die Information ohnehin nicht in die Galaxis gelangen kann: Du hast Recht.«

»Aber damit verstößt der Lordadmiral gegen den mit dem Konzil ausgehandelten Status quo«, sagte Kaiser Karl besorgt. »Unsere Feinde warten nur darauf, dass wir die Provcon-Faust verlassen. Einem Kerl wie Leticron käme das gerade recht. Für ihn wäre ein solches Unternehmen Anlass, massiv gegen die Menschheit vorzugehen.«

»Glaube mir, Kaiser, Atlan setzt das Neue Einstein'sche Imperium nicht ohne weiteres aufs Spiel. Er weiß, was er tut. Außerdem spielt Leticron heute kaum noch eine Rolle. Sein Nachfolger soll ein anderer, weniger harter und grausamer Hetran sein, aber das weiß niemand genau.«

Kaiser Karl kratzte sich ungeniert. »Dennoch, Vancon, lieber einmal mehr darüber nachgedacht.«

»Atlan hat das bestimmt getan. Er geht kein unkalkuliertes Risiko ein.«

Kaiser Karl trank hastig. Seine Hand zitterte. Hart stellte er das Glas auf den Tisch zurück. »Tu mir einen Gefallen, Vancon – nimm mich mit!«

»Was hast du gesagt?«

»Ich sagte, nimm mich mit!«, wiederholte Kaiser Karl. Gleichzeitig schlug er sich mit der flachen Hand auf den Oberschenkel und sagte drohend: »Benimm dich!«

»Ich verstehe weder das eine noch das andere.« Vancon blickte sein Gegenüber verwirrt an.

»Eines würde schon genügen«, seufzte der Alte. »Ich halte es auf Gäa nicht mehr aus. Ich will noch einmal hinaus in die Galaxis, bevor ich als Gehirnfragment in einem Cyborg mein Dasein beschließe.«

»Kaiser, Alter, das ist vollkommen unmöglich. Ich kann dich nicht mitnehmen.«

»Nichts ist wirklich unmöglich. Diese Feststellung traf schon meine Großmutter, und sie war eine ungeheuer kluge Frau.«

Oberst Tabhun verzog die Mundwinkel. »Wie lange ist es her, dass du die Milchstraße gesehen hast?«

»Ungefähr hundertzwanzig Jahre, Vancon. Das war im Land der Dreemer, wo ich mein Bein verlor.« Karl kratzte sich am Oberschenkel.

»Du hast ein neues Bein bekommen, Kaiser?«

»Ja, aber was für eins! Es nimmt sich Frechheiten heraus.«

Tabhun lachte. »Hundertzwanzig Jahre sind eine verdammt lange Zeit, Kaiser. Trotzdem kann ich nichts für dich tun.«

Kaiser Karl schob das leere Glas in den Miniaturtransmitter zurück und wartete darauf, dass es entmaterialisierte. »So ist das«, sagte er resignierend. »Sobald man alt wird, muss man verzichten. Ich habe mich wohl damit abzufinden. Obwohl meine Großmutter immer sagte: Gib nie auf, Junge! – Wie heißt dein Schiff, Vancon?«

»Es ist der Schwere Kreuzer DOOGEN. Sobald wir zurück sind, lade ich dich an Bord ein. Dann lernst du meine Mannschaft kennen.«

»Wann startet das Schiff?«

»Morgen, Kaiser. Deshalb kein weiteres Bier mehr. Ohnehin habe ich noch eine Besprechung mit Atlan.« Vancon Tabhun erhob sich. Er klopfte Kaiser Karl wohlwollend auf die Schulter. »Vielleicht ergibt sich doch noch eine Möglichkeit für dich«, sagte er tröstend. Aber das klang nur ausweichend.

»Bestimmt, Vancon«, sagte der Alte schwer. »Irgendeine Möglichkeit findet sich immer.«

Robeyn Woys öffnete die Wohnungstür und blickte fragend auf den weißhaarigen Mann, der leicht schwankend vor ihm stand.

»Was kann ich für Sie tun?«

»Sie sind Ingenieur Woys? Natürlich. Ich muss mit Ihnen reden.« Kaiser Karls Aussprache wirkte ein wenig schwerfällig. »Darf ich eintreten?«

»Bitte«, entgegnete Woys befremdet. Er wollte nicht unhöflich sein, zumal er eine gewisse Neugierde nicht leugnen konnte.

Kaiser Karl ging mit unsicheren Schritten auf einen Antigravsessel zu und ließ sich hineinsinken. Ächzend streckte er die Beine aus.

»Was kann ich für Sie tun?«, fragte der Ingenieur erneut.

»Verzeihen Sie, Sir, mir fällt das Reden schwer. Mein Hals ist ausgetrocknet. Haben Sie etwas zu trinken? Übrigens: Karl, Kaiser Karl mein Name.«

»Möchten Sie einen Schluck Wasser?«

»Nein, das nicht.«

Der Ingenieur holte zwei Gläser Fruchtsaft. Karl nippte nur daran. »Schießen Sie los«, forderte Woys ihn auf. »Ich habe nicht allzu viel Zeit.«

»Ich will Sie auch nicht lange aufhalten.« Mit einem Ausdruck von Missfallen musterte Kaiser sein Glas. »Sie sind Ingenieur und arbeiten im Wartungsteam der DOOGEN?«

»Wir führen notwendige Reparaturen aus. Warum fragen Sie?«

Kaiser Karl kratzte sich am Bein. Er streckte es aus und spannte die Muskeln an. Dann legte er es ächzend über das andere. »Verdammtes Biest.« Klatschend schlug er mit der flachen Hand auf den Schenkel.

»Ist Ihnen nicht wohl?«

»Doch, doch. Das Bein will nur nicht immer so wie ich. Es ist ein Organtransplantat, verstehen Sie? – Ach ja, ich wollte eigentlich fragen, ob Sie mich in Ihr Team aufnehmen.«

»Sie?« Robeyn Woys reagierte ungläubig. Er blickte Kaiser abschätzend an und schüttelte den Kopf. »Sie machen zwar den Eindruck, als ob Sie in einer für Ihr Alter beachtlichen Form wären, aber das Team ist komplett.«

»Ich zahle gut.«

Woys' Augen weiteten sich. »Jetzt begreife ich. Sie erwarten, dass ich Sie an Bord bringe und dort zurücklasse? Nein, das kommt überhaupt nicht in Frage.« Der Ingenieur stand auf. »Unser Gespräch ist beendet.«

»Hören Sie, Mister Woys, ich will doch nur ...«

»Nein.«

»Lassen Sie bitte mit sich reden.«

»Nein.«

»Ihr letztes Wort?« Kaiser Karl erhob sich. Er musste sich an der Sessellehne abstützen. Dann hinkte er zur Tür. Dort blieb er stehen und schaute dem Ingenieur in die Augen. »Ich glaube, mir ist nicht gut.«

»Ich würde eher sagen, Sie haben sich Mut angetrunken, bevor Sie zu mir kamen.«

»Vielleicht können wir uns doch einigen?«

Robeyn Woys schüttelte stumm den Kopf.

»Dann jedenfalls danke für den Saft.« Der Alte tippte grüßend mit dem Zeigefinger an die Stirn und ging. Erst ein Stück weit entfernt blieb er stehen, schlug mit der flachen Hand auf sein rechtes Bein und fluchte.

»Deinen Traum von den Sternen kannst du vergessen«, sagte er leise zu sich selbst.

Lordadmiral Atlan erhob sich hinter seinem Arbeitstisch, als Oberst Vancon Tabhun gemeinsam mit einem Adjutanten eintrat. Er reichte dem Kommandanten die Hand.

Tabhun ist nicht der richtige Mann für diesen Auftrag, meldete sich sein Extrahirn. Atlan war überrascht. Er konnte sich nicht erklären, weshalb der absolut nüchtern denkende Sonderteil seines Hirns zu dieser Feststellung gelangt war.

Warum nicht?, dachte er zurück.

Er ist zu schön.

Das mindert seine Qualifikation nicht.

Oberst Tabhun ahnte nichts von dem stummen Zwiegespräch Atlans mit sich selbst. Er setzte sich, als der Arkonide ihm Platz anbot. Atlan missachtete die Warnung seines Logiksektors, obwohl er sich sonst intensiv mit derartigen Bemerkungen auseinander setzte. Der Kommandant sah in der Tat ungewöhnlich gut aus. Das goldblonde Haar umrahmte ein schmal geschnittenes Gesicht mit klaren Linien, hellen Augen und einem etwas zu vollen Mund.

»Oberst«, begann der Arkonide, »Sie wissen, dass sich die Situation in der Galaxis in den vergangenen einhundertzwanzig Jahren beruhigt hat. Nach dem Verschwinden der Erde ist alles anders geworden. Wir haben einen akzeptablen Status quo mit dem Konzil erreicht, und wir planen auch nicht, diese Situation entscheidend zu verändern. Die Neue Menschheit fühlt sich wohl auf Gäa. Dennoch können wir nicht dauerhaft auf Informationen aus der Milchstraße verzichten.« Atlan unterbrach sich, weil der Adjutant jedem Kaffee einschenkte. »In der Provcon-Faust sind wir vor dem Konzil sicher, weil niemand ohne Hilfe der Vincraner die Energiewirbel durchfliegen kann. Und die Vincraner stehen fest auf unserer Seite. Wir können uns also vorsichtig in die Galaxis hinaustasten, ohne allzu viel zu riskieren. Wie wir wissen, wurden inzwischen alle Strafplaneten aufgelöst. Das heißt aber nicht, dass in der Galaxis keine Terraner mehr leben, ob frei oder als Sklaven. Aber darüber liegen uns so gut wie keine Informationen vor. Ihre Aufgabe, Oberst Tabhun, wird es sein, in der Milchstraße Nachforschungen nach Terranern und Terra-Abkömmlingen anzustellen. Ebenso hinsichtlich der anderen galaktischen Völker. Über Arkoniden, Akonen, Springer, Aras, Blues sollte alles erfasst werden, was zu erfahren ist. Ich erwarte zwar nicht, dass diese Gruppen Schwierigkeiten bereiten werden, aber das kann niemand mit letzter Gewissheit sagen. Darüber hinaus müssen Sie die strategischen Schwerpunkte des Konzils in der Galaxis aufspüren. Leider haben sich unsere Hoffnungen auf die Untersuchungskommission der Greikos nicht erfüllt. Wir sind daher zu dem Schluss gekommen, dass wir auf lange Sicht wieder gegen das Konzil antreten müssen. Aber das ist nicht Ihre Aufgabe.«

»Für das alles werde ich viel Zeit benötigen, Lordadmiral. Jede kämpferische Auseinandersetzung wäre da fehl am Platz.«

»Richtig, Oberst. Aber die schwierigste Aufgabe habe ich Ihnen noch nicht genannt. Sie müssen ins Solsystem vorstoßen und einen Mann abholen, der seit Jahren als geheimer Beobachter für uns arbeitet. Sein Name ist Kalteen Marquanteur.«

Atlan trank einen Schluck Kaffee. Dabei überlegte er kurz, ob er dem Oberst erklären sollte, dass sich hinter dem Namen Marquanteur sein früherer Stellvertreter, der Zellaktivatorträger Ronald Tekener, verbarg. Er verwarf den Gedanken sofort wieder. Tabhun durfte nur die unbedingt nötigen Informationen haben. Was er nicht wusste, konnte er im Fall eines Misserfolgs auch nicht verraten.

Atlan erhob sich. »Ich hoffe, damit ist alles geklärt. Sie erhalten alle die Unterlagen schriftlich. Vernichten Sie das Material, sobald Sie es durchgearbeitet haben.« Er reichte dem Kommandanten die Hand. »Und hüten Sie sich vor den Überschweren. Leticron wartet vermutlich nur darauf, dass wir gegen den Status quo verstoßen.«

»Vielen Dank«, sagte Kaiser Karl. »Es ist nicht nötig, dass Sie mich begleiten. Ich finde mich schon zurecht.«

»Gleich rechts um die Ecke, dort ist es.« Die alte Dame blickte Karl wartend an. Sie hoffte, dass er sie auffordern würde, ihm Gesellschaft zu leisten.

»Ich finde es wirklich allein.« Er verneigte sich linkisch und humpelte weiter. An der Gebäudeecke blickte er zurück. Die Frau stand wie angewurzelt immer noch auf dem gleichen Fleck. Sie winkte und bedeutete ihm, dass er nach rechts gehen sollte. Kaiser Karl eilte weiter.

Das Hochhaus ruhte auf einem kantigen Sockel und schraubte sich wie eine Spirale bis zu den tief hängenden Wolken hinauf. Kaiser Karl stand vor einer halbhohen Mauer aus nordgäanischem Kalkgestein. Zwanzig Meter entfernt parkte ein großer Reparaturgleiter. Robeyn Woys, der Ingenieur, verließ gerade die Materialkammer der Maschine und eilte ins Gebäude. Zwei weitere Männer verschwanden mit ihm.

Kaiser legte die Hände auf die Mauerkrone, zog sich hinauf und schwang sich auf die andere Seite. Eilig lief er auf den Gleiter zu, kletterte in den Laderaum und drückte sich hinter einem positronischen Konvertertester an die Wand. Er zog die Beine an und umschlang sie mit beiden Armen. Dann wartete er. Minuten verstrichen, bis sich Stimmen näherten. Karl erkannte Robeyn Woys. Er versuchte, jetzt weniger hastig zu atmen. Der kurze Lauf hatte ihn doch mehr angestrengt, als er zugegeben hätte.

Die Männer blieben vor dem Laderaum stehen. Sie redeten über Belanglosigkeiten. Kaiser schwitzte. Er schnaufte immer noch und fürchtete, sich zu verraten.

Plötzlich wurde es still draußen.

Kaiser Karl versteifte sich. Hatten die Männer ihn entdeckt? Dann war seine letzte Chance verspielt, auf die DOOGEN zu gelangen.

Endlich fiel die Tür zu. Karl hörte, dass die Männer um den Gleiter herumgingen. Erleichtert streckte er die Beine aus.

Die Maschine hob ab.

Minuten später drangen die Geräusche eines startenden Raumschiffs herein. Das war der Moment, in dem Karl erstmals an seinen in aller Eile zusammengetragenen Informationen zweifelte. Hatte er sich geirrt, wurde der Gleiter gar nicht an Bord der DOOGEN erwartet?

Irgendwo in der Nähe glitt ein großes Schleusenschott auf. Kaiser Karl lauschte angestrengt. Also doch! Alle Anzeichen deuteten darauf hin, dass der Gleiter an Bord eines Schiffs einflog. Das konnte nur die DOOGEN sein. Kaum spürbar setzte die Maschine auf.

Kaiser Karl wartete, bis sich die Männer entfernten, dann kroch er zur Tür und öffnete sie einen Spaltbreit. Er befand sich wirklich in einem Hangar. Nur zwanzig Schritte entfernt stand eine Space-Jet.

Lautlos schob er sich nach außen und spähte um die Ecke. Niemand war zu sehen. Er eilte auf die andere Seite – und fuhr erschrocken zurück. Kaum drei Meter vor ihm kniete ein Mann auf dem Boden vor einem quadratischen Loch und arbeitete an mehreren Steckverbindungen. Er wandte ihm den Rücken zu.

Kaiser Karl prallte zurück, duckte sich wieder hinter den Gleiter, zog die Stiefel aus und eilte auf die Space-Jet zu. Er hatte sie fast erreicht, als das Hauptschott geöffnet wurde. Stimmen erklangen. Mit einem verzweifelten Satz warf Karl sich in die Schleuse der Jet. Er stürzte, konnte aber im letzten Moment verhindern, dass die Stiefel auf den Boden polterten. Dabei prellte er sich die Schulter. Vom Schmerz fast betäubt, blieb er liegen, bis sich Schritte näherten. Auf allen vieren verließ er die Schleuse nach innen und suchte hinter einem Pfeiler klägliche Deckung.

Jemand betrat die Jet.

Karl hielt den Atem an, als ein Mann kaum einen Meter an ihm vorbeiging, ohne ihn zu bemerken. Der andere schwang sich in den Liftschacht und ließ sich nach oben tragen.

Auf Zehenspitzen huschte Kaiser Karl weiter zu einem Mannschott. Der Zugang führte zu den Sprungfeldgeneratoren.

Nicht gerade gemütlich, aber besser als nichts, dachte er. Er betrat den Raum und setzte sich auf einen der Hochenergiewandler. Er tastete seine Jackentaschen ab, fand eine Zigarettenpackung und zog eine Vitaminzigarette heraus. Doch als er sie zwischen die Lippen stecken wollte, kamen ihm Bedenken. Der Geruch konnte ihn verraten, falls jemand wider Erwarten hier erschien.

Eine Stunde verstrich. Dann glitt das Schott wieder auf. Im letzten Moment zog Karl sich hinter einen Generatorblock zurück. Ein Techniker begann, den Hochenergiewandler zu prüfen.

Fassungslos sah Kaiser Karl zu. Er hatte keine Ahnung, was diese ungewöhnliche Aktion bedeutete. Normalerweise wurden Beiboote in der Werft inspiziert.

Nach geraumer Zeit wandte sich der Techniker dem nächsten Aggregat zu. Kaiser Karl glaubte, sich ausrechnen zu können, dass der Spezialist ihn in einigen Stunden entdecken würde. Das Warten wurde zur Qual.

Irgendwann wandte der Mann sich dem Generator zu, hinter dem Karl kauerte. In diesem Moment näherten sich Schritte.

»Alles klar, Ryot?« Das war die Stimme von Ingenieur Woys.

»Alles klar. Nur das eine Aggregat fehlt noch.«

»Das hat Zeit bis später. Wir brauchen deine Hilfe.«

Der Monteur verließ die Kammer, und Karl richtete sich vorsichtig auf. Lautlos suchte er sich ein neues Versteck.

Nur Minuten später kehrte der Techniker zurück. Spätestens jetzt hätte er den blinden Passagier entdeckt.

Eine halbe Stunde verstrich. Dann war Kaiser Karl wieder allein. Er streckte sich und zweifelte nicht mehr daran, dass er es wirklich geschafft hatte. Er wusste nur noch nicht, ob er sich wirklich an Bord der DOOGEN befand.

2.

Als das Raumschiff startete, hielt Kaiser Karl es nicht mehr im Generatorraum aus. Er hoffte einfach, dass sich außer ihm niemand an Bord des Space-Jet aufhielt.

Im Antigravschacht ließ er sich nach oben in die Zentrale tragen. Er war wirklich allein.

Über den Servo versorgte er sich mit einem Frühstück aus heißem Kaffee, gebratenen Eiern und Speck. Bislang hatte er noch keine Gelegenheit gehabt, etwas zu essen. Er nahm im Sessel des Funkleitoffiziers Platz. Die Holoschirme bauten sich auf. Über den Informationskreis des Mutterschiffs konnte Karl nun eine Fülle von Daten beziehen. Sehr schnell stand fest, dass er wirklich an Bord der DOOGEN gelangt war.

Karl war mit sich und der Welt zufrieden.

Kurz nachdem Lordadmiral Atlan die Nachricht erhalten hatte, dass drei Vincraner an Bord der DOOGEN gegangen waren, um das Schiff aus der Provcon-Faust auszufliegen, wurde ihm ein Nachtrag zu Artikel 29 der Gäa-Gesetze übermittelt.

Artikel 29 legte fest, dass die Neue Menschheit des Neuen Einstein'schen Imperiums – kurz NEI genannt – als Symbol der Verbundenheit mit Terra die Zeitrechnung der verschollenen Erde beibehielt. Atlan hatte stets diese Regelung befürwortet, die von einigen Gegnern leidenschaftlich bekämpft worden war. Vor allem die jüngeren Generationen plädierten für eine gäanische Zeitrechnung, die mit der Landung des ersten terranischen Raumschiffs auf Gäa begann. Sie hatten sich nicht durchsetzen können.

Der Arkonide als unumschränktes Oberhaupt des NEI setzte seine positronische Signatur unter die Datei: *Lordadmiral Atlan, Gäa, Sol-Town, 10.8.3580.*

Dann wechselte er in ein Forschungszentrum im zweiten Ring von Sol-Town über. Er landete seinen Gleiter in einem weiten Innenhof.

»Vorsicht, Sir!«, brüllte jemand, als er ausstieg.

Ein Überschwerer rannte auf ihn zu, in der Armbeuge einen schweren Thermostrahler. Ein zweiter Überschwerer folgte. Der Arkonide sprang im letzten Moment vor den beiden Kolossen zur Seite. Der Boden bebte unter der Wucht ihrer Schritte.

Völlig unerwartet wirbelte der fliehende Überschwere herum, riss seine Waffe hoch und feuerte auf den Verfolger. Der war fast heran, tauchte gedankenschnell unter dem Energiestrahl hinweg und warf sich mit einem gewaltigen Sprung vorwärts. Seine Rechte entriss dem anderen den Strahler, die Linke schlug wie eine Dampframme ins Gesicht des Gegners. Der lachte nur und setzte sich zur Wehr.

Die Umweltangepassten droschen aufeinander ein, ohne sich vom Fleck zu bewegen. Fast schienen sie mit dem Untergrund verwachsen zu sein. Doch änderte sich die Situation blitzschnell. Einer von beiden setzte einen Hamakathgriff an und schleuderte den anderen kraftvoll zu Boden, wobei er es ihm unmöglich machte, sich abzurollen. Dennoch brach sich der Unterlegene nicht das Genick, weil er seinen Nacken im letzten Moment mit den angewinkelten Armen schützte. Nur benommen blieb er liegen und bäumte sich auf, als der Gegner glaubte, leichtes Spiel zu haben. Seine Beine schlangen sich um die Hüften des anderen, seine Fäuste prallten mit voller Wucht gegen die Brust des Gegners. Und mit diesem Hieb schien er eine entscheidende Stelle getroffen zu haben, denn der Mann sank ächzend auf die Knie. Weder schnell noch entschlossen genug versuchte er, einen weiteren Angriff auf sich abzuwehren. Ein sonnengebräunter blonder Mann näherte sich Atlan.

»Es ist gut, Kertan Tigentor«, sagte er. »Gehen Sie ins Haus zurück. Sie auch, Vross Barratill.«

Die beiden Überschweren gehorchten. Ohne Lordadmiral Atlan zu beachten, verschwanden sie im Innern des Forschungsgebäudes.

»Entschuldigen Sie, Sir, das sollte keine Demonstration sein«, sagte der Blonde. »Es handelte sich um eine kurzfristig angesetzte Übung. Wir glaubten, sie rechzeitig vor Ihrem Eintreffen abschließen zu können.«

»Schon gut, Menniger«, erwiderte Atlan. »Es hat mich interessiert, die Mucys kämpfen zu sehen. Sie scheinen gut gelungen zu sein.«

»Wir sind zufrieden, Sir.«

Der Arkonide blickte auf sein Chronometer. »Ich will mich nicht lange aufhalten. Die Besprechung findet eine halbe Stunde später statt.«

»Das kommt uns gelegen, Sir. Wir sind ohnehin zeitlich knapp.«

Der Lordadmiral reichte dem Chemotechniker die Hand, stieg wieder in seinen Gleiter und startete. Firt Menniger kehrte ins Forschungsgebäude zurück.

Die beiden Überschweren erwarteten ihn. Aus einem nebenan liegenden Ruheraum kam ein weiterer Überschwerer herüber. Schweigend blickten sie Menniger an.

»Wie fühlt ihr euch?«, fragte der Techniker.

»Ausgezeichnet«, antwortete Kertan Tigentor. Die beiden anderen nickten zustimmend.

»Ich fühle leichte Schmerzen in der Schulter«, erklärte Vross Barratill. »Jedoch sind keine Schäden feststellbar.«

»Damit habe ich auch nicht gerechnet«, sagte Menniger abweisend. »Knochenbrüche sind so gut wie ausgeschlossen.« Übergangslos fuhr er fort: »Eure Aufgabe ist fest umrissen. Findet den Überschweren Leticron und tötet ihn, bevor es ihm gelingen kann, sich eine neue Machtposition in der Galaxis aufzubauen – falls das nicht schon geschehen sein sollte.«

»Und wenn es so ist?«, fragte Barratill. »Wenn er schon wieder ein Machtfaktor ist?«

»Dann ändert das nichts, in so einem Fall ist es noch wichtiger für euch, den Auftrag konsequent zu erledigen.«

Menniger verließ den Raum. Die drei Multi-Cyborgs blieben allein zurück.

»Warum benimmt er sich manchmal so?«, fragte Barratill. »Ich verstehe ihn nicht.«

»Er meint es nicht böse«. Tigentor erhob sich und öffnete die Tür zu einer Hygienekabine. Er legte seine Kombination ab und stellte sich in die Waschzelle. Mit Reinigungsmitteln versetztes Wasser übersprühte seinen makellos gewachsenen Körper. »Manchmal tut Firt Menniger so, als ob wir keine Menschen wären«, sagte er laut, um das Rauschen zu übertönen. *»Sind wir Menschen?«* Er streckte seinen kantigen Kopf durch das tosende Wasser und blickte die beiden anderen Multi-Cyborgs herausfordernd an. Sie blickten stolz zurück.

»Natürlich«, erwiderte Ertyn Grammlond. »Wenngleich wir zurzeit die grünhäutigen Masken der Überschweren tragen.«

»Das ändert nichts«, erklärte Barratill. »Wir sind nur so ausgestattet worden, weil wir sonst keine Chance hätten, uns Leticron zu nähern. Wenn es stimmt, was Menniger von ihm erzählt hat, muss er ein wahrer Teufel sein.«

»Du glaubst, Menniger hat gelogen?«, fragte Grammlond überrascht.

»Wenn er es getan hat, dann bestimmt nicht absichtlich«, antwortete Barratill. »Ich kann mir nicht vorstellen, dass er so etwas tun würde. Vielleicht wollte er uns nur auf die Probe stellen, als er diese Dinge über Leticron erzählte.«

»Leticron muss jedenfalls ein wichtiger Mann sein«, stellte Tigentor fest. Er verließ die Kabine, nachdem ihn ein heißer Luftstrom abgetrocknet hatte. Ruhig legte er seine Kleidung wieder an. »Glaubt ihr wirklich, Atlan würde uns mit den Mutanten vereinen wollen?«

Barratill lächelte. »Es muss ein wundervolles Gefühl sein, so eng mit einem Mutanten verbunden zu sein, dass du eins mit ihm wirst. Ich glaube, ich werde mit Wuriu Sengu zusammengehen.« Er erhob sich und atmete tief ein. Seine Augen leuchteten.

»Ich gestehe, dass mich Mennigers Vertrauen stolz macht.«

»Nicht Menniger«, verbesserte Tigentor. »Lordadmiral Atlan hat die Entscheidung getroffen.«

Tigentor vollführte einen Hamakath-Schattenkampf gegen einen unsichtbaren Gegner. »Atlan geht ein ungeheuer großes Risiko ein. Er bricht die mühsam ausgehandelten Vereinbarungen mit dem Konzil, weil die Neue Menschheit nicht für alle Zeiten in der Provcon-Faust eingesperrt sein will, und wir müssen uns um die Brüder und Schwestern kümmern, die noch in der freien Galaxis leben.« Er blieb stehen und blickte die beiden anderen Multi-Cyborgs an. »Ist euch eigentlich klar, wie viel Vertrauen Atlan uns wirklich schenkt? Und wisst ihr, welche Verantwortung wir haben? Falls wir gefangen werden und herauskommt, dass wir zum Neuen Einstein'schen Imperium gehören, wird Lordadmiral Atlan Schwierigkeiten bekommen. Er muss sich voll auf uns verlassen können, sonst scheitert sein Unternehmen.« Er führte den Schattenkampf fort. »Denkt einmal darüber nach, warum Atlan uns für diesen wichtigen Einsatz ausgesucht hat. Uns, Kertan Tigentor, Vross Barratill und Ertyn Grammlond. Wir haben die Chance, uns auf den ersten Seiten der Geschichte des NEI zu verewigen. Was wollen wir mehr? Keiner von uns hat Grund, wegen seiner *Herkunft* Komplexe zu entwickeln. Im Gegenteil.«

Ertyn Grammlond sprang auf und stellte sich Tigentor zum Kampf. Sie fochten miteinander, ohne sich zu berühren. Barratill beobachtete sie, und ein stolzes Lächeln umspielte seine Lippen.

Dass Lordadmiral Atlan sie nicht allein, sondern gemeinsam mit den Altmutanten Tako Kakuta, Wuriu Sengu und Betty Toufry in die Galaxis hinausschicken würde, bedachte er nicht. Und selbst wenn, wäre ihm die tiefere Bedeutung dieser Entscheidung vermutlich nicht aufgefallen.

Als Lordadmiral Atlan erneut im Innenhof des Forschungszentrums eintraf, erwartete ihn Projektleiter Professor Dr. Arnok Kamma schon.

»Alles ist vorbereitet«, sagte der Wissenschaftler. »Menniger wird die drei Mucys zu den Mutanten bringen.«

»Ausgezeichnet, Arnok.« Der Arkonide reichte dem Professor die Hand.

Kamma führte seinen Gast ins Haus.

»Wir sind mit dem Ergebnis unserer Arbeit außerordentlich zufrieden«, berichtete er. »Selten gelingt es, theoretische Überlegungen so präzise und schnell umzusetzen.«

Sie betraten einen Raum, der mit bequemen Sitzmöbeln, einem Tisch und Kommunikationsgeräten ausgestattet war. An einer Wand hingen 3-D-Fotos, die der Professor von den Landschaften Gäas gemacht hatte. »Wir können sagen, dass alle Versuche abgeschlossen sind«, erklärte Kamma. »Nun müssen sich die Mucys im harten Einsatz bewähren.«

Atlan griff nach einem Modell, das auf dem Tisch stand. Es veranschaulichte das Wesen der Multi-Cyborgs als synthetisch gezüchtete Lebensform. Dabei konnte von einer wirklichen *Intelligenz* nicht die Rede sein, obwohl die Multi-Cyborgs über einen Grundintellekt verfügten, der sie befähigte, im Rahmen eines Auftrages folgerichtig zu handeln. Obwohl sie sich als Menschen fühlten, waren sie das nicht wirklich.

»Wird sich ihre Intelligenz jemals beträchtlich steigern lassen?«, fragte Atlan.

»Darauf kann ich noch keine abschließende Antwort geben. Vorerst stößt die Produktion der Cyborg-Gehirne noch auf nahezu unüberbrückbare Schwierigkeiten. Wir sind auf positronische Zusatzhirne angewiesen. Bei Barratill und den beiden anderen haben wir Teile von Gehirnen Verstorbener verwendet, aber es gibt klare Grenzen. Ich glaube noch nicht daran, dass im Laufe der nächsten Jahrhunderte ein Durchbruch erzielt werden kann, der uns Genies züchten ließe.«

»Das wäre vermutlich auch kein Segen für das NEI.«

»Wahrscheinlich nicht. Augenblicklich ist uns wichtiger, dass die Mucys gut ausgebildet werden und es gelingt, sie zu integrieren. Kein Cyborg darf das Gefühl haben, als Außenseiter oder Monstrum angesehen zu werden.«

»Leider geschieht das immer wieder.«

»Das liegt in der Natur des Homo sapiens. Es wird stets Menschen geben, die den Cyborgs Verachtung zeigen, weil sie selbst unsicher sind. Aber selbst wenn ein Cyborg die Körpergröße eines Ertrusers oder Haluters hat, wird es nie eine Entladung aufgestauter Aggressionen geben. Wir prägen ihre Gehirne so, dass sie stets höflich bleiben.«

»Es sei denn, dass andere Eigenschaften für einen Einsatz benötigt werden.«

»Genau.« Professor Dr. Kamma blickte auf sein Chronometer. »Wir sind so weit. Wollen Sie selbst mit den Mucys sprechen?«

Der Arkonide erhob sich. »Ich werde ihnen ihre Aufgabe erklären. Es ist natürlich möglich, dass Kalteen Marquanteur Leticron bereits ausgeschaltet hat, aber das spielt vorerst keine Rolle. Die Multi-Cyborgs müssen so oder so ins Solsystem. Vermutlich werden wir lange Zeit nichts mehr von ihnen hören.«

»Haben Sie festgelegt, welches System die DOOGEN zunächst anfliegt?«

Atlan lächelte. »Oberst Tabhuns erstes Ziel ist nicht sehr weit entfernt«, sagte er ausweichend.

Wie alle Vakulotsen war der Vincraner dünn, als habe er seit Monaten nicht mehr richtig gegessen. Sein lang gezogener Schädel war fast haarlos. Mit großen grünen Augen, die einen seltsamen Kontrast zu der schneeweißen Haut bildeten, blickte er Oberst Tabhun an. Zusammen mit zwei Begleitern hatte er die DOOGEN aus der Provcon-Faust herausgeführt.

»Danke«, sagte Tabhun schlicht. Ohne die Hilfe der Vincraner hätte das Schiff niemals die freie Galaxis erreicht. Noch gab es keine Geräte, die Ähnliches leisten konnten wie die mutierten Sinne der Lemurernachfahren. Nur sie fanden den Weg durch die sich ständig verändernden Energiewirbel. Sie waren sich ihrer besonderen Fähigkeit ebenso wie der Abhängigkeit des NEI von ihnen bewusst, aber seit mehr als einhundertzwanzig Jahren hatten sich keine Schwierigkeiten mehr ergeben. Man verstand sich, wenngleich nie ein wirklich freundschaftliches Verhältnis zwischen ihnen und dem NEI entstanden war.

»Bitte«, entgegnete der Vincraner nicht weniger knapp.

Die drei Vakulotsen entmaterialisierten. Sie würden zurückkommen, sobald Tabhun sie bei seiner Rückkehr rief.

Die DOOGEN beschleunigte mit Höchstwerten. Sie raste ins Ungewisse und drang in das vom Konzil beherrschte Gebiet ein.

Vancon Tabhun betrachtete den Panoramaschirm, der ein Meer von Sonnen zeigte. In der Nähe des Zentrums der Galaxis standen die Sterne außerordentlich dicht.

Jeder bewunderte dieses einzigartige Bild. Endlich konnte die Besatzung des Schweren Kreuzers sehen, wie die Sterne außerhalb der Provcon-Faust wirklich waren. Diesen Eindruck hatten weder Filme noch 3-D-Fotografien vermitteln können.

Einhundertzwanzig Jahre sind eine lange Zeit, dachte Tabhun. *Keiner von uns ist so alt.*

Hätte ihm zu diesem Zeitpunkt jemand mitgeteilt, dass sich ein Mann an Bord befand, dem dieser Anblick vertraut war, er hätte die Meldung vermutlich als schlechten Witz abgetan.

Die Provcon-Faust war vielleicht das beste Versteck in der gesamten Galaxis. Es hatte jedoch den Nachteil, dass seine Staubhülle die Sterne verdeckte. Im Innenraum der Wolke gab es nur zweiundzwanzig Sonnen, die sehr dicht standen und viel Licht spendeten. Aber einem Vergleich mit der sprühenden Helligkeit des galaktischen Zentrums konnten sie nicht standhalten.

Fast bedauerte Oberst Tabhun es, als die DOOGEN zum Linearflug überging. Es würde nicht mehr lange dauern, bis er auf einem fremden

Planeten stand und den Sternenhimmel direkt bewundern konnte. Er empfand diesen Gedanken wie jemand, der nach langer Abwesenheit in seine Heimat zurückkehrt. Dabei war er nie in seinem Leben außerhalb der Dunkelwolke gewesen. Die Ereignisse aus der Zeit vor einhundertzwanzig Jahren kannte er nur aus den Schulungsprogrammen.

»Es wurde Zeit, dass wir unsere Ansprüche anmelden«, murmelte er kaum hörbar.

Auf Gäa war er geboren worden. Gäa war das Machtzentrum des NEI. Mit dem Planeten identifizierte er sich ebenso wie die anderen an Bord. Das änderte aber nichts an seinem Gefühl, jetzt in eine Galaxis zurückzukehren, die von einer fremden Macht unrechtmäßig beherrscht wurde. Die Milchstraße war und blieb die Heimat der Menschen.

Vancon Tabhun empfand diesen Zustand als bedrückend. Für ihn stand fest, dass die Neue Menschheit dem Konzil neue Bedingungen abringen musste. Die Menschen mussten wieder frei sein, sie konnten nicht ewig unter einer Bedrohung existieren.

Und wenn es tatsächlich mit Hilfe des Sonnenboten geschieht, dachte er. *Irgendwann muss die Macht des Konzils gebrochen werden.*

Er fragte sich, woher die Gerüchte über den Sonnenboten stammten. Gab es Vhrato wirklich oder war er nur eine Erfindung, die Zentralfigur einer Pseudoreligion?

Vancon Tabhun erhob sich und verließ die Hauptleitzentrale. Seine Gedanken schweiften ab zum Caldohra-System. Prompt fragte er sich, ob die Bewohner dort auch an Vhrato glaubten oder ob es den Vhratoismus nur in der Provcon-Faust gab.

»Wahrscheinlich hat niemand eine Ahnung vom Sonnenboten«, seufzte er, als er sich in den Antigravschacht schwang.

Die DOOGEN blieb auf dem 17. Planeten des Caldohra-Systems zurück. Kommandant Tabhun flog mit einer Space-Jet zu den inneren Planeten.

»Nummer sechs und sieben waren zur Zeit des Solaren Imperiums Kolonialplaneten«, erklärte er. Dabei blickte er zu Captain Pete Woreman hinüber, der am Waffenleitstand saß. Sergeant Al Larris bediente die Funk- und Ortungsgeräte.

»Ich bin gespannt, was von den früheren Einrichtungen übrig geblieben ist«, sagte Woreman.

In schneller Fahrt näherte sich das kleine Raumschiff dem siebten Planeten.

»Ortung negativ, Sir. Keine anderen Raumschiffe im System«, meldete der Sergeant.

Ferisshon erwies sich als unwirtliche Welt mit niedrigen Durchschnittstemperaturen. In den lang gestreckten Tälern hatten sich einst die terranischen Kolonisten angesiedelt.

Sergeant Larris schüttelte den Kopf. »Nichts, absolut nichts. Keine Anzeichen einer Zivilisation, Sir. Da unten lebt niemand mehr.«

Vancon Tabhun schwieg. Er flog die Space-Jet in einen engen Orbit um den Planeten. Dann ließ er sie absinken und näherte sich einer größeren Stadt. Aus einigen tausend Metern Höhe war deutlich zu erkennen, dass sie unbewohnt war. Und es sah nirgends anders aus.

Die Space-Jet kehrte in den Weltraum zurück, beschleunigte und näherte sich dem sechsten Planeten.

»Ich bin gespannt, wie es auf Fretiklia aussieht«, sagte Captain Woreman. »Die Voraussetzungen waren dort besser. Die Bevölkerung war achtmal so groß wie die von Ferisshon.«

»Vielleicht sind die Siedler von Ferisshon nach Fretiklia übergesiedelt.«

»Das ist möglich, es scheint aber doch unwahrscheinlich.«

Aus großer Entfernung wies die Welt Ähnlichkeit mit der verschollenen Erde auf. Sie hob sich blau leuchtend vom schwarzen Hintergrund des Alls ab. Weiße Wolkenschleier überzogen das Äquatorgebiet.

Je näher die Space-Jet dem Planeten kam, desto deutlicher wurden die Unterschiede. Der Anteil der Meere an der Gesamtoberfläche war noch größer als auf der Erde. Die Kontinente verliefen hauptsächlich in westöstlicher Richtung, waren vielfach aufgerissen und von zahllosen Inselgruppen aufgelockert.

»Energieortung!«, meldete Sergeant Larris. »Da unten gibt es noch Kraftstationen geringer Kapazität.«

Der Kommandant ließ die Jet in die Atmosphäre des Planeten eintauchen und näherte sich einem Gebiet, das der Sergeant bestimmt hatte. Ausgedehnte Wälder zogen sich über Inseln und kleine Kontinente hinweg. Sie schienen aus riesigen Blättern zu bestehen, die ohne Stamm direkt aus dem Boden hervorwucherten. Aber dieser Eindruck täuschte, wie Tabhun bald feststellte, als die Jet über ein vulkanisches Gebiet hinwegglitt. Ein Vulkan hatte mit Gesteins- und Lavamassen Schneisen in die umliegenden Wälder gerissen. Deshalb konnte Tabhun deutlich erkennen, dass die Blätter auf einem Unterbau aus vielfach verästelten Stämmen ruhten, die ein nahezu undurchdringliches Dickicht bildeten.

Die Blätter waren so groß, dass auf ihnen wiederum Büsche und kleinwüchsige Bäume wuchsen.

»Sehen Sie, dort!«, rief Captain Woreman, als sie eine Insel überflogen.

Eine Herde von Tieren, etwa so groß und so schwer wie terranische Elefanten, trottete gemächlich über eine Blattfläche hinweg.

Minuten später kamen die ersten Gebäude der Stadt in Sicht, die Sergeant Larris entdeckt hatte. Oberst Tabhun landete die Jet im Zentrum eines der kreisrunden Blätter. Vorsichtig setzte er das Raumschiff auf, ständig darauf gefasst, dass es durchbrechen würde. Doch die Pflanze hielt der extremen Belastung stand.

»Prüfen Sie den Unterbau, Captain!«, befahl der Kommandant. »Wir müssen wissen, ob wir die Jet hier stehen lassen können.«

Woreman verließ die Zentrale mit einigen Messgeräten. Er kehrte schon nach wenigen Minuten zurück und teilte mit: »Auf dem Blatt könnte ein Hochhaus errichtet werden, Sir. Es würde vermutlich auch einen Kreuzer tragen. Keine Gefahr für die Jet.«

Tabhun schaltete das Triebwerk ab. Das Raumschiff stand auf dem seltsamsten Landeplatz, den man sich vorstellen konnte. Etwa zwanzig Meter entfernt begann ein Wald. Blühende Büsche bildeten zudem dichtes Unterholz.

Der Oberst verließ die Zentrale, sank im Antigravschacht nach unten und öffnete das Schleusenschott. Captain Woreman und Sergeant Larris folgten ihm. »Eine schöne Welt«, sagte der Captain.

»Das soll sich erst noch erweisen«, entgegnete Tabhun nüchtern. »Wir wissen nicht, was Laren und Überschwere aus diesem Planeten gemacht haben, nur weil hier einmal terranische Siedler lebten. Sehen wir uns die Stadt also aus der Nähe an. Sie, Sergeant, bleiben hier und sichern die Jet.« Er bemerkte Larris' enttäuschtes Gesicht und lächelte. »Sie werden später Gelegenheit erhalten, sich umzusehen. Und denken Sie an die anderen an Bord der DOOGEN, von denen hat noch keiner eine fremde Welt betreten.«

»Ich werde dir helfen, die Zeit zu verkürzen«, sagte eine krächzende Stimme hinter ihnen.

Vancon Tabhun fuhr abrupt herum. Fassungslos blickte er auf die hagere Gestalt, die in der Schleuse stand.

»Was … was, zum Teufel, treiben Sie hier?«, fragte er keuchend.

Kaiser Karl lachte fröhlich. »Aber Vancon, hast du schon vergessen, dass wir Freunde sind?«

Der Pensionär humpelte aus der Schleuse hervor und streckte dem

Kommandanten die Hand entgegen. Oberst Tabhun übersah sie. Mit eisigem Blick fixierte er Kaiser Karl.

»Das werden Sie noch bereuen, Mister«, erklärte er drohend. »Sergeant, sperren Sie den Mann ein!«

Larris legte Kaiser Karl die Hand auf die Schulter.

»Darf ich bitten«, sagte er spöttisch. »Wir haben ein fabelhaftes, fensterloses Zimmer für Sie. Es wird Ihnen gut gefallen.«

»Vancon, was soll das?«, schnaubte der Alte ärgerlich. »Ich habe nicht vor, deine Kreise zu stören. Von mir aus kannst du mich später auf dieser Welt zurücklassen. Sieh doch ein, dass es sinnlos ist, einen alten Kerl wie mich zu bestrafen.«

»Es gibt Vorschriften, und an denen lässt sich nicht rütteln.«

»Ich verstehe nicht, wie der Alte unbemerkt an Bord gelangen konnte«, sagte Captain Woreman.

Sie standen am Blattrand, etwa hundert Meter von der Space-Jet entfernt. Vor ihnen wuchs eine grüne Wand rund zwanzig Meter hoch auf. Sie bildete jedoch keine geschlossene Barriere, sondern war an vielen Stellen aufgeplatzt und zeigte tiefe Risse. Durch die Spalten konnte Tabhun zum nächsten Blatt hinübersehen. Es lag etwa sieben Meter höher als das, auf dem er stand. Deshalb zeigte sich, dass es etwa sechs Meter dick war. Unter dem Blatt herrschte nahezu undurchdringliche Dunkelheit. Der Blick reichte dort kaum zwei Meter weit. Weiße Pflanzentriebe bildeten ein verfilztes Dickicht.

Woreman kletterte an kleinen Vorsprüngen und quer liegenden Stämmen zum benachbarten Blatt hinüber. Tabhun folgte ihm.

»Ich wäre nicht mehr überrascht, wenn die Siedler ihre Stadt auf solchen Blättern errichtet hätten«, sagte der Oberst.

»Das stünde aber doch im Widerspruch zu unseren Informationen.«

»Die sind hundertzwanzig Jahre alt.«

Antilopenähnliche Tiere flüchteten vor ihnen und verschwanden zwischen den Rissen und Schründen im Blattrand.

»Kennen Sie den blinden Passagier?«, fragte der Captain unvermittelt.

»Das Thema sollte erledigt sein«, erwiderte Tabhun abweisend.

»Verzeihung, Sir.«

Der Oberst nickte nur und wich einem flachen Hügel aus, der von kleinen grünen Insekten wimmelte. Wenig später konnte er auf das nächste Blatt sehen und entdeckte das erste halb verfallene Gebäude.

Vorsichtig stieg er über einige Baumstämme hinweg, die eine primitive Brücke zwischen den beiden Blättern bildeten. Er zog seinen Kombistrahler und justierte ihn auf Paralysewirkung. Als er über die Schulter zurückblickte, stellte er fest, dass der Captain sich ebenfalls auf einen möglichen Zwischenfall vorbereitete.

Tabhun erwartete nicht, wirklich freundlich empfangen zu werden. Vor einhundertzwanzig Jahren waren von hier aus noch Informationen nach Gäa geflossen, zunächst zu einer Zwischenstation außerhalb der Dunkelwolke und weiter via Kurier nach Gäa. Die Städte auf diesem Planeten waren mit höchstem Komfort ausgestattet gewesen. Das alles konnte kaum in so relativ kurzer Zeit verschwunden sein.

Das Holzhaus lag am Rande einer Siedlung, die sich über mehrere Blätter erstreckte. Das erkannte der Oberst, als er direkt davor stand, denn die nächsten drei Blätter befanden sich auf niedrigerem Niveau. Überall waren ähnliche Gebäude errichtet worden. Dazwischen ein gelber Turm, der offenbar aus einem widerstandsfähigen Kunststoff bestand. In geringer Entfernung von ihm standen drei größere Gebäude, kuppelförmig und mit Antennen verschiedener Art versehen.

»Die Stadt scheint unbewohnt zu sein«, erkannte Woreman. »Warum lebt hier niemand?«

Oberst Tabhun stieß die Tür des ersten Hauses auf. Ein kleines, mausähnliches Tier floh vor ihm. Er trat ein. Durch die verdreckten Fenster drang nur wenig Licht in den Innenraum. An den Wänden hingen Holos. Ein flauschiger Belag bedeckte den Boden. Möbel waren nicht vorhanden.

Tabhun durchquerte den Vorraum und öffnete nacheinander mehrere Türen, während Captain Woreman an der Haustür stehen blieb und hin und wieder hinausblickte.

»Schon seit Jahren verlassen«, stellte der Kommandant fest. »Trotzdem wirkt alles, als wollten die Bewohner bald zurückkehren. Seltsam.«

Er ging wieder nach draußen und betrat das nächste Gebäude. Es war ein kleiner Bungalow mit vier Räumen, einer automatischen Küche, Hygienekabine und kleinem Vorratskeller. Die noch teilweise vorhandenen Möbel waren in Plastikfolien eingeschweißt worden. Eine faustgroße Spinne hatte ihr Netz quer durch den Raum gespannt.

Der Captain fand in der Küche ein tiefgefrorenes Steak. Er riss die selbsterhitzende Verpackung auf, und schon nach wenigen Sekunden breitete sich verführerischer Bratenduft aus. Woreman probierte von dem Fleisch.

»Es ist einwandfrei«, sagte er erstaunt.

Die Stadt auf den Blättern wurde immer rätselhafter. Tabhun trat auf die Terrasse hinaus und blinzelte in die rote Sonne. »Etwas stimmt hier nicht. Aber was, Captain?«

»Ich bin überfragt, Sir.«

Tabhun rieb sich das Kinn. »Hoffentlich ist Fretiklia keine Falle der Überschweren.«

»Wie meinen Sie das?«

»Leticron wartet nur darauf, dass Atlan die Bedingungen des Status quo verletzt. Falls er herausgefunden hat, dass auf Fretiklia einst alle wichtigen Informationen aus der Galaxis zusammenliefen und weitergeleitet wurden, muss er dann nicht annehmen, dass Atlan gerade hier ansetzen wird, sobald er sein Versteck verlässt?«

»Vielleicht«, antwortete Woreman unsicher.

»Wir müssen vorsichtig sein.« Von seinem Standort aus konnte er einen weiteren Bereich der Stadt überblicken. Er sah Tiere in den Straßen herumstreunen. Ansonsten lag die Stadt wie ausgestorben.

3.

»Hören Sie das?« Vancon Tabhun blieb an einem Baum stehen und lauschte. Leise Musik klang zu ihnen herüber. »Da sind Menschen, Pete.«

Captain Woreman nickte. »Sie müssen beim Turm sein.«

Oberst Tabhun ging voraus. Er hielt sich in der Deckung von Häusern, Büschen oder Bäumen und pirschte sich an die Quelle der Geräusche heran. In unmittelbarer Nähe des Turms sah er den ersten Mann. Der Fremde war groß, muskulös und trug über seiner Kleidung einen blauen, auf dem Rücken mit einer goldenen Sonne verzierten Umhang. Vom Dach eines Hauses aus beobachtete er das Geschehen am Turm. Niemand konnte ungesehen an ihm vorbeikommen.

Vancon Tabhun deutete zur Seite. »Wir gehen nach rechts«, raunte er. »Vielleicht haben wir dort bessere Chancen.«

Sie eilten zwischen einigen halb verfallenen Häusern hindurch auf einen Platz zu, der früher als Abstellfläche für Gleiter gedient haben mochte. Dort war ihr Weg vorerst zu Ende. Der Boden war eingebrochen, die dicke Blattschicht an dieser Stelle verfault.

»Die Bewohner dieser Stadt haben es sich mit ihren Abfällen einfach gemacht.« Der Oberst deutete auf Sielgitter an den Straßenrändern. Die eingebrochene Stelle ließ erkennen, dass jemand mit einem Desintegrator Schächte in das Blatt gebohrt hatte. Abfälle und Regenwasser wurden so in die Tiefe geleitet. Unter der verlassenen Stadt lag vermutlich eine gewaltige Abfall- und Schutthalde.

»Sie haben ihre eigene Umwelt verseucht«, stellte Woreman verständnislos fest. »Sie mussten doch erkennen, dass sie damit alles unter dem Blatt zerstören.«

»Anzunehmen ...« Tabhun führte den Captain um zwei Häuser herum. Sie kletterten über eine Mauer hinweg und gerieten erneut in eine Gasse, die zum Turm führte. Die Anwohner dieses Weges hatten die Blattoberfläche mit einer dünnen Kunststoffschicht überzogen und sie dadurch fester und haltbarer gemacht, ihr aber auch die Möglichkeit der Atmung genommen. Die fatale Auswirkung dessen erkannten Tabhun und Woreman erst, als es schon zu spät war.

Sie hatten sich dem Turm bis auf etwa hundert Meter genähert und sahen vor sich eine Menschenmenge im Bereich des zentralen Gebäudes versammelt. Auf einem Podest stand ein ebenfalls mit einem blauen Umhang bekleideter Mann. Er redete mit pastoraler Betonung auf etwa hundert Männer und Frauen ein. In der rechten Hand hielt er einen Degen mit gebogener Klinge, mit der linken ein antilopenartiges Tier, dessen vier Beine mit Riemen zusammengebunden waren.

»Haben Sie das gehört, Pete?« Oberst Tabhun reagierte wie elektrisiert. »Er erwähnte den Namen Vhrato!«

»Ausgeschlossen, Sir. Ich halte den Vhratoismus für eine Modetorheit von Gäa.«

»Offensichtlich nicht.«

Die Hand mit dem Degen senkte sich. Die Klinge durchbohrte das Tier und tötete es. Ein Junge fing das Blut mit einer Schale auf.

Oberst Tabhun löste sich aus seiner Deckung. Er ging langsam auf die Versammlung zu. Zögernd folgte ihm Captain Woreman.

Der Mann, der als Priester fungierte, war weißblond und von gedrungener Gestalt. Die Art, wie er sich bewegte, ließ beträchtliche Körperkräfte erahnen. Sein sonnengebräuntes Gesicht wurde von tiefen Falten durchzogen. Als er das Tier fallen ließ, wendete er Tabhun zufällig das Gesicht zu. Vor Überraschung entglitt ihm der Degen. Er richtete sich ruckartig auf und hob die Hände leicht an, als wolle er sich vor einer Erscheinung schützen, die nicht wirklich sein konnte.

»Vhrato!«, rief er zuerst leise, dann lauter. Er sank auf die Knie.

»Vhrato, Brüder und Schwestern, Vhrato ist endlich gekommen, um uns die Freiheit zu bringen! Zeigt eure Demut!«

Die Fretiklianer drehten sich um. Einige schrien auf, als sie die beiden Offiziere sahen. Der Ruf »Vhrato!« pflanzte sich durch die Menge fort.

Vancon Tabhun schritt entschlossen aus. Abwehrend hob er die Hände. »Reden Sie keinen Unsinn!«, befahl er energisch. »Ich bin Oberst Vancon Tabhun von der DOOGEN, und ich habe nichts mit Vhrato zu tun.«

Der Priester lächelte verständnisvoll. Er eilte auf den Kommandanten zu. Drei Meter vor ihm blieb er stehen, streckte die Arme aus und verneigte sich feierlich. »Ich verstehe, Vhra… hm, Oberst Tabhun. Ich verstehe.« Er richtete sich auf und legte die Hände an die Brust. »Sie können versichert sein, dass ich Ihr Geheimnis nicht preisgeben werde.«

»Geheimnis? Quatsch!«, fuhr der Kommandant auf. »Bringen Sie keine Gerüchte in Umlauf!«

»Verzeihen Sie meine Ungeschicklichkeit, Meister.«

»Er begreift es nicht, Sir«, argwöhnte Woreman. Mit Unbehagen verfolgte er, dass die Männer und Frauen sie umringten.

Der Oberst stemmte die Hände in die Hüften. »Hören Sie mir zu«, rief er. »Ich will Missverständnisse von Anfang an vermeiden.«

»Wie energisch er ist«, sagte eine Frau in seiner Nähe.

»Und so männlich«, fügte eine andere hinzu, die neben ihr stand.

»Ich habe mir Vhrato ganz anders vorgestellt«, erklärte eine Frau, die sich zu ihnen gesellte und Tabhun mit glänzenden Augen betrachtete. »Nicht so schön.«

»Apter Haras hatte Recht«, stellte eine andere träumerisch fest. »Wenn Vhrato kommt, werden wir ihn sogleich erkennen. Und wir haben ihn erkannt.«

Aufgeregt redeten alle aufeinander ein. Oberst Tabhun versuchte zwar, zu Wort zu kommen, aber niemand hörte ihm zu. Ungehalten blickte er sich zu Captain Woreman um. Der Offizier grinste.

»Was lachen Sie?«, herrschte der Kommandant ihn an.

»Nichts, Sir«, erwiderte Woreman, vergeblich bemüht, seine Erheiterung zu verbergen.

Oberst Vancon Tabhun fuhr herum. Er packte den Priester an der Brust. »Bringen Sie Ihre Leute zur Vernunft!«, befahl er. »Sagen Sie ihnen, dass es so nicht geht.«

»Das können Sie angesichts der Situation nicht verlangen, Vhrato«, entgegnete der Priester lächelnd. »Wir freuen uns, dass der Befreier der Galaxis gekommen ist. Das müssen Sie akzeptieren.«

Oberst Tabhun verstand, dass es sinnlos gewesen wäre, weitere Erklärungen abzugeben. Er musste abwarten, bis die Fretiklianer sich wieder beruhigt hatten.

»Ich möchte Sie in unsere Siedlung führen, Vhrato.« Sogar der Priester hatte Mühe, die Menge zu übertönen. »Hier sind Sie gefährdet. Ich werde Ihnen später alles erklären.«

Seltsamerweise musste Oberst Tabhun an Kaiser Karl denken. Er wusste genau, dass der Pensionär sich über sein Missgeschick köstlich amüsieren würde.

»Sergeant Al Larris«, sagte Kaiser Karl. »Ich nehme an, Sie gehören zur Spezies so genannter vernünftig denkender Menschen.«

»Unterlassen Sie Ihre plumpen Ablenkungsversuche.« Larris schüttelte den Kopf. »Es hat keinen Sinn.«

»Das ist es eben. Darüber wollte ich mit Ihnen sprechen. Sinn und Unsinn.«

»Ich denke nicht daran, mit Ihnen zu diskutieren.« Der Sergeant hob seinen Kombistrahler. »Gehen Sie in den Raum und halten Sie den Mund!«

Kaiser Karl warf nur einen kurzen Blick in die Kammer, die das Ende seiner Träume bedeutete. Er kratzte sich den rechten Oberschenkel und schlug sich dann mit der flachen Hand kräftig gegen das Bein. Aber auch damit schien er den erwünschten Effekt noch nicht erreicht zu haben. Er fluchte mit gedämpfter Stimme.

»Was ist mit Ihrem Bein? Haben Sie sich verletzt?«

»Quatsch, Sergeant! Bei einem Einsatz für Lordadmiral Atlan habe ich mein natürliches Bein verloren. Dies hier ist ein Transplantat.«

»Es funktioniert nicht?«, erkundigte sich Larris neugierig.

»Doch, schon«, erwiderte Kaiser Karl. Er rieb beide Beine aneinander. »Daran liegt es nicht.«

»Was ist dann damit los?«

»Das sehen Sie doch selbst.« Kaiser Karl bewegte das Bein.

»Ich verstehe nicht.«

»Es ist ganz einfach, Sergeant. Diese irren Ärzte haben mir ein neues Bein verpasst, aber leider ein weibliches. Und jetzt flirtet dieses verdammte Ding ständig mit dem anderen. Vor allem dann, wenn ich es am wenigsten ertragen kann.«

Al Larris musterte den Alten verwirrt.

»Ein weibliches? Und es flirtet?«

»Ja, doch, ja. Das sehen Sie doch. Sie junger Bursche dachten natürlich, dass es Erotik in meinem Alter nicht mehr gibt. Aber das hier macht einen verrückt. Ich …«

Sergeant Larris lachte. Er hob seine Waffe, um Kaiser Karl in die Zelle zu dirigieren. Der Alte packte blitzschnell zu, riss den Kombistrahler an sich, zerrte den Sergeant herum und stieß ihn, als er das Gleichgewicht verlor, in den Haftraum. Larris stürzte und rutschte eineinhalb Meter weit über den glatten Boden. Dadurch gewann Kaiser Karl den Zeitvorsprung, den er brauchte, um das Schott zu schließen.

Durch den enger werdenden Spalt blickten sich die beiden Männer an. Sergeant Larris schimpfte. Der Alte lächelte maliziös. Er konnte die Bewegung des Schotts nicht beschleunigen, Larris konnte es nicht aufhalten. Er packte es zwar mit beiden Händen, zog seine Finger jedoch schnell wieder heraus, bevor das Schott einrastete. Kaiser Karl feuerte den Strahler auf das Schloss ab. Damit war der Durchgang wirksam blockiert.

Kaiser Karl begab sich in die Zentrale. Dort fand er einen Schreibstift. Mit diesem bewaffnet, kehrte er nach unten zurück und schrieb mit großer, auffallender Schrift auf das Schott: *Hier sitzt Sergeant Larris!*

Er war davon überzeugt, dass Oberst Tabhun und Captain Woreman früher oder später zurückkommen und den Gefangenen befreien würden. In aller Ruhe versorgte er sich mit einigen Konzentrattabletten und drei Energiemagazinen für den Kombistrahler. Dann verließ er die Space-Jet.

Vor der Schleuse blieb er stehen und sah sich um. Er atmete tief durch. Da der Raumer nicht hermetisch abgeriegelt worden war, setzte er voraus, dass die Atmosphäre weder Schadstoffe noch pathogene Keime aufwies. Nachdenklich kratzte er sich am Oberschenkel. Er überlegte, wie er weiter vorgehen sollte. Den Shift wollte er nicht nehmen, obwohl dieser fraglos große Vorteile bot. Aber es war möglich, dass Tabhun auf den Flugpanzer angewiesen war.

Er kehrte in die Jet zurück und legte einen leichten Kampfanzug an, verzichtete aber auf den Helm. Danach marschierte er über das Blatt, auf dem er die Spuren von Tabhun und Woreman sehen konnte. Da er nicht beabsichtigte, ihnen in die Arme zu laufen, schlug er einen weiten Bogen. Von einer Anhöhe entdeckte er die verfallene Stadt.

Vom Antigrav seines Kampfanzugs ließ er sich auf ein anderes Blatt hinübertragen. Einer grünen, mit Stacheln besetzten Halbkugel, die etwa einen Meter hoch war, wich er vorsichtig aus. Aber nicht weit genug. Jäh schnellte etwas Dunkles auf ihn zu und ringelte sich um seine Hüfte. Kaiser Karl griff nach seinem Kombistrahler, erfasste, dass das stachlige Etwas einen Fangarm nach ihm ausgestreckt hatte, und fühlte sich gleichzeitig mit unwiderstehlicher Gewalt nach vorn gerissen.

Er schoss und durchtrennte den Arm mit einem Energiestrahl. Doch damit änderte er die Flugrichtung nicht. Mit großer Wucht prallte er gegen das räuberische Wesen. Die Spitzen der Stacheln konnten den Schutzanzug nicht durchbohren, aber sie drückten schmerzhaft auf seinen Rücken.

Kaiser Karl stöhnte laut auf. Er wirbelte davon und benötigte viel zu lange, bis er seinen Flug stabilisiert hatte. Sein Rücken schmerzte stark. Er beobachtete, dass der Angreifer – den er für eine Pflanze gehalten hatte – auf zahllosen winzigen Beinen davonrannte.

Er setzte mit beiden Füßen auf und schaltete den Antigrav ab. Ächzend stemmte er die Hände in die Hüften und bog das Hohlkreuz durch, um die Muskeln zu lockern. Vor seinen Augen flimmerte es, und für einen kurzen Moment fürchtete er, ohnmächtig zusammenzubrechen. Endlich wich die Schwäche.

»Pass auf, alter Knabe!«, sagte er laut zu sich selbst. »Sonst ist es schnell mit dir vorbei. Du bist hier nicht auf Gäa.«

Er wandte sich um – und blieb wie angewurzelt stehen.

Vancon Tabhun ging neben dem Priester vor der Menge her durch die Straßen der Stadt. Captain Pete Woreman folgte ihnen mit wenigen Schritten Abstand.

»Mein Name ist Apter Haras«, sagte der Priester. »Kommen Sie, Vhrato, es ist nicht mehr weit.«

»Hören Sie endlich auf, mich Vhrato zu nennen!«, erwiderte der Oberst scharf. »Sie wissen, dass ich nicht der Sonnenbote bin.«

Haras, der Tabhun nur bis zur Schulter reichte, blickte zu ihm auf. »Natürlich, Oberst. Ich respektiere das.« Aus seinen Worten war deutlich herauszuhören, dass er ihm nicht glaubte.

»Das haben Sie schon einmal gesagt. Warum halten Sie sich nicht daran?«

»Die Freude hat mich überwältigt, Vhra…, Oberst.«

Tabhun wusste nicht, was er tun sollte. Dennoch konnte er nicht zulassen, dass man ihn für den Sonnenboten hielt.

Sie erreichten den Stadtrand, der bis an den Grenzbezirk des Blattes heranführte. Eine rissige, vielfach geborstene grüne Wand erhob sich vor ihnen. Tabhun konnte nicht erkennen, wohin Haras sich wenden wollte.

Der Priester löste einen großen, verholzten Splitter aus der Wand. Eine Öffnung entstand, die groß genug war, einen Mann hindurchzulassen.

Captain Woreman trat an Tabhun heran. »Warum wehren Sie sich dagegen, Vhrato zu sein, Sir?«, fragte er wispernd.

»Sind Sie verrückt geworden, Pete? Ich kann mich doch nicht für den Sonnenboten ausgeben.«

»Warum nicht? Halten Sie so etwas für Gotteslästerung?«

»Seien Sie still!«

»Der Sonnenbote ist schließlich kein Gott. Niemand behauptet das. Er ist lediglich ...«

»Halten Sie den Mund!«

Apter Haras kroch in das Loch. Er winkte Tabhun, ihm zu folgen. Der Oberst stieg vorsichtig durch den Spalt. Der Priester stand auf einem Ast, reichte Tabhun die Hand und führte ihn ins Dunkel. Schon nach wenigen Schritten konnte der Kommandant sich an einem anderen entlangtasten. Er fürchtete bereits, blind durch diesen Unterbau des Blattes laufen zu müssen, als Apter Haras stehen blieb und eine Fackel entzündete. Er reichte sie Tabhun und steckte noch eine zweite an. Endlich konnte der Gäaner den Weg besser erkennen. Er führte über einen ausgetretenen Ast, der etwa eineinhalb Meter dick war und schräg in die Tiefe ragte. Tabhun war überrascht, wie bequem und sicher er darauf gehen konnte. Die Äste insgesamt bildeten ein stabiles Geflecht. Hin und wieder schimmerte von oben etwas Licht herab, wenn sich über ihnen ein Riss in einem Blatt gebildet hatte.

»Warum verstecken Sie sich, Apter Haras?«, fragte Tabhun. »Warum gehen Sie in dieses Unterholz, wenn Sie oben besser leben können?«

»Die Frage ist einfach zu beantworten: weil wir die Freiheit lieben.«

»Wer bedroht Sie?«

»Das Konzil. Die Überschweren.«

»Dann leben Sie nicht allein auf diesem Planeten?«

»Doch, aber hin und wieder erscheinen die Überschweren. Es heißt, dass sie die Spur Atlans suchen.«

»Sie wissen, wer Atlan ist?«

Haras, der bisher über die Schulter hinweg zu Tabhun gesprochen hatte, blieb stehen und drehte sich um. Der Oberst blickte kurz zurück. Hinter ihm folgte eine lange Kette von Menschen, von denen jeder vierte oder fünfte eine Fackel trug.

Die Augen des Priesters funkelten im Widerschein der Flammen. »Natürlich weiß ich das, Vhrato. Atlan ist der Einsame der Zeit, der Wegbereiter des Sonnenboten. Er ist … er ist Ihr unbesiegbarer Diener. Geboren in der arkonidischen Dunkelheit, stieg er in strahlender Helle auf, um die Menschheit …«

»Hören Sie mit dem Unsinn auf, Haras. Wenn Atlan wüsste, wie Sie über ihn reden, würde er Ihnen vermutlich eine Ohrfeige versetzen, um Sie wieder auf den Boden der Tatsachen zurückzuholen.«

»Sie sprechen von ihm, als ob Sie ihn kennen. Aber selbstverständlich, Sie müssen ihn kennen. Er ist ja Ihr …«

»Natürlich kenne ich ihn. Er ist mein oberster Dienstherr. Lordadmiral Atlan ist der Führer der Neuen Menschheit. Das ist kein Geheimnis. Das Konzil weiß es. Er ist ein Mensch wie Sie und ich.«

Apter Haras hob beschwörend die Arme. »Sagen Sie so etwas nicht. Er mag ein Mensch sein wie Sie, aber nicht wie ich.« Demütig senkte er den Kopf.

Tabhun rüttelte ihn zornig. »Noch ein Satz in dieser Art, Haras, und ich werfe Sie vom Ast.«

»Ich werde schweigen«, versprach der Priester. Tabhun ließ ihn los. Haras lächelte wissend, wandte sich um und ging weiter. Wenig später kletterte er über eine aus Ästen gebaute Leiter in die Tiefe.

Hinter Tabhun schrie jemand. Der Oberst drehte sich erschrocken um. Er fürchtete, dass einer der Männer das Gleichgewicht verloren hatte und abgestürzt war. Doch dann sah er, dass er sich geirrt hatte. Drei Meter hinter ihm kniete ein weißhaariger Mann auf dem Ast. Aus seiner Brust ragte der Schaft eines Pfeiles hervor.

Unmittelbar darauf zerriss ein Schuss die Stille. Ein junger Mann, der sich über den Verwundeten beugte, brach zusammen, kippte zur Seite und glitt ab, bevor ihn jemand halten konnte. Tabhun hörte, wie er tief unter ihnen aufprallte. Dann blitzte es irgendwo im Dunkel auf. Eine Kugel schrammte am Kopf des Kommandanten vorbei.

»Nicht auf Vhrato!«, brüllte eine heisere Stimme.

Tabhun riss seinen Strahler aus dem Holster und feuerte. Der Energiestrahl erhellte die Szenerie für Sekundenbruchteile. Der Oberst erkannte einige Gestalten auf den Ästen, die ihre Waffen auf Haras und seine Begleiter gerichtet hatten.

»Vorsicht!«, warnte der Priester. »Die Opaner!«

Von allen Seiten näherten sich die Angreifer. Ihre Pfeile zischten durch die Luft, und mehrere Männer stürzten ins Nichts.

»Schießen Sie!«, befahl Tabhun. »Schießen Sie doch, Pete!« Er selbst löste seinen Energiestrahler wieder und wieder aus. Mehrere getroffene Äste brannten. Das Holz war so feucht, dass sich starker Rauch entwickelte. Er enthielt unangenehme Reizstoffe. Tabhun rang hustend nach Luft, seine Augen tränten.

»Das ist sinnlos, Vhrato«, sagte Apter Haras. »Schießen Sie nicht. Wir schaffen es auch so.«

Tabhun hangelte sich die Leiter nach unten. Ein untersetzter Mann griff ihn an und schlug mit beiden Fäusten nach ihm. Der Offizier wehrte ihn mit einem Dagorgriff ab und half Woreman, der von der Leiter zu fallen drohte, weil ihm ein Opaner einen Speer mit dem stumpfen Ende auf den Schädel geschmettert hatte.

Immer mehr Fackeln erloschen, sodass die beiden Gäaner kaum noch etwas erkennen konnten. Sie waren auf die Hilfe des Priesters angewiesen, der sie an den Händen fasste.

»Laufen Sie, Vhrato, laufen Sie.«

Vancon Tabhun verzichtete angesichts der Situation auf eine neuerliche Klarstellung, ob er der Sonnenbote war oder nicht. Haras hätte jetzt noch weniger auf ihn gehört als zuvor.

»Das Leben hat stets Überraschungen parat, philosophierte meine Großmutter immer, und ich muss sagen, sie hatte Recht, die alte Dame«, murmelte Kaiser Karl im Selbstgespräch.

Ein Mann schwebte auf ihn zu. Er hielt sich mit beiden Händen an einem grünen, eiförmigen Gebilde fest, das doppelt so groß war wie er selbst. Der Mann trug ein wallendes rotes Gewand, grüne Hosen und kurzschäftige Stiefel, die an ihren Spitzen mit je einem fingerlangen Stachel versehen waren. Den Kopf hatte er mit einem roten Tuch umwickelt, von dem ein etwa einen Meter langes Ende hinter ihm herwehte.

»Hallo, Fremder!«, rief der Mann.

»Hallo, Flieger«, erwiderte der Alte und hob grüßend den Arm.

Der Fretiklianer ließ das seltsame Gebilde los und fiel aus etwa drei Metern Höhe auf das Blatt herab. Das grüne Ei stieg lautlos auf. Kaiser verfolgte es mit seinen Blicken, bis es in den tief hängenden Wolken verschwand. Dann erst wandte er sich dem Mann zu, der ihn aufmerksam musterte.

»Sie gehören nicht zu den Harasenen.« Das war mehr Feststellung als Frage.

»Ich bin Terraner. Sagt Ihnen das etwas?«

»Sie wurden auf Terra geboren?«

»Allerdings.«

»Dann sind Sie mit dem Raumschiff gekommen?«

»So ist es.«

»Mein Name ist Atrup Ahan.« Der Fremde reichte Kaiser die Hand. Der Alte ergriff sie und zeigte gleichzeitig mit seiner Linken auf die Wolken.

»Was war das?«

»Eine Samenkapsel. In dieser Jahreszeit steigen sie überall auf. Sie eignen sich hervorragend für Transportzwecke.«

»Das habe ich gesehen.«

»Was führt Sie zu uns?«

»Nichts Besonderes. Ich komme einfach nur so.« Kaiser Karl nannte seinen Namen. Er beobachtete Atrup Ahan, und das begierige Funkeln in den Augen des Fretiklianers entging ihm nicht. Er konnte sich recht gut vorstellen, woran Ahan dachte. Er hatte die Space-Jet gesehen und überlegte, wie er sie in seinen Besitz bringen konnte.

»Ich lade Sie in unsere Stadt ein«, sagte Ahan. »Begleiten Sie mich?«

»Gern.«

Der Fretiklianer führte Kaiser Karl durch buschbestandenes Gelände und über mehrere Blätter hinweg. Der Alte verstand erst nach und nach, wo er sich wirklich befand. Atrup Ahan zeigte ihm die Siedlung, zu der, wie Kaiser annahm, Oberst Tabhun und Captain Woreman gegangen sein mussten.

»Heute lebt niemand mehr dort«, erklärte Ahan. »Es ist zu gefährlich hier oben. Die Blätter leben ohnehin nicht ewig, und die Häuser stürzen früher oder später ein.« Er schlang sich das lose Ende seines Turbans mehrmals um den Hals und zog den Stoff schließlich über die untere Hälfte des Gesichts.

Sie erreichten ein Randblatt. Das nächste lag etwa fünfzig Meter tiefer, und diesem folgten drei weitere. Sie reichten bis an einen Fluss heran, an dessen Ufern sich eine kleine Stadt erstreckte. Auf der anderen Seite des Gewässers dehnte sich das Land flach aus.

»Wir können bequem hinabsteigen«, erklärte Ahan. »Wir werden bald unten sein.«

»Mit Ihrem Ballon hätten Sie es leichter gehabt.«

»Das ist richtig, aber ich hätte Sie nicht mitnehmen können.«

Kaiser Karl roch die Bedrohung förmlich. Er erwartete, von Ahan angegriffen zu werden, sobald er ihm den Rücken zuwandte. Glaubte der Fretiklianer, dass er nur ihn beseitigen musste, um die Jet für sich zu haben?

»Wir hätten mit der Space-Jet zur Stadt fliegen können«, sagte Kaiser. »Aber meine Freunde bestanden darauf, dass wir zunächst hier oben landen.«

»Sie sind nicht allein?« Die Hand, die sich direkt neben das Messer im Gürtel gelegt hatte, zuckte wieder zurück. Atrup Ahan lächelte harmlos. »Dann sollten wir Ihre Freunde mitnehmen.«

»Diese Absicht hatte ich schon vorhin. Aber ich weiß, dass meine Freunde das Schiff noch nicht verlassen werden.«

»Fürchten Sie sich vor uns?« Ahan kehrte den Harmlosen heraus. Kaiser Karl kletterte vor ihm eine primitive Leiter nach unten, dabei erkannte er, wie leicht es Ahan gefallen wäre, ihn bei diesem Abstieg zu töten.

Die Stadt bestand aus zahlreichen kleinen, aus vorgefertigten Teilen errichteten Häusern. Kaiser Karl erkannte einige Konstruktionsmerkmale wieder. Sie verrieten ihm, dass die Siedlung aus einer Zeit stammen musste, in der noch regelmäßige Verbindungen zu anderen Planeten bestanden hatten.

Am Ufer des Flusses standen etwa fünfzig Männer, Frauen und Kinder, als Atrup Ahan mit Kaiser auf einem primitiven Floß übersetzte.

»Ist es lange her, dass ein Raumschiff hier gelandet ist?«, wollte der Alte wissen.

»Bestimmt. Ich selbst habe noch nie einen Raumer gesehen.«

»Sie sind ungefähr vierzig Jahre alt?«

Ahan nickte.

Kaiser Karl blickte der wartenden Menge entgegen. Er glaubte nicht, dass Ahan die Wahrheit gesagt hatte. Wäre das der Fall gewesen, hätte er sich anders verhalten und die Space-Jet sehen wollen. Sein Unbehagen wuchs. Was verbarg Ahan vor ihm? Kaiser wusste schließlich, wie wichtig Fretiklia vor 120 Jahren für Gäa gewesen war. Er konnte sich nur schwer vorstellen, dass während dieser Zeit alle Verbindungen völlig vergessen worden waren. Hatte das Konzil den Spieß umgedreht? Benutzte es den Planeten nun als eine Art Falle, in der Annahme, dass Atlan hier erste Kontakte aufnehmen würde?

Kaiser Karl kratzte sich das Bein. Er spürte die Gefahr fast körperlich, aber er fürchtete sich nicht. Er war ein alter Mann, der wusste, dass er nicht mehr lange zu leben hatte.

Als das Floß das andere Ufer erreichte, kam ihnen ein dunkelhaariger Mann mit weichen Gesichtszügen und verträumt wirkenden Augen entgegen. Im ersten Moment hielt Kaiser ihn für eine Frau, und erst als der Mann sprach, erkannte er seinen Irrtum.

»Sie sind der Mann von den Sternen«, sagte der Dunkelhaarige. »Wir heißen Sie aus ganzem Herzen willkommen.«

»Das ist Okunan Opan«, stellte Ahan vor. »Er ist unser aller Herr und Meister, der Verkünder des wahren Vhrato.«

»Mein Name ist Kaiser Karl«, entgegnete der Alte. »Hoffentlich ziehen Sie daraus keine falschen Schlüsse.«

Die Augen Okunan Opans verdunkelten sich unmutig. »Niemand sollte über Vhrato scherzen«, erklärte er mit mildem Vorwurf. »Vhrato wird kommen, um uns die Freiheit zu bringen. Er wird die Bösen vernichten und die Galaxis in neuem Glanz erstrahlen lassen.«

Kaiser Karl streckte dem Vhrato-Verkünder die Hand entgegen. »Fassen Sie mal an«, sagte er trocken. »Ich falle sonst noch ins Wasser.«

Seine Blicke schweiften über Okunan Opan hinweg zu einem etwas höher gelegenen Haus. In einer offenen Tür, die auf einen Balkon führte, stand ein Überschwerer. Er zog sich in diesem Moment wieder zurück, und Kaiser konnte ihn nur sehr kurz sehen. Das reichte jedoch aus, ihn eindeutig als Überschweren zu identifizieren.

Kaiser hatte das Gefühl, einen Schlag in den Magen bekommen zu haben. Vor seinen Augen flimmerte es. Jetzt wusste er, dass Tabhun direkt in eine Falle geflogen war. Wenn sich hier ein Überschwerer aufhielt, würde die Nachricht von der Ankunft der Gäaner schon bald in die Galaxis hinausgehen. Leticron würde erfahren, dass Atlan die Bedingungen des Status quo verletzt hatte, und das wiederum lieferte Leticron den Vorwand, mit aller Macht anzugreifen. Die DOOGEN schwebte in höchster Gefahr.

»Begleiten Sie mich in mein Haus«, bat Okunan Opan freundlich. »Ich bitte Sie, die Fastenspeise von mir entgegenzunehmen.«

»Danke, gern.«

Während Kaiser Karl neben Opan herging, überlegte er fieberhaft, was er tun konnte. Er musste verhindern, dass der Überschwere eine Hyperfunknachricht abstrahlte. Nur so konnte er die DOOGEN davor bewahren, im Feuer der Raumschiffe der Überschweren zu verglühen.

Vancon Tabhun, dachte er bitter, *sei froh, dass du einen blinden Passagier hast, der die Augen offen hält.*

Eine Tür bewegte sich quietschend in ihren Angeln. Apter Haras zog Tabhun und Woreman zu sich heran. Dann schloss sich die Tür und eine andere wurde geöffnet. Helles Licht fiel in den engen Raum, in dem sie sich befanden. Der Kommandant blickte in einen Korridor, in dem reges Treiben herrschte. Er hatte das Gefühl, an Bord eines kleinen Raumschiffs geraten zu sein. Peinliche Sauberkeit herrschte. Leuchtscheiben an der Decke bewiesen eine moderne Energieversorgung.

»Treten Sie ein«, bat Apter Haras. »Fühlen Sie sich wie zu Hause.«

Die Männer und Frauen, die sich hier aufhielten, blickten Tabhun überrascht an. Keiner hatte mit einem solchen Besuch gerechnet. Plötzlich erklang der Ruf: »Vhrato! Das ist Vhrato.«

Haras legte dem Kommandanten den Arm um die Schultern und führte ihn zu einem Antigravschacht.

»Darf ich vorgehen?«, fragte er.

»Bitte.« Tabhun und Woreman warteten, bis Haras vom AG-Feld erfasst und nach oben getragen wurde. Zahlreiche Männer, Frauen und Kinder umringten sie und musterten sie neugierig. Die beiden Offiziere bemühten sich, ihre innere Anspannung nicht allzu deutlich zu zeigen. Sie waren es nicht gewohnt, im Mittelpunkt des Interesses zu stehen, und demzufolge froh, dass sie Haras folgen konnten.

Sie erreichten einen Raum, der früher die Hauptzentrale gewesen sein musste. Die meisten Einrichtungen waren entfernt worden, und kaum mehr als ein behaglich eingerichteter Wohnsalon war übrig geblieben. Unter dem matten Panoramaschirm stand eine schwergewichtige Frau.

»Meine Frau Alice«, stellte der Vhrato-Verkünder vor. »Alice, dies sind Oberst Tabhun und Captain Woreman.«

Sie trug ein langes braunes Kleid, und das graue Haar hing ihr wirr bis zu den Hüften. Ihre eng stehenden Augen und der lippenlos wirkende Mund ließen sie kühl und distanziert erscheinen. »Was wollen Sie von uns?«, forschte sie herrisch.

»Einen Kaffee hätten wir gern«, antwortete Tabhun.

Verlegen rang Haras die Hände. »Die Herren sind mit einem Raumschiff gelandet. Sie wollen …« Er verstummte, weil seine Frau sich umwandte und den Raum verließ. »Sie begreift die historische Bedeutung dieser Stunde nicht«, fügte er dann hinzu. »Leider geht es vielen so. Sie vergessen unsere großartige Vergangenheit. Sie kämpfen nicht darum, unser Wissen und die Technik zu erhalten, sondern …«

»… hoffen nur auf Vhrato«, ergänzte Tabhun spöttisch.

»So kann man es nicht sehen, Oberst. Bedenken Sie, dass die Überschweren uns fast alles genommen haben, was wir benötigt hätten, um den Stand unserer Zivilisation aufrechtzuerhalten. Fretiklia ist nie ein hoch industrialisierter Planet gewesen. Die Bevölkerung war schon vor hundertzwanzig Jahren klein.«

»Was haben die Überschweren getan?«

»Sie haben alle Kernkraftwerke zerstört, sodass wir uns erst mühsam eine neue Energieversorgung aufbauen mussten. Und sie haben die wichtigsten Positronikfachleute deportiert. Deshalb waren wir nicht mehr in der Lage, Schäden zu beheben. In einer zweiten Aktion haben sie dann alle Hochenergiephysiker und Nachrichtentechniker geholt. Danach brach unsere Zivilisation zusammen. Wir waren nicht mehr in der Lage, den Standard zu halten oder gar Forschung zu betreiben. Vielmehr mussten wir den umgekehrten Weg gehen und versuchen, Erkenntnisse aus den Geräten zu gewinnen, die wir noch hatten. Es ist uns nicht gelungen.«

»Aber das Raumschiff, in dem wir uns befinden, haben die Überschweren nicht entdeckt«, stellte Captain Woreman fest.

Haras nickte eifrig. »Das war unser Glück. Das Schiff war havariert und musste im Wald notlanden. Es versank bis unter die Blätter und war danach nicht mehr flugfähig.«

»Wie lang ist das her?«

»Etwa hundertvierzig Jahre. Wir hatten den Raumer fast schon vergessen. Erst nach den Aktionen der Überschweren erinnerten wir uns. Etliche von uns lebten oben in der alten Stadt weiter, einige in der Stadt der Verräter am Fluss, ein Teil von uns hier unten.«

»Verräter?«, fragte Tabhun.

»Wir haben sie im Verdacht, dass sie mit den Überschweren zusammenarbeiten. Durch einen Zufall fanden wir heraus, dass es noch einen funktionierenden Hyperfunksender geben muss. Einer unserer Späher hat auch berichtet, dass er am Fluss einen Überschweren gesehen hat, aber er kann sich auch geirrt haben.«

»Wir waren verdammt leichtsinnig, Pete«, sagte Tabhun betroffen. Im gleichen Atemzug wandte er sich an Haras: »Ich benötige korrekte Informationen. Wir müssen so schnellstmöglich feststellen, ob in der Stadt am Fluss wirklich ein Überschwerer lebt und ob es dort einen Hyperfunksender gibt. Wenn ja, müssen wir ihn zerstören.«

Apter Haras blickte ihn mit glänzenden Augen an. »Warum geben Sie es nicht zu?«

»Was soll ich zugeben?«

»Dass Sie Vhrato, der Sonnenbote, sind.«

Sergeant Al Larris verwünschte sich und Kaiser Karl. Am meisten ärgerte ihn, dass der Mann, der ihn hereingelegt hatte, über hundert Jahre älter war als er. Wütend trommelte er mit den Fäusten gegen das Schott, gab diese Bemühungen aber rasch wieder auf. Er musste sich etwas einfallen lassen. Als sein Blick endlich auf eine Halterung fiel, die er als Hebel benutzen konnte, hörte er Schritte. Im ersten Moment lauschte er einfach nur. Dann wurde ihm bewusst, dass er sich bemerkbar machen musste. Er eilte zur Tür und hämmerte mit beiden Fäusten dagegen, aber nichts geschah.

Der Mann, der das Raumschiff betreten hatte, musste sich bereits im Antigravschacht befinden. Larris tröstete sich damit, dass er bald wieder nach unten kommen würde, um nach ihm zu suchen.

Doch die Zeit verstrich, ohne dass etwas geschah. Dann sprangen die Maschinen an. Wenig später spürte Larris, dass die Jet startete. Er fragte sich, was der Start bedeutete, warum Tabhun oder Woreman ihn nicht suchten und was sie veranlasst haben mochte, den Landeplatz zu verlassen.

Höchstens drei Minuten verstrichen, dann setzte die Space-Jet wieder auf.

Es wurde erneut still an Bord.

Endlos dehnte sich die Zeit. Alles Leben an Bord schien erstorben zu sein, bis endlich wieder Schritte ertönten.

»Oberst!«, rief er. »Sir, holen Sie mich hier heraus!«

Jemand schlug von der anderen Seite gegen das Schott. Sekunden später fraß sich ein grüner Desintegratorstrahl durch das hochverdichtete Metallplastik. Er schnitt das zerschmolzene Schloss aus. Als der Energiestrahl erlosch, griff der Sergeant in die entstandene Öffnung und wuchtete den Flügel zur Seite.

Unwillkürlich stöhnte er auf. Vor ihm stand ein Überschwerer, dessen Desintegratorstrahler unmissverständlich auf seinen Bauch zielte. Larris fiel es wie Schuppen von den Augen. Plötzlich wusste er, weshalb er Schritte gehört hatte. Wenn Oberst Tabhun oder Captain Woreman in die Jet zurückgekehrt wären, hätte er das sicherlich nicht an ihren Schritten bemerkt. Menschen blieben fast lautlos im Vergleich zur Wucht eines Umweltangepassten.

»Oh, Mann, danke, dass Sie mich herausgeholt haben«, entfuhr es Larris stockend.

Die Augen des Überschweren blieben kalt und abwägend.

»Ich bin unbewaffnet.« Larris hob die Arme.

Im Projektorfeld des Desintegrators blitzte es auf. Dem Sergeant blieb nicht einmal die Zeit für einen Aufschrei, als der Materie auflösende Strahl seinen Oberkörper durchbohrte.

Lautlos brach Al Larris zusammen.

Der Überschwere schleifte ihn aus der Jet hinaus. Draußen warf er den Leichnam zu Boden, justierte den Desintegrator auf Fächerwirkung und löste den Toten auf.

4.

Ungeduldig wartete Kaiser Karl die Nacht ab. Viel zu lange dauerten die Gespräche mit Männern, die ihn nicht interessierten. Okunan Opan führte das Wort. Er war so etwas wie ein Priester Vhratos in dieser Gemeinde.

Kaiser Karl hatte überrascht festgestellt, dass es kaum Unterschiede zwischen dem Vhratoismus von Gäa und dem von Fretiklia gab. Bei anderer Gelegenheit hätte er sich bemüht, dem Geheimnis auf die Spur zu kommen, das eine parallele Entwicklung an zwei deutlich voneinander getrennten Orten möglich gemacht hatte. Jetzt hoffte er nur, sich bald auf ein Zimmer zurückziehen zu können, wo er allein war. Doch Opan und sein Assistent Atrup Ahan führten ihn erst nach Einbruch der Nacht in eine winzige Kammer im Haus des Priesters.

»Mehr können wir Ihnen leider nicht bieten, Kaiser«, sagte Ahan. »Die großen Zeiten sind auch für Fretiklia längst vorbei.«

»Vergessen Sie nicht, Ihre Gedanken noch einmal auf Vhrato zu richten«, bat Opan salbungsvoll. »Er wartet auf unsere Rufe und Bitten.«

»Hoffentlich lässt er sich bis morgen Zeit. Dann habe ich wenigstens ausgeschlafen.« Kaiser blickte Opan forschend an: »Werden Sie nicht in einen Gewissenskonflikt geraten, wenn Vhrato wirklich auf Fretiklia landen sollte?«

»Ich verstehe nicht. Wie meinen Sie das?«

»Vhrato soll der Galaxis die Freiheit bringen. Ist er damit nicht automatisch ein Gegner des Konzils?«

»Natürlich.«

»Sind Sie ein Gegner des Konzils?«

»Wie könnte ich? Wir sind dem Konzil verpflichtet und von ihm abhängig. Eine Konfrontation wäre tödlich.«

»Und was tun Sie, wenn Vhrato kommt?«

»Schlafen Sie gut, Kaiser. Gute Nacht.« Okunan Opan drehte sich um und ging die Treppe hinunter. Ahan seufzte vorwurfsvoll und folgte ihm. Der Greis schloss die Tür. Er wartete, bis die Schritte verklungen waren. Dann eilte er zum Fenster und blickte hinaus. Auf der Straße war es nicht sehr dunkel, die Sterne spendeten ausreichend Licht. Für ihn war dieser Anblick ungewohnt. Er hatte schon fast vergessen, welche Eindrücke eine Nacht unter dem Himmel des galaktischen Zentrums vermitteln konnte. Auf Gäa war es selbst unter den günstigsten Bedingungen nachts niemals so hell.

Damit stand aber auch fest, dass er nicht durch das Fenster nach draußen klettern konnte. Kaiser musste wohl oder übel warten, bis auch die anderen Bewohner des Hauses schliefen.

Es fiel ihm schwer, die Augen offen zu halten. Irgendwann ertappte er sich dabei, dass er in einem Sessel eingeschlafen war. Er fuhr hoch und hastete zum Fenster. Draußen war alles unverändert.

Er beschloss, es einfach zu wagen. Lautlos öffnete er die Tür und schlich auf Zehenspitzen die Treppe hinunter. Tatsächlich gelang es ihm, unbemerkt bis vor die Haustür zu kommen. Die Stadt erschien wie ausgestorben. Nirgendwo brannte Licht. Vom Fluss her ertönten die Schreie einiger Tiere.

Als er nach Minuten noch nichts Verdächtiges bemerkt hatte, wagte er es, den Schatten des Hauses zu verlassen. Er zog sich in die ausgedehnten Gemüsefelder hinter den Häusern zurück. Hier gab es genügend Büsche und Bäume, die ihm ausreichend Deckung boten. In ihrem Schutz umrundete er einen Teil der Siedlung und näherte sich von der Rückseite dem Haus, in dem er den Überschweren gesehen zu haben glaubte.

Den Strahler in der Hand, humpelte er weiter. Seine Augen hatten sich an das Licht gewöhnt.

Eines der ebenerdigen Fenster stand einen Spaltbreit offen. Kaiser legte seine Hand unter den Rahmen und drückte dagegen. Wider Erwarten gab das Fenster leicht nach. Es glitt nach oben. Der Alte steckte seine Waffe in den Gürtel zurück und schwang sich über den Sims. Nach wie vor war alles ruhig im Haus. Von einer angelehnten Tür aus konnte er auf einen Flur hinausblicken. Er sah, dass ein Antigravschacht vorbeiführte. Von unten her kam Licht. Kaiser huschte zu dem Schacht und lauschte. Auf seine Ohren konnte er sich verlassen. Er hätte es gehört, wenn sich jemand im Keller aufgehalten hätte, aber unten blieb alles still.

Kaiser ließ sich über die Kante gleiten und von dem abwärts gepolten

Schwerefeld kopfüber nach unten tragen. In der Rechten hielt er den Strahler, bereit, sofort zu schießen, falls er angegriffen wurde. Doch als er den Korridor einsehen konnte, aus dem das Licht kam, stellte er fest, dass dieser leer war. Er fing sich mit der freien Hand ab und ließ sich aus dem Schacht rollen. Dabei verursachte er ein leises Geräusch, als seine Fersen auf den Boden schlugen. Als nichts geschah, eilte er weiter und schob die am weitesten vom Schacht entfernte Tür auf.

Kaiser Karl spitzte die Lippen. Er hatte die Hyperfunkstation des Überschweren gefunden. Die Deckenplatten leuchteten den Raum aus. Das einzige Sitzmöbel, die Anordnungen der Tastaturen und das Design der Geräte verrieten ihm, dass die Station wirklich für einen Überschweren eingerichtet worden war.

Kaiser schloss die Tür hinter sich. Sein Herz raste, weil er sich doch ein wenig zu viel zugemutet hatte. Er brauchte einige Minuten, um sich zu erholen.

Natürlich war er entschlossen, die Station unbrauchbar zu machen. Dabei durfte er jedoch keinen Alarm auslösen. Zudem wollte er gern noch eine Zeit lang weiterleben.

Es dauerte nicht lange, bis er fand, wonach er suchte. Für die Fretiklianer, die verlernt hatten, mit solchen Geräten umzugehen, waren die Vorkehrungen des Überschweren ausreichend, nicht aber für einen Mann wie ihn. Kaiser Karl stieß einen anerkennenden Pfiff aus. Dann demontierte er die Alarmkreise, öffnete das Hyperfunkgerät und zerschmolz das Innere mit einem nadelfeinen Energiestrahl. Dabei gelang es ihm, die Zerstörungen so perfekt zu begrenzen, dass sie äußerlich nicht sofort zu erkennen waren. Leider füllte sich der Raum schnell mit beißendem Qualm. Die Ventilatoren schalteten sich ein. Kaiser fluchte verhalten, denn nun wurde die Zeit knapp. Er setzte den Strahler nochmals ein, schloss das Gehäuse und zog sich zurück.

Der Antigravschacht trug ihn nach oben. Kaiser war darauf gefasst, angegriffen zu werden, doch wieder hatte er Glück. Im Haus war es still.

Er humpelte zum offenen Fenster zurück, vergewisserte sich, dass niemand ihn sehen würde, und schwang sich hinaus. Ebenso leise zog er die Scheibe herunter, bis nur noch ein Spalt offen blieb, und entfernte sich.

Er war keine fünfzig Meter weit gelaufen, als er eine gedrungene Gestalt bemerkte, die sich dem Haus näherte. Er verharrte im Schutz eines Baumes.

Kaiser Karl wartete, bis der Überschwere im Dunkeln verschwunden war, dann lief er durch die Gärten zu dem Gebäude zurück, in dem Okunan Opan wohnte. Er öffnete die Tür und trat ein.

Jemand legte ihm die Hand auf die Schulter und drückte ihm mit der anderen Hand eine Waffe in den Rücken.

Oberst Tabhun schaltete sein Armbandfunkgerät ab. »Larris kann gar nicht so tief schlafen«, sagte er schwer. »Da ist etwas passiert. Pete, wir müssen zur Jet. Sofort.«

Die beiden Männer verließen ihre Unterkunft und traten auf den nur schwach erhellten Gang hinaus. Die Bewohner von »Haras-Town« schliefen.

»Wo ist Haras …?«

Woreman eilte an Tabhun vorbei und schlug mit der Faust gegen ein Schott. Als sich nichts rührte, betätigte er den Öffnungsschalter. Das Schott glitt zur Seite. Apter Haras, der auf einem Diwan geschlafen hatte, richtete sich blinzelnd auf.

»Was ist los?«, fragte er unsicher.

»Ich benötige Ihre Hilfe, Haras«, sagte der Oberst. »Wir müssen sofort zu unserem Schiff. Geben Sie uns einige Männer mit, die uns führen können.«

»Mitten in der Nacht? Wissen Sie nicht, wie gefährlich das ist? Dies ist die Stunde der Sommerwölfe.«

»Was auch immer … Beeilen Sie sich!«

Unwillig erhob sich der Priester. Während Apter Haras einige Männer weckte, versuchte Captain Woreman wiederholt den Sergeant über Funk zu erreichen.

»Falls er die Jet verlassen hat, muss er ein Armbandgerät tragen. Und wenn er schläft, weckt ihn das Rufsignal«, sagte Tabhun. »Pete, ich fürchte, Kaiser Karl hat sich zu einer Dummheit hinreißen lassen.«

Die Einheimischen versammelten sich auf dem Gang. Der Oberst drängte zum Aufbruch. Haras zündete Fackeln an und führte die beiden Gäaner in das verwucherte Unterholz hinaus. Sie kamen rasch voran.

Von den Sommerwölfen, die der Priester offenbar fürchtete, war nichts zu sehen. Unbehindert erreichten sie die Stelle, an der die Space-Jet eigentlich hätte stehen müssen.

Betroffen kniete Tabhun vor den Vertiefungen nieder, die die Landeteller der Jet hinterlassen hatten. Sie beseitigten seine letzten Zweifel daran, dass sie wirklich den richtigen Ort erreicht hatten.

Zögernd richtete er sich auf. Er hatte das Gefühl, ins Bodenlose zu stürzen. »Das kann Kaiser Karl nicht gewesen sein«, sagte er leise. »So etwas würde er nicht tun.«

»Wer dann?«

»Die Opaner!«, rief Apter Haras zornig. »Es müssen die Opaner gewesen sein.«

Oberst Tabhun schüttelte den Kopf. Er blickte zu dem sternenübersäten Himmel hinauf. Irgendwo dort oben verbarg sich die DOOGEN. Sie war nicht unerreichbar für ihn. Er konnte mit Hilfe von Zusatzverstärkern, die er an das Armbandgerät anschließen musste, Verbindung aufnehmen. »Eine Jet ist nicht so leicht zu fliegen, wie Sie es sich vorstellen, Haras«, erwiderte er. »Wer richtig damit umgehen will, muss schon ausgebildeter Pilot sein. Die Opaner können es also nicht gewesen sein.«

»Dann bleiben nur die Überschweren.«

»Das fürchte ich auch.« Tabhun legte seine Hand auf den Strahler. »Haras, schicken Sie einen Mann zu Ihren Leuten. Wir benötigen weitere Unterstützung.«

»Was haben Sie vor?«

»Wir sehen uns die Siedlung der Opaner an.«

»Sie wollen angreifen?«

»Nennen wir es nicht gleich so. Wir werden die Opaner unter Druck setzen und die Stadt untersuchen. Dabei wird sich zeigen, ob sie etwas mit dem Verschwinden der Jet zu tun haben. Beeilen Sie sich! Je schneller wir dort sind, desto besser sind unsere Chancen.«

»Wir brechen sofort auf.« Apter Haras schickte zwei Männer zurück. Dann legte er Tabhun die Hand an den Arm. »Kommen Sie. Ich zeige Ihnen den Weg.«

Die Nacht war so hell, dass sie gut sehen konnten. Schon nach einer Viertelstunde, als sie über drei Blätter abgestiegen waren, konnte Haras den Gäanern die Stadt des Vhrato-Verkünders Okunan Opan zeigen.

»Von Ihrem Raumschiff ist nichts zu sehen«, sagte der Priester.

»Ich wäre auch überrascht, wenn die Jet auf dem Marktplatz stünde«, entgegnete der Kommandant.

Er sah eine Gruppe von rund hundert Männern aus einem Waldstück hervorkommen.

»Das sind unsere Leute.« Haras rieb sich die Hände. »Auf diese Stunde habe ich lange gewartet. Die Opaner sollen ihr blaues Wunder erleben.«

Der Walzenraumer verließ den Linearraum ein Lichtjahr vor dem Caldohra-System und verzögerte mit Höchstwerten. Gleichzeitig griffen die überlichtschnellen Ortungsgeräte in den Raum hinaus. Nur Sekunden verstrichen.

»Volltreffer«, sagte Ortungs- und Funkleitoffizier Ebran Ablantur mit dröhnender Stimme. Sein grünes Gesicht verzerrte sich vor Begeisterung. »Es ist ein Kugelraumer. Ein Abgesandter Atlans!«

Eftor Orratoll eilte auf den Funker zu und blickte über dessen Schulter hinweg auf die Ortungsschirme. Triumphierend schlug er Ablantur die Hand auf die Schulter. Dieser Hieb hätte jedem Terraner die Knochen zersplittert, der Überschwere zuckte nur kurz zusammen.

»Auf Rennlynnk ist Verlass«, erklärte er. »Wenn er uns über Hyperfunk mitteilt, dass Terraner auf Fretiklia gelandet sind, dann stimmt das auch.« Er fuhr herum und eilte zu seinem Kommandantensessel zurück. »Alarm!«, rief er mit Donnerstimme. »Das ist die Stunde, auf die wir gewartet haben. Dies ist Leticrons Stunde. – Ablantur, alarmieren Sie die Flotte! Ich will den Terraner mit überlegener Macht stellen, er soll nicht die Spur einer Chance haben.« Orratoll rieb sich die Hände an der Lehne. »Wenngleich es in den Fingern juckt«, fuhr er leiser fort, »wir werden das Schiff nicht allein angreifen.«

Er blickte zum Funkleitoffizier hinüber und stellte zufrieden fest, dass dieser seinen Befehl bereits ausführte.

»Bestätigung, Kommandant«, erklärte der Funker kurz darauf. »Die Flotte ist alarmiert. Sie wird in Kürze hier eintreffen. Hoffentlich flieht der Terraner nicht bis dahin.«

Der Kommandant lachte dröhnend. »Er kann nicht, Ablantur. Die Besatzung muss auf das Landekommando warten, das auf Fretiklia festsitzt. Rennlynnk hat die Falle zuschnappen lassen.«

Etwa zur gleichen Zeit stand Kaiser Karl mit erhobenen Armen in einem Hausflur von Opan-Town und spürte den Druck einer Waffe im Rücken. »Treffen Sie keine vorschnellen Entscheidungen«, sagte er. »Meine Großmutter hat immer gesagt, dass man …«

»Das interessiert mich nicht. Gehen Sie hinaus!« Kaiser erkannte Atrup Ahan, den Assistenten von Okunan Opan, an der Stimme.

»Warum?«

»Weil ich keine Lust habe, Ihr Blut im Haus aufzuwischen.«

»Wie herzerfrischend.« Der Alte blieb stehen, wo er war. »Ich nehme Ihnen die Arbeit gern ab, falls Sie sich überfordert fühlen.« Er drehte sich langsam um. In der Dunkelheit konnte er nur die schattenhafte Silhouette Ahans erkennen.

»Sie sind leichtsinnig, Kaiser.«

»Das sieht in meinem Alter nur so aus, Ahan. Sie verwechseln Leichtsinn mit Gelassenheit.«

Der Assistent rammte ihm den Lauf der Handfeuerwaffe an die Brust. Kaiser taumelte zurück. Er stöhnte.

»Gehen Sie hinaus! Los, beeilen Sie sich!«

Der Alte erkannte, dass ihm keine andere Möglichkeit mehr blieb. Er konnte Atrup Ahan nicht auf dem Flur überwältigen. Humpelnd verließ er das Haus, sprang dann aber blitzschnell zur Seite.

Ein Schuss krachte. Kaiser Karl sah die Stichflamme, die aus dem Lauf der Waffe schoss, doch die Kugel verfehlte ihn. Einen zweiten Schuss konnte Ahan nicht abfeuern, weil Kaiser Karl noch schneller den Strahler hochgerissen und ausgelöst hatte. Die Glut verbrannte Ahans Hand. Gurgelnd ließ der Assistent die aufglühende Waffe fallen, dann raubte ihm der Schock die Besinnung.

In den umliegenden Häusern gingen die Fenster auf. Vereinzelte Rufe wurden laut. Kaiser Karl verbarg sich im Schatten eines Vorbaus. Er sah, dass mehrere Männer auf die Straße liefen. Sie waren bewaffnet.

Da flammte ein Thermoschuss zwischen den Häusern auf. Er zuckte über die Männer hinweg und veranlasste sie, sich auf den Boden zu werfen. Trotzdem fielen noch Schüsse aus Projektilwaffen. Eine Alarmsirene heulte auf.

Okunan Opan eilte mit wehenden Gewändern auf die Straße. Er hob die Arme zum Himmel und rief: »Frieden, Leute! Frieden in Vhratos Namen!«

»Hier ist Vhrato!«, brüllte jemand mit mächtiger Stimme durch die Nacht. »Legt die Waffen nieder, Opaner! Vhrato befiehlt es euch.«

Kaiser Karl entdeckte Oberst Tabhun, der aus dem Schatten eines Baumes hervortrat. Der Alte wandte sich dem Haus zu, in dem der Überschwere wohnte. Dort war noch alles dunkel. Von einer unbestimmten Ahnung erfasst, rannte Kaiser los. Irgendwo krachte ein Schuss, und eine Kugel jaulte dicht an seinem Kopf vorbei. Er kauerte sich in den Schatten einer Kiste mit kopfgroßen Früchten. Gleich darauf beobachtete er, dass der Überschwere sein Haus verließ. Er trug einen Kasten auf den Schultern.

Kaiser hob den Strahler und zielte. Er schoss, als er glaubte, einen Treffer anbringen zu können. Doch der Überschwere setzte unerwartet über ein Hindernis hinweg, das der Alte nicht sehen konnte, und der

Glutstrahl verfehlte ihn. Der Überschwere brüllte erschrocken auf und taumelte. Der Container drohte ihm zu entfallen. Kaiser Karl schoss erneut, doch zu spät. Die massige Gestalt rannte unglaublich schnell davon.

Überall in der Siedlung brandete Lärm auf. Schüsse fielen. Dazwischen ertönten die Stimmen von Okunan Opan und seinem Gegenspieler, den Kaiser nicht kannte. Beide riefen dazu auf, die Kämpfe einzustellen.

Der Alte lief hinter dem Überschweren her. Er gab nicht auf, obwohl der Umweltangepasste immer mehr Vorsprung gewann.

Das Gelände war flach und übersichtlich. Die Siedler hatten in der Ebene rund um die Stadt ihre Felder angelegt. Auf ihnen wuchsen nur niedrige Pflanzen, sodass der Überschwere nur selten einmal Deckung fand. Kaiser Karl blieb stehen, sobald er seinen Gegner nicht mehr sehen konnte, und wartete ab, bis dieser wieder auftauchte. Mehrmals brach er einen Zweig ab und kratzte einen großen Pfeil in den Boden, um anzuzeigen, in welche Richtung der Überschwere geflohen war.

Die Jagd laugte ihn aus. Sein Alter machte sich bemerkbar, und er musste Pausen einlegen, in denen sich der Überschwere weiter entfernte. Kaiser war überzeugt davon, dass es irgendwo ein Versteck mit einer modernen Flugmaschine oder gar einem Raumschiff gab. Er musste verhindern, dass der Überschwere Alarm schlug und Kampfraumer der Springer herbeirief.

Keuchend arbeitete Kaiser sich bis zu einer Hügelkuppe hoch und richtete sich vorsichtig auf. Er sah, dass der Umweltangepasste einen großen Vorsprung hatte. Deutlich konnte er die gedrungene Gestalt erkennen, die sich unübersichtlichem, felsigem Gelände näherte.

In dem Moment blitzte es hinter ihm auf. Ein Energiestrahl verfehlte ihn nur knapp. Kaiser Karl schrie auf. Er spürte, dass seine Wange unter der enormen Hitzeeinwirkung aufgeplatzt war. Ungefähr hundert Meter hinter ihm eilten vier Männer heran. Im Sternenlicht identifizierte er Captain Woreman.

»Nicht schießen!«, rief er und winkte. Seine Stimme versagte und wurde zu einem heiseren Krächzen, das die Verfolger nicht hören konnten. Wieder blitzte es drüben auf.

Kaiser fühlte den Hitzeschlag, riss die Arme hoch und warf sich dabei zurück. Er rutschte über eine Kante hinweg und rollte meterweit den Hügel hinunter. Dabei begriff er, dass Woreman ihn entweder nicht verstanden hatte oder ihn wegen des Kampfes mit Sergeant Larris töten wollte.

Taumelnd kam er auf die Beine und rannte wieder hinter dem Überschweren her. Sein Atem ging keuchend. Er wollte außer Schussweite sein, sobald Woreman den Hügel erreichte. Aber er schaffte es nicht. Nach etwa fünfzig Metern musste er eine Pause einlegen. Sein Herz schlug so wild, dass ihm die Brust schmerzte. Er kauerte sich hinter einen Busch und blickte zurück. Die vier Männer standen auf dem Hügel und suchten ihn. Er wartete ab, bis sie seitlich an der Erhebung verschwanden, dann setzte er seine Flucht fort. Die Angst verlieh ihm ungeahnte Kräfte. Viel zu spät wurde Woreman wieder aufmerksam. Der Captain feuerte, verfehlte ihn jedoch, weil er buchstäblich in letzter Sekunde hinter einen Felsen sprang.

Ihn schwindelte. Die Atemnot war so groß, dass er sich nicht mehr auf den Beinen halten konnte. Er ließ sich einfach auf die Knie sinken. Die Schmerzen strahlten vom Herzen bis weit in den linken Arm aus. Das war ein deutliches Alarmzeichen: Er war am Ende seiner Kräfte angelangt.

Vor sich hörte er ein Geräusch, das verhaltene Zischen eines Schleusenschotts. Er hob den Kopf.

Keine zwanzig Meter entfernt stand die Space-Jet. Der Überschwere schob den Container, den er mitgeschleppt hatte, in das offene Schleusenschott. Kaiser griff nach seinem Energiestrahler. Er zog ihn aus dem Gürtel hervor und richtete ihn auf den Springer.

Seine Hand zitterte so stark, dass er nicht einmal sicher sein konnte, das Raumschiff zu treffen. Er senkte den Kopf und presste die Stirn auf den kühlen Boden. Mühsam zwang er sich, ruhig zu atmen. Dann blickte er wieder auf den Überschweren. Er stützte den Strahler mit der linken und umklammerte den Griff mit der rechten Hand.

An Bord der DOOGEN gellte der Alarm. Major Eastro eilte in die Zentrale. Auf dem Ortungsschirm zeichneten sich zahlreiche Reflexe ab.

»Sir, wir haben vierzig Walzenraumer der Überschweren erfasst!«, meldete der Ortungsoffizier.

»Zweifel ausgeschlossen?«

»Kein Zweifel, Sir.«

Major Eastro nahm die Daten gedankenschnell auf.

»Sie bleiben noch auf Distanz, Sir«, fuhr der Ortungsoffizier fort. Die anderen Offiziere standen in der Nähe und hörten mit. »Vorläufig fliegen sie nur ein Umfassungsmanöver.«

»Sie wollen sichergehen, dass wir ihnen nicht entkommen können. Nicht ungeschickt. Konnten Sie herausfinden, wer dahinter steckt?«

Der Ortungsoffizier reichte ihm den Ausdruck eines Funkspruchs.

»Adressat ist Leticron, Sir.«

Der Erste Offizier nickte, als habe er nichts anderes erwartet. »Benachrichtigen Sie den Kommandanten!«, befahl er.

»Wir haben bereits eine Kontaktaufnahme versucht, Sir. Bisher vergeblich.«

»Bemühen Sie sich weiter.«

Major Eastro hatte seine anfängliche Bestürzung überwunden. Viel Zeit blieb der DOOGEN nicht für einen Erfolg versprechenden Ausbruchsversuch. Der Major verstand nicht, warum sich der Kommandant nicht längst mit der DOOGEN in Verbindung gesetzt hatte.

Sein Blick streifte den sternenübersäten Panoramaschirm. Warum musste es angesichts dieser Unzahl von Sonnen mit ihren bewohnbaren Planeten überhaupt Auseinandersetzungen in der Galaxis geben? Eine nahezu unvorstellbar große Zahl von Welten war noch nicht besiedelt und stellte damit eine kaum auszuschöpfende Reserve für alle expandierenden Völker dar. Major Eastro hätte es noch verstanden, wenn das Konzil versucht hätte, möglichst viele Planeten für sich selbst zu reservieren, auch wenn die ihm angehörenden Völker in den nächsten zehntausend oder hunderttausend Jahren noch nicht in der Lage waren, sie zu erschließen. Aber die Laren waren in die Milchstraße vorgestoßen, um den darin lebenden Völkern ihre Vorstellungen von Lebensglück aufzuzwingen. Vielleicht waren sie sich dabei gar nicht einmal wirklich bewusst, dass sie die Völker versklavten, wenn sie ihre Auffassungen gewaltsam durchdrückten?

Major Eastro senkte den Kopf.

Er hatte oft versucht, sich diese Frage zu beantworten. Es war ihm nicht gelungen. Die offizielle Version war anders. Lordadmiral Atlan hatte klar herausgestellt, dass die Laren und mit ihnen das Konzil voll verantwortlich waren. Sie wussten genau, was sie taten. Sie folgten ausschließlich ihrem Machtstreben. Dabei täuschten die Laren sogar die anderen Mitgliedsvölker des Konzils der Sieben. Waren die Greikos nicht in die Milchstraße gekommen, weil sie misstrauisch geworden waren? Und waren sie nicht wieder abgezogen, ohne dass die Zustände in der Galaxis sich geändert hätten?

Major Eastro blickte auf die Ortungsreflexe, von denen jeder einen Walzenraumer der Überschweren anzeigte.

Sie fielen den anderen Völkern der Galaxis in den Rücken. Daran hatte sich in den vergangenen 120 Jahren nichts geändert. Sie nutzten ihre Chance, neben den Laren zum mächtigsten Volk der Milchstraße aufzusteigen.

Vielleicht wäre alles anders gekommen, wenn Großadministrator Perry Rhodan nicht einen Fehler gemacht hätte. Eastro hatte kein Verständnis für Rhodans Entscheidung. Oft genug hatte er mit anderen Offizieren der Raumakademie von Gäa dieses Thema diskutiert. Die älteren Offiziere dachten anders über Rhodans Flucht mit der Erde. Häufig war er deshalb mit ihnen zusammengeprallt. In seinen Augen hatte Rhodan sich selbst ins Abseits gestellt. Lordadmiral Atlan war der überragende Mann der Neuen Menschheit geworden. Er leitete das NEI souverän. Major Eastro konnte sich nicht erinnern, jemals von Auseinandersetzungen gehört zu haben, bei denen es um Atlan ging, während Rhodan oft genug im Kreuzfeuer der Kritik gestanden hatte.

»Sir, der Kommandant meldet sich nicht.«

Der Erste Offizier schreckte auf. Er blickte auf den Hauptortungsschirm. Die Schlinge zog sich um die DOOGEN zusammen.

Kaiser Karl schoss, als er glaubte, dass seine Hand ruhig genug war. Doch er verfehlte den Überschweren.

In dem Moment geschahen mehrere Dinge gleichzeitig. Einer der Männer aus Opan erschien direkt hinter Kaiser, und der Umweltangepasste wirbelte herum und feuerte seinen Strahler ab. Der Schuss tötete den Opaner. Kaiser Karl aber presste sich so fest an den Boden, dass dem Überschweren nicht auffiel, dass er den falschen Mann getroffen hatte. Der Alte hörte ihn lachen. Vorsichtig hob er den Kopf und sah, dass sein Gegner in der Schleuse der Jet stand und in Richtung Opan-Town blickte. Dann drehte der Beobachter Leticrons sich um und verschwand.

Kaiser Karl raffte sich auf und lief los, obwohl ihm die Beine kaum noch gehorchten. Die Schotten schlossen sich. Er zwängte sich im letzten Moment in die Schleusenkammer. Keuchend lehnte er sich an eine Wand. Ihm wurde schwarz vor Augen, aber er brach nicht zusammen.

Er durfte keine Zeit verlieren. Deshalb legte er seine Hand auf den Innenkontakt der Schleuse, als er glaubte, wieder gehen zu können. Die Schotten öffneten sich. Mit geweiteten Augen blickte Kaiser in den angrenzenden Raum, der bis auf abgestellte Einsatzgeräte leer war. Der Überschwere befand sich bereits in der Hauptleitzentrale.

Kaiser lief zum zentralen Antigravschacht. Er hörte, dass der Überschwere oben in der Zentrale hantierte. Lautlos glitt der Alte in den Schacht, ließ sich bis Deck zwei hochtragen und stieg dort aus. Es war lange her, dass er sich mit der Technik eines Raumschiffs befasst hatte, dennoch hatte er nichts Wesentliches vergessen. Er zog seinen Strahler, justierte ihn auf Nadelwirkung und durchtrennte Verbindungen im Antigrav- und im Impulstriebwerk.

Sekundenbruchteile später hörte er den Überschweren zornig aufbrüllen und straffte sich. Er hatte es geschafft, hatte den Umweltangepassten daran gehindert, mit der Jet zu verschwinden.

Er schaltete wieder auf breiter gefächerten Energiestrahl um, richtete die Waffe auf den Antigravschacht und wartete. Irgendwann musste der Koloss herunterkommen. Kaiser fürchtete sich nicht mehr vor ihm, denn jetzt kam es nicht nur auf körperliche Kraft und auf Schnelligkeit, sondern vor allem auf geistige Klarheit an. Der Überschwere war als Kämpfer ausgebildet worden. Er lebte für die Aufgabe, Leticron oder gar den Laren zu dienen. Spätestens in diesen Sekunden musste er begriffen haben, dass er nicht allein an Bord war.

Kaiser Karl kniff die Augen zusammen. Er setzte sich auf einen Antigravprojektor. Wieder überfiel ihn die Schwäche, und die Schmerzen pulsierten bis in den linken Arm hinein. Zudem spürte er sein Herz so deutlich wie nie zuvor. Die Anstrengungen machten sich nun voll bemerkbar. Seine Kräfte gingen zu Ende.

Er fluchte leise vor sich hin.

Neben dem Einstieg zum Antigravschacht brannte eine winzige Kontrolllampe. Sie zeigte an, ob das Feld eingeschaltet war oder nicht. Während Kaiser noch überlegte, erlosch das Licht.

Im gleichen Moment erkannte der Alte den tollkühnen Plan seines Gegners. Er richtete seinen Strahler auf den Schacht und schoss.

Der Überschwere brüllte vor Entsetzen auf. Er stürzte mitten in den Glutstrahl hinein und kam nicht mehr dazu, seinerseits auf Kaiser Karl zu schießen.

Der Alte wusste, dass er dem Tod nur knapp entgangen war. Der Überschwere hatte seine extrem schnellen Reaktionen nutzen wollen. Er war im Schacht nach unten gefallen, ohne sich vom Antigravfeld tragen zu lassen. Für Sekundenbruchteile hätte er Einblick in Deck zwei gehabt, während er an der Schachtöffnung vorbeistürzte. Und diese kurze Zeitspanne hätte ihm genügt, seinen Gegner auszumachen und zu schießen. Als Umweltangepasster war er an eine wenigstens doppelt so hohe Schwerkraft gewöhnt, wie sie auf Fretiklia herrschte. Den dreißig Meter tiefen Sturz hätte er also am Ende des Schachts abfangen können, und die Jet wäre wieder in seiner Hand gewesen.

Mit zitternden Knien ging Kaiser Karl zum Antigravschacht und blickte hinein. Die Leiche des Überschweren lag tief unter ihm. Er schaltete das Feld an, polte es aufwärts und ließ sich zur Hauptleitzentrale hinauftragen. Dort erkannte er, dass der Springer die Prallfeldschirme aktiviert hatte und sich niemand dem Raumschiff nähern konnte.

Kaiser blickte durch die Sichtkuppel. Es dämmerte. Draußen standen Okunan Opan und Captain Woreman zusammen mit weiteren Männern. Er winkte ihnen zu, doch sie reagierten nicht.

Er schaltete die Schutzschirmprojektoren ab und öffnete die Schleuse. Dann erst wurde ihm bewusst, dass die Funkgeräte ein ständiges Rufsignal abgaben. Er aktivierte den Empfang, dachte jedoch nicht daran, sich schon jetzt anzuhören, was die DOOGEN der Jet-Besatzung mitzuteilen hatte.

Im Antigravschacht schwebte er wieder nach unten und ging auf die Schleuse zu, als ihm Woreman mit gezücktem Energiestrahler entgegenkam.

»Hallo, Pete«, sagte Kaiser. Bestürzt blickte er auf das flimmernde Abstrahlfeld. »Sind Sie verrückt geworden, Pete?«

»Es reicht, Alter. Sie haben genügend angerichtet. Machen Sie, dass Sie rauskommen.«

Kaiser kratzte sich das rechte Bein. »Großmutter pflegte in solchen Fällen zu sagen: Der junge Mann ist heute Morgen ohne Gehirn aus dem Bett gestiegen. Sind das wirklich Sie, Pete?«

»Sie alter Narr wissen ja überhaupt nicht, was Sie angerichtet haben.«

»Oh doch, Pete, das weiß ich.«

Woreman ließ die Waffe sinken. Er packte Kaiser Karl am Rockaufschlag, zog ihn grob herum und stieß ihn durch die Schleusenkammer aus der Jet. Der Greis stürzte zu Boden und blieb betäubt liegen.

Captain Woreman schwebte zur Zentrale hinauf. Erst von dort aus bemerkte er die Leiche des Überschweren auf dem Grund des Schachts. Er runzelte die Stirn, kam jedoch nicht dazu, sich Gedanken über den Toten zu machen. Die Stimme des Ersten Offiziers rief ihn an die Mikrofone des Hyperfunkgerätes.

»Wir kommen sofort«, erklärte er, als er die Nachricht von den Walzenraumern gehört hatte.

»Wir fliegen Fretiklia an, um den Weg für Sie zu verkürzen«, kündigte der Erste Offizier an. »Wir bleiben ständig miteinander in Kontakt.«

»Verstanden.«

Captain Woreman rief Oberst Tabhun und informierte ihn über die Situation. »Holen Sie mich mit der Jet ab!«, befahl der Kommandant.

»Ich komme«, erwiderte Woreman. Er hatte so oft eine Space-Jet geflogen, dass er darüber gar nicht mehr nachzudenken brauchte. Alles verlief nahezu automatisch. Daher stutzte Woreman erst, als der Diskus sich eigentlich schon vom Boden hätte erheben müssen. Der Antrieb funktionierte nicht. Fluchend wiederholte Woreman seine Schaltungen. Dann erst nahm er die Kontrollpositronik in Betrieb, die ihm bestätigte, dass der Antrieb nicht funktionierte. Ein derartiger totaler Ausfall war so extrem selten, dass er kaum noch in Betracht gezogen wurde. Die Aggregate waren seit Jahrhunderten ausgereift.

Woreman informierte den Kommandanten. Dann ließ er sich im Antigravschacht nach unten sinken, wobei er einen scheuen Blick auf den toten Überschweren warf. Er betrat Deck zwei. Hier stellte er schon nach Sekunden fest, wo der Schaden lag. Und endlich befasste er sich mit der Frage, was an Bord vorgefallen sein mochte. Bis zu diesem Zeitpunkt hatte er als selbstverständlich angenommen, dass Kaiser Karl die Jet entführt hatte.

Er hastete zur Bodenschleuse. Als er sie erreichte, hörte er Schreie. Er trat hinaus und sah, dass zwei Männer auf den Alten einschlugen.

»Halt!«, befahl er. »Was fällt Ihnen ein!«

Okunan Opan deutete eine Verneigung vor Woreman an. »Wir geben dem Verräter, was ihm zusteht«, sagte er.

Kaiser Karl wandte sich dem Captain zu. Die Spuren der Schläge zeichneten sich auf seinem Gesicht ab. Er schritt schwankend auf Woreman zu und brach dicht vor ihm zusammen. Der Captain konnte ihn gerade noch auffangen.

»Ich verstehe nicht ganz, Mister Opan. Wieso ist dieser Mann ein Verräter?«

»Wir haben herausgefunden, dass er Verbindung mit den Überschweren aufgenommen und sie über Ihre Ankunft informiert hat. Wir können das beweisen, Captain«, antwortete der Vhrato-Verkünder.

»Interessant«, erwiderte Woreman. »Ich werde mir anhören, was Sie mir zu sagen haben. Warten Sie bitte auf mich. Inzwischen rechne ich mit diesem Mann auf meine Weise ab.«

Er trug Kaiser in die Jet und schloss das äußere Schleusenschott hinter sich, sodass ihm die Opaner nicht folgen konnten. Er brachte den Verletzten ins Medocenter, das aus einem kleinen Raum mit vollrobotischen Geräten bestand, und legte ihn auf den Behandlungstisch. Sonden und Sensoren glitten über den Körper des Alten, er bekam eine Injektion und Präparate, die seine Schwellungen schnell abklingen ließen.

Kaiser Karl stöhnte nach etwa zwei Minuten gequält auf.

»Muss das sein?«, fragte er heiser. »Verdammt, wenn meine Großmutter mich so sehen könnte, sie würde nachträglich aus der Krankenkasse austreten.«

Die Robotarme zogen sich zurück. Kaiser Karl richtete sich ächzend auf. Er wischte sich mit der Linken über das Gesicht und kratzte mit der rechten Hand sein Bein.

»Dieses Luder«, schimpfte er. »Dieses verdammte Luder.«

»Wovon sprechen Sie, Kaiser?«

»Von meinem Bein natürlich. Das Biest hat sich weibliche Hormone verabreichen lassen. Sehen Sie, wie es …?«

»Wir haben keine Zeit für Witze, Kaiser. Haben Sie den Antrieb zerstört?«

»Ja.«

Captain Woreman blickte ihn fassungslos an.

»Ja? Sie sagen einfach so – ja?«

»Was soll ich sonst sagen?«

»Wollen Sie mir das nicht erklären, verdammt?«

»Sie sollten nicht fluchen, Captain.« Der Alte stand auf und rieb sich den rechten am linken Knöchel. »Ich hatte keine andere Wahl. Der Überschwere wäre mit der Jet verschwunden. Und dann wäre alles aus gewesen.«

»Das ist es auch so.« Woreman sagte, dass eine Übermacht von Walzenraumern zum Angriff auf die DOOGEN bereitstand.

»Sie müssen eine zweite Jet schicken, die uns abholt. Inzwischen dürfte Ihnen hoffentlich klar sein, dass der Umweltangepasste die Flotte herbeigerufen hat.« Kaiser berichtete dem Captain, dass er in Opan-Town einen Stützpunkt des Überschweren vorgefunden und zerstört hatte. »Vhrato-Verkünder Okunan Opan arbeitet mit den Überschweren zusammen, Captain.«

»Ich habe mir so etwas gedacht, als er Sie als Verräter bezeichnete«, entgegnete Woreman.

»Hüte dich vor den falschen Propheten. Das hat meine Großmutter schon immer gesagt.«

»Mit diesem Weib machen Sie mich noch schwach«, sagte Woreman ärgerlich. Er eilte zum Antigravschacht.

»Das ist noch gar nichts, Captain«, rief Kaiser hinter ihm her. »Ein Stück von einem Weib ist noch viel schlimmer. Das kann einen Mann wahrhaft verrückt machen.« Er schlug seine Hand auf den rechten Oberschenkel.

Als er merkte, dass der Captain nicht auf seine Worte eingehen wollte, wartete er, bis Woreman die Zentrale erreichte. Dann ließ er sich nach unten bis zur Leiche tragen. Er packte sie und schleppte sie im Antigravfeld bis Deck eins hoch. Hier legte er sie auf den Boden, weil ihm die Kräfte fehlten. Im Laderaum stand jedoch ein fahrbarer Antigravprojektor, der für leichtere Bodenarbeiten gedacht war. Mit diesem Gerät schob er den Überschweren bis in die Schleuse. Er öffnete das Außenschott und warf den Toten Okunan Opan vor die Füße. Der Vhrato-Verkünder blickte ihn starr an. Er wusste, dass Kaiser Karl ihn entlarvt hatte.

Der Alte zog sich mit dem Projektor zurück und schloss die Schotten. Dann begab er sich in die Zentrale.

»Na, Captain, wie steht's?«, fragte er. »Kommt die DOOGEN selbst, oder schickt man uns ein Beiboot?«

»Nichts von beidem«, entgegnete der Offizier. »Die Überschweren greifen an.«

Sie blickten sich an. Diese Nachricht war gleichbedeutend mit ihrem eigenen Todesurteil. Die DOOGEN hatte nicht die Spur einer Chance gegen die Übermacht. Sobald sie vernichtet war, würden Einsatzkommandos auf Fretiklia erscheinen und nach den Männern suchen, die den Überschweren von ihrem Beobachter gemeldet worden waren. Weder Woreman noch Kaiser zweifelten daran, dass man sie finden würde.

5.

Oberst Vancon Tabhun erreichte die Space-Jet zusammen mit Apter Haras. Kaiser Karl empfing sie in der Schleuse.

»Lässt sich der Schaden reparieren?«, fragte der Oberst.

Kaiser schüttelte den Kopf. »Wenn ich schon etwas kaputtmache, Vancon, dann gründlich.«

Tabhun warf ihm einen wütenden Blick zu und ging an ihm vorbei.

»Er will eine zweite Jet kommen lassen«, bemerkte der Vhrato-Verkünder.

»Man muss die gute Absicht loben«, sagte Kaiser spöttisch, »aber die Grünhäute sind wachsam.«

»Sie glauben nicht daran, dass eine Space-Jet durchkommt?«

Der Alte schüttelte den Kopf. Er setzte sich auf die Einstiegskante der Schleuse und blickte zur Leiche des Überschweren hinüber, die Okunan Opan zurückgelassen hatte.

»Es tut mir Leid, Mister Haras, dass wir keine Gelegenheit mehr haben werden, Ihnen viel beizubringen. Sie haben eine Menge verlernt.«

»Bleiben Sie nicht hier?«

»Ich?« Kaiser stockte der Atem vor Überraschung. »Sie fragen, ob ich bleibe?«

»Genau das habe ich getan.«

Der Alte lachte. »Mister Haras«, sagte er dann, »weshalb bin ich denn mit Oberst Tabhun geflogen? Falls tatsächlich eine Jet erscheinen sollte, werde ich auf jeden Fall an Bord gehen. Vorausgesetzt, der Kommandant lässt es zu.«

»Auf Fretiklia wären Ihre Überlebenschancen größer.«

»Ein Mann in meinem Alter überlegt sich so etwas nicht. Ich habe nicht mehr lange zu leben. Außerdem habe ich mich an Bord der DOOGEN geschmuggelt, weil mein Dasein zu langweilig wurde. Ich will an Bord der Jet sein, wenn es hart auf hart geht.«

»Sie sollten sich nicht so entscheiden. Bleiben Sie bei uns und versuchen Sie, unser Wissen zu ergänzen. Wir benötigen dringend Hilfe, wenn nicht auch die nächsten Generationen unter menschenunwürdigen Umständen leben sollen.«

»Fragen Sie den Kommandanten, ob Sie die Jet plündern dürfen. Er hat bestimmt nichts dagegen.« Kaiser erhob sich. Er schob seine Hände tief in die Hosentaschen. »Gibt es außer Haras-Town und Opan-Town noch andere Siedlungen auf Fretiklia?«

Der Vhrato-Verkünder schüttelte den Kopf. »Wir sind die letzten der ehemaligen Siedler. Warum nehmen Sie uns nicht mit nach Gäa?«

»Weil wir selbst kaum eine Chance haben. Außerdem will Atlan nicht noch mehr Menschen nach Gäa holen. Er sucht ja den Weg zurück in die Galaxis und nicht umgekehrt.«

»Wo ist Gäa, Kaiser?«

Der Alte antwortete nicht. Er hörte, dass Oberst Tabhun zurückkehrte. Der Kommandant blieb neben Kaiser stehen.

»Ich habe den Start von drei Space-Jets angeordnet«, teilte er mit. »Vielleicht haben wir Glück, dass wenigstens eine durchkommt.« Er blickte den Alten an. »Also, Kaiser, leben Sie … hm, leb wohl.« Er streckte ihm die Hand entgegen. »Du hast dich zwar unmöglich benommen, hast aber zugleich auch einiges wieder gutgemacht.«

»Heißt das, Vancon, dass du hier auf Fretiklia bleiben willst?«

»Wieso?«, fragte der Oberst verblüfft. »Wieso ich?«

»Ich muss auf jeden Fall nach Gäa zurück, Vancon. Du weißt, dass ich meine Organe verkauft habe. Mein Gehirn gehört praktisch schon einem Mucy. Glaubst du, dass ich die Transplantat-Bank von Gäa betrügen will?«

»Kaiser, ich kann dich nicht mitnehmen. Es geht einfach nicht.«

»Du willst also die Arbeit der Bank sabotieren? Eine seltsame Auffassung von Pflichtbewusstsein hast du.« Kaiser spuckte aus und wechselte das Thema. »Ich habe Mister Haras versprochen, dass er die Jet plündern darf, bevor die Überschweren sie zerbomben.«

»Dagegen ist nichts einzuwenden.« Auf den Hügeln erschienen weitere Bewohner der beiden Siedlungen. Der Alte gab Apter Haras einen Wink.

»Kommen Sie, großer Prophet, ich werde Ihnen zeigen, was Sie am besten verwenden können. Ich werde Ihnen vor allem den Shift ausschleusen.«

»Es sieht schlimm aus, Sir«, meldete Woreman dem Oberst. »Bis jetzt haben nur zwei Raumer die DOOGEN angegriffen, aber die anderen Schiffe schließen auf. – Moment, Sir, ich habe die Jets in der Ortung. Zwei Walzenraumer rasen auf sie zu. Verdammt, da kommt nur eines unserer Schiffe durch, wenn überhaupt.«

»Kommen Sie nach unten, Pete!«, befahl der Kommandant. »Es ist so weit.«

Ab der Bodenschleuse hatten die Fretiklianer eine lange Kette gebildet. Schnell und zügig beförderten sie nach draußen, was immer sie meinten, gebrauchen zu können, und was sie in der kurzen Zeit hatten demontieren können. Kaiser Karl half ihnen bei der Arbeit.

Oberst Tabhun hatte ein schlechtes Gewissen. Zu Recht war er zunächst über den Alten erbost gewesen. Kaiser musste wissen, dass er sich niemals an Bord hätte einschmuggeln dürfen. Ursprünglich hatte Tabhun ihn hart dafür bestrafen wollen. Inzwischen aber hatte Kaiser durch seinen Einsatz vieles wieder gutgemacht, und nun wusste der Oberst nicht, wie er sich entscheiden sollte. Nahm er Kaiser mit zurück nach Gäa, musste er ihn dort dem Militärgericht überstellen. Eine empfindliche Strafe war unumgänglich. Ließ er ihn auf Fretiklia zurück, lieferte er ihn einem Leben aus, das Kaiser gar nicht liebte. In der vom Vhratoismus so deutlich geprägten Gesellschaft konnte er nicht existieren, ohne früher oder später gefährliche Zwischenfälle auszulösen. Zudem war damit zu rechnen, dass die Überschweren auftauchten und sich rächten. Kaiser Karl würde dann am meisten zu leiden haben.

Während der Oberst noch grübelte, was er tun sollte, tauchte eine Space-Jet aus den Wolken. Captain Woreman sah sie sofort. Er machte den Kommandanten aufmerksam. Die Fretiklianer unterbrachen ihre Arbeiten. Kaiser Karl verließ das unterste Deck und eilte zwischen die Felsen.

Das Raumschiff raste mit hoher Geschwindigkeit heran, verzögerte mit Höchstwerten und sank steil herab. Es landete auf einer freien Fläche von etwa fünfzig Metern Durchmesser. Oberst Tabhun und Captain Woreman verabschiedeten sich hastig von Apter Haras.

»Wenn wir können, kommen wir wieder«, versprach der Kommandant. »Wir werden Ihnen helfen. Sorgen Sie vor allem dafür, dass die Rivalitäten zwischen Ihren Siedlungen aufhören. Bilden Sie eine verschworene Gemeinschaft wie wir im Neuen Einstein'schen Imperium auf Gäa. Dann können die Überschweren nur noch halb so viel gegen Sie ausrichten.«

»Opan ist erledigt, Sir«, entgegnete der Verkünder des Sonnenboten. »Damit dürften auch die größten Schwierigkeiten beseitigt sein. Ich wünsche Ihnen viel Glück.«

»Danke.«

Die beiden Offiziere rannten auf die Jet zu. Als sie die offene Bodenschleuse fast erreicht hatten, gesellte sich eine hagere Gestalt zu ihnen, und bevor sie recht begriffen, was geschah, stand Kaiser Karl neben ihnen in der Schleuse. Der Alte legte seine Hand auf den Kontakt, und die Schotten schlossen sich.

»Du musst mich schon hinauswerfen, Tabhun, wenn du mich loswerden willst.«

Der Oberst antwortete nicht. Er warf Kaiser einen wütenden Blick zu und eilte zum Antigravschacht. Zusammen mit Woreman schwebte er nach oben. Der Alte ließ sich auf den Boden sinken, er atmete keuchend. Der Spurt auf die Schleuse hatte ihn zu sehr angestrengt. Als die Jet startete, lag er lang auf dem Boden und wartete, dass er sich ausreichend erholte. Dann stand er auf und ließ sich vom Antigrav nach oben tragen. Er kannte die drei Offiziere nicht, die den Raumer flogen. Der Kommandant und Woreman hatten sich hinter den Sesseln postiert und beobachteten die Ortungsschirme.

Die Space-Jet raste bereits durch die obere Atmosphäre von Fretiklia. Deutlich konnte Kaiser das Aufblitzen der Impulskanonen der Walzenraumer sehen. Die DOOGEN war von 27 Raumschiffen der Überschweren eingekesselt worden.

»Es wäre sinnlos, durchbrechen zu wollen«, stellte Oberst Tabhun fest. Er war bleich bis in die Lippen. Kaiser sah, dass sich seine Hände um die Lehne des Sessels vor ihm verkrampften. »Verzögern Sie.«

Die Jet wurde langsamer.

Die DOOGEN stand im Zentrum konzentrierten Feuers. Der grüne HÜ-Schirm weitete sich zusehends aus und zeigte Reaktionen, die klar erkennen ließen, dass er dem Zusammenbruch nahe war. Die Besatzung der DOOGEN kämpfte mit dem Mut der Verzweiflung. Sie wehrte sich mit allen zur Verfügung stehenden Waffen, und es glückte ihr sogar, zwei Walzenraumer mit Hilfe der Transformkanonen zu vernichten, doch damit änderte sich im Grunde genommen nichts.

Oberst Tabhun nahm Verbindung mit der DOOGEN auf. »Versuchen Sie auszubrechen!«, befahl er dem Ersten Offizier. »Warten Sie nicht, bis es zu spät ist.«

»Wir haben schon vier Anläufe gemacht, Sir« entgegnete Major Eastro. »Die Überschweren geben uns nicht frei.«

»Versuchen Sie es dennoch!«

Beide Männer wussten, dass sie damit das Ende der DOOGEN nicht aufhalten konnten. Das Schiff konnte dem Dauerfeuer der eindeutig überlegenen Flotte nicht widerstehen.

Der Schwere Kreuzer beschleunigte plötzlich und raste auf zwei Walzenraumer zu. Gleichzeitig feuerte die DOOGEN alle Waffensysteme auf diese beiden Raumer ab. Sekundenlang erschien es, als könne sie es wider Erwarten schaffen, den Kessel zu sprengen. Beide Walzenraumer explodierten, und eine Lücke entstand. Die DOOGEN stieß in die Öffnung, doch gleichzeitig rückten von außen drei Walzenraumer heran und legten sich ihr in den Weg.

»Das ist das Ende«, stellte Woreman fest.

»Ich hätte auf Fretiklia bleiben sollen«, schimpfte Kaiser leise. »Verdammt, ich wollte auf meine alten Tage noch einmal etwas erleben, aber nicht so etwas.«

Vancon Tabhun blickte ihn kurz an. Er sah, dass sich die Augen des Alten weiteten. Kaisers Kinn sank nach unten, er streckte einen Arm aus und zeigte auf die Holoschirme.

»Was … was ist das?«, fragte er stammelnd.

Oberst Tabhun fuhr herum.

Ein riesiges, schemenhaft verzerrtes Gebilde, nahezu kugelförmig, jagte, aus dem Nichts kommend, heran. Der Kommandant blickte durch die Sichtkuppel. Er konnte das Ding sehen, wenngleich nicht so deutlich wie in der Vergrößerung der Schirme. An verschiedenen Stellen dieses unwirklich erscheinenden Etwas blitzte es auf, gleichzeitig explodierten mehrere Walzenraumer.

»Was ist das?«, stieß nun auch der Oberst hervor. Die Ortungen erfassten lediglich die Walzenraumer und die DOOGEN, nicht aber das seltsame Gebilde.

»Seht euch an, wie es unter den Grünhäuten aufräumt«, jubelte Kaiser Karl. Er schlug auf die Schulter des Kommandanten. »Verdammt, Vancon, ich wusste doch, dass es richtig war, mit an Bord zu gehen.«

Die DOOGEN gewann wieder an Bewegungsfreiheit. Major Eastro reagierte geistesgegenwärtig und entschlossen. Er griff nun wieder seinerseits die Überschweren an und erzielte weitere Erfolge. Der Gigant allerdings räumte wesentlich wirksamer unter den Überschweren auf. Ein Walzenraumer nach dem anderen explodierte.

Die Niedergeschlagenheit der Offiziere wich einer fast überschäumenden Freude.

»Sie fliehen«, stellte Woreman ungläubig fest.

Tatsächlich setzten sich einzelne Walzenraumer ab. Ihre Kommandanten mochten erkannt haben, dass sie ihr Ziel nicht mehr erreichen konnten.

Das schemenhafte Etwas folgte ihnen. Es bewegte sich mühelos und leicht durch das Caldohra-System, als habe es sich von den Fesseln jeglicher Masseträgheit befreit.

Die Space-Jet raste wieder auf die DOOGEN zu. Nachdenklich beobachtete Oberst Tabhun das seltsame Raumschiff, das so unerwartet zu Hilfe gekommen war.

»Versuchen Sie, etwas über dieses Schiff herauszufinden. Machen Sie Aufzeichnungen, nehmen Sie Messungen vor!«, befahl er. »Wir müssen so viel wie möglich in Erfahrung bringen.«

Kaiser Karl blickte dem Ortungsoffizier neugierig über die Schulter. Er sah, dass praktisch alle Scans erfolglos blieben.

»Es ist, als sei dieses Schiff gar nicht vorhanden«, sagte der Ortungsoffizier endlich. »Es ist nicht zu orten und nicht anzumessen.«

»Ein Fliegender Holländer«, bemerkte Kaiser.

»Was ist das?«, fragte Tabhun.

»Ein Geisterschiff.«

»Ich glaube nicht an Geister.«

Kaiser Karl grinste. »Wer weiß, vielleicht ist das Vhratos Schiff?«

Der Oberst wandte sich abrupt ab. Die Jet glitt auf die DOOGEN zu. Eine der großen Äquatorschleusen öffnete sich und ließ den Diskus einfliegen. Tabhun eilte sofort zur Zentrale, gefolgt von Captain Woreman.

Kaiser Karl nutzte die Tatsache für sich aus, dass der Oberst es versäumt hatte, die anderen Offiziere über ihn zu informieren. Er tat, als könne er sich frei an Bord bewegen, winkte den Offizieren lässig zu und folgte Tabhun und Woreman.

In der Zentrale allerdings hielt er sich zurück, um Tabhun nicht auf sich aufmerksam zu machen. Auf dem Panoramaschirm war das schemenhafte Gebilde relativ gut zu erkennen. »Ich möchte wissen, warum dieses Ding uns geholfen hat«, sagte der Oberst. »Spencer, gibt es immer noch keine Antwort?«

Der Funkoffizier der DOOGEN verneinte. Pausenlos funkte er die Fremden an, erzielte jedoch keine Reaktion.

»Das verstehe ich nicht«, sagte der Kommandant. »Warum schweigen sie?«

»Vielleicht sollten wir auch verschwinden?«, bemerkte Kaiser Karl ungewollt. »Wer sagt uns denn, dass dieses Geisterschiff aus purer Freundschaft geholfen hat? Vielleicht will man uns als lebende Beute?«

Die Offiziere der DOOGEN wirkten betroffen. Einige von ihnen mochten sich schon mit ähnlichen Gedanken befasst haben. Die Besatzung des Geisterschiffs verhielt sich in der Tat seltsam.

»Sie werden uns nicht lebend bekommen«, sagte Oberst Tabhun mit fester Stimme. »Wir lassen uns von niemandem missbrauchen. Eastro, bereiten Sie die Selbstvernichtung vor. Wir setzen uns ab. Dann werden wir sehen, wie die da drüben sich verhalten.«

Er blickte Kaiser Karl an. Dieser ahnte wieder einmal, dass er ihn aus der Hauptleitzentrale verweisen wollte.

»Wozu, Vancon?« Kaiser hob abwehrend die Hände. »Meinst du wirklich, dass sich dadurch noch etwas ändert?«

Der Oberst schien entschlossen zu sein, sich durchzusetzen, doch bevor er antworten konnte, kam es zu einem neuen rätselhaften Zwischenfall.

Vor Kaiser Karl erschien aus dem Nichts heraus eine schattenhafte Gestalt. Sie änderte ihre Umrisse stetig, sodass nicht zu erkennen war, ob sie humanoid war oder nicht. Unwillkürlich fuhr der Alte zurück. Einer der Offiziere griff zur Waffe.

»Nicht schießen!«, rief Kaiser.

Es war schon zu spät. Die Waffe in der Hand des Offiziers blitzte auf, ein Energiestrahl zuckte auf die schattenhafte Gestalt zu.

Der Alte, der den Angriff noch zu verhindern hoffte, war in die Schusslinie gesprungen. Der Energiestrahl traf ihn in die linke Schulter.

Kaiser blieb stehen. Seine rechte Hand glitt über die verkohlte Wunde. Seine Wangen fielen ein.

»Du Trottel«, ächzte er. »Hättest du nicht mein rechtes Bein nehmen können?« Er machte einen Schritt nach vorne, drehte sich halb um sich selbst und stürzte zu Boden.

»Nicht schießen!«, brüllte Tabhun. »Kümmert euch um ihn!«

Zwei Offiziere trugen Kaiser Karl hinaus, während die anderen den Schatten anstarrten. In dem Moment ertönte eine dumpfe, verzerrt klingende Stimme. Sie war schwer zu verstehen, als ob sie die Besatzung der DOOGEN aus einer anderen Dimension erreichte und dabei von zahlreichen Störungen überlagert wurde. Eine eigenartige Faszination ging von ihr aus, der sich niemand entziehen konnte. Und sie stammte eindeutig von dem schattenhaften Etwas, das mitten in der Zentrale stand.

»Hört mich an«, sagte der unheimliche Besucher. *»Ich stehe am Beginn einer neuen* Zeit, *denn Vhrato, der Sonnenbote, wird Licht in euer Dasein bringen. Die Menschheit und die Milchstraße werden wieder frei sein durch Vhrato.«*

Oberst Tabhun trat auf die Gestalt zu. »Wer sind Sie?«, fragte er. »Wer ist Vhrato?«

Das Schattenwesen verschwand so überraschend, wie es erschienen war. Plötzlich waren die Männer und Frauen wieder allein in der Hauptleitzentrale.

»Das Raumschiff ist weg«, meldete der Ortungsoffizier. Nur noch ein Meer von Sternen füllte die Projektionsfläche. Die Ortungen zeigten allein die Überreste der vernichteten Walzenraumer an.

»Verstehen Sie das, Sir?«, fragte Major Eastro. »Gibt es diesen Vhrato wirklich?«

»Ich kann Ihnen keine Antwort geben. Ich weiß nicht mehr als Sie.«

»Dieses Raumschiff hat die Übermacht in die Flucht geschlagen. Es verfügt über eine Bestückung, die alles bisher Bekannte in den Schatten stellt.«

»Wenn Sie damit behaupten wollen, das sei ein ausreichender Beweis für die Existenz Vhratos, dann muss ich Ihnen widersprechen.« Tabhuns Gestalt straffte sich. »Wir fliegen nach Fretiklia, um den Siedlern Hilfsgüter und einige Spezialisten zu überlassen. Danach kehren wir nach Gäa zurück. Das Eingreifen dieses Geisterschiffs ist immerhin so überraschend, dass Lordadmiral Atlan informiert werden muss.«

Oberst Vancon Tabhun betrat die Medostation der DOOGEN. Der Bordarzt arbeitete an einer Analyse.

»Wie steht es um ihn?«, fragte Tabhun.

»Schlecht«, entgegnete der Mediziner. »Er wird nicht durchkommen.«

»Das habe ich befürchtet. Bitte führen Sie mich zu ihm.«

Wenig später stand Tabhun am Bett in der Krankenkabine Kaiser Karls. Der Greis war mit einem Lebenserhaltungssystem verbunden. Sein Gesicht war eingefallen, die Augen lagen tief in den Höhlen. Sie blitzten jedoch vergnügt auf, als der Oberst sich auf die Bettkante setzte.

»Hallo, alter Sternenräuber«, sagte der Verletzte mit heiserer Stimme. »Ist es schon so weit?«

»Du wirst wieder auf die Beine kommen, Kaiser.«

»Klar werde ich das. Darüber waren wir uns von Anfang an einig. Aber leider nur in Stücken.« Er lächelte mühsam. »Weißt du, meine Großmutter nannte mich immer Kleiner Muck. Wie konnte sie ahnen, dass ich mal als Mucy enden würde?«

»Du wirst noch etliche Jahre in Ruhe leben können, Kaiser.«

»Und du bist ein ganz guter Kommandant, Vancon, aber ein schlechter Lügner. Lass nur, mich regt mein Ende nicht auf. Ich habe lange genug gelebt, und du hast mir ja schließlich noch einiges geboten. Wissen möchte ich allerdings, ob ich als Mucy noch ich selbst bin oder nicht. Weißt du das?«

»Ich habe keine Ahnung, Kaiser.«

»Wann sind wir auf Gäa?«

»In fünf Stunden.«

Kaiser Karl schloss die Augen. »Es war nett, dass du mich noch einmal besucht hast.«

Lordadmiral Atlan hörte sich Oberst Tabhuns Bericht bis zum Ende an, ohne eine einzige Frage zu stellen. Danach ließ er sich das Filmmaterial vorführen, das von dem unwirklichen Raumschiff hergestellt worden war.

»Wir haben auch die schattenhafte Gestalt zu analysieren versucht, die in der Zentrale erschienen ist«, erklärte der Kommandant. »Das Ergebnis ist gleichermaßen enttäuschend. Es sind lediglich einige fotografische Aufnahmen gelungen, die aber auch nicht viel mehr zeigen als schattenhafte Konturen.«

»Es war richtig, dass Sie sofort nach Gäa zurückgekehrt sind«, sagte der Arkonide. »Diese Information ist wahrscheinlich bedeutender, als Sie sich vorstellen können. Darüber hinaus müssten die Cyborgs, von denen ich Ihnen erzählt habe, bereits im System sein. Sie würden also auf jeden Fall zu spät dort eintreffen. Ich hoffe, dass Kalteen Marquanteur inzwischen Kontakt mit den Multi-Cyborgs aufnehmen konnte.«

»Ich habe die DOOGEN während unseres Fluges zurück nach Gäa überprüfen lassen. Die Schäden sind unbedeutend. Wir könnten erneut in die Galaxis starten und weitere Nachforschungen anstellen.«

»Das ist nicht nötig, Oberst. Wir werden zuerst alle Informationen auswerten, die Sie mitgebracht haben. Den nächsten Vorstoß in die Galaxis unternehmen wir auf andere Weise. Leticron soll nicht das Vergnügen haben, uns zum zweiten Mal eine Falle stellen zu können.«

Lordadmiral Atlan verstummte. Nachdenklich blickte er auf die Fotos, die vor ihm auf dem Tisch lagen. Oberst Tabhun schwieg ebenfalls. Lange Minuten verstrichen. Dann hob Atlan den Kopf. Irgendetwas in seinen Augen hatte sich verändert. Tabhun spürte es deutlich, aber er konnte nicht sagen, was es war. Wusste Atlan mehr als er, obwohl er hier auf Gäa geblieben war?

6.

Die Gespräche auf den Rängen rund um die Colderan-Arena verstummten, als der Auftritt der nächsten Gegner verkündet wurde. »Orlanda und Harun Griffith gegen den Tyr von Akruthon!«, brüllten die Lautsprecher. »Abschließender Stand der Wetten: fünf zu zehn für das terranische Zwillingspaar.«

Ich fing einen bedeutsamen Blick meines Herrn auf, der über mir in einem bequemen Sessel hockte und eine Felldecke um seinen quadratisch wirkenden Körper geschlungen hatte.

Lagot Vermallon war ein Überschwerer, der ein Wettbüro für Arenakämpfe unterhielt, wie sie überall auf dem Mars abgehalten wurden. Seit die Überschweren unter dem Ersten Hetran Leticron mit Unterstützung der Laren das Solsystem erobert hatten, waren die meisten alten terranischen Sitten und Gebräuche von denen der überschweren Springerabkömmlinge abgelöst worden. Die Solarier, die nicht mit der Erde und dem Gros der solaren Menschheit ins Exil gegangen waren, hatten ihr Bleiben längst bereut. Sie waren heute enteignet und Sklaven der Überschweren.

Auch ich diente als Sklave, allerdings erfreute ich mich einer relativ guten Behandlung. Vermallon gestattete mir eine Menge Freiheiten, auf die andere verzichten mussten.

Nur ahnte mein Herr nicht, dass ich aus freien Stücken Sklave geworden war. Der Mars sollte nur eine Zwischenstation auf meinem Weg zu Leticron sein, dessen Beseitigung Teil meines Auftrags war. Leider war es mir bisher nicht gelungen, an den Ersten Hetran heranzukommen, der abgekapselt in der Stahlfestung Titan lebte.

Das alles wusste Vermallon nicht. Auch nicht, dass der Name Kalteen Marquanteur falsch war und ich in Wirklichkeit Ronald Tekener hieß. Und dass das antiquiert aussehende Schmuckamulett, das ich ständig auf der Brust trug, ein getarnter Zellaktivator war, konnte er ebenso wenig ahnen.

Als die Kämpfer die Arena betraten, ging ein Raunen durch die Zuschauermenge. Orlanda und Harun Griffith waren ein Gladiatorenpärchen, das seinesgleichen suchte. Im Unterschied zu den meisten Kämpfern, die ihrem »Handwerk« kaum freiwillig nachgingen, waren die Zwillinge Profis, die schon viele Kämpfe ausgetragen hatten und immer Sieger geblieben waren.

Diesmal waren sie meiner Meinung nach jedoch am Ende ihrer selbst gewählten blutigen Laufbahn angelangt. Ihr Gegner war ein Tyr vom Extremplaneten Akruthon. Er ähnelte entfernt einem oxtornischen Okrill, war aber doppelt so groß und besaß drei Raubtierköpfe auf langen, sehr beweglichen Hälsen.

Der Tyr stürmte in die Arena, blieb in der Mitte stehen und richtete seine drei Köpfe auf die Zwillinge.

Orlanda und Harun ernteten spontanen Beifall von den Zuschauern. Sie und er machten ihren Auftritt geschickt zur Show.

Orlanda, groß und schlank, trug außer ihrer bronzefarbenen Haut nur etwas Flitter auf den Brüsten und einen kleinen Lendenschurz, dessen Howalgoniumfäden glänzten. Ihr Haar wurde durch einen bunten Riemen aus Schlangenleder zusammengehalten.

Harun war noch etwas größer als seine Schwester und erheblich breiter in den Schultern. Seine dunkelbraune Haut glänzte wie eingeölt, was sie wahrscheinlich auch war. Er trug eine enge Hose aus dem irisierenden Leder der Ychtorn-Echsen, einen roten Gürtel mit handtellergroßer Schnallc und ebenfalls einen Lederriemen im Haar.

Die Waffen der Zwillinge wirkten, angesichts ihres Gegners, geradezu lächerlich. Orlanda verfügte über eine lange Peitsche aus hauchdünnen, geflochtenen Howalgoniumfäden, einen durchsichtigen kleinen Rundschild aus Panzertroplon und sechs Wurfmesser, die in Gürtelschlaufen steckten. Das war alles, und es war nichts, womit man einen Tyr töten konnte. Ihr Zwillingsbruder besaß noch nicht einmal einen Schild. Seine Bewaffnung bestand in einer etwa fünf Meter langen, federnden Stange aus Panzertroplon und einem Schwert.

Das Ungetüm mit den drei Köpfen griff mit einer Schnelligkeit an, die kaum jemand dem plump wirkenden Tier zugetraut hätte.

Harun Griffith war noch schneller. Er wich dem Tyr blitzartig aus, dann beschrieb er mit der Panzertroplonstange einen Halbkreis, der Sand und Staub hochwirbelte und dem Tyr sekundenlang die Sicht nahm.

Während das Tier brüllend die Köpfe schüttelte, ließ Orlanda die Howalgonium-Peitsche vorschnellen. Die Schnur fuhr knallend über den Rücken der Bestie und hinterließ blutige Risse.

Der Tyr wirbelte herum, stemmte seine Pranken in den Sand und wollte Orlanda anspringen. Gleichzeitig stemmte Harun seine Stange in den Boden und sprang in hohem Bogen über die Bestie hinweg. Dadurch tauchte er unverhofft zwischen Orlanda und dem Tyr auf.

Die Bestie wollte ihren Sprung im letzten Moment so verkürzen, dass sie Harun erreichte und nicht über ihn hinwegflog. Das gelang aber nicht. Der Tyr landete unbeholfen zwischen Harun und Orlanda, die ihre Positionen so rasch wechselten, dass er eine völlig veränderte Lage vorfand.

Schräg über mir ertönte Vermallons Wutschrei. Der Überschwere hatte auf meinen Rat hin eine Menge Geld auf den Tyr gesetzt, und nun sah es fast so aus, als würde er alles verlieren.

Ich wusste, dass ich nichts Gutes erwarten durfte, falls das Zwillingspärchen tatsächlich siegte. Zwar hatte ich meinem Herrn schon viele richtige Tipps gegeben, und er hatte ein Vermögen damit verdient, aber ein Reinfall würde ihn dennoch veranlassen, mich hart zu bestrafen.

In der Arena ging der Kampf weiter.

Diesmal kam der Tyr Orlanda zuvor. Er fing die Peitschenschnur mit einem Prankenhieb auf, ließ sie sich um die Pranke wickeln und zog ruckartig daran. Orlanda konnte die Peitsche nicht halten. Als Ersatz hielt sie plötzlich in jeder Hand ein Wurfmesser. Sie schleuderte die Dolche so ansatzlos, dass ich sie nicht durch die Luft fliegen sah. Ich sah sie erst wieder, als jede Klinge in einem Auge des Tyr steckte, der sich triumphierend aufgerichtet hatte.

Die Bestie stieß ein markerschütterndes Gebrüll aus. Aber sie war keineswegs besiegt, denn sie besaß weiterhin vier intakte Augen und ihre Körperkräfte hatten noch nicht nachgelassen.

Als der Tyr auf Orlanda zustürmte, hielt ich die Frau für verloren. Wieder hatte ich mich verrechnet.

Harun hatte seinen Stab geworfen, als die Messer seiner Schwester durch die Luft flogen. Als sie trafen, fing Orlanda die Stange auf, und als der Tyr losstürmte, sprang Orlanda mit Hilfe der Stange etwa elf Meter nach rechts.

Der Tyr reagierte verwirrt, und während er nach dem verfehlten Opfer Ausschau hielt, wurden zwei seiner restlichen vier Augen ebenfalls von Messern durchbohrt.

Dann warf Orlanda die Stange ihrem Bruder zurück und ging langsam auf den Tyr zu. Ihr Verhalten verwirrte die Bestie noch mehr, und die Verwirrung hielt gerade lange genug an, dass Harun aktiv werden konnte. Er schnellte sich wieder hoch – und diesmal landete er auf dem Rücken des Tyr und zog sein Schwert.

Ich bewunderte Haruns Mut, hielt seinen Angriff aber doch für ein selbstmörderisches Unterfangen.

Die Zwillinge bewiesen mir das Gegenteil. Sie handelten synchron, wie zwei aufeinander abgestimmte Kampfmaschinen.

Orlanda schleuderte die letzten Dolche und durchbohrte mit ihnen die verbliebenen Augen des Tyr in dem Moment, in dem Harun das Schwert mit aller Kraft in den Körper der Bestie trieb.

Durch den massigen Leib des Tyr ging ein heftiges Zucken. Harun wurde von seinem Rücken geschleudert und landete elegant in etwa acht Metern Entfernung.

Der Tyr drehte sich im Kreis und beendete sein Leben mit heftigen Zuckungen.

Harun hob seine Schwester auf die Schultern und eilte unter donnerndem Applaus aus der Arena …

Ich wollte mich davonschleichen, aber eine riesige Hand packte mich am Gürtel und riss mich hart zurück. Als ich mich umwandte, blickte ich in das verzerrte Gesicht meines Herrn.

»Das könnte dir so passen, Kalteen«, fuhr der Überschwere mich an. »Mich ruinieren und sich selbst vor den Folgen drücken.«

»Wer konnte das ahnen, Herr?«, erwiderte ich jammernd. »Ich hätte selbst auf den Tyr gesetzt, wenn ich Geld dafür gehabt hätte. Aber die Zwillinge sind zu gut. Jeder kann sich einmal irren, Herr.«

Vermallon setzte mich so hart ab, dass ich glaubte, meine Knochen krachen zu hören. Ich fühlte mich versucht, ihm die Faust auf die Nase zu schlagen, und zwar in dem Winkel, in dem ich sogar einen Überschweren töten konnte. Aber ich beherrschte mich. Eine solche Tat hätte meine Tarnung zerstört.

»Du hast Recht, Kalteen«, schnaubte Vermallon. »Jeder kann sich irren. Aber jeder muss für seinen Irrtum selbst bezahlen. Also wirst du bezahlen.«

»Ich habe kein Geld, Herr«, sagte ich. »Sie bezahlen mir zwar meine Unterkunft, meine Verpflegung und einige andere bescheidene Bedürfnisse, aber Sie zahlen mir kein Geld aus.«

Plötzlich grinste der Überschwere. »Ein Sklave braucht kein Geld, er bezahlt seine Schuld mit dem Leben. Ich werde dich bei einem der nächsten Kämpfe in die Arena schicken und auf Sieg setzen – auf den Sieg deines Gegners, Sklave. Dann kannst du deine Schuld zurückzahlen.«

Mein Stolz ließ nicht zu, um Gnade zu flehen. Außerdem war Vermallon von seinem Vorhaben nicht abzubringen. Doch wenn er glaubte, ich würde mich abschlachten lassen, damit er seinen heutigen Verlust wettmachen konnte, irrte er sich. Ich würde kämpfen, und meine reichhaltige Erfahrung in allen gängigen Kampfarten würde mir helfen, zu gewinnen.

Lagot Vermallon packte mein linkes Ohr und verdrehte es. »Das schmeckt dir nicht, wie?«, fragte er. »Aber ich werde dir einige Tage Zeit geben, in denen du dich auf den Kampf vorbereiten kannst. Niemand soll von mir behaupten können, ich hätte einen untrainierten Sklaven in den Tod geschickt.« Er ließ mein Ohr los.

»Das ist sehr großzügig, Herr«, erwiderte ich. »Wo soll ich mich während der Wartezeit aufhalten?«

»Wo du willst, Kalteen«, antwortete der Überschwere. »Du bekommst Urlaub. Aber versuche nicht, dich zu drücken. Kein Sklave kann den Mars verlassen, und auf dem kleinen Planeten wird jeder Entflohene früher oder später aufgespürt.«

»Ja, Herr«, sagte ich.

»Verschwinde aus meinen Augen, bevor ich meine Großmut bereue«, donnerte Vermallon mich an. Ich gehorchte, wich den anderen Überschweren aus, als ich die Arena verließ, und machte mich auf den Weg zu Maldya.

Maldya Haghira wohnte wie ich im Jassich-Viertel, einem der Ghettos für terranische Sklaven. Sie war 98 Jahre nach der Unterwerfung des

Solsystems geboren worden und kannte die Zeit, als die Menschen ihr Schicksal noch frei gestalten konnten, nur aus mündlichen Überlieferungen.

Ich hatte sie zum ersten Mal kurz nach meiner Ankunft auf dem Mars getroffen. Damals war sie in eine üble Situation geraten. Sie war nachts ins benachbarte Wohnviertel der Überschweren gegangen, um Medizin für ihre kranke Mutter zu besorgen. Als sie auf dem Rückweg eine Abkürzung durch einen Park nahm, hatten zwei betrunkene Springer sie angefallen und zu vergewaltigen versucht.

Rein zufällig hatte ich auf dem Heimweg von Vermallons Villa ihre Hilferufe gehört. Die Springer hatten meiner Erfahrung im waffenlosen Kampf nicht viel entgegenzusetzen gehabt. Allerdings hatte ich sie töten und ihre Leichen beseitigen müssen, sonst wären Maldya und ich ermittelt und hingerichtet worden, denn kein Sklave durfte sich wehren, was immer auch geschah.

Seitdem trafen wir uns, sooft wir konnten. Anfangs hatte ich mich nur verpflichtet gefühlt, der jungen Frau zu helfen. Später hatte sich dann etwas zwischen uns entwickelt, was man Liebe nennen konnte.

Da Maldya und ihre Mutter zur Sekte der »Bewahrer des Ewigen Feuers« gehörten und regelmäßig die Versammlungen besuchten, begleitete ich sie oft dorthin.

Die »Bewahrer des Ewigen Feuers« waren nur eine von zahllosen Vereinigungen, die sich auf den solaren Planeten und überall in der Galaxis gebildet hatten, wo es Terraner gab. Alle verkündeten das Erscheinen Vhratos, des Sonnenboten, der die Menschheit befreien würde. In diesem Sinne war unter dem »Ewigen Feuer«, das die hiesige Sekte bewahren wollte, die Freiheit und Menschenwürde zu verstehen, nach der alle unterdrückten Menschen sich sehnten.

Ich hielt Organisationen für gut und nützlich, die halfen, den Glauben an eine menschenwürdige Zukunft zu erhalten. Allerdings wäre es mir lieber gewesen, wenn die Versammlungen der Sekten nicht in kultischem Rahmen abgewickelt worden wären.

Aber der Mensch neigt dazu, seine Emotionen in den Vordergrund zu spielen. Zu nüchternen Gesprächen wären kaum viele gekommen, doch an kultischen Handlungen konnten sie sich berauschen und für kurze Zeit frei fühlen.

Es war mir gelungen, die Gründung einer Erwachsenenschule zu betreiben, in der Frauen und Männern Wissen und Können vermittelt wurden, das sie sich anderswo nicht aneignen konnten. Daraufhin hatte man mich einstimmig zum »Ersten Meister« gewählt.

Inzwischen hatte ich mich daran gewöhnt, Anführer einer Sekte zu sein. Ich genoss im Jassich-Viertel großes Ansehen, und wenn ich Unterstützung brauchte, bekam ich sie, ohne drängen zu müssen.

Als ich das Haus erreichte, in dem Maldya Haghira mit ihrer Mutter wohnte, herrschte nur wenig Betrieb. Die meisten Bewohner des Jassich-Viertels mussten tagsüber für ihre Herren arbeiten. Natürlich hatte ich niemandem meine wahre Identität verraten. Mich konnte man wegen meiner Mentalstabilisierung weder mit Drogen noch mittels Hypnose verhören, aber jeder andere hätte unter entsprechender Beeinflussung ungewollt alles ausgeplaudert.

Ich fuhr mit dem altersschwachen Lift nach oben in die vierzehnte und vorletzte Etage, dann stand ich vor der Tür zu der kleinen Wohnung. Maldya flog mir förmlich entgegen, umarmte und küsste mich.

Ich hob sie hoch, blickte in ihre leuchtenden Augen und lachte. »Hallo, mein Vögelchen«, sagte ich. »Es ist schön, dich wieder zu sehen.«

Ich trug sie in die Wohnung und drückte die Tür mit dem Fuß zu. So klein die Räume auch waren, sie wirkten anheimelnd und gemütlich. Hier konnte ich mich entspannen und wie auf einer sicheren Insel fühlen.

Maldya machte sich am Kaffeeautomaten zu schaffen. Es roch nach echtem Kaffee. Natürlich gab es für Sklaven nur synthetisches Pulver, das aus Vorzugsmüll gewonnen wurde, aber ich hatte Beziehungen zu Schwarzhändlern geknüpft.

Mit Maldyas Mutter setzten wir uns zusammen, und ich berichtete, was sich in der Arena abgespielt hatte.

Als ich berichtete, dass Vermallon mir angedroht hatte, mich in die Arena zu schicken, reagierten Maldya und ihre Mutter entsetzt. Ich legte meine Hände auf ihre Unterarme.

»Keine Sorge«, sagte ich beruhigend. »Ich bin im Kampf nicht so unerfahren, wie es scheint. Vermallon wird auf meinen Gegner setzen und noch mehr Geld verlieren.«

»Aber wenn er eine Bestie auf dich loslässt, Kalteen?« Maldyas Augen waren ängstlich geweitet.

»Ich habe schon viele Bestien besiegt«, erklärte ich. »Wenn ich wollte, könnte ich sogar Vermallon mit einem Schlag töten.«

»Vermallon ist ein Überschwerer«, entgegnete Maldya. »Ich weiß ja, dass du ein guter Kämpfer bist. Ich habe es damals gesehen, als du die beiden Springer … Aber ein Überschwerer …«

»Reden wir nicht mehr davon«, sagte ich. »Lassen wir die Dinge herankommen. Lieber trinke ich noch einen Kaffee.«

Maldyas Mutter sagte plötzlich: »Sie sind kein gewöhnlicher Sklave, nicht wahr, Kalteen? Sie sehen aus wie ein Mann von vierzig Jahren, aber ich glaube, Sie sind viel älter. Wahrscheinlich wurden Sie noch vor der Versklavung der Menschheit geboren.«

Ich lachte sorglos. »Dann müsste ich ein Greis sein«, erwiderte ich und zwinkerte Maldya zu, die errötete, weil sie meine unausgesprochene Frage verstanden hatte. »Machen Sie sich keine unnötigen Gedanken, Mutter Haghira.«

Alles in mir krampfte sich zusammen, weil mir einfiel, dass ich so, wie ich zum Mars gekommen war, früher oder später auch wieder verschwinden musste. Still und heimlich. Und ich sah keine Möglichkeit, Maldya mitzunehmen. Meine Arbeit als Sonderagent im persönlichen Auftrag Atlans ließ es nicht zu, dass ich auf einem Planeten heimisch wurde. Für unabsehbare Zeit würde ich ein unsteter Wanderer sein, der einmal hier und einmal dort eingesetzt wurde. Ich sah keine Möglichkeit, mich meiner Pflicht gegenüber der Menschheit zu entziehen. Maldya aber würde altern und sterben, während mein Zellaktivator mich unsterblich bleiben ließ.

Das war das Problem aller Aktivatorträger. Jede Bindung mit einem normal sterblichen Partner konnte nur vorübergehend sein.

Ich versuchte, den bedrückenden Gedanken abzuschütteln, aber es gelang mir nicht. Deshalb sagte ich: »Ich muss leider gehen, damit ich die heutige Versammlung vorbereiten kann. Ich hole euch gegen 21 Uhr ab.«

»Darf ich dich begleiten, Kalteen?«, fragte Maldya bittend.

Ich schüttelte den Kopf. »Besser nicht. Nach den Arenakämpfen feiern die Überschweren und Springer ihre Wetterfolge oder saufen, um ihre Verluste zu vergessen. Bald wird es von Betrunkenen wimmeln, und einige werden sich in die Sklaven-Gettos verirren. Da ist es nicht gut für eine junge Frau, sich blicken zu lassen.«

Ich trank meinen Kaffee aus, erhob mich und ließ mich von Maldya zur Tür begleiten. Wie üblich dauerte es einige Zeit, bevor wir uns trennen konnten.

Draußen schlug ich den Weg zur nächsten Rohrbahnstation ein. Sowohl Sklaven als auch Herren durften die gleichen Züge benutzen, allerdings waren immer nur zwei bis drei Wagen für Sklaven reserviert.

Ich nahm den nächsten Zug nach Little Melrose, einem ehemals sehr schmucken Vorort von Marsport City. Wie üblich waren die offenen Abteile und Gänge der Sklavenwagen überfüllt. Ärmlich gekleidete Männer, Frauen und Kinder drängten und quetschten sich. Viele wirkten abgestumpft. Einige schimpften auf die Besatzer und rissen Witze, hintergründige politische Witze, die schon immer die Notwehrwaffe unterdrückter Völker gewesen waren.

Die Witze wurden mit allgemeinem Gelächter quittiert. Niemand sah sich um. Es gab auf den besetzten Planeten so gut wie keine Spitzel.

Als der Zug auf der Station Little Melrose anhielt, war ich der Einzige, der ihn verließ. Das wunderte mich nicht, denn der ehemals schmucke Vorort war im fünften Jahr nach der Okkupation des Solsystems während eines Aufstands von den Überschweren zerstört worden. Leticron hatte den Wiederaufbau von Little Melrose verboten, damit der Anblick des Ruinenfelds die auf dem Mars lebenden Terraner ständig daran erinnerte, dass Auflehnung mit aller Härte geahndet wurde.

Ich stieg die Stufen zum Nordausgang hinauf. Als ich ins Freie trat, blickte ich auf geschwärzte Ruinen, halb zusammengeschmolzene Stahlplastiktürme, auf Explosionstrichter und große Schmelzflächen. Hier wuchs keine Pflanze, denn die Überschweren ließen das Gebiet zweimal jährlich mit Pflanzenvernichtungsmitteln besprühen. Andernfalls wäre die hässliche Narbe im Gesicht der Großstadt längst von einem grünen Mantel verhüllt worden.

Als ich durch das Ruinenfeld schritt, hallte das Echo meiner Schritte gespenstisch von den Mauerresten wider. Es schien, als lebte hier weder Tier noch Mensch.

Aber das stimmte nicht ganz. In den noch erhaltenen unteren Stockwerken eines ehemals fünfhundert Meter hohen Turmbaus hatten sich dreiunddreißig Priester des Báalol-Kults etabliert. Von hier aus versuchten sie mit missionarischem Eifer, sowohl die Unterdrücker als auch die Unterdrückten zum Báalol-Kult zu bekehren.

Die Überschweren duldeten die parapsychisch begabten Priester mit einem lachenden und einem weinenden Auge. Sie erhofften sich von ihrer »Missionstätigkeit« eine Schwächung des terranischen Selbstbehauptungswillens, wussten dabei aber genau, dass das Endziel des Báalol-Kults die Machtübernahme in der gesamten Milchstraße war. Doch selbst Leticron hatte bisher davor zurückgeschreckt, sich mit dem Hohen Báalol zu überwerfen, der mit seinen Milliarden parapsychisch begabten Priestern eine respektable Macht darstellte.

Dieser provisorische Báalol-Tempel war mein Ziel. Nicht, weil ich mich zum Pseudoglauben der Antis bekehren lassen wollte, sondern weil es mir gelungen war, zusammen mit ihrem Oberhaupt eine illegale

Organisation aufzuziehen, die den marsianischen Schwarzmarkt beherrschte.

In erster Linie tauschten die Báalols bei den Besatzern Rauschmittel gegen hochwertige Lebensmittel aus den Verpflegungsdepots ein, die sie relativ preiswert an die terranische Bevölkerung verkauften. Dadurch wurde die Moral der Besatzer unterhöhlt, und das Los der Unterdrückten konnte in vielen Fällen gemildert werden. Da es Leticron und seinen Vertrauten nicht auf Dauer verborgen bleiben konnte, dass die Báalols ihre Truppen verbotenerweise mit Rauschgift versorgten, würde das Gastspiel der Priester nicht sehr lange dauern.

Mit unwiderlegbaren Beweisen würden die Überschweren endlich eine Handhabe haben, gegen die »Missionsstationen« der Báalol-Priester vorzugehen. Damit erreichte ich im Endeffekt, dass der Einfluss der Báalols auf die Unterdrückten erlosch.

Solche Überlegungen behielt ich natürlich für mich. Der Oberpriester war selber schuld, wenn er nicht weiter dachte.

Als ich den Turmbau erreichte, trat mir ein Mann entgegen, der in einen sandbraunen Kapuzenumhang gekleidet war. Ich erkannte den Unterpriester Gen-Laak.

»Führe mich zu Kun-Sool«, sagte ich.

Wir glitten in einem Antigravlift in die oberste erhaltene Etage, stiegen aus und durchquerten einen Saal, in dem zehn Priester auf dem Boden hockten, in geistige Konzentration versunken. Sie hatten sich zu einem parapsychischen Block zusammengeschlossen. Vielleicht beeinflussten sie mittels Hypnosuggestion gerade eine einflussreiche Persönlichkeit, vielleicht absolvierten sie auch nur eine Übung.

Hinter dem Saal lagen die Arbeitsräume des Hohepriesters. Er begrüßte seinen Untergebenen mit einem Kopfnicken. Mir reichte er die Hand.

»Ich grüße dich, Kalteen«, sagte er. Im Unterschied zu Gen-Laak und anderen Unterpriestern hatte er längst eingesehen, dass ich nicht zu seiner Religion zu bekehren war. Folglich unterließ er alle weiteren Versuche.

»Ich grüße dich, Kun-Sool«, erwiderte ich.

Gen-Laaks Gesicht verfärbte sich einen Stich ins Grünliche, als ich seinen Hohepriester wie einen gewöhnlichen Menschen anredete. Kun-Sool gab seinem Untergebenen ein Zeichen zu gehen, dann wandte er sich wieder an mich und fragte: »Was führt dich heute zu mir, Kalteen?«

Ich sagte es ihm, und er antwortete mir mit einer bejahenden Handbewegung.

In der Abenddämmerung kehrte ich ins Jassich-Viertel zurück. Die Straßen wirkten nicht mehr so verlassen wie am Tag. Zwei bewaffnete Überschwere gingen Patrouille. Sie blieben stehen, als sie mich sahen, denn sie kannten mich sowohl als Sklaven Lagot Vermallons als auch wegen meiner Tätigkeit als Anführer der Sekte des Ewigen Feuers. Seltsamerweise wurden diese Sekten, die die Ankunft des Vhrato verkündeten, von den Überschweren geduldet. Vielleicht hielten sie diese Betätigung für ein Ventil, das dem Abbau von Aggressionen diente.

Einer der beiden Überschweren – er hieß Behan Macrallyn – winkte mich zu sich heran und sagte: »Du scheinst viel freie Zeit zu haben, Kalteen. Warum bist du nicht bei deinem Herrn?«

»Vermallon hat mir Urlaub gewährt«, antwortete ich wahrheitsgemäß.

»Warum?«, erkundigte sich Macrallyn. »Ist deine alte Mutter krank?« Er grinste dabei.

»Meine Mutter ist lange tot«, sagte ich. »Vermallon hat mich beurlaubt, damit ich mich darauf vorbereiten kann, in der Arena zu kämpfen. Er will mich bald in die Arena schicken.«

Beide Überschweren schauten mich verdutzt an. »In die Arena?«, fragte Macrallyn. »Warum denn das? Ich dachte, du wärst sein bester Sklave.«

»Das dachte ich bisher auch«, antwortete ich. »Aber ich habe ihm einen Tipp gegeben, der sich als falsch erwies. Zur Strafe soll ich mein Leben in der Arena lassen.«

Macrallyn lachte dröhnend, dann meinte er: »Das wird bestimmt ein toller Spaß, Kalteen. Kennst du deinen Gegner schon?«

»Nein«, sagte ich. »Aber er kennt mich ebenfalls nicht – noch nicht.«

Beide Männer lachten. »Du gibst ganz schön an, Sklave«, stellte Macrallyn fest, nachdem er und sein Begleiter sich wieder beruhigt hatten. »Nimm mal die Arme hoch; ich will nachsehen, ob du etwas Verbotenes bei dir hast.«

Gehorsam streckte ich die Arme in die Höhe. Natürlich trug ich weder Waffen noch andere für Sklaven verbotene Dinge bei mir. Dieses Risiko war ich nicht eingegangen.

Macrallyn durchsuchte mich genau und so grob, wie das Überschwere aus purer Gedankenlosigkeit zu tun pflegten. Danach sagte er etwas enttäuscht: »Du hast Glück gehabt, Kalteen.«

Ich zuckte kaum merklich die Schultern. *Umgekehrt*, dachte ich dabei. *Ihr hattet Glück. Wenn ich eine Waffe bei mir tragen würde, hätte ich euch töten müssen.*

Macrallyn versetzte mir einen Stoß, der mich taumeln ließ. »Du kannst gehen, Kalteen. Aber gib mir rechtzeitig Bescheid, wann du in die Arena steigst. Den Kampf möchte ich mir nicht entgehen lassen.«

»Ich schon«, entgegnete ich.

Abermals brachen die Überschweren in brüllendes Gelächter aus. Makabre Späße dieser Art waren ganz nach ihrem Geschmack. Ich hatte es jedoch ernst gemeint, denn mir lag nichts daran, mich in der Arena als erfahrener Kämpfer hervorzutun. Aber genau das würde wahrscheinlich geschehen, denn die einzige Möglichkeit, das zu verhindern, bestand darin, mich umbringen zu lassen. Und dieser Gedanke gefiel mir absolut nicht.

Langsam ging ich weiter. Bis zur Versammlung der Sektenmitglieder waren noch fast zwei Stunden Zeit, deshalb suchte ich erst meine Wohnung auf. Sie lag in der obersten Etage eines fünfstöckigen Wohnhauses und bestand aus einem großen Zimmer, einer winzigen Automatküche, Duschbad und Toilette. Im Unterschied zu den meisten Sklavenwohnungen war sie recht gut ausgestattet und enthielt sogar ein Trivideogerät, das mir Vermallon einmal als Belohnung für einen besonders guten Tipp geschenkt hatte.

Ich hatte das Trivideo ein wenig verändert, sodass ich nach einer Folge normalerweise sinnloser Schaltungen den Hyperfunkverkehr der Flotte der Überschweren abhören konnte. Ich hatte gehofft, dadurch mehr über Leticron und seine Lebensweise zu erfahren. Leider war mir das nicht gelungen. Wahrscheinlich war Leticron nicht mehr besonders aktiv, seitdem die Laren seine Macht beschnitten hatten, um die Herstellung eines Status quo mit der Menschheit außerhalb des Solsystems zu erreichen.

Natürlich hatte Leticron damals versucht, das zu verhindern. Aber Atlan hatte es sehr geschickt verstanden, den Laren das Stillhalteabkommen schmackhaft zu machen. Seitdem gab es keine Strafplaneten mehr, auf denen Menschen zu Tode gequält wurden, und die Laren mischten sich nicht in die inneren Angelegenheiten des NEI ein. Dafür erkannte das NEI stillschweigend die Herrschaft der Laren über die gesamte Galaxis an.

Meine Mission im Solsystem verstieß gegen dieses Stillhalteabkommen. Deshalb musste ich alles vermeiden, was zu meiner Entlarvung führen konnte, und darum gefiel es mir ganz und gar nicht, dass Vermallon mich in die Arena schicken wollte.

Ich duschte. Aus dem Spiegel blickte mir ein anderes als das bekannte Gesicht von Ronald Tekener entgegen. Eine perfekte Biomaske hatte die Narben der Lashat-Pocken verschwinden lassen, und durch die

Maske hindurch wuchs ein echter Oberlippenbart. Auch die übrige Gesichtsbehaarung machte sich immer wieder in Form von Bartstoppeln bemerkbar, die durch die lebende Folie wuchsen. Aber das war zur perfekten Tarnung notwendig gewesen.

Ansonsten hatte ich mich nicht verändert. Ich war noch immer 1,91 Meter groß, wog 103 Kilogramm, die größtenteils Muskeln waren, hatte schwarzes Haar und hellblaue Augen. Mit ständigem Training sorgte ich dafür, dass meine Muskeln nicht erschlafften und meine Kondition erhalten blieb.

Ich zog frische Kleidung an und bereitete mir in der Automatküche eine Mahlzeit zu. Danach legte ich mich auf die große Couch, entspannte mich und schlief ein. Ich wurde genau zur beabsichtigten Zeit wach und verließ meine Wohnung, um Maldya und ihre Mutter zur Versammlung abzuholen.

Als ich mit den beiden Frauen zum Versammlungsraum, einem ausgedienten Lagerhaus, kam, herrschte schon erheblich mehr Betrieb auf den Straßen.

Hinter der unscheinbaren Tür standen zwei Männer, Gert und Jonas Robinson. Sie kannten alle Mitglieder unserer Sekte und sollten aufpassen, dass sich kein Fremder einschlich.

Ich informierte sie, dass ich einen Lastengleiter erwartete und dass die Fracht möglichst schnell und unauffällig in den Versammlungsraum gebracht werden sollte. Danach gingen wir weiter.

Als wir den Versammlungsraum betraten, erhoben sich die Anwesenden. Freundlich lächelnd ging ich zum Podium.

Nach der Begrüßung forderte ich meine Helfer auf, die für heute vorgesehene kultische Handlung ablaufen zu lassen. Es handelte sich um eine Art Frage-und-Antwort-Spiel, das im Schein von zahllosen Kerzen und in monotonem Tonfall abgehalten wurde.

Die Frager waren meine Helfer, die alle Probleme, Hoffnungen und Zweifel der Terraner, aber auch die Arroganz und Machtbesessenheit der Unterdrücker auszudrücken versuchten. Ich hatte in schicksalhaftem Ton zu antworten und hervorzuheben, dass es gar keinen Zweifel am baldigen Erscheinen Vhratos gab und dass mit seinem Erscheinen die Befreiung der Menschheit beginnen würde.

Als ich der ersten Versammlung dieser Art beiwohnte, hatte ich sie als kitschig empfunden. Erst später war mir klar geworden, dass es gerade der kultische Rahmen war, der die Menschen in seinen Bann zog und es ermöglichte, sie mit an sich banalen Versprechungen seelisch aufzurichten.

Nach der Vorstellung schickte ich einen Helfer hinaus zu den beiden Wächtern. Kurz darauf kehrte er mit Gert und Jonas zurück. Alle waren mit großen Plastiksäcken beladen.

Ich prüfte den Inhalt der Säcke und stellte fest, dass der Hohepriester seine Zusicherung eingehalten hatte. Der Inhalt bestand aus kleinen Paketen, die außer echtem Kaffee und Tee je eine Flasche Branntwein sowie Medikamente enthielten, die in jedem Haushalt vorhanden sein sollten, den Sklaven aber vorenthalten wurden.

Ich wies meine Helfer an, die Pakete zu verteilen. Die Menschen waren überglücklich, als sie die Dinge sahen, die sie normalerweise entbehren mussten, und beinahe hätte ich dem Báalol-Priester gegenüber Dankbarkeit empfunden. Ich erinnerte mich rechtzeitig daran, dass ich ihm dafür bares Geld zahlen musste.

Mit Maldya und ihrer Mutter verließ ich unauffällig den Saal, während die Menschen ihrer Freude und Dankbarkeit noch in Jubelrufen Ausdruck verliehen.

7.

Als Maldya am nächsten Morgen ging, um rechtzeitig ihre Arbeit bei der Familie des Überschweren Tukor Rymel zu beginnen, fiel ich ins Grübeln. Eigentlich hätte das Kommando, das mich vom Mars abholen sollte, längst eintreffen müssen. Meine Gefühle waren zwiespältig. Einerseits wäre ich gern bei Maldya geblieben, zum anderen musste ich den Mars bald verlassen, wollte ich nicht entlarvt werden.

Natürlich hätte ich in Verhören mein Geheimnis nicht preisgegeben. Doch die Überschweren würden bei einer genauen Untersuchung sicher meine Biomaske entdecken und das Gesicht, das darunter zum Vorschein kommen musste, würde ihnen wohl bekannt sein. Vor allem die Narben der Lashat-Pocken verrieten meine Identität. Ich hatte die Infektion mit der normalerweise tödlichen Erkrankung überstanden und als Beweis dafür die entstellenden Narben zurückbehalten. Sie waren meine Legitimation als risikofreudiger Spieler und Abenteurer gewesen. Leider war den Überschweren bekannt, dass Ronald Tekener, der Mann mit dem Narbengesicht, für den USO-Chef und Lordadmiral Atlan gearbeitet hatte. Sobald sie mich identifizierten, würden sie daraus schließen, dass Atlan mich auf den Mars geschickt hatte – und sie würden nicht zögern, dieses Wissen an die Laren weiterzugeben und sie gegen das NEI aufzubringen.

Atlan und ich waren ein großes Risiko eingegangen, und es sah ganz so aus, als ob es uns nichts einbringen würde. Ich fragte mich, ob es noch eine Möglichkeit gab, Leticron zu beseitigen und damit die Bahn für einen Nachfolger frei zu machen, der nicht vom gleichen fanatischen Hass auf die Menschheit erfüllt war wie der Diktator.

Wenigstens hatte ich die Lage im Solsystem gründlich sondieren können. Besonders gut war ich über die Verhältnisse auf dem Mars informiert. Hier lebten rund hundert Millionen Terraner, fünfzig Millionen Überschwere und fünf Millionen Angehörige anderer galaktischer Völker.

Ich fuhr mit dem nächsten Rohrbahnzug zur Colderan-Arena, die etwas außerhalb von Marsport City lag. Noch waren keine Zuschauer anwesend. Die Spiele fanden immer nachmittags statt. Dafür waren eine Menge Sklaven dabei, das Rund der Arena zu säubern, Sand aufzuschütten und die Sitzreihen in Ordnung zu bringen.

Ich hatte keine Schwierigkeiten, den Tiermeister zu finden. Den Arenameister selbst aufzusuchen wäre als Anmaßung eines Sklaven ausgelegt worden, denn der Meister aller Spiele und der Arena war ein Überschwerer.

Der Tiermeister dagegen war selbst ein Sklave, ein Kamashite, der jedoch auf dem Mars geboren worden war. Sein Vater hatte hier den Galaktischen Zoo geleitet und seine Tiere nicht im Stich lassen wollen, als das Solsystem annektiert wurde. Es war nutzlos gewesen, denn die Überschweren hatten die Tiere des Zoos entweder getötet oder an Galaktische Händler verkauft. Der Zoodirektor aber war genauso versklavt worden wie die Terraner.

Mynra Buccuon war in seinem dreißigsten Lebensjahr gezwungen worden, als Tiermeister in der Arena von Colderan zu dienen, nachdem die Überschweren erfahren hatten, dass alle Kamashiten von Natur aus besser als andere Intelligenzen mit Tieren umgehen konnten.

Mynra hatte gerade einen tobenden Okkuldor beruhigt, ein gefährliches Raubtier vom Planeten Yppersan, das sogar einen Überschweren im Bruchteil einer Sekunde töten konnte. Ich schwitzte, als ich sah, wie unbesorgt der kleinwüchsige Kamashite – er war nur 1,47 Meter groß – sich im Käfig des Okkuldors bewegte.

Als er mich erblickte, leuchteten seine Augen auf. »Ich komme gleich, Kalteen!«, rief er mir zu.

Der Okkuldor fauchte mich an, beruhigte sich aber sofort wieder, als

Mynra leise auf ihn einsprach. Der Kamashite strich dem Tier mit den Fingern über den Kopf, dann verließ er den Käfig.

Ich war immer wieder fasziniert von Mynras Anblick. Wie alle Kamashiten, die sich aus terranischen Siedlern entwickelt hatten, besaß er eine bronzefarbene Haut, silberne Zähne, Finger- und Zehennägel sowie grasgrünes Haar, das zu vielen kleinen Zöpfen geflochten war. Die Brauen waren ebenfalls grün und sehr dicht und passten zur Hakennase des Kamashiten.

Wir schüttelten uns die Hände. »Freut mich, dich wieder einmal zu sehen, Kalteen«, sagte Mynra mit volltönendem Bass, der gar nicht zu seiner geringen Körpergröße passte. »Was hast du auf dem Herzen?«

»Mich interessiert die Zusammensetzung der nächsten Kämpfe«, antwortete ich. »Weißt du etwas darüber? Oder kannst du es in Erfahrung bringen?«

Mynra Buccuon lächelte und zeigte dabei seine silberfarbenen Zähne. »Was ich nicht weiß, kann ich erfragen. Warum interessierst du dich dafür, Kalteen?«

»Mein Herr will mich in die Arena schicken«, erklärte ich. »Da hätte ich natürlich gern gewusst, gegen wen ich kämpfen soll.«

Mynra erschrak. Er hatte keine Ahnung, wer ich wirklich war und dass ich mich durchaus meiner Haut wehren konnte, wenn ich auch annahm, dass er etwas ahnte. Kamashiten konnten sich gefühlsmäßig in die Mentalität anderer Lebewesen versetzen.

Mynra sah prüfend zu mir auf. »Warum fliehst du nicht, Kalteen? Willst du dich abschlachten lassen?« Er runzelte plötzlich die Stirn. »Aha! Du hoffst, mit dem Leben davonzukommen. Unterschätze aber die Gefährlichkeit eines Arenakampfes nicht.«

Ich legte ihm eine Hand auf die Schulter und erwiderte: »Keine Sorge, mein Freund. Ich werde es schon überstehen. Dennoch wäre ich dir dankbar, wenn du dich umhören könntest.«

Der Kamashite seufzte. »Heute und morgen stehst du nicht auf dem Programm. Das heißt, soweit es meine Tiere betrifft. Aber für dich könnte durchaus ein menschlicher Gegner ausgesucht worden sein. Ich werde die Kampfliste des Arenameisters einsehen.«

»Ist das nicht gefährlich für dich, Mynra?«

Der Kamashite winkte ab. »Trantor Zharim behandelt mich fast wie einen Gleichgestellten, seitdem ich ihn aus den Klauen und vor dem Schnabel eines Rhuorg-Vogels rettete. Außer einem Schimpfwort habe ich von ihm nichts zu befürchten. Kannst du hier auf mich warten?«

Ich nickte, und Mynra eilte davon. Als er zurückkam, wirkte er verstört. »Du musst fliehen und dich irgendwo verstecken, Kalteen!«, beschwor er mich. »Gegen die Gegner, gegen die du morgen antreten sollst, hast du nicht die geringste Chance.«

»Du hast *die* Gegner gesagt«, erwiderte ich ahnungsvoll. »Muss ich gegen Orlanda und Harun Griffith antreten?«

»Genau das, Kalteen«, antwortete der Kamashite mit belegter Stimme. »Ich weiß nicht, ob du schon etwas über sie gehört hast.«

»Ich habe sie gestern bewundert, als sie den Tyr besiegten«, erklärte ich.

»Du hast sie bewundert?«, fragte der Tiermeister. »Wahrscheinlich, weil es nur ein Tier war, das sie töteten. Du solltest erst sehen, wie grausam dieses Zwillingspärchen mit menschlichen Gegnern umgeht. Sie scheinen intelligente Lebewesen geradezu zu hassen, anders ist es nicht zu erklären, dass sie ihre denkenden Gegner ratenweise umbringen. Sie spielen mit ihnen, und ich kenne niemanden, der sie besiegen könnte.«

»Vielleicht doch«, erwiderte ich, obwohl ich mir da nicht sicher war. Erstens hatten die Zwillinge dem Tyr einen Kampf geliefert, den zu gewinnen ich mir selbst nicht zugetraut hätte, und zweitens empfand ich eine gewisse Sympathie für Orlanda Griffith, weshalb ich bei einem Kampf gegen die Zwillinge gehemmt sein würde.

Der Kamashite musterte mich durchdringend. »Du bist sehr selbstbewusst, Kalteen«, sagte er leise. »Ich wollte, du würdest es schaffen, diese Sadisten zu besiegen. Aber ich bezweifle es.« Seine Miene verdüsterte sich. »Heute kämpfen die Griffiths gegen einen Ertruser, der Raumschiffskommandant bei den Springern war und in Ungnade fiel, weil er angeblich mit seinem Kampfschiff Schmuggelware beförderte. Schau dir den Kampf an, dann wirst du erkennen, dass nur eine Flucht dich retten kann.«

Ich erstarrte innerlich.

»Ich rate dir, diesen Kampf zu sehen und erst danach zu entscheiden, was du tun willst«, drängte mein kamashitischer Freund. »Wir *Sklaven* müssen doch zusammenhalten, Kalteen, nicht wahr?«

Er betonte das Wort »Sklaven« so eigentümlich, dass mir der Verdacht kam, Mynra Buccuon könnte wie ich die Rolle des Sklaven nur spielen und in Wirklichkeit jemand sein, der mit einer bestimmten Mission beauftragt worden war. Die Frage war nur, von wem.

Ich erwiderte sein Lächeln. »Selbstverständlich, mein Freund«, erwiderte ich mit einem Tonfall, der meine Gedanken nicht verriet. Dann verließ ich das Arenagebäude wieder.

Nach der allgemeinen Mittagsruhe strömten die Besucher zur Colderan-Arena.

Ich hatte im Schatten eines Torbogens geschlafen. Nun eilte ich zu dem Tor, durch das Lagot Vermallon für gewöhnlich die Arena betrat. Als Sklave durfte ich die Arena nur in Begleitung meines Herrn betreten, und sosehr mir die Nähe Vermallons verleidet war, so wenig konnte ich es mir erlauben, meiner Antipathie nachzugeben.

Vermallon erschien etwa eine halbe Stunde später. Als er mich sah, lächelte er plötzlich. »Du hast wohl Angst bekommen und willst um Gnade flehen, Kalteen?«, erkundigte er sich.

»Ich werde niemals um Gnade flehen, Herr«, entgegnete ich heftiger, als ich beabsichtigt hatte. »Lieber will ich sterben. Ich erbitte mir nur noch eine geringe Gunst. Lassen Sie mich Ihr Begleiter bei den heutigen Kämpfen sein.«

Vermallon blickte mich nachdenklich an. »Du scheinst sehr mutig zu sein«, erklärte er. »Wahrscheinlich willst du die heutige Vorstellung des Killerpärchens beobachten, um dir eine Taktik für deinen Kampf zurechtzulegen.«

»Vielleicht ...«, antwortete ich gedehnt.

Er runzelte die Stirn. »Woher weißt du eigentlich, dass Orlanda und Harun Griffith heute in der Arena antreten, Sklave?«

Ich erlaubte mir ein leichtes Lächeln. »Ein guter Sklave hat auch gute Beziehungen, Herr«, sagte ich.

»Aha«, machte der Überschwere. »Demnach weißt du schon, dass du morgen gegen die Zwillinge antreten sollst. Es wundert mich, dass du noch nicht geflohen bist.«

Ich senkte den Kopf und erwiderte: »Da ein Sklave keine Möglichkeit hat, den Mars zu verlassen, würde eine Flucht mein Schicksal nur aufschieben. Auf wen haben Sie denn heute gesetzt, wenn ich mir die Frage erlauben darf?«

»Natürlich auf die Zwillinge«, antwortete Vermallon. »Sie sind unschlagbar. Ich habe seit gestern Erkundigungen über sie eingezogen. Auch morgen werde ich auf die Zwillinge als Sieger setzen. Also komm schon, Kalteen! Ich bin schließlich kein Unmensch.«

Im Grunde genommen war Lagot Vermallon wirklich nicht bösartig oder grausam, sondern nur gedankenlos. Er hatte sich daran gewöhnt, dass Sklaven als eine Sache behandelt wurden, als Eigentum, mit dem er praktisch machen konnte, was er wollte. Es kam ihm gar nicht in den Sinn, dass die Sklaverei an sich schon ein Verbrechen war und dass von Natur aus alle Intelligenzen gleichgestellt waren.

Wie es sich für einen Sklaven gehörte, ging ich in respektvollem Abstand hinter ihm in die Arena und nahm ihm zu Füßen Platz.

Als der elektronische Gong ertönte, wurde ein Kampf zwischen zwei Kyrralions angesagt, also ein Kampf zweier Tiere. Übrigens kämpften in den Arenen hauptsächlich Tiere gegen Tiere.

Ich hatte früher schon Kyrralions gesehen. Auf ihrer Heimatwelt, dem Planeten Nygoman, auf dem ich einen geheimen Stützpunkt besaß, von dem nicht einmal Atlan wusste. Auf Nygoman gab es weder intelligente Eingeborene noch Niederlassungen von Raumfahrern. Nur Tierfänger verirrten sich hin und wieder auf den Planeten.

Die Kyrralions waren riesenhafte Vogelwesen mit starken Laufbeinen und stahlharten, messerscharfen Schnäbeln. Sie schossen mit der Geschwindigkeit eines Fluggleiters in die Arena und rasten mit klatschenden Flügeln dicht unter dem Netz dahin, das man ihretwegen kuppelförmig über die Arena gespannt hatte. Sie hätten sonst die Zuschauer angegriffen und bestimmt viele von ihnen getötet.

In freier Wildbahn attackierten die Tiere einander nur selten, aber diese beiden waren sicherlich auf knappe Rationen gesetzt und vor dem Kampf zu blindwütiger Aggressivität angestachelt worden. Mynra hätte sich dazu bestimmt nicht hergegeben, aber er konnte auch nicht verhindern, dass Helfer des Arenameisters die Tiere »vorbereiteten«.

Der Kampf widerte mich an. Kyrralions waren eigentlich schön zu nennen. Ihre Körper hatten ungefähr die doppelte Größe terranischer Strauße, die Flügelspannweite lag um zwölf Meter, und das Gefieder war bei den Männchen blauschwarz mit roten Streifen, bei den Weibchen grau und grün gesprenkelt.

Die Kyrralions in der Arena waren Männchen. Sie kämpften so wild, dass für einige Zeit nur ein undurchschaubares Durcheinander zu sehen war. Als sie sich trennten, sah ich, dass einer von ihnen am Flügel verletzt war und seine Flugbewegungen nicht mehr gut kontrollieren konnte. Dennoch überlebte er den nächsten Zusammenprall und konnte seinem Gegner sogar eine stark blutende Kopfverletzung zufügen.

Wieder sah ich nur ein wirbelndes Durcheinander von Flügeln, Schnäbeln und Krallen. Federn stoben umher. Plötzlich löste sich einer der Kyrralions und stürzte reglos zu Boden.

Der Sieger, es war der mit der Flügelverletzung, stieß einen gellenden Triumphschrei aus, vollführte eine halbe Umkreisung und stürzte ebenfalls wie ein Stein ab.

Zwei Sklaven liefen auf die Vögel zu. Sie hielten Schwerter in Händen, mit denen sie den Kreaturen den Todesstoß versetzten. Danach wurden die Kadaver mit Traktorstrahlen weggeräumt. Andere Maschinen glätteten den Sand.

Die Zuschauer tobten vor Begeisterung. Als es ruhiger geworden war, fragte Vermallon mich: »Nun, Sklave, was sagst du zu diesem Kampf?«

Ich drehte mich langsam um, musterte den Überschweren kalt und antwortete leise: »Es ist gesünder für mich, wenn ich nichts dazu sage, Herr, denn ich bin nur ein Sklave. Aber denken darf ich wenigstens noch, ohne dass man mir dafür den Kopf abschlägt.«

Vermallon war durch die unterschwellige Drohung in meiner Antwort so verblüfft, dass er für einen Moment vergaß, dass wir nicht gleichgestellt waren. »Aber eben haben doch nur Tiere gegeneinander gekämpft«, stieß er hervor.

Ich erwiderte nichts darauf, und nach kurzer Zeit überspielte Vermallon die brisante Situation mit Gelächter. Ich wusste allerdings, dass er nur deshalb darauf verzichtete, mich zu bestrafen, weil er sich dann um das Vergnügen gebracht hätte, mich morgen in der Arena gegen die Zwillinge kämpfen und verlieren zu sehen und einen hohen Wettgewinn einzustreichen.

Nach einer Pause wurde der Auftritt der Zwillinge verkündet. Sie traten gegen den Ertruser Amun Parseith an.

Die Zwillinge sollten gegen den zirka 2,50 Meter großen Riesen mit seiner Schulterbreite von über zwei Metern und einem geschätzten Gewicht von sechzehn Zentnern eine Chance haben?

Die beiden Menschen wirkten gegen den Ertruser wie Zwerge, und ihre Waffen sahen aus wie Spielzeuge.

Orlanda und Harun Griffith waren anders gekleidet als beim Kampf gegen den Tyr. Während Orlanda eine geschmeidige Rüstung aus schwarzem Panzertroplon, einen vergoldeten Helm und Lederhandschuhe trug und mit ihrer Peitsche sowie mit einem Bündel dünner Wurfscheiben aus durchsichtigem Panzertroplon bewaffnet war, wirkte die Aufmachung ihres Bruders diesmal äußerst makaber. Harun Griffith hatte sich eine atmungsaktive, aber äußcrst widerstandsfähige transparente Masse auf den ganzen Körper sprühen lassen.

Amun Parseith dagegen war fast nackt. Er trug einen Lendenschurz, einen breiten und dicken Ledergürtel mit goldener Schnalle und mächtige Lederstiefel, die bis dicht unter die Knie reichten. Als Bewaffnung hatte er einen großen Rundschild aus Panzertroplon und eine Streitaxt gewählt, die kaum ein Terraner hätte heben können. Die sandfarbene Sichellocke, zu der sein Haupthaar geformt war, machte ihn noch größer.

Die Kämpfer hatten sich kaum in etwa zehn Metern Entfernung gegenübergestellt, als Harun Griffith auch schon angriff. Er bewegte sich elegant, mit tänzerischer Leichtigkeit, aber er kam nicht an den reaktionsschnellen Ertruser heran. Parseith wehrte alle Angriffe mühelos mit seiner Axt ab, konnte allerdings auch seinerseits keinen Schlag anbringen. Sein Fehler war nur, dass er Orlanda nicht sonderlich beachtete.

Die Frau brachte ein halbes Dutzend ihrer Wurfscheiben ins Ziel, bevor der Ertruser es überhaupt bemerkte. Die Scheiben waren wegen ihrer Transparenz kaum zu sehen, und ihre Kanten waren so dünn und scharf, dass eine von ihnen gerissene Wunde zuerst überhaupt nicht schmerzte.

Als Amun Parseith endlich registrierte, was geschah, blutete er schon aus einem halben Dutzend Wunden. Zornig schleuderte er die Streitaxt nach Orlanda, aber die Frau wich geschmeidig aus und benutzte gleichzeitig ihre Peitsche, deren Riemen knallend gegen Parseiths rechtes Knie fuhr.

Der Ertruser stieß zu meiner Verwunderung einen Schmerzensschrei aus. Wahrscheinlich hatte Orlanda ihre Peitschenschnur mit Vaghotalh eingerieben, einem Pflanzensaft, der bei Hautkontakt über die Nerven das Schmerzzentrum im Gehirn aktivierte.

Orlanda und Harun waren ein durchtriebenes Killerpärchen – und sie verstanden eine Menge von Psychologie. Indem Harun sich eine Henkerskappe über den Kopf zog, suggerierte er dem Ertruser, dass er derjenige Gegner sei, der ihm den Todesstoß versetzen sollte. Dadurch lenkte er alle Aufmerksamkeit auf sich, und Orlanda konnte dem Gegner ungehindert viele kleine Wunden zufügen.

Doch Amun Parseith erholte sich rasch von dem grausamen Schmerz, der allein in seinem Gehirn erzeugt worden war. Er stürmte, nur noch mit dem Schild bewaffnet, auf Harun los und trieb ihn vor sich her. Harun hatte große Mühe, sich der Hiebe seines Gegners zu erwehren.

Unterdessen war Orlanda nicht untätig geblieben. Sie hatte weitere Wurfscheiben geschleudert, und jede der Scheiben traf ihr Ziel und kehrte danach mit scheinbar spielerischer Leichtigkeit in Orlandas Hand zurück. Es war ein wahres Jongleurstück, das die Frau vollbrachte.

Nachdem der Ertruser Harun durch die halbe Arena gejagt hatte, sprang er mit wenigen Sätzen zu seiner Axt zurück und griff Orlanda an.

Erneut züngelte ihm die Peitsche entgegen, ringelte sich um seinen rechten Arm. Aufbrüllend ließ Amun Parseith die Axt fallen – und im nächsten Augenblick zischte eine Wurfscheibe auf seinen ungeschützten rechten Arm zu, durchtrennte die Schlagader des Handgelenks und kehrte in elegantem Bogen zu Orlanda Griffith zurück.

Natürlich begriff der Ertruser, dass er verloren war, wenn er die Ader nicht rechtzeitig abband. Er riss einen Stofffetzen aus seinem Lendenschurz, wickelte ihn um seinen Unterarm und drehte den Knoten zusammen.

Er schaffte es nicht ganz, weil Harun sich inzwischen wieder erholt hatte und die dünne Klinge seines sonderbaren Schwerts von hinten gegen das linke Bein des Ertrusers sausen ließ.

Amun knickte ein. Der Stofffetzen löste sich von seinem Unterarm, und sein Blut pulsierte ungehindert. Als ich sah, wie Orlandas Peitsche sich um seinen Hals schlang, schloss ich die Augen. Dieses Killerpärchen ging wirklich so sadistisch vor, wie Mynra Buccuon gesagt hatte. Orlanda und Harun sahen aus wie Menschen, aber sie verdienten diese Bezeichnung nicht.

Immerhin – einen unschätzbaren Vorteil hatte diese Erfahrung für mich. Ihr Sadismus und ihre Grausamkeit hatten meine Hemmungen, sie notfalls zu töten, beseitigt.

Noch wehrte sich der Ertruser verzweifelt gegen sein Schicksal.

Und die Zwillinge zögerten sein Ende so lange hinaus, bis Amun Parseith nur noch haltlos taumelte. Dann warf Harun seiner Schwester das Schwert zu ...

Vross Barratill

»Bitte schalte die Musikanlage ein«, wisperte eine Stimme in meinem Bewusstsein. Ich zuckte leicht zusammen, da ich über ein Problem nachgedacht und ganz vergessen hatte, dass ich nicht allein in meinem Körper war. Doch ich erholte mich schnell wieder.

Was möchtest du hören, Wuriu?, erkundigte ich mich, indem ich die Frage dachte.

Heimatliche Klänge, wenn möglich, antwortete die Stimme in mir. *Und entschuldige, wenn ich dich erschreckt habe, Vross.*

Während ich meinen quadratisch anmutenden Körper aus dem breiten Sessel wuchtete, lächelte ich beruhigend. Natürlich konnte mein Gast das Lächeln nicht sehen, denn die einzigen normalen Augen, die ihm zur Verfügung standen, waren meine, aber er konnte die damit verbundene emotionale Regung spüren – und das war im Endeffekt gleichwertig.

»Ich werde sehen, was sich machen lässt«, versicherte ich.

Meine Säulenbeine eines Überschweren verursachten stampfende Geräusche, als ich durch die Kabine ging und den Repertoire-Anzeiger aktivierte.

Obwohl ich so aussah, war ich kein Überschwerer, sondern ein Multi-Cyborg-Mensch mit dem Geist – beziehungsweise Bewusstsein – eines Terraners. Trotz meiner ungeschlechtlichen Erzeugung fühlte ich mich als echter Mensch.

Natürlich traf das nicht auf alle Multi-Cyborgs zu. Die meisten waren wirklich nur Halbmenschen, bei ihnen bestanden die Gehirne aus einer Kombination von Zellplasma und einer Mikropositronik siganesischer Fertigung. Außerdem waren ihre Körper oft nur halb organisch und enthielten Glieder und Organe aus Metallplastik oder anderen Werkstoffen.

Bei mir und meinen beiden Gefährten hatten die Bio-Ingenieure eine Ausnahme gemacht. Unsere Gehirne waren sehr sorgfältig aus Zellen des Plasmas auf der Hundertsonnenwelt modelliert worden. Denn bei unserem bevorstehenden Einsatz bestand die Gefahr, dass die Energieschwingung eines positronischen Zusatzteils schon durch eine einzige gewissenhafte Strahlungskontrolle entdeckt wurde.

Wir sollten zu Leticron vordringen, dem Ersten Hetran der Milchstraße, und den grausamen Diktator unschädlich machen, damit die Menschen des NEI mit seinem Nachfolger über grundlegende Erleichterungen des Schicksals der Menschheit verhandeln konnten.

Das war unser wichtigster Auftrag. Um ihn erfüllen zu können, würden wir Verbindung mit Atlans Staragenten Ronald Tekener aufnehmen müssen.

Alle diese Gedanken schossen mir durch den Kopf, während ich die Anzeige musterte. Ich hielt es für sehr unwahrscheinlich, dass in dem zentralen Musikspeicher eines Passagierraumers der Springer das zu finden sein würde, was Wuriu Sengu Heimatklänge nannte, nämlich terranische oder gar terranisch-fernöstliche Musik. Deshalb stutzte ich, als ich plötzlich Lieder aus der altterranischen Operette »Das Land des Lächelns« verzeichnet sah.

Kurz darauf ertönte die Stimme eines Sängers: »Immer nur lächeln …« Ich kehrte zu meinem Sessel zurück, lauschte der altertümlichen, ja fremd wirkenden Musik und merkte, wie meine Augen feucht wurden. *Sentimentalität …?* Ich überprüfte meine Gedanken und Emotionen und fand keine solche Regung. Demnach musste es Wuriu Sengus Bewusstsein sein, das Rührung empfand. Seine emotionale Regung war stark genug, um meine Tränendrüsen zur Absonderung von Sekret zu veranlassen.

Ich protestierte nicht, weil ich Wurius Gefühle respektierte. Es war schon schlimm genug für den Späher-Mutanten, dass er keinen eigenen Körper mehr besaß, sondern sich nur geistig in den Spuren von PEW-Metall manifestierte, die in meinen Körper eingearbeitet waren.

Als das letzte Lied verhallt war, »sagte« Wuriu Sengu: »Danke, Vross, dass du mir die Entspannung gestattet hast. Ich fühle mich schon viel besser.«

»Das ist mir Lohn genug, Wuriu«, erwiderte ich.

In diesem Augenblick erschienen meine Begleiter. Auch sie waren Überschwere – nach außen hin, denn ihre Bewusstseine waren die von Menschen.

»Hallo, Vross«, sagte Kertan Tigentor mit der typisch dumpf rollenden Stimme. »Hast du dich gelangweilt?«

Kertan Tigentor trug das Bewusstsein von Tako Kakuta in sich, dem terranischen Teleporter, der ebenfalls keinen Körper mehr besaß und nur existieren konnte, solange er sich an PEW-Metall klammerte.

Der »Überschwere« neben ihm musterte den Repertoire-Anzeiger. Er trug während dieses Einsatzes den Namen Ertyn Grammlond, sein Psi-Gast hieß Betty Toufry.

»Vross hat sich an Musik delektiert.« Ertyn lachte schallend.

»Was gibt es da zu lachen?«, wollte ich wissen.

»Es ist der letzte Titel, Vross«, antwortete Grammlond. »Liebes Schwesterlein, sollst nicht traurig sein …«

Kertan Tigentor kicherte, völlig unangemessen für einen Überschweren. »Schwester Vross«, witzelte er. »Wie komisch.«

Ich ballte die Hände. Normalerweise ist ein Mucy überhaupt nicht gewalttätig, sondern gibt sich stets höflich, weil das in seiner speziellen Wesensart liegt … Nur bei uns dreien hatten die Biotech-Psychologen eine Ausnahme gemacht. Wir mussten uns rau, unhöflich und skrupellos geben können, denn ein anderes Verhalten hätte im Widerspruch zum normalen Verhalten der Überschweren gestanden. Deshalb waren in unserer Psyche gewisse Hemmungen beseitigt worden, aber wir konnten sie selbstverständlich aus reiner Willenskraft errichten.

»Es tut mir Leid, Vross«, sagte Tigentor. »Ich wollte dich nicht reizen.«

»Mir tut es auch Leid. Ich wollte dich tatsächlich schlagen.«

»Etwas Wichtigeres«, warf Kertan Tigentor ein. »Das Schiff erreicht in einer halben Stunde das Solsystem. Damit tritt unsere Mission in ein akutes Stadium ein.«

»Das wurde höchste Zeit«, erwiderte ich. »Ich kann es kaum erwarten, das Sonnensystem zu sehen, aus dem unsere Erzeuger gekommen sind.«

Wir hatten uns in die Aussichtskuppel des Walzenschiffs begeben. Die KEHATRON II, wie der Passagierraumer hieß, auf dem wir uns eingeschifft hatten, nachdem wir aus der Provcon-Faust gebracht worden waren, war überfüllt. Auch in der Kuppel drängten sich zahllose Passagiere.

Doch Kertan, Ertyn und ich waren Überschwere, deshalb machte man uns freiwillig Platz.

Noch befand die KEHATRON II sich im Linearraum. Außerhalb des Schiffs gab es nichts, was Menschen begreifen konnten. Wir registrierten lediglich seltsame Leuchterscheinungen und graue Schleier.

Die halbe Stunde ging schnell vorbei. Mit dem Rücksturz ins Einstein-Kontinuum schimmerten die Sterne der Galaxis vor einem schwarzsamtenen Hintergrund.

Ein Stern leuchtete besonders hell. Das musste Sol sein, das Muttergestirn des Solsystems.

Ich war ein wenig enttäuscht, denn den ersten Blick auf die Sonne hatte ich mir ganz anders vorgestellt, irgendwie überwältigend oder erhebend.

»Das ist er auch«, teilte mir Wuriu mit. »Aber nur, wenn man unter diesem Gestirn geboren wurde. Mir kommt es vor, als wäre ich lange Zeit in der Unendlichkeit verloren gewesen und kehrte endlich nach Hause zurück. Nur eines fehlt, um dieses Gefühl vollkommen werden zu lassen: Die Erde ist nicht mehr da.«

Ich versuchte, mich in Wurius Gefühlsleben zu versetzen. Es gelang mir nicht. Für mich war Sol nur der Name einer Sonne, und die Erde war mehr oder weniger eine Sage, mit der mich nichts verband. War es für einen auf der Erde geborenen Menschen wie Wuriu Sengu wirklich so bedeutsam, dass es keine Erde mehr gab – jedenfalls nicht im Solsystem?

»Nur eine Hand voll Erde nehmen!«, wisperte mir Wurius Bewusstsein zu. »Eine einzige Hand voll Erde, sie schmecken und riechen und durch die Finger rinnen lassen. Ich sehne mich so sehr danach.«

Ein Teil des heißen Schmerzes und der brennenden Sehnsucht, die Wurius Bewusstsein überfluteten, sprang auf mich über. Ich wehrte mich dagegen, denn es war unmöglich, dass ein Überschwerer mitten unter Springern und Arkoniden Tränen vergoss.

Das Geräusch der Impulstriebwerke schwoll zum fernen Tosen an. Nach einer Weile wurde es wieder schwächer. Ich nahm an, dass unser Schiff direkten Kurs auf den Mars genommen hatte.

Doch ohne Instrumente und Ortungstaster ließ sich das nicht optisch erkennen. Nicht einmal die solaren Planeten waren zu sehen.

Eine Zeit lang später gab es da außer der Sonne einen zweiten hellen Stern, der zu einer kleinen Scheibe wurde, die sich allmählich vergrößerte.

Bald ließen sich Einzelheiten der Oberfläche erkennen, aber die Marsstädte sahen wir erst, als unser Schiff schon in die oberen Ausläufer der Atmosphäre eintauchte.

Früher sollte der Mars ein Wüstenplanet mit so dünner Atmosphäre gewesen sein, dass Menschen ohne Schutzanzüge mit Atemgeräten auf ihm nicht leben konnten. Das stimmte längst nicht mehr. Schon sehr lange vor dem Auftauchen der Laren hatten terranische Planeteningenieure den Mars in einen blühenden Garten mit guter Sauerstoffatmosphäre und warmem Klima verwandelt.

Auch die Invasoren hatten daran nichts geändert.

Unser Schiff landete auf dem Raumhafen von Marsport. Wir konnten von der Beobachtungskuppel aus nicht das gesamte Areal überblicken. Immerhin sahen wir zahlreiche gedrungene Walzenschiffe der Überschweren, außerdem die schlanker wirkenden bewaffneten Handelsschiffe von Springern, die Kugelraumschiffe von Arkoniden und die abgeplatteten Kugelschiffe der Akonen.

Meine Gefährten und ich drängten mit der allen Überschweren eigenen Rücksichtslosigkeit durch die Menge der anderen Passagiere, die das Schiff verlassen wollten. Man wich uns aus und wagte nicht einmal, uns böse Blicke nachzuschicken.

Nachdem wir das Schiff verlassen hatten, erreichten wir in einem Antigravschacht den nächsten Bahnhof der Rohrbahn. Der nächste Zug brachte uns die rund zwanzig Kilometer bis zum nächsten Empfangsgebäude.

Bewaffnete Überschwere standen in kleinen Gruppen herum. Sie waren nur dazu da, einzugreifen, wenn die automatische Kontrolle Unregelmäßigkeiten feststellte. Wer sich mit falschen ID-Chips auf dem Mars einschleichen wollte, konnte nur ein feindlicher Agent sein.

Kertan, Ertyn und ich brauchten uns in dieser Beziehung keine Sorgen zu machen. Unsere ID-Chips lauteten zwar auf die Namen von drei Überschweren, die überhaupt nicht existierten, ansonsten waren sie echt, sogar auf dem Heimatplaneten Leticrons hergestellt. Atlans Spezialisten hatten nur dafür gesorgt, dass unsere Namen und Identifikationsnummern stilecht aufgeprägt wurden.

Dennoch hatte ich sekundenlang ein dummes Gefühl in der Magengegend. Doch ich beruhigte mich schnell wieder, denn schon Minuten später hatten wir unser Gepäck in Empfang genommen und durften daran denken, uns eine Unterkunft zu suchen.

Das Hotel Hoowhawuur gehörte dem Springer-Patriarchen Ekbaar und wurde von seinem Neffen verwaltet. Es lag in einer der schönsten Gegenden von Marsport City und sah von außen fast wie ein bewaldeter Hügel aus.

Ein vollautomatisches Gleitertaxi setzte meine Gefährten und mich auf dem von blühenden Sträuchern umgebenen Landeplatz ab. Eine bereitstehende Antigravplattform hob sich vom Boden ab und schwebte auf uns zu, gesteuert von einem Marsterraner. Er war der erste terranische Sklave, den wir sahen. Ich hatte befürchtet, ein deprimiertes und unterwürfiges Lebewesen vor mir zu sehen.

Doch der Sklave wirkte ganz normal. Er war lediglich ärmlich gekleidet und nicht besonders gut ernährt, und sein Blick hatte nichts Devotes an sich.

»Stell die Koffer auf die Platte und erledige das mit dem Gepäck, Sklave!«, schnauzte ich ihn an, um nicht aus der Rolle zu fallen.

»Ja, Herr«, erwiderte der Sklave höflich.

Sie haben sich an die Sklaverei gewöhnt, überlegte ich. *Und sie haben sich den herrschenden Verhältnissen angepasst. Dennoch wissen sie, dass sie nicht von der Natur zu ihrem Sklavendasein bestimmt wurden. Sie gehorchen, weichen Auseinandersetzungen aus und konzentrieren sich darauf, zu überleben. Sicher hoffen sie, dass sie oder ihre Nachkommen eines Tages frei sein werden.*

Leise sagte ich zu meinen Gefährten: »Die Okkupanten handeln nicht sehr klug, wenn sie den Besiegten keine Möglichkeiten zu einer echten Integrierung geben.«

Ertyn Grammlond erwiderte: »Sie wissen, dass sie den Terranern an Vitalität und Ehrgeiz unterlegen sind. Deshalb können sie sich eine Integration nicht leisten. Sie würden sich selbst den Ast absägen, auf dem sie sitzen.«

»Was ist das für ein Ausdruck, *sich selbst den Ast abschneiden, auf dem man sitzt*, Ertyn?«, erkundigte sich Kertan Tigentor.

»Eine altterranische Redewendung«, antwortete Grammlond. »Ich habe sie von Betty. Lasst sie euch von euren Gästen erklären. Sie stammen ja ebenfalls aus der guten alten Zeit.«

Wurius Bewusstsein berichtete mir, dass die alten Terraner zahllose bildhafte Vergleiche benutzt hatten, um sich kurz und treffend auszudrücken. Diese alten Terraner mussten sehr merkwürdige Menschen gewesen sein.

Die Hauptpositronik des Hotels wies uns drei Suiten erster Klasse zu, wie wir es forderten. Die Räume lagen in der fünfzehnten Etage und waren mit allem Komfort ausgestattet. Dennoch nörgelten und schimpften wir herum und meldeten Sonderwünsche an.

Das Gepäck war unterdessen von den Servorobotern verteilt worden. Ich bekam ein schlechtes Gewissen, sobald ich daran dachte, wie die versklavten Marsterraner ihr Leben fristeten. Aber wir schwelgten in Überfluss und Luxus.

Ertyn Grammlond reckte sich und gähnte. »Ich möchte jetzt zehn Stunden schlafen«, erklärte er.

»Das geht leider nicht«, erwiderte Kertan Tigentor. »Wir haben viel zu tun. In der Gemeinschaftsbar des Hotels finden wir hoffentlich Leute, die uns mehr über Leticron sagen können.«

»Einverstanden«, sagten Ertyn und ich wie aus einem Mund.

Ich kehrte in meine Suite zurück und stieg in eine prunkvolle Kombination, in der ich fast wie ein akonischer Raumadmiral aussah. Ironisch salutierte ich vor dem Feldspiegel, dann verließ ich die Suite.

Die Arbeit hatte begonnen …

8.

Ich hatte gerade meine Morgengymnastik beendet, als der Türmelder ansprach. Rasch warf ich mir ein Badetuch über, dann aktivierte ich den Schirm.

»Kalteen Marquanteur?«, grollte die dumpfe Stimme eines Überschweren.

Meine Gedanken überschlugen sich. Waren die Überschweren hinter meine verbotenen Geschäfte mit den Báalols gekommen? Oder duldeten sie die Vhrato-Sekten nicht länger und nahmen alle Sektenführer fest?

»Antworte!«, dröhnte die Stimme des Überschweren ungeduldig.

Ich zuckte die Schultern und sagte: »Ich bin Kalteen Marquanteur. Was wünschen Sie?«

»Ein Herr hat für Sklaven keine Wünsche, sondern Befehle!«, donnerte der Überschwere gereizt. »Mein Befehl für dich lautet: Komm sofort herunter!«

»Gern«, erwiderte ich. »Aber erst muss ich mich noch ankleiden. Bitte haben Sie ein wenig Geduld.«

»Eine Minute«, sagte der Überschwere. »Wenn du bis dahin nicht unten bist, holen wir dich. Verstanden, Sklave?«

»Ich habe verstanden«, antwortete ich mühsam beherrscht.

Ich zweifelte nicht daran, dass der Überschwere und seine Genossen ihre Drohung wahr machen würden, wenn ich nicht innerhalb der gesetzten Frist zur Stelle war.

Nur Sekunden vor Ablauf der Frist trat ich aus dem Haus.

Drei Überschwere standen nahe der Tür. Sie richteten Paralysatoren auf mich. Hinter ihnen schwebte ein Prallfeldgleiter.

»Einsteigen!«, befahl einer der Kerle.

Ich wollte sie nicht noch mehr reizen, deshalb verzichtete ich darauf, mich nach dem Grund für die freundliche Einladung zu erkundigen. Wahrscheinlich waren die drei Überschweren verärgert, dass sie so früh am Tage einen Einsatzbefehl erhalten hatten. Sie würden ihren Ärger beim geringsten Anlass handgreiflich an mir auslassen – und ich brauchte meine Kräfte für den Arenakampf, am Nachmittag.

Also gehorchte ich schweigend, was mich nicht davor bewahrte, mit einem kraftvollen Stoß in den Gleiter befördert zu werden. Die Überschweren lachten, als ich mich mühsam wieder aufrappelte. Ich starrte sie nur an und bemühte mich, keine Regung zu zeigen. Doch etwas in meinem Blick schien sie zu beunruhigen. Sie wurden plötzlich still, kletterten in den Gleiter und starteten.

Wir verließen das Jassich-Viertel, aber erst eine halbe Stunde später verstand ich, wohin die Überschweren mich brachten. Der Gleiter verließ die Stadt in Richtung Colderan-Arena.

Offenbar war das Abholkommando so früh geschickt worden, damit ich im Laufe des Vormittags nicht doch noch das Weite suchte. Vermallon wollte bestimmt sichergehen, dass ihm sein Wettgewinn nicht entging.

Ich atmete erst einmal auf. Zwar sah ich dem Kampf mit ziemlich gemischten Gefühlen entgegen, aber es wäre schlimmer gewesen, wenn die Überschweren mich einer ungesetzlichen Handlung beschuldigt hätten.

Meine Ahnung bestätigte sich. Der Gleiter hielt schließlich vor dem Verwaltungsgebäude der Arena, und die drei Überschweren befahlen mir, in den Trainingsraum für die Arenakämpfer zu gehen.

Es war kein Raum, sondern eine große Halle, in der jene Kämpfer trainierten, die freiwillig und für gutes Geld antraten, also Profis wie Orlanda und Harun Griffith. Zu dieser frühen Stunde war noch kein Betrieb. Nur der Arenameister und ein hünenhafter Springer in der Trainingskleidung der Berufskämpfer befanden sich in der Halle.

Trantor Zharim, der Arenameister, ein Überschwerer wie die Burschen, die mich hergebracht hatten, lächelte, als er mich erblickte. »Auf dich habe ich gewartet, Kalteen!«, rief er. Dann wandte er sich an meine Eskorte und fuhr sie an: »Ihr könnt verschwinden!«

Grollend trollten sich die Burschen, denen es offensichtlich nicht schmeckte, dass sie so angeherrscht wurden, wie sie es sonst mit ihren Sklaven machten.

Der Arenameister blickte mich nachdenklich an. »Mynra Buccuon hat mir erzählt, dass ihr befreundet seid«, erklärte er. »Er bat mich, dir zu helfen, wenn es in meiner Macht steht.« Das Lächeln schwand aus seinem Gesicht, und in grimmigem Ton fuhr er fort: »Ich glaube, der kamashitische Bastard denkt tatsächlich, ich würde einem Sklaven helfen, sich vor einem Kampf zu drücken.«

Ich erwiderte kalt: »Vielleicht denkt mein kamashitischer Freund, ich wäre gegenüber dem Killerpärchen in der gleichen hoffnungslosen Lage wie ein Überschwerer gegenüber einem tobsüchtigen Rhuorg-Vogel.«

Tharims Gesicht verfärbte sich. Er ballte die Hände, und es sah so aus, als wollte er sich auf mich stürzen. Wahrscheinlich hätte er das auch getan, wenn der hünenhafte Springer ihn nicht zurückgehalten hätte, indem er sagte: »Lass mich das machen, Trantor. Ich werde dem Kerl eine Lektion erteilen, die er bis zu seinem baldigen Tode nicht vergessen wird.«

Trantor Zharim beruhigte sich schnaufend. »Also gut«, stieß er hervor. »Ettoman, erteile ihm eine Lektion, bei der er, wie die Terraner sagen würden, die Engel im Himmel singen hört!«

Der Springer lachte schallend, strich sich seinen feuerroten Vollbart glatt und verschwand in der Gerätekammer. Als er zurückkam, hatte er einen Trainingshelm aufgesetzt. Mir warf er eine kurze Hose und eine etwa zwei Meter lange Stange mit geriffeltem Griffstück und metallenem Handschutz zu. Er selbst hielt auch eine Stange in der Hand.

Schweigend zog ich mich aus und schlüpfte in die kurze Hose, setzte den Helm auf, schnallte ihn fest und nahm die Stange in die Hand.

Der Springer pfiff anerkennend durch die Zähne, als er meinen muskulösen Körper sah. »Nicht schlecht für einen Sklaven, der sich mit Rationen aus Vorzugsmüll zufrieden geben muss«, bemerkte er.

»Dreck macht fett«, spottete der Arenameister.

»Waschen Sie sich öfter, das hilft vielleicht«, entgegnete ich giftig.

Ettoman lachte so unbeherrscht, dass ihm die Trainingsstange aus der Hand fiel. Trantor Zharim warf mir nur hasserfüllte Blicke zu. Wenn er jetzt auf mich losgegangen wäre, hätte ich ihm mit meiner Stange die Nase zerschmettert und mich hinterher damit verteidigt, dass ich geglaubt hätte, Zharim wollte mit mir trainieren. Wie ich den Springer einschätzte, hätte er meine Behauptung vielleicht sogar bestätigt.

Ettoman hob seine Stange auf und sagte: »Fangen wir an, Kalteen!«

Er überbrückte die Entfernung zwischen uns mit drei schnellen Schritten, täuschte einen Schlag gegen meinen Kopf vor und versuchte, mir seine Stange in die kurzen Rippen zu stoßen. Ich parierte den Stoß mit Leichtigkeit, unterlief den nächsten Hieb, fasste meine Stange in der Mitte und wirbelte sie herum.

Durch den verkürzten Hebelarm hatte mein Schlag natürlich nur halb so viel Kraft, als hätte ich ihn am Griffstück angefasst; dennoch taumelte Ettoman mit einem erschrockenen Schnaufen zurück, als meine Stange seine linke Schulter traf.

Ich befand mich schon wieder außerhalb seiner Reichweite, als er seine Stange nur mit der rechten Hand hielt und nach mir schlug. Danach beschränkte er sich auf vorsichtiges Abtasten und Parieren, bis er seinen linken Arm wieder bewegen konnte.

Er war zweifellos ein erfahrener Kämpfer. Dennoch hätte ich ihn während seiner schwächeren Phase niederschlagen können. Ich verzichtete darauf, um dem Arenameister nichts über meine Kampfweise und wirkliche Stärke zu verraten. Er hasste mich und hätte vielleicht den Zwillingen einen Tipp gegeben.

Als Ettoman erneut mit voller Wucht angriff, beschränkte ich mich darauf, seine Schläge zu parieren oder ihnen auszuweichen. Nur ab und zu versetzte ich ihm einen Hieb, der aussah, als hätte ich rein zufällig getroffen.

Eine halbe Stunde später verloren die Angriffe des Springers an Dynamik. Er parierte nicht mehr so gut wie am Anfang des Kampfes. Ich fühlte mich noch einigermaßen frisch, tat aber so, als wäre ich am Ende meiner Kräfte. Ich taumelte durch die Halle, wehrte Ettomans Schläge scheinbar ungeschickt und kraftlos ab und ließ mich sogar einmal treffen. Nach diesem Schlag, dem ich durch geschicktes Zurückweichen die Kraft nahm, ging ich zu Boden.

Als ich nach etwa zehn Sekunden wieder hochkam, grinste Trantor Zharim mich schadenfroh an. »Das genügt vorläufig«, sagte er. »Sonst bricht Kalteen in der Arena zusammen, bevor ihn die Zwillinge zu Gesicht bekommen.«

Er wies Ettoman an, mich zum Duschraum zu bringen, dafür zu sorgen, dass ich massiert wurde und eine stärkende Mahlzeit erhielt. Dann verließ er die Trainingshalle.

Der Springer musterte mich nachdenklich. »Du hast uns ein Schauspiel geliefert, Kalteen«, sagte er mir auf den Kopf zu. »Ich denke, wenn du gewollt hättest, wäre ich schon nach den ersten Minuten geschlagen gewesen.«

Ich schüttelte den Kopf.

Ettoman lachte. »Keine Sorge, ich verrate nichts. Ich hoffe nur, dass du das Killerpärchen besiegst, obwohl ich eigentlich keinem Arenakämpfer zutraue, Orlanda und Harun Griffith im Kampf zu besiegen.«

Erstaunt blickte ich ihn an. »Wie kommt es, dass Sie mir wünschen, ich würde das Killerpärchen besiegen?«

»Nenne mich Ettoman und lass das *Sie*. Ich denke, wir beide haben mehr Gemeinsames als Trantor Zharim und ich, mein Freund. Warst du früher ein Profikämpfer?«

»So ungefähr«, antwortete ich lächelnd. »Ich habe schon mehrmals in Arenen gestanden. Denkst du, dass ich gegen das Killerpärchen eine gute Chance habe, Ettoman?«

»Ich glaube, ja«, sagte der Springer. »Ich habe die beiden oft in verschiedenen Arenen beobachten können, mich aber gehütet, gegen sie anzutreten. Vielleicht kann ich dir einige Tipps geben, wie du dich verhalten musst, wenn du ihnen gegenüberstehst. Aber zuerst wollen wir duschen.«

»Einverstanden, Ettoman«, erwiderte ich.

Nach dem ausgiebigen Duschbad führte mich Ettoman in einen Massageraum. Auch hier war noch kein Betrieb, lediglich weibliche Wesen lungerten herum.

Aber was für Frauen!

Zuerst dachte ich, es wären etwas klein geratene Ertruserinnen, die darauf warteten, harten Männern die Muskeln durchzukneten. Dann musste ich mich korrigieren. Sie waren höchstwahrscheinlich terranische Sklavinnen, aber man hatte ihnen durch intensives Training und Kraftnahrung besondere Leibesfülle und Muskelpracht verschafft.

Ettoman winkte einer flachsblonden Sklavin. »Carla, nimm dir Kalteen vor! Er muss heute gegen das Pärchen kämpfen. Also sorge dafür, dass seine Muskeln sich richtig entspannen. Raube ihm aber nicht seine Kraft.«

Carla strahlte über ihr gerötetes Gesicht und stemmte die Fäuste in die Hüften. »Ich werde ihm die Kondition eines Elefanten geben, Ettoman«, versicherte sie treuherzig.

Ich hob abwehrend die Hände. »Dann schon lieber die eines Säbelzahntigers, meine Walküre«, erklärte ich.

Sie kniff ein Auge zu. »Ich könnte dir auch die Kraft eines Stiers verleihen, Jung Siegfried«, meinte sie listig.

Ettoman versetzte ihr einen Schlag aufs Gesäß, der ein Pferd zum Durchgehen veranlasst hätte. Doch Carla drehte sich nur blitzschnell um, packte den Springer, hob ihn scheinbar mühelos hoch und warf ihn zwei Kolleginnen zu, die ein Freudengeheul anstimmten.

Ich konnte nicht anders, ich musste schallend lachen, bis mir die Tränen übers Gesicht liefen.

»Aufhören!«, brüllte Ettoman, der von seinen beiden Damen hin und her geschubst wurde.

»Ja, hört auf damit!«, rief ich. »Ihr macht ihn ja vollkommen fertig!«

Endlich ließen die Frauen von dem Arenakämpfer ab. Schwer atmend strich Ettoman seinen zerzausten Bart glatt.

»Gegen euch möchte ich nicht in der Arena antreten«, erklärte er. »Wer massiert mich heute?« Als sich beide Damen meldeten, schüttelte er den Kopf. »Nein, nicht alle beide«, sagte er. »Poljana, du darfst mich heute durchkneten. Aber bitte, keine Rippen brechen.«

»Sei nicht so zimperlich, Rotbart«, erwiderte Poljana burschikos. »Ein richtiger Mann stirbt nicht an einer gebrochenen Rippe.« Sie stieß ihn vorwärts. »Marsch, in meine Kabine, Gladiator!«

Als die beiden verschwunden waren, blickte ich Carla fragend an. »Geht es hier immer so ungezwungen zu?«, erkundigte ich mich.

Carla schüttelte den Kopf. »Nein, Kalteen«, antwortete sie. »Das können wir uns nur erlauben, wenn Ettoman und seine Freunde hier sind, aber sonst niemand. Wenn der Arenameister davon erführe, dass wir Sklavinnen die Herren duzen und ein wenig durch die Mangel drehen, würde er uns auspeitschen lassen.«

Ettoman wurde mir immer sympathischer, Carla allerdings auch. Ich konnte mir vorstellen, dass viele Arenakämpfer sie und ihre Kolleginnen nur als halbintelligente Sklavinnen ansahen und entsprechend behandelten. So gesehen war Ettoman ein Lichtblick im Leben der Frauen, der ihnen wenigstens ab und zu das Gefühl gab, vollwertige und tüchtige Menschen zu sein.

»Einmal wird auch die Menschheit wieder frei sein, Carla«, versicherte ich. »Was würdest du dann gern werden?«

Sie strahlte. »Raumschiffskommandantin natürlich«, antwortete sie, als ob für sie gar kein anderer Beruf in Frage käme.

»Gut«, sagte ich. »Ich hoffe, du bist nach der Befreiung noch jung genug. Dann solltest du dein Ziel unbeirrt verfolgen, auch wenn sich dir Hindernisse in den Weg stellen werden.«

Meine Walküre schnaufte energisch. »Ich schaffe es, mein Junge. Und nun, marsch, in meine Kabine! Wir wollen dich so fit machen, dass Orlanda und Harun ihr blaues Wunder erleben werden.«

Eine Stunde lang walkte sie mich durch. Ich hätte nie vermutet, dass sich so viel kostbares Massageöl in die Haut eines einzigen Menschen hineinarbeiten ließ, so, wie ich vorher nie gedacht hätte, dass ein Mann nach dieser Tortur entspannt und gestärkt vom Massagebett aufstehen würde.

Ich fühlte mich wunderbar leicht, beinahe beschwingt. Voller Dankbarkeit gab ich Carla einen Kuss.

Sie errötete, aber im nächsten Augenblick brach wieder der Schalk bei ihr durch. »Hast du etwa gedacht, ich ließe mich einfach küssen?«, sagte sie mit gespielter Entrüstung. »Hier, da hast du deinen Kuss wieder; ich will ihn nicht haben.« Sie zog meinen Kopf zu sich herunter und gab mir ihrerseits einen Kuss, der es in sich hatte.

Etwas atemlos riss ich mich schließlich los. »Bring mich nicht durcheinander. Du weißt, ich muss heute noch in die Arena.«

Carlas Gesicht wurde ernst. »Ich drücke dir die Daumen, Kalteen«, versprach sie. »Und wenn das Killerpärchen dir etwas antut, zerquetsche ich beide mit meinen bloßen Händen!«

»Das wird hoffentlich nicht nötig sein, Carla.«

Mit Ettoman ging ich ins Kasino für die Arenakämpfer. Orlanda und Harun Griffith saßen an einem der Tische. Auch sie bemerkten mich. Demnach mussten sie mich irgendwo schon gesehen haben. Wahrscheinlich hatte der Arenameister ihnen ein Bild von mir gezeigt.

Sie blickten mich starr und ausdruckslos an. Als ich an ihnen vorüberging, hatte ich das Gefühl, von zwei Schlangen beobachtet zu werden, die mich als sicheres Opfer betrachteten.

Das war zweifellos ein psychologischer Schachzug, der mich verunsichern sollte. Ich erwiderte ihn, indem ich den beiden Killern jenes eiskalte Lächeln zeigte, mit dem ich damals als Ronald Tekener meine Feinde das Gruseln gelehrt hatte.

Eine Weile hielten Orlanda und Harun meinem Blick stand, dann flackerte es in ihren Augen auf und sie schauten fort.

Ettoman pfiff anerkennend durch die Zähne. »Den Griffith-Geschwistern ist die Sache mit dem Psychotrick in die Hosen gegangen«, flüsterte er schadenfroh.

»Man soll den Tag nicht vor dem Abend loben,« erwiderte ich. »Denken wir nicht an den Kampf, sondern essen wir, was uns schmeckt und bekommt.«

Die Sonne hatte den Zenit schon überschritten, als das Signal ertönte, das mich in die Arena rief. Gemessenen Schrittes trat ich in das mit Sand gefüllte Rund.

Orlanda und Harun Griffith kamen durch das gegenüberliegende Tor. Orlanda trug diesmal eine flamingofarbene Teilrüstung, die wahrscheinlich aus einer Ynkelonium-Terkonit-Legierung bestand und die wichtigsten Körperstellen gegen jede Waffe schützte – ausgenommen Energiestrahler, aber die waren bei Arenakämpfen nicht erlaubt.

Ihre Bewaffnung bestand aus der inzwischen sattsam bekannten und sehr gefährlichen Peitsche, aus den heimtückischen Wurfscheiben und einer Flöte, die ihr an einer Schnur vor der Brust hing. Was es mit der Flöte für eine Bewandtnis hatte, wusste ich allerdings nicht.

Harun Griffith trug die gleiche Teilrüstung wie seine Schwester. Seine Bewaffnung bestand aus mehreren Speeren mit langen Klingen und einem Schwert sowie einem kleinen Rundschild.

Ich hatte die Orghlederrüstung angelegt, die ich zu meinem Erstaunen in der Rüstkammer gefunden hatte. Sie war von schwarzer Farbe und sah leicht und wenig Vertrauen erweckend aus. Wahrscheinlich wusste nicht einmal der Arenameister, wie widerstandsfähig sie war. Zu der Rüstung gehörte ein mit Leder bezogener Helm, der einen Nackenschutz aufwies.

Meine Waffen bestanden aus einem stark nach außen gewölbten großen Rundschild mit einem scharfen Mittelstachel, einer kunshuwischen Messerschleuder mit den dazugehörigen Messern, einem langen Schwert und einer Serie kunshuwischer Wurfschnüre, deren Gebrauch ich auf dem Planeten Kunshuw von den Eingeborenen gelernt hatte.

Die Waffen, die man nicht sah, waren meine Reaktionsschnelligkeit, meine Kraft und Beweglichkeit und die Wechselwirkung zwischen Verstand und Instinkt, die sich in früheren Risikoeinsätzen immer bewährt hatte.

Aber ich wusste, dass auch das Killerpärchen über diese unsichtbaren Waffen verfügte. Es würde sich erst beim Kampf zeigen, wer von uns in dieser Hinsicht überlegen war. Das war dann der entscheidende Faktor.

Die Zuschauer brüllten voll Vorfreude, als sie uns erblickten. Sie schienen zu ahnen, dass dem Killerpärchen diesmal ein ernst zu nehmender Gegner gegenübertrat. Dennoch zweifelte offenbar niemand daran, dass die Zwillinge den Kampf gewinnen würden. Der Kamashite hatte mir vor wenigen Minuten zugeflüstert, dass die meisten Zuschauer auf den Sieg des Killerpärchens wetteten.

Wenigstens hatte ich die Genugtuung, dass Vermallon, falls ich getötet wurde, keinen großen Gewinn einstecken konnte.

Wir schritten langsam aufeinander zu, bis die Zwillinge und ich nur noch fünfzehn Meter voneinander entfernt waren. Dann hoben wir die Waffen zur Begrüßung.

Ich hatte mir vorgenommen, die Initiative Harun und Orlanda zu überlassen und abzuwarten, welche Taktik sie sich für diesen Kampf zurechtgelegt hatten. Allerdings befürchtete ich, dass die Zwillinge sich mir gegenüber genauso verhalten würden. Doch sie ergriffen sofort nach der Begrüßung die Initiative. Orlanda blies in ihre Flöte, deren Ende auf mich gerichtet war.

Plötzlich schien sich die Luft in eine zähe Flüssigkeit zu verwandeln. Ein ungewisses Halbdunkel umgab mich, und in der Dämmerung sah ich undeutlich und verzerrt zwei grotesk anmutende Gestalten vor mir.

Ich begriff beinahe schlagartig. Diese Teufelin hatte eine mir unbekannte Waffe eingesetzt, deren Töne bei dem, den sie genau trafen, Halluzinationen erzeugten. Und diese Waffe musste direkt auf jede einzelne Nervenzelle wirken, sonst wäre ich von ihr wegen meiner Mentalstabilisierung niemals beeinflusst worden.

Aber die Wirkung war deshalb sicher viel geringer als beabsichtigt. Wahrscheinlich hätten die Flötentöne sogar mein Denken ausschalten sollen. Das war aber nicht geschehen.

Ich gedachte, mir diese den Zwillingen verborgen bleibende Tatsache zu nutzen, und wankte vorwärts. Es musste so aussehen, als könnte ich nicht erkennen, was um mich herum vorging.

Als die Peitsche Orlandas auf mich zuschnellte, sank ich auf ein Knie und verschwand fast völlig hinter meinem großen Rundschild. Die Schnur knallte gegen den Schild, wickelte sich um den Mittelstachel – und ich spürte, dass Orlanda kräftig zog. Doch meine Kraft war größer, und als ich ruckartig aufsprang und den Schild zurückzog, stürzte die Frau in den Sand.

Haruns Aufschrei verriet mir, wie sehr ihn diese Entwicklung überraschte.

Dennoch reagierte er schnell und angemessen. Ich sah seinen Speer nicht kommen, und er tötete mich nur deshalb nicht, weil ich eine der kunshuwischen Wurfschnüre nach Orlanda schleudern wollte und mich deshalb bewegte. Die lange Klinge schlitzte meine Lederrüstung an der linken Seite auf und fügte mir in Hüfthöhe einen blutenden Schnitt zu.

Ich schleuderte eines meiner Messer auf Harun. Doch die Wirkung der Flöte verhinderte, dass ich den Gegner richtig erkannte. Das Messer verfehlte ihn um mindestens einen Meter.

Inzwischen war Orlanda wieder aufgesprungen. Sie hatte ihre Peitsche losgelassen. Zwischen ihr und mir nahm ich ein kurzes Aufblitzen wahr.

Das musste eine ihrer durchsichtigen Wurfscheiben sein, die sich im Flug gedreht und dabei das Sonnenlicht reflektiert hatte!

Ich ließ mich auf die Knie fallen und hielt meinen Rundschild über mich. Mit kaum hörbarem Surren schabte eine Wurfscheibe über die Wölbung.

Rein intuitiv neigte ich den Schild so, dass er mich gegen Harun deckte. Es war, als hätte ich geahnt, dass er einen zweiten Speer nach mir geschleudert hatte.

Der Speer traf – und zerbrach. Der Schild war zu hart für die lange Klinge.

Aber der Vorfall hatte Orlanda Zeit gegeben, weitere Scheiben zu schleudern. Eine fügte mir einen Schnitt an der rechten Schulter zu, eine andere ritzte meinen rechten Oberschenkel.

Mit aller Willenskraft kämpfte ich gegen die Wirkung des seltsamen Einflusses an. Ich würde verlieren, wenn es mir nicht gelang, mich völlig davon zu befreien.

Nach kurzer Zeit merkte ich, dass sich allmählich alles normalisierte. Ich musste nur verhindern, dass Orlanda ihre Flöte erneut einsetzte.

Kurz hintereinander warf ich zwei Messer nach Harun, von denen eines ihn in den linken Oberschenkel traf. Danach wirbelte ich herum und schleuderte eine Wurfschlinge nach Orlanda.

Die Schlinge traf nicht die Flöte, sondern ringelte sich um den Hals der Frau. Orlanda griff nach der Schnur und wollte sich von ihr befreien, und ich musste die Gelegenheit nutzen und ihr die Flöte abnehmen. Mit weiten Sätzen sprang ich auf Orlanda zu. Mein Schwert steckte noch in der Scheide. Es hätte keinen Sinn gehabt, es zu ziehen, denn ich würde es nicht fertig bringen, eine Frau zu töten, die relativ wehrlos vor mir stand. Und die um den Hals gewickelte Schnur machte Orlanda wehrlos.

So dachte ich jedenfalls. Ich hatte das Maß ihrer Fähigkeit und ihres Tötungswillens unterschätzt.

Als ich vor ihr stand und nach der Flöte griff, um sie mit einem Ruck mitsamt der Schnur abzureißen, schüttelte sie ihr rechtes Handgelenk. Ein kleines, schmales Messer flog plötzlich auf mich zu und bohrte sich in meine Wange.

Ich prallte zurück und riss das Messer aus der Wunde. Vielleicht war die Klinge mit Gift präpariert.

Im nächsten Augenblick ging ein Aufschrei durch die Zuschauermenge, und als ich aufsah, bemerkte ich den Speer, der Orlandas Hals durchbohrt hatte.

Die Frau knickte in den Knien ein und sank im Zeitlupentempo in den Sand.

Ich schaute mich nach Harun um und sah, dass er fassungslos zu seiner Schwester starrte. Er hatte mich mit dem Speer treffen wollen, und die Klinge hätte zweifellos meinen Rücken durchbohrt, wenn ich nicht von dem Messer getroffen worden und zurückgesprungen wäre.

Noch während ich hinschaute, verschwammen Harun und die Umgebung vor meinen Augen. Die Messerklinge war also tatsächlich vergiftet gewesen, und das Gift wirkte sehr schnell.

Ich hoffte nur, dass mein Zellaktivator, die Wirkung des Giftes neutralisieren würde. Ganz sicher konnte er verhindern, dass ich an dem Gift starb, nicht aber, dass ich wie benebelt umhertappte und beinahe wehrlos wurde.

Harun Griffith registrierte meinen hilflosen Zustand überhaupt nicht. Er drehte durch, weil er seine Schwester getötet hatte und mir die Schuld daran gab. Ihn bewegte nur noch eines: Rache!

Wie ein Berserker stürmte er auf mich los. Sein Schwert zischte durch die Luft und hätte mir den Kopf abgeschlagen, wäre ich nicht gestolpert und auf die Knie gesunken. Ich fiel vornüber auf meinen Schild und versuchte vergeblich, den linken Unterarm aus dem Gurt zu ziehen.

Da traf mich ein Speer in den Rücken. Die Klinge trat an der rechten Brustseite wieder heraus.

Ich fiel auf die Seite und schleuderte in einer Reflexbewegung mein vorletztes Messer. Dann warf ich alle Wurfschlingen ziellos hinterher.

Harun brauchte mir nur noch den Gnadenstoß zu versetzen. Doch der letzte, tödliche Streich kam nicht. Stattdessen vernahm ich undeutlich einen dumpfen Fall.

Wie durch eine Mauer aus Watte hindurch hörte ich das begeisterte Gebrüll der Zuschauer – und plötzlich dämmerte es mir, dass ich mit den letzten instinktiven Abwehrreaktionen Harun getötet haben musste.

Ich registrierte gerade noch, dass ein Gleiter neben mir hielt und dass Medoroboter mich aufhoben. Dann versank alles um mich in nachtschwarzer Finsternis.

Als ich wieder zu mir kam, blickte ich in Ettomans besorgtes Gesicht. Meine erste Reaktion war der Griff nach dem getarnten Zellaktivator. Ich atmete auf, als ich das Schmuckstück ertastete. Nur das Gerät vom Geistwesen ES garantierte eine baldige Heilung. »Meinen Glückwunsch, Kalteen!«, sagte Ettoman. »Du hast einen guten Kampf geliefert, obwohl die Zwillinge mit unfairen Mitteln arbeiteten.«

»Hat man das amtlich festgestellt?«, fragte ich leise.

»Ja, mein Freund«, antwortete der Springer. »Allerdings hat man sich wohl nur deshalb zu einer Untersuchung bequemt, weil ich einen Antrag gestellt hatte und weil die Zwillinge tot und damit ohnehin nicht mehr zu belangen sind.«

Vor meinem geistigen Auge wiederholten sich die letzten Szenen des Kampfes. Es war ein Albtraum gewesen, und ich lebte wohl nur deshalb noch, weil ich sehr viel Glück und einen Zellaktivator hatte.

»Wurde ich von einem Arzt untersucht?«, erkundigte ich mich.

Ettoman nickte. »Von einem Ara. Er meinte, es sei ein Wunder, dass du noch lebst. Normalerweise führt das Gift, mit dem Orlandas Messer präpariert war, innerhalb weniger Sekunden zum Tod. Wahrscheinlich besitzt du eine natürliche Immunität gegen dieses Gift. Der Ara nannte es Xenotrapin.«

Ich erschrak noch nachträglich. Xenotrapin war mir bekannt. Es wirkte tatsächlich innerhalb kurzer Zeit tödlich. Bestimmt hätte der Ara Verdacht geschöpft, wenn es nicht wirklich schon vorgekommen wäre, dass Menschen dagegen eine Immunität erwarben. Ich kannte allein drei solche Fälle, in denen das geschehen war. Drei Menschen, die jahrelang in einem pharmazeutischen Labor mit einem Wirkstoff umgegangen waren, der eine beinahe gleiche chemische Zusammensetzung hatte wie Xenotrapin, aber nur in hohen Dosen giftig wirkte, hatten eine Immunität erworben.

»Ja, so etwas soll es geben«, erwiderte ich schwach. »Wie beurteilt der Ara meinen Zustand?«

»Er sagte, der rechte Lungenflügel sei glatt durchstoßen worden«, antwortete der Springer. »Es gab aber nur geringe Blutungen und Blutgerinnsel überhaupt nicht. Er bezeichnete dich als Musterbeispiel eines übernormal regenerationsfähigen Organismus und meinte, in zwei Wochen könntest du entlassen werden.«

Ich versuchte ein Grinsen. »Er hat sich geirrt. Ich werde noch heute nach Hause gehen.«

Ettoman blickte mich erschrocken an. »Das ist unmöglich, Kalteen! Es könnte zu Komplikationen kommen. Du musst mindestens eine Woche liegen.«

Ich hatte einen guten Grund dafür, schnellstens das Arena-Hospital zu verlassen. Wie ich die Aras kannte, würde mein Arzt eine Menge Versuche mit mir anstellen. Nicht, weil er Verdacht geschöpft hatte, sondern weil ich in seinen Augen eine ideale Fundgrube für neue medizinische und biochemische Erkenntnisse darstellen musste.

Es war so gut wie unausbleiblich, dass er im Verlauf der Versuche und Untersuchungen herausfand, dass mein schneller Heilungsprozess nicht mit rechten Dingen zuging. Außerdem stand zu befürchten, dass er meine Gesichtsfolie entdeckte.

Befand ich mich aber erst einmal wieder im Jassich-Viertel, würde der Ara es für unter seiner Würde halten, mich aufzusuchen. Mein Wohnbezirk war schließlich ein reines Sklavenviertel.

Bevor Ettoman noch etwas sagen konnte, wurde die Tür meines

Krankenzimmers aufgestoßen. Der Überschwere Lagot Vermallon stapfte herein. Mein Herr grinste breit und blieb neben meinem Pneumobett stehen.

»Du warst gut, Sklave!«, dröhnte seine Stimme durch das Zimmer. »Unbeschreiblich gut sogar. Du hast die gefürchteten Griffith-Zwillinge besiegt, Kalteen.«

»Ich hatte nur Glück, weiter nichts«, widersprach ich. »Harun hat seine Schwester versehentlich umgebracht, und ich habe ihn nur zufällig tödlich getroffen, als ich schon gar nichts mehr sehen konnte.«

»Das ist es eben«, polterte der Überschwere. »Du bist offenbar besonders vom Glück begünstigt. Wie lange musst du hier liegen?«

»Zwei Wochen«, sagte Ettoman, bevor ich antworten konnte. Ich widersprach nicht.

»So lange?«, erwiderte Vermallon.

»Immerhin ist er halb tot«, erklärte der Springer.

»Mischen Sie sich nicht ein!«, fuhr Vermallon ihn an. »Kalteen ist mein Eigentum. Aber fortan wird er ein Leben mit allem Komfort und Luxus genießen können.« Er strahlte mich an. »Sobald du wiederhergestellt bist, Kalteen, werde ich dich als ständigen Arenakämpfer einsetzen. Es tut mir Leid, dass ich beim letzten Kampf auf die Zwillinge gesetzt hatte, sonst wäre ich schon jetzt ein steinreicher Mann. Aber künftig werde ich mit dir viel Geld verdienen. Du bist ein Glückskind, Kalteen.«

»Wie schön«, sagte ich sarkastisch und enthielt mich jeden weiteren Kommentars. Das hätte mir nur Nachteile gebracht. Allerdings war ich entschlossen, mein Leben nicht noch einmal für die Geldgier Vermallons zu riskieren, ganz abgesehen davon, dass es mir widerstrebte, Unschuldige zu töten. Mit den Killerzwillingen war es etwas anderes gewesen; gegen Mörder und Sadisten durfte ich mich reinen Gewissens zur Wehr setzen. Aber angenommen, man stellte mir in der Arena einen unschuldigen Sklaven gegenüber – oder gar Ettoman. Nein, zu einem Mord wollte ich mich nicht zwingen lassen.

Vermallon sagte beinahe väterlich: »Also, Kalteen, beeile dich. Wenn du meine Erwartungen erfüllst, wirst du eine eigene Villa und so viele Sklavinnen bekommen, wie du haben willst.«

Er stapfte hinaus.

Ettoman blickte mich nachdenklich an. »Ich habe bemerkt, dass dir sein Plan nicht gefällt«, sagte er. »Aber so schlecht ist er gar nicht. Du könntest als sein bester Arenakämpfer fast wie ein Freier leben.«

»Darum geht es nicht«, erwiderte ich. »Ich will kein gutes Leben auf

Kosten des Lebens Unschuldiger. Du kannst es ablehnen, gegen einen Sklaven zu kämpfen, denn du bist ein Freier. Ich als Sklave könnte keinen Gegner ablehnen.«

»Aber was willst du anderes tun, Kalteen?«, fragte der Springer ratlos. »Du darfst den Mars nicht verlassen. Kein Terraner kommt von dem Planeten weg, auf dem er lebt.«

»Ich werde mir alles sorgfältig überlegen, Ettoman«, erklärte ich. »Würdest du mir einen Gefallen tun und einen Gleiter besorgen, mit dem mich jemand ins Jassich-Viertel und in meine Wohnung bringt?«

»Ich werde den Gleiter selber steuern, mein Freund.« Der Springer seufzte. »Du lässt ja doch nicht locker.«

Eine halbe Stunde später kehrte Ettoman zurück. Er brachte zwei Medoroboter mit, die mich auf einer Antigravtrage transportierten.

Vor dem Arena-Hospital wartete ein geräumiger Gleiter, und neben ihm stand Mynra Buccuon. Der Kamashite musterte mich besorgt. Als ich ihm zulächelte, atmete er erleichtert auf.

»Man hatte mir den Zutritt zu dem Hospital verwehrt«, erklärte er bitter. »Sklaven dürfen dort nur hinein, wenn man sie schwer verwundet aus der Arena getragen hat. Aber ich sehe, es geht dir schon besser.«

»Danke, Mynra«, erwiderte ich. »Falls du Ettoman noch nicht kennen solltest.«

»Wir kennen uns«, sagte der kleine Kamashite. »Ettoman ist in Ordnung. Wären alle Springer und Überschweren wie er, sähe es im Solsystem viel besser aus.«

»Es sind auch nicht alle Terraner wie Kalteen«, warf Ettoman ein. »Wenn ich an das Killerpärchen denke, dreht sich mir noch der Magen um. Ich habe nie begriffen, wie es ihnen möglich war, freie Kämpfer zu werden, obwohl sie doch Terraner und damit automatisch Sklaven waren.«

»Das kann ich dir sagen«, erklärte Mynra Buccuon. »Orlanda und Harun Griffith hatten früher eine Widerstandsorganisation gegen die Überschweren aufgezogen. Sie benutzten die Organisation aber vor allem, um sich persönlich zu bereichern und andere Menschen zu töten. Als man sie ergriff, bot Leticron ihnen die Freiheit an, wenn sie Ethyr Kamamtschuk, den Chef der gefürchteten Asteroiden-Partisanen, aufspürten und töteten.«

»Und sie schafften es?«, fragte ich gespannt.

»Sie schafften es, indem sie sich in die Partisanenarmee einschlichen«, erklärte der Kamashite. »Was damals alles geschehen ist, weiß ich nicht. Fest steht, dass sie Kamamtschuk töteten und seine Leiche Leticron als Beweis präsentierten. Von da an waren sie frei. Allerdings mussten sie eine andere Staatsbürgerschaft annehmen. Sie wählten die arkonidische, weil sie am leichtesten zu erhalten war.«

»Was wurde aus den Asteroiden-Partisanen?«, erkundigte sich der Springer.

Mynra Buccuon blickte ihn scheinbar schläfrig an. »Keine Ahnung, Rotbart«, antwortete er. »Vielleicht gibt es noch ein paar von ihnen im Asteroidengürtel. Hin und wieder habe ich gehört, dass einzelne Raumschiffe der Überschweren in der Nähe der Asteroiden spurlos verschwanden.«

Ich horchte auf. Das war endlich eine Neuigkeit, die auch Atlan interessieren würde. Ich war sicher, dass der Kamashite mehr wusste, als er zugab. So schwer der Tod Kamamtschuks für die Partisanenarmee gewesen sein musste, es hatte sich bestimmt ein fähiger Nachfolger gefunden.

Der Asteroidengürtel war das ideale Operationsfeld für Partisanen, die über Raumschiffe verfügten. Erstens konnten die Überschweren niemals jeden einzelnen Asteroiden untersuchen, und zweitens wurden große Verluste an Menschen und Material vermieden, wenn Männer und Schiffe auf zahlreichen Stützpunkten verstreut waren.

Ettoman lachte. »Ich wusste doch, dass Terraner niemals aufgeben«, erklärte er. »Am liebsten würde ich zu den Asteroiden-Partisanen gehen. Dort wären meine Kampferfahrungen sinnvoller verwertet als in den Arenen.«

»Vielleicht findest du eines Tages den Weg zu ihnen«, sagte Mynra Buccuon orakelhaft.

Da wurde mir klar, dass der Kamashite Verbindung zu den Asteroiden-Partisanen oder zumindest zu ihren Verbindungsleuten auf dem Mars hatte. Anders ließen sich seine letzten Worte nicht deuten.

Die Medoroboter bugsierten mich samt der Antigravtrage in den Gleiter. Der Springer kletterte in den Pilotensitz und startete.

Eine Dreiviertelstunde später erreichten wir das Jassich-Viertel. Sekunden später war der Gleiter von Marsterranern umringt, die mir zujubelten und wahre Freudentänze aufführten. Ich fürchtete schon, dass sie sich in Verkennung der Sachlage an dem Springer vergreifen würden. Doch keiner beschimpfte ihn, und keiner rührte ihn an.

»Macht Platz!«, forderte ich die Umstehenden auf. »Mein Freund Ettoman wird mich nach Hause bringen. Jemand soll Maldya benachrichtigen. Und zerstreut euch wieder, sonst gibt es Unannehmlichkeiten.«

Die Menschen machten zwar dem Gleiter Platz, aber sie dachten nicht daran, sich zurückzuziehen. Ich hielt das für unvernünftig. Die riesige Menschenansammlung musste unweigerlich von einer Flugpatrouille der Überschweren entdeckt werden.

Natürlich würden die Überschweren Zusammenrottung und Aufruhr vermuten und Soldaten schicken, die die Menge mit Schockwaffen paralysierten, wahllos einige Menschen herausgriffen, als Aufwiegler bezeichneten und erschossen.

Ettoman stellte offenbar die gleichen Überlegungen an, denn er richtete sich plötzlich auf und schrie: »Soldaten! Meine Ortung zeigt Mannschaftsgleiter mit Soldaten an, die sich dem Jassich-Viertel nähern. Rette sich, wer kann!«

Schreiend stoben die Menschen auseinander, versuchten noch, nach Hause zu kommen, oder krochen bei Freunden und Verwandten unter.

»Danke, mein Freund«, sagte ich zu Ettoman.

Der Springer lachte nur und brachte mich endgültig nach Hause. Maldya wartete.

Als die Roboter mich auf mein Pneumobett gelegt hatten, schickte Ettoman sie wieder hinaus. Lächelnd blickte er von Maldya zu mir und sagte: »Ich denke, ich werde hier nicht mehr gebraucht, Freunde. Aber vergiss nicht, Kalteen, dass ein Mann mit deinen Verletzungen sich eine gewisse Zeit schonen sollte.«

»Mit dir geht die Fantasie durch«, schimpfte ich.

Er blickte mich ernst an. »So viel Fantasie, um dich ganz zu durchschauen, kann ich gar nicht aufbringen. Ich hoffe, wir sehen uns bald wieder.«

»Vielen Dank und alles Gute, Ettoman«, erwiderte ich, ohne auf seine letzten Bemerkungen einzugehen.

Wortlos verließ er die Wohnung.

Vross Barratill

Anfangs war in der Gemeinschaftsbar des Hotels außer uns kein einziger Gast gewesen. Das änderte sich am späten Nachmittag schlagartig. Innerhalb von zwanzig Minuten füllte sich der verhältnismäßig große Raum. Die meisten Gäste waren Überschwere, aber es kamen auch

Springer, Akonen und Arkoniden. Ich nahm an, dass nicht alle im Hotel wohnten.

Kertan Tigentor, Ertyn Grammlond und ich waren beim Eintreffen der ersten Gäste weit genug auseinander gerückt, damit jeweils drei oder vier Fremde zwischen uns Platz fanden. Es kam nur noch darauf an, dass jeder von uns andere Besucher ins Gespräch zog und so viel wie möglich in Erfahrung brachte.

Nur Ertyn, so hatten wir vereinbart, sollte keinen Gesprächskontakt aufnehmen. Ihm fiel die Aufgabe zu, mit Hilfe von Betty Toufrys Bewusstsein und ihren parapsychischen Fähigkeiten die Gedanken unserer Gesprächspartner zu belauschen.

Es war durchaus möglich, dass jemand unsere Fragen nicht ausführlich genug oder nicht ehrlich beantwortete. Aber jeder würde die richtige Antwort denken.

Links von mir hatte sich ein Akone niedergelassen, ein hochgewachsener Mann um die sechzig, mit kupferrotem, auf die Schultern fallendem Haar.

Rechts saß ein Überschwerer, dessen Alter ich auf neunzig Jahre – Erdzeit – schätzte. Sein kahler Schädel glänzte wie eine Billardkugel, und in seinem Gesicht hatten sich unzählige Falten und Runzeln eingegraben. Er trug an einer Kette vor der Brust einen in Panzertroplon eingelassenen riesigen Howalgonium-Kristall. Da Howalgonium noch immer sündhaft teuer war, musste der Überschwere ein sehr wohlhabender Mann sein.

Er musterte mich kurz, bevor er mich ansprach. »Sie sind wahrscheinlich erst heute auf dem Mars gelandet?«, fragte er.

Ich nippte an dem Drink, der vor mir stand. »Das ist richtig« sagte ich. »Mein Name ist Vross Barratill.«

»Und ich heiße Hatkyn Tekkeron«, erwiderte der Überschwere. »Befehlshaber und Eigentümer der 18. Kampfflotte des Ersten Hetrans – und Kunsthändler.«

Ich lachte so schallend, wie Überschwere das ohne Rücksicht auf andere Anwesende tun. »Verstehe«, sagte ich. »Nach der Besetzung eines Planeten sind Kunstschätze meist preiswert zu haben.«

Da ich mich mit den Verhältnissen der Überschweren gut auskannte, wunderte ich mich nicht darüber, dass Hatkyn Tekkeron sich als Eigentümer einer Kampfflotte bezeichnete. Alles befand sich im Besitz von Patriarchen und ihren Familien, die in Friedenszeiten vom Handel lebten, mitunter auch von Überfällen auf unterentwickelte Planeten. Ihren größten Reichtum erwarben sie aber, wenn sie sich von anderen Völkern als Söldner anheuern ließen. Nicht als gewöhnliche Söldner wohlgemerkt. Die Überschweren vermieteten ihre jeweiligen Kampfschiffe oder kleinen Raumflotten gleich mit. War der Brocken zu groß für die Familie eines einzigen Patriarchen, beteiligten sich mehrere Patriarchen an dem Geschäft. Sie setzten dann einen Ältesten ein, der die vorübergehend vereinigten Schiffsverbände im Kampfeinsatz kommandierte.

Nicht einmal Leticron hatte dieses System ändern wollen. Zwar gehörte ihm die größte Flotte der Überschweren, sozusagen als Familienbesitz und Hausmacht, aber die übrigen Verbände blieben weiterhin bei ihren Patriarchen. Sie hatten sich Leticron unterstellt, weil die Versklavung der Menschheit unter dem Patronat der Laren für sie das beste Geschäft ihres Lebens war.

Hatkyn Tekkeron lachte ebenfalls. »Sie haben es erfasst, Barratill. Sind Sie auch zum Mars gekommen, um Geschäfte zu machen?«

Er blickte mich lauernd an. Vielleicht fürchtete er, in mir einen Konkurrenten zu bekommen. In dem Fall hätte er mich mit allen Mitteln bekämpft.

»Ich bin Historiker und habe mich von meiner Sippe getrennt, um eine Studie über die Verhältnisse auf den Planeten des Solsystems zu erarbeiten«, antwortete ich.

Es musste ihn erleichtern, dass ich kein Konkurrent war, denn das ersparte ihm unnötige Kosten. Andererseits hatten mit allen Tricks ausgeführte Konkurrenzkämpfe einen besonderen Reiz.

»Sie sind Historiker«, warf der Akone zu meiner Linken ein. »Entschuldigen Sie, wenn ich mich in Ihr Gespräch dränge. Mein Name ist Kelnar von Ursil. Ich bin Hochenergieingenieur, aber ich interessiere mich nebenberuflich sehr für Galaktische Geschichte. Worauf werden Sie in Ihrer Studie den Schwerpunkt legen, Barratill?«

»Vermutlich auf die Wechselwirkung zwischen unserem patriarchischen System und der auf den solaren Planeten etablierten Sklavenhaltergesellschaft«, antwortete ich. »Das ist jedenfalls meine ursprüngliche Absicht. Sollten sich beim Studium der Verhältnisse reizvollere Gesichtspunkte ergeben, überlege ich es mir eventuell anders.«

»Danke, Barratill«, sagte der Akone höflich. »Ich fände es interessant, einmal mit Ihnen darüber zu plaudern, wie die neu etablierten Sklavenhaltergesellschaften sich auf die Struktur Ihrer Gesamtgesellschaft auswirken.«

»Jetzt reicht es!«, brüllte Hatkyn Tekkeron los und schlug mit der Faust auf die Bartheke. »Erst mischen Sie sich in unser Gespräch ein, und dann machen Sie zersetzende Bemerkungen.«

»Ich bitte um Entschuldigung«, sagte Kelnar von Ursil. »Aber meine Bemerkungen waren keineswegs zersetzend gemeint. Ich finde es nur wichtig, dass eine Gesellschaft immer wieder ihr Gesamtverhalten auf Rückwirkungen untersucht.«

»Wir brauchen Ihre Belehrungen nicht, Akone«, schimpfte der Überschwere. »Falls Sie sich noch einmal einmischen, fordere ich Sie zum Duell.«

Für einen Moment hatte ich den Eindruck, als wäre dem Akonen nichts lieber als das. Bei einem Duell mit modernen Waffen spielte die körperliche Konstitution keine Rolle. Aber gleich darauf wurde sein Gesicht verschlossen. Er erhob sich und ging wortlos.

Hatkyn Tekkeron starrte ihm nach.

»Sind die Akonen gegen uns eingestellt?«, fragte ich, um wieder zu dem Thema überzuleiten, das mir am Herzen lag.

»Nicht offiziell«, antwortete Tekkeron, der sich schnell beruhigte. »Doch es gibt viele Akonen, die behaupten, es wäre besser, die terranischen Barbaren in eine gemeinsame Gesellschaft zu integrieren.«

»Was sagt der Erste Hetran zu diesen Stimmen?«, erkundigte ich mich – in der Hoffnung, etwas über Leticron zu erfahren.

»Ich weiß es nicht«, antwortete der Überschwere.

Ich runzelte die Stirn und sagte vorsichtig: »Eigentlich müsste ich, um meiner Studie Wert zu verleihen, in absehbarer Zeit mit dem Ersten Hetran sprechen. Wie hält er es mit Audienzen?«

Tekkerons Gesicht verfinsterte sich. »Er gibt seit langem keine Audienzen mehr«, grollte er. »Ich wollte selbst vor einem halben Jahr eine Audienz, um ein schwieriges Problem persönlich zu besprechen. Ich erhielt lediglich die Anweisung, einen genauen Bericht nach Titan zu schicken. Das habe ich getan. Aber bis heute kam keine Antwort.«

»Das begreife ich nicht«, erwiderte ich. »Und was hat es mit Titan auf sich? Regiert Leticron nicht vom Mars aus?«

Tekkeron grollte verbittert. »Der Erste Hetran lebt zurückgezogen und hermetisch von der Umwelt abgeschlossen in der Stahlfestung Titan. Mit Titan meine ich den Saturnmond Titan. Hin und wieder kommen von dort Befehle für uns. Aber ich bin nicht einmal sicher, ob sie von Leticron selbst erteilt werden oder ob einer seiner Vertrauten die Regierungsgeschäfte führt.«

Er hob sein großes Glas, das marsianischen Whisky enthielt, und stürzte die zirka fünfzig Kubikzentimeter durch seine Kehle.

Plötzlich wechselte er das Thema. »Manchmal habe ich das Gefühl, die Terraner entwickeln allmählich wieder ihre alte Vitalität.«

»Wie kommen Sie darauf, Tekkeron?«, fragte ich. »Leisten die Sklaven Widerstand?«

Er lachte grollend. »Das würden sie nicht wagen, Barratill. Nein, es gibt andere Anzeichen dafür. Der heutige Hauptkampf in der Colderan-Arena scheint mir symptomatisch zu sein. Bislang hatten terranische Sklaven in den Arenen kaum Chancen gegen berufsmäßige Kämpfer. Aber nun hat ein dreckiger Bastard es fertig gebracht, das Griffith-Killerpärchen zu besiegen, das bisher noch jeden Gegner überlebt hat.«

Ich kannte dieses Killerpärchen nicht. Im Grunde genommen wollte ich gar nicht wissen, was in der Arena geschehen war. Doch plötzlich fing ich einen bedeutsamen Blick von Grammlond-Toufry auf. Ich begriff, dass ich beim Thema bleiben sollte. Demnach musste Betty Toufry in Tekkerons Gedanken auf etwas Wichtiges gestoßen sein, was mit dem Arenakampf zusammenhing.

»Ein einzelner Sklave soll zwei berufsmäßige Arenakämpfer besiegt haben?«, fragte ich zweifelnd.

»Ich hätte es auch nicht für möglich gehalten, aber ich habe es mit eigenen Augen gesehen«, erklärte der Überschwere. »Allerdings wurde Kalteen Marquanteur bei dem Kampf schwer verletzt.«

Die Nennung des Namens, unter dem Ronald Tekener reiste, traf mich wie ein Schock. Ich hatte Mühe, meine Erregung nicht erkennen zu lassen.

Endlich hatten wir eine Spur.

»Ist Kalteen Marquanteur der Name des Sklaven?«, erkundigte ich mich.

Als Tekkeron die Frage bejahte, fuhr ich fort: »Wo befindet er sich jetzt?«

»Er wurde ins Arena-Hospital gebracht«, antwortete der Überschwere.

Unauffällig brachte ich das Gespräch mit Hatkyn Tekkeron zu einem Ende. Auch Tigentor löste sich auf einen Wink Ertyns hin von seinem Gesprächspartner. Einzeln verließen wir die Hotelbar. In Kertans Suite trafen wir wieder zusammen.

»Wir haben Tekener also gefunden«, sagte ich. »Was hast du sonst noch mitbekommen, Ertyn?«

»Von Tekener nur das, was du selbst gehört hast, Vross«, antwortete Grammlond-Toufry. »Mehr wusste der Überschwere nicht über ihn. Aber ich habe in seinen Gedanken gelesen, dass im Asteroidengürtel terranische Partisanen leben, die den Überschweren Sorgen bereiten. Darüber wollte Tekkeron vor einem halben Jahr mit Leticron sprechen. Er ist sehr verärgert, dass der Erste Hetran auf seinen Bericht nicht reagierte. Deshalb hält er Leticron für unfähig, die Regierungsgeschäfte zu führen. Seiner Meinung nach wird es höchste Zeit, dass Leticron von einem aktiven Nachfolger abgelöst wird. Er hat sogar schon überlegt, ob er mit seiner Flotte die Stahlfestung auf dem Saturnmond Titan angreifen und den Ersten Hetran töten soll. Aber er hält die Festung für uneinnehmbar. Allerdings hat er noch nie gewagt, mit jemandem über solche Überlegungen zu reden.«

»Das ist interessant«, sagte ich. »Andererseits halte ich es nach alldem für sehr schwierig, an Leticron heranzukommen.«

»Das denke ich auch«, sagte Kertan Tigentor. »Klammern wir Leticron vorerst aus unseren Überlegungen aus und kümmern uns erst um Tekener.«

»Ich bin ebenfalls dafür«, erwiderte ich. »Aber wir sollten uns angewöhnen, statt Tekener Marquanteur zu sagen.«

Wir forderten einen Fluggleiter an, der uns ins Hospital brachte.

Ich veranlasste Wuriu Sengu, seine Späher-Gabe einzusetzen, die ihn dazu befähigte, durch feste Materie zu sehen. Doch er konnte Tekener nicht finden.

»Betty muss uns helfen, Ertyn«, sagte ich.

»Schon versucht«, erklärte Ertyn Grammlond. »Kalteen ist mentalstabilisiert und nur schwer von einem Telepathen aufzuspüren.«

Mit gemischten Gefühlen begaben wir uns zur Anmeldung.

»Was wollt ihr?«, fragte ein Überschwerer unfreundlich.

»Wir suchen einen Sklaven namens Kalteen Marquanteur«, erklärte Kertan Tigentor. »Wir möchten mit ihm sprechen, denn wir wollen ihn seinem Herrn abzukaufen.«

»Ihr seid zu spät gekommen«, sagte der Überschwere etwas freundlicher.

Ich erschrak heftig. »Ist der Mann gestorben?«, fragte ich.

Der Überschwere schüttelte den Kopf. »Marquanteur und gestorben? Der Bursche hat einen Speer in die Brust bekommen und wurde von einem vergifteten Dolch verletzt – und hat beides überlebt.«

Tekener lebte also noch. Das war erst einmal die Hauptsache.

»Warum können wir ihn dann nicht sehen?«, erkundigte sich Tigentor.

»Weil er das Hospital verlassen hat«, antwortete der Überschwere. »Wohin, weiß ich nicht. Ein Arenakämpfer namens Ettoman ist mit ihm weggefahren, ein lausiger Springer, der sich von Sklaven duzen lässt.«

»Wo können wir Ettoman finden?«, fragte Ertyn Grammlond.

Der Überschwere lachte dröhnend. »In der Leichenhalle. Dieser Bastard hat Streit mit zwei Ertrusern angefangen und wurde getötet.«

Wieder vor dem Hospital, blieb Ertyn stehen und flüsterte: »Ettoman wurde ermordet. Ich habe in den Gedanken des Überschweren gelesen, dass die beiden Ertruser vom Arenameister bezahlt wurden. Sie haben den Streit provoziert.«

»Warum sollte der Arenameister den Springer umbringen lassen?«, fragte Kertan Tigentor.

»Er hasste ihn, weil er sich mit Sklaven angefreundet hatte«, antwortete Ertyn Grammlond.

»Zustände herrschen hier«, sagte ich erschüttert.

»Damit haben wir die Spur wieder verloren«, seufzte Kertan Tigentor.

9.

Drei Tage war es her, dass ich gegen die Griffiths gekämpft hatte. Dank des Zellaktivators waren meine Wunden verheilt. Aber damit fingen die Probleme erst richtig an. Vermallon hatte mir eine Nachricht zukommen lassen. Darin hieß es, dass ich schon morgen wieder in der Arena anzutreten hatte. Als Gegner war ein Tucoman vorgesehen, ein bärenähnliches Untier, dessen Biss wegen der Giftzähne absolut tödlich war.

Ich hatte keine Lust, endgültig zum Arenasklaven zu werden, der bei jedem Kampf sein Leben für seinen Herrn riskierte. Deshalb suchte ich meine notwendigsten Habseligkeiten zusammen. Danach beseitigte ich die Zusatzschaltung des Trivideogeräts. Meine Wohnung würde bestimmt durchsucht werden, und ich wollte nicht, dass man etwas über die Rolle fand, die ich wirklich auf dem Mars gespielt hatte. Liebend gerne wäre ich noch zu Maldya gegangen, bevor ich untertauchte. Aber ich durfte ihr das nicht antun. Die Überschweren würden sie mit Hilfe von Drogen verhören, und mitnehmen konnte ich sie erst recht nicht.

Nachdem ich meine Wohnung verlassen hatte, stieg ich noch in den Keller eines seit langem unbewohnten Hauses. Dort hatte ich einen Paralysator versteckt.

Als ich die Straße wieder betrat, senkte sich ein Fluggleiter der Überschweren auf die nächste Straßenkreuzung. Auch das andere Ende der Straße war bereits blockiert worden. Vermallon hatte also sehr schnell reagiert.

Ich bezweifelte nicht, dass die Aktion mir galt. Aber noch hoffte ich, aus dem Jassich-Viertel entkommen zu können.

Rasch tauchte ich wieder in dem unbewohnten Haus unter, eilte durch einen düsteren Korridor und kam auf der anderen Seite in einen Innenhof mit einem total verwahrlosten Garten. Auch das anschließende Gebäude war unbewohnt. Auf der Straße, die ich anschließend erreichte, waren ebenfalls schon mehrere Fluggleiter mit bewaffneten Überschweren gelandet.

Vermallon musste Verdacht geschöpft haben, dass ich kein gewöhnlicher Sklave war. Nur so ließ sich der große Aufwand erklären.

Ich stieg die Nottreppe neben einem desaktivierten Antigravschacht hinauf. Das flache Dach lag unter angewehtem Sand, in dem sich sogar eine spärliche Vegetation gebildet hatte.

Bäuchlings kroch ich bis an den Rand. Was ich sah, machte mir klar, dass ich kaum eine Chance hatte, den Häschern zu entkommen.

In den umliegenden Straßen waren mindestens fünfzehn Gleiter gelandet. Auf dem Flachdach des Hauses, in dem sich meine Wohnung befand, stand sogar ein Flugpanzer. Überschwere durchsuchten die Gebäude und schleppten die Bewohner auf die Straßen.

Plötzlich ertönte Geschrei. Im Süden marschierte eine skandierende Menschenmenge ins Jassich-Viertel. Es waren Marsterraner, Sklaven, und bei genauerem Hinschauen entdeckte ich einige bekannte Gesichter: Mitglieder der Sekte des Ewigen Feuers!

Ich sah, dass etwa zwanzig Überschwere der Marschkolonne den Weg versperrten. Doch die Sklaven wollten sich nicht aufhalten lassen. »Vhrato, Vhrato, Vhrato!«, schallten ihre Rufe herüber. Steine, Stöcke und andere Gegenstände flogen den Überschweren entgegen. Dann erschienen einige Sklaven auf den Dächern der umliegenden Häuser; sie schleuderten Unrat und Sand auf die Überschweren.

Ich ballte die Hände und biss die Zähne zusammen. Wer hatte diese Narren nur dazu verleitet, sich offen gegen die Überschweren aufzulehnen? Sie würden durch Aufruhr nur erreichen, dass etliche von ihnen eingesperrt wurden und das Los der Sklaven noch schlechter wurde.

Als ich den Ruf »Er ist der Vorbote des Vhrato!«, vernahm, ahnte ich, dass Vermallon seine schmutzigen Finger im Spiel hatte.

Die Sklaven hatten nicht wissen können, dass ich mich verstecken wollte, denn ich hatte mit niemandem darüber gesprochen. Folglich musste Vermallon das Gerücht verbreitet haben, ich hätte mich widersetzt. Auch die Idee, ich könnte der Vorbote des Vhrato sein, musste von ihm stammen. Er hatte die Sklaven provoziert, um sie die Macht der Unterdrücker spüren zu lassen.

Ohnmächtig musste ich mit ansehen, wie die Überschweren mit Lähmstrahlern in die Menge feuerten. Einige der Paralysierten wurden von Überschweren in die Gleiter geworfen.

Ich konnte nichts für die armen Teufel tun. Vielmehr musste ich das Durcheinander zur Flucht nutzen. Doch ich war die Treppe nicht einmal zur Hälfte hinabgestiegen, als unten schwere Schritte polterten. Ich ging in Deckung und entsicherte meinen Paralysator. Wenn Überschwere die Treppe heraufkamen, musste ich mich verteidigen.

Tatsächlich hasteten drei von ihnen auf mich zu. Ich paralysierte die ersten beiden, dann erwischte mich ein Streifschuss aus einem Paralysator am rechten Ellenbogen.

Der Arm wurde sofort gefühllos. Meine Waffe polterte die Treppe hinunter.

Sekunden später befand ich mich in Gefangenschaft.

Als die Wachen mich in den Verhörraum stießen, erblickte ich meinen Herrn, Lagot Vermallon. Er musterte mich mit höhnischem Grinsen, dann sagte er: »Zu schade, dass ich meinen Arenakämpfer verliere, kaum, dass ich ihn gefunden habe. Wirklich zu schade. Aber nach allem, was geschehen ist, muss ich ein Exempel an dir statuieren.«

Ich erwiderte seinen Blick, ohne eine Miene zu verziehen.

»Lässt es dich kalt, öffentlich abgeurteilt und getötet zu werden, Kalteen?«, fragte er, als er keine Anzeichen von Angst bei mir entdeckte.

»Jeder kann nur einmal sterben, Vermallon«, erwiderte ich. »Was soll das also?«

Sein Grinsen verwandelte sich in eine Grimasse der Wut. »Du bist gar kein echter Sklave«, fuhr er mich an. »Wie du verhält sich kein Mensch. Mir hätte längst auffallen sollen, dass du dich ungewöhnlich benimmst.«

»Es ist dir aufgefallen, Vermallon«, erklärte ich. »Deshalb hast du dir stets Tipps von mir geben lassen.«

Der Überschwere reagierte überhaupt nicht darauf, dass ich ihn duzte. Er musste schwer erschüttert sein. Oder ihm gingen Gedanken im Kopf herum, die wenig erfreulich waren.

»Du hast mich in eine böse Lage gebracht, Kalteen«, erklärte er. »Falls sich herausstellen sollte, dass du ein feindlicher Agent bist, wird man mir vorwerfen, dass ich dich nicht durchschaut habe. – Bist du ein feindlicher Agent?«

Ich lächelte ironisch. »Sei nicht kindisch, Vermallon«, antwortete ich. »Wenn du als Agent arbeiten würdest und man finge dich, würdest du dann alles gestehen?«

»Natürlich nicht«, entfuhr es ihm. Er wischte sich über die Stirn, als wolle er damit düstere Gedanken verscheuchen. »Im Grunde genommen will ich auch gar nicht wissen, ob du ein Agent bist oder nicht, Kalteen«, erklärte er. »Ich bitte dich nur, es niemals zuzugeben.«

Ich wusste genau, was er damit bezweckte, aber ich sagte nichts, sondern weidete mich an der Verlegenheit, mit der er seine Erklärungen abgab.

»Wir werden dich anschließend verhören und eine neu entwickelte Wahrheitsdroge einsetzen«, fuhr der Überschwere fort. »Wer von ihr beeinflusst wird, kann nicht lügen.«

Ich schon, dachte ich amüsiert.

Vermallon fuhr sich mit den Fingern unter den Halssaum seiner Kombination. »Ich habe dafür gesorgt, dass die Injektionspistole statt mit der Droge mit einem Vitaminpräparat gefüllt sein wird«, sagte er. »Du wirst also lügen können. Nur musst du aufpassen, dass du keinen Fehler machst. Weißt du, wie ein Verhör unter Drogeneinfluss abläuft?«

»Keine Ahnung«, log ich. »Werden dabei nicht die gleichen Fragen gestellt wie bei jedem anderen Verhör?«

»Nein, die Fragen werden anders formuliert«, erklärte der Überschwere schwitzend. »Vor allem werden immer wieder Fangfragen vorkommen, mit denen man festzustellen versucht, ob die Wirkung der Droge noch voll anhält.«

»Das klingt nicht gut«, erwiderte ich. »Aber ich werde es versuchen. Was bekomme ich dafür, wenn es mir gelingt, die Spezialisten zu täuschen?«

»Du wirst einen leichten Tod sterben, Kalteen«, versprach Vermallon.

Er wollte noch mehr sagen, wurde aber unterbrochen, weil ein Überschwerer die Tür aufriss und ihn nach draußen bat.

Ungefähr fünf Minuten lang stand ich allein in dem kleinen Verhörraum. Als Vermallon zurückkehrte, wirkte er erleichtert.

»Wir müssen kein Theater spielen, Kalteen«, erklärte er zufrieden.

»Ich bin die Geschichte los. Eben kam aus der Stahlfestung Titan der Befehl, dich dorthin zu bringen.«

Ich spürte, wie die Erregung in mir hochstieg. Sollte ich auf diese Weise doch noch in die Nähe Leticrons gelangen? Ich hatte es gehofft, aber nicht daran zu glauben gewagt.

»Lebt auf Titan nicht der Erste Hetran?«, fragte ich unschuldig.

»So ist es«, gab Vermallon zu. »Ich hielt es für angebracht, bei unserer Zentrale Meldung über dich und dein ungewöhnliches Verhalten zu erstatten. Offenbar hat die Zentrale die Meldung für wichtig genug angesehen, um sie an die Stahlfestung weiterzugeben. Damit ist der Fall für mich erledigt.«

Er ging zur Tür und brüllte einige Befehle.

Zwei bewaffnete Überschwere erschienen. Sie legten mir Handfesseln an und brachten mich zu einem gepanzerten Fluggleiter. Vermallon stieg ebenfalls ein. In schnellem Flug ging es zu einem Nebenareal des Raumhafens Marsport. Ich versuchte, mit meinen Gedanken vorauszueilen – zur Stahlfestung Titan. Vielleicht konnte ich meinen Auftrag doch noch durchführen.

Vross Barratill

»Die Überschweren haben Kalteen verhaftet«, sagte Ertyn Grammlond. »Betty hat es aus den Gedanken mehrerer Menschen erfahren.«

Kertan Tigentor und ich blickten uns vielsagend an. Wir befanden uns in der Nähe des festungsartig ausgebauten Landsitzes, den sich der Überschwere Vermallon in der Nähe von Marsport eingerichtet hatte.

Nachdem wir erfahren hatten, dass Tekener alias Kalteen Marquanteur ein Sklave des reichen und mächtigen Vermallon war, beabsichtigten wir, ihm aufzulauern und ihm mit Hilfe von Bettys Bewusstsein telepathisch weitere Informationen über den Gesuchten zu entreißen.

»Warum hat man ihn verhaftet?«

»Er versuchte, sich dem Kampf in der Arena zu entziehen«, antwortete Ertyn. »Als man ihn abholen wollte, hat er sogar bewaffneten Widerstand geleistet. In seinem Wohnviertel kam es zu einem Aufstand, den die Überschweren allerdings brutal niederschlugen.«

»Wo befindet er sich jetzt?«, erkundigte ich mich.

»Das weiß ich nicht, Vross«, antwortete Ertyn Grammlond. »Meine

Informationen stammen aus den Gedanken von Sklaven und einigen Überschweren, die sich im Jassich-Viertel aufhalten.«

»Vermallon wird seinen Gefangenen kaum hierher bringen«, meinte Kertan Tigentor. »Ertyn, ich schlage vor, du untersuchst die Gedanken des Personals im Landhaus. Vielleicht weiß jemand, ob Vermallon Räumlichkeiten besitzt, in denen er Menschen gefangen halten kann, und wo sich diese Räume befinden.«

»Ich fange sofort an«, erwiderte Ertyn.

Ich blickte mich um. Die Gebäude standen auf einem niedrigen, von Pinienhainen umgebenen Hügel. Wir befanden uns im Sichtschutz eines solchen Hains. Nördlich lag der große Raumhafen von Marsport. Ab und zu hörten wir das Dröhnen startender oder landender Raumschiffe. Marsport war der Raumhafen im Solsystem, auf dem fast alle einfliegenden Schiffe zuerst landeten.

Als Ertyn Grammlond zusammenzuckte, blickten Kertan und ich ihn fragend an. Langsam öffnete Ertyn die Augen, die er der besseren Konzentration wegen geschlossen hatte. »Ich denke, wir haben die Information!«, rief er erregt. »Es gibt solche Räumlichkeiten in dem Bauwerk, in dem Vermallon seine Geschäftsräume besitzt. Es handelt sich um das Gebäude, das früher einmal die Finanzverwaltung des Mars beherbergte.«

»Weißt du, wo das ist?«, erkundigte sich Kertan Tigentor.

»Ziemlich genau sogar«, antwortete Ertyn.

»Wir springen hin«, entschied Tigentor. »Kommt, fassen wir uns an! Dann kann Betty ihre Orientierungsimpulse direkt auf Takos Bewusstsein übertragen. Tako wird zuerst in die unmittelbare Nähe des Gebäudes teleportieren. Danach sehen wir weiter.«

Schweigend ergriffen Ertyn und ich je eine Hand Tigentors, der Kakutas Bewusstsein beherbergte. Damit Kakuta teleportieren konnte, musste Kertan das Bewusstsein des Mutanten über seinen Körper dominieren lassen, was durchaus eine psychische Tortur war.

Ungefähr eine halbe Minute verstrich, dann verschwamm die Umgebung – und verwandelte sich. Gleichzeitig spürte ich ein schmerzhaftes Ziehen im Nacken.

Ich sah mich um und stellte fest, dass wir auf dem Dach eines Hochhauses wiederverstofflicht waren. Zu unserem Glück war das Dach leer. Wenn jemand unser Erscheinen mit angesehen hätte, wären wir in große Schwierigkeiten geraten.

Ertyn Grammlond streckte einen Arm aus und deutete auf das vier Etagen niedrigere Nachbargebäude.

»Das ist es«, sagte er. Plötzlich atmete er scharf ein. »Ich habe Vermallons Gedanken aufgespürt«, teilte er uns hastig mit. »Der Überschwere will Tekener töten lassen, um ein Exempel zu statuieren.«

»Dann müssen wir ihn befreien«, erklärte Tigentor entschlossen und zog seinen Impulsstrahler. »Wir teleportieren einfach zu Tek und nehmen ihn auf dem gleichen Wege mit.«

»Halt!«, rief Grammlond. »So eilig ist es nicht. Vermallon und Tekener sprechen gerade unter vier Augen miteinander. Der Überschwere will Tek dazu überreden, ein Spielchen mitzuspielen, mit dem er sein Gesicht zu wahren hofft. Tekener soll nicht zugeben, ein feindlicher Agent zu sein. Vermallon fürchtet die Blamage.«

Ich musste gegen meinen Willen lachen.

Es war aber auch zu komisch, sich vorzustellen, dass der Mann, der Tekener zum Tode verurteilt hatte, ihn darum bat, sich niemals als feindlicher Agent zu erkennen zu geben. Das hätte Tekener ohnehin nicht getan.

Plötzlich stieß Ertyn eine Verwünschung aus.

»Was ist los?«, fragte Kertan.

»Er ist weg, Betty hat den Kontakt zu Vermallon verloren. Eine hyperenergetische Ausstrahlung überlagerte die Hirn-Impulse des Überschweren. Danach blieben sie verschwunden.«

»Wir springen sofort hinüber!«, entschied Tigentor. »Ich möchte nicht, dass man Tekener aus einem plötzlichen Impuls heraus umbringt. Los!«

Wieder fassten wir uns an den Händen.

Die Wiederverstofflichung erfolgte in einem kleinen kahlen Raum.

»Hier ist es«, stellte Ertyn fest. »Hier hat Vermallon eben noch mit Tekener gesprochen – bevor der Kontakt abriss.«

»Aber hier ist niemand«, sagte Kertan überflüssigerweise.

»Wir sind zu spät gekommen«, erklärte Grammlond. »Ich habe wieder Kontakt zu Vermallon. Er befindet sich zusammen mit Tekener in einem Gleiter. Tekener soll zu einem Raumschiff gebracht werden, das zur Stahlfestung Titan starten wird. Offenbar will Leticron den Gefangenen selbst verhören.«

Wir sahen uns eine Weile stumm an, dann sagte Kertan Tigentor: »Momentan können wir ihn nicht befreien. Aber wir sollten ihm bis zum Saturn folgen. Die Überschweren haben den Planeten in eine auf sie zugeschnittene Erlebnis- und Abenteuerwelt verwandelt. Es kann also nicht auffallen, wenn drei ihresgleichen mehr zum Saturn fliegen.«

»Dann sollten wir das nächste Passagierschiff nehmen«, erwiderte ich.

Vermallon wartete, bis das Walzenschiff mit Kalteen Marquanteur an Bord gestartet war. Ausdruckslos schaute er ihm nach.

Er wusste, dass es Folgen für ihn haben würde, falls sich in der Stahlfestung herausstellte, dass er lange Zeit über einen feindlichen Agenten als Sklaven gehalten hatte. Leticron reagierte in solchen Fällen unberechenbar.

Nachträglich ärgerte er sich, dass er seinen Leuten nicht befohlen hatte, den unbotmäßigen Sklaven sofort zu töten. Dann wäre das Problem aus der Welt gewesen.

Der Überschwere überlegte, ob seine Beziehungen ausreichten, um das Schiff mit Marquanteur zu einer angeblichen Zwischenlandung nach Saturn umzudirigieren. Auf dem Erlebnis- und Abenteuerplaneten saß ein Vertrauter von ihm in einer hohen Stellung. Er konnte dafür sorgen, dass Kalteen Marquanteur »versehentlich« einer Schwammsucherkolonne zugeteilt wurde. Da terranische Sklaven, die auf dem Saturn zur Schwammsuche ausgeschickt wurden, wegen ihrer schwachen Kondition in großer Zahl umkamen, bestand Hoffnung, dass auch Marquanteur ein Opfer des Großplaneten wurde.

Lagot Vermallon kehrte zum Abfertigungsgebäude zurück. Er beobachtete, wie rund hundert Überschwere die Kontrollen passierten. An ihrer Kleidung erkannte er, dass sie zum Saturn wollten. Nur drei von ihnen trugen keine spezielle Saturn-Ausrüstung. Vielleicht gehörten sie zu den wenigen Tollkühnen, die sich mit unzureichender Ausrüstung in die Giftatmosphäre des Saturn wagten und dabei oftmals umkamen.

Er merkte nicht, dass die drei ihn verstohlen beobachteten. In Gedanken versunken, ging er zu seinem Gleiter und befahl dem Piloten, zum Hauptquartier zu fliegen.

Er war noch immer in Gedanken versunken, als er die Zentrale des Hauptquartiers betrat. Erst als er sah, dass außer dem Koordinator noch fünfundzwanzig der einflussreichsten Patriarchen versammelt waren, stutzte er.

Waren sie seinetwegen zusammengekommen?

»Der Gefangene ist unterwegs zum Titan«, sagte er. »Ich habe mit der Sache nichts mehr zu tun.«

»Diese Geschichte interessiert uns im Moment überhaupt nicht«, erklärte der Koordinator ernst. »Wir haben ein echtes Problem.«

Vermallon atmete verstohlen auf. Hauptsache war, dass man ihm keine Vorwürfe machte.

Der Koordinator räusperte sich. »Vor wenigen Stunden traf über

Hyperkom die Meldung des Kommandanten eines unserer Schiffe ein, die in der Galaxis operieren. Die Meldung war so verworren, dass wir annehmen müssen, der Kommandant stand unter einem schweren Schock. Das betreffende Schiff gehört oder gehörte zu einem Verband von siebenundzwanzig Kampfraumern. Dieser Verband soll in der Nähe des Caldohra-Systems ein terranisches Raumschiff geortet haben.«

»In der Nähe des Caldohra-Systems?«, entfuhr es Vermallon. »Was haben Terraner dort verloren? Das muss sofort dem Ersten Hetran gemeldet werden. Wenn er den Laren beweisen kann, dass die Terraner wieder aktiv werden, müssen sie ihm und damit auch uns die volle Macht über die Galaxis zurückgeben.«

»Sie reagieren zu impulsiv, Vermallon«, sagte der Koordinator tadelnd. »Was nützt uns die beste Meldung, wenn wir sie nicht durch Beweise belegen können? Die Laren würden denken, wir hätten die Geschichte erfunden, um sie zum Bruch des Stillhalteabkommens mit den Terranern zu verleiten.«

»Aber Sie sprachen von siebenundzwanzig Schiffen!«, protestierte Vermallon. »Es muss doch siebenundzwanzig Einheiten gelungen sein, einen einzigen terranischen Raumer aufzubringen.«

»Das ist es eben nicht«, erklärte der Koordinator. »Jedenfalls besagt die Meldung, dass plötzlich ein riesiges Geisterschiff erschien und unseren Verband aufgerieben hat.«

Vermallon lachte grollend. »Das ist die dümmste Ausrede für militärisches Versagen, die ich bisher gehört habe. Ein Geisterschiff! Wie soll dieses Phantom ausgesehen haben?«

»Der Kommandant bezeichnete es als riesiges, schemenhaft verzerrtes Gebilde von halbwegs Kugelform«, antwortete der Koordinator.

»Da haben wir es«, erklärte Vermallon. »So etwas gibt es überhaupt nicht, oder wir wüssten davon.«

»Zu dem gleichen Schluss sind wir ebenfalls gekommen«, sagte der Koordinator. »Was glauben Sie, Vermallon? Sollen wir die Laren und das Konzil über den Vorfall informieren?«

»Über welchen Vorfall?« Vermallon tat erstaunt. »Wir haben nichts weiter als einen wirren Bericht. Sollen wir uns damit blamieren? Vermutlich ist dem Kommandeur ein schwerer Fehler unterlaufen, und nun sucht er nach Ausreden, um sein Versagen zu verschleiern und einer Bestrafung zu entgehen.«

Der Koordinator nickte bedächtig. »Ja, das glaube ich auch, Vermallon. Unter diesen Umständen verzichte ich darauf, die Laren zu informieren. Ich werde lediglich eine Nachricht zur Stahlfestung geben.«

Alle Anwesenden waren damit einverstanden. Sie konnten nicht ahnen, dass sie es waren, die einen schweren Fehler begingen.

10.

Seit jenem Tag, als die Erde aus dem Sonnensystem verschwand und nicht wieder auftauchte, weil der Sonnentransmitter sie in unbekannte Regionen des Universums verschlagen hatte, war Saturn nicht mehr der sechste, sondern der fünfte Planet Sols.

Die Laren beherrschten fast alle Völker der Milchstraße, und ihre Verbündeten, die Überschweren, hatten sich in dem von Rhodan und dem Großteil der Menschheit verlassenen Sonnensystem breit gemacht.

Saturns Entfernung zur Sonne betrug nach wie vor 1,427 Milliarden Kilometer, und er drehte sich in zehn Stunden und vierzehn Minuten einmal um seine Polachse.

Saturn besaß einst eine dichte Wasserstoffatmosphäre, die einem chemischen Umwandlungsprozess zum Opfer gefallen war. Zusammen mit Sauerstoff hatte sich Wasser gebildet, und die Verbindung mit Stickstoff hatte Ammoniak und jene mit Kohlenstoff Methan ergeben.

Zu jenem Zeitpunkt, als Ronald Tekener alias Kalteen Marquanteur als Gefangener auf Saturn eintraf, gab es dort viele Kuppelsiedlungen aus transparentem, panzerfestem Kunststoffmaterial. Sie lagen in der Äquatorzone. Die einzelnen Kuppeln einer Siedlung besaßen bis zu einem Kilometer Durchmesser und waren hundert Meter hoch. Untereinander waren sie durch druckfeste Schleusen verbunden.

In ihnen lebten die Überschweren, für die Saturn zum Erholungs- und Sportplanet geworden war. Hier war der Ausgangspunkt ihrer wagemutigen Spiele, die oft genug einen tödlichen Ausgang hatten.

Die Kabine war ohne optische Schirme. Als das Schiff aufsetzte, vermutete Kalteen Marquanteur, dass es auf Titan gelandet war. Während des Fluges hatte es einen kurzen Aufenthalt gegeben, und dann war ein zweiter Gefangener in seine Zelle gekommen, ein älterer Mann, der aber noch verhältnismäßig agil wirkte. Er hatte Kalteen mit forschenden Blicken gemustert, sich dann auf das zweite Bett gesetzt und gefragt: »Wer sind Sie?«

Kalteen hatte sich abgewandt und ihn nicht weiter beachtet. Das schien dem Fremden zu imponieren.

»Verzeihen Sie, aber die vergangenen Tage haben mich jedem gegenüber misstrauisch gemacht«, sagte der Mann endlich. »Ich sehe überall Spione. Auch in Ihnen. Die Überschweren wollen von mir etwas wissen, und das sage ich ganz offen. Wenn Sie keiner sind, werden wir gut miteinander auskommen, was auch geschehen mag. Also: Wer sind Sie?«

Kalteen drehte sich wieder um. »Ich könnte genauso gut in *Ihnen* einen Spion vermuten, denn auch mich will man verhören. Wie können wir einander vertrauen?«

Der andere zögerte. »Bleiben wir bei wohlwollender Neutralität und vertragen wir uns, das kann nicht schaden. Ich heiße Ferron Walter. Die Überschweren schnappten mich auf dem Mars.«

»Mich auch – zumindest *das* also haben wir gemeinsam. Warum wurden Sie erst jetzt in meine Zelle gebracht?«

»Ich sollte auf Io abgesetzt werden, aber man scheint es sich anders überlegt zu haben. Vorher war ich in einer Einzelzelle.«

Kalteen hatte darüber nachgedacht, ohne zu einem Ergebnis zu gelangen. Jedenfalls gab es nun eine Erklärung für die kurze Flugunterbrechung.

In den letzten Stunden hatten sie nur wenig gesprochen. Es war, als besäße jeder von ihnen ein lebenswichtiges Geheimnis, das er unbedingt für sich behalten wollte – und im Falle Kalteens stimmte das sogar. Was aber war mit Ferron Walter?

»Sie brauchen immer Leute auf Saturn«, sagte er, als das Schiff gelandet war. »Sklaven, die Schwämme sammeln.«

»Schwämme? Auf Saturn?«

»Die Überschweren sind ganz verrückt nach ihnen.«

»Und warum?«

»Es sind besondere Schwämme, unbekannter Freund. Schwämme, die verjüngen – wenigstens die Haut. Kein Wunder, dass die Überschweren verrückt nach ihnen sind, und wer sollte sie ernten, wenn nicht ihre Sklaven – wir Terraner?«

»Sie müssen mir mehr darüber erzählen. Es interessiert mich«, sagte Marquanteur.

»Das muss Sie auch interessieren, denn Sie werden bald mehr Schwämme sehen als Nahrungskonzentrate.«

»Man wird mich bald hier herausholen, denn ich fliege nicht zum Saturn, sondern zum Mond Titan.«

Ferron Walter schüttelte den Kopf. »Eine Landung auf Titan würde anders verlaufen als eben. Ich wette, wir sind auf Saturn.«

Wenn das stimmt, dachte Kalteen, *werden meine Kalkulationen über den Haufen geworfen. Ich sollte Leticron vorgeführt werden. Wenn das nicht mehr wichtig ist, bedeutet das …, ja, was bedeutet es eigentlich …?*

Das Schott glitt auf. Ein Überschwerer befahl: »Raus mit euch, wir sind am Ziel!«

»Wie Sie befehlen, Meister«, sagte Walter ironisch. »Darf ich fragen, ob wir auf Saturn gelandet sind?«

»Das werdet ihr rechtzeitig erfahren. Kommt endlich!«

Kalteen riss sich zusammen, als ihm der Überschwere einen Stoß in den Rücken gab, während er Walter durch den Korridor folgte. Es war sinnlos, sich wehren zu wollen.

Auf der Brust trug er den Zellaktivator, als Schmuckamulett getarnt. Es war ein Wunder, dass man es ihm noch nicht abgenommen hatte. Wenn das geschah, würde er sterben.

»Ein hübsches Ding haben Sie da«, sagte Ferron Walter, als er es beim Duschen sah.

»Andenken an meine Mutter«, murrte Kalteen.

Nun trug er einen Schutzanzug, und niemand konnte das »Amulett« sehen.

Im Bereich der Außenluke standen bewaffnete Posten.

Das grelle Licht, das Kalteen blendete, stammte von mehreren kleinen, aber ungemein hellen Atomsonnen, die jede Dämmerung zum Tag werden ließen. Dahinter zeichneten sich gewaltige atmosphärische Turbulenzen ab – und noch weiter entfernt leuchteten die Ringe des Saturn.

Also doch Saturn!

Die Atomsonnen schwebten dicht unter der gewaltigen Kuppel, die sich über den flachen Gebäuden spannte, neben denen das kleine Schiff gelandet war. Eine Luftschleuse öffnete sich gerade.

Zum ersten Mal sah Kalteen die anderen terranischen Gefangenen. Es waren Siedler und Techniker vom Mars und den anderen Planeten, die den Überschweren unangenehm aufgefallen waren. Aber vielleicht gab es auch wirkliche Verbrecher unter ihnen.

»Die Ringe sehen prächtig aus«, sagte Ferron Walter spöttisch. »Wenn ich mir vorstelle, dass die verrückten Überschweren zwischen ihnen regelrecht Vergnügungsjagden veranstalten, fällt mir das Sammeln der Schwämme sogar leicht.«

»Mund halten!«, rief einer der Wachtposten. »Schließt euch an!«

Kalteen war überrascht, dass er wie die übrigen Gefangenen behandelt wurde. Er hatte damit gerechnet, eine Sonderrolle zu spielen, aber er war froh, dass es nicht so war. In der Masse der anderen Sklaven ging er unter.

Trotzdem blieb die Frage, warum man ihn nicht, wie geplant, zu Leticron brachte.

Die Posten trieben die Gefangenen auf ein flaches Gebäude zu.

»Sieht nicht gerade einladend aus«, flüsterte Ferron Walter, als sie ihre Helme wieder öffnen konnten.

»Habe auch nicht damit gerechnet«, gab Kalteen ebenso leise zurück.

Ihre Leidensgenossen stolperten mit gesenkten Köpfen und verbissener Miene voran. Sie hatten mit ihrem Leben abgeschlossen.

Ferron Walter hingegen schien sich schon jetzt mit Fluchtplänen zu befassen, was einem Selbstmordversuch gleichkam.

Unter der Kuppel war der einst unfruchtbare Boden kultiviert worden. Es gab richtige Gärten, grün und verwildert. Außerhalb der Kuppel beherrschten jedoch nackter Fels und tödliche Eiskristallstürme das Bild.

Ein Entkommen war schon der feindlichen Natur außerhalb der Kuppeln wegen unmöglich.

Eine namentliche Kontrolle gab es nicht. Sie wurden abgezählt wie Vieh. Inmitten des Areals aus Energiezäunen, das sie betraten, standen andere Gefangene und betrachteten die Neuankömmlinge mit einer Mischung aus Neugier, Neid und Bedauern. Den Neid verstand Kalteen nicht.

»Ich glaube«, sagte Ferron Walter, »wir müssen uns selbst um eine Unterkunft kümmern. Wer das nicht tut, kann im Freien unter der Kuppel schlafen. Hier ist sich jeder selbst der Nächste.«

»Sie scheinen sich mit diesen Verhältnissen auszukennen«, argwöhnte Kalteen.

»Allerdings, das tue ich.«

»Was haben Sie verbrochen?«

Ferron Walter zuckte die Schultern. »Ich habe mir mein Recht selbst geholt, sonst hätte ich lange warten können. Wenn wir uns besser kennen, werde ich Ihnen alles erzählen, falls Sie dann noch Interesse daran haben. Die Menschen auf der Venus leben nicht gerade in einem Paradies, und wer nicht hart genug ist, der stirbt.«

Das wusste Kalteen auch, der als Ronald Tekener oft auf der Venus gewesen war. Sie unterschied sich in dieser Hinsicht nicht von primitiven Siedlerplaneten irgendwo in der Galaxis, denn der Mensch war trotz allen Fortschritts immer nur Mensch geblieben, mit allen seinen Schwächen und Vorzügen. »Wir reden später darüber«, sagte er. »Gehen Sie vor, Ferron.«

Sie fanden zwei freie Betten in einer Ecke des großen Saales, der Aufenthalts- und Schlafraum zugleich war. Andere Gefangene begrüßten sie mit einem Nicken, dem man die kommenden Fragen schon ansah. Doch das beruhte auf Gegenseitigkeit.

Neben jedem Bett stand ein primitiver Schrank. Kalteen verstaute seinen Druckanzug darin und legte sich aufs Bett.

Walter machte einen ersten Rundgang und sprach mit anderen Gefangenen. Erst nach einer Stunde kehrte er zurück und beugte sich zu Kalteen herab.

»Wie ich es mir dachte. Schon morgen jagen sie uns in den Eissturm hinaus. Wir müssen Schwämme sammeln. Das ist immer so gewesen, und wir werden uns anstrengen müssen, die nächsten Wochen zu überleben. Bis dahin wird mir dann schon etwas einfallen.«

»Sie wollen wirklich fliehen?«

Ferron lächelte grimmig. »Wenn Sie klug sind, gehen Sie mit mir, egal wohin. Überall ist es besser als hier.«

Kalteen schloss die Augen. Ein hartes und abenteuerliches Leben lag hinter ihm, doch immer hatten Atlan und die USO ihn unterstützt. Diesmal war er auf sich allein gestellt.

Ferron Walters Leben war nicht einfach verlaufen, zumal er meist auf der falschen Seite gestanden hatte. Als die Erde verschwand, war er auf einem Kolonialplaneten inhaftiert gewesen. Dem Gerücht, Rhodan sei mitsamt der Erde vor den Laren und ihren Schergen geflohen, war er später nachgegangen und ins Sonnensystem geflogen.

Er hatte die Wahrheit akzeptieren müssen und versucht, auf der Venus Unterschlupf zu finden. Leicht war es ihm nicht gefallen, denn obwohl er wie sechzig aussah, war er viel mehr als doppelt so alt. Die ihm verbleibende Zeit wollte er gewiss nicht damit zubringen, Schwämme für die Überschweren einzusammeln.

Nach einigen Wochen oder Monaten würde auch Saturn für ihn kein unüberwindliches Problem mehr darstellen. Das wusste er, nachdem er mit seinen Mitgefangenen gesprochen hatte.

Außerdem war da noch dieser Marquanteur. Auf den ersten Blick hatte er erkannt, dass er in ihm einen wertvollen Bundesgenossen gefunden hatte. Schon seine klaren Augen verrieten Härte und Entschlossenheit. Wenn es überhaupt jemanden gab, der eine Flucht mit ihm wagte, dann er.

Doch bis dahin würde noch viel Zeit vergehen müssen, denn sie durften nichts überstürzen. Walter ahnte nicht, dass das Schicksal selbst ungeduldiger war …

»Leticron soll krank sein«, flüsterte Walter am Morgen, als das Licht wieder aufflammte und den neuen Tag ankündigte. »Vielleicht ist das der Grund, warum man Sie zum Saturn brachte – wenigstens vorerst.«

»Woher wissen Sie das?«

»Die Leute reden darüber. Möglich, dass es nur ein Gerücht ist. Jeder will besondere Dinge wissen, die eine Veränderung bedeuten könnten. Und hier wäre *jede* Veränderung zugleich eine Verbesserung.«

Die anderen Gefangenen legten ihre Schutzanzüge an. Im Eingang zum Saal erschien ein Terraner, der sogar einen Schockstrahler im Gürtel trug.

Walter murmelte: »Das ist also der Judasbock. Sie haben doch überall die gleichen Methoden und suchen sich unter den Gefangenen jene heraus, die für einen Vorteil alles tun würden. Selbstverwaltung im Gefangenenlager – so kann man das nennen.«

»Arbeitskommando wie gestern!«, bestimmte der Terraner über Lautsprecher. »Die Lagerverwaltung hat die Menge der zu erntenden Schwämme um zehn Prozent erhöht. Sollte diese Norm nicht erreicht werden, steht eine Kürzung der Rationen bevor. Die Neuen sind erst für morgen zur Arbeit eingeteilt. Sie müssen sich aber in zwei Stunden zur Erfassung melden. Beeilt euch!«

Kalteen streckte sich wieder aus.»Uns bleibt noch etwas Zeit.«

»Sie haben Recht«, sagte Ferron. »Erst morgen beginnt für uns der Ernst des Lebens, aber ich schwöre Ihnen schon jetzt, dass ich die erste Gelegenheit zur Flucht nützen werde.«

»Und wohin?«

Ein Achselzucken war die ganze Antwort.

Zusammen mit den anderen »Neuen« wurden sie zwei Stunden später abgeholt und in ein kleines Gebäude am jenseitigen Kuppelrand geführt. Auch hier waren Terraner mit der Betreuung betraut. Sie deshalb als Verräter zu bezeichnen wäre verfrüht gewesen. Jeder musste erst einmal sehen, dass er überlebte.

Einige persönliche Daten wurden abgefragt, dann folgte eine flüchtige medizinische Untersuchung. Die Überprüfung des Schutzanzugs fiel schon weit genauer aus. Kalteens Schmuckamulett interessierte ebenso wenig wie der Grund für seine Verbannung. Dann ging er zurück ins Lager.

Kalteen nutzte die Zeit, um mit anderen Gefangenen zu sprechen, die heute nicht nach draußen mussten. Walter begegnete ihm erst wieder im Saal.

»Rationen werden erst am Abend ausgeteilt, sobald die Arbeitskommandos zurückgekehrt sind«, sagte er. »Haben Sie Neuigkeiten?«

»Nur schlechte. Das mit der Flucht …« Walter verdrehte die Augen. »Die Arbeitskommandos verlassen die Kuppel sogar ohne Bewachung. Falls jemand nicht zurückkehrt, sucht niemand nach ihm – so sicher sind die Überschweren, dass keiner ohne ihre Hilfe den Saturn verlassen kann.«

»Dann wird es Zeit, dass sie eine Überraschung erleben.« Ferron Walters Augen funkelten kalt. »Ich habe keine Angst vor Eisstürmen.«

»Und was wollen Sie unternehmen? Niemand stellt Ihnen ein Raumschiff zur Verfügung.«

»Bestimmt nicht freiwillig, das ist wahr. Aber Sie haben schon von den verrückten Spielen, Jagden und Wetten der Überschweren gehört. Oft genug geschehen Unglücksfälle, und bestimmt hundert private Raumgleiter liegen abgestürzt oder notgelandet im wildesten Gebiet herum. Niemand kümmert sich um sie. Wenn wir so einen Gleiter finden und flugfähig machen können, sind wir ein gutes Stück weiter.«

Im Quartier trafen sich einige der Männer, die gestern mit ihnen zusammen eingetroffen waren. Walter setzte sich zu ihnen an den Tisch. Auch Kalteen nahm Platz.

»Einige Wochen lang halte ich das vielleicht aus, dann ist Schluss,« sagte ein älterer Mann mutlos. »Wenn vorher kein Wunder geschieht.«

»Glaubst du an das Erscheinen des Vhrato?«, erkundigte sich ein anderer. »Ich halte das für ein Märchen.«

Der Ältere schüttelte müde den Kopf. »Es ist kein Märchen. Ich glaube, dass mit Vhrato, dem Sonnenboten, Perry Rhodan gemeint ist, der eines Tages zurückkehren und das Konzil besiegen wird.«

»Warum ist er dann erst geflohen?«, fragte jemand verächtlich. »Eine Sage, mehr blieb nicht von ihm.«

»Der Vhrato wird uns befreien!«, beharrte der alte Mann. »Ihr werdet es noch erleben – ich wohl nicht mehr.«

»Er hat Recht«, warf Kalteen ein. »Wir dürfen die Hoffnung nicht verlieren. Ich glaube ebenfalls, dass wir eines Tages die Freiheit zurückerhalten werden. Und was Rhodan angeht, bin ich sicher, dass er seine Gründe hatte, mit dem Großteil der Menschheit und der Erde zu fliehen. Gründe, die wichtiger als unser eigenes Leben sind.«

Ferron Walters Augen blieben ausdruckslos. »Sie reden, als würden Sie Rhodan kennen, dabei sind Sie zu jung, ihn jemals gesehen zu haben.«

»Mir wurde viel Gutes von Rhodan berichtet«, antwortete Kalteen ausweichend.

Später, als die ersten Arbeitskommandos heimkehrten und die Rationen verteilt wurden, füllte sich der große Raum. Nach Stunden stellte sich heraus, dass eine Gruppe fehlte.

»Sie hatten Pech«, behauptete einer. »Ihr Wagen kippte in eine Spalte und kam nicht mehr flott. Auf ihren Notruf kam niemand zu Hilfe. Wir können sie also abschreiben.«

Kalteen beugte sich vor und schaute ihn ungläubig an. »Warum haben *Sie* nichts unternommen, wenn Sie es so genau wissen?«

»Ich?« Der Mann schüttelte verwundert den Kopf. »Ich musste meine Arbeitsnorm erfüllen, da blieb keine Zeit. Aber das werden Sie auch noch verstehen. Es ist die Aufgabe der Überschweren, auf uns aufzupassen.«

Kalteen lehnte sich wieder zurück. »Also ist jeder auf sich selbst angewiesen und niemand verpflichtet, anderen zu helfen. Das werde ich mir merken.«

Walter nickte ihm zu. »Bestimmt gibt es Ausnahmen«, murmelte er tonlos.

Am anderen Morgen wurden sie einer Gruppe von fünf Männern zugeteilt, die schon den Weg zu den Schwammgründen kannten. Wortkarg kam eine Vorstellung zustande.

Vor der Schleuse wartete ein schwerer Geländewagen mit Raupenketten, kein modernes Gleitfahrzeug. Die Kabine konnte nicht einmal hermetisch verriegelt werden, sodass die Helme der Schutzanzüge geschlossen bleiben mussten.

Langsam kroch das Fahrzeug auf die Schleuse zu, hinter der Saturns eisige Hölle wartete.

Kalteen nutzte die Zeit, sich die Schicksalsgefährten anzusehen. Der Mann ihm gegenüber hieß Coresan; er machte einen unsicheren und ängstlichen Eindruck. Neben ihm saß ein glatzköpfiger Hüne mit groben Zügen und Händen wie Schaufeln. Sein Nachbar auf der anderen Seite, ein schmächtiger Bursche, redete ihn mit »Siral« an.

Das Innenschott der Schleuse schloss sich, dann glitt die Außenwand beiseite. Shmitten fuhr mitten hinein in die wirbelnden Eiskristalle eines Orkans, der den Wagen umzuwerfen drohte. Die Sicht betrug nur wenige Meter.

»Besonders schlimm heute«, schimpfte Shmitten. »Ich fahre die Abkürzung.«

»Nicht das!«, protestierte Coresan schrill. »Viel zu gefährlich! Ich nehme lieber kleinere Rationen in Kauf, als nicht zurückzukehren.«

»Coresan hat Recht«, pflichtete Siral bei. »Beim letzten Mal hatten wir schon verdammtes Glück, heil durch den Kristallwald zu kommen.«

Kalteen fragte: »Was ist das für ein Wald?«

»Keiner weiß es wirklich. Es sind wohl Kristalle, die wie Bäume aussehen, aber bei der leichtesten Berührung zerspringen. Wer sich dann in ihrer Nähe aufhält, ist erledigt. Vielleicht sind die Gewächse sogar mutierte Bäume. Die Überschweren wollten mit biochemischen Methoden die Oberfläche des Saturn kultivieren und Pflanzen züchten, die in der Hölle überleben können.«

»Können sie uns im Wagen gefährlich werden?«

»Wahrscheinlich nicht.«

»Dann soll Shmitten die Route wählen, die er für richtig hält.«

Rechter Hand wuchs ein höheres Gebirge auf, das den Sturm milderte. Die Eiskristalle wuchsen dafür umso dicker. Der Wagen dröhnte mühsam vorwärts.

»Wir können immer noch den sicheren Weg nehmen«, schlug Coresan vor.

»Eben«, knurrte Shmitten ungerührt. »Heute verwischen alle Markierungen.«

Unvermittelt gab die scheinbar feste Eisdecke nach. Der Wagen rutschte seitlich weg und blieb stecken. Shmitten schaltete sofort den Leerlauf ein.

»Mit dem Antrieb allein würden wir uns nur noch tiefer einbuddeln. Steigt aus und schiebt!«

Das Raupenfahrzeug lief Gefahr, in dem weißen Meer allmählich zu versinken. Je mehr Zeit verstrich, desto geringer wurde die Aussicht, wieder freizukommen.

»Wir müssen es versuchen!« Kalteen erhob sich und schauderte, als der Eissturm durch den geöffneten Ausstieg in die Kabine fegte. Zögernd folgten ihm die anderen. Bis zum Bauch versanken sie im Kristallschnee.

Mit fast übermenschlichen Kräften stemmte Siral sich seitlich gegen den Wagen, damit dieser nicht weiter abrutschen konnte, während er den anderen befahl zu schieben. Langsam fraßen sich die Raupenketten wieder durch den Schnee.

Ein wenig half auch der Sturm mit, dennoch verging fast eine halbe Stunde, bis das Fahrzeug flottkam. Shmitten fuhr im Kriechtempo weiter, bis alle eingestiegen waren. »Schöner Mist«, schimpfte Walter. »Herrscht hier immer so ein Sauwetter?«

»Manchmal ist der Sturm nicht ganz so stark«, antwortete Coresan wortkarg.

Sie erreichten eine Senke, in der der Schnee nicht so hoch lag. Kalteen bemerkte verwehte Fahrspuren, denen Shmitten folgte.

»Er nimmt wirklich die Abkürzung«, schimpfte Coresan.

»Wir haben zu viel Zeit verloren«, knurrte Shmitten, ohne sich umzudrehen. »Ich habe keine Lust, heute mit leerem Magen ins Bett zu gehen.«

Kalteen fragte Coresan: »Warum diese Furcht vor dem Kristallwald? Sie haben selbst zugegeben, dass er uns im Wagen nichts anhaben kann.«

»Das ist richtig, aber ich weiß nicht, wie ich es erklären soll … Von ihm geht eine Art Zwang aus, ein hypnotischer Einfluss. Wer dem erliegt, verlässt das Fahrzeug eben.«

»Gibt es keine Erklärung dafür?«

»Keine einleuchtende.«

Wenig später warnte Shmitten: »Wir nähern uns dem Wald. Konzentriert euch auf irgendetwas, egal was.«

Die ersten Bäume standen noch weit von der halb verwehten Fahrspur entfernt, die bewies, dass diese Abkürzung gar nicht so selten benutzt wurde. Weiter voraus wuchsen sie dichter. An manchen Stellen lagen nur Berge zersplitterter Kristalle, und einmal sah Kalteen sogar den halb verdeckten Leichnam eines Terraners, der im ewigen Frost nie verwesen würde.

Er spürte einen wachsenden Druck unter der Schädeldecke, der aber keinen Einfluss auf sein Denken gewann. Immerhin war er mentalstabilisiert.

Shmitten konzentrierte sich darauf, die Fahrspur einzuhalten. Aber die Bäume standen zunehmend dichter, und durch die Ritzen des Einstiegs erklang ein feines, durchdringendes Singen. Es entstand, wenn der Wind durch die Kristallbäume strich.

»Ich halte das nicht mehr aus!« Einer der Männer warf sich auf die Tür. Siral zerrte ihn fluchend herum und stieß ihn auf den Sitz zurück.

Shmitten war kurz abgelenkt worden. Unvermittelt wich er von der kaum noch erkennbaren Spur ab. Der Wagen dröhnte einer Gruppe dicker Kristallbäume entgegen.

Kalteen wartete darauf, dass Shmitten erneut die Richtung änderte, aber dann sah er Coresans verzerrtes Gesicht.

»Umdrehen!«, brüllte er und warf sich nach vorne. Doch es war bereits zu spät. Ein greller Blitz zuckte auf, als das Fahrzeug gegen die Stämme prallte und diese explosionsartig auseinander platzten. In einer Kettenreaktion detonierten auch weiter entfernte Bäume in kaltem Feuer.

Kalteen schloss geblendet die Augen, während Shmitten vergeblich versuchte, das Fahrzeug wieder anrollen zu lassen. Aber der Antrieb war verstummt und nur noch das durchdringende Singen des Windes zu hören.

»Ich wusste es«, jammerte Coresan. »Wir sitzen fest, wir …«

»Lass das Gewinsel!«, fuhr Siral ihn an. »Noch leben wir.«

Shmitten lachte hell auf. »Der Antrieb ist beschädigt, wir haben keine Energie mehr. Ich fürchte, das heißt aussteigen. Zumindest die zersplitterten Bäume sind nicht mehr gefährlich. Wir gehen zur Fahrspur zurück und folgen ihr. Bis zu den Schwämmen sind es nur wenige Kilometer, dort finden wir einen anderen Wagen, der uns mitnimmt.«

Die Kristallsplitter bedeckten das Fahrzeug fast zur Hälfte. Kalteen stellte zu seiner Erleichterung fest, dass der hypnotische Einfluss nachgelassen hatte. Damit war die Gefahr geringer geworden.

»Warum gehen wir nicht zur Kuppel zurück?«, wollte er wissen.

»Das hätte keinen Sinn. Wir dürfen nicht vor den anderen wieder im Lager sein. Außerdem liegen die Schwämme näher.«

Siral kletterte als Erster aus der Kabine und räumte die größten Splitter beiseite. »Kommt, aber vorsichtig! Die nächsten Bäume sind über zehn Meter entfernt. Es kann eigentlich nichts geschehen …«

Kalteen verließ das Fahrzeug als Letzter. Er schauderte, als die Kristalle unter seinen Füßen knirschten und zerbrachen, aber sie flammten nicht mehr auf. Wahrscheinlich verströmten sie ihre energetische Ladung nur einmal.

»Ich gehe voraus«, schlug Shmitten vor. »Ich kenne den Weg am besten.«

»Das haben wir bemerkt«, sagte Walter ruhig und ohne Vorwurf.

Shmitten verzichtete auf eine Erwiderung.

Der Wind war stärker geworden, das Singen zwischen den Kristallbäumen lauter und intensiver. Auch der hypnotische Einfluss machte sich wieder bemerkbar.

Kalteen ging am Schluss, weil er die anderen im Auge behalten wollte. Walter hielt sich dicht hinter Shmitten. Das schien eine vernünftige Marschordnung zu sein.

Nach etwa hundert Metern schaute Kalteen sich nach dem verschütteten Fahrzeug um. Nur die halbe Kabine ragte noch aus dem Kristallhaufen hervor. Sicher gab es Hunderte solcher Wracks auf Saturn, und niemand kümmerte sich um sie.

Unvermittelt schrie jemand vor ihm auf. »Ron!«, brüllte Shmitten. »Bleib stehen!«

Selbst Siral war nicht schnell genug, den Davonlaufenden festzuhalten. Er gab den Versuch schon nach wenigen Schritten auf, weil er sich nicht auch in Gefahr bringen wollte.

Für Ron wäre ohnehin jede Hilfe zu spät gekommen. Der mentale Einfluss zwang ihn, schon den ersten Baum zu berühren. Ein Blitz schien ihn verschlucken zu wollen, und noch während er stürzte, berührte er einen zweiten Baum und löste eine weitere Explosion aus. Die Kristallsplitter regneten in weitem Umkreis ab.

Shmitten setzte sich wortlos wieder in Bewegung. Die Bäume wurden bald seltener, dafür tobte der Eissturm heftiger.

»Wie weit ist es noch?«, fragte Walter geraume Zeit später.

Shmitten ging unbeirrt weiter. »Noch drei oder vier Kilometer, nehme ich an. Der Weg verändert sich täglich. Bald wird das Gebirge vor uns auftauchen. Dort wachsen die Schwämme.«

Durch die wirbelnden Eiskristalle hindurch waren schwach die Ringe des Saturn zu erkennen. Bei klarem Wetter mussten sie ein wunderbares Schauspiel bieten.

Shmitten blieb plötzlich stehen. »Wir sind nicht die Einzigen, die Pech hatten. Vor uns liegt ein Wagen im Schnee.«

Nur noch das Kabinendach ragte aus dem ewigen Weiß hervor. Alle Spuren waren längst verweht.

Der Mann vor Kalteen warf sich jäh in den hohen Schnee und versuchte, sich zum Fahrzeug vorzuarbeiten. Shmittens Warnung überhörte er – oder er wollte sie nicht hören: »Zurück, Dolnar! Wenn du in eine der zugewehten Schluchten abrutschst, kann dich niemand heraushoₗen!«

»So ein verdammter Narr«, flüsterte Coresan erschüttert. »Was hat er vor?«

Bis zur Brust steckte Dolnar im Schnee, aber er erreichte den Wagen. Mit letzter Kraft kletterte er auf die rechte Raupenkette und zog sich höher. Der Schwerpunkt des Fahrzeugs wurde durch ihn verlagert, es versank im Schnee.

»Dolnar!«, brüllte Shmitten. »Spring ab!«

Zum ersten Mal reagierte der Mann. Seine Stimme kam mit voller Sendeleistung: »Lebt wohl, Freunde, ich werde bald meine Ruhe finden. Ich glaube, ich kann in die Kabine hinein. Der Wagen sinkt tiefer, und es ist dunkel ringsum. Ja, ich habe es geschafft, ich bin drin. Die Kabine ist leer. Und nun geht es auch nicht mehr tiefer. Die Schlucht kann keine hundert Meter tief sein, wie du immer behauptet hast, Shmitten. Dreißig vielleicht, kaum mehr.«

»Das ist immer noch zu viel.«

»Mir genügt es. Hier holt mich kein Überschwerer mehr heraus. Ich habe Atemluft für ein paar Tage und werde sie genießen. Ich bin frei! Könnt ihr das begreifen?«

»Sicher, nun bist du frei«, sagte Walter. »Wir können dich nicht daran hindern, diesem elenden Leben zu entrinnen. Aber du bist auch schon länger hier als ich. Möge dir der Tod leicht fallen.«

Dolnar antwortete nicht mehr, und Sekunden später schaltete er den Sender ab. Von da an war er endgültig mit sich allein.

Stumm gingen die anderen weiter – fünf dunkle Punkte in der Unendlichkeit der weißen Hölle.

11.

Kertan Tigentor, Vross Barratill und Ertyn Grammlond hatten sich in ihre Kabine zurückgezogen. In den wenigen Gramm PEW-Metall in ihren Körpern lebten die Bewusstseinsinhalte und damit auch die mentalen Fähigkeiten der Mutanten Tako Kakuta, Wuriu Sengu und Betty Toufry.

»Falls Kalteen Marquanteur in einem der Straflager untergetaucht ist, wird es schwierig werden, ihn zu finden«, sagte Tigentor-Kakuta. »Wir können nicht einfach nach ihm fragen.«

»Überlegt euch lieber, an welchen Spielen wir teilnehmen«, schlug Grammlond-Toufry vor. »Wir dürfen nicht vergessen, dass wir offiziell Erholung auf dem Saturn suchen.«

Das Raumschiff hatte den Asteroidengürtel längst verlassen und die Jupiterbahn überschritten. Es näherte sich dem Saturn. Die Ringe waren von der Seite her erstaunlich dünn und die ferne Sonne nun mehr ein großer Stern, dessen Strahlen nicht mehr ausreichten, den Planeten mit Licht und Wärme zu versorgen. Aber das spielte keine Rolle, die Technik hatte längst die Natur ersetzt.

Über Interkom kam die Meldung, dass das Schiff in den Landeanflug einschwenkte und die Schleusen in fünfzehn Minuten geöffnet würden. Informationen kannte jeder schon aus dem offiziellen Reiseprospekt. Die Landekuppel war mit Hotels und Spielzentren durch Schleusengänge verbunden. Ausrüstungen für alle Zwecke gab es zu leihen, ein Versicherungsbüro bot Policen an.

Die Multi-Cyborgs warteten, bis nach der Landung die Aufforderung ertönte, die Decks zu verlassen. Dann erst nahmen sie ihr Handgepäck auf.

Nach der knappen Kontrolle glitten sie auf einem Rollband durch den Schleusenkorridor zur Hotelkuppel. Ihre Zimmer waren ordnungsgemäß gebucht. Die drei begaben sich schnell wieder in die Hotelhalle, in der viele Erholungsuchende in Gruppen beisammenstanden. Ihre Gespräche drehten sich fast ausschließlich um Spiele und Abenteuer.

»Hier erfahren wir nichts.«

»Nichts, was Kalteen angeht. Wir sollten uns bei der Hotelleitung nach einer Möglichkeit erkundigen, die Gefangenenkuppeln zu besuchen. Das gehört zu den angepriesenen Attraktionen. Werden nicht auch Jagden auf entflohene oder auch nur verirrte Strafgefangene organisiert? Wir geben vor, an einer solchen Aktion teilnehmen zu wollen.«

Sie trennten sich. Jeder suchte eine andere Informationsstelle auf. Die Angebote reichten vom Besuch der Schwammfelder über einen Gleiterflug zu den Ammoniakmeeren bis zum tödlichen Duell in den Ringen des Saturn.

»Besuchen Sie die Straflager der terranischen Gefangenen und die Siedlungen der Sklaven!«, las Tigentor auf einem Werbeholo.

Die meisten Angebote waren Gruppenreisen, aber für genügend Geld gab es auch Führer zu mieten und das individuelle Abenteuer. Kostengünstiger ging es ohne Führer.

»Genau das suchen wir«, stellte Tigentor fest, als sie wieder im Hotel zusammensaßen. »Wir arrangieren eine Gruppenreise, nur wir drei – und ohne Führer.«

»Was ist mit der Ausrüstung?«

»Alles wird bereitgestellt – ein Gleiter mit druckfester Kabine, Raumanzüge und Waffen.«

»Waffen?«, fragte Grammlond verblüfft.

»Saturn ist ein gefährlicher Planet, mein lieber Ertyn«, erinnerte Tigentor.

Nach dem Frühstück teilte Tigentor dem Buchungsroboter mit, dass sie einen Tagesausflug zur nächsten Gefangenenkuppel unternehmen wollten.

»Wann wünschen Sie zu starten?«, lautete die knappe Antwort.

»Gleich, wenn das möglich ist.«

»Jederzeit. Alle Genehmigungen werden in dieser Sekunde erteilt. Ihre Zimmer bleiben reserviert.«

»Danke.« Tigentor kehrte an den Tisch zu den Gefährten zurück.

»Gehen wir«, sagte er nur.

Der Gleiter war nicht gerade das neueste, jedoch ein bewährtes Modell. Die Kabine hätte mindestens sechs Überschweren Platz geboten. Lebensmittelvorräte lagen gut verpackt und versiegelt unter den Sitzbänken, Wasser war ebenfalls ausreichend vorhanden. Außerdem gab es ein Funkgerät.

Nachdem sie die Druckanzüge überprüft und bereitgelegt hatten, übernahm Tigentor die Kontrollen. Er flog nicht zum ersten Mal einen Gleiter. Langsam dirigierte er das Fahrzeug in die Luftschleuse, und kurz darauf lag die lebensfeindliche Wildnis des Saturn vor ihnen. Die Hotelkuppel versank im Schneesturm, auch die anderen Kuppeln waren bald nicht mehr zu sehen. Vor den Mucys erstreckte sich eine unendliche weiße Fläche mit tiefen Schluchten und schroffen Gebirgen. Wie ein Riesenauge glotzte ein Ammoniaksee zu ihnen herauf, daneben duckte sich die verlassene Kuppel einer alten terranischen Beobachtungsstation. Die Orientierung war schwierig, denn Tigentor hatte bewusst auf einen Gleiter mit automatischer Steuerung verzichtet.

»Ich habe davon gehört, dass terranische Gefangene in solche Stationen flüchteten und dort bis zu ihrem Tod lebten«, sagte Barratill. »In den Lagerräumen fanden sie genügend Lebensmittel, und sogar die Energieversorgung funktionierte noch. Sie kamen nur von einem Gefängnis ins andere.«

»Aber sie waren frei«, wandte Grammlond ein. »Dort unten jedenfalls ist niemand, soweit Betty das feststellen kann. Wenigstens *denkt* dort unten niemand.«

Tigentor studierte das Kartendisplay. »In einer Stunde dürften wir unser Ziel erreichen. Wahrscheinlich handelt es sich um eine Art Musterlager.«

Die fantastische Landschaft glitt langsam unter ihnen hinweg. Obwohl die Sicht besser geworden war, hatte der Sturm nicht nachgelassen. Selbst die Ringe waren gut zu sehen.

Barratill suchte alle Frequenzen ab, bis er einen Informationssender fand, der Wettermeldungen durchgab und allerlei Vergnügungen anpries. Später wurden politische Nachrichten gesendet. Barratill horchte auf, als der Sprecher die Frequenz einer Station bekannt gab, die speziell für Urlauber und Vergnügungsreisende eingerichtet worden war. Jeder Überschwere konnte diese Station anrufen und eigene Meldungen verbreiten lassen.

»Gute Idee«, murmelte Grammlond.

Sie näherten sich ihrem Ziel, als eine Gruppe von »Jägern« fehlende Spuren monierte. Kurz darauf erfolgte die Reaktion der »Gejagten«. Sie verhöhnten die andere Gruppe und bezichtigten sie der Unfähigkeit.

Am Horizont tauchten mehrere Kuppeln auf. Barratills Anfrage über Funk hatte exakte Anweisungen zur Folge, dann landete Tigentor auf einem freien Platz vor der größten Kuppel, auf dem schon mehr als zwei Dutzend Gleiter parkten.

»Wir dürfen nicht mit dem Gleiter hinein, das ist eine allgemeine Sicherheitsvorschrift.« Tigentor erhob sich schnaufend. »Legen wir die Druckanzüge an.«

»Hört dieser Sturm denn niemals auf? Wir müssen ein beachtliches Stück zu Fuß gehen, bis wir die Schleuse erreichen. Gehört das auch zu den Urlaubsvergnügungen?«

»Wir sind nicht hier, um zu faulenzen. Wenigstens steht das im Prospekt. Jeder Besucher soll die Strapazen und Leiden der Gefangenen am eigenen Körper nachvollziehen können.«

Automatische Halterungen sorgten dafür, dass der Sturm den Gleiter nicht davonwehen konnte.

»Kommt endlich!«, forderte Tigentor seine beiden Freunde auf. »Wir sind angemeldet und werden erwartet. Wahrscheinlich leben die Gefangenenwärter hier von den Trinkgeldern der Reisenden.«

»Wir werden großzügig sein«, knurrte Grammlond.

»Nicht *zu* großzügig, das fiele auf«, warnte der stets vorsichtige Tigentor.

Sie betraten die Luftschleuse und passierten die Anmeldung. Es erfolgte eine kurze Überprüfung ihrer ID-Chips, dann erklärte der Wachmann: »Sie befinden sich in der Verwaltungskuppel und sehen deutlich angebrachte Hinweisschilder. Richten Sie sich nach ihnen, dann finden Sie jeden Weg. Sie haben die Erlaubnis, alle Anlagen zu besuchen. Die Gefangenen sind allgemein friedlich, Wachposten gibt es überall. – Wie ich sehe, sind Sie bewaffnet. Benutzen Sie Ihre Strahler nur im Notfall. Bis vor wenigen Jahren war das Mitbringen von Waffen ins Lager verboten, aber wir konnten feststellen, dass sich der Reiz eines Besuchs durch die Gefahr einer Gefangenenrevolte erhöht. Ich kann Ihnen nicht garantieren, dass Menschen versuchen werden, sich Ihrer Waffen zu bemächtigen, aber die Möglichkeit besteht.«

»Sehr interessant«, lobte Tigentor. »Hier wurde wirklich an alles gedacht.«

Der Überschwere hinter dem Schalter nickte. »Davon leben wir« gab er zu. Grammlond schob ihm einen Kreditschein hin. »Für wohltätige Zwecke«, sagte er und grinste.

Sie hielten sich nicht lange in der ersten Kuppel auf. Zusammen mit anderen Besuchern folgten sie den Hinweisschildern und gelangten in eine größere Kuppel mit flachen Gebäuden, deren Fenster vergittert waren. Dazwischen lagen gepflegte Gärten und Rasenflächen. Künstliche Sonnen darüber gaben ausreichend Wärme und Licht.

»Sieht alles sehr friedlich und erholsam aus«, bemerkte Barratill leicht erstaunt. »Wir müssen Kalteen finden!«, erinnerte Tigentor.

Vergeblich versuchte Grammlond-Toufry, die bekannte mentale Schwingung Tekeners aufzuspüren.

Die nächste Kuppel beherbergte die »Einsatzleitung«, so stand es wenigstens auf dem Hinweisschild. Etliche Raupenfahrzeuge standen in Reih und Glied vor der großen Luftschleuse. Terraner reinigten die Fahrzeuge und bereiteten sie für den nächsten Arbeitseinsatz vor. Die Gefangenen sahen nicht gerade unterernährt aus, doch in ihren Gesichtern spiegelte sich die Monotonie ihrer Situation.

»Hier ist Kalteen auch nicht«, flüsterte Grammlond. »Wahrscheinlich wurde er schon in die Stahlfestung Leticrons gebracht.«

»Abwarten!«, riet Tigentor.

Sie schlossen sich einer Touristengruppe an, die das eigentliche Lager der Sklaven besuchen wollte. Die ungewöhnlich große Kuppel war hermetisch abgeschlossen und nicht mit den anderen verbunden. Vor den Reisenden lag ein kurzer Weg über die Saturnoberfläche. In der Luftschleuse wurden sie aufgefordert, die Waffen zu deponieren. Dann erst durften sie die letzte Sperre passieren. Ihr Fremdenführer, zugleich bewaffneter Aufseher, erklärte: »Die Sklaven sind relativ frei und können hier so leben, wie sie wünschen. Es besteht eine Art Selbstverwaltung, der täglich die Lebensmittelrationen zugeteilt werden. Arbeitsmeldungen erfolgen auf freiwilliger Basis, entsprechende Anforderungen ergehen an die Selbstverwaltung. In diesem Lager zu leben ist ein Privileg, das nicht jedem Gefangenen zugestanden wird. Erst wer einige Jahre lang auf Saturn gelebt und sich gut geführt hat, darf sich hier niederlassen.«

»Aber er darf das Lager nicht verlassen, es sei denn, er nimmt eine Arbeit an?«

Der Fremdenführer warf Tigentor einen erstaunten Blick zu. »Eine überflüssige Frage, natürlich, und sicher auch ein Scherz. Oder glauben Sie wirklich, wir dürfen die Terraner frei herumlaufen lassen?«

Später flüsterte Grammlond: »Derart dumme Fragen solltest du nicht mehr stellen, Kertan. Der Kerl ist misstrauisch geworden, hält deine Bemerkung aber zum Glück für einen Witz.«

»Hast du immer noch nichts gefunden?«, gab Tigentor verärgert zurück.

»Wo nichts ist, kann ich auch nichts aufspüren.«

Sie erhielten ihre Waffen zurück, als sie die Siedlungskuppel verließen. Der Führer nahm die Spenden der Touristen in Empfang und verschwand.

Tigentor, Barratill und Grammlond suchten ein Lokal auf, das nur Besuchern zur Verfügung stand, aßen eine Kleinigkeit und achteten darauf, dass niemand ihr Gespräch belauschen konnte.

»Hundert Kuppeln und mindestens fünfzehn Kuppelsiedlungen existieren. Hier finden wir Kalteen jedenfalls nicht. Die Frage ist nur, ob Reisenden auch die anderen Siedlungen zugänglich sind. Wenn nicht, sind wir auf den Zufall angewiesen.«

»Das waren wir von Anfang an, Kertan«, sagte Barratill. »Ich schlage vor, dass wir die einzelnen Kuppelsiedlungen überfliegen und Ertyn espert. Das dürfte unsere einzige Chance sein.«

»Finde ich auch«, stimmte Grammlond zu. »Beenden wir das Programm hier. Es bringt ja doch nichts ein.«

»Schlafen sollten wir auch mal wieder.«

»Das können wir im Gleiter ganz gut.«

Der Schneesturm hatte ein wenig nachgelassen als die drei Starterlaubnis erhielten. Allerdings behinderten die wirbelnden Eiskristalle nach wie vor die Sicht. Nach einer Stunde Flug sichteten sie eine isolierte Kuppelsiedlung, inmitten der schneebedeckten Hochebene.

Tigentor ließ den Gleiter mit Robotsteuerung weiterfliegen, während er in den Reiseunterlagen suchte. Barratill suchte nach Informationen im Funk, und Grammlond esperte nach Gedankenimpulsen.

Plötzlich hallte eine energische Stimme aus den Lautsprechern: »Sie überfliegen verbotenes Gebiet und werden aufgefordert, sich sofort zu entfernen. Diese Siedlung ist nicht für Touristen freigegeben.«

»Davon steht nichts in den Prospekten!«, antwortete Barratill sofort. »Erteilen Sie uns Landeerlaubnis!«

»Ausgeschlossen! Fliegen Sie weiter, oder ich lasse Sie abschießen.«

»Wir werden uns bei der Zentrale über Sie beschweren«, drohte Grammlond. »Eine Unverschämtheit ist das ...«

»Tun Sie, was Sie wollen, aber verschwinden Sie!«

Tigentor erhöhte tatsächlich die Geschwindigkeit und flog nach Westen weiter. »Keine Impulse von Kalteen?«, erkundigte er sich.

»Natürlich nicht«, antwortete Ertyn Grammlond. »Was glaubst du, wie laut ich brülle, sobald ich welche aufschnappe ...?«

Barratill, der sich nur um den Funk, aber nicht um die Gefährten kümmerte, rief plötzlich: »He, Ruhe! Ich habe Kalteens Namen gehört! Er wurde in den Informationen erwähnt. Soweit ich das beurteilen kann, werden die Meldungen regelmäßig wiederholt.«

Augenblicklich herrschte Totenstille. Während die »Verbotene Siedlung« unter dem Horizont verschwand, war jedes Wort deutlich zu verstehen, auch wenn atmosphärische Störungen für Schwankungen sorgten.

»... trafen ebenfalls nicht im Abbaugebiet ein. Flucht erscheint denkbar. Die Jagd auf die Gruppe wird damit für Touristen freigegeben. Hier noch einmal die Namen: Shmitten, Coresan, Siral, Ron, Dolnar und die erst gestern eingetroffenen Gefangenen Ferron Walter und Kalteen Marquanteur. Wir wiederholen die vermutliche Position des Fahrzeugs ...« Es folgten Ortsangaben und Daten, die Tigentor notierte.

»Das ist ziemlich weit entfernt«, stellte er nach einem Blick auf die Karte fest. »Wir waren also auf der falschen Spur.«

»Alles lässt sich ändern«, bemerkte Barratill trocken.

»Ich könnte versuchen, zu Kalteen zu teleportieren«, bot Tigentor-Kakuta an.

Die anderen verwiesen spontan auf die Entdeckungsgefahr.

»Wir finden ihn auch so«, behauptete Grammlond. »Interessant, dass er schon am ersten Tag mit seiner Gruppe vermisst wird. Das lässt einige Vermutungen zu. Jedenfalls ist die Jagd auf ihn eröffnet, und wir fallen nicht auf, wenn wir ihn zu finden versuchen.«

Auf Saturn herrschte eine ewige Dämmerung, die nur von den Atomsonnen der Siedlungen durchbrochen wurde. Wenn die Karte stimmte, die sie von der Reiseleitung erhalten hatten, lagen etwa zwanzigtausend Kilometer vor ihnen. Der Gleiter flog nicht sehr schnell.

Nach mehreren Stunden landete Tigentor auf einer Hochebene, die der Wind vom Schnee frei gefegt hatte. Im Schatten eines aufragenden Felsens setzte er den Gleiter auf und schaltete die Magnetverankerung ein. Die Saturnringe standen schräg am Himmel und verbreiteten ein dämmriges Zwielicht.

»Ich übernehme die erste Wache«, sagte Grammlond. »Wenn ihr schlaft, kann ich in Ruhe espern. Vielleicht finde ich Tekener.« Er lehnte sich im Sessel zurück und schloss die Augen, um sich besser konzentrieren zu können. Tigentor und Barratill waren innerhalb weniger Minuten eingeschlafen.

Draußen tobte der Sturm mit unverminderter Heftigkeit.

Nach dreistündigem Marsch blieb Shmitten stehen und erklärte: »Es tut mir Leid, aber ich bin vom Weg abgekommen. Wir sollten das Abbaugebiet der Schwämme längst erreicht haben. Seht ihr etwas von dem Gebirge?«

»Die Sicht ist miserabel«, sagte Walter dumpf. »Vielleicht haben wir einen Bogen gemacht. Gibt es nichts, um die Richtung zu bestimmen?«

»Höchstens die Ringe, aber die sehen je nach Wetterlage anders aus. Andererseits werden wir bestimmt schon vermisst.«

Minus 140 Grad Celsius herrschten. Da kaum mehr Schnee fiel, waren die Ringe deutlich zu erkennen. Sogar einzelne Sterne schimmerten durch die ewige Dämmerung und ließen den Weltraum jenseits der Atmosphäre erahnen.

Shmitten marschierte nun bergan, einem lang gestreckten Hügel entgegen, der die Sicht versperrte. »Von der Kuppe aus werden wir uns besser orientieren können«, hoffte er.

»Alles ist deine Schuld«, jammerte Coresan. »Wären wir doch nur nicht durch den Kristallwald gefahren.«

»Halt den Mund!«, herrschte Walter ihn an. »Es ist nun mal geschehen, und nun müssen wir irgendwie zum Lager zurückfinden. Aber vielleicht fällt uns noch was Besseres ein.«

Als sie endlich den Kamm erreichten, erwies sich Shmittens Vermutung als zutreffend. Vor ihnen lag eine Ebene, die in etwa zwei Kilometern Entfernung am Fuß eines nicht sehr hohen, aber steilen Gebirges endete. Kalteens scharfe Augen erkannten dunkle Punkte, die sich bewegten: Menschen in Raumanzügen! Dazwischen größere Flecken, die er ohne Schwierigkeit als Raupenfahrzeuge identifizieren konnte.

»Bald haben wir es geschafft«, seufzte Shmitten erleichtert.

In diesem Augenblick schaltete Siral wieder auf ihre Helmfrequenz um. Aufgeregt teilte er mit: »Die Überschweren haben die Jagd auf uns freigegeben! Sie haben nicht einmal einen Tag lang abgewartet, diese Schweine!«

»Was bedeutet das – Jagd freigegeben?«, fragte Walter verwirrt.

»Falls jemand nicht ins Lager zurückkehrt oder nicht an der Arbeitsstelle erscheint, wird automatisch ein Fluchtversuch unterstellt, so sinnlos dieser auch sein mag. Sogar wenn Gefangene in Not geraten, werden sie zum Abschuss für Touristen freigegeben. Zum Glück gibt es nur wenige Überschwere, die zum Vergnügen wehrlose Sklaven töten. Die meisten kümmern sich nicht um uns, das ist alles. Im Grunde ist es also nicht ganz so schlimm, wie es sich anhört.«

»Aber es wird uns auch niemand helfen?«

»Wieso sollten sie?«

Die Ebene war nicht so leicht zu überqueren, wie es vom Hügel aus gewirkt hatte. Es gab tiefe Spalten, auf deren Grund Ammoniakpfützen schimmerten. Riesige Felsbrocken versperrten Weg und Aussicht, und einmal wäre Shmitten beinahe in ein Schneeloch gestürzt und versunken.

Das Abbaugebiet der Schwämme hatten sie inzwischen aus den Augen verloren, konnten sich aber immer noch an den Bergspitzen orientieren. Seltsamerweise war der Funkempfang taub, was Shmitten mit magnetischen Einflüssen erklärte, die in diesem Gebiet häufig vorkamen.

Als sie endlich die Ausläufer des Gebirges erreichten, verschwand die Fahrzeugkolonne der Gefangenen gerade am Horizont in südlicher Richtung. Shmitten fluchte unbeherrscht.

»Ich wusste es!«, jammerte Coresan.

»Halt den Mund!«, herrschte Walter ihn an. »In unseren Anzügen ist Sauerstoff für mehrere Tage, wir können also getrost bis morgen warten.«

Kalteen kletterte auf einen Hügel, um eine bessere Übersicht zu erhalten. Zum ersten Mal sah er eine Art von Vegetation auf dem Saturn, die außerhalb der schützenden Kuppeln gedieh. Im ersten Augenblick hätte man die Gewächse an der Oberfläche für Krüppelkiefern halten können, wären sie mit normalen Wurzeln ausgestattet gewesen. Doch statt Wurzeln besaßen sie schwammähnliche Ballungen, die sich wie voll gesogene Kissen um den unteren Teil der Stämme legten. Bei diesen Knollen handelte es sich also um die begehrten Schwämme.

Shmitten kam zu ihm. »Die Schwämme saugen sich voll Ammoniak, sind schwer, glitschig und groß. Nach der Ernte werden sie getrocknet und färben sich giftgrün. So werden sie dann verkauft. Du musst sie nur noch mit Wasser anfeuchten und dich einreiben, um den begehrten Verjüngungseffekt zu erzielen.«

»Deshalb sind diese Dinger so wertvoll?«

»Natürlich, ist doch verständlich, oder?«

»Ich meinte es anders: Es gibt hier unzählige solcher Schwämme, und sie wachsen wohl auch nach. Unsere Arbeitskraft ist mehr als billig, warum also …?«

»Du vergisst, dass ein solcher Schwamm nur bis zu dreißigmal benutzt werden kann, dann wird er wertlos. Und die Prozedur muss alle zwei Tage wiederholt werden. Ein Schwamm ist also nach zwei Monaten ausgelaugt. Das macht sie so wertvoll.«

»Ich verstehe.«

»Und noch etwas: Sie wachsen nicht überall so bequem wie hier, sondern auch in Schluchten und an den Berghängen. Vergiss die Schwerkraft nicht, die trotz unserer Absorber wirkt. Wer in eine Spalte stürzt, ist verloren.«

Kalteen kniff die Augen zusammen und deutete in Richtung der Berge. »Dort ist etwas, vielleicht ein Fahrzeug. Der dunkle Punkt am Fuß des spitzen Gipfels. Siehst du ihn?«

Ferron Walter war zu ihnen auf den Hügel gekommen. »Ein Fahrzeug«, sagte er, bevor Shmitten antworten konnte. »Sehen wir es uns an?«

»Natürlich, wir müssen ohnehin den morgigen Tag abwarten. Aber vielleicht haben wir Glück und bringen wenigstens die Heizung in Gang. Wenn dann die Kabine auch noch dicht ist und die Luftversorgung funktioniert, ersparen wir uns eine Menge Strapazen.«

Es wurde ein beschwerlicher Weg, und als sie näher herankamen, entdeckten sie noch zwei weitere Fahrzeuge, die jedoch halb in eine Bodenspalte gestürzt und umgekippt waren. Das erste Objekt entpuppte sich zudem nicht als Raupenfahrzeug, sondern als Gleiter. Äußerlich unversehrt stand er auf einem kleinen, von Abhängen und Steilfelsen umgebenen Plateau. Shmitten betrachtete ihn argwöhnisch, von dem Plateau noch durch fünfhundert Meter unwegsames Gelände getrennt.

»Wird nicht so einfach sein, an ihn heranzukommen. Das ist ein Touristengleiter. Möchte wissen, warum der da so verlassen herumsteht. Sieht wie eine Falle aus.«

Aus der Deckung eines Felsens heraus beobachteten sie, konnten aber keine Bewegung feststellen. Siral kontrollierte alle Frequenzen, aber nur der weit entfernte und besonders starke Informationssender kam undeutlich herein.

Kalteen sagte: »Ich hoffe, Shmitten, du hast nichts dagegen, wenn wir dir eine Ruhepause gönnen. Ich werde versuchen, den Gleiter zu erreichen. Vorerst haben wir ja noch Sprechverbindung, es ist nur fraglich, auf welche Entfernung. Notfalls gebe ich Handzeichen vom Plateau aus.«

Keiner erhob Einspruch, obwohl Walter anzusehen war, dass er am liebsten mitgegangen wäre.

Kalteen geriet vorübergehend außer Sichtweite. Als er wieder auftauchte, war zu erkennen, dass sein Vormarsch beschwerlich war.

»Vielleicht sind es Überschwere, die Jagd auf uns machen«, vermutete Coresan. »Sie halten sich versteckt, bis wir das Plateau erreichen. Ich habe schlimme Geschichten gehört …«

»Die meisten sind gelogen«, widersprach Siral.

Stets auf Deckung bedacht, hatte Kalteen geraume Zeit benötigt, den verlassenen Gleiter zu erreichen. Er sah, dass die Außenluke geschlossen war, doch er konnte sie ohne Kodewort von außen öffnen. In solchen Dingen kannte er sich aus.

Zehn Meter vom Gleiter entfernt verharrte er in einer Schneemulde. Er hatte die frischen Spuren entdeckt, die zum Gebirge hinüberführten. Beide Spuren stammten zweifellos von Überschweren. Die Frage war nur, ob eventuell ein dritter Passagier im Gleiter zurückgeblieben war. Die Spuren führten jedenfalls nur vom Fahrzeug weg, aber nicht mehr zurück.

Hinter dem Panzertroplondach der Kabine war es dunkel. Kalteen sah ein, dass er keinesfalls stundenlang in der Mulde liegen und warten konnte. Er musste das Risiko eingehen, in einen Hinterhalt zu laufen. Vor allem war er waffenlos.

Von der Rückseite kroch er auf den Gleiter zu, darauf bedacht, im toten Sichtwinkel der Kabine zu bleiben. Er atmete auf, als er endlich das Heck erreichte. Der Öffnungsmechanismus war eineinhalb Meter über ihm.

Zurückblickend entdeckte er die schemenhaften Umrisse der Gefährten. Er winkte ihnen zu. »Hört ihr mich?«

»Schwach.« Das war Shmitten. »Was ist los?«

»Weiß noch nicht. Ich versuche einzudringen. Bleibt auf Empfang.«

Vorsichtig richtete er sich auf und drehte das Handrad. Zögernd glitt die Luke auf. Kalteen konnte erkennen, dass das Innenschott geschlossen war. Er verzichtete auf einen Atmosphärenaustausch und öffnete auch den inneren Durchgang. Falls sich jemand ohne geschlossenen Helm im Fahrzeug aufhielt, würde er nicht schnell genug reagieren können.

Aber die Kabine war ohne Atmosphäre und leer.

»Ich warte auf euch, hier ist niemand. Aber lasst das Umfeld nicht aus den Augen und warnt mich, sobald jemand auftaucht. Zwei Überschwere sind hier irgendwo.«

»Wir kommen«, gab Walter zurück.

Kalteen setzte sich hinter die Kontrollen. Es handelte sich um ein älteres Modell, das für die Flüge in der Atmosphäre ebenso wie für einen kurzen Raumaufenthalt geeignet war. Er konnte keinen Defekt erkennen. Allem Anschein nach hatte die Besatzung den Gleiter freiwillig verlassen.

In den Wandschränken entdeckte er Lebensmittel und Wasser. Der wichtigste Fund waren jedoch drei Handstrahler, die verplombt unter einem transparenten Deckel lagen. Ein Hinweis informierte die Passagiere darüber, dass die Waffen nur im Notfall benutzt werden durften.

»Das *ist* ein Notfall!«, murmelte Kalteen grimmig und riss die Plombe ab.

Hinter den Kontrollen sitzend, verfolgte er den Vormarsch seiner Gefährten. Von den Überschweren war nach wie vor nichts zu sehen. Entweder handelte es sich um Touristen, die das Leben der Arbeiter in den Schwammgebieten kennen lernen wollten, um den Kitzel der Gefahr am eigenen Leib zu spüren. Oder sie waren gekommen, um selbst Schwämme einzusammeln.

Shmitten hatte das Plateau erreicht und wartete auf die anderen. Plötzlich duckte er sich und rief: »Die Überschweren! Drüben, beim Abhang!«

Kalteen sah sie sofort. Die massigen Gestalten schleppten jeder einen riesigen Sack und hatten sichtlich Mühe, voranzukommen. Also hatten sie Schwämme geholt.

»Versucht, den Gleiter schneller zu erreichen!«, rief Kalteen. »Und ab sofort Funkstille!«

Shmitten nahm nur noch wenig Rücksicht auf gute Deckung. Er begann zu laufen, dicht gefolgt von Walter und Siral, der Coresan mit sich zerrte. Sie waren noch fünfzig Meter vom Gleiter entfernt, als die Überschweren aufmerksam wurden. Beide Kolosse wirkten sekundenlang wie erstarrt, dann warfen sie ihre Säcke weg und hasteten los. Sie hatten die Absicht der Terraner erkannt.

Kalteen sah, dass einer von ihnen einen Impulsstrahler aus dem Gürtel zog. Sofort hastete er zur Luftschleuse, sprang ins Freie und warf sich in die nächste Deckung. Er musste den Überschweren den Rückweg abschneiden.

»Sie sind bewaffnet!«, stieß er hervor. »Ich habe auch einen Strahler. Lockt sie in meine Richtung!«

Ferron Walter hatte sich in eine Mulde geworfen und kroch auf die Überschweren zu. Shmitten folgte ihm, die anderen blieben in Deckung.

Kalteen musste Walters Mut anerkennen. Der Mann verließ sich absolut auf ihn und bot sich den Gegnern als Opfer an.

Nun zog auch der zweite Überschwere seine Waffe. Kalteen kauerte keine zwanzig Meter mehr von beiden entfernt. Langsam schob er die Waffe über den Rand der Mulde und wartete.

Ferron Walter richtete sich auf und hob in einer furchtsamen Geste die Arme. Kalteen schoss, als einer der Überschweren abdrücken wollte.

Gleichzeitig sprang Walter mit erstaunlicher Geschwindigkeit vor und entriss dem überraschten Überschweren die Waffe. Er musste seinen Gravo-Absorber auf höchste Leistung geschaltet und sich so mehr Bewegungsfreiheit geschaffen haben. Kaltblütig tötete er den Gegner und wandte sich um.

»Danke, Kalteen. Das war eine perfekte Leistung. Die beiden hätten uns, ohne mit der Wimper zu zucken, erschossen.«

»Sie oder wir – uns blieb keine Wahl.« Marquanteur sah sich um. »Wo bleiben die anderen …? Ah ja, ich sehe sie.«

Als sie in der Kabine saßen und die Helme geöffnet hatten, sagte Ferron zu Kalteen: »Was schlägst du jetzt vor? Wir können mit dem Ding nicht zum Mars fliegen. Abgesehen von den Wachschiffen hält der Gleiter das ohnehin nicht aus.«

»Es gibt nur zwei Möglichkeiten. Entweder warten wir hier, bis das Arbeitskommando morgen wieder eintrifft, und fahren mit ihm abends ins Lager zurück oder wir versuchen, mit dem Gleiter wenigstens die Ringe zu erreichen.«

Shmitten schüttelte den Kopf. »Dort treiben sich gerade die wagemutigsten Touristen herum und riskieren ihr Leben für eine Wette. Keiner würde auch nur eine Sekunde zögern, uns zu töten.«

»Ich weiß, worauf Kalteen hinauswill«, warf Walter ein. »Wir haben es eben selbst erlebt: Wo Touristen sind, da sind auch Gleiter und sogar Raumjachten. Falls wir eine Jacht kapern könnten, hätten wir die Möglichkeit zur Flucht. Alle sind registriert und besitzen eine Rückflugerlaubnis. Aber mit einem Gleiter würde kein Überschwerer den Saturn verlassen, der noch bei Verstand ist.«

»Genau das ist mein Plan«, bestätigte Kalteen.

»Wann starten wir?«

»Ich bleibe hier!«, rief Coresan. »Lieber zurück ins Lager, als in den Ringen draufzugehen. Was ist mit dir, Siral? Bist du so verrückt, das mitzumachen?«

Unschlüssig schüttelte der Gefragte den Kopf. »Ich habe zwar keine Angst, aber ich bleibe aus persönlichen Gründen im Lager. In zwei Jahren darf ich in die Siedlung, und dort wartet eine Frau auf mich.«

Ferron Walter nickte. »Dafür haben wohl alle Verständnis. Was ist mit dir, Shmitten?«

»Ich begleite euch. Ohne mich kommt ihr ja doch nicht zurecht, nicht wahr ...?«

Kalteen klopfte ihm auf die Schulter. »Jedenfalls sind wir froh, einen erfahrenen Mann bei uns zu haben. Siral, Coresan, alles Gute für euch.«

»Das wünschen wir euch auch«, sagte Siral ernst. »Wann wollt ihr starten?«

»Sobald ihr euch aufgewärmt und ausgeruht habt. Außerdem halte ich es für besser, wenn wir die beiden toten Überschweren in einer Schlucht verschwinden lassen. Niemand darf sie entdecken.«

»Das erledigen wir schon«, versprach Siral.

Walter öffnete die Notverpflegung und verteilte Delikatessen. Zum ersten Mal seit langer Zeit konnten sich die Männer wieder richtig satt essen und die Behaglichkeit eines geheizten Raumes genießen.

Kalteen Marquanteur zeigte sich überzeugt davon, dass seine Flucht schon jetzt so gut wie geglückt war.

12.

Grammlond hatte sich ins Heck des Gleiters zurückgezogen und konzentrierte sich auf die einströmenden Gedankenimpulse. Tigentor behauptete, dass sie nun das Gebiet überflogen, dessen Koordinaten über den Informationssender gemeldet worden waren. Natürlich bestand die Gefahr, dass auch andere Touristen Jagd auf die Gefangenen machten. Ihnen mussten sie zuvorkommen.

Sie überflogen eine Kuppelsiedlung, von der aus unzählige Raupenspuren durch den Schnee nach Nordwesten führten. Vor einem Gebirge standen Dutzende Fahrzeuge, und die winzigen sich bewegenden Punkte mussten Gefangene bei der Schwammernte sein.

»Das ist es!«, behauptete Tigentor zum zweiten Mal.

Barratill sagte: »Hier verbietet uns niemand den Überflug. Bei dem anderen Lager muss es sich um eine Besonderheit gehandelt haben. Im Funk nichts Neues.«

»Frag an, ob wir landen und das Lager besichtigen können«, forderte Tigentor ihn auf.

Barratill erhielt nach mehreren Versuchen eine Verbindung mit der Verwaltung der Siedlung, und zu seiner Überraschung wurde die Landeerlaubnis sofort erteilt. Natürlich mussten sie ihre Unterlagen vorlegen, aber als diese überprüft und für in Ordnung befunden waren, wurde ihnen mitgeteilt: »Wir erhalten nur wenig Besuch hier, weil wir keine Verträge mit Veranstaltern haben. Es heißt, diese Region wäre noch zu wenig erschlossen. Gegen ein kleines Entgelt erteilen wir jedoch gern die Erlaubnis, unser Lager und das Abbaugebiet zu besichtigen. Sie dürfen sich frei in der Kuppel bewegen, aber ich muss Sie bitten, einen Wärter als Führer zu nehmen, sobald Sie die anderen Kuppeln besichtigen möchten.«

Grammlond wurde einige Scheine los. Nach der großen Kuppel besichtigten sie eine der kleineren.

»Da hat jemand den Namen Kalteen Marquanteur gedacht oder gesagt!«, raunte Grammlond plötzlich. »Gar nicht weit entfernt!«

»Lass dich nicht ablenken«, gab Tigentor ebenso verhalten zurück.

Der Wärter, der sie begleitete, stellte immer wieder Fragen, die Barratill geduldig beantwortete. Er trennte sich erst in der ersten Kuppel und nach einem guten Trinkgeld wieder von ihnen.

»Was ist, Grammlond?«

»Nichts weiter, leider. Aber Kalteen ist oder war in diesem Lager.

Warum fragen wir nicht den Kommandanten? Wir haben davon gehört und sind neugierig. Was ist denn schon dabei?«

»Versuchen können wir es. Es wird aber besser sein, wir bitten nur um die Erlaubnis, die Schwammfelder besuchen zu dürfen.«

Sie erhielten die Genehmigung nach einer weiteren Zahlung.

Als sie starteten, nahm Grammlond seine telepathischen Sondierungen wieder auf, und nach einiger Zeit sagte er aufgeregt: »Schon wieder Marquanteurs Name! Im Zusammenhang mit Ferron Walter und einem gewissen Shmitten. Jemand unterhält sich mit einem anderen darüber, der Coresan heißt. Wir müssen die beiden finden. Offenbar in dem Schwammfeld vor uns.«

Sie erreichten es nach zehn Minuten Flug und landeten dicht bei einigen Raupenfahrzeugen. Ein Überschwerer kam ihnen entgegen und begrüßte sie außerordentlich höflich, was Grammlond erneut veranlasste, in die Tasche zu greifen.

»Sehen Sie sich in aller Ruhe um«, empfahl der Wächter. »Nur kann ich Ihnen keine Abenteuer versprechen. Ich bewache inzwischen Ihren Gleiter. Es kommt vor, dass Gefangene ein Fahrzeug stehlen und damit zu fliehen versuchen.«

Die drei Mucys achteten darauf, dass sie den tückischen Bodenspalten nicht zu nahe kamen. Oft genug begegneten sie den hasserfüllten Blicken der Terraner, die sie für vergnügungssüchtige Touristen hielten.

Grammlond änderte jäh die Richtung und deutete auf zwei Männer, die abseits der anderen in einem Loch arbeiteten. Einer wirkte stark und kräftig, der andere eher zerbrechlich.

»Sie haben über Kalteen gesprochen«, flüsterte Grammlond. »Fragt sie aus, ich überwache dabei ihre Gedanken. So erfahren wir alles, auch ohne direkte Antwort.«

Siral kniff die Augen zusammen, als er die drei Überschweren auf sich zukommen sah. Hatten sie vom Tod der beiden Touristen erfahren? Aber wie? Die Leichen lagen unentdeckt in der Schlucht, der Gleiter war längst verschwunden.

Tigentor stellte belanglose Fragen und erwähnte die Suchmeldung im Informationsfunk. Harmlos erkundigte er sich, ob mehr darüber bekannt sei.

Während Siral verneinte, fing Grammlond die Gedanken Coresans auf, die ihm alles verrieten. Der Kristallwald, die Havarie, die beiden Überschweren und dann die Flucht der drei Gefangenen mit dem erbeuteten Gleiter.

Eine Flucht in die Hölle der Saturnringe.

Als die drei Überschweren sich entfernten, machte Siral ein nachdenkliches Gesicht. Man hatte sie heute nicht viel gefragt, als die Arbeitskolonne eintraf, und der Wachtposten hatte ihnen nur geraten, die doppelte Menge an Schwämmen zu ernten.

Aber nun diese seltsamen Touristen und ihre Fragen! Wahrscheinlich wollten sie die Flüchtigen jagen ... Da konnten sie lange suchen. Von ihm hatten sie jedenfalls nichts erfahren und von Coresan ebenso wenig, denn der hatte den Mund überhaupt nicht aufgemacht.

Siral stieß den Gefährten an. »Los, weiter! Sonst schaffen wir die Norm nicht ...«

Niemand hätte später zu sagen vermocht, welcher Umstand den Verdacht des Lagerkommandanten erregt hatte. Jedenfalls nahm er Verbindung mit dem Wachposten bei den Schwämmen auf und erfuhr, dass die drei Touristen längere Zeit mit den Gefangenen Siral und Coresan gesprochen hatten.

Siral und Coresan – die beiden Einzigen der Gruppe, die zurückgekehrt waren.

Der Kommandant ließ sich die Besucherliste vorlegen und meldete eine Direktverbindung zum Mars an, wo alle Touristen registriert wurden. Er gab die Namen durch und erfuhr einige Details, die nicht in das Programm normaler Touristen passten.

Sofort gab er Alarm und verständigte die Verwaltungszentrale auf dem Saturn. Auch hier begannen Nachforschungen, und es war nicht schwer, Unstimmigkeiten hinsichtlich der Personen Kertan Tigentor, Vross Barratill und Ertyn Grammlond zu entdecken. Wenig später starteten Polizeigleiter, um nach den seltsamen Touristen zu fahnden, die sich zwar für entflohene Gefangene interessierten, aber nie ein Jagderlebnis beantragt oder gar gebucht hatten.

Tigentor, Barratill und Grammlond erfuhren von diesen Ereignissen erst, als sie zur Kuppelsiedlung zurückkehren wollten. Der Informationssender gab ihre Suchmeldung durch und forderte auf, sich an der Jagd zu beteiligen. Tigentor starrte auf die Kontrollen des Gleiters. »Damit ist unsere Vorstellung auf Saturn beendet. Sie haben Verdacht geschöpft, und einem Verhör halten wir nicht stand. Wir müssen weg!«

»Wohin?«, fragte Barratill. »Willst du dich in den Ringen verstecken?«

»Wo sonst? Kalteen ist ebenfalls dort, und mit ihm zusammen schaffen wir es, eine Jacht zu kapern.«

»Ich spürte eben sehr schwach Tekener«, meldete Grammlond. »Er wird leider von Tausenden anderen Impulsen überlagert.«

»Hat er die Ringe schon erreicht?«

»Noch nicht. Der Gleiter ist ein älteres Modell und nicht besonders schnell. Bei ihm sind ein gewisser Ferron Walter und dieser Shmitten, der schon in den Nachrichten erwähnt wurde.«

Sie erreichten die oberen Schichten der Atmosphäre. Unter anderen Umständen wären sie bei der Agenturzentrale gelandet, hätten einen Flug ins Ringsystem gebucht und einen entsprechend ausgerüsteten Gleiter erhalten. Natürlich hätte Tigentor auch teleportieren können, aber es galt, die Mutantenfähigkeiten so unauffällig wie möglich einzusetzen.

Saturns Atmosphäre wirkte aus der Höhe wie ein wild wogendes Meer, in das einzutauchen den sicheren Tod bedeutete. Und doch gab es dort unten Leben, wenn es sich auch nur mit technischer Ausrüstung auf der Oberfläche bewegen konnte.

Die Sicht wurde langsam besser. Die verschiedenen Ringe boten einen imposanten Anblick. Sie bestanden aus feinsten kosmischen Trümmerstückchen, in der Mehrzahl nicht größer als Sandkörner bis hin zu mehreren Zentimetern, und zweifellos stammten sie von einem vor Jahrmillionen zerplatzten Mond des Saturn. Die Breite der Hauptringe betrug zusammen gut 275.000 Kilometer, während sie nur wenige tausend Meter dick waren. Ihr Schattenwurf war in der turbulenten Atmosphäre deutlich zu sehen.

Es war allgemein bekannt, dass die Ringe auch Trümmerstücke von beachtlicher Größe enthielten, was den Reiz der Jagd nur noch verstärkte. Eine Jagd zwischen Sandkörnern wäre uninteressant gewesen, denn wer konnte sich schon hinter Sandkörnern verbergen? Sicherlich kein Überschwerer. Asteroiden mit hundert Metern und mehr Durchmesser waren keine Seltenheit, und ihre Gravitation war so schwach, dass ein Sprung genügte, die Fluchtgeschwindigkeit zu erreichen und abzutreiben.

»Was ist, Grammlond?«, unterbrach Tigentor das nachdenkliche Schweigen. »Wo steckt Tekener wirklich?«

»Schwer zu bestimmen. Er scheint Schwierigkeiten mit dem Gleiter zu haben.«

Von unten her näherten sie sich dem C-Ring, in dem größerer Trümmerstücke wegen die meisten Jagden und Duelle stattfanden. Er bot viele Möglichkeiten.

Geschickt steuerte Tigentor zwischen vereinzelt auftauchenden Felsbrocken hindurch, wobei er die Geschwindigkeit des Gleiters stark reduzierte. Die Höhe über der Oberfläche des Saturn betrug knapp 20.000 Kilometer.

»Neuigkeiten, Vross?«

Barratill wiegte den Kopf hin und her. »Wie man's nimmt, Kertan. Ein Tourist behauptet, den gesuchten Gleiter entdeckt zu haben – also weiß man inzwischen, dass unsere Freunde mit einem Gleiter geflohen sind. Vielleicht hat man auch die Leichen der beiden Überschweren gefunden, an die Coresan dachte, als wir Siral ausfragten.«

Grammlond gelang es nur selten, Kalteen-Tekeners Nähe zu spüren. Vor allem konnte er die Entfernung nicht einschätzen.

Eine Raumjacht näherte sich von der Saturnoberfläche her und gab Funkzeichen. Das Schiff befand sich auf der Jagd nach den entflohenen Sträflingen. Nach einer Weile tauchte es im Ring unter.

»Wenn mehr Abenteurer angelockt werden, gibt es Schwierigkeiten«, stellte Barratill fest.

Sie passierten einen großen, schnell rotierenden Asteroiden. Seine Oberfläche war mit Kratereinschlägen übersät, zudem gab es tiefe Spalten, die Flüchtlingen Unterschlupf geboten hätten. Aber wer versteckte sich schon auf einem fünfzig Metern durchmessenden Felsbrocken? *Ein Verzweifelter,* dachte Grammlond.

Weitere solcher tauber Brocken tauchten auf, aber da sich Tigentor der Geschwindigkeit anpasste, bestand kaum die Gefahr einer Kollision.

»Ich habe ihn wieder!«, rief Grammlond unvermittelt. »Scheint längst nicht alles in Ordnung zu sein.«

»Was denkt er?«

»Explosionsgefahr, mehr nicht. Jedenfalls befindet er sich bereits im Ring. Ich glaube, er versucht, auf einem der Asteroiden zu landen ...«

»Was ist da los? Verdammt, Vross, nimm endlich Funkverbindung auf!«

»Warum teleportierst du nicht einfach?«, erwiderte Barratill.

Schweigen.

Dann wieder Grammlond, diesmal sehr aufgeregt: »Der Gleiter hat Energieausfall und nähert sich steuerlos einem großen Asteroiden. Die Geschwindigkeit ist zu groß für eine Landung. Tekener will den Gleiter verlassen, er redet auf seine Begleiter ein. Jetzt gehen sie zur Schleuse. Die Außenluke öffnet sich ...« Er schwieg verwirrt. »Jetzt nichts mehr, nur noch Gedankenfetzen von Walter und Shmitten ...«

Gleichzeitig meldete Barratill: »Der Informationssender gibt eine Explosion im inneren Ring bekannt. Der Sprecher vermutet den Zusammenprall des Fluchtgleiters mit einem größeren Objekt. Alle Interessierten werden aufgefordert, sich an der Suche nach den Überresten des explodierten Gleiters zu beteiligen. Und für die Ergreifung der verdächtigen Überschweren, das sind wir, wird eine Belohnung ausgesetzt.«

»Lebt Kalteen noch?«, fragte Tigentor, ohne auf das Gesagte einzugehen.

Der Telepath schüttelte den Kopf. »Ich weiß es nicht. Suchen wir ihn?«

Tigentor nickte. »Das werden wir …«

Der Start war bereits mit erheblichen Schwierigkeiten verbunden. Kalteen Marquanteur schaffte es gerade, die nahen Berggipfel in einer engen Kurve zu umfliegen. Der Antigrav war ausgefallen, und die Stummelflügel des Gleiters brachten kaum Auftrieb. Nur hohe Geschwindigkeit konnte den Absturz verhindern; der Raumantrieb durfte erst nach dem Verlassen der Atmosphäre zugeschaltet werden.

Zum ersten Mal sah Kalteen seinen Mitgefangenen Walter bleich werden, als sie mit überhöhter Geschwindigkeit die Methandämpfe durchstießen. Der in dieser Höhe tobende Orkan trieb den Gleiter wie ein welkes Blatt vor sich her und zwang Kalteen immer wieder zu Kursänderungen.

»Das schaffen wir nie!«, ächzte Shmitten, der sich erstaunlich gut hielt. »Unsere Flucht wurde längst bemerkt, und ich glaube nicht, dass Siral und Coresan dichthalten – zumindest Coresan nicht. Sie werden uns verraten, ob gewollt oder nicht.«

»Du hast zu wenig Vertrauen«, seufzte Kalteen, wobei die Hoffnung seine Zuversicht übertraf. Aber ohne Hoffnung wäre alles vergebens gewesen. »Die beiden halten dicht.«

»Hoffentlich hast du Recht.« Walter blickte in die wirbelnden Giftwolken hinab, die allmählich unter dem Gleiter zurückfielen. »Ich bin froh, wenn wir endlich die Ringe erreichen.«

»Sind noch rund zehntausend Kilometer«, bemerkte Kalteen.

»Und was dann?«, fragte Shmitten nüchtern.

»Wir spielen Piraten, und wenn wir Glück haben, erwischen wir eine anständige Jacht, denn dieser Gleiter taugt nichts. Typisch für die Agenturen. Ob ein Tourist draufgeht oder nicht, ist ihnen egal.«

Shmitten lehnte sich zurück und schloss die Augen. Mit dem Funkgerät war auch einiges nicht in Ordnung. Zwar empfingen sie mitunter schwach den Informationssender, aber die Qualität war so schlecht, dass kaum ein Wort zu verstehen war. Immerhin erfuhren sie von der Jagd auf sie und dass die Behörden sie im Ringgebiet vermuteten. Aber das war nicht weiter erstaunlich.

»Wir hätten eine dieser verlassenen terranischen Stationen aufsuchen sollen«, meinte Shmitten. »Ich weiß von Gefangenen, die in ihnen Schutz suchten und nie aufgespürt wurden.«

»Willst du den Rest deines Lebens in einer solchen Station verbringen?« Für Kalteen war das schlicht undenkbar, denn schließlich trug er einen Zellaktivator. »Nur in den Ringen haben wir eine reelle Chance.«

Nach einem Flug, der den Antrieb bis an die Grenzen seiner Leistungsfähigkeit beansprucht hatte, erreichten sie endlich den inneren Ring. Ferron Walter hatte Kalteen an den Kontrollen abgelöst und verringerte die Geschwindigkeit, um Zusammenstöße mit den Asteroiden und kleinen Felsbrocken zu vermeiden, die zum Teil aus Nickel- und Eisenkonzentrationen bestanden. Es wurde immer schwieriger, einen sicheren Kurs zu halten, der Gleiter gehorchte den Kontrollen nicht mehr vollständig.

»Wird Zeit, dass wir eine Jacht finden«, sagte Kalteen. »Wir können nur mit einem flugfähigen Gleiter gezielt vorgehen.«

Das Navigieren wurde zur Qual. Sie trugen ihre Schutzanzüge, hatten die Helme aber noch geöffnet. Die Taschen waren mit Konzentraten gefüllt, in den Gürteln steckten die Handstrahler.

Ein großer Asteroid erschien in der Ortung. Sein Durchmesser betrug mehr als dreihundert Meter, und er wurde von einem Schwarm kleiner und kleinster Bruchstücke begleitet, die entweder zu langsam waren, ihn einzuholen, oder zu schnell, um von seinem schwachen Gravitationsfeld eingefangen zu werden.

»Ausgerechnet jetzt setzt der Antrieb endgültig aus!« Ferron Walter fluchte unbeherrscht. »Wir treiben auf den Brocken zu. Das wird eine verdammt harte Landung werden.«

»Wir verlassen den Gleiter!«, entschied Kalteen und schloss den Helm. »Beeilt euch!«

Shmitten zögerte und wollte argumentieren, aber dann sah er ein, dass sie einen Aufprall niemals überleben konnten. Walter gab seine Versuche endgültig auf, den Antrieb wieder zum Leben zu erwecken. Gemeinsam öffneten sie die Außenluke.

Das Ringsystem bot einen fantastischen Anblick. Aber schon prallten erste kleine Trümmer gegen die Hülle des Gleiters und drohten sie zu durchschlagen, obwohl die relative Geschwindigkeit nicht besonders hoch war. Shmitten stieß sich als Erster ab und schwebte in den Schwarm der Staubteilchen hinein. Mit dem Tornisteraggregat seines Anzugs regulierte er den Flug.

»Worauf wartet ihr noch?«, rief er über Helmfunk.

Knapp fünfhundert Meter war der Asteroid noch entfernt. Kalteen nickte Ferron zu, der sich nun ebenfalls von dem Gleiter löste. Als er sich selbst abstoßen wollte, wurde er von einer unsichtbaren Riesenfaust gepackt und herumgewirbelt. Walter hörte sein Stöhnen und sah sich um. Eine Explosion hatte den Gleiter in zwei Teile zerrissen. Das Wrack wirbelte weiter und verschwand in einer Glutwolke, als es aufprallte.

»Kalteen, hörst du mich?«

Keine Antwort. Zumindest hatte er den Gleiter noch rechtzeitig verlassen. In einiger Entfernung driftete er langsam ab.

»Ich kümmere mich um ihn, Shmitten. Versuche du, auf dem Asteroiden ein Versteck zu finden.«

Minuten später erreichte Walter den Bewusstlosen und zog ihn an sich. Mit Hilfe seines Tornistertriebwerks folgte er Shmitten auf den Asteroiden. Die Überreste des Gleiters verteilten sich bereits.

»Hier werden die Überschweren zuerst suchen«, befürchtete Ferron, als er mit Kalteen im Schlepp hinter Shmitten in eine Höhle kroch, die zumindest Sichtschutz bot. »Außerdem müssen wir die Sender abschalten. Wir verständigen uns durch Zeichen oder durch Berührung der Helme.«

Kalteen musste von selbst wieder zu sich kommen. Sie konnten nichts anderes tun als warten.

Der Kommandant der Verwaltungszentrale, ein besonders massig gebauter Überschwerer, nahm die Meldung seiner Ortungszentrale gleichmütig entgegen. Im inneren Ringgebiet war eine Explosion angemessen worden, die vom Aufprall eines Gleiters auf einem größeren Asteroiden stammen konnte. Vermutlich war der Gleiter der flüchtigen Gefangenen zerstört worden.

Unter normalen Umständen wäre die Angelegenheit damit erledigt gewesen, aber die Unterlagen der Verwaltung wiesen den Gefangenen Kalteen Marquanteur als besonders einzustufende Person aus. Die Gründe dafür waren dem Kommandanten jedoch nicht bekannt.

Dennoch verzichtete er auf einen Rettungseinsatz. Vielmehr forderte er das Vergnügungszentrum auf, interessierte Touristen auf die Jagdmöglichkeit hinzuweisen. Dabei betonte er, dass Wert darauf zu legen sei, die Entflohenen lebend zu fassen, wenigstens einen gewissen Kalteen Marquanteur.

Im Übrigen hatte der Kommandant wenig Zeit, sich um entflohene Sträflinge oder terranische Sklaven zu kümmern. Es gab diffizilere Probleme. Auf Saturn agierten drei verdächtige Überschwere, deren Identität mehr als fraglich war. Die Suche nach ihnen wurde intensiviert und sogar eine Belohnung ausgesetzt.

Geraume Zeit nach der registrierten Explosion startete die vergnügungssüchtige Meute mit Gleitern und Raumjachten, zum Teil mit längst ausrangierten Typen, die seit Jahren nicht mehr gewartet worden waren und in denen jeder Flug zum lebensgefährlichen Unternehmen wurde – aber auch das gehörte zum Mythos Saturn.

Tigentor deutete auf die Bildwiedergabe und sagte: »Ein besonderes Prachtstück, gut fünfhundert Meter Durchmesser. Ich denke, wir schlagen hier unser Hauptquartier auf. Es hat wenig Sinn, wenn wir ziellos suchen und der Meute in die Hände fallen. Wir können von hier aus besser operieren.« Die zerklüftete Oberfläche des Asteroiden versprach ein gutes Versteck. Sie würden nur Funkstille halten müssen, um nicht geortet zu werden.

Barratill landete den Gleiter in einem kleinen Krater mit überhängenden Steilwänden. Auf einer Seite führte ein breiter und hoher Spalt in den Fels hinein. Grammlond, der als Erster ausstieg, winkte den anderen zu und legte dann seinen Helm gegen den Tigentors.

»Wenn wir den Gleiter dort hineinbugsieren, wird ihn niemand entdecken.«

Nachdem das geschehen war, unternahm Tigentor einen Erkundungsgang, der mehr zum Flug wurde. Mit jedem Schritt schwebte er mehrere Dutzend Meter in die Höhe und sank danach unendlich langsam auf den Asteroiden zurück. Einmal umrundete er auf diese Weise den Asteroiden.

Tausende und Abertausende leuchtender Materiebrocken, die meisten kleiner als eine Erbse, trieben mit annähernd gleicher Geschwindigkeit wie der Asteroid um den Saturn. Es gab keine Sterne zu sehen, denn ihr fahles Licht ging im Schimmer des Rings unter.

Als Tigentor wieder dem Krater entgegenschwebte, entdeckte er einen extrem hellen Punkt zwischen all dem leuchtenden Staub. Und dieser Punkt bewegte sich gegenläufig zur Rotation.

Während der Mucy im Krater landete, kam der leuchtende Punkt schnell näher. Handelte es sich um einen Jäger?

Grammlond teilte ihm mit: »Ich empfange Gedankenimpulse. Überschwere suchen uns und die Entflohenen. Sie landen auf jedem größeren Asteroiden und hoffen, die Trümmer des Gleiters zu finden. Wenn wir uns ruhig verhalten, haben wir vielleicht Glück.«

Tigentor gab keine Antwort. Der Punkt war bereits zu einem Touristengleiter angewachsen und näherte sich mit gedrosselter Geschwindigkeit. In geringer Höhe schwenkte er in einen Orbit ein, verschwand hinter dem Horizont, erschien aber schon nach knapp zwei Minuten aus der entgegengesetzten Richtung und flog zielstrebig auf den Krater zu.

Tigentor warnte seine Gefährten durch Handzeichen. Der Gleiter landete keine fünfzig Meter entfernt.

Gleich darauf wurde die Luke geöffnet. Zwei Überschwere schwebten zur Oberfläche herab. Da sie sich über Helmfunk unterhielten, erfuhren die Mucys genug über ihre Absichten. Den beiden ging es in erster Linie darum, die entflohenen Gefangenen zu töten. Die drei verdächtigen Überschweren mussten hingegen lebend abgeliefert werden, andernfalls entfiel jede Belohnung. Und das bedeutete zweifellos Schwierigkeiten.

Die beiden waren also kaltblütige Killer aus Vergnügungssucht. Tigentor ließ sie keine Sekunde lang aus den Augen. Er wusste, dass es keine Kompromisse geben konnte.

Entweder hatten die Jäger beim Überfliegen des Kraters Verdacht geschöpft, oder es war purer Zufall, dass sie hier mit einer genauen Suche anfingen. Jedenfalls kamen sie zielstrebig näher, und in Händen hielten sie schwere Impulsstrahler.

Grammlond legte seinen Helm gegen den Tigentors. »Sie vermuten die Flüchtigen hier. Aber falls sie uns finden, werden sie uns ebenfalls töten – sie ahnen, dass wir uns nicht ergeben würden. Das Geld ist ihnen unwichtig.«

Tigentor nickte. Seine Vermutung bestätigte sich also.

Die beiden Jäger waren noch zwanzig Meter entfernt und blieben stehen.

»Glaubst du, dass sie in dem Krater sind, Kerfonan?«

»Ich vermute es nur. Vor allem weiß ich nicht, ob sie bewaffnet sind – aber wir töten sie auch dann. Was meinst du, Ertalon?«

»Deshalb sind wir hier.«

Tigentor gab Barratill und Grammlond ein Zeichen und ging selbst auf Senden. Es widerstrebte ihm, die Näherkommenden aus dem Hinterhalt zu töten.

Ohne sich zu zeigen, sagte er: »Wir haben euch im Visier. Lasst die Waffen fallen!«

Die Überschweren erstarrten schier. Vor allem konnten sie nicht erkennen, wo ihre Gegner lauerten.

»Wird's bald!«, drängte Tigentor.

Kerfonan ließ die Hand sinken, hielt den Strahler aber schussbereit. »Wer seid ihr? Zeigt euch, dann können wir reden.«

»Wir hätten euch längst töten können und wir werden es auch tun, wenn ihr die Waffen nicht wegwerft. Ich zähle bis zehn ...«

Bei fünf ließ Ertalon seinen Strahler los.

»... sieben ... acht ...«

Endlich reagierte auch Kerfonan, allerdings anders als erwartet. Mit einem kräftigen Satz stieß er sich ab und gewann an Höhe. Dabei feuerte er pausenlos und ungezielt. Für einen Augenblick vergaß er seine Lagestabilisierung und geriet in eine Kreiselbewegung, die ihn vollends verwirrte.

Das nutzte Tigentor aus. Der Mucy sprang über das nachgleitende verflüssigte Gestein hinweg und regulierte seinen beginnenden Flug mit dem Rückstoßaggregat. Sein Schuss traf Kerfonan mehrere hundert Meter über dem Asteroiden und tötete ihn.

Ertalon hatte das Geschehen fassungslos verfolgt. Widerstandslos ließ er sich von Grammlond in die Höhle führen, nachdem Barratill seine Waffe an sich genommen hatte. Inzwischen kehrte Tigentor zurück.

»Ihr wolltet uns töten?«, fragte er den Gefangenen.

»Nicht euch, aber die entflohenen Sträflinge«, gab Ertalon zu.

»Wir wissen, dass ihr uns ebenfalls getötet hättet. Die Frage stellt sich nun, was wir mit dir anfangen sollen.«

»Ich werde euch nicht verraten.«

Tigentor schüttelte den Kopf. »Das glaubst du selbst nicht. Außerdem brauchen wir deinen Gleiter.«

»Und was wird mit mir? Ihr könnt mich nicht hier zurücklassen ...«

»Ach was, früher oder später würde man dich finden. Hier wird es bald von Abenteurern wimmeln. Aber ich glaube, es gibt eine bessere Lösung.«

Tigentor, der den Gefangenen nicht eine Sekunde lang aus den Augen ließ, legte seinen Helm an die der Freunde. Das Material übertrug die Schallwellen zwar dumpf, aber verständlich.

»Was hast du vor?«, erkundigte sich Barratill.

»Du und Ertyn, ihr bleibt mit unserem Gleiter und Ertalon hier, während ich mit dem anderen Gleiter weiterfliege, um Kalteen zu finden. Ich habe inzwischen ausrechnen können, wo ungefähr die gemeldete Explosion stattfand. Wenn Kalteen noch lebt, ist er kaum zehntausend Kilometer von uns entfernt. Andere werden ähnliche Berechnungen angestellt haben, aber mit denen versuche ich fertig zu werden. Sollte ich Pech haben, werdet ihr den Auftrag fortführen. Es ist besser, nur einer von uns stirbt – als alle drei.«

Grammlond nickte. »Gut. Ich werde telepathisch Kontakt halten, sodass wir hoffentlich immer wissen, was geschieht.«

»Teleportieren werde ich nur im äußersten Notfall, um meine Fähigkeiten nicht zu verraten.« Tigentor blickte um sich. »Kümmert euch um Ertalon, ich sehe mir seinen Gleiter an.«

Der Überschwere ließ es widerstandslos geschehen, dass Barratill ihn mit dünnen Stahltrossen fesselte, seine Funkanlage lahm legte und ihn am Kraterrand an einen Felsen band. Tigentor untersuchte inzwischen den erbeuteten Gleiter und stellte fest, dass es sich um ein besser erhaltenes Modell handelte. Den planetennahen Raum konnte er damit aber auch nicht verlassen, ohne den sicheren Tod zu riskieren. Trotzdem kehrte er zufrieden zu den anderen zurück.

»Alles in Ordnung, ich werde bald starten. Solltet ihr in Schwierigkeiten geraten, gebt offene Funksprüche durch.«

Wenig später startete er und nahm Kurs auf sein Ziel.

13.

Als Kalteen Marquanteur wieder zu sich kam, kehrte Ferron Walter gerade von seinem Erkundungsflug um den Asteroiden zurück. »Es gibt einige Dutzend gute Verstecke hier«, berichtete er. »Aber man wird alle bei einer systematischen Suche aufspüren. Außerdem können wir nicht auf Dauer hier ausharren. Ich schlage vor, dass wir einen Notruf senden. Vielleicht kommt jemand, dann sehen wir weiter.«

Shmitten protestierte: »Dann haben wir die Jäger auf dem Hals. Nichts sonst.«

»Anders kommen wir nie an einen Gleiter oder eine Jacht heran. Ich weiß selbst, welche Gefahr das bedeutet, aber hast du einen besseren

Vorschlag? Wenn wir nur warten, gehen eines Tages Luft und Vorräte zu Ende.«

Shmitten schwieg. Er haderte offensichtlich mit den wenigen Stunden Freiheit, die ihm die Flucht eingebracht hatte. Kalteen hingegen stimmte zu: »Du hast Recht, Ferron. Uns bleibt kaum eine Wahl. Aber ich will trotzdem noch ein wenig warten, bis wir uns erholt haben.«

Die Höhle war ziemlich geräumig und bot ihnen viel Platz. Sie hatten ihre Gravitatoren so justiert, dass sie genügend Gewicht besaßen und sich bewegen konnten, ohne vom Boden abzuheben.

Kalteen versuchte zu schlafen, er fühlte sich erschöpft und ein wenig deprimiert. Wie sollte es unter diesen widrigen Umständen gelingen, ein Schiff zu kapern? Sicher, sie besaßen Strahler, aber auch die Gegner würden nicht unbewaffnet sein.

Shmitten wurde zunehmend unruhig. »Ich sehe mich ebenfalls auf dem Asteroiden um. Vielleicht entdecke ich etwas, das du übersehen hast, Ferron.«

»Möglich«, gab Walter ironisch zu. »Ich habe nicht jeden Stein umgedreht.«

Shmitten überhörte den Spott und verließ das Versteck. Stetig beobachtete er das leuchtende Band am Himmel und hielt Ausschau nach Lichtpunkten und Schatten, die sich vielleicht in die falsche Richtung bewegten. Den Sender hatte er ausgeschaltet, blieb aber auf Empfang. Und außerhalb der Höhle war der Empfang besser geworden. Auf der üblichen Frequenz überlagerten sich mehrere Sendungen. Es war schwer, sie zu unterscheiden und einen Sinn zu erhalten, doch eins wurde klar: Die Meute war nicht mehr allzu weit entfernt.

Plötzlich übertönte eine Stimme alle anderen Geräusche. »Wir suchen die entflohenen Gefangenen Shmitten, Ferron Walter und Kalteen Marquanteur! Wir fordern sie auf, sich unverzüglich zu melden und zu stellen. Als Gegenleistung sichern wir Straffreiheit zu. Die Jagdtouristen haben inzwischen Anweisung erhalten, sich nicht um die Genannten zu kümmern und sie auf keinen Fall zu töten. Diese Anordnung stammt von Leticron. – Die Mitteilung wird jede zweite Minute wiederholt. Ende.«

Shmitten lauschte atemlos. Er war davon überzeugt, dass der Sprecher die Wahrheit gesagt hatte. In anderen Fällen, wusste er, war nicht viel Aufhebens um entflohene Gefangene gemacht worden. Alle waren Freiwild. Aber warum wurden sie zum Sonderfall? War einer von ihnen ein besonders wertvoller Gefangener?

Ferron Walter?

Oder Kalteen Marquanteur? Er war in erster Linie darauf versessen, Saturn für immer zu verlassen. Ferron allerdings auch …

Einen Augenblick lang überlegte Shmitten, was geschehen würde, falls er mit einem Funkspruch ihr Versteck verriet, aber sehr schnell schob er den Gedanken wieder beiseite. Er kannte die eiskalten Augen Ferrons und wusste, dass er dann keine Minute länger leben würde.

Er ging weiter und überprüfte die Region, in der ihr Gleiter aufgeschlagen und detoniert war. Das Gestein war geschmolzen und wieder erstarrt. Es konnte kein Zweifel daran bestehen, dass jemand diese verräterischen Spuren früher oder später entdeckte.

Als er in die Höhle zurückkehrte, fragte er: »Hast du die Sendung empfangen, Ferron? Ich meine den Aufruf, dass wir uns ergeben sollen.«

»Nein. Was wurde durchgegeben?«

Shmitten berichtete mit knappen Worten, und Kalteen schreckte aus seinem leichten Schlaf auf.

»Einen solchen Aufruf hört man selten.« Walter bedachte Kalteen mit einem forschenden Blick. »Bist du vielleicht dieser Grund?«

»Mag sein, Ferron. Aber spar dir weitere Fragen, ich kann sie nicht beantworten.«

Walter nickte. »Meinetwegen. Was immer dein Auftrag sein mag, seine Zielsetzung scheint sich mit meiner zu decken. Wir wollen hier weg, nicht wahr?«

»Natürlich.«

»Dann ändert sich nichts. Zumindest wissen wir nun, dass wir nicht mehr in unmittelbarer Lebensgefahr schweben. Die meisten Jäger werden sich hüten, einen Befehl des Oberkommandos zu ignorieren. Man will nun also auch uns lebendig haben, ebenso wie die drei Überschweren, auf die Jagd gemacht wird. Möchte wissen, was mit denen los ist.«

»Ich auch«, murmelte Kalteen. Dann versuchte er erneut zu schlafen.

Keiner von ihnen ahnte, dass sich ein Polizeischiff dem Asteroiden näherte. Der Kommandant hatte von der Zentrale exakte Daten erhalten. Sein Auftrag lautete, die Entflohenen unter allen Umständen lebend zu fassen.

Ähnliches ereignete sich zehntausend Kilometer entfernt bei dem Asteroiden, in dessen Krater die Multi-Cyborgs Schutz gefunden hatten.

Grammlond-Toufry esperte die Verfolger erst, als es für eine Flucht schon zu spät war. Sie konnten nur noch hoffen, dass der Anflug des Regierungsschiffs ein reiner Zufall war.

»Was nun?«, fragte Barratill.

»Ich habe sie telepathisch unter Kontrolle, keine Sorge. Sie vermuten uns zwar hier irgendwo, haben aber keinen Anhaltspunkt. Im Übrigen wird Tigentor bald Probleme bekommen, ein Polizeischiff scheint ihn entdeckt zu haben.«

Barratill hielt es im Versteck nicht mehr aus. Er schob sich bis an den Beginn der Felsspalte vor und suchte das Stückchen Himmel über dem Krater ab. Zu seiner Überraschung entdeckte er drei Gleiter und ein kleines Raumschiff. Es war offensichtlich, dass die Jagdtouristen dem offiziellen Suchschiff folgten. Sie hofften wohl, so den Fang ihres Lebens machen zu können.

Auf allen geläufigen Frequenzen forderte das Polizeischiff die Überschweren Tigentor, Barratill und Grammlond auf, sich umgehend zu melden und waffenlos zu ergeben. Ihnen wurde eine faire Untersuchung zugesichert. Zugleich wurden alle Jäger nachdrücklich darauf hingewiesen, dass die Gesuchten nicht getötet werden durften.

Das Polizeischiff senkte sich auf den Asteroiden herab und landete in einiger Entfernung vom Krater. Auch die Gleiter setzten auf. Zehn Touristen entstiegen ihnen mit schussbereiten Waffen. Zu Recht nahmen sie an, dass der Kommandant des Raumers mehr wusste. Fünfzehn Polizisten schwärmten aus, in jeder Hand eine Waffe. Links den tödlichen Impulsstrahler und rechts einen schmaleren Paralysator. Das bedeutete, dass sie in erster Linie lähmen wollten und nur im Notfall töten.

Grammlond kam zu Barratill zurück. »Ich lese deine Gedanken, Vross, aber ich bin anderer Meinung als du. Auf keinen Fall dürfen wir unsere Fähigkeiten verraten. Ich weiß auch noch nicht, welche Erklärungen wir abgeben sollen, aber das Beste wird sein, wir stellen uns dumm.«

Barratill gab zurück: »Ich habe nicht daran gedacht, unsere Fähigkeiten zu verraten, sondern nur überlegt, ob wir uns wehren sollen. Ich fürchte, die Übermacht ist zu groß.«

»Unter anderen Umständen würden sie uns töten, aber sie müssen uns lebend bekommen. Also geben wir uns zu erkennen und fragen, was sie von uns wollen. Ertalons Anwesenheit können wir unbeschönigt erklären.«

Barratill nickte nur, und Grammlond übernahm die Verhandlung. Er konnte seine Fragen und Antworten nach den Gedanken richten, die Betty Toufrys Bewusstsein gleichzeitig empfing.

»Hier spricht Grammlond, einer der Touristen, die Sie suchen. Was liegt gegen mich, Tigentor und Barratill vor?«

Sekunden später ertönte der Schiffssender wieder mit der automatischen Durchsage. Sie wurde mitten im Satz ausgeblendet.

»Grammlond, wo Sie auch sein mögen: Stellen Sie sich!«

»Ich will vorher wissen, was gegen uns vorliegt.«

»Wir sind nicht zu Auskünften berechtigt. Die erhalten Sie vom Polizeikommandanten. Geben Sie Ihren Aufenthaltsort bekannt und erscheinen Sie ohne Waffen. Wir müssen Sie vorläufig festnehmen.«

Inzwischen hatten sich die Touristen dem Krater genähert. Jeden Augenblick konnten sie Barratill und Grammlond entdecken.

»Schicken Sie die Jäger fort!«, forderte Grammlond, denn in den Gedanken der Touristen las er Mordlust und den Willen, wenig Rücksicht auf die offiziellen Anordnungen zu nehmen. »Sie sollen verschwinden, dann kommen wir aus unserem Versteck.«

Es folgte eine Diskussion, die damit endete, dass die Touristen sich fügten und in ihre Gleiter zurückkehrten. Sie starteten aber nicht, sondern warteten ab, was geschah. Wenn sie schon um das Vergnügen gebracht wurden, eine Jagd zu Ende zu bringen, wollten sie wenigstens Augenzeuge einer Verhaftung werden. Vielleicht gab es doch einen Kampf ...

»Du weißt, was die Polizisten vorhaben«, drängte Barratill.

»Sie werden uns paralysieren – aber das ist noch immer besser als der Einsatz tödlicher Waffen.«

»Verfluchtes Pack! Aber vielleicht würde ich an ihrer Stelle ebenso handeln.«

Sie konzentrierten sich wieder auf den Empfang. »... wird es Zeit, dass Sie erscheinen, unsere Geduld ist lange genug strapaziert worden.«

»Da ist noch eine Kleinigkeit.« Grammlond wusste, dass er keinen Schaden mehr anrichtete, wenn er verriet, dass Tigentor nicht bei ihnen war. »Einer von uns fehlt, dafür haben wir jemand hier, der nichts mit der Angelegenheit zu tun hat, einen Touristen, der uns an den Kragen wollte. Eigentlich waren es zwei, aber einen von ihnen mussten wir in Notwehr erschießen.«

»Das Risiko kennen die Jäger«, erwiderte der Kommandant des Polizeiraumers. »Wo steckt der dritte Gesuchte?«

»Das weiß ich nicht.«

»Na schön. Ich nehme an, Sie befinden sich in dem Krater vor uns.«

»Richtig. Wir kommen jetzt.«

Sie ließen ihre Waffen im Krater zurück und stießen sich ab. Während sie langsam wieder zur Oberfläche zurücksanken, eröffneten die Polizisten aus ihren Narkosestrahlern das Feuer.

Die Gesteinsbrocken des inneren Rings umkreisten den Planeten schneller als jene weiter außen. Das war ein Naturgesetz, das die Neutralisation von Schwerkraft und Zentrifugalkraft bewirkte. Dieser Umstand ermöglichte, dass Tigentor sich dem von Saturn weiter entfernten Asteroiden, auf dem der Aufprall stattgefunden hatte, schneller näherte, als seine Relativgeschwindigkeit es zugelassen hätte.

Über den einigermaßen leistungsstarken Empfänger seines Gleiters hatte er verfolgen können, was mit Barratill und Grammlond geschehen war. Er verübelte ihnen die Kapitulation nicht, denn früher oder später würde er ihrem Beispiel folgen müssen. Doch zuvor wollte er Kalteen-Tekener finden.

Nur auf Sicht fliegend, wich er entgegenkommenden Felsen aus, die flogen allerdings langsamer als im inneren Teil des Ringes, den er mittlerweile verlassen hatte.

Noch fünfhundert Kilometer, dann hatte er sein Ziel erreicht und konnte Kontakt zu Kalteen Marquanteur aufnehmen. Natürlich würde es unmöglich sein, ihm seine Mission im Detail zu erklären, aber Andeutungen konnten kaum schaden.

Der regelmäßige Aufruf an die drei entflohenen Sträflinge, sich zu ergeben, erklang wieder. Die andere Durchsage, die den Überschweren galt, war verstummt. Bald würde die Jagd auf ihn, Tigentor, allein beginnen.

Er war so sehr mit der Suche nach dem Asteroiden beschäftigt, dass er den Verfolger nicht bemerkte.

Tigentor reduzierte seine Geschwindigkeit, als er den Asteroiden mit bloßem Auge erkennen konnte. Es war ein mächtiger Brocken mit nur geringer Eigenrotation. Gleichzeitig ortete der Mucy den Polizeikreuzer, dessen Ziel offensichtlich mit dem seinen identisch war. Er war es auch, der ständig den Aufruf ausstrahlte.

Im Augenblick war Tigentor ratlos. Kalteen war gewarnt, dessen war er sich sicher. Der Polizeikreuzer gab sich keine Mühe, seine Nähe geheim zu halten, im Gegenteil, er kündigte sein Kommen offen an. Er aber, Tigentor, war zu spät gekommen, um Kalteen noch vor Eintreffen der Häscher zu erreichen.

Anders, wenn er seine Fähigkeit als Teleporter einsetzte. Es würde

Leichtes sein, Kalteen-Tekener aus dem Versteck auf dem Asteroiden zu holen, in den Gleiter zu bringen und mit ihm zu fliehen.

Der Denkansatz war falsch, ein gewaltiger Fehler. Früher oder später würde der Gleiter aufgebracht oder gar vernichtet werden, und dann war auch Kalteens Leben gefährdet. Und zweitens würde jeder erkennen, dass einer der gesuchten Überschweren Teleporterfähigkeiten besaß.

So ging es also nicht!

Der Wachkreuzer näherte sich dem Asteroiden, als wüsste die Besatzung genau, wo sich die Gesuchten versteckt hielten.

Tigentor hingegen »hüpfte« mit seinem kleinen Gleiter von einem Asteroiden zum anderen, selbst wenn sie nur wenige Meter durchmaßen. Immerhin hatte er so die größte Chance, einer Ortung zu entgehen.

Er griff zum äußersten Mittel und aktivierte den Sender auf der normalen Sprechfrequenz. »Kalteen Marquanteur, hier spricht Tigentor im Auftrag Ihrer Freunde. Melden Sie sich, ich will Ihnen helfen!«

Niemand wusste besser als er, welches Risiko er damit einging. Die Tatsache, dass auch er Kalteen suchte, musste sie beide noch verdächtiger machen. An sich selbst dachte er dabei weniger. Aber Kalteen sollte wissen, dass er nicht allein gelassen wurde.

Zu seiner Überraschung empfing er kurz darauf eine leise und kaum verständliche Antwort: »Wer sind Sie, Tigentor?«

»Sind Sie Kalteen Marquanteur?«

»Ja. Was wollen Sie?«

»Haben Sie das Polizeischiff bemerkt?«

»Hm.«

»Versuchen Sie zu fliehen, Kalteen! Ehe es zu spät ist!«

»Wir werden kämpfen.«

»Unsinn. Ich helfe Ihnen. Achten Sie auf den kleinen Gleiter mit dem Sonnensymbol, aber eröffnen Sie nicht das Feuer auf mich.«

»Das besorgt dann schon die Polizei«, sagte Kalteen sarkastisch und schaltete ab.

Tigentor verstand Kalteens Misstrauen, aber das änderte seinen Entschluss nicht. Er versuchte jetzt, den Asteroiden als Ortungsschutz zwischen sich und dem Polizeikreuzer zu halten. Schnell näherte er sich dem Ziel.

»Wo sind Sie? Können Sie mich sehen, Kalteen?«

Die Antwort kam überaus schwach: »Landen Sie an der doppelten Felsspitze und lassen Sie den Gleiter stehen. Wir holen Sie.«

Ziemlich unsanft setzte Tigentor den Gleiter auf, schloss den Helm und stieg aus. Im Gürtel steckten zwei Impulsstrahler.

»Beeilen Sie sich, Kalteen, die Polizei wird bald zur Landung ansetzen.«

»Ich habe Sie im Blick – und vor dem Lauf meiner Waffe. Wenden Sie sich nach rechts, Tigentor – oder wie Sie heißen mögen. Gehen Sie bis zu der verdrehten Felsspitze. Worauf warten Sie?«

Tigentor setzte sich vorsichtig in Bewegung. Er sah die beschriebene Formation schon nach wenigen Metern. Plötzlich tauchte eine menschliche Gestalt vor ihm auf. Ein Strahler zielte auf ihn.

»Gehen Sie nach rechts, in die Spalte hinein ... nun links. Und kein Wort mehr, damit wir unser Versteck nicht verraten ...«

Tigentor wusste nicht, ob der Terraner Kalteen Marquanteur war. Aber das spielte noch keine Rolle. Wichtig war, dass er den Sträflingen seine Loyalität beweisen konnte und ihr Vertrauen gewann. Insbesondere das von Kalteen.

Endlich erreichten sie das Versteck.

Shmitten schaute dem Überschweren mit Misstrauen entgegen, die Hand am Griff der Waffe. Ferron Walter, der Tigentor geholt hatte, sagte zu Kalteen: »Das ist er. Kennst du ihn?«

Marquanteur schüttelte den Kopf. »Ein Überschwerer ...! Eigentlich hatte ich einen Terraner erwartet. Wer sind Sie, Tigentor?«

»Ich kann es Ihnen jetzt nicht sagen, aber Sie werden alles rechtzeitig erfahren, Kalteen. Ich darf Ihnen nur im äußersten Notfall einen Beweis für die Echtheit meines Auftrags liefern. Verzichten Sie im Interesse der Sache noch darauf.«

»Das ist doch Unsinn!«, rief Walter. »In Kürze greift uns die Polizei an, und wir wissen nicht, ob wir einen Verräter an Land gezogen haben. Shmitten, pass auf, was draußen geschieht!«

»Glauben Sie mir?«, fragte Tigentor.

»Wohl kaum«, gab Kalteen zu. »Wenn Sie falsch spielen, sind wir erledigt, falls wir Ihnen vertrauen.«

»Es wird Zeit, dass Sie uns überzeugen!«, drängte Walter. Die flirrende Abstrahlmündung seiner Waffe war noch wie vor auf den vermeintlichen Überschweren gerichtet.

»*Sie* kann ich nicht überzeugen, aber ich kann versuchen, Kalteens Vertrauen zu gewinnen. Würde Ihnen ein Name genügen, Kalteen Marquanteur?«

»Vielleicht ...«

»Gut, dann werde ich Ihnen einen Namen nennen, von dem nur Sie und ich Kenntnis haben können, kein anderer. Aber ich betone, dass ich auf keinen Fall mehr sagen kann. Er muss genügen … Ronald.«

Kalteen Marquanteur kniff überrascht die Augen zusammen. Der Überschwere hatte seinen richtigen Namen genannt.

Ronald – Ronald Tekener!

Er nickte Ferron zu. »Wir können uns auf ihn verlassen. Ich garantiere dafür.«

»Du musst es wissen.«

Shmitten meldete sich. »Der Kreuzer landet! Die Luke ist bereits offen – Überschwere schwärmen aus. Sie scheinen zu wissen, wo wir stecken.«

»Natürlich wissen sie das. Bleibe, wo du bist, wir kommen!«

Über Funk wurden sie aufgefordert, sich zu ergeben. »… kommen Sie mit erhobenen Händen aus dem Versteck! Sie haben eine Minute!«

»Die Übermacht ist zu groß«, stellte Kalteen fest. »Ich gebe auf und höre mir an, was sie bewogen hat, uns lebend zu wollen.«

»Du vielleicht, ich nicht!«, gab Walter zurück. »Tigentor, wollen Sie bei Kalteen bleiben?«

»Was haben Sie vor?«

»Ich nehme Ihren Gleiter! Kommen Sie mit?«

»Ich bleibe hier. Viel Glück!«

»Das habt ihr ebenso nötig!«

Walter aktivierte sein Flugaggregat und raste wie eine Rakete in den Himmel.

Gleichzeitig sagte Kalteen-Tekener: »Hier spricht Marquanteur! Sie legen Wert auf meine Person. Ich ergebe mich mit meinen beiden Begleitern.«

»Sie haben noch zwei Begleiter? Einer hat sich doch gerade entfernt«, kam es erstaunt zurück.

»Wir sind drei«, wiederholte Kalteen bestimmt. »Kommen Sie und zählen Sie nach. Ein Tourist ist inzwischen zu uns gestoßen.«

»Tourist …?« Kurze Pause, dann: »Wir kommen. Werfen Sie Ihre Waffen aus der Höhle!«

Tigentor schien mit dieser Entwicklung gar nicht zufrieden zu sein, aber er musste einsehen, dass es keine andere Möglichkeit gab. Ein toter Tekener war *gegen* seine Order.

Sie verließen ihre Deckung waffenlos und mit erhobenen Händen. Eine Salve aus den Narkosestrahlern der Polizei machte sie kampfunfähig.

Ferron Walter konnte nicht begreifen, dass Kalteen sich ergab, aber er konnte auch nicht wissen, dass ein Unsterblicher schwerer starb als ein Sterblicher.

Als er den Gleiter nicht schnell genug fand, schaltete er sein Flugaggregat auf höchste Leistung und schoss mit irrwitziger Beschleunigung weiter in die Ringstruktur hinaus.

Erst nach geraumer Zeit, als er den Ring nach »oben« durchquert hatte, änderte er die Richtung. Vor ihm lag eine der vielen materielosen Lücken und dahinter ein stark leuchtender, weil aus kleinen, aber stark reflektierenden Teilchen bestehender Ring.

Nun bestand für Ferron kein Risiko mehr, wenn er die Geschwindigkeit weiter erhöhte. Die winzigen Materieteilchen, die seinen Anzug trafen, richteten keinen Schaden an. Allerdings fehlte nun auch jede Deckungsmöglichkeit.

Der Anzug besaß nur lebenswichtige Systeme. Ortungsgeräte oder gar Minipositroniken gehörten nicht dazu. Nur so konnte es geschehen, dass Ferron seinen Verfolger nicht bemerkte, der sich in sicherem Abstand hielt.

Unter Ferron blieb der innere Ring schnell zurück. Er näherte sich Ring B, wie er seit jeher von den Astronomen genannt wurde – aus der Entfernung gesehen fast eine kompakte Masse. Erst bei weiterer Annäherung konnte er dichte Materiewolken und einzelne Trümmerstücke unterscheiden. Als er sich umsah, entdeckte er den winzigen, leuchtenden Punkt, der ihm folgte. Ohne seine Geschwindigkeit zu verringern, raste er in den Ring hinein und hoffte, dass die dichte Materieansammlung eine Ortung für den Verfolger erschweren würde. Mehrmals änderte er abrupt die Flugrichtung, um seine »Spur« völlig zu verwischen. Er wich Asteroiden aus, die nicht mehr als zehn oder zwanzig Meter Durchmesser besaßen. Was er suchte, war ein größerer Brocken, auf dem er sich verstecken oder zum Kampf stellen konnte.

Seiner Schätzung nach war er fünfhundert Kilometer weit in Ring B eingedrungen, als er endlich fand, was er suchte: einen langsam dahinziehenden Asteroiden mit gut fünfhundert Metern Durchmesser und überaus zerklüfteter Oberfläche.

Eine Bodenspalte erschien so gut wie die andere, sodass Ferron Walter die Entscheidung schwer fiel. Doch dann sah er etwas, das ihm schier den Atem verschlug. Am Fuß eines Felskegels lag eine Jacht, etwas schräg aufgesetzt und scheinbar nur leicht beschädigt, wenn überhaupt. Die Luke war geöffnet, und nichts deutete darauf hin, dass sich jemand an Bord aufhielt.

Aber Walter hatte auch auf dem Asteroiden niemanden entdeckt. Vielleicht hatte er es ausnahmsweise mit Prospektoren zu tun, die nach Erzen oder anderen Bodenschätzen suchten und sich gerade in einer tiefen Felsspalte aufhielten. Wie dem auch sein mochte, er musste das Schiff in seinen Besitz bringen, ehe die Eigner zurückkehrten.

Er landete dicht bei der Jacht. Den Strahler schussbereit, stieg er durch die Luke in die Luftschleuse. Auch das Innenschott war geöffnet, es gab also keine Atmosphäre im Schiff. So leichtsinnig konnten wiederum nur Touristen sein, die mit keinen Gefahren rechneten und sich vor Überraschungen sicher wähnten.

Oder gab es andere Gründe?

Im Kontrollraum war nichts Verdächtiges zu bemerken. Auch die Wohnkabine mit drei Betten sah aus, als wäre sie erst vor wenigen Minuten verlassen worden. Im Stauraum lagerten Lebensmittel für Monate.

Ferron schloss Innen- und Außenschott, dann aktivierte er die Sauerstoffversorgung. Es wurde Zeit, dass er den unbequemen Druckanzug ablegen konnte.

Nichts geschah. Er versuchte es noch einmal, aber die Luftumwälzung war offensichtlich ausgefallen. Nach einer Weile fand er den Fehler in der Energieversorgung.

Ferron holte tief Luft und ließ sich in den Pilotensessel fallen. Vor ihm war die Sichtscheibe, hinter der die trostlose und tote Landschaft des Asteroiden lag. Schon nach hundert Metern endete die von tiefen Spalten und Kratern geprägte Oberfläche. Schwerelos schwebten einige Gesteinsbrocken in geringer Höhe. Die Gravitation des Asteroiden reichte nicht aus, sie auf seine Oberfläche herabzuholen.

Im Funkempfang war ein Knacken, dann eine Stimme: »Ferron Walter, ich weiß, wo Sie sind. Hören Sie mich?«

Er blieb sitzen und rührte sich nicht. »Ferron Walter, hören Sie mich? Antworten Sie, oder ich eröffne das Feuer.«

Er seufzte und studierte die Kontrollen der Jacht. Er kannte sich damit aus, aber das half ihm jetzt auch nicht weiter. Solange keine Energie floss, konnte er nicht starten. Andererseits hatte er noch nicht getestet, ob der Antrieb ebenfalls blockiert war.

»Ich fordere Sie letztmals auf, die Jacht zu verlassen. Ich weiß, dass Sie mich hören, Walter, denn Sie atmen laut und deutlich. Ich bin Sergeant Farrandor, Sicherheitsabteilung Saturn. Kommen Sie heraus!«

Ferron, der zuerst angenommen hatte, es mit der zurückkehrenden Besatzung der Jacht zu tun zu haben, erkannte seinen Irrtum. Mit Touristen wäre er vielleicht fertig geworden, aber nun hatte sich die Situation grundlegend geändert.

»Sergeant Farrandor, Sie glauben doch nicht, dass ich so dicht vor dem Ziel aufgebe? Woher wissen Sie, dass ich Walter bin?«

»Meine Kontakte sind ausgezeichnet. Alle anderen wurden gefangen genommen. Sie sind der Einzige, der fliehen konnte. Aber nun ist Ihr Weg zu Ende.«

»Abwarten, Sergeant! Was können Sie mir schon anhaben, wenn ich mit der Jacht starte? Oder haben Sie ein Geschütz im Gleiter?«

»Versuchen Sie ruhig zu starten, versuchen Sie es! Wissen Sie, dass die Jacht seit zwanzig Jahren hier liegt, ein Wrack ohne Energie? Sie sind nicht der Erste, der es wieder flottmachen möchte.«

In ohnmächtiger Wut ballte Ferron die Hände. »Trotzdem. Wenn Sie mich haben wollen, müssen Sie mich holen. Sie können mir nichts anhaben, denn die Verwaltung will mich lebend. Ich kenne die Anordnung.«

»Sie irren abermals. Der Befehl wurde aufgehoben. Man wollte nur die drei Überschweren und Kalteen Marquanteur. Sie sind wieder zur Jagd freigegeben. Trotzdem habe ich nicht die Absicht, Sie zu töten. Ich bringe Sie nur zum Saturn zurück.«

»Und wer garantiert mir, dass Sie mich nicht einfach erschießen, sobald ich das Schiff verlasse?«

Minutenlang schwiegen sie. Farrandor wusste, dass er nicht an Walter herankam, denn selbst wenn es ihm gelang, ein Loch in die Hülle der Jacht zu schweißen, würde der Entflohene das Feuer aus einer günstigeren Position heraus erwidern. Natürlich hätte er Verbindung mit der Polizei aufnehmen können, aber er wollte den Triumph für sich alleine. Und Ferron Walter, der die Gedanken des anderen erraten konnte, wusste nur zu genau, dass er nicht ewig untätig herumsitzen konnte. Der Druckanzug war primitiv. Die winzige Schleuse zur Nahrungsaufnahme und Abfallbeseitigung funktionierte schon nicht mehr einwandfrei.

»Sie lieben die Jagd?«, fragte er in die Stille hinein.

»Nicht mehr und nicht weniger als jeder andere. Warum fragen Sie?«

»Ich mache Ihnen einen Vorschlag: Landen Sie mit Ihrem Gleiter, damit ich Sie sehen kann, dann verlassen Sie ihn, nur mit Ihrem Strahler bewaffnet. Ich werde ebenfalls mit einem Strahler herauskommen. Unsere Chancen sind gleich. Ein Duell, wenn Sie so wollen …«

»Sie sind schon jetzt mein Gefangener. Wieso glauben Sie, mir Bedingungen stellen zu können? Verlassen Sie das Schiff *ohne* Waffe!«

»Dann richten Sie sich auf eine lange Wartezeit ein. Ich schalte jetzt ab, weil ich schlafen möchte.«

Ferron Walter blieb dennoch auf Empfang. In der Wohnkabine legte er sich auf eins der Betten. Fieberhaft suchte er nach einem Ausweg, aber sein Gehirn war wie leer gefegt. Die Enttäuschung, nachdem er sich schon in Freiheit gewähnt hatte, war zu groß.

Er schreckte zusammen, als ein Knacken ihm verriet, dass auch Farrandor sein Gerät ausgeschaltet hatte. Irgendwann schlief er ein, doch er würde sofort wieder aufwachen, sobald Farrandor sich meldete. Dass der Verfolger versuchen würde, die Luke aufzubrechen, war kaum zu erwarten. Falls doch, würde der Lärm Ferron wecken.

Vier Stunden mochten vergangen sein, als Farrandor sich meldete: »He, Walter! Schalten Sie auf Senden! Ich habe keine Lust, unsere letzte Unterhaltung einseitig zu führen. Es gibt eine Neuigkeit.«

Ferron war sofort wach und aktivierte den Sender. »Was ist los?«

»Neugierig?« Der Sergeant lachte. »Kann ich mir denken. Ich nehme Ihren Vorschlag an: ein Duell. Wenn Sie in den Kontrollraum gehen, müssten Sie meinen Gleiter sehen können.«

»Woher wissen Sie, dass ich nicht im Kontrollraum bin?«

»Weil Sie mich dann längst bemerkt hätten. Ich kann von meiner Position aus fast durch die Sichtluke blicken, Sie aber nicht entdecken. Also?«

Ferron war aufgestanden und in den Kontrollraum gegangen. Der Gleiter stand in fünfzig Metern Entfernung auf einer Felsplatte.

»Kommen Sie heraus, damit ich Sie sehen kann. Oder glauben Sie, ich falle auf einen Trick herein und verlasse das Schiff, damit Sie mich von hinten erschießen können? Wer garantiert mir übrigens, dass Sie allein sind?«

Der Sergeant verließ den Gleiter und sagte: »Ich warte hier. Sie können vorsichtig aus der Jacht kommen und sich überzeugen, dass niemand sonst hier ist. Wir sind allein auf diesem Asteroiden, darauf gebe ich Ihnen mein Ehrenwort.«

Ferron nickte vor sich hin. Auf das Ehrenwort des Überschweren gab er nicht viel, aber es wäre dumm von ihm gewesen, die angebotene Chance, die seinem eigenen Vorschlag entsprach, auszuschlagen. »Gut, ich komme. Bleiben Sie, wo Sie jetzt sind!«

»Das gehört zur Vereinbarung.«

Er betrat die Schleuse und öffnete vorsichtig das Außenschott. Sein erster Blick galt Farrandor, der fünfzig Meter entfernt auf der Felsplatte vor seinem Gleiter stand, überlegen und abwartend.

Bevor Ferron zur Oberfläche hinabsprang, sah er sich nach allen Seiten um, ohne etwas Verdächtiges entdecken zu können. Wenige Meter unter ihm war der Felsboden. In dem lockeren Geröll seitwärts bemerkte er Spuren, die nur von dem Sergeanten stammen konnten. Der Bursche hatte also doch versucht, eine schwache Stelle zu finden.

Nach zwei Minuten sagte er: »Ich verlasse nun das Schiff. Sobald meine Stiefel den Boden berühren, beginnt der Zweikampf. Nur einer von uns kann überleben.«

»Vielleicht überleben wir alle beide«, erwiderte Farrandor geheimnisvoll.

Walter schwebte zur Oberfläche hinab, den Strahler schussbereit in der Hand.

Noch während er fiel, erfasste ihn das schwach glimmende Energiebündel eines Narkosestrahlers und verdammte ihn zur Reglosigkeit. Steif wie eine Puppe prallte er auf, ohne das Bewusstsein zu verlieren oder Schmerz zu empfinden. Er konnte noch klar denken und wusste, dass der Sergeant ihn überlistet hatte – ausgerechnet ihn.

Aber wie?

Farrandor kam mit weiten Sprüngen näher. Den Strahler hatte er wieder im Gürtel verstaut. »Ein kurzer Zweikampf, aber besser so für Sie.« Der Überschwere lachte dröhnend. »Sie wollen wissen, wer auf Sie geschossen hat?« Er landete vor Walter und nahm dessen Waffe an sich. Dann stocherte er zwischen den nahen Felsen herum und brachte eine Narkosepistole zum Vorschein. Auf der anderen Seite der Schleuse holte er ein kleines Kästchen aus einer Felsspalte.

»Richtstrahlgenerator«, erklärte er kurz. »Als Sie herabsprangen, lösten Sie einen Kontakt aus, der den Narkosestrahler aktivierte. Es war sehr breit gefächert. Ich lege eben Wert auf einen lebenden Ferron Walter.«

Mehr oder weniger glücklich vereint befanden sich alle Gefangenen wieder auf dem Saturn und warteten auf ihr Verhör. Kalteen Marquanteur wusste, dass eine schwere Entscheidung bevorstand, und ihr Ergebnis würde über sein weiteres Schicksal bestimmen. Sobald die Überschweren herausfanden, wer sich wirklich hinter dem Namen Marquanteur verbarg, war er verloren. Und ebenso der Überschwere Tigentor. Sie hatten nicht mehr miteinander reden können, weil sie getrennt worden waren.

Keiner war jedoch niedergeschlagener als Ferron Walter, der vor einer Stunde angekommen war. Er verfluchte seine Dummheit, auf die List eines Sergeanten hereinzufallen, der dafür eine fette Belohnung kassierte.

»So ein einfacher Trick«, schimpfte er, nachdem er berichtet hatte. »Ich wette, ich hätte diese Jacht noch in Ordnung gebracht. Bin gespannt, was sie mit uns machen werden.«

»Erst Verhör, dann zurück ins Arbeitslager«, vermutete Shmitten, der seine Gelassenheit zurückgewonnen hatte. »Ich gebe zu, dass Coresan und Siral schlauer waren als wir. Sie haben sich eine Menge Hoffnungen und Ärger erspart.«

»Wir leben von unseren Hoffnungen«, belehrte ihn Walter. »Ich werde niemals aufgeben, und eines Tages werde ich es sogar schaffen, an diesen sagenhaften Vhrato zu glauben, der uns befreien soll.«

In der Nebenzelle sagte Grammlond zu seinen Gefährten: »Es herrscht ziemliche Aufregung in der Zentralstation. Soeben traf der Befehl ein, dass die Gefangenen Walter und Shmitten in ihr früheres Lager zurückgebracht werden sollen. Sonst nichts, keine Bestrafung, kein Verhör, nichts. Anders liegt der Fall bei uns und bei Kalteen Marquanteur. Es gibt noch keine genaue Anweisung, aber ein Verhör wird nicht stattfinden – jedenfalls nicht hier auf dem Saturn.«

»Soll das heißen, dass man uns fortbringen will?«, erkundigte sich Tigentor.

Grammlond winkte ab. Konzentriert lauschte er in sich hinein und esperte. Die anderen schwiegen, um ihn nicht zu stören. Endlich sagte Grammlond: »Sie hatten Kontakt mit den Kreaturen dieses verdammten Ersten Hetrans. Wir drei und Kalteen sollen nach Titan befördert werden, in die Stahlfestung. Dort wird das Verhör stattfinden. Anscheinend soll vermieden werden, dass mehr über uns bekannt wird.«

»Immerhin gelangen wir in die Nähe Leticrons«, stellte Barratill grimmig fest. »Genau das war doch unsere Aufgabe.«

»Ein schwacher Trost«, gestand Tigentor ein.

Barratill sagte: »Sobald Shmitten und Walter aus Kalteens Zelle geholt worden sind, sollte Tigentor hinüberteleportieren und ihn aufklären. Er muss wissen, was geschieht.«

Grammlond schüttelte den Kopf. »Das wäre zu gefährlich. Falls es Spionsonden gibt, würden die Überschweren sich mit Recht wundern, wenn Tigentor plötzlich in Kalteens Zelle erscheint. Zu meiner Verwunderung scheint es keine akustischen Spione zu geben, sonst könnten wir höchstens über das Wetter reden.«

Tigentor streckte sich auf dem Bett aus.

»Warten wir die Entwicklung einfach ab. Mehr können wir ohnehin nicht tun.«

In der anderen Zelle wurden Ferron und Shmitten abgeholt. Sie hatten nicht einmal mehr Zeit, sich von Kalteen zu verabschieden, der ahnte, dass nun das auf ihn zukam, was er von Anfang an befürchtet hatte.

Er wurde zum Sonderfall.

Vergeblich wartete er auf ein Verhör, aber die Wachen brachten ihm nur die übliche Tagesration und beantworteten keine Fragen. Trotz bohrender Ungewissheit schlief er später ein.

»Aufstehen, Marquanteur!«

Kalteen war sofort wach. Seine Zelle stand weit offen, und unter dem Schott stand ein uniformierter Überschwerer. Im Gürtel steckte ein Impulsstrahler. Sein Gesicht wirkte alles andere als freundlich.

»Kommen Sie!«

Gepäck besaß er keines, also rutschte Kalteen vom Bett und ging auf den Korridor hinaus. Dort warteten schon Tigentor, Barratill und Grammlond, von mehreren Polizisten streng bewacht.

»Alles in Ordnung, Kalteen?«, fragte Tigentor und betonte den Namen recht sonderbar. »Man wird uns nach Titan verfrachten. Teilte man Ihnen das schon mit?«

»Titan? Leticron?«

»Sieht so aus.«

Einer der Polizisten stieß Tigentor an. »Rede nicht so viel – geh!«

Die Bemerkung ließ erkennen, dass eine Unterhaltung zumindest nicht verboten war. »Shmitten und Walter wurden zurück ins Lager gebracht«, sagte Kalteen.

»Das wissen wir«, erwiderte Tigentor. »Sie haben nichts gewonnen und nichts verloren.«

Es gab noch einen kurzen Aufenthalt im Büro des Kommandanten, wo eine Positronik die »Marschpapiere« ausspuckte. Alle vier Gefangenen trugen jetzt einfache Kombinationen, keine Raumanzüge. Das schien eine Vorsichtsmaßnahme zu sein, um jeden Fluchtversuch schon im Keim zu ersticken.

»Sie werden auf Titan erwartet und dort verhört werden«, wandte sich der Kommandant an seine Gefangenen. »Abgesehen von Ihrem Fluchtversuch, Marquanteur, gibt es Verschiedenes, was wir gern wissen wollen. Ihre Vergangenheit interessiert uns.« Er wandte sich an die drei vermeintlichen Überschweren und fuhr fort: »Wir haben Ihre Spur bis zum Mars zurückverfolgt und einige merkwürdige Fakten entdeckt. Ich verspreche, dass die Befragung in der Stahlfestung kein Vergnügen für Sie sein wird.«

»Wir freuen uns, Leticron kennen zu lernen«, sagte Kalteen ruhig und ohne Spott.

Der Kommandant betrachtete ihn voller Zweifel und schien sich nicht entscheiden zu können, ob er die Bemerkung als ernst gemeinte Feststellung oder als Ironie einstufen sollte. Schließlich nickte er den Polizisten zu. »Bringt sie in den Transportraum!«

Ein Lift sank mit ihnen tief unter die Oberfläche des Saturn, dann brachte eine Transportkapsel sie weit hinaus aus der Kuppelsiedlung zu einem Materietransmitter. Das grüne Leuchten zeigte Sendebereitschaft an.

»Rein mit euch! Ihr werdet schon erwartet.«

An Technikern und bewaffneten Polizisten vorbei betraten Kalteen und die drei Mucys den Transmitterkäfig, dessen Gittertür sich sofort hinter ihnen schloss. Sie würden ihr Ziel im Bruchteil einer Sekunde erreichen: Titan, die Stahlfestung Leticrons, der schon fast zur Legende geworden war.

Was erwartete sie dort?

Und was würde geschehen, falls Leticron die Wahrheit erfuhr?

Dann erlosch das grüne Licht.

Kalteen, Tigentor, Barratill und Grammlond hatten ihre Reise ins Ungewisse angetreten – und materialisierten bereits in diesem Augenblick im Empfangstransmitter des Saturnmonds Titan …

14.

Als Bosskerrigg sein Robotpferd aus der Festungsschleuse in Richtung des Hochplateaus lenkte, herrschte auf der Ebene, die zum Stein der Nichtwiederkehr führte, eine Temperatur von 130 Grad unter Null. Das von Saturn reflektierte spärliche Sonnenlicht reichte aus, die Ebene vor der Festung in einen hellen Schein zu tauchen. Trotz der dünnen Wasserstoff-Methan-Ammoniak-Atmosphäre waren das Licht und der Schatten so scharf voneinander getrennt, dass einzelne Landschaftsteile wie ausgestanzt wirkten.

Die Kälte stülpte sich wie eine Glocke über Bosskerrigg und ließ ihn nach Atem ringen. Er trug einen Thermoanzug und eine Atemmaske; eine Ausrüstung, mit der ein Terraner nicht länger als ein paar Minuten in dieser Umwelt überlebt hätte. Bosskerrigg jedoch hatte Aussicht, das wahnsinnige Unternehmen, zu dem er aufgebrochen war, auch zu überleben.

Er war ein Überschwerer, lebte seit drei Jahren Standardzeit auf Titan und hatte bei den von Leticron veranstalteten Turnieren oft einen der ersten Plätze belegt. Er besaß einen kräftigen, für die hiesigen Verhältnisse trainierten Körper.

Allerdings war dies sein erster Ritt zum Stein der Nichtwiederkehr – und er unternahm ihn nicht freiwillig. Leticron hatte ihm eine Strafe auferlegt, und ob Bosskerrigg letztlich freigesprochen wurde, hing davon ab, wie er den Ritt überstand.

Er kniff seine Augenbrauen zusammen, als könnte er auf diese Weise etwas mehr von der kostbaren Wärme unter der Atemmaske speichern. Sein Gesicht war mit einer zentimeterdicken Schicht Fett eingerieben, das einen zusätzlichen Schutz gegen die Kälte gewähren sollte.

Die Ebene lag verlassen vor ihm; links und rechts wurde sie von den hufeisenförmigen Aufbauten der Festung umschlossen, und am Ausgang dieses riesigen Hufeisens erstreckte sich das Hochplateau mit der Rampe.

»Kösigh!«, sagte Bosskerrigg mit dumpfer Stimme. Das Robotpferd, eine nahezu originalgetreue Nachbildung eines Falben, spitzte die Ohren. »Vorwärts, Kösigh!« Das Pferd setzte sich auf einen leichten Druck von Bosskerriggs Stiefelabsätzen in die Flanken in Bewegung. Bosskerrigg musste zur ersten Markierung und dort das Pferd zur äußersten Leistung antreiben. Nur dann konnte er hoffen, die nötige Fluchtgeschwindigkeit und damit einen Orbit um Titan zu erreichen.

Man schrieb den 15. September 3580 (die Überschweren im Solsystem benutzten den terranischen Standardkalender), und bis zu diesem Zeitpunkt hatten im Verlauf des nun zu Ende gehenden Jahres lediglich drei Reiter das Abenteuer überstanden, siebzehn waren abgestürzt.

Kösigh trabte bis zur Markierung und bewegte sich dabei nicht weniger elegant, als es ein richtiges Pferd unter normalen Umweltbedingungen getan hätte.

Bosskerrigg grinste bösartig, sobald er an Leticron dachte. Der Erste Hetran war zweifellos verrückt geworden. Anders konnte er sich dessen Marotten nicht erklären.

Als Bosskerrigg die Startmarkierung erreichte, zügelte er den Falben und starrte auf die Ebene hinaus.

In dem Augenblick trat ein Mann im Schutzanzug hinter den Felsen hervor und versperrte Pferd und Reiter den Weg. Bosskerrigg warf einen Blick auf das Brustteil des Schutzanzugs und las den Namen des Mannes: *Maylpancer!*

Bosskerrigg blickte auf ihn hinab und fragte sich nach den Hintergründen dieser Begegnung. Es war ein offenes Geheimnis, dass Maylpancer der neue Favorit der Laren war. Der Überschwere von Obskon sollte den exzentrisch gewordenen Leticron als Erster Hetran ablösen. Es war nur noch eine Frage der Zeit, wann Maylpancer an Leticrons Stelle treten würde, aber solange der Corun Erster Hetran war, besaß er die Macht, Männer die Rampe hinaufzuschicken.

Vor zwei Tagen war ein larischer SVE-Raumer auf Titan gelandet, neben Hotrenor-Taak und anderen führenden Laren hatte sich Maylpancer an Bord befunden. Es hieß, dass sie Leticrons Gäste waren, doch Bosskerrigg und alle anderen Überschweren auf Titan wussten es besser: Leticrons Stunde war gekommen, er würde zurücktreten und seinen Platz Maylpancer überlassen müssen.

Aber vorerst schienen die Laren zu zögern, es war bislang keine offizielle Verlautbarung bekannt gegeben worden. Die Bindungen zwischen Hotrenor-Taak und Leticron schienen trotz allem enger zu sein als allgemein angenommen.

»Leticron wird den Ritt beobachten«, sagte Bosskerrigg anstelle einer Begrüßung. »Noch ist *er* Erster Hetran. Es wird ihm nicht gefallen, dass Sie sich mit mir treffen.«

»Ich weiß nicht, wovon Sie reden«, sagte Maylpancer.

Bosskerrigg richtete sich im Sattel auf. »Warum sind Sie dann gekommen?«

»Ich wollte Ihnen diesen Ritt ersparen.«

Bosskerrigg lächelte.

»Ich will das wirklich«, beteuerte Maylpancer.

»Und wie? Wollen Sie statt meiner die Rampe hinaufreiten?«

»Nein«, sagte Maylpancer. »Ich werde dafür sorgen, dass die Rampe in absehbarer Zeit abgerissen wird.«

»Es wird kalt«, bemerkte Bosskerrigg verbissen. »Ich muss mich beeilen.«

»Soll ich glauben, dass es Ihnen *Spaß* macht?«, fragte Maylpancer.

»Ja, verdammt!« Bosskerrigg reagierte trotzig. »Ich bin hier herausgeritten, um es zu schaffen.«

»Sie wollen es Leticron beweisen, nicht wahr?«

Bosskerrigg schwieg trotzig.

Maylpancer seufzte und trat einen Schritt zur Seite. »Er hat euch alle mit seiner Verrücktheit angesteckt. Nun, dann verschwinden Sie endlich!«

Bosskerrigg richtete seinen Blick auf die Rampe am Ende des Hochplateaus. Er musste sich konzentrieren, wenn er überhaupt eine Chance haben wollte. Dann gab er Kösigh die Zügel frei.

Wie von einem Katapult abgeschossen preschte das Robotpferd über die Ebene. Bosskerrigg beugte sich tief über den Hals des »Tieres«. Es gab so gut wie keinen Luftwiderstand, aber bei zunehmender Geschwindigkeit bedeutete sogar die dünne Luftschicht um Titan ein gewisses Hindernis, dessen Wirkung es zu mildern galt.

Bosskerrigg wusste genau, welche Leistung das Pferd und er vollbringen mussten. Die Rampe hatte eine Aufwärtsneigung von fast dreißig Grad. Das bedeutete, dass er bis zur Rampenneigung eine Geschwindigkeit von 5880 Metern in der Sekunde entwickeln musste, wenn er einen stabilen Orbit um Titan erreichen wollte.

In der dünnen Atmosphäre des Mondes lag die Schallgeschwindigkeit bei einhundert Metern in der Sekunde, sodass es nicht lange dauerte, bis der Reiter sie erreicht hatte. Es gab ein kaum hörbares Geräusch, als Bosskerrigg diese Marke überschritt.

Die Hochebene kam so schnell näher, dass er den Eindruck gewann, durch ein Teleobjektiv zu blicken. Kösigh streckte sich, seine Hufe schienen den Boden kaum noch zu berühren.

Die Kälte fraß sich unbarmherzig in Bosskerriggs Körper, der Thermoanzug war eben nur ein unvollkommener Schutz, denn es gab Stellen, die nicht hermetisch abdichteten.

Das untere Ende der Rampe wurde von einem hundert Meter breiten Lichtgürtel markiert. Einen dünneren Hinweis hätte ein Reiter bei dieser Geschwindigkeit nicht wahrgenommen.

Titan hatte nur eine Schwerkraft von 0,21 Gravos, aber ein Sturz, der in einer weit gestreckten Parabel erfolgen würde, führte trotzdem zur Zerstörung des Robotpferds.

Und zum Tod des Reiters.

Leticron war durch das unverhoffte Auftauchen eines Mannes am Startplatz irritiert worden, deshalb hatte er nicht darauf geachtet, zu welchem Zeitpunkt Bosskerrigg die Schallgeschwindigkeit erreichte.

Zum zweiten Mal wurde er gestört, als ein Überschwerer die Meldung an ihn weitergab, dass der Mann, mit dem Bosskerrigg in der Ebene zusammengetroffen war, Maylpancer hieß.

Leticron befand sich in einer von insgesamt sieben Ortungszentralen der Stahlfestung Titan. Er war allein. Er war immer allein. Sein Kontakt mit den anderen Überschweren in der Festung und im Solsystem erfolgte nur noch über Funk, wobei die Bildübertragung einseitig war, denn Leticron zeigte sich nicht mehr. Nur noch seine müde klingende Stimme erteilte Befehle.

»Maylpancer«, flüsterte der Corun. »Ein seltsames Benehmen für einen Gast.« Er kicherte.

Natürlich kannte er die wahren Gründe für Maylpancers Anwesenheit, aber er spielte Hotrenor-Taaks Spiel mit und tat so, als wäre alles völlig in Ordnung. Der Grund für das Verhalten des Laren lag auf der Hand: Leticron wusste zu viel über den Verkünder der Hetosonen und konnte ihn bei den anderen Konzilsvölkern in Misskredit bringen. Leticron war daher überzeugt, dass er eine Chance bekommen würde. Hotrenor-Taak würde ihm Gelegenheit geben, gegen Maylpancer zu kämpfen. Maylpancer konnte das nicht wissen, er vertraute darauf, dass die Laren alles für ihn erledigen würden.

Das war Hotrenor-Taaks Spiel. Er würde eine Konfrontation zwischen Maylpancer und Leticron provozieren, um abzuwarten, wie der Kampf endete. Für Leticron gab es keinen Grund, sich dem zu widersetzen; er hatte die Regeln nicht gemacht, aber er war mit ihnen zufrieden, denn er fühlte sich dem Obskoner überlegen. Maylpancer kümmerte sich bereits um die Ereignisse in der Stahlfestung Titan – ein Beweis dafür, dass er sich sicher wähnte.

Leticron stand auf und verließ seinen Beobachtungsplatz. Er trug eine schwarze, fußlange Robe mit weißem Spitzenkragen. Seit er begonnen hatte, die Festung auf Titan im Stil altterranischer Gebäude einzurichten, hatte er sich auch ein Sortiment entsprechender Kleider anfertigen lassen.

Ein Licht flammte auf. Leticron sah, dass einer der Transmitter aktiviert worden war. Wahrscheinlich kamen jetzt die vier geheimnisvollen Gefangenen vom Saturn an. Er würde sich vorerst nicht um sie kümmern, denn sein wichtigstes Problem hieß Maylpancer.

Leticron erteilte einigen Überschweren den Befehl, sich um die Gefangenen zu kümmern und sie in eine ausbruchssichere Unterkunft zu bringen. Dann wandte er sich wieder der Beobachtung der Ebene zu.

Inzwischen hatte Bosskerrigg die Rampe erreicht.

Leticron ließ die Aufzeichnung von vorn beginnen, um den Ritt noch einmal vom Start aus zu verfolgen. Er wollte in Erfahrung bringen, ob Bosskerrigg die Schallgeschwindigkeit rechtzeitig erreicht hatte, denn für das Gelingen eines Ritts gab es eine feststehende Grundregel: Wer die Schallgrenze nicht erreichte, bevor er ein Viertel des Weges bis zur Rampe hinter sich gebracht hatte, schaffte es nicht in den Orbit.

Die Stelle, an der der Knall spätestens erfolgen musste, war durch einen steil aufragenden Felsen markiert. Leticron hatte für diesen Felsen einen besonderen Namen geprägt.

Er nannte ihn *Stein der Nichtwiederkehr.*

Noch bevor er das Ende der Rampe erreichte, fühlte Bosskerrigg, dass er es nicht schaffen würde. Das Gespräch mit Maylpancer hatte ihn abgelenkt, der Start war um wertvolle Sekunden verzögert worden.

»Vorwärts!«, schrie er Kösigh zu, obwohl er genau wusste, dass das Pferd jetzt auf nichts anderes reagieren konnte als auf den Druck der Fersen. Das Ende der Rampe kam mit atemberaubender Geschwindigkeit näher, es schien Bosskerrigg förmlich ins Gesicht zu springen. Er hielt die Zügel locker, für einen Augenblick vergaß er, dass er auf einer positronisch gesteuerten komplizierten Maschinerie saß.

Dann erfolgte der Absprung.

Die Wirklichkeit übertraf alle Schilderungen, die Bosskerrigg bisher gehört hatte.

Er riss die Augen auf und vergaß zu atmen. Der Kosmos schien sich vor ihm auszubreiten, und er sprang mitten hinein. Es war überwältigend, und sein spontaner Gedanke, dass dieses Erlebnis den Einsatz des eigenen Lebens durchaus wert war, entsprang gewiss nicht einem angesichts der hoffnungslosen Lage aufkeimenden Fatalismus.

Titan drehte sich »unter« ihm weg, die zerrissene Oberfläche war ein wirres Muster von Farben und Formen.

Bosskerrigg wandte sich im Sattel um, die Rampe war nur mehr ein dünner, bedeutungsloser Streifen über dem Saturnmond.

Endlich glaubte der Überschwere, dass er es schaffen würde. Sein Optimismus war durch nichts begründet als durch dieses jähe Hochgefühl.

Aber der Optimismus erwies sich als trügerisch. Nach einem Flug durch die mit Sternen durchsetzte Schwärze des Alls tauchte wieder die Mondoberfläche vor Bosskerriggs Augen auf.

Sie kam näher.

Der Fall war langsam, er besaß etwas Erhebendes. Aber er war unaufhaltsam.

Das Robotpferd besaß kein Flugaggregat und keinen Antigravprojektor, das hätte den Regeln widersprochen. Auch der Reiter besaß keine zusätzliche Ausrüstung.

Bosskerrigg hing jetzt mehr im Sattel, als er saß. Kälte und Atemnot betäubten ihn in zunehmendem Maße. Wirre Überlegungen gingen ihm durch den Kopf, vor allem darüber, wie er sich aus dieser Lage befreien konnte.

Ein Absprung vor dem Aufprall war sinnlos, denn er konnte die eigene Aufprallgeschwindigkeit nicht mindern. Das Pferd würde zwischen den Felsen weit hinter dem Zentrum der Festung aufschlagen, in einem mit spitzen Gesteinszacken durchsetzten Gebiet.

Je tiefer Bosskerrigg sank, desto eindeutiger veränderte sich sein Eindruck, den er optisch von der Oberfläche Titans hatte. Er gewann das Gefühl, in eine Schale zu stürzen.

Kösigh breitete die Beine aus, nicht etwa, weil er einen Instinkt besaß, der dem des Selbsterhaltungstriebs eines lebenden Wesens verwandt gewesen wäre, sondern weil Bosskerrigg den Robotfalben wild und unkontrolliert mit den Hacken bearbeitete.

Dann erfolgte der Aufprall, begleitet von einem kaum hörbaren Krachen.

Der auf den Felsen lagernde Staub wirbelte empor und verhüllte für einen Augenblick das Geschehen mit seinem dunkelgrünen Schleier. Die geringe Schwerkraft verhinderte, dass der Staub sich schnell wieder senkte.

Aus der dunkelgrünen Wolke wurden Bruchstücke des zerschmetterten Pferdes herausgeschleudert. Dann erschien der Körper des Überschweren. Er ähnelte einer flachen, aufgeplatzten Matte. Der Thermoanzug hing in Fetzen herunter, die Atemmaske war abgerissen und baumelte am Atemschlauch. So hing er einen Augenblick über den Felsen, um dann endgültig zwischen ihnen zu verschwinden.

Bosskerrigg hatte den Orbit nicht erreicht.

Bosskerrigg war schuldig.

Bosskerrigg war tot.

Leticron sah sich die Aufzeichnung bis zum Ende an, sodass er Bosskerriggs Tod mit einer Zeitversetzung von einer halben Minute erlebte. Nachdem alles vorüber war, rief der Erste Hetran einen Robotdiener herein.

»Ich möchte, dass du eine offizielle Todesmeldung herausgibst, Bur-Dan«, sagte er zu dem Roboter, der wie ein grauhaariger Mann aussah und schwarze Hosen und eine gestreifte Weste trug. »Bosskerrigg ist schuldig, es war ein Gottesurteil.«

»Sehr wohl, Sir!«, antwortete Bur-Dan, denn er war darauf programmiert, in dieser geschraubten Weise zu sprechen. »Haben Sie noch weitere Wünsche?«

»Ich möchte Maylpancer sprechen!«

»Ich werde ihm Ihre Wünsche übermitteln, Sir!«

Als der Roboter gegangen war, stand Leticron auf. Er war sich darüber im Klaren, dass er seine Zurückgezogenheit aufgeben musste, wenn er Maylpancer besiegen wollte.

Seine Gedanken wanderten mehrere Jahrzehnte zurück, bis zu dem Augenblick, da er sich aus Enttäuschung ins Solsystem zurückgezogen hatte. Irgendwann war ihm klar geworden, dass er die Macht über die Galaxis, von der er damals noch geträumt hatte, nicht erringen konnte. Das Konzil hatte ihm überall im Weg gestanden. Seine Wünsche waren ignoriert und seine Anträge verworfen worden. Er hatte sich immer mehr wie ein Handlanger Hotrenor-Taaks gefühlt und schließlich resigniert.

Vielleicht, dachte Leticron trübsinnig, war alles eine Folge seiner parapsychischen Entwicklung. Vielleicht war auch nur sein Alter an allem schuld.

Die Gefangenen, die vor wenigen Augenblicken angekommen waren, fielen ihm wieder ein. Er konzentrierte sich auf sie.

Ein Schrei kam über seine Lippen. Er taumelte zurück und stützte sich mit den Händen am Terminal ab.

Der Schock ließ ihn nicht los. In den vergangenen Jahren hatte sich auf Titan nichts Ungewöhnliches ereignet. Der Erste Hetran hatte sich an ein ruhiges Leben gewöhnt. Und nun das!

Leticron war Handlungsahner. Das war eine seiner parapsychischen Fähigkeiten. Er konnte Verbindung zu Wesen herstellen, die ihm irgendwann schon einmal begegnet waren. Er erkannte sie an ihrer mentalen Ausstrahlung und wusste im gleichen Augenblick, was sie vorhatten.

Zwei der Gefangenen waren ihm bekannt.

Sie hießen Tako Kakuta und Ronald Tekener.

Das bedeutete zugleich, dass Tako Kakuta im Körper eines anderen Mannes existierte.

Leticron verwünschte seine eigene Müdigkeit und Nachlässigkeit. Hätte er sich rechtzeitig auf diese Männer konzentriert, wären sie von ihm bereits auf Saturn identifiziert worden. Bei einiger Anstrengung konnte der Überschwere die Gedankenimpulse eines ihm bekannten Wesens über mehrere Lichtjahre hinweg lokalisieren.

Eine frühere Entdeckung Tekeners und Kakutas hätte ihre Ankunft auf Titan verhindert. Leticron brauchte kein Hellseher zu sein, um zu wissen, warum diese Männer gekommen waren. Sie wollten ihn töten!

Bei den noch in der Galaxis lebenden Terranern galt er als der größte Feind und war weitaus verhasster als Hotrenor-Taak oder andere führende Mitglieder des Konzils.

Die Reaktion seiner Nerven setzte ein und er zitterte. Solche Anzeichen von Schwäche hatte es früher nie gegeben. Doch er fasste sich wieder und stellte eine Verbindung zur Zentrale her.

Scormon, einer der führenden Überschweren auf Titan, hatte das Kommando. Leticron blickte auf das breite Gesicht des Mannes. »Wohin wurden die Gefangenen gebracht?«, herrschte er den Kommandeur an.

»Sektion achtzehn, in die unteren Räume«, lautete die Antwort. Scormon war an Ausbrüche des Ersten Hetrans gewöhnt und ließ sich nicht beeindrucken. »Ich frage zurück, welcher Raum gewählt wurde.«

»Das ist nicht nötig«, konterte Leticron. »Veranlassen Sie, dass sofort ein Energieschirm über den Aufenthaltsort dieser Gefangenen gelegt wird.«

Scormon wölbte erstaunt die Augenbrauen. »Halten Sie das für notwendig, Sir? Die Räume sind abgesichert und werden bewacht.«

»Ich schicke Sie auf die Rampe, wenn Sie nicht sofort Folge leisten!«, rief Leticron unbeherrscht.

»Ja, Sir!«, sagte Scormon hastig.

Er drehte den Kopf zur Seite und gab Leticrons Befehl weiter. Dann wandte er sich wieder dem Ersten Hetran zu. »Gibt es besondere Gründe für diese Vorsichtsmaßnahme?«

»Ja«, sagte Leticron grimmig und schaltete ab.

Er brauchte Zeit zum Nachdenken. Solange das Gefängnis unter einer Energieglocke lag, konnte der Teleporter nicht entkommen. Der Schirm würde ihn zurückschleudern.

Leticron nahm an, dass die vier absichtlich in Gefangenschaft gegangen waren, um nach Titan zu gelangen. Sie hatten ein großes Risiko auf sich genommen.

»Immerhin gibt es noch Wesen, denen ich das wert bin«, murmelte er ironisch.

Früher hätte ihn eine solche Situation amüsiert, denn sie entbehrte nicht eines gewissen Reizes. Leticron musste sich keineswegs allein mit den Laren herumschlagen, die Maylpancer zum neuen Ersten Hetran machen wollten, er hatte auch Gegner, die ihrerseits mit den Laren verfeindet waren.

Er überlegte, ob er die wahre Identität der Gefangenen aufklären sollte, verwarf diese Idee aber wieder, denn er rechnete sich eine Reihe von Chancen aus, die er durch ein Eingreifen der Laren verlieren würde. Von nun an musste er sein eigenes Spiel spielen, auch wenn es noch so schwierig erscheinen sollte.

Leticron wollte eine Reihe von Plänen in absehbarer Zeit verwirklichen. Der körperlose Zustand der terranischen Altmutanten hatte ihn seit jeher fasziniert. Oft hatte er darüber nachgedacht, ob es für ihn jetzt, da er nicht mehr lange Erster Hetran sein würde, eine ähnliche Existenzmöglichkeit geben konnte.

Er wurde von einem Signal unterbrochen. Bur-Dan stand draußen im Korridor und meldete, dass der erwünschte Besuch eingetroffen war.

Leticron runzelte die Stirn. Er hatte nicht damit gerechnet, dass Maylpancer so schnell vom Startplatz zurückkehren würde. In dieser Situation wäre er gern noch ein bisschen länger allein gewesen. Er wollte Maylpancer jedoch nicht durch eine Änderung seiner ursprünglichen Absichten misstrauisch machen.

»Er soll hereinkommen!«, sagte er knapp. Zweieinhalb Jahre war es her, dass er, außer bei den Turnieren, zum letzten Mal persönlich mit einem lebenden Wesen zusammengetroffen war. Seither hatte er seine Kontakte nur über Funk aufrecht gehalten.

Unwillkürlich stellte er sich die Frage, wie er auf diese Begegnung reagieren würde. Konnte er überhaupt noch unbefangen sein?

In diesem Augenblick kam Maylpancer herein. Der Überschwere von Obskon war erst achtunddreißig Jahre alt. Sein mit Muskelbündeln bepackter Körper war 1,80 Meter hoch und ebenso breit. Das grobporige Gesicht des Besuchers wirkte verhältnismäßig fein geschnitten.

Leticron wusste, dass Obskon eine Welt mit über drei Gravos war. Entsprechend stark war dieser Mann.

Maylpancer hatte mit sportlichen und kämpferischen Leistungen die Gunst führender Mitglieder des eigenen Volkes errungen. Zudem verfügte er über große Intelligenz und galt als einer der besten Transmissions-Hyperphysiker in der Galaxis.

Maylpancer war unmittelbar hinter dem Eingang stehen geblieben und hatte die stumme Musterung schweigend über sich ergehen lassen. Er erwiderte Leticrons Blicke.

Der Erste Hetran las in den Gedanken des Besuchers und stellte fest, dass Maylpancer Komplikationen vermeiden wollte. Dem jungen Mann kam es nicht auf eine persönliche Konfrontation mit dem Mutanten an, er würde es den Laren überlassen, Leticron von der Position des Ersten Hetrans zu entfernen.

Leticron deutete auf einen freien Sessel. »Sie können sich setzen!«

Maylpancer blieb wachsam, aber er bedankte sich mit einem höflichen Lächeln. Als er Platz genommen hatte, ließ er seine Blicke über die Kontrollen gleiten.

»Sie sind überraschend schnell von Ihrem Ausflug zurückgekehrt«, stellte Leticron fest. »Was wollten Sie am Startplatz?«

»Ich versuchte, Bosskerrigg aufzuhalten«, kam die freimütige Antwort.

»Gegen meinen ausdrücklichen Befehl?«

»Ich hoffte, dass Sie Ihre Meinung ändern würden!« Hätte er die Laren nicht hinter sich, hätte Maylpancer diese Antwort niemals gewagt, dazu war er bei allem persönlichen Mut viel zu umsichtig.

Er spricht mit mir, als wäre ich bereits erledigt, dachte Leticron fassungslos. Nur eine gewisse Höflichkeit schien Maylpancer noch zurückzuhalten.

»Sie würden also den Sprung von der Rampe abschaffen, wenn Sie auf Titan den Oberbefehl hätten?«

»Ich werde vieles ändern, wenn ich Erster Hetran bin«, erwiderte der Obskoner. »Da ich jedoch nicht hier auf Titan bleiben werde, sondern mich aktiv um die Ereignisse in der Galaxis kümmern will, können Sie Ihr Museum behalten.«

»Warum sagen Sie das?«

Maylpancer zuckte mit den Schultern. »Sie entnehmen es sowieso meinen Gedanken, sodass es wenig Sinn hätte, nicht darüber zu reden.«

»Hoffentlich täuschen Sie sich nicht.« Leticron atmete schwer. »Noch bin ich Erster Hetran.«

»Hotrenor-Taak sagte mir bereits, dass ich vermutlich mit Ihnen kämpfen muss«, sagte Maylpancer unerschrocken.

»Der Lare ist sehr weitsichtig.« Leticron lächelte schwach. »Immerhin ist die Zeit des Versteckspielens vorbei. Wir wissen, woran wir sind.«

»Ja, das halte ich für gut.«

Leticron hätte seine parapsychischen Fähigkeiten spielen lassen und den Konkurrenten bereits jetzt ausschalten können, doch dazu war er zu klug. Mit einer solchen Handlungsweise hätte er die Laren endgültig gegen sich aufgebracht. Es war klar, dass Hotrenor-Taak herausfinden wollte, ob Maylpancer tatsächlich der richtige Nachfolger war. Diesen Beweis konnte der junge Überschwere nur erbringen, wenn er Leticron in offenem Kampf bezwang. Sollte jedoch der Corun of Paricza Sieger bleiben, würde Hotrenor-Taak noch einmal gründlich darüber nachdenken, ob er Leticron schon absetzen sollte.

»Da Sie der Herausforderer sind, darf ich die Waffen wählen«, sagte Leticron.

Maylpancer war überrascht. »Sie wollen ein Duell?«

»Nicht nur ich, auch die Laren wollen es«, korrigierte Leticron. »Sie haben das bisher nur noch nicht bemerkt. Wir treffen uns in drei Tagen auf dem großen Turnierplatz. Robotpferde und Lanzen. Jeder ist berechtigt, einen Sekundanten mitzubringen.«

»Aber das ist ja lächerlich!« Maylpancer sah betroffen aus. »Ich sehe nicht ein, dass ich mich mit Ihnen duellieren soll, nur weil Sie sich Ihr Leben in so verrückter Manier eingerichtet haben.«

»Ich werde Hotrenor-Taak von unserer Abmachung unterrichten«, sagte Leticron ruhig.

»Sie sind verrückt!«, stellte Maylpancer fest. »Man kann nicht mehr mit Ihnen reden. Hotrenor-Taak wird Sie absetzen und mich zum Ersten Hetran machen. Sie sind völlig wertlos für ihn.«

»Gehen Sie zu ihm!«, empfahl Leticron.

Maylpancer erhob sich. »Ich hatte gehofft, dass wir vernünftig reden könnten. Ich hätte Sie mit einem Schiff nach Paricza bringen lassen. Dort sind Sie immer noch ein angesehener Mann. Sie hätten Ihr Museum mitnehmen und neu aufbauen können.«

»Wenn man ein gewisses Alter erreicht hat, ändert man seinen Wohnsitz nicht mehr«, entgegnete Leticron. »Außerdem sind Ihre Anfälle von jugendlichem Wohlwollen völlig fehl am Platz. Ich bin Ihr Todfeind, und ich werde Sie töten, falls Ihnen das nicht zuvor mit mir gelingen sollte.«

Deutlich war zu sehen, dass Maylpancer sich den Verlauf dieser Unterredung anders vorgestellt hatte. Er war enttäuscht und verwirrt.

»Sie haben nicht einmal Ihr Gesicht unter Kontrolle«, sagte Leticron verächtlich.

Maylpancer ging hinaus, seine Gedanken verrieten, dass er zu Hotrenor-Taak gehen und ihn bestürmen wollte, dieser Sache endlich ein Ende zu machen. Damit tat er genau das, was Leticron wollte. Der Lare würde Leticrons Botschaft erkennen.

Leticron lachte lauthals. Sein Gelächter dröhnte bis auf die Gänge hinaus. Dann beruhigte er sich wieder. In drei Tagen fand der Kampf mit Maylpancer statt, daran hatte er keinen Zweifel. In der Zwischenzeit musste er eine Lösung finden, was mit den Gefangenen geschehen sollte.

Er hatte auch schon einen Plan, wie er nur dem kranken Gehirn eines Mutanten entspringen konnte.

Maylpancer hatte gewusst, dass es zu einem Kampf mit Leticron kommen würde, und er hatte den Zeitpunkt für diese entscheidende Auseinandersetzung herbeigesehnt wie kein anderes Ereignis in seinem Leben. Dabei hatte er jedoch niemals an ein verrücktes Duell gedacht, wie Leticron es verlangte.

Über einen Transmitter gelangte er in den Hangar, wo die drei SVE-Raumer der Laren standen. Vor zwei Tagen waren die Schiffe auf Titan gelandet, und obwohl Maylpancer sich schon in vielen Sektionen der Stahlfestung umgesehen hatte, konnte er sich noch immer keinen richtigen Eindruck davon machen.

Wahnsinnig oder nicht – Leticron hatte sich mit diesem stählernen Bauwerk, das große Teile des Mondes bedeckte, schon zu Lebzeiten ein Denkmal gesetzt.

Vom Weltraum aus machte die Festung den Eindruck eines ineinander verschachtelten Bauwerks mit zahlreichen großen und kleinen Innenhöfen. Ihr Kern bedeckte eine Fläche von etwa einhundert Quadratkilometern. Daran schlossen sich die teilweise zu Labyrinthen ausgebauten Gänge und die unter der Oberfläche gelegenen Silos an.

Maylpancer bedauerte, dass er wahrscheinlich niemals die Zeit finden würde, diese Festung völlig zu ergründen. Was immer mit Leticron geschehen sollte: Einen Teil seiner Geheimnisse würde er mit in den Tod nehmen.

Der Obskoner wurde von zwei Laren kontrolliert, dann durfte er den SVE-Raumer Hotrenor-Taaks betreten. Der Verkünder der Hetosonen achtete auf ein gewisses Maß von Sicherheitsvorkehrungen, wahrscheinlich hatten ihn viele Anschläge misstrauisch gemacht.

Maylpancer traf den Larenführer in der Zentrale des Schiffs, wo Hotrenor-Taak mit den Hyptons diskutierte, die ihrer Mentalität entsprechend als große Körpertraube von der Decke hingen. Am unteren Ende dieses Knäuels saß der Sprecher der Hyptons.

Hotrenor-Taak warf dem Überschweren einen kurzen Blick zu. »Ich komme sofort!«, sagte er.

Jedes Mal, wenn Maylpancer mit dem Laren zusammentraf, überkam ihn das Gefühl, dass Hotrenor-Taak sich im Grunde genommen für nichts interessierte. Seine gleichgültige Art hatte Maylpancer schon oft zur Verzweiflung gebracht, aber allmählich lernte er, sich daran zu gewöhnen.

Er zog sich in einen Winkel der Zentrale zurück, denn Hotrenor-Taak liebte es nicht, wenn er bei seinen Gesprächen mit den Hyptons gestört wurde.

Worum konnte es dabei schon gehen?

Um die immer massiver werdenden Gerüchte, die sich um einen gewissen Vhrato rankten, in dem die Terraner einen Befreier sahen, oder um die zunehmenden Aktivitäten terranischer Untergrundbewegungen. Es gab so gut wie keine anderen Probleme in der Galaxis; die meisten Völker verhielten sich ruhig und anerkannten das Konzil. Im Hetos der Sieben war man über die Entwicklung zufrieden, obwohl man sich vielleicht größere und schnellere Erfolge von der jüngsten Eroberung versprochen hatte.

Maylpancer war so in seine Überlegungen versunken, dass er Hotrenor-Taak erst wahrnahm, als dieser unmittelbar vor ihm stand. »Nun?«, fragte der Lare kühl.

Maylpancer blinzelte, das helle Licht der variablen Energiewände im Innern des Schiffs tat seinen Augen weh. »Ich war bei ihm«, sagte er.

Auch jetzt verlor Hotrenor-Taak nicht seine Gelassenheit, er wirkte weiterhin desinteressiert.

»Er will mit mir kämpfen«, sprudelte Maylpancer hervor.

»Das sagte ich Ihnen bereits.«

»Aber er hat einen völlig absurden Plan. Ich soll auf dem Turnierplatz gegen ihn antreten. Mit Lanzen! Auf einem Robotpferd!«

»Das ist seine Art«, bemerkte Hotrenor-Taak.

»Sie wollen es zulassen?«

»Warum nicht?«

»Das ist eine kindische Kraftprobe, ohne jeden Sinn und Zweck«, ereiferte sich der Überschwere. »Ich gehöre zu einem abenteuerlustigen Volk und scheue keine Auseinandersetzung. Trotzdem bin ich der Ansicht, dass es in einer Angelegenheit, bei der es um so viel geht, andere Möglichkeiten einer Entscheidung geben muss.«

»Welche?«, fragte der Lare seufzend. Er schien sich zu langweilen.

»Sie könnten … Sie könnten … Ach *was!*« Maylpancer bekam einen hochroten Kopf. »Vielleicht haben sogar Sie Ihren Spaß daran. Sie wissen, dass Leticron verrückt ist und dass er nicht länger Erster Hetran sein kann. Aber statt ihn abzusetzen, geben Sie ihm eine Chance.«

»Er war sehr lange Erster Hetran«, antwortete der Lare gedehnt. »Länger als einhundertzwanzig Jahre terranischer Zeitrechnung.«

Maylpancer stemmte die Arme in die Hüften. Er blies die Backen auf. »Ich wusste nicht, dass Sie Skrupel haben. Sie werden geradezu melancholisch.«

»So wird es sein«, sagte Hotrenor-Taak.

Maylpancer wünschte, er hätte ein Mittel gehabt, die Mauer aus

Überheblichkeit zu durchbrechen. Er musste sich beherrschen. Zu lange hatte er gekämpft, um *diese* Position zu erreichen, er wollte sie nicht im letzten Augenblick durch eine Dummheit verlieren. Wenn es sein musste, würde er eben kämpfen: auf einem Robotpferd und mit einer Lanze in der Hand.

»Immerhin hat Leticron über ein Jahrhundert lang den Kopf für uns hingehalten«, fuhr Hotrenor-Taak fort. »Sie können einwenden, dass er es aus egoistischen Motiven tat, und das ist sogar richtig. Aber das ändert nichts an der Tatsache, dass er lange Zeit ein Erster Hetran war, der viel für das Konzil getan hat. Er hat mir oft imponiert.«

»Ihnen?«, schnaubte Maylpancer. »Wer oder was kann Ihnen schon imponieren?«

»Leticron zum Beispiel! Und ich warne Sie. Er ist angeschlagen und verrückt. Er ist ein Einsiedler mit schrulligen Ideen, aber das sollte Sie nicht dazu verleiten, ihn zu unterschätzen. Er ist müde und liebäugelt mit dem Tod, aber er wird nicht abtreten, ohne uns ein ungewöhnliches Schauspiel zu liefern.«

»Eine schöne Grabrede«, spottete Maylpancer.

»Ich hoffe, ich muss mir keine neue ausdenken – für Sie«, sagte der Verkünder der Hetosonen, bevor er sich abwandte und den Überschweren einfach stehen ließ.

15.

Ronald Tekener, der sich Kalteen Marquanteur nannte, hockte auf dem Boden und lehnte mit dem Rücken an der Wand. Sein Blick war auf die Tür gerichtet und er wartete darauf, dass etwas geschah. Seit der Ankunft auf Titan und der Unterbringung hatte sich niemand mehr um sie gekümmert.

Vielleicht, dachte Kalteen-Tekener, würde er Leticron nicht einmal zu sehen bekommen. Es war möglich, dass sich der Erste Hetran überhaupt nicht selbst um die Gefangenen kümmerte. Kalteen war überzeugt, dass der Raum beobachtet und abgehört wurde; es verbot sich also von selbst, mit den drei Multi-Cyborgs über seine Pläne zu sprechen. Noch war ihre wahre Identität nicht erkannt worden. Demnach galten die Mucys als mysteriöse Überschwere, und er selbst war ein entsprungener Sklave.

Er richtete sich auf und ging zu den drei Männern am Tisch hinüber.

Gegenüber den massigen Multi-Cyborgs kam er sich winzig vor. »Ich möchte wissen, wohin man uns gebracht hat«, sagte er, für die Abhöranlagen bestimmt.

»Wenn das Gerede der Beamten richtig war, befinden wir uns jetzt auf dem Saturnmond Titan«, erwiderte Vross Barratill.

Tekener stützte sich auf die Tischplatte.

»Hoffentlich erfahren wir bald, was das alles soll«, fügte Ertyn Grammlond hinzu, der den Bewusstseinsinhalt der Telepathin Betty Toufry in sich trug.

Tekener fragte sich, wie die beiden das aushielten: das körperlose Bewusstsein einer Psi-begabten Frau im Körper eines Cyborgs, der einem Überschweren nachempfunden war. Aber das betraf jeden der drei. Sie hatten ihm ihr Geheimnis unmittelbar nach der Ankunft auf Titan eröffnet, als sie sich einige Sekunden lang völlig unbeobachtet gefühlt hatten. Seitdem war ihm manches klarer. Er schaute Tigentor an, doch galt sein Blick eher Tako Kakuta im Körper des Multi-Cyborgs. »Ich frage mich, ob wir hier jemals wieder herauskommen«, sagte er bedeutsam.

Kertan Tigentor schüttelte kaum merklich den Kopf, ein Zeichen, dass etwas nicht in Ordnung war.

Tekener wusste, dass Wuriu Sengu im Körper von Vross Barratill durch die stählernen Wände des Gefängnisses auf den Gang blicken konnte. Allerdings war es Barratill unmöglich, darüber zu sprechen, was der Altmutant sah. Er gab Tekener lediglich ein unmissverständliches Zeichen, dass eine Flucht mit Hilfe des Teleporters unmöglich war. Das konnte bedeuten, dass ihr Gefängnis energetisch gesichert war.

Grammlond nickte heftig. Betty Toufry konnte Tekeners Gedanken zwar nicht lesen, aber sie spürte wohl aus unmittelbarer Nähe, was wichtig war.

Verdammt!, dachte Ronald Tekener. Er fragte sich, ob Energiesperren zu den Routinemaßnahmen gehörten oder ob jemand in der Stahlfestung Verdacht geschöpft hatte. Leticron war zuzutrauen, dass er die wahre Identität seiner Gefangenen schon erkannt hatte.

»Was können wir tun?«, fragte Tekener. Die Frage war unverfänglich.

»Warten!«, antwortete Grammlond knapp.

Tekener hatte sich die Lage auf Titan anders erhofft. Er verwünschte sein Zögern, als es darum gegangen war, eine letzte Fluchtmöglichkeit zu nutzen. Ein Ausspruch von Reginald Bull spukte ihm inzwischen im Kopf herum, eine angeblich alte terranische Volksweisheit, die ihre Brisanz nie verloren hatte: »Nur die dümmsten Kälber wählen sich ihre Metzger selber.« Eine verrückte Zeit musste das damals gewesen sein, als die Menschheit in den Weltraum aufgebrochen war. Aber – war das heute anders?

Der USO-Spezialist begab sich in die Badenische und aktivierte die Dusche. Vielleicht übertönte das Prasseln des harten Wasserstrahls ein flüsternd geführtes Gespräch. Ein Restrisiko ließ sich niemals ausschalten.

Er winkte Grammlond zu sich in die Nische. Danach war es plötzlich verdammt eng. Tekener fürchtete schon, an der Wand zerquetscht zu werden.

»Gibt es einen Energieschirm?«, flüsterte er. Seine Mentalstabilisierung erlaubte es der Mutantin nicht, seine Gedanken im Einzelnen zu erfassen, sonst wäre alles vergleichsweise einfach gewesen.

Grammlond nickte nur.

»Kannst du die fremden Gedanken lesen, Betty?«

»Die Wächter wissen nichts ... Leticron gab den Befehl!«

»Das dachte ich mir!« Tekener verdrehte die Augen. »Der Pariczaner weiß vermutlich alles.«

»Das ist nicht sicher«, widersprach Grammlond.

Tekener beendete die Wasserzufuhr, trocknete seine Haare und kehrte nach Grammlond in den Hauptraum zurück.

Einige Zeit später brachte ein bewaffneter Roboter ein Bildsprechgerät und verschwand sofort wieder. Selbsttätig aktivierte sich die Holoprojektion. Leticron wurde sichtbar. Tekener, der ihn zum letzten Mal gesehen hatte, als der Greiko Kroiterfahrn die Galaxis besucht hatte, erschrak. Das Gesicht des Ersten Hetrans war aufgeschwemmt, die Augen verschwanden hinter schweren Falten. Das Alter hatte unübersehbare Spuren in das Gesicht dieses Mannes eingegraben.

Tekener glaubte zu verstehen, warum Leticron sich nicht mehr öffentlich zeigte. Wahrscheinlich waren seine psychischen Veränderungen noch prägnanter als die Anzeichen körperlichen Zerfalls.

»Ich begrüße Sie«, sagte Leticron spöttisch. »Es kommt selten vor, dass Gegner sich freiwillig in meine Gefangenschaft begeben.«

Kalteen Marquanteur machte einen schwachen Versuch, das begonnene Schauspiel auch jetzt noch fortzusetzen. »Wovon reden Sie?«, fragte er. »Wir haben nichts gegen Sie.«

Leticron grinste spöttisch und entblößte einige schadhafte Zähne. »Diese Vorstellung ist unter Ihrer Würde, Ronald Tekener. Ich kenne Sie und Tako Kakuta, daher weiß ich auch, warum Sie gekommen sind. Ihr Auftrag lautet, den Ersten Hetran zu beseitigen«, sagte Leticron betont. »Angesichts der Lage, in der Sie vier – oder sollte ich sagen: sieben? – sich befinden, halte ich einen solchen Ehrgeiz für übertrieben. Von mir wird es abhängen, ob Sie die nächsten Tage lebend überstehen.«

Die Psi-Fähigkeiten des Überschweren hatten sie verraten. Tekener glaubte, dass es so sein musste. »Was erwarten Sie? Dass wir um unser Leben betteln?«

Leticron lehnte sich zurück und verschränkte die Arme über der Brust. Sein weites Gewand ließ ihn noch massiger aussehen.

»Ich habe Pläne«, sagte er. »Die Anwesenheit der Cyborgs kommt mir dabei sehr gelegen. Sie alle werden mir helfen, den nächsten Schritt in meiner persönlichen Entwicklung zu tun.«

»Was bedeutet das?«, fragte Tekener alarmiert.

»Sie werden es früh genug erfahren. Richten Sie sich darauf ein, dass Sie von Ihren Freunden getrennt werden.«

Damit unterbrach Leticron die Verbindung. Tekener wandte sich sofort an Grammlond-Toufry: »Konnten Sie seine Gedanken lesen?«

»Er hatte sich völlig abgeschirmt.«

»Leticron sprach vom nächsten Schritt in seiner persönlichen Entwicklung«, wandte Barratill ein. »Was meinte er damit?«

»Bestimmt nichts Gutes«, sagte Tekener düster. »Für mich steht fest, dass er verrückt und unberechenbar ist.«

Eine halbe Stunde später erschienen zwei Roboter im Gefängnis. »Tigentor, Barratill und Grammlond kommen mit«, befahl einer von ihnen. »Tekener bleibt hier.«

Der USO-Spezialist warf einen Blick auf die Tür, vor der drei weitere Roboter postiert waren. Ihre Waffenarme redeten eine unmissverständliche Sprache. Leticron ging kein Risiko ein.

Den Multi-Cyborgs wurden Energiefesseln angelegt. Offensichtlich sollte den Altmutanten jede Möglichkeit genommen werden, ihre derzeitigen Körper zu verlassen.

»Wohin bringt ihr sie?«, fragte Tekener.

Einer der Roboter schob ihn wortlos zur Seite. Die Mucys wehrten sich ebenso wenig, weil sie gegen ihre stählernen Wächter wenig Chancen hatten.

»Wir dürfen den Kontakt nicht abreißen lassen!«, rief Tekener ihnen nach. Tigentor wandte sich noch einmal um und warf ihm einen ratlosen Blick zu. Die stumme Frage des Cyborgs blieb unbeantwortet.

Ihre unverhoffte Trennung schien anzudeuten, dass Leticrons Interesse zunächst den Mucys und ihren Bewusstseinsinhalten galt. Tekener rangierte erst an zweiter Stelle, aber er konnte sicher sein, dass Leticron ihn nicht vergessen würde.

Der Erste Hetran schaltete den Antigravprojektor ein und schwebte aus der zentralen Beobachtungsstation hinaus, um sich zum Hauptlabor zu begeben. Er hatte sich abgewöhnt, weite Strecken zu Fuß zurückzulegen. Wenn er sich nicht nur innerhalb eines Raumes bewegte, benutzte er den Antigravprojektor. Sobald er andere Sektionen der Stahlfestung aufsuchen wollte, begab er sich in eine der zahlreichen Transmitterstationen.

Theoretisch konnte er innerhalb weniger Minuten an jeden Ort der Festung gelangen. Dies entsprach seinem großen Sicherheitsbedürfnis, denn obwohl der Überschwere es niemals öffentlich zugegeben hätte, war die Stahlfestung auf dem Saturnmond ein riesiges Versteck. Die einstigen Stationen der Terraner auf Titan waren eingeebnet worden oder standen leer. Leticron hatte sie nicht in seine Planung mit einbezogen.

Er betrat einen Nebenraum des Hauptlabors. Auf einem Holoschirm konnte er beobachten, dass die Mucys von den Robotern hereingebracht wurden. Kakutas Gedanken waren verwirrt, der Mutant wusste offenbar nicht, wie er sich auf diese Situation einstellen sollte. Er wägte jedoch verschiedene Fluchtmöglichkeiten ab.

Der gesamte Laborraum wurde energetisch abgeschirmt. Das machte ein Entkommen der Bewusstseinsinhalte unmöglich. Leticron war nicht sicher, ob die Multi-Cyborgs seine Nähe erkannten. Möglich war, dass ihn der Späher-Mutant Wuriu Sengu durch die Trennwand hindurch sah. Bisher hatte Sengu seine Begleiter aber noch nicht über eine solche Feststellung informiert.

Leticron beabsichtigte nicht, allein ins Hauptlabor zu gehen. Mit einer Reihe von Spezialrobotern konnte er seine Pläne auch ohne menschliche Hilfe verwirklichen.

Er schaltete die akustische Übertragung ein, damit die Mucys ihn hören konnten. Bevor er jedoch begann, ließ er zwei der Cyborgs fesseln. Den dritten, Ertyn Grammlond, schnallten die Roboter auf eine Operationsliege. Die Multi-Cyborgs ertrugen alles widerstandslos, sie schienen einzusehen, dass sie keine Chance hatten.

Leticron, der seine Roboter im Labor vom Nebenraum aus steuerte, befahl, Grammlond zu entkleiden. Vorübergehend konzentrierte er sich auf Tako Kakuta und stellte befriedigt fest, dass dessen Überlegungen noch völlig ungeordnet waren. Als Handlungsahner konnte der Überschwere genau erkennen, was seine Gegner beabsichtigten, aber Kakuta konnte in dieser Hinsicht keinen klaren Entschluss fassen. Er musste jeden Plan sofort wieder aufgeben, denn seine Lage und die seiner Freunde waren aussichtslos.

Leticron beugte sich über ein Mikrofon. »Sie werden sich fragen, was das alles bedeutet«, sagte er. »Kakutas Anwesenheit hat mir einen wichtigen Hinweis gegeben. Ich weiß, dass Ihre Cyborg-Körper synthetisches PEW-Metall enthalten.« Er ließ seine Aussage wirken. »Ich bin sehr an diesem Material interessiert, denn ich benötige es für meine Zwecke«, fuhr er fort. »Es bleibt mir keine andere Wahl, als Grammlond zu töten und das PEW-Metall aus seinem künstlichen Körper zu entnehmen.«

Als Maylpancer jene Sektion der Stahlfestung betrat, die Leticron als »Stallungen« bezeichnet, sah er, dass der Erste Hetran die Robotpferde tatsächlich in einer Unterkunft stehen hatte, die seiner Vorstellung von einem altterranischen Pferdestall entsprach. Am anderen Ende der Halle war ein junger Überschwerer damit beschäftigt, Sättel und Zaumzeug in Ordnung zu bringen.

Maylpancer verzog das Gesicht. »Macht Ihnen das Spaß?«, fragte er.

»Nein«, antwortete der junge Mann. »Aber ich habe den Befehl dazu.«

Maylpancer ließ seine Blicke über die vierzehn Pferde wandern. »Sind das alle?«

»Sieben stehen noch auf dem Turnierplatz. Einige Männer üben für das nächste Turnier.«

»Gibt es Unterschiede zwischen den Pferden?«

»Nein.«

»Wenn *Sie* einen Kampf zu bestreiten hätten, welches würden Sie wählen?«, fragte Maylpancer weiter.

Ohne nachzudenken, deutete der Stallbursche auf einen »Rappen«. Das Robotpferd stand bewegungslos in seiner Box.

»Hm«, machte Maylpancer. »Eigenartig, nicht wahr? Sie sagen, dass alle gleich sind, aber Sie haben trotzdem einen Favoriten!«

»Das ... das ist mehr vom Gefühl her«, erwiderte der Überschwere verdutzt.

»Ich verlasse mich auf Ihr Gefühl«, sagte Maylpancer. »Wie heißt das Pferd?«

»Gretyl!«

»Halten Sie Gretyl für mich bereit!« Er sah den anderen forschend an. »Sie wissen, wer ich bin?«

»Ich kenne Sie.«

Maylpancer fragte sich, ob es einen Sinn hatte, den Überschweren zu bitten, ein besonderes Augenmerk auf Gretyl zu richten. Wenn es darauf ankam, würde der Mann sich Leticrons Befehlen beugen. Maylpancer musste sich einfach darauf verlassen, dass der Erste Hetran einen fairen Kampf führen und sich nicht auf Sabotageakte verlegen würde.

»Das Duell wird mit Lanzen ausgetragen«, sagte Maylpancer. »Ich gestehe, dass ich mich in diesen Dingen nicht sehr gut auskenne. Können Sie mir einen Mann nennen, der mich beraten kann?«

»Skarthom«, antwortete der Überschwere prompt. »Sie finden ihn im Waffenlager Sektion vier. Jeder kann Ihnen den Weg dorthin zeigen. Sie können auch vom Stalltransmitter aus hingelangen. Ich werde Sie anmelden.«

Wenig später verließ Maylpancer den Transmitter in Sektion vier. Ein mächtiges Tor mit stählernen Beschlägen versperrte ihm den Weg in die Waffenkammer, doch als er darauf zuschritt, glitt es lautlos zur Seite. Ein untersetzter Überschwerer mit wallendem schwarzem Vollbart kam ihm entgegen.

»Da sind Sie ja schon!«, rief der Waffenmeister mit dröhnender Stimme. »Der Stallbursche hat mich informiert, dass Sie kommen.«

Maylpancer wollte gegen diese Ausdrucksweise protestieren, überlegte es sich aber doch anders. Skarthom schien in seiner Arbeit aufzugehen und seine Rolle ernst zu nehmen. Es wäre sinnlos gewesen, einen solchen Mann gegen sich aufzubringen.

»Ich habe einen Kampf«, sagte Maylpancer. »Mit Lanzen.«

Skarthom führte ihn ins Innere des Waffenarsenals. Was Maylpancer dort sah, erschien ihm wie eine nutzlose Ansammlung alten Eisens, aber Skarthom sagte verzückt: »Schauen Sie sich um! Hier finden Sie alles, was Sie für ein Turnier brauchen.«

Maylpancer sah Schwerter, Lanzen, Äxte, Morgensterne, Netze, Dolche und ähnliche Dinge. Er ignorierte alle diese Waffen und trat an das Regal, auf dem die polierten Lanzen lagen.

Skarthom hob eine davon herunter und drehte sie so behutsam in den Händen, als bestünde sie aus Glas. Das blanke Metall reflektierte das Deckenlicht, und er schnalzte anerkennend mit der Zunge. »Sind sie nicht wunderbar?«

Maylpancer hatte auf der oberen Ablage eine goldene Lanze erblickt. Sie war etwas kürzer als die anderen, aber eleganter geformt. Sie erinnerte an eine lang gestreckt daliegende Schlange.

Dem Waffenmeister war Maylpancers Blick nicht entgangen. »Sie gehört Leticron«, erklärte er. »Ich darf sie Ihnen nicht geben.«

»Suchen Sie eine andere aus!«, sagte Maylpancer schroff. »Eine gute.«

Skarthom deutete auf die obere Ablage. »Es gibt keine bessere«, sagte er verklärt. »Jedes Mal, wenn Leticron mit dieser Lanze antrat, verließ er den Turnierplatz als Sieger.«

»Er wird gegen mich kämpfen!«, eröffnete der Obskoner dem Waffenmeister.

»Es ist keine Schande, gegen Leticron zu verlieren.«

»Diesmal geht es um Leben und Tod!«, sagte Maylpancer.

Die Roboter hatten Ertyn Grammlond getötet. Leticron entnahm Tako Kakutas Gedanken, dass der Bewusstseinsinhalt von Betty Toufry vor Eintritt des Todes in den Körper von Kertan Tigentor geflohen war, der nun zwei Mutanten in sich beherbergte. Kakutas Verbitterung über Grammlonds Tod war deutlich zu spüren, aber Leticron ignorierte diese Gefühle. Er spürte keinerlei Skrupel und hätte genauso kaltblütig gehandelt, wenn das Opfer kein Cyborg, sondern ein Mensch gewesen wäre.

Während die Roboter Grammlonds Körper öffneten, wandte Leticron sich an die überlebenden Gefangenen. »Das Labor ist mit doppelten Energieschirmen abgesichert«, sagte er. »Die Bewusstseinsinhalte können nicht fliehen.«

»Warum tun Sie das?«, fragte Vross Barratill. »Was nutzt es Ihnen, wenn Sie das PEW-Metall aus Grammlonds Körper holen?«

Leticron verspürte zwar Lust, den Gefangenen von seinen Plänen zu berichten, aber dazu war es noch zu früh. Bevor er in die nächste Phase seiner Entwicklung eintreten würde, wollte er den Laren noch einmal beweisen, dass er als Erster Hetran von keinem Mitglied seines eigenen Volkes besiegt werden konnte – auch von Maylpancer nicht. Der Gedanke an den bevorstehenden Kampf mit dem jungen Überschweren lenkte Leticron ab. Er konzentrierte sich wieder auf die Vorgänge im Labor.

Inzwischen hatten die Roboter mit ihren Peilgeräten jene Körperpartien des Multi-Cyborgs lokalisiert, in denen sich das synthetische PEW-Metall befand. Leticron wusste genau, warum die Cyborg-Körper damit angereichert worden waren. Auf diese Weise konnten sich die Bewusstseinsinhalte für fast unbegrenzte Zeit in diesen Körpern aufhalten. Das Problem, PEW-Metall in einem menschlichen Körper einzulagern, hatten die Terraner offenbar noch nicht gelöst. Wahrscheinlich schreckten sie davor zurück, derart lebensgefährliche Experimente mit ihren eigenen Artgenossen anzustellen.

Nachdem das PEW-Metall geborgen war, ließ Leticron Grammlonds Leiche in einen Konverter werfen. Er hatte das Gesuchte gefunden.

Der erste Schritt zur Verwirklichung seiner Pläne war getan.

Tekener war vorübergehend eingeschlafen und erwachte vom Gefühl zunehmender Hitze. Er fuhr von seinem Lager hoch und blickte sich um. Zu seiner Überraschung sah er an der dem Eingang gegenüberliegenden Wand einen hellen, sich schnell vergrößernden Fleck. Die stählerne Wand schmolz an dieser Stelle.

Seine Gedanken wirbelten durcheinander. Kam jemand, um ihn zu befreien? Er konnte sich das nicht vorstellen.

Geschmolzenes Metall tropfte auf den Boden. Eine Öffnung entstand.

War es denkbar, dass Leticron sich eines besonders schmutzigen Tricks bediente, um Tekener zu töten?

Das Loch wurde größer. Auf der anderen Seite stand ein Lare. Ungläubig starrte der USO-Spezialist den Fremden an. Warum wählte der Lare diesen Weg? Er hätte jederzeit durch den Eingang kommen können.

Nachdem die Wand einmal aufgeschmolzen war, vergrößerte sich das Loch schnell. Der Lare streckte den Kopf in den Gefängnisraum und fixierte Tekener.

»Kalteen Marquanteur?«

»Ja.« Tekener glaubte, der Frage entnehmen zu können, dass Leticron die Laren keineswegs über das unterrichtet hatte, was für ihn längst kein Geheimnis mehr war.

»Sie sind frei!«, sagte der Lare.

Tekener blinzelte. »Aber …«, setzte er an.

Der Lare unterbrach ihn sofort: »Sagen wir, dass es zu unseren innenpolitischen Maßnahmen gehört, Leticron zu verwirren. Mehr müssen Sie nicht wissen. Fliehen Sie, die Wächter haben aufgehört, diesen Raum zu beobachten. Früher oder später werden die Überschweren jedoch feststellen, dass Sie nicht mehr im Gefängnis sind.«

»Wohin soll ich mich wenden?«, fragte Tekener. »Ich habe kein Interesse daran, mich in Streitigkeiten verwickeln zu lassen.«

Der Lare gab keine Antwort. Er drehte sich um und war Augenblicke später verschwunden. Als Tekener durch das Loch in der Wand blickte, konnte er den Fremden nicht mehr sehen.

Der Raum auf der anderen Seite war verlassen. War das alles eine groß angelegte Falle?

Was sollte er tun? Lange durfte Tekener mit seiner Entscheidung nicht warten. Die Worte des Laren deuteten darauf hin, dass es zwischen dem Konzil und seinem Ersten Hetran erhebliche Differenzen gab. Die Gerüchte, dass Leticron durch einen anderen Mann ersetzt werden sollte, entsprachen offenbar der Wahrheit. Wollten die Laren den Wechsel beschleunigen? Aber warum setzten sie Leticron nicht einfach ab oder töteten ihn?

Es war sicher unmöglich, die genauen Beweggründe zu verstehen, dachte Tekener. Er musste aber unter allen Umständen vermeiden, dass er zwischen die Fronten geriet und dabei zerrieben wurde.

Was erwarteten die Laren von ihm?

Er zwängte sich durch die noch nachglühende Öffnung in den anderen Raum. Wurde er beobachtet? Der Gedanke, für Unbekannte die Marionette zu spielen, missfiel ihm, doch im Augenblick hatte er keine andere Chance, als sich im Interesse der eigenen Sicherheit von dem Raum zu entfernen, in dem er bisher gefangen gewesen war.

Tekener kannte sich in der Stahlfestung Titan nicht aus, er war sich nur darüber im Klaren, dass er überall und jederzeit auf Überschwere treffen konnte. Wenn er nur gewusst hätte, was die Laren planten. Er durchquerte den Raum und stieß auf ein leicht zu öffnendes Tor. Vor ihm lag ein beleuchteter Korridor. Von irgendwoher erklang Stimmengewirr. Tekener zuckte zurück.

Er entdeckte einen Seitengang und legte die wenigen Meter bis dort mit langen Sätzen zurück. Dann umfing ihn Düsternis.

Er hörte einen Mann dröhnend lachen. Vielleicht war es jemand in der Wachstation.

Das Lachen brach plötzlich ab und wich dem Schrillen einer Alarmanlage. Sekundenlang stand Tekener wie versteinert. Der Lärm der Sirenen dröhnte in seinen Ohren. Endlich warf er sich herum und rannte tiefer in den dunklen Gang hinein.

Die Nachricht von Tekeners Flucht erreichte Leticron, als er das PEW-Metall von einem Roboter in den Hof der Sieben Säulen transportieren lassen wollte. Er schickte den Roboter ins Labor zurück, stellte eine Verbindung zum Hangar her und verlangte Hotrenor-Taak zu sprechen.

»Sie sollten besser auf Ihre Lieblinge aufpassen!«, sagte er wütend, als der Lare in der Bildwiedergabe erschien.

»Wovon reden Sie?«, fragte Hotrenor-Taak gelassen.

»Von Maylpancer! Er hat einem Gefangenen zur Flucht verholfen. Aber ich versichere Ihnen, dass der Flüchtling nicht weit kommen wird.«

Hotrenor-Taak schien nachzudenken. »Woher wollen Sie wissen, dass es Maylpancer war?«, fragte er schließlich.

Leticron spürte, dass er die Kontrolle über sich zu verlieren drohte. Er musste sich beherrschen, um nicht loszuschreien. »Wer sonst sollte das getan haben?«, stieß er hervor.

Hotrenor-Taak breitete die Arme aus. »Vielleicht hat er sich aus eigener Hilfe befreit!«

»Das ist völlig unmöglich. Sie wissen das so gut wie ich.« Ein unglaublicher Verdacht stieg in Leticron auf, so absurd, dass er das alles sofort wieder verdrängen wollte, doch die Zweifel hielten sich hartnäckig. Er schaute den Laren betroffen an. »Haben Sie … den Gefangenen befreit?«

»Nein«, sagte der Lare ironisch.

Leticron erkannte, dass der Verkünder der Hetosonen log. Er wurde blass vor Zorn, seine schwere Faust drosch auf die Schaltanlage des Interkoms. Leticron rang nach Atem, als das Bild des Laren verblasste. Er fühlte sich in niederträchtigster Weise hintergangen. Das hatte er nicht verdient.

Die Laren entfesselten einen Nervenkrieg, um ihn völlig zu verunsichern. Sie wollten sicher sein, dass er im entscheidenden Kampf gegen Maylpancer unterlag. Dabei war ihnen jedes Mittel recht, solange sie nur im Hintergrund bleiben konnten.

Erwarteten sie, dass er sich bei der Jagd nach einem entsprungenen Häftling aufrieb? Er konnte Tekener nicht einmal mehr spüren; auch daran waren die Laren schuld.

Der USO-Spezialist war nicht so wichtig. Er besaß keine parapsychischen Fähigkeiten und musste froh sein, wenn er außerhalb seines Gefängnisses am Leben blieb. Es würde genügen, wenn Leticron einige der ihm treu ergebenen Überschweren losschickte. Sie würden Tekener jagen. Die beiden Multi-Cyborgs mit ihren drei Bewusstseinsinhalten waren im sicheren Gewahrsam des Hauptquartiers. Niemand – auch die Laren nicht – konnte in das zentrale Labor eindringen, ohne dass Leticron davon erfuhr.

Er richtete einen Rundspruch an alle Überschweren in der Stahlfestung.

Seine Befehle galten auch für die terranischen Sklaven, die sich in einigen Sektionen aufhielten und nicht wagen würden, gegen seine Anordnungen zu verstoßen.

»Kalteen Marquanteur ist mit fremder Hilfe aus dem Gefängnis ausgebrochen«, berichtete er und ließ ein Bild des hochgewachsenen Mannes einblenden. »Er muss wieder eingefangen werden. Ich stelle eine hohe Belohnung in Aussicht.«

Damit war die Sache vorläufig für ihn erledigt. Bis zum entscheidenden Kampf mit Maylpancer wollte er auch nicht mehr mit Konzilsmitgliedern sprechen, denn das bewahrte ihn am ehesten davor, von ihnen betrogen zu werden.

Die Einsamkeit, die er in den letzten Jahren wissentlich gesucht hatte, erschien ihm plötzlich bedrückend. Er wünschte, er hätte jemanden gehabt, mit dem er vertrauensvoll über alle Ereignisse hätte sprechen können. Unwillkürlich glitten seine Gedanken zurück in die Vergangenheit, in eine Zeit, da er noch Corun of Paricza gewesen war. Damals hatte ihm der außergewöhnliche Roboter Quicklab zur Seite gestanden.

Wen besaß er heute?

Er widerstand diesem Anflug von Selbstmitleid und wandte sich wieder seinen für kurze Zeit unterbrochenen Arbeiten zu. Er ließ den Hof der Sieben Säulen abriegeln, den größten Turnierplatz auf Titan, und begab sich dorthin.

Der Hof lag unter einer mit Sauerstoff angereicherten Energiekuppel und war dreihundert Meter lang und einhundert Meter breit. Das gesamte Terrain wurde von Mauern und Türmen aus Stahl umrahmt. Es gab mehrere Tribünen für Zuschauer und ausschwenkbare Laufbrücken. Der Boden bestand aus einer elastischen Kunststoffmasse.

Leticron trat durch ein Laufgitter in den Hof, seine Schritte fanden ein Echo in den Winkeln und Gängen auf der anderen Seite. Die Atomsonne unter der Kuppeldecke war abgeschaltet, nur wenige Schwebescheinwerfer beleuchteten das Gelände, das bei diesen Lichtverhältnissen einen gespenstischen Eindruck machte.

Die Stille war so beherrschend, dass der Erste Hetran unwillkürlich stehen blieb. Er musste sich erst ins Gedächtnis zurückrufen, dass er das alles geschaffen hatte. Die Stahlfestung Titan war auf der Höhe seiner Macht entstanden. Damals hatte das Konzil ihn bei der Verwirklichung seiner Pläne unterstützt.

Heute sah der Mann von Paricza auch das anders. Indem die Laren ihm beim Bau der Festung geholfen hatten, waren sie geschickt seinen Machtansprüchen innerhalb der Galaxis entgegengetreten. Sie hatten ihm einen kleinen Wunsch erfüllt und dafür seinen großen Traum zerstört.

Leticron trat auf den Turnierplatz hinaus. Er wünschte, er hätte schon immer alle Zusammenhänge so klar erkennen können wie in diesem Augenblick. Seine Intelligenz hatte ihn ebenso wenig wie seine parapsychischen Fähigkeiten vor einer Fehleinschätzung der eigenen Stellung bewahrt.

Er betätigte den kleinen Impulsgeber, den er immer bei sich trug und mit dem er von allen Orten auf Titan die robotische Maschinerie der Festung aktivieren konnte. Diesmal benutzte er ihn lediglich dazu, die Atomsonne einzuschalten. Als sie aufflammte, wichen die Schatten zurück, der Hof wurde hell. Unwillkürlich atmete der Überschwere auf.

Er schwebte bis zur ersten Säule. Seine Finger glitten über das glatte Metall. »Eines Tages werde ich in euch sein«, flüsterte er rau. Sein Antigravprojektor trug ihn weiter, bis er vor der mittleren der sieben Säulen erneut anhielt. An dieser Stelle wollte er das PEW-Metall, das er aus dem Körper des getöteten Cyborgs entfernt hatte, anbringen lassen. Er hatte sie gewählt, weil sie ihm wie keine andere geeignet schien, als Eingang in die Festung zu dienen.

Denn eines Tages wollte er seinen alten und müden Körper verlassen, um über das PEW-Metall in der Säule in die Festung einzuströmen. Er selbst wollte die Stahlfestung sein und sie ausfüllen.

Die Stahlfestung Titan sollte das mächtigste und gewaltigste Denkmal sein, das jemals für ein intelligentes Wesen errichtet worden war.

Die Festung war seit ihrer Fertigstellung schon immer ein Teil seiner selbst gewesen. Doch das war dem Mutanten nicht genug. Er wollte ein Teil dieser Festung sein und in ihr leben. Er kannte die Geschichte der acht terranischen Altmutanten und wusste, dass sie mit Hilfe des PEW-Metalls in WABE 1000 lange Zeit in ähnlicher Weise existiert hatten.

Auch das genügte ihm nicht. Er wollte die Festung ausfüllen und beleben. Für alle Ewigkeit.

16.

Maylpancer saß zum ersten Mal in seinem Leben auf einem Robotpferd und kam sich in höchstem Maße lächerlich und unsicher vor.

»Die Befehle werden durch Schenkeldruck übermittelt«, erklärte Carsythe, der junge Stallbursche. »Sie werden lernen müssen, die feinen Unterschiede zu beherrschen, sonst werden Sie mit Gretyl nicht fertig.«

Maylpancer blickte auf den Rappen hinab und zwang sich dazu, in diesem Roboter kein lebendiges Wesen zu sehen. »Ich habe nur noch zwei Tage Zeit«, sagte er zu Carsythe. »Ich frage mich, ob diese Frist überhaupt ausreicht, den Roboter kennen zu lernen.«

»Manche lernen es nie«, sagte Carsythe. Er zog das Robotpferd mit dem schwankenden Reiter aus der Box und führte es quer durch die Stallung auf den Hof hinaus. Erst dann übergab er die Zügel an Maylpancer. »Im Grunde genommen ist es sehr einfach«, erläuterte er. »Je deutlicher Sie ihn die Fersen spüren lassen, desto schneller wird er rennen.«

Maylpancer umklammerte die Zügel und fragte sich, welches Bild er bieten würde, wenn er in einer Hand zudem die schwere Lanze hielt. Behutsam berührte er die Flanken des Pferdes mit den Absätzen, und Gretyl setzte sich gehorsam in Bewegung. Maylpancer blickte auf den Boden, er rutschte im Sattel hin und her.

Das Robotpferd trabte auf die andere Seite des Hofes, dort lenkte Maylpancer es nach links, indem er nur den rechten Fuß benutzte.

Carsythe stand am Ausgang des Stalles und schaute ihm zu. Er schien nicht gerade begeistert zu sein, denn als Maylpancer zu ihm zurückkehrte, sagte er: »Sie sind zu verkrampft! Leticron reitet zehnmal so schnell wie Sie und hat außerdem ein gutes Auge.«

Maylpancer wagte nicht, den Stallburschen nach den Chancen zu fragen, die er ihm im Kampf gegen den Ersten Hetran zugestand.

Leticron hatte ihn überrumpelt. Maylpancer verwünschte die Voreiligkeit, mit der er den Plänen des Ersten Hetrans zugestimmt hatte. Sicher hätte es auch noch andere Möglichkeiten gegeben. »Ich bin jünger als er«, sagte er trotzig. »Ich werde ihn schlagen.« Er hieb Gretyl die Fersen in die Seite. Das Robotpferd machte einen Satz und warf den überraschten Maylpancer in den Sand.

»Es tut mir Leid«, sagte Carsythe, »aber Sie sind ein toter Mann.«

Maylpancer stand auf und kletterte wieder in den Sattel. Er übte drei Stunden verbissen und schaffte es schließlich, mit hoher Geschwindigkeit durch den Hof zu galoppieren. Dann gab er das Pferd an den Stallburschen zurück.

»Ich werde mich ausruhen und danach wiederkommen«, sagte er. »Ich muss mit der Lanze trainieren.«

In Carsythes Gesicht stand eine stumme Frage; vielleicht überlegte er, warum Maylpancer sich dieser Mühe unterzog, wo doch am Ausgang des Duells keine Zweifel bestanden. Maylpancer floh förmlich aus den Stallungen, denn er fürchtete noch weitere niederschmetternde Aussagen.

Als er in sein Quartier zurückkehrte, erwartete ihn zu seiner Überraschung Hotrenor-Taak. Der Lare hatte alle anderen Überschweren, die mit Maylpancer in einer Sektion lebten, zurückgeschickt, um ungestört mit dem Obskoner sprechen zu können. Wie immer eröffnete der Verkünder der Hetosonen das Gespräch ohne Umschweife: »Ich habe Sie reiten sehen!«

Maylpancer verzog das Gesicht.

»Es war nicht sehr eindrucksvoll«, fuhr Hotrenor-Taak fort. »Um die Wahrheit zu sagen: Sie haben nicht die geringste Chance, in dieser Form gegen Leticron zu bestehen.«

»Wen möchten Sie eigentlich loswerden: Leticron oder mich?«, fragte Maylpancer entrüstet.

»Leticron.«

Maylpancer warf sich auf sein Lager, dass es krachte, und verschränkte die Arme über der Brust. Sein Blicke war zur Decke gerichtet; er wünschte, Hotrenor-Taak würde gehen.

»Wussten Sie, dass Leticrons goldene Lanze präpariert ist?«, fragte der Lare einige Zeit später.

Der junge Überschwere richtete sich auf. »Was heißt das?«

»Leticron hat technische Raffinessen einbauen lassen, die es den Gegnern besonders schwer machen, den Ersten Hetran zu besiegen.«

Maylpancer stöhnte gequält.

»Wir werden dafür sorgen, dass diese Besonderheiten während des Kampfs nicht zum Einsatz kommen können«, fuhr Hotrenor-Taak fort. »Wir werden sie neutralisieren.«

»Gut«, sagte Maylpancer zufrieden. Er hatte schon befürchtet, dass die Laren ihn aufgeben wollten.

»Trotzdem müssen Sie natürlich das Ihre dazu beitragen, diesen Kampf zu gewinnen. Der Sieg darf Ihnen nicht wie ein Geschenk zufallen, denn wir wollen darauf Ihr Bild aufbauen, wie es sich künftig in der Galaxis darstellen soll.«

»Ich verstehe«, sagte Maylpancer.

»Es wird ein gerechter Kampf sein«, versprach Hotrenor-Taak.

»Carsythe denkt, dass ich keine Chance habe.«

Hotrenor-Taak wandte sich zum Gehen. »Leticron hat auch seine Schwierigkeiten, vergessen Sie das nicht.«

Als der Lare den Raum verlassen hatte, fand der Obskoner dennoch keine Ruhe. Die Zeit bis zum entscheidenden Duell schien viel zu schnell zu verstreichen.

Ronald Tekener blieb stehen und rang nach Atem. Die entscheidende Frage für ihn war, ob es innerhalb dieser Sektion Beobachtungskameras gab. Wenn das der Fall war, konnte er die Flucht ebenso gut sofort aufgeben und sich seinen Gegnern stellen.

Er war sicher, dass die Stahlfestung Titan mit einem Netz von Ortungs- und Beobachtungsgeräten durchzogen war. Nur wusste er nicht, wo sie installiert waren, und konnte sich lediglich auf seinen Instinkt verlassen.

Er lehnte mit dem Rücken an einer Wand und blickte in die Halle hinein, die er soeben betreten hatte und deren Funktion unklar war. An den Wänden standen breite Stühle, offenbar für die massiven Körper der Überschweren gefertigt. Inmitten des Raums befand sich ein großer Tisch mit einer runden Platte. Vielleicht wurden hier ab und zu Versammlungen abgehalten. Die Bilder an den Wänden hätten Tekener unter anderen Umständen ein Lächeln entlockt, jetzt nahm er sich kaum die Zeit, sie anzusehen. Auf bunten Tafeln wurden Überschwere in altertümlichen Kleidungsstücken und Rüstungen dargestellt. Eines der Bilder zeigte Leticron, beide Arme in die Hüften gestützt und einen Federbuschhut auf dem breiten Schädel.

Tekener gab sich einen Ruck. Er musste den Raum durchqueren und versuchen, einen abgelegeneren Teil der Festung zu erreichen. Er wusste nicht viel über die Räumlichkeiten des riesigen Bauwerks, aber er nahm an, dass es in allen Sektionen atembare Luft gab.

Als der USO-Spezialist die Mitte des Raumes fast erreicht hatte, hörte er das charakteristische Geräusch eines aufgleitenden Schotts. Blitzschnell tauchte er unter den runden Tisch. Zwei Überschwere näherten sich.

»Ich möchte wissen, was eigentlich gespielt wird«, sagte einer der beiden. »Seit die Laren gelandet sind, geschieht ständig irgendetwas. Ich sage dir, dass sie Leticron absetzen wollen.«

»Du setzt auf Maylpancer?«

»Das ist ein offenes Geheimnis.«

»Ich glaube, der Corun ist zu raffiniert. Er wird seinen Kopf wieder aus der Schlinge ziehen.«

Die Unterhaltung brach ab, die beiden Männer hatten den Tisch erreicht und blieben stehen. Tekener hätte nur einen Arm auszustrecken brauchen, um sie zu berühren.

»Die Sache mit dem entsprungenen Gefangenen ist seltsam«, sagte nach einer Weile der Überschwere rechts von Tekener. »Ich glaube nicht, dass jemand entkommen kann, wenn Leticron das nicht will. Es ist ein Trick.«

»Vielleicht will er uns beschäftigen, damit wir nicht merken, was wirklich vorgeht«, vermutete der andere.

Sie entfernten sich wieder vom Tisch und verschwanden wenige Augenblicke später aus dem Raum. Ihre Unterhaltung hatte Zuversicht in Tekener geweckt. Die Überschweren schienen die Suche nach ihm nicht mit großer Hingabe zu betreiben.

Tekener wartete noch einige Minuten, dann kam er unter dem Tisch hervor und lief zu einem der Ausgänge. Er vermutete, dass es in der Stahlfestung noch andere Gefangene gab, vor allem Terraner. Vielleicht gelang es ihm, zu ihnen vorzudringen und sie zu befreien. Besonders wichtig wäre eine Befreiung der Multi-Cyborgs gewesen, aber das war im Augenblick wohl kaum möglich.

Er erreichte einen unbeleuchteten Gang und stieß an dessen Ende auf eine steil in die Tiefe führende Treppe. An den nackten Felswänden brannten Scheinwerfer.

Tekener hastete die Stufen hinab bis zu einem Podest. Hier öffnete sich ein Gewölbe. Beiderseits waren Nischen in die Felsen geschlagen worden, und in jeder lag ein großes Fass. Leticron hatte seinen Spleen weit kultiviert und sich sogar einen eigenen Weinkeller zugelegt. Offenbar gehörte das zu der altterranischen Romantik, die der Überschwere zu verbreiten versuchte. Die Feststellung, dass der Erste Hetran verrückt war, half Tekener wenig. Sie ließ den Gegner nur noch gefährlicher erscheinen.

Er ging zwischen den Fässern hindurch, als plötzlich ein Scharren erklang. Im Herumfahren bemerkte er am anderen Ende des Kellers eine Frau – eine Terranerin. Sie hielt einen Krug in der rechten Hand und starrte Tekener an. Er legte einen Finger an die Lippen in der Hoffnung, dass diese Geste ihm helfen würde. Dennoch stieß die Frau einen Schrei aus und ließ den Krug fallen.

»Verdammt!« Tekener rannte auf die Frau zu. Sie war jung und hübsch, hatte aber einen müden Gesichtsausdruck. Als er sie erreicht hatte, erschien aus einem der Seitengänge ein Mann, ebenfalls ein Terraner. Zu Tekeners Überraschung hielt der Unbekannte eine Waffe in der rechten Hand.

»Bleiben Sie stehen!«, rief der Mann.

Tekener warf sich nach vorn und riss die Frau mit sich zu Boden. Er hörte den Mann fluchen und heranstürmen und rollte mit der Frau seitwärts bis fast unter ein Fass. Die Frau schrie unentwegt und versuchte, sich loszureißen. Tekener stieß sie von sich und richtete sich auf, das Fass als Deckung nutzend.

Aus etwa zwanzig Metern Entfernung schoss der Mann. Es gab einen trockenen Knall, als das große Fass platzte. Ein Schwall hellbrauner, aromatisch riechender Flüssigkeit ergoss sich über Tekener und ließ ihn taumeln. Er verlor das Gleichgewicht und stürzte zu Boden.

Der Mann schien anzunehmen, dass er Tekener getroffen hatte, denn er kam, ohne zu zögern, näher, die Waffe schussbereit in der Hand. Tekener blieb reglos liegen, während die Flüssigkeit nur noch in dünnen Fäden auf ihn heruntertropfte.

Dann stand der Mann breitbeinig vor ihm. »Das scheint dieser Gefangene zu sein, der entkommen ist«, sagte er zu der Frau, die auf die andere Seite des Gewölbes gekrochen war. Er beugte sich über den vermeintlich Verletzten.

Tekener rammte ihm beide Füße in den Leib. Der Mann taumelte zu Boden. Gleichzeitig kam Tekener wieder auf die Beine, seine Kleidung klebte am Körper, aus den Haaren rann hellbrauner Saft und brannte in den Augen.

Wie durch einen Schleier sah der Zellaktivatorträger den Gegner am Boden liegen. Der Terraner schien benommen, denn er hob nur langsam den Kopf. Bevor er wieder schießen konnte, versetzte Tekener ihm einen Schlag gegen die Kinnspitze. Der Mann wurde schlaff. Tekener nahm ihm die Waffe ab und sah, dass es ein kleiner Desintegrator war.

Die Frau schrie wieder. Offenbar fürchtete sie, dass Tekener sie erschießen würde.

»Still!«, herrschte er sie an. »Wenn Sie still sind, wird Ihnen nichts geschehen.«

Sie schluchzte, aber sie beherrschte sich. Tekener schätzte, dass er nicht besonders Vertrauen erweckend aussah. Er deutete zum Ende des Gewölbes. »Wohin führt dieser Gang?«

»In … andere Sektionen«, brachte sie hervor.

»Wie lange leben Sie schon hier?«

»Zwei Jahre.«

Tekener musterte sie nachdenklich. Sicher war es sinnlos, dass er den Versuch unternahm, ihr zu helfen. Sie war voll in Leticrons Gehilfengruppe integriert. Wahrscheinlich war sie sich der Tatsache, dass sie im Grunde eine Sklavin des Ersten Hetrans war, überhaupt nicht bewusst.

»Verlassen Sie diesen Keller nicht!«, befahl Tekener. »Ich werde zurückkommen.« Er rannte weiter. Die Frau würde nach zehn oder fünfzehn Minuten ihre Fassung zurückgewinnen und Alarm schlagen. Bis zu diesem Zeitpunkt musste er sich möglichst weit vom Keller entfernt haben.

Tigentor und Barratill standen noch unter dem Eindruck des Mordes an Ertyn Grammlond. Die Bewusstseinsinhalte der Mutanten bemühten sich vergeblich, ihre Träger zu beruhigen. Empörung über die unmenschliche Tat des Ersten Hetrans und Trauer über den Verlust des gemeinsamen Freundes beherrschten die Mucys. Betty Toufrys telepathischer Hinweis, dass Leticron jeden Menschen wahrscheinlich mit der gleichen Skrupellosigkeit umgebracht hätte, überzeugte Tigentor nicht.

Er hat sich nicht einmal der Mühe unterzogen, herauszufinden, wie wir wirklich sind, dachte Kertan Tigentor deprimiert. *Für ihn war Grammlond eine Art Maschine, die man aufschraubt, um ein Teil zu entnehmen.*

»Er hatte nicht viel Informationen über euch«, erinnerte Tako Kakuta. »Er wusste nur, was er auf seine Art spüren und Tekeners mentaler Schwingung entnehmen konnte.«

Tigentor reagierte mit unerwarteter Sensibilität. *Das beweist nur, dass Tekener und Sie uns auch nicht als vollwertige Menschen anerkennen*, dachte der Cyborg bitter. *In Ihren Gedanken entdeckte der Erste Hetran Informationen über Automaten, nicht aber über Menschen.*

Kakuta hielt es für besser, seine Gedanken zu bremsen. Die beiden überlebenden Cyborgs steckten in einer schlimmen psychischen Krise. Die Bewusstseinsinhalte wurden dadurch gefährdet, denn der Lebensüberdruss der Mucys konnte sich zu Selbstmordversuchen ausweiten.

Betty Toufry schaltete sich ein. *Natürlich sind Sie beide keine Menschen*, dachte sie. *Wir empfinden Sie als menschenähnliche Wesen, die mit uns völlig gleichberechtigt sind. Es wird für die Multi-Cyborgs lebensnotwendig sein, sich eines Tages von dem Trauma zu lösen, so sein zu wollen wie die Menschen.*

Kakuta erschien es absurd, in der gegenwärtigen Situation solche

Diskussionen zu führen. Die beiden Trägerkörper waren im Hauptlabor des Ersten Hetrans an eine Wand gefesselt. Die Bewusstseine hätten sich überlegen müssen, wie sie Leticron in Zukunft begegnen wollten, stattdessen beschäftigten sie sich mit den Problemen der Mucys. Die Sensibilität der Cyborgs belastete das Verhältnis zwischen Bewusstseinsinhalten und Wirtskörpern seit dem Aufbruch von Gäa, und mit dem Tode Grammlonds waren alle scheinbar vernarbten Wunden wieder aufgebrochen. Dabei war es für Tigentor und Barratill unbedeutend, dass der Mörder ihres Artgenossen zugleich ein Gegner der Menschheit war.

Kakuta glaubte, dass der Einsatz der Mucys zu früh erfolgt war, doch es erschien ihm sinnlos, über Fehler der Verantwortlichen nachzudenken. Atlan und Tifflor hatten in den vergangenen Jahrzehnten das Multi-Cyborg-Programm wie kein anderes gefördert, weil sie sich von seiner Verwirklichung eine entscheidende Wende für das NEI versprachen.

Die Mucys sollten vor allem auf Planeten eingesetzt werden, die für eine spätere Kolonisierung durch die Neue Menschheit in Frage kamen. In erster Linie würden sie Wegbereiter der Menschen sein, denn diese waren noch nicht stark genug, um unter den wachsamen Augen des Konzils mit der Rückeroberung der Milchstraße zu beginnen.

Er empfing einen warnenden Impuls von Betty Toufry. *Tigentor und Barratill rechnen damit, dass sie das gleiche Schicksal erleiden werden wie Grammlond*, dachte die Telepathin.

»Ich möchte wissen, was er überhaupt vorhat«, sagte der Teleporter. »Seine Bemerkungen lassen mich vermuten, dass er das PEW-Metall benutzen will, seine Existenz in ähnlicher Form aufzubauen, wie er das von uns weiß.«

»Ob man ihn davon abbringen kann?«, schaltete sich Sengu ein.

»Ich glaube nicht«, gab Kakuta zurück. »Er spricht nicht mit uns darüber.«

»Wir müssten einen Fluchtversuch wagen«, sagte Betty entschlossen.

Kakuta lehnte ab. Er wusste, dass rund um das Labor ein Energieschirm aufgebaut war, der jede Teleportation verhinderte. Hinzu kamen die Energiesperren, mit denen die Roboter sie an die Wand gefesselt hatten. Unter diesen Umständen war an eine Teleportation überhaupt nicht zu denken.

»Wenn er für sein Experiment nicht genügend PEW-Metall gewonnen hat, wird er einen weiteren Cyborg töten«, prophezeite Sengu düster. »Nötigenfalls bringt er Tigentor und Barratill um, dann wird die Lage auch für uns aussichtslos.«

Ihr Vorstoß nach Titan hatte sich als zu großes Risiko erwiesen. Sie hätten diesen Einsatz gründlicher vorbereiten müssen.

»Wir müssen mit Leticron verhandeln«, drängte Barratill. »Wenn wir uns von der Menschheit lossagen und ihm Unterstützung versprechen, verschont er uns vielleicht.«

»Auf solche Tricks wird er nicht reagieren«, widersprach Tigentor. »Er kann sich denken, dass wir ihm den Mord an Grammlond nicht verzeihen.«

Auch die Bewusstseinsinhalte der drei Altmutanten sahen keine Möglichkeit, den Ersten Hetran zu einer Änderung seiner Verhaltensweise zu bewegen. Die Lage war hoffnungslos.

»Vielleicht kann Tekener etwas unternehmen«, sagte Barratill.

»Er sitzt genauso fest wie wir«, entgegnete Tigentor.

Kakuta blickte durch die Augen seines Trägerkörpers zum Laboreingang. Früher oder später würde Leticron dort wieder auftauchen, um zu vollenden, was er begonnen hatte.

Die Roboter hatten ihre Apparaturen rund um die mittlere Säule aufgestellt und begannen damit, den kleinen Brocken aus PEW-Metall in den Sockel einzufügen. Leticron verfolgte das Geschehen aus unmittelbarer Nähe. Seine parapsychischen Sinne konnten das PEW-Metall spüren wie ein lebendiges Wesen; er fühlte die Lockung, die davon ausging.

Aber es war noch zu früh. Hierher wollte er sich nur dann zurückziehen, wenn seine Rolle als Erster Hetran ausgespielt war. Außerdem war der Kampf gegen Maylpancer vorrangig. Leticron wirkte verbissen, sobald er an den jungen Überschweren dachte. Für Maylpancer würde das Duell mit einer bösen Überraschung enden, ebenso für die Laren.

Wenn Leticron die Augen schloss, sah er Maylpancer in einer Vision vor sich am Boden liegen, während er selbst über ihm stand und die goldene Lanze zum tödlichen Stoß hob.

Leticron unterbrach seine Träumerei und achtete wieder auf die Roboter. Sie hatten ihre Arbeit fast beendet und waren gerade dabei, die Säule neu zu polieren. Nichts deutete auf Veränderungen hin.

Der Kampf gegen Maylpancer würde hier im Hof der Sieben Säulen stattfinden. Alle Vorbereitungen waren getroffen. Leticron nahm sich die Zeit, seine parapsychischen Sinne auf den entflohenen Gefangenen zu konzentrieren. Er wunderte sich, dass es ihm bisher nicht gelungen war, Tekener aufzuspüren. Entweder war der Terraner tot, oder die Laren hatten ihm einen wirksamen Schutz gegen seine PSI-Fähigkeiten gegeben. Als Handlungsahner hätte er zumindest spüren müssen, was der Flüchtling im Augenblick vorhatte – aber nicht einmal das gelang ihm.

Er verbannte Tekener erneut aus seinen Gedanken, denn er ahnte, dass die Laren ihn mit diesem Problem ablenken wollten. Tekener war ungefährlich. Wenn er noch lebte, befand er sich irgendwo in entlegenen Sektionen der stählernen Festung.

Leticron schickte die Roboter fort und befahl ihnen, alles aus ihren Positroniken zu löschen, was mit ihrem letzten Auftrag zusammenhing. Er wollte vermeiden, dass außer ihm noch jemand von dem PEW-Metall in einer der Säulen erfuhr.

Leticron überlegte, was er mit den beiden Cyborgs und den Bewusstseinsinhalten tun sollte. Es wäre am klügsten gewesen, sie auf der Stelle zu vernichten. Andererseits bestand die Möglichkeit, dass er sie noch einmal benötigte. Solange sie im Labor gefangen waren, bedeuteten sie keine Gefahr für ihn.

Der Erste Hetran sehnte eine Ruhepause herbei. Die letzten Stunden hatten ihn angestrengt. Trotz aller Vorurteile durfte er Maylpancer nicht unterschätzen, auf jeden Fall musste er ausgeruht in das Duell mit dem Obskoner gehen.

Er entschloss sich, bis kurz vor Beginn des Kampfs zu schlafen. Sobald er Maylpancer getötet hatte, würde er sich um die anderen Gefangenen kümmern. Wegen der Cyborgs machte er sich keine Sorgen. Anders sah es mit den Bewusstseinsinhalten aus. Leticron hatte schon oft darüber nachgedacht, wie er sich die Fähigkeiten dieser seltsamen Existenzen aneignen konnte, ohne zugleich den Ballast ihrer Persönlichkeiten in sich aufzunehmen.

Vielleicht hatte er eine Idee, wenn er ausgeruhter war. Er zog sich in eines seiner geheimen Zimmer zurück. Bevor er einschlief, stellte er noch einmal Kontakt zu den Cyborgs her. Er spürte die Verzweiflung der Gefangenen. Sie waren ratlos.

Je länger er in Freiheit war, desto misstrauischer wurde Tekener. Er wusste, dass Leticron Handlungsahner war und herausfinden konnte, was ihm bekannte Personen vorhatten. Sicher ließ sich auf diese Weise nicht der genaue Standort eines Gegners ermitteln, aber der Erste Hetran musste doch in der Lage sein, den ungefähren Aufenthaltsort eines Flüchtlings zu bestimmen und alle Suchaktionen dort zu konzentrieren. Aber Leticron schien nicht daran zu denken.

Ronald Tekener befand sich immer noch tief unter der eigentlichen Festung, in unmittelbarer Nähe zweier Reaktoren, von denen die Haupträume mit Energie versorgt wurden. Seine Flucht, die unter so merkwürdigen Umständen begonnen hatte, erschien ihm zunehmend rätselhafter. Die Laren hatten ihn freigelassen, offenbar deshalb, weil sie Differenzen mit Leticron hatten. Welche Rolle sollte er dabei spielen? Stand er etwa weiterhin unter larischem Schutz? Er wurde den Verdacht nicht los, dass jemand seine Schritte genau verfolgte, um sofort eingreifen zu können, falls sich das als notwendig erweisen sollte. Diese Abhängigkeit war alles andere als nach Tekeners Geschmack. Er überlegte ernsthaft, ob er sich stellen und damit Sand in das Getriebe jener bringen sollte, die ihn für ihre Zwecke benutzten.

Tekener hörte einen klagenden Ruf und zuckte zusammen. Er richtete seine Aufmerksamkeit auf die nähere Umgebung. Vor ihm reichten die Stahlmauern des Reaktors bis unter die Decke, er selbst befand sich auf einem Rundsteg, der in halber Höhe den Reaktorturm umlief. Wenige Meter von ihm entfernt befand sich eine Brücke, über die er auf ein Podest gelangen konnte, das wiederum Ausgangspunkt dreier Gänge war. Der mittlere Weg war schätzungsweise zehn Meter breit. Neben dem Eingang stand ein kleiner Prallgleiter, der vermutlich von Technikern benutzt wurde.

Tekener war sicher, dass der klagende Laut aus einem der beiden schmalen, in völliger Dunkelheit liegenden Korridore erklungen war. Je länger er jedoch überlegte, desto unsicherer wurde er, ob er überhaupt ein Geräusch gehört hatte, das von einem lebenden Wesen stammte.

Er überquerte die Brücke. Auf dem Podest konnte er erkennen, dass einer der beiden schmalen Gänge doch schwach erhellt war. Zögernd trat er hinein, von dem Wunsch beseelt, irgendetwas zu tun, was sich der Kontrolle seiner Befreier entzog und gleichzeitig zu seiner eigenen Sicherheit beitrug.

In der Luft hing jetzt ein Geruch von Feuchtigkeit und Moder. Je weiter Tekener in den Gang eindrang, desto heller wurde es. Er hielt den erbeuteten Desintegrator schussbereit, obwohl dessen psychologischer Effekt größer war als die Schusskraft.

Er hörte ein Stöhnen. Ein Geräusch folgte, als würde ein Stapel Steine umfallen. Diesmal war keine Täuschung möglich. Irgendwo vor Tekener hantierten lebende Wesen.

Jäh war der Gang zu Ende. Der Boden brach abrupt ab, und öffnete sich zu einem riesigen Kessel. Der Hohlraum war gut zehn Meter tief und durchmaß mindestens fünfzig Meter. Am Boden des Kessels krochen zerlumpt aussehende Gestalten umher. Sie waren gefangen.

Angewidert und entsetzt zugleich blickte Tekener in die Tiefe. Auf der gegenüberliegenden Seite des Kessels befand sich ebenfalls ein in die Felsen führender Gang. Er vermutete, dass man den Gefangenen von hier oben aus Nahrung zuwarf.

Einer der Unglücklichen stapelte Steinbrocken vor sich auf. Als er sein Werk vollendet hatte, betrachtete er es mit Missfallen und stieß die kleine Mauer wieder um.

Tekener ging in die Hocke und legte die Hände trichterförmig an den Mund. »He!«, rief er zu den acht Gefangenen hinab.

Jene, die gerade mit irgendetwas beschäftigt gewesen waren, blickten zu ihm hinauf, die anderen blieben apathisch liegen. Hoffentlich erwarteten sie nicht, dass er gekommen war, um sie mit Nahrung zu versorgen, dachte Tekener bitter.

Der alte Mann, der die Mauer aufgebaut hatte, kam an den Rand des Kessels. Wie lange lebte er schon dort unten? Sein Gesicht war von einem wild wuchernden Bart entstellt, die Augen lagen tief in den Höhlen.

Tekener bedauerte schon, dass er die Aufmerksamkeit der Unglücklichen auf sich gelenkt hatte. Wie sollte er ihnen helfen? Er würde sich nur selbst in Schwierigkeiten bringen, wenn er länger hier blieb. In einer schrecklichen Vision sah er sich ebenfalls am Boden herumkriechen und auf sein Ende warten – endlos lang.

»Seid ihr Gefangene des Ersten Hetrans?«, fragte er den alten Mann, der unverwandt zu ihm heraufsah. Es war, als wollten sich die Blicke des Gefangenen an seinen Augen festsaugen.

Der Mann ist verrückt!, dachte der USO-Spezialist.

»Ich bin der Architekt«, sagte der Alte mit rauer Stimme. »Kennst du mich nicht? Ich bin Saphirocca. – Ich werde etwas schaffen, was noch keinem Menschen vor mir gelungen ist. Und dann wird Leticron mich freilassen.«

Tekener erinnerte sich, dass er auf dem Mars davon gehört hatte, dass ein Terraner namens Saphirocca die Stahlfestung Titan für Leticron konstruiert hatte. War es möglich, dass der Erbauer der Mondfestung und dieses menschliche Wrack ein und dieselbe Person waren?

Ein jüngerer Mann kam an den Rand des Kessels. »Verschwinde und lass uns in Ruhe!«, fauchte er hasserfüllt. »Wir wollen keinen von euch Speichelleckern sehen. Geht zu dem Wahnsinnigen und kriecht vor ihm auf dem Boden herum.«

»Ich bin keiner von denen«, verteidigte sich Tekener. »Mein Name ist Marquanteur. Ich wurde vom Saturn aus hierher gebracht und konnte dem Ersten Hetran entkommen. Nun suche ich nach einer Fluchtmöglichkeit.«

Der Jüngere bückte sich, hob einen von Saphiroccas Steinen auf und warf ihn nach Tekener. »Du verdammter Lügner!«, brüllte er.

Inzwischen hatte Saphirocca wieder mehrere Steine aufeinander gesetzt. Er schaute zu Tekener auf und fragte stolz: »Gefällt dir das?«

»Treten Sie zur Seite!«, befahl der Aktivatorträger knapp. Er hatte einen Entschluss gefasst.

Als Saphirocca sich zurückzog, hob er den Desintegrator und zielte sorgfältig auf die Kesselwand unter dem gegenüberliegenden Gang. Mit zwölf Schüssen ließ er eine entsprechende Anzahl von Löchern in der Wand entstehen. Ihre Anordnung war so, dass jeder daran hochklettern und den Gang erreichen konnte. Allerdings wartete er nicht, ob die Gefangenen davon Gebrauch machten, sondern wandte sich um und lief den Gang zurück. Er musste damit rechnen, dass die Schüsse geortet worden waren.

Wohin sollte er sich jetzt wenden? Vielleicht gab es eine Möglichkeit, die Laren aufzuspüren und von ihnen zu erfahren, welche Rolle er eigentlich spielte.

Der Mann, der Tekeners Flucht geplant und eingeleitet hatte, befand sich in diesem Augenblick an Bord seines SVE-Raumers und diskutierte mit anderen Laren die weiter zu unternehmenden Schritte. Für Hotrenor-Taak war diese Art der Absetzung eines Ersten Hetrans eine lästige Pflicht. Er wünschte, er hätte sich mit angenehmeren Dingen beschäftigen können. In der Galaxis durfte keinesfalls der Eindruck entstehen, dass die Laren einen Ersten Hetran, den sie aufgebaut und voll unterstützt hatten, nun seinem Schicksal überließen. Das hätte sich nachteilig auf die Autorität von Leticrons Nachfolger ausgewirkt. Die Sache musste so hingebogen werden, dass der vom Konzil auserwählte Nachfolger seinen Vorgänger bezwang. Das Konzil, so sollte es aussehen, machte gute Miene zum bösen Spiel und akzeptierte die ungeschriebenen Regeln eines solchen Kampfs. Niemand durfte ahnen, dass das Konzil für Maylpancers wachsende Popularität bei den Überschweren gesorgt hatte.

»Leticron ist schlauer, als wir dachten«, sagte einer der Laren. Er hieß Fertanor-Tong und war der Kommandant des Raumschiffs, mit dem Hotrenor-Taak auf Titan gelandet war. »Er hat sich bisher so gut wie kaum um den entsprungen Gefangenen gekümmert. Also hat er erkannt, dass wir ihn ablenken wollen.«

Hotrenor-Taak blickte auf die Uhr. In ein paar Stunden erlosch die energetische Schutzaura, die der Terraner unbemerkt erhalten hatte, um ihn vor einem Teil von Leticrons Psi-Fähigkeiten zu bewahren. Solange die Aura bestand, konnte Leticron die Handlungen des Flüchtlings nicht vorausahnen.

»Auf alle Fälle stellt der Vorgang eine Belastung für den Ersten Hetran dar«, erklärte Hotrenor-Taak. »Sollte das alles nicht reichen, um ihn zu verwirren, inszenieren wir weitere Zwischenfälle.«

»Der Kampf beginnt in siebzehn Stunden terranischer Zeitrechnung«, sagte Sorgenor-Srong. Er hatte schon der ersten Invasionsflotte angehört und lebte entsprechend lange in der Milchstraße. Unter diesen Umständen war es nicht erstaunlich, dass er die Zeiteinteilung der ehemaligen galaktischen Führungsmacht benutzte.

Für Hotrenor-Taak war das nur ein weiterer kleiner Beweis dafür, dass die Laren mehr und mehr die Milchstraße nicht als Bestandteil des Konzils, sondern als ihr Eigentum ansahen. Der Verkünder der Hetosonen wusste selbst nicht, wie es zu dieser Entwicklung gekommen war, doch er hütete sich, dagegen einzuschreiten, denn im Grunde genommen war sie ihm willkommen. Das Hetos der Sieben war zu weit entfernt, um intensiv auf die Entwicklung in dieser Galaxis einwirken zu können. Zwar waren die Berechnungen, die aus Balayndagar eintrafen, nach wie vor exakt und im Sinne des Konzils, aber Hotrenor-Taak hatte den Eindruck, dass sie oft umgangen oder missachtet wurden. In der Milchstraße gab es so gesehen eine doppelgleisige Politik: die Politik der Laren und die des Konzils.

Die Politik des Konzils war langfristig angelegt und zielte darauf ab, diese Galaxis in ferner Zukunft voll zu integrieren.

Dagegen war die Politik der Laren wirklichkeitsnaher und auf die aktuellen Bedürfnisse jener Konzilsvölker abgestimmt, die in der Milchstraße für Ordnung sorgen mussten.

Vielleicht, überlegte Hotrenor-Taak, war es falsch gewesen, dass die Laren die völlige Ausrottung der Menschheit verhindert hatten. Die warnenden Stimmen, die von einem früher oder später auf jeden Fall stattfindenden Aufstand der Menschheit sprachen, hielt der Verkünder der Hetosonen jedoch für übertrieben.

Laren und Terraner lebten nebeneinander, ohne sich in die Quere zu kommen.

Lediglich das immer lauter werdende Gerede von einem Befreier, jenem geheimnisvollen Vhrato, belastete den Status quo.

Natürlich war den Laren bekannt, dass die Menschheit irgendwo in der Galaxis an einem geheimen Ort ein neues kleines Imperium geschaffen hatte, aber solange von dort keine Aktivitäten ausgingen, sah Hotrenor-Taak keinen Anlass für ein Eingreifen. Er wusste, dass seine Zeit als Verkünder der Hetosonen bald abgelaufen sein würde. Auch vom larischen Standpunkt aus war er ein alter Mann. Mit Hilfe seiner Erfahrungen konnte er sich noch einige Zeit halten, aber früher oder später würde er genau wie Leticron seine Stellung räumen müssen.

Allerdings, dachte er ironisch, würde er sich nicht an diese Position klammern, sondern sie freiwillig aufgeben, sobald der Zeitpunkt für den Rücktritt gekommen war.

»Sie machen einen sehr nachdenklichen Eindruck«, stellte Fertanor-Tong fest.

»Sie meinen geistesabwesend?«, korrigierte Hotrenor-Taak sanft.

»Das wollte ich nicht sagen«, verteidigte sich der Raumschiffskommandant irritiert.

»Ich glaube, dass Maylpancer ein guter Mann sein wird«, sagte Hotrenor-Taak gedehnt. »Für larische Politik.«

17.

Der Tag, an dem der Kampf stattfinden sollte, begann für die Laren ebenso wie für Maylpancer mit einer Überraschung. Alle, die von dem Duell wussten – und das war mittlerweile der überwiegende Teil der Bevölkerung Titans –, hatten angenommen, dass es ein einsamer Kampf zwischen Leticron und Maylpancer sein würde.

Doch mit einem geschickten Schachzug hatte der Erste Hetran die Pläne der Laren erneut durchkreuzt: Alle Tribünen rund um den Turnierplatz wurden von Überschweren und Terranern besetzt. Leticron hatte den Kampftermin bekannt gegeben und alle Bewohner der Stahlfestung als Zuschauer eingeladen.

Es gab weitaus mehr Interessenten als Plätze, sodass die Tribünen schon Stunden vor dem Kampf gefüllt waren. Alle, die keinen Platz bekommen hatten, mussten sich mit der Übertragung begnügen.

Hotrenor-Taak empfand es als Verhöhnung seiner Person, dass ihm ein Ehrenplatz reserviert worden war. Er ließ sich dennoch nicht anmerken, wie sehr ihn Leticrons Maßnahme ärgerte, sondern sagte sein Erscheinen zu.

Jeder Zuschauer war also gleichzeitig ein Zeuge des Duells. Auf diese Weise wollte Leticron eine Intervention der Laren zugunsten des Obskoners ausschließen – und das war ihm auch gelungen. Hotrenor-Taak war froh, dass seine Leute Leticrons goldene Lanze rechtzeitig entschärft hatten, andernfalls wäre Maylpancers Schicksal besiegelt gewesen. Im Grunde genommen war es imponierend, auf welche Weise der geisteskranke Pariczaner seine Stellung verteidigte.

»Er ist trotz seiner Verrücktheit ein ernst zu nehmender Gegner«, sagte Hotrenor-Taak an Bord des SVE-Raumers. »Eigentlich schade, dass er seine Energien in der Stahlfestung vergeudet und sich nicht mehr um seine Pflichten als Erster Hetran kümmert.«

Sorgenor-Srong sah ihn nachdenklich an. »Sie haben schon so lange mit Leticron zusammengearbeitet, dass Ihnen eine Trennung von ihm schwer fallen wird. Vielleicht wünschen Sie insgeheim, dass er Maylpancer besiegen wird.«

»Ich glaube nicht«, sagte Hotrenor-Taak. »Ich bin seiner überdrüssig.«

Er ließ eine Funkverbindung zu Maylpancers Quartier herstellen, doch der junge Überschwere hielt sich schon nicht mehr in seinen Räumen auf. Er war mit zwei Freunden zum Turnierplatz gegangen, um sich dort noch einmal umzusehen. Allein das bewies, dass der Obskoner nervös war.

Hotrenor-Taak begab sich zu den Hyptons, um sie davon zu unterrichten, dass der Kampf zur festgesetzten Zeit beginnen würde.

»Sind alle Vorbereitungen abgeschlossen?«, erkundigte sich der Sprecher der geflügelten Wesen.

Hotrenor-Taak ließ einen Sessel herbeigleiten und ließ sich darin nieder. Er war froh, dass er die meiste Zeit an Bord des SVE-Raumers verbringen konnte, denn in den Räumen der Stahlfestung fühlte er sich unbehaglich. »Leticron macht den Kampf zu einem öffentlichen Duell«, informierte er die Hyptons. »Das verhindert ein Eingreifen während des Kampfs.«

»Wieso?«

»Die meisten Überschweren auf Titan haben schon an Turnieren dieser Art teilgenommen und wissen, worauf es ankommt. Sie würden jeden Schwindel sofort bemerken. Jeder Verdacht, der Kampf könnte mit unsauberen Mitteln geführt werden, müsste auf uns zurückfallen.«

»Das ist schlecht«, kritisierte der Hypton.

»Haben Sie einen Vorschlag?«, fragte Hotrenor-Taak ruhig. Er wusste, wie er mit den Hyptons umgehen musste. Wenn diese Planer keine Idee hatten, konnten sie nicht von ihm verlangen, dass er eine Änderung herbeiführte.

»Wir hätten eine keloskische Berechnung durchführen lassen sollen«, meinte der Hypton. »Doch dafür ist es jetzt zu spät. Wir sind jedoch der Ansicht, dass der Kampf in jedem Fall in der besprochenen Weise enden muss.«

»Ja«, sagte Hotrenor-Taak sarkastisch. Er wusste genau, worauf diese letzte Bemerkung abzielte. Hotrenor-Taak selbst hatte den Vorschlag gemacht, Leticron mit seinen eigenen Waffen zu schlagen. Wenn dabei etwas schief lief, würden die Hyptons ihm die Alleinschuld geben.

»Es würde sehr lange dauern, wenn wir einen neuen Mann anstelle Maylpancers aufbauen müssten«, sagte der Hyptonsprecher. »Leticron hat jedoch ein machtpolitisches Vakuum hinterlassen, das im Interesse des Konzils schnellstmöglich wieder ausgefüllt werden muss.«

Die Hyptons dachten streng im Interesse des Hetos der Sieben. Das würde sich nie ändern, es sei denn, das Konzil zerbrach eines Tages. Daran war jedoch nicht zu denken. Solange die Greikos dafür sorgten, dass die Mitgliedsvölker des Konzils untereinander keine Kriege führten, hatte das Bündnis Bestand. Es war jedoch offensichtlich, dass einzelnen Mitgliedern des Konzils mit zunehmender Machtausdehnung immer mehr Gelegenheit zur Verfolgung eigener Interessen gegeben wurde.

Hotrenor-Taak brach seine kosmopolitischen Überlegungen ab und wandte sich wieder an den Körperpulk, der von der Energiedecke der Zentrale herabhing. »Maylpancer wird den Kampf gewinnen«, sagte der Verkünder der Hetosonen. Aber er war nicht mehr so sicher.

Maylpancer blieb so abrupt stehen, dass seine beiden Begleiter gegen ihn prallten. Durch das Laufgitter konnten sie auf eine der Tribünen am Rande des Turnierplatzes blicken. »Zuschauer!«, stellte Maylpancer erschrocken fest. »Da versammeln sich Zuschauer.«

Vhegtor, ebenfalls ein Obskoner, schob sich an ihm vorbei und blickte hinaus. »Wir haben dich gewarnt. Leticron macht den Kampf zu einem öffentlichen Duell; du wolltest es nicht glauben.«

»Ich habe nie gedacht, dass er das wagen würde«, gab Maylpancer zurück. »Wie werden sich die Zuschauer verhalten, sobald sie erfahren, dass es sich um einen Kampf auf Leben und Tod handelt?«

»Das wird so richtig nach ihrem Geschmack sein«, sagte Gerriat, der zweite Mann neben Maylpancer, illusionslos. »Sie bekommen Blut zu sehen – und genau das wollen sie.«

Maylpancer hielt es für unwürdig, dass die beiden führenden Mitglieder eines Volkes vor den Blicken ihrer Artgenossen gegeneinander kämpften, aber mit dieser Meinung stand er offensichtlich allein da. Seine Freunde konnten nicht verbergen, dass sie ebenfalls von einer gewissen Erregung ergriffen wurden. Er machte kehrt. »Ich gehe jetzt nicht mehr hinaus«, sagte er.

»Aber du wolltest dir den Platz noch einmal genau ansehen«, erinnerte Gerriat.

»Jetzt nicht mehr.« Maylpancer blickte auf seine Uhr. »Es ist noch sehr lange Zeit. Vielleicht kommen die Zuschauer wegen eines anderen Ereignisses.«

Keiner antwortete ihm. Und Maylpancer wusste, dass er sich einer trügerischen Hoffnung hingab. In der Arena hatte der Kampf um die besten Plätze begonnen. Der Überschwere fragte sich, ob das von den Laren inszeniert worden war oder ob Leticron dahinter steckte. Im Grunde genommen war das gleichgültig.

Ich darf mich nicht selbst verrückt machen!, ermahnte er sich. Er musste seine Ruhe zurückgewinnen. Sobald er nervös und unsicher in den Kampf ging, hatte er überhaupt keine Chancen.

»Ich fürchte seinen Namen mehr als ihn selbst« sagte er leise. »Leticron ist schon so lange Erster Hetran, dass sich niemand vorstellen kann, es könnte einmal anders sein.«

Vhegtor lachte gezwungen. »Es wird eine Änderung geben«, versicherte er.

Sie gingen den langen Korridor bis zu den Kabinen zurück, die für die Turnierteilnehmer bestimmt waren. Leticron hatte angekündigt, dass er erst unmittelbar vor Beginn des Duells erscheinen würde – auch das gehörte zum Nervenkrieg, den er gegen Maylpancer entfacht hatte.

»Sollen wir dir Irktana schicken?«, erkundigte sich Vhegtor, als sie Maylpancers Kabine betraten.

Der Obskoner schüttelte den Kopf. Irktana war eine angenehme junge Frau, aber er wollte sich jetzt nicht mit ihr beschäftigen.

»Beruhigungsmittel?«, fragte Gerriat.

Maylpancer fuhr auf. »Schluss damit!«, herrschte er seine Freunde an. »Ich kann auch ohne das alles in den Kampf gehen.«

Sie sahen ihn betroffen an.

»Lasst mich jetzt allein!«, sagte Maylpancer ruhiger. »Ich rufe euch, sobald ich euch brauche.«

Als er allein war, überkam ihn der Wunsch, mit seinem Gegner zu sprechen. Er konnte sich diese Gedanken nicht erklären, aber sie ließen sich nicht unterdrücken. Vielleicht wirkte Leticron mit seinen parapsychischen Kräften auf ihn ein.

Maylpancer aktivierte den Interkom und versuchte, eine Verbindung zu Leticrons Quartier herzustellen. Es gelang ihm schneller als erwartet. Der Erste Hetran meldete sich jedoch nicht selbst, sondern es erschien das teilnahmslose Gesicht eines Robotdieners.

»Du weißt, wer ich bin«, sagte Maylpancer schroff. »Ich will mit dem Ersten Hetran reden.«

»Das ist leider nicht möglich«, lautete die gleichgültige Antwort. »Er ruht.«

Maylpancer wusste, dass es wenig Sinn hatte, sich wegen eines Roboters zu erregen, den man für eine solche Sprechweise programmiert hatte. Trotzdem reagierte er ärgerlich. »Du musst ihn wecken! Sage ihm, dass es wichtig ist!«

»Er sieht Sie während des Kampfs. Das soll ich Ihnen für den Fall bestellen, dass Sie sich melden.«

Der Obskoner schaltete ab und zuckte mit den Schultern. Eigentlich hätte er gar nicht gewusst, was er Leticron sagen sollte. Er ärgerte sich, dass der Robotdiener Leticron von diesem Anruf unterrichten würde. Der Erste Hetran würde das als Schwäche auslegen.

Maylpancer ließ sich auf sein Lager zurücksinken. Seine Überlegungen kreisten um den bevorstehenden Kampf. Er sah sich vom Robotpferd sinken, die Lanzenspitze des Gegners in der Brust.

Nein!, dachte er entschlossen. *Dazu darf es nicht kommen.*

Ronald Tekener hatte die tiefer gelegenen Räume der Festung wieder verlassen und befand sich jetzt in unmittelbarer Nähe der großen Hangars. Er war überrascht, dass er nur wenigen Überschweren aus dem Weg gehen musste. Laren hatte er seit seiner Befreiung nicht mehr gesehen. Sie hielten sich wahrscheinlich an Bord ihres SVE-Raumers auf.

Tekener hatte aufgehört, sich Räume und Gänge einzuprägen. Er würde wohl nicht mehr lange genug in Freiheit sein, um solche Orientierungsdaten verwenden zu können. Seine Freiheit erschien ihm immer zweifelhafter. Eigentlich hatte er nur ein kleines Gefängnis mit einem größeren vertauscht, denn wie sollte er jemals aus der Stahlfestung entkommen?

Wahrscheinlich waren solche Überlegungen auch der Grund für seine nachlassende Vorsicht. Eine kühne Idee gewann immer mehr die Oberhand. Was, so fragte er sich, würde geschehen, wenn er sich den Überschweren stellte und angab, dass ein Lare ihn befreit hatte? Die Spuren bewiesen zumindest, dass er gewaltsam befreit worden war.

Konnte eine Auseinandersetzung zwischen Laren und Überschweren nützlich für ihn sein, oder – und das war die entscheidende Frage – würde es überhaupt dazu kommen? Tekener bedauerte, dass er keine Gelegenheit gefunden hatte, sich genau über die Verhältnisse auf Titan zu informieren. Was er auf Mars und Saturn in Erfahrung gebracht hatte, entpuppte sich als sinnlos, denn in der Stahlfestung war alles anders, als man auf den Planeten des Solsystems vermutete.

Tekener hörte Schritte und zog sich in einen Seitengang zurück. Drei Überschwere waren durch das große Schott auf der anderen Seite des Korridors gekommen.

»Ich bin nicht sicher, ob es überhaupt noch einen Sinn hat, zum Hof der Sieben Säulen zu gehen«, sagte einer von ihnen. »Bei der letzten Bildeinblendung waren alle Tribünen besetzt.«

»Dabei beginnt das Duell erst in sechseinhalb Stunden«, brummte einer der beiden anderen.

»Es ist ein Duell auf Leben und Tod!«, erinnerte der dritte. »Vergesst das nicht.«

Tekener hörte einen von ihnen auflachen. »Es werden hohe Wetten abgeschlossen!«

»Ich weiß«, lautete die Antwort. »Ich habe auf Leticron gesetzt.«

»Ich verstehe nicht, dass niemand Maylpancer den Sieg zutraut«, sagte die erste Stimme. »Er ist jünger als Leticron, und die Laren würden es gern sehen, wenn er Leticrons Stelle einnähme.«

Tekener hielt den Atem an. Er hörte den Namen Maylpancer nicht zum ersten Mal. Auch auf dem Mars genoss dieser junge Überschwere große Popularität. Bisher hatte Tekener jedoch alle Gerüchte, Maylpancer sollte Leticron als Ersten Hetran ablösen, für übertrieben gehalten. Er fragte sich, wer dieser Maylpancer war, dass er sich stark genug fühlte, den Ersten Hetran herauszufordern.

Und warum ließ Leticron sich auf einen solchen Kampf ein? Bisher hatte er jeden Gegner vernichtet, ohne ihm die Chance einer Gegenwehr einzuräumen.

Tekener bedauerte, dass die Überschweren am Ende des Gangs in einem Antigravschacht verschwanden, sodass er nicht mehr hören konnte, was sie noch redeten.

Die Informationen, die er soeben erhalten hatte, waren sensationell, vor allem veranlassten sie ihn, alle Überlegungen, sich den Überschweren zu ergeben, neu zu überdenken. Wenn dieses Duell wirklich in sechseinhalb Stunden stattfand, zog es die Aufmerksamkeit aller Bewohner der Stahlfestung auf sich. Tekener beschloss, sich bis zu diesem Zeitpunkt zu verstecken.

Vielleicht erhielt er im Verlauf des Kampfs eine Chance, an die anderen Gefangenen heranzukommen.

Leticron schaltete die Bildübertragung ein. Die Tribünen im Hof der Sieben Säulen waren überfüllt und auch alle anderen Plätze rund um den Turnierplatz belegt. Ein solcher Andrang hatte selbst bei dem großen Turnier vor fünf Jahren nicht geherrscht.

Einen Augenblick lang dachte Leticron daran, das Ereignis in die Galaxis übertragen zu lassen, doch er war nicht sicher, ob die Laren damit einverstanden sein würden. Es wäre ein entscheidender Fehler gewesen, Hotrenor-Taak unmittelbar vor dem Duell unnötig zu reizen, denn der Verkünder der Hetosonen besaß die Macht, den Kampf sofort abzusetzen und Leticron zum Rücktritt zu zwingen.

Leticron durfte sich die Chance, die er noch einmal bekommen hatte, nicht durch unkluges Verhalten selbst zunichte machen.

Er rief zwei Robotdiener und befahl, ihm die leichte Rüstung zu bringen. Während er sich in aller Ruhe für den Kampf umzog, teilte ihm einer der Roboter mit, dass Maylpancer versucht hatte, mit ihm in Verbindung zu treten.

»Sehr gut«, sagte Leticron triumphierend. »Vermutlich wollte er einen Rückzieher machen.«

Er zog die Gurte um seine Hüften enger und beugte sich nach vorn, um die Elastizität der Rüstung zu überprüfen. Er konnte sich nicht erinnern, sich in den vergangenen Jahren schon einmal so wohl gefühlt zu haben.

»Der Kampf bereitet mir Vergnügen, Bur-Dan«, sagte er zu dem Robotdiener, der ihm die Stiefel anlegte. »Es ist ein Gefühl, wie ich es vor langer Zeit stets vor dem Antritt einer interessanten Reise hatte.« Er wurde sich der Doppelbedeutung seiner Worte bewusst und verzog das Gesicht. »Diesmal wird Maylpancer eine Reise antreten«, prophezeite er. »An einen Ort, von dem es keine Rückkehr mehr gibt.«

»Sie sind gut in Form, Sir«, sagte Bur-Dan pflichtbewusst.

»Ja, du närrischer Roboter«, erwiderte Leticron gut gelaunt.

Er streckte und dehnte sich, um den Sitz der Rüstung zu verbessern. Danach ließ er sich von Bur-Dan die Handschuhe reichen. Als er fertig angekleidet war, trat er vor den Spiegel und betrachtete sich. In der Rüstung bot er immer noch ein imposantes Bild.

Er konzentrierte sich sekundenlang auf Maylpancer und fand heraus, dass der Obskoner mit seinem Sekundanten zu den Stallungen unterwegs war. Leticron hatte Bur-Dan als Sekundanten bestimmt. Der Robotdiener hatte ihm in dieser Rolle bereits bei den letzten Turnieren zur Verfügung gestanden.

Maylpancer beschäftigte sich mit dem bevorstehenden Kampf. Er schien nicht sehr zuversichtlich zu sein. Leticron lächelte zufrieden. Er drehte sich vor dem Spiegel. »Den Helm!«, rief er Bur-Dan zu. Der Roboter übergab ihm das letzte Stück der Rüstung.

Leticron schaltete den Antigravprojektor ein und schwebte voraus. Wenig später erreichte er mit Bur-Dan das Waffenarsenal, wo er bereits von Skarthom erwartet wurde.

Die Stimme des Waffenmeisters überschlug sich fast vor Erregung. »Ihr Gegner hat seine Waffe bereits abgeholt, Hetran.«

»Ich hoffe, Sie haben ihm eine gute Lanze gegeben«, sagte Leticron gleichgültig.

Skarthoms Blicke wanderten zum Tisch. Auf dem samtenen Läufer lag die goldene Lanze des Pariczaners. Der Blick sagte mehr, als Worte vermocht hätten, was Skarthom von den anderen Waffen im Vergleich zu dieser Lanze hielt.

»Sie haben sie frisch poliert«, stellte Leticron fest.

»Wie vor allen Turnieren, Corun.«

Leticron trat an den Tisch und streckte die Hände nach der Waffe aus. »Ihre besten Eigenschaften sind unsichtbar. Hätten Sie Lust, einmal mit dieser Waffe zu kämpfen, Skarthom?«

Der Waffenmeister bekam glänzende Augen. »Sie machen sich über mich lustig, Corun!«

»Gewiss nicht.« Leticron kannte den Fanatismus, mit dem der bärtige Mann sich um alle ungewöhnlichen Waffen kümmerte. Skarthom war ein Teil des Arsenals, man konnte ihn sich gar nicht anders vorstellen als zwischen den Waffen.

»Für den Fall, dass ich den Kampf verliere, werden Sie diese Lanze erhalten«, sagte der Erste Hetran.

Skarthom erwiderte nichts darauf. Er war abergläubisch, und eine

Dankbarkeitsbezeigung wäre ihm wie eine Einflussnahme auf den Kampfausgang erschienen. »Ich hoffe, dass Sie gewinnen, Corun!«, stieß er impulsiv hervor.

Leticron wusste, dass nur Eigennutz Skarthom zu dieser Sympathieerklärung veranlasste. Wenn Leticron nicht mehr am Leben war, würde auch seine Idee sterben und damit alles zerfallen, was er in der Stahlfestung Titan aufgebaut hatte. Niemand würde die altterranischen Gepflogenheiten übernehmen und sich um das von Leticron beschaffte Zubehör kümmern. Die Waffenkammern würden schließen, Skarthom würde gezwungen sein, eine andere Arbeit zu übernehmen.

»Sie haben keinen Tribünenplatz?«

»Ich bin auf die Übertragung angewiesen«, erwiderte Skarthom und deutete auf die Holoschirme neben dem Eingang.

Der Erste Hetran und sein Robotdiener verließen das Waffenarsenal und begaben sich zu dem Transmitter, der sie in die Stallungen beförderte.

Carsythe berichtete, dass Maylpancer vor wenigen Augenblicken mit Gretyl aufgebrochen war, um sich in die Warteräume vor dem Turnierplatz zu begeben.

Leticron wusste, dass er bei dem Stallburschen nicht die gleichen Sympathien wie bei Skarthom genoss. Der junge Überschwere sah seine Arbeit nüchtern und hätte jede andere Aufgabe mit ähnlicher Sorgfalt erfüllt.

»Oh«, sagte Leticron, nachdem er sich kurz in Carsythes Gedanken eingeschaltet hatte. »Sie haben ihm also Gretyl empfohlen?«

»Ja«, bestätigte Carsythe. »Ich habe ihn auch bei den Proberitten beobachtet und traue ihm nicht viel zu.«

Leticron wartete, bis sein Pferd aus der Box geführt wurde. Er untersuchte es kurz. Zweifellos war es in Ordnung. Die Robotpferde unterschieden sich nur im Aussehen, mechanisch und positronisch waren sie gleichwertig. Bei den Duellen kam es allein auf den Reiter an.

Carsythe hatte die Holoschirme eingeschaltet. Auf dem Hof der Sieben Säulen standen sechs Fanfarenbläser.

»Warum schalten Sie den Ton nicht ein?«, erkundigte sich Leticron.

Der Stallbursche errötete.

»Diese Art von Musik gefällt Ihnen nicht«, erriet Leticron. Er führte sein Pferd zum Transmitter und ließ sich zusammen mit ihm und Bur-Dan in die Warteräume abstrahlen.

Je länger die Vorbereitungen dauerten, desto nervöser wurde Maylpancer. Gerriat, der ihm sekundieren sollte, musste ihn stetig zur Ruhe ermahnen und ihm beim Anlegen der Rüstung helfen.

»Diese alberne Kleidung ist völlig sinnlos«, schimpfte Maylpancer. »Ich könnte mich genauso gut in meiner Kombination auf den Roboter setzen und hinausreiten.«

Gerriat ging zum Eingang und schloss die Tür. »Es braucht nicht jeder zu hören, was wir hier sprechen«, erklärte er.

Der Lärm der Zuschauer war jetzt nicht mehr zu hören, aber die Stille wirkte sich nicht auf Maylpancer aus. Gretyl stand draußen im Gang, fertig gesattelt und mit dem Zaumzeug ausgerüstet. Er brauchte sich nur auf das Pferd zu schwingen und hinauszureiten, wo er seine Lanze erhalten würde.

»Soll ich die Übertragung einschalten?«, fragte Gerriat.

»Nein! Wenn ich sehe, was sich dort draußen abspielt, glaube ich vielleicht, dass alles nur ein Traum ist.«

»Ein Albtraum«, sagte Gerriat.

Maylpancer hatte gehofft, dass Hotrenor-Taak oder einer der anderen Laren auftauchen und dem Spuk im letzten Augenblick ein Ende bereiten würde, doch diese Hoffnung war offenbar vergeblich. Hotrenor-Taak schien entschlossen zu sein, das fragwürdige Schauspiel stattfinden zu lassen.

Scormon, einer der führenden Überschweren auf Titan, blickte zur Tür herein. »Ich wollte mich nur davon überzeugen, dass Sie vorankommen«, sagte er.

»Was glauben Sie wohl, was wir hier machen?«, fauchte Gerriat ihn an.

Scormon sah ihn abschätzend an, schüttelte den Kopf und zog sich wieder auf den Gang zurück. Solange die Tür offen stand, hatte Maylpancer die Fanfaren hören können. Er war nicht weniger abenteuerlustig als alle anderen Überschweren, aber was Leticron auf Titan errichtet hatte, erschien ihm wie ein Auswuchs krankhafter Fantasie. Daran änderte auch die Tatsache nichts, dass alle Überschweren auf dem Saturnmond diesen Unsinn offensichtlich begeistert mitmachten.

Gerriat zog die Rückengurte des leichten Brustpanzers zu. Der Obskoner wusste, dass die Rüstung mehr Maskerade als Schutz war, eine Lanze konnte sie mühelos durchbohren.

»Du darfst dich vom Gebrüll der Zuschauer nicht stören lassen«, mahnte Gerriat. »Wenn du Glück hast, ist in wenigen Minuten alles vorbei.«

»So oder so«, antwortete Maylpancer ironisch.

Immer noch erschien ihm alles unwirklich. Er konnte sich nicht vorstellen, dass er gleich auf den Turnierplatz hinausreiten und gegen Leticron kämpfen würde.

Gerriat beobachtete ihn aufmerksam. »Du kannst den Kampf absagen«, schlug er vor. »Sie werden dir ein Schiff zur Verfügung stellen, mit dem du dich auf eine unserer Kolonialwelten zurückziehen kannst.«

»Ich gebe zu, dass ich schon daran gedacht habe«, sagte Maylpancer leise. »Aber ich bin nach Titan gekommen, um Erster Hetran dieser Galaxis zu werden.«

Gerriat versetzte ihm einen freundschaftlichen Schlag auf die Schulter.

Wieder wurde die Tür geöffnet. Diesmal erschien Rantmoger, der oberste Schiedsrichter. Er trug ein buntes Gewand. Sein Gesicht war rot vor Erregung. Maylpancer erkannte betroffen, dass auch dieser Überschwere völlig in seiner Rolle aufging.

»Es geht los«, sagte Rantmoger mit sonorer Stimme. Er schob seinen breiten Hut zurecht und warf einen flüchtigen Blick in den Spiegel. »Nach den Regeln werden Sie zuerst hinausreiten und sich dem Publikum vorstellen.«

Maylpancer folgte ihm auf den Gang hinaus. Rantmoger tätschelte das Robotpferd, als wäre es ein lebendes Wesen.

»Hören Sie doch auf!«, rief der Obskoner angewidert. »Das macht mich ganz krank.«

Rantmoger räusperte sich. Er wollte zu einer heftigen Erwiderung ansetzen, hielt sich aber zurück. Vielleicht überlegte er, dass Maylpancer unter Umständen bald Erster Hetran sein würde, dann war es besser, ihn nicht zum Gegner zu haben.

»Führ du das Pferd!«, sagte Maylpancer zu Gerriat.

Das Tor zum Laufgitter war noch geschlossen. »Warten Sie auf das Signal!« Rantmoger ließ seine Blicke über den Duellanten gleiten. »Und vergessen Sie nicht, Ihren Helm aufzusetzen.«

Maylpancer gab keine Antwort; als Rantmoger gegangen war, half Gerriat ihm aufs Pferd. Ein Zucken lief durch den Robotkörper – Maylpancer presste ihm behutsam die Fersen in die Seiten. Der Roboter trabte bis zum Tor und hielt dort an.

Maylpancer drehte sich im Sattel um. Gerriat sah niedergeschlagen aus, er schien ihm wenig Chancen einzuräumen.

Draußen schmetterten die Fanfaren wieder. Das Gebrüll der Zuschauer nahm eine solche Lautstärke an, dass Maylpancer erschauerte. Er hatte geglaubt, dass ihn das nicht erschüttern würde, doch nun begriff er, dass er sich dieser Atmosphäre nicht entziehen konnte.

Endlich wurde es still. Da das Tor noch geschlossen war, konnte Maylpancer über einen Holoschirm beobachten, was auf dem Hof der Sieben Säulen geschah.

Der Oberschiedsrichter stand mitten auf dem freien Platz. Seine Stimme klang weithin. Maylpancer war sicher, dass jeder Bewohner Titans Zeuge dieser Szene wurde. Für ihn war es, als würde Rantmoger sinnlose Laute aneinander reihen, er war unfähig, sich auf das zu konzentrieren, was der Mann sagte.

Als das Tor nach oben glitt, zuckte Maylpancer zusammen. Er saß wie gelähmt im Sattel. *Ich kann nicht!,* dachte er. Das Blut rauschte in seinen Ohren, sein Puls hämmerte in den Schläfen.

Der Platz lag in hellem Scheinwerferlicht, das jede Einzelheit überdeutlich erkennen ließ. Rantmoger wirkte wie eine riesige Puppe, die unablässig redete und die Arme bewegte. Die Fanfarenträger standen wie versteinert und hatten ihre Instrumente gegen die Schenkel gestützt. Auf den Tribünen der Gegenseite sahen die Zuschauer wie hintereinander aufgebaute Mauern aus menschlichen Körpern aus. Niemand außer Rantmoger schien sich zu bewegen.

»Es ist so weit!« Gerriats Stimme schien von weit her zu kommen, aus einer anderen Welt, zu der Maylpancer längst nicht mehr gehörte.

Kalter Schweiß trat dem Obskoner auf die Stirn. Er registrierte kaum, dass er Gretyl die Fersen gab. Das Pferd trabte folgsam auf den Turnierplatz hinaus. Noch einen Augenblick lang hielt das Schweigen an, dann rauschte lang anhaltender Beifall über Maylpancer hinweg. Die Anspannung der Zuschauer übertrug sich mehr und mehr auf ihn. Diese Überschweren waren gekommen, um einen der ihren sterben zu sehen, und sie wollten dieses Schauspiel genießen.

Zwei Männer kamen auf Maylpancer zu und brachten ihm die Lanze. Als er sie ergriff, kam er sich ungeschickt vor. Er richtete sie senkrecht auf und hielt sie fest.

Nun wurde es still.

Maylpancer blickte zum anderen Ende des Platzes, zum zweiten Tor, das sich lautlos öffnete.

Ein Robotpferd mit einem Reiter galoppierte heraus. Der Mann trug bereits seinen Helm, und Maylpancer fragte sich unwillkürlich, ob er tatsächlich Leticron sah. Der Gedanke, dass jemand anders an Stelle des Ersten Hetrans den Kampf austragen würde, war absurd, ließ ihn aber nicht mehr los. Leticrons Machtmittel waren unbegrenzt, warum sollte er sie nicht in dieser Form nutzen?

In dem Augenblick öffnete der Reiter das Helmvisier.

»Leticron!«, brachte Maylpancer hervor. Wie hypnotisiert blickte er in das verwüstete Gesicht seines Gegners.

Leticron hob einen Arm, als wollte er Maylpancer grüßen, doch diese Geste galt den Zuschauern.

Zwei Männer brachten die goldene Lanze. Anschließend verließen alle Helfer bis auf Rantmoger den Turnierplatz.

Der Oberschiedsrichter hielt jetzt eine bunte Fahne in der Hand. »Es wird gekämpft, bis der Tod eines Teilnehmers eintritt«, sagte er laut.

Da Tekener keine Uhr besaß, war er auf sein Gefühl für die Zeit angewiesen. Stille senkte sich über die Räume und Gänge der Festung. In seinem Versteck hatte der potenziell Unsterbliche in den vergangenen Stunden immer wieder vorbeigehende Überschwere gehört. Stimmen und Türenschlagen hatten bewiesen, dass er sich in einem belebten Teil der Festung befand.

Seit einiger Zeit jedoch drangen kaum noch Geräusche heran. Er nahm an, dass die Überschweren sich auf dem Turnierplatz versammelt hatten.

Tekener zwängte sich aus der Nische hervor, in der er sich versteckt gehalten hatte. Er befand sich noch in der Nähe der Hangars. Da er nicht wusste, wie viel Zeit ihm blieb, musste er ein gewisses Risiko eingehen.

Die Eingänge zu den Hangars wurden nicht bewacht. Als er sicher war, dass niemand vom anderen Ende des Gangs kam, betrat er einen der großen Räume.

Er sah zwei larische SVE-Raumer, jeder auf einen Durchmesser von etwa sechzig Metern geschrumpft. Sofort zog er sich in den benachbarten Hangar zurück. Dort standen mehrere Kleinstraumschiffe der Überschweren. Sie bedeuteten eine sichtbare Verlockung für einen einsamen Mann. Er war jedoch nicht sicher, dass er ein solches Schiff ohne Hilfe fliegen konnte, außerdem wollte er nichts unversucht lassen, den Multi-Cyborgs zu helfen.

Als er sich umwandte, erlebte er einen Schock.

Vor ihm stand ein Lare!

Tekener vergaß sogar die Waffe in seiner Hand. Als er sie dann auf den Fremden richtete, glühte sie auf, und er musste sie fallen lassen.

Der Lare schien aus dem Nichts gekommen zu sein. Es war dem USO-Spezialisten schon immer schwer gefallen, Angehörige dieses Volks voneinander zu unterscheiden, dennoch hatte er den Eindruck, dass er den Mann sah, der ihn aus dem Gefängnis befreit hatte.

»Meine Zeit ist offenbar abgelaufen«, sagte Tekener ironisch. Er streckte beide Arme aus. »Ich ergebe mich.«

Der Lare betrachtete ihn nachdenklich. »Gehen Sie bis zum Ende dieses Gangs«, riet er. »Dort finden Sie einen Antigravschacht, der momentan nicht bewacht wird. Benutzen Sie ihn, um eine Etage tiefer zu gelangen. Sie werden dann ganz in der Nähe des Hauptlabors sein, wo man Ihre Freunde gefangen hält. Sie werden nur von drei Männern bewacht, die zudem noch durch die Übertragung abgelenkt sind.«

»Was wird hier eigentlich gespielt?«, fragte Tekener fassungslos. »Erst befreien Sie mich, nun wollen Sie mir bei der Rettung meiner Freunde helfen!«

»Wir streben einen Machtwechsel an«, erwiderte der Lare. »Mehr brauchen Sie nicht zu wissen.«

Tekener wollte weitere Fragen stellen, doch er biss sich rechtzeitig auf die Unterlippe. Offenbar hatte Leticron die Laren nicht informiert, wer Kalteen Marquanteur wirklich war. Sie wussten auch nicht, dass die Mucys Bewusstseinsinhalte der Altmutanten in sich trugen, sonst wären sie kaum so großzügig gewesen.

Tekener argwöhnte, dass die Laren ihn nur so lange unterstützen würden, bis sie ihr Ziel erreicht hatten. Dann würde die Jagd auf ihn auch von ihnen eröffnet werden. Sie verließen sich darauf, dass die Gefangenen nicht aus der Stahlfestung entkommen konnten.

Trotzdem war das seine große Chance. Sobald die Mucys mit den Bewusstseinsinhalten frei waren, konnte Tako Kakuta in einen Hangar teleportieren. Zu dritt würden sie mit einem der Kleinstraumschiffe starten und von dem Saturnmond fliehen, bevor die Laren überhaupt wussten, was geschehen war.

»Gehen Sie!«, sagte der Lare, gleichzeitig verschwand er. Tekener konnte sich ausrechnen, welchen Effekt er erzielen sollte. Ein Alarm würde Leticron den Ausbruch der Gefangenen signalisieren. Dieser Schock vor Beginn des Kampfs musste den Ersten Hetran verwirren und seine Konzentrationsfähigkeit stören.

Sollte ihr Plan fehlschlagen, konnten die Laren später behaupten, dass sie mit der ganzen Sache nichts zu tun hatten. Der einzige Zeuge, nämlich Tekener, würde nicht lange genug leben, um die Wahrheit auch nur anzudeuten.

Obwohl die Überlegungen der Laren fehlerlos zu sein schienen, hoffte Tekener jetzt, sein eigenes Spiel spielen zu können. Wie der Lare geraten hatte, begab er sich zum Ende des Gangs. Ohne zu zögern, sprang er in den Antigravschacht und glitt abwärts. Er hörte eine leise Stimme, aber sie schien aus Lautsprechern zu kommen. Vielleicht war es ein Sprecher, der den Kampf kommentierte.

Tekener trat aus dem Schacht und sah sich um. Er befand sich jetzt unter den Hangars. In diesem Sektor lag das eigentliche Zentrum der Stahlfestung Titan. Leuchtzeichen markierten die einzelnen Wege.

Tekener ließ sich von der Stimme leiten, die immer deutlicher zu hören war. Nachdem er sich in den Hauptkorridor gewagt hatte, sah er ein spaltbreit geöffnetes Tor. Er näherte sich vorsichtig und konnte auf der anderen Seite Schaltanlagen und Holoschirme entdecken.

»Leticron reitet auf den Hof der Sieben Säulen«, verkündete der Sprecher soeben. »Die Duellanten erhalten ihre Waffen. Der Kampf wird jedoch erst nach dem von Leticron erarbeiteten Zeremoniell beginnen.«

Tekener zweifelte nicht mehr daran, dass hinter dem Tor die drei Männer saßen, die das Hauptlabor bewachten. Wie der Lare prophezeit hatte, kümmerten sie sich nicht um die Gefangenen, sondern widmeten ihre Aufmerksamkeit der Übertragung des Kampfs.

Tekener konnte nur einen kleinen Teil des Raumes überblicken, deshalb sah er nicht, wo die Wächter saßen. Er musste sie dennoch überraschen, wenn er sie ausschalten wollte.

Dicht trat er an den Spalt heran. Einer der Holoschirme zeigte den Kampfplatz. Zwei Reiter in leichten Rüstungen warteten offenbar auf ein bestimmtes Signal. Jeder hielt eine Lanze in der rechten Hand.

Leticron hatte versucht, die Stahlfestung wie eine altterranische Burg einzurichten, und er trieb seinen Spleen so weit, dass er sein Leben wie das eines Burgherrn gestaltete. Der bevorstehende Kampf war stilecht im Sinne Leticrons, und die wilden und abenteuerlustigen Überschweren hatten ihren Spaß daran. Der Erste Hetran kam seinen Artgenossen mit seiner Marotte in vieler Hinsicht entgegen.

Tekeners Aufmerksamkeit wurde jedoch von einem anderen Schirm beansprucht, der auf den ersten Blick wesentlich uninteressanter wirkte. Dort war das Hauptlabor zu sehen. An einer Wand standen Tigentor und Barratill. Sie wurden von Energiefesseln festgehalten. Der USO-Spezialist schloss daraus, dass die Wächter das Hauptlabor von diesem Schaltraum aus kontrollierten. Er ließ sich auf den Boden sinken und kroch ein Stück in den Raum hinein.

Von dieser Position aus konnte er die Überschweren sehen. Zwei saßen nebeneinander in Sesseln, der dritte lehnte nur wenige Schritte von der Tür entfernt an einem Schaltkasten und blickte auf die Schirme.

Tekener bemerkte, dass der Mann einen Strahler im Gürtel trug.

Als Leticron seine Lanze ergriff und das Prallfeld einschalten wollte, stellte er fest, dass die im Heft der Waffe verborgene Schaltung nicht ansprach. Im ersten Zorn darüber hätte er die Lanze fast auf den Boden geschleudert, doch er beruhigte sich schnell wieder.

Er rief den Oberschiedsrichter zu sich. »Ich erbitte einen kurzen Aufschub«, sagte er zu Rantmoger, während er sich vom Pferd gleiten ließ. »Ich möchte meine Waffe von Skarthom überprüfen lassen.«

Solche Verzögerungen waren durchaus üblich. Bei Turnieren dienten sie oft dazu, den Gegner nervös zu machen. Rantmoger erhob auch keine Einwände, sondern ging zu Maylpancer, um ihm den Wunsch Leticrons zu übermitteln.

Leticron wartete nicht auf das Ergebnis des Gesprächs, sondern begab sich mit seinem Sekundanten in den Warteraum. Wenige Augenblicke später war Skarthom zur Stelle.

»Wer hat sich an meiner Waffe zu schaffen gemacht?«, fuhr Leticron den Waffenmeister an.

»Niemand!«, beteuerte der Waffenmeister. »Sie wissen, dass ich die Lanze pflege und von keinem anrühren lasse.«

Skarthom sprach offensichtlich die Wahrheit. Der Waffenmeister wusste nichts von den geheimen Vorrichtungen in dieser Lanze, sodass er auch als Saboteur nicht in Frage kam. Für Leticron gab es nur eine Erklärung: Die Laren hatten sich der Waffe angenommen.

»Es ist gut, Skarthom«, sagte er. »An der Arbeit des Waffenmeisters kann keine Kritik geübt werden.«

Sichtlich erleichtert zog Skarthom sich wieder zurück. Leticron ließ sich auf einen Sitz sinken. »Sie haben alle Sonderschaltungen neutralisiert, Bur-Dan«, sagte er zu seinem Sekundanten. »Ich habe eine gewöhnliche Lanze, nur mit dem Unterschied, dass sie ein bisschen kürzer ist als Maylpancers Waffe.«

»Soll ich den Kampf absagen, Sir?«, erkundigte sich der Robotdiener.

Leticron atmete tief. Er befürchtete, dass es noch zu weiteren Zwischenfällen kommen würde. Die Laren hatten sich entschlossen, in dieses Duell einzugreifen. Sie wollten, dass Maylpancer den Turnierplatz als Sieger verließ.

Der Erste Hetran erhob sich. »Ich werde kämpfen!«, sagte er trotzig. »Ich bin trotz allem besser als der junge Obskoner. Er kann sich kaum im Sattel halten. Ich werde ihn erledigen.«

»Davon bin ich überzeugt«, pflichtete Bur-Dan ihm bei.

Als Leticron den Warteraum verließ, hörte er die ungeduldigen Reaktionen des Publikums. Es verübelte dem Ersten Hetran, dass er den Kampfbeginn unnötig verzögerte.

»Sie wollen Blut sehen«, sagte Leticron zu Bur-Dan. »Wir können sie nicht länger warten lassen.« Zum ersten Mal kam ihm der Gedanke, dass alles, was er auf Titan geschaffen hatte, sich gegen ihn wenden könnte.

Rantmoger stand im Ausgang zum Turnierplatz und wartete ungeduldig.

Leticron blickte zu Maylpancer hinüber, der immer noch auf seinem Robotpferd saß und wartete. Der Obskoner saß aufrecht und steif im Sattel, die Lanze hielt er wie einen lästigen Gegenstand in der Rechten.

»Wenn wir jetzt nicht anfangen, muss der Kampf neu angesetzt werden«, sagte Rantmoger. »Dann hätte Ihr Gegner die Wahl der Waffen.«

»Er würde sich für eine Nahkampfwaffe entscheiden«, sagte Leticron. »Aber dazu wird es nicht kommen. Wir beginnen.«

Rantmoger eilte davon. Es war deutlich erkennbar, dass die Unruhe des Publikums auch auf den Oberschiedsrichter übergegriffen hatte.

Leticron schwang sich aufs Pferd. Bur-Dan reichte ihm die goldene Lanze.

Auf der anderen Seite des Hofes sprach Rantmoger mit Maylpancer. Das Publikum wurde ruhiger, es fühlte, dass der Kampf unmittelbar bevorstand.

Leticron wusste, dass er sich diesmal ganz auf seine Erfahrung und Geschicklichkeit verlassen musste. An Kraft und Ausdauer war Maylpancer ihm aufgrund des Altersunterschieds überlegen.

Der Erste Hetran musste also diesen Kampf so schnell wie möglich beenden.

Je länger das Duell dauerte, desto schlechter standen seine Chancen.

Tekener glitt über den Boden. Falls er dabei wirklich ein Geräusch verursachte, wurde es von dem Lärm der Lautsprecher übertönt. Der Sprecher erklärte den Zuschauern gerade den Grund für eine Verzögerung des Kampfbeginns: Leticron hatte einen kurzen Aufschub erbeten, um seine Waffe untersuchen zu lassen.

»Ich sage euch, dass er Maylpancer fürchtet«, behauptete der Überschwere, der nur wenige Schritte von Tekener entfernt stand.

»Unsinn«, antwortete einer der Männer im Sessel. »Ich bin der Überzeugung, dass er das Duell genießt. Wann hat er schon die Gelegenheit, einen Gegner zu töten? Die Turniere sind trotz aller Härte nur Spielereien im Vergleich zu diesem Kampf.«

Tekener konnte nur hoffen, dass die Überschweren sich nicht ablenken ließen. Wenn einer von ihnen in Richtung der Tür schaute, musste er ihn entdecken.

»Es geht los!«, sagte einer der Überschweren. Im selben Moment, aus irgendeinem unerfindlichen Grund heraus, drehte der Mann den Kopf. Ein unerklärlicher Instinkt schien ihn gewarnt zu haben. Er starrte den Eindringling an wie eine Erscheinung.

»Keine Bewegung!«, befahlt Tekener. Er richtete den Desintegrator auf die drei Überschweren.

Der am Schaltkasten erholte sich als Erster von seiner Überraschung. Er griff nach der Waffe. Tekener wusste, dass er kein Risiko eingehen durfte, wenn er selbst überleben wollte. Er schoss sofort und traf den Überschweren in die Brust. Der sank leblos zu Boden.

Die anderen Überschweren erstarrten. Der schnelle Tod ihres Artgenossen verriet ihnen, dass der Terraner zu allem entschlossen war.

Tekener wandte sich an einen von beiden: »Erst Ihren Strahler! Dann den anderen! Aber gründlich und ohne falsche Bewegungen!«

Der Mann zögerte nicht. Nachdem er Tekener die Waffe zugeworfen hatte, sagte er düster: »Sie haben Sarghthol umgebracht! Sie werden nicht weit kommen!«

»Er könnte noch leben, wenn er nicht versucht hätte, mich zu erschießen«, gab Tekener zurück. »Aber wir sind noch nicht fertig miteinander. Stellen Sie eine Sprechverbindung zum Hauptlabor her, ich will mit den Gefangenen reden.«

Der Überschwere gehorchte. »Sie können jetzt sprechen«, sagte er. »Die beiden werden Sie verstehen, aber sie können nicht antworten, solange sie gefesselt sind.«

Tekener beobachtete den Holoschirm, auf dem der Innenraum des Hauptlabors zu sehen war. »Hier spricht Tek!«, rief er. »Ich weiß, dass ihr mich hören könnt. Ich habe eure Wächter überwältigt. Verzieht wenigstens das Gesicht, damit ich weiß, dass ihr verstanden habt.«

Die Mucys reagierten sofort. Tekener war erleichtert.

»Ich kann mir vorstellen, dass die Energiesperren von hier aus zu lösen sind«, wandte er sich an die Wachen. »Öffnen Sie jetzt die Fesseln, damit meine Freunde das Labor verlassen und hierher kommen können.«

»Niemals!«, sagte einer der beiden Männer heftig.

Tekener schoss ihm ins Bein. Der Mann sank zu Boden.

»Der nächste Schuss sitzt höher«, sagte Tekener kalt. »Ich weiß, was mir bevorsteht, wenn ich nicht von hier entkommen kann. Denken Sie, dass ich unter diesen Umständen vor irgendetwas zurückschrecke?«

Das wirkte. Tekener richtete den Lauf des Strahlers auf den unverletzten Mann. »Tun Sie endlich, was ich verlange!«

Der Überschwere ging wortlos an die Kontrollen. Tekener rechnete zwar damit, dass der Mann einen Trick versuchte, doch gleich darauf sah er, dass die beiden Multi-Cyborgs sich von der Wand im Hauptlabor entfernten. Sie ergriffen sich an den Händen. Tekener war nicht überrascht, als die Cyborgs jäh verschwanden und im gleichen Augenblick innerhalb des Kontrollraums materialisierten. Einmal von den Energiefesseln befreit, war es Tako Kakuta nicht schwer gefallen, seine Fähigkeiten als Teleporter einzusetzen.

Die beiden Überschweren reagierten völlig verblüfft.

»Willkommen!«, rief Tekener den Mucys zu. »Von hier aus geht es direkt in den Hangar. Dort stehen genügend Kleinstraumschiffe, mit denen wir entkommen können.«

»Und Leticron?«, fragte Tigentor grimmig.

»Er hat ein Duell zu überstehen. Ich denke, dass er bei den Laren in Ungnade gefallen ist. Auf jeden Fall ist er für uns nahezu bedeutungslos geworden.« Er trat auf Tigentor zu und ergriff ihn an der Hand. »Los!«, befahl er. »Wir haben keine Zeit zu verlieren.«

»Ich habe Schwierigkeiten!«, sagte Tako Kakuta mit Tigentors Stimme. »Die beiden wollen Grammlonds Tod rächen. Sie wollen zu Leticron.«

»Ein anderer wird die Rache für uns vollziehen!«, sagte Tekener und deutete auf den Schirm, auf dem die Arena zu sehen war. »Einer dieser Reiter ist Leticron. Er hat sich mit dem neuen Favoriten der Laren auseinander zu setzen. Damit ist schon alles über den Ausgang des Kampfs gesagt.«

Die Cyborgs erhoben keine Widersprüche mehr. Tigentor ergriff Barratill und Tekener an den Händen. Kakuta im Körper des Mucys konzentrierte sich und teleportierte.

In dem Augenblick, als Leticron sein Pferd antreiben und quer über den Hof auf Maylpancer losreiten wollte, erschien Rantmoger unerwartet noch einmal auf dem Kampfplatz. Er hob beide Arme in die Höhe und gab damit das Zeichen, den Kampf zu unterbrechen.

Leticron stieß eine Verwünschung aus und trieb sein Pferd auf den Oberschiedsrichter zu. »Was hat das zu bedeuten?«, herrschte er den Mann an. »Warum unterbrechen Sie noch einmal?«

»Die Gefangenen!«, rief Rantmoger zurück. »Soeben erhielt ich die Nachricht, dass sie entkommen sind.«

Unwillkürlich blickte Leticron zur Ehrentribüne hinüber, wo Hotrenor-Taak saß. »Das ist sein Werk«, murmelte er in ohnmächtigem Zorn. »Das hat er so eingefädelt, dass es genau zu diesem Zeitpunkt passieren muss.«

»Was?«, fragte Rantmoger verständnislos. »Was sagen Sie da?«

Leticron winkte ab und klappte das Visier seines Helms hoch. Rantmoger sah ihn erwartungsvoll an. »Soll ich Alarm geben, Sir?«

»Nein«, erwiderte Leticron grimmig. »Der Kampf findet statt. Um die Gefangenen können wir uns später noch kümmern.«

Rantmoger ließ hilflos die Arme sinken. Er stand da und schien sich zu fragen, was er von den Anordnungen des Ersten Hetrans halten sollte.

»Es geht weiter!«, rief Leticron in Richtung der Tribüne. Er war nicht sicher, ob man ihn verstehen konnte, aber er musste dem Larenführer seinen ungebrochenen Willen demonstrieren. »Sie können mich nicht abhalten, ihn zu töten! Und wenn es das Letzte ist, was ich tue.« Er rammte das Visier nach unten und packte die Lanze fester. »Aus dem Weg, bevor ich Sie umreite!«, fauchte er den Oberschiedsrichter an.

Rantmoger wich bestürzt zur Seite und machte ein schnelles Zeichen, dass der Kampf fortgesetzt werden sollte. Das Publikum schien die dramatische Entwicklung zu ahnen, denn es reagierte mit begeistertem Geschrei.

Der Turnierplatz dröhnte, als die Robotpferde aufeinander lospreschten. Die Reiter beugten sich seitwärts aus dem Sattel, die Lanzen stoßbereit in den Halterungen.

18.

Hotrenor-Taak bedauerte, dass er als einziger Lare allein auf der Tribüne saß. Um ihn herum waren schreiende Überschwere mit vor Erregung geröteten Gesichtern. Mit ihnen konnte er nicht über das sprechen, was ihn bewegte.

Gerade hatte er Leticrons Reaktion auf die Nachricht von der Flucht der Gefangenen erlebt. Der Erste Hetran war wütend und unbeherrscht, das würde seine Konzentration erheblich stören. Hotrenor-Taak hatte sein Ziel erreicht, mehr konnte er im Augenblick nicht für Maylpancer tun. Wegen der befreiten Gefangenen machte er sich keine Sorgen, sobald das Duell vorüber war, würde man sie leicht wieder gefangen nehmen oder töten können.

Leticron war klug genug, um sich über die Hintergründe aller Ereignisse im Klaren zu sein. Der Überschwere wusste mit Sicherheit, wie es zu den beiden Ausbrüchen der Gefangenen gekommen war.

Hotrenor-Taaks Gedanken wurden unterbrochen, als Rantmoger den Kampf zum zweiten Mal eröffnete. Die schweren Robotpferde donnerten über den Platz.

Der Lare, der es gewohnt war, alle Situationen ruhig abzuschätzen, wurde vorübergehend von der allgemeinen Erregung angesteckt. Um ihn herum sprangen Männer und Frauen von ihren Sitzen auf und tobten. Er ertappte sich dabei, dass er ebenfalls aufstand, um besser sehen zu können.

Bevor die Reiter aufeinander prallten, wurde es ruhig. Die Zuschauer schienen den Atem anzuhalten. Im gleichen Maß, wie das Schreien verstummte, schwoll das Hufgetrappel an.

Dann donnerten die beiden tonnenschweren Pferde aufeinander, während die Reiter versuchten, ihrem Gegner die Lanzenspitze in die Brust zu bohren. Hotrenor-Taak sah, dass beide Kontrahenten aus dem Sattel gerissen wurden und zu Boden stürzten.

Als sie im Hangar materialisierten, wusste Ronald Tekener, dass sie es geschafft hatten. Aber noch befanden sie sich in der Stahlfestung Titan und mussten mit Angriffen rechnen. Auch hier im Hangar waren keine Überschweren zu sehen. Jeder wollte irgendwie dem Kampf zwischen Leticron und Maylpancer beiwohnen.

Tekener deutete auf einen silberfarbenen Raumgleiter. Er kannte das Modell und wusste, dass es einen starken Überlichtantrieb besaß.

»Wir nehmen dieses Schiff!«, rief er den Multi-Cyborgs zu. »Betty, sind Menschen in der Nähe?«

»Nein«, antwortete die Telepathin mit Tigentors Stimme. »Wir sind im Augenblick ungefährdet.«

Sie kletterten ins Innere des Gleiters. Die Mucys ließen sich in die Pilotensitze gleiten, Tekener nahm hinter ihnen Platz. Die Cyborgs mit ihren Überschwerenkörpern kamen besser mit dem Instrumentarium des Beiboots zurecht als Tekener.

»Leider haben wir niemand, der die Hangartore für uns öffnet.«

»Ich glaube, dass die Schleusen auf einen einfachen Funkimpuls reagieren«, sagte Tigentor.

Falls der Versuch nicht klappte, mussten sie das Schleusentor mit der starr eingebauten Thermokanone aufschweißen. Das würde in jedem Fall die Überschweren mobilisieren und die Flucht so gut wie unmöglich machen. Schließlich brauchten sie einen guten Vorsprung, wenn sie nicht Gefahr laufen wollten, von den Bodenforts beschossen oder von anderen Schiffen eingeholt zu werden.

Tekener atmete erleichtert auf, als er sah, dass Tigentor Recht hatte. Nach einem Sendeimpuls öffnete sich die innere Schleusenwand.

»Es klappt!«, jubelte Barratill. Unwillkürlich fragte sich Tekener, ob dieser Gefühlsausbruch dem Mucy zuzuschreiben war oder ob Wuriu Sengu ihn ausgelöst hatte. Ein Zittern durchlief das Kleinstraumschiff, dann schwebte es auf den Antigravfeldern aus dem Hangar hinaus.

»Dass wir es schaffen, glaube ich erst, wenn wir wieder auf Gäa sind«, sagte Vross Barratill.

Der Stoß, der Maylpancer aus dem Sattel gehoben hatte, war so heftig gewesen, dass der Obskoner sekundenlang wie betäubt am Boden lag und sich fragte, ob seine Brust eingedrückt worden war. Der große dunkle Schatten schräg über ihm war Gretyl, der sich jetzt von ihm weg bewegte. Die Robotpferde waren so programmiert, dass sie beim Sturz des Reiters sofort auswichen, um den Gestürzten nicht zu verletzen.

Maylpancer wunderte sich, dass er die Lanze noch immer in den Händen hielt, obwohl sie plötzlich Tonnen zu wiegen schien.

Er drehte den Kopf und sah ein zweites Pferd – ebenfalls ohne Reiter. Da erst begriff er, dass es ihm gelungen war, Leticron ebenfalls aus dem Sattel zu stoßen.

Eine wilde Hoffnung durchzuckte ihn. Hatte er den alten Mann tödlich getroffen? Doch über das Geschrei der Zuschauer hinweg hörte er Leticrons Stimme: »Hier bin ich!«

Maylpancer wandte sich um und sah Leticron bereits wieder auf den Beinen. Er beobachtete ihn aufmerksam und versuchte, Verletzungen oder Anzeichen von Schwäche festzustellen. Doch Leticron schwankte nicht einmal.

Beinahe spielerisch warf der Erste Hetran seine Lanze über die Schulter und wartete, dass die Helfer ihm das Pferd zurückbrachten. Auch Gerriat kam mit Gretyl heran.

»Großartig!«, rief der Freund. »Du hast ihn fast erwischt. Beim zweiten Anritt wird es klappen.«

Maylpancer schüttelte den Kopf. Er ahnte, dass es Zufall gewesen war, dass er Leticron aus dem Sattel geholt hatte. Mit einer Hand fasste er sich an die Brust.

»Ich bin getroffen«, sagte er und wollte die Rüstung öffnen, um nachzusehen. Doch in dem Augenblick erschien Rantmoger, um die Duellanten daran zu erinnern, dass es bei diesem Kampf keine Pausen gab. Erst wenn einer der Kontrahenten nicht mehr am Leben war, galt der Kampf als entschieden.

Als Maylpancer sich von Gerriat auf Gretyl helfen ließ, hatte er ein Gefühl, als würden ihm die Schmerzen die Brust zerreißen. Nach Atem ringend, richtete er sich mühsam im Sattel auf.

Gerriat schien zu spüren, was mit Maylpancer los war. »Halte dich aufrecht!«, riet er. »Leticron darf nicht merken, dass du verletzt bist.«

Maylpancer dirigierte sein Pferd zum Ausgangspunkt der Kampfbahn zurück. Als er Gretyl anhielt, sah er, dass Leticron sein Ziel schon erreicht hatte und auf das erneute Signal des Oberschiedsrichters wartete.

Maylpancer hatte das Gefühl, dass das Duell bei diesem zweiten Anritt auf die eine oder andere Art entschieden werden musste. Er spürte, dass er für einen dritten Durchgang keine Kraft mehr haben würde. Leticrons Haltung irritierte ihn, der Erste Hetran schien keine Schwächen zu kennen. Für ihn war es offenbar nur ein bedauerliches Versehen, dass er seinen Gegner nicht beim ersten Aufeinanderprall getötet hatte.

Rantmoger gab das Zeichen.

Maylpancer stieß Gretyl die Fersen in die Seite, und das Robotpferd preschte los. Wieder übertönte das Donnern der Hufe das Geschrei der Zuschauer. Der Obskoner sah Leticron herankommen, die massige Gestalt tief über den Hals des Pferdes gebeugt, die Lanze fast geradeaus gerichtet.

Kurz bevor sie in der Mitte des Hofes aufeinander trafen, zügelte Maylpancer sein Pferd und ließ sich seitwärts aus dem Sattel hängen. Er rammte das Heft seiner Lanze in den Boden und achtete darauf, dass die Spitze der Waffe schräg nach oben wies.

Er spürte, dass die Lanzenspitze des Gegners über seinen Rücken schrammte und dann an Gretyls Flanke abglitt.

Der nach vorn gebeugte Leticron ritt mit vollem Tempo in Maylpancers Lanze hinein.

Als er aufwärts blickte, sah der Obskoner, dass sein Gegner förmlich aufgespießt wurde. Die Lanze durchbohrte die Rüstung, drang in Leticrons Brust ein und trat auf dem Rücken wieder heraus. Durch den Vorwärtsdrang des Pferdes wurde der Erste Hetran aus dem Sattel gehoben und schien einen Augenblick schwerelos in der Luft zu hängen. Das Pferd warf sich zur Seite, das Gewicht von Leticrons Körper drückte Maylpancers Waffe nach unten. Leticron krachte auf den Boden, wobei die Lanze am Heft abbrach.

Es wurde totenstill rund um den Hof der Sieben Säulen.

Maylpancer ließ sich nach vorn sinken, um die Schmerzen in seiner Brust besser ertragen zu können. Dann rutschte er langsam aus dem Sattel.

Alle, auch Rantmoger, schienen von einer seltsamen Lähmung befallen zu sein. Niemand bewegte sich.

Maylpancer hielt sich noch einen Augenblick an seinem Pferd fest, dann schritt er auf Leticron zu und nahm ihm den Helm vom Kopf. Der Erste Hetran lebte noch, die schreckliche Wunde hatte ihn nicht sofort umgebracht. Leticrons Gesichtsausdruck ließ Maylpancer erschrecken.

»Sie … haben völlig instinktiv … gehandelt«, brachte Leticron stoßweise hervor. »Wie … ein Tier! Nur deshalb … konnte ich nicht ahnen, was Sie … vorhatten.«

Maylpancer starrte ihn an, unfähig, auch nur einen Ton über die Lippen zu bringen. Er begriff überhaupt nicht, dass er den Zweikampf gewonnen hatte.

An seiner Seite entstand jetzt eine Bewegung. Er sah den Oberschiedsrichter zusammen mit Hotrenor-Taak über den freien Platz auf sich zukommen.

»Ich muss den Tod Ihres Gegners feststellen«, sagte Rantmoger geschäftig.

Maylpancer warf ihm einen wilden Blick zu. »Verschwinden Sie!«, fuhr er ihn an. »Und wagen Sie nicht, ihn auch nur anzurühren.« Rantmoger zog sich erschrocken zurück.

Hotrenor-Taak trat heran und blickte auf Leticron hinab. »Er stirbt«, sagte er lakonisch. »Sie haben gewonnen, Maylpancer.«

Der Sterbende sah den Ankömmling an. Als er zu sprechen anfing, trat blutiger Schaum auf seine Lippen. »Sie … haben mich getötet!«, sagte er zu dem Verkünder der Hetosonen. »Sie waren … es! Er hätte es … niemals …« Die Stimme versagte, als ein Blutschwall aus dem Mund kam.

Maylpancer wandte sich dem Laren zu. »Stimmt das, was er sagt? Wie weit haben Sie den Kampf beeinflusst?«

»Sie haben ihn allein gewonnen«, erwiderte Hotrenor-Taak düster. »In einer Art, wie ich es niemals gehofft hätte. Alle unsere Manipulationen hätten sich als sinnlos erwiesen, wenn Sie nicht den richtigen Weg gefunden hätten, ihn zu besiegen.«

»Er lebt noch«, sagte Maylpancer. »Vielleicht kann man ihn retten.«

»Wollen Sie das?«, fragte der Lare ausdruckslos.

»Nein!« Maylpancer wandte seinen Blick von dem Sterbenden ab.

»Niemand will das«, ergänzte Hotrenor-Taak. »Niemand will, dass er länger am Leben bleibt.«

Sie hörten Leticron lachen. Der tödlich getroffene Mann brachte es fertig, sich noch einmal aufzurichten. »Niemand kann mich töten«, sagte er deutlich. »Ich werde euch alle überleben, denn ich werde die Stahlfestung Titan sein.«

»Er beginnt zu fantasieren«, stellte Rantmoger fest, der sich vorsichtig genähert hatte.

Über den Sterbenden hinweg sahen sich Maylpancer und Hotrenor-Taak an. »Jetzt sind Sie Erster Hetran, Maylpancer«, sagte der Lare.

Die drei Gestalten, die ihn umstanden, schienen ebenso wie die Umgebung in einen undurchdringlichen Nebel zurückzuweichen. Leticron registrierte, dass die entsetzlichen Schmerzen in seiner Brust plötzlich aufhörten.

Er konnte verstehen, dass Maylpancer und Hotrenor-Taak miteinander redeten, aber der Sinn der Worte blieb ihm verborgen, als würden die Männer in einer unbekannten Sprache reden.

Leticron lag da und merkte, dass er keine Gewalt mehr über seinen Körper besaß. Er konnte sich nicht bewegen und nicht mehr sprechen. Nur seine Gedanken funktionierten noch. Er empfand weder Enttäuschung noch Zorn, lediglich einen stillen Triumph, dass er über den Tod hinaus auf eine viel mächtigere Art weiterexistieren würde als seither. Auch der Vorwurf, den er Hotrenor-Taak vor wenigen Augenblicken gemacht hatte, traf nicht zu. Er allein hatte entschieden, dass sein Leben zu Ende sein sollte.

Im Grunde genommen hatte er sich nicht einmal bemüht, etwas gegen Maylpancers überraschende Taktik zu tun. Er hätte sie erahnen können, wenn er nur gewollt hätte. Aber er hatte schon vor diesem Duell entschieden, dass er diese eine Art Leben gegen eine andere Art eintauschen wollte.

Aber das war ihm, erst jetzt, da er tödlich getroffen am Boden im Hof der Sieben Säulen lag, völlig klar geworden. Wahrscheinlich hatte er seit seinem Amtsantritt als Erster Hetran auf diesen Augenblick hingearbeitet, ohne es jemals bewusst erkannt zu haben. Er war kein Überschwerer im eigentlichen Sinne – er war ein ungewöhnlicher Mutant. Alle anderen Lebewesen in der Galaxis waren für ihn stets nur minderwertige Kreaturen gewesen. Oft genug hatte er sie als Insekten bezeichnet und sie ohne Skrupel getötet, wenn es sich als nötig erwiesen hatte. Die Zeit, da er sich mit ihnen abgeben musste, war endgültig vorüber.

Nun sollte sein neues Leben im Innern der Stahlfestung Titan beginnen. Er spürte die Impulse des PEW-Metalls in der mittleren Säule ganz in seiner Nähe. Der von den Robotern eingepflanzte Metallbrocken würde die Eingangspforte in sein Reich sein, und er würde es von einem nie gekannten Standpunkt aus erleben und erfüllen.

Mit Hilfe seiner parapsychischen Fähigkeiten verstärkte Leticron die Verbindung zwischen sich und dem PEW-Metall in der Säule. Niemand würde je ahnen, dass er noch am Leben war, allgegenwärtig in der von ihm selbst geschaffenen Festung. Er war froh, dass er niemals über seine Pläne gesprochen hatte. Die Roboter hatten befehlsgemäß alle Einzelheiten vergessen und konnte nicht zu Verrätern werden.

Leticron spürte, dass er starb. Sein Bewusstsein erkannte, dass es Zeit wurde, den sterbenden Körper zu verlassen. Voller Erwartung strömte Leticron in das PEW-Metall im Sockel der Säule.

Alle Zuschauer blieben auf ihren Plätzen, als warteten sie darauf, dass noch Ungewöhnliches geschehen würde.

Leticrons Robotdiener kam heran. »Kann ich ihn wegtragen?«, erkundigte sich Bur-Dan.

»Rantmoger, stellen Sie fest, ob er tot ist!«, befahl Hotrenor-Taak.

Der Oberschiedsrichter beugte sich über Leticron und untersuchte ihn kurz. Als er sich wieder aufrichtete, nickte er Maylpancer zu. »Kein Zweifel. Dieser Mann ist nicht mehr am Leben.«

»Gut«, sagte der Lare. »Du kannst ihn wegschaffen, Bur-Dan. Was wirst du mit der Leiche machen?«

»Ich habe den Befehl, sie in einen Konverter zu werfen.«

»Ausgezeichnet!«, lobte Hotrenor-Taak. »Damit bin ich einverstanden.«

Maylpancer sah, dass der Waffenmeister Skarthom auf dem Kampfplatz erschien, Leticrons goldene Lanze ergriff und schweigend wieder davonging. All diese Ereignisse schienen in gewisser Weise noch zum Duell zu gehören, es war, als liefen sie in einer vorherbestimmten Form ab.

»Es wartet viel Arbeit auf Sie«, sagte Hotrenor-Taak zu Maylpancer. »Sie müssen dieses schwierige Amt mit neuem Leben erfüllen. Die Zeit, da der Erste Hetran zurückgezogen auf einem Mond leben konnte, ist vorbei.«

»Ich werde Titan heute noch verlassen.«

Sie schauten sich an. Maylpancer hatte das Gefühl, irgendetwas sagen zu müssen, aber die forschenden Blicke des Laren irritierten ihn. Schließlich wandte er sich ab und ging davon. Das schien ein Signal für die Zuschauer zu sein, ihre Tribünenplätze zu verlassen.

Als Maylpancer sich noch einmal umdrehte, sah er Hotrenor-Taak noch immer auf dem Kampfplatz stehen.

Leticrons Bewusstseinsinhalt benötigte nur wenige Augenblicke, um die schreckliche Wahrheit zu begreifen. Er war in den PEW-Metallbrocken eingedrungen, aber er musste feststellen, dass es von hier aus kein Weiterkommen gab. Es gelang ihm nicht, von der konstruierten Pforte in die Stahlfestung Titan einzudringen.

Sein Bewusstseinsinhalt war in einem faustgroßen Metallklumpen gefangen. Er konnte nicht schreien, denn er besaß keine Stimme. Er konnte nicht fliehen, denn es gab kein Zurück. Solange diese Säule stand, würde er in ihrem Sockel existieren.

Das war sein eigener, von ihm selbst geschaffener Stein der Nichtwiederkehr.

Die SOL 3578

19.

Langsam wanderte sein Blick über die langen Regale, die eine Wand seiner Kabine fast völlig ausfüllten. Es waren Hunderte von Lesespulen und die doppelte Menge kombinierter Datenträger – ein sorgfältig ausgesuchter Querschnitt durch das, was Joscan Hellmut »die Kultur Terras« nannte. Er mochte diese Kultur, obwohl er sie niemals selbst wahrgenommen hatte. Er war siebenunddreißig Jahre alt und an Bord der SOL geboren. Dieser Umstand hatte sein Leben geprägt.

In der Regalwand glühten gelblich rot die Ziffern des Chronometers. Sie zeigten ein Datum, das für Hellmut später eine große Bedeutung erlangen sollte:

03:07:3578 – Terrazeit. Oder Schiffszeit. Der dritte Juli des achtunddreißigsten Jahres, das nach dem Start des Schiffs verstrichen war.

Joscan Hellmut fuhr sich mit der Hand über die Stirn und schrieb weiter. Seit zweiundzwanzig Jahren las er alle Werke der terranischen Literatur, die er an Bord fand, nicht nur die Fachliteratur. Und längst schrieb er sein persönliches Tagebuch. Niemand hatte es jemals in die Hände bekommen, nicht einmal seine Mutter. Niemand kannte seine Gedanken, denn Joscan wusste genau, dass man ihn mit *scheu, zurückhaltend* und *verschlossen* charakterisierte.

Er hob den Laserstift, überlegte und schrieb weiter, mit gestochen scharfer, kleiner Schrift. Siebenunddreißig Jahre alt, zwanzig Jahre Gedanken, schriftlich niedergelegt: Inzwischen füllte der Text mehrere Mikrospulen.

Er schrieb eine Seite voll, mikrografierte sie und reihte die Bilder aneinander. Sie konnten nur mit Hilfe eines Lesegeräts entziffert werden.

… merkwürdigerweise steigt in diesen Tagen meine Unruhe. Nicht einmal die Beschäftigung mit Romeo und Julia oder SENECA kann mich beruhigen. Zudem spüre ich dieselbe Unruhe auch bei vielen anderen Besatzungsmitgliedern der SOL. Ich weiß nicht, ob ich meinen Empfindungen trauen darf – ich bin bestimmt zu empfindlich.

Seit fast vier Jahrzehnten suchen die Ortungen unseres Schiffs die Region im All, von der aus die Erde ihren wahnsinnigen Fluchtweg angetreten hat – die Erde, die ich nicht kenne. Wenn ich das, was man mir erzählte, mit dem vergleiche, was dokumentiert ist, dann weiß ich, dass die Erde eines fernen Tages wieder ihren Platz einnehmen muss: die Umlaufbahn des dritten Planeten um Sol …

Wir haben achtunddreißig Jahre lang gesucht. Sol war unser Ziel, die relativ kleine und in den Dimensionen des Kosmos unbedeutende Sonne. Beim Aufbruch kannte Perry Rhodan nicht einmal den ungefähren Standort der heimischen Milchstraße.

Die SOL begann eine lange Wanderschaft. Seitdem suchen menschliche Augen und Ortungen nach Galaxien aller Formationen, angefangen von elliptischen und irregulären Nebeln über einzeln stehende Formationen zwischen unbekannten Galaxien bis hin zu Balkenspiralen und normalen Spiralnebeln.

Perry Rhodan, der ins Exil geschickte Großadministrator, verließ eine Erde, die mit der Welt seit der Dämmerung der großen Kulturen keinerlei Ähnlichkeit mehr hatte. Eine Welt, auf der die Liebe ausgestorben war.

Die einzelnen Stationen der Odyssee sind Legion … Das biopositronische Logbuch verzeichnet jeden der unzähligen Versuche, das Ziel zu finden, mit akribischer Genauigkeit. Zwischenlandungen auf paradiesischen Welten, Vorbeiflüge an Sonnen aller erdenklichen Typen. Dann wieder die endlosen Jahre der Einsamkeit zwischen den Galaxien. Die SOL war die einzige Heimat, die eine Hand voll Menschen und ihre Nachkommen haben.

Seit achtunddreißig langen Jahren …

Männer und Frauen sterben an Bord und bei Unternehmungen, die nur das Ziel haben, Informationen über die galaktischen Koordinaten der Heimatgalaxis zu finden. Kinder wurden und werden geboren und wachsen in der künstlichen Schwerkraft des Schiffs auf. Sie kennen den Begriff Welt oder Planet nur aus der Theorie. Eines Tages betreten sie einzelne Planeten, aber ein archetypischer Impuls sagt ihnen ausnahmslos und immer wieder:

DIES IST NICHT DIE ERDE!

DIESER PLANET HAT KEINE ÄHNLICHKEIT MIT TERRA, DER WELT UNSERER SEHNSUCHT!

Achtunddreißig Jahre voller Irrtümer und Enttäuschungen.

Bewusst habe ich mehr als zwanzig dieser Jahre miterlebt und das Spektrum der menschlichen Fehler beobachtet. Deshalb zog ich mich auf meine Art von den Menschen zurück und widmete mich der faszinierenden Welt der denkenden Maschinen.

Nicht, dass ich die Menschen hasse – keineswegs. Ich brauche sie nur nicht, um glücklich zu sein, sondern weil sie wie ich Teil der Schiffsgemeinschaft sind. Aber je älter ich werde, desto kritischer werde ich gegenüber den

Lebensäußerungen anderer Teilnehmer dieser Odyssee. Ich habe mich zurückgezogen.

Mein Reich besteht aus meiner geräumigen Kabine. Ich kann von hier aus jederzeit mit allen Regionen des Schiffs in Verbindung treten. Zu meinem kleinen und ideellen Umfeld gehören auch Romeo und Julia, die externen Ableger von SENECA.

Ich weiß nicht, wie lange unsere Odyssee noch dauern wird. Aber ich weiß, dass die Stationen eines menschlichen Lebens auch an mir nicht vorbeiziehen werden; eines Tages werde ich einen Ehevertrag schließen, Kinder in diese eigentümliche Hohlwelt der SOL setzen, und später werde ich sterben. Romeo, Julia und SENECA aber werden leben und weiterarbeiten.

Wie lange …?

Joscan Hellmut nahm den Stift in die andere Hand, drehte ihn unschlüssig und überlegte, was er noch schreiben sollte. Er kippte den Sessel in Ruheposition, und seine Gedanken irrten ziellos umher. Wieder fühlte er die Beklemmung, die ihn von Zeit zu Zeit überfiel. Es war eine Regung, die ihm eigentlich fremd sein sollte – ein leichter, schnell unterdrückbarer Anfall von Klaustrophobie, der Angst aller Eingeschlossenen.

Wieder wusste er nicht, was er davon halten sollte. Schließlich war er nicht auf einem Planeten geboren und aufgewachsen, sondern in der schützenden Hülle des Schiffs.

Ein scharfes Knacken schreckte ihn aus seinen Gedanken auf. Er fuhr hoch und blieb kerzengerade sitzen. Ein Holoschirm hatte sich erhellt, ausgelöst über die Alarmleitung der Zentrale – ein höchst ungewöhnlicher Vorfall.

Eine Sekunde später brach im Schiff die Hölle los.

Sirenen heulten und rissen Frauen und Männer aus dem Schlaf. Sicherheitsschotten schlugen zu. Überall auf den breiten Korridoren aufgeregte Stimmen.

Mit zwei schnellen Schritten war Hellmut am Schott, das vor ihm zur Seite glitt.

»Was ist los?«, wollte er wissen. Lachende Besatzungsmitglieder rannten in Richtung Zentrale. Aber niemand antwortete ihm.

Niemand antwortete ihm.

Rhodans dreidimensionales Abbild erschien. »Meine Freunde«, sagte er laut und deutlich. »Der Augenblick, den wir fast vier Jahrzehnte lang herbeigesehnt haben, ist gekommen: Unser SPARTAC hat die Heimatgalaxis entdeckt.«

Was er noch sagte, ging in dem Lärm unter, der sogar die Zentrale in ein Tollhaus verwandelte. Besatzungsmitglieder stürmten das Nervenzentrum des Schiffs und schrien wild durcheinander. Rhodan lachte breit und drehte sich um. In die Optik machte er noch eine halb resignierende, halb belustigte Handbewegung.

»Das kann nicht wahr sein«, murmelte Joscan Hellmut im Selbstgespräch.

Rhodan versuchte gar nicht mehr weiterzusprechen. Bald würde die gesamte Dokumentation zur Verfügung stehen, doch im Augenblick löste sich die Spannung von vier Jahrzehnten qualvoller Suche in einem Freudentaumel auf.

Joscan verließ die Kabine. Sein erster Weg führte ihn in die kybernetische Abteilung des Schiffs. Er brauchte jetzt die beruhigende Gegenwart »seiner« beiden Roboter. Manchmal glaubte er zu erkennen, dass er die Maschinen vermenschlichte.

Der Jubel ringsum schien ihn nicht zu berühren. Aber der Schein trog, seine Freude vollzog sich nur ohne lautstarke Äußerungen.

Über die jubelnde Menge hinweg betrachtete Perry Rhodan die riesige Bildwand. Er hielt ein halb geleertes Sektglas in der Hand und hatte Mühe, seine Aufregung und uneingeschränkte Freude ein wenig zu dämpfen.

Achtunddreißig Jahre!, dachte er halb verzweifelt. *Endlich wissen wir, wo wir sind!*

Auf dem Schirm stand klar die Formation eines Kugelsternhaufens von ziemlich genau dreieinhalbtausend Sonnen. Eine selbstständige kleine Galaxis inmitten des gewaltigen, unermesslich ereignislosen leeren Raumes zwischen den Sterneninseln. Aber Rhodan wusste, dass auch dieses nur scheinbar leblose und leere Medium sein eigenes Leben, seine eigenen und unverwechselbaren Charakteristika hatte.

»Das also ist Balayndagar«, sagte der Chef der astronomischen Abteilung. »Die Bezeichnung stellt einen nicht unwesentlichen Bezug zu unserem Ziel her, Sir!«

»Richtig«, murmelte Rhodan. »Sehr richtig.«

Einige Minuten nachdem sämtliche Beobachtungsdaten und Informationen zum dritten Mal mit einer neuen Fragestellung durch die Rechner gelaufen waren, hatte ein Semantiker den Namen ausgesprochen. Der Mann war auf einem Kolonialplaneten geboren worden, und das Wort gehörte zu der eigenständig gewordenen Sprache dieser Welt.

Sinngemäß bedeutete der Begriff »einsamer Kleiner«, und genauso wirkte die winzige Galaxis vor dem Hintergrund der vierhunderttausend Lichtjahre fernen Großgalaxis.

Rhodan sagte lachend: »Der einsame Kleine hier ist ebenso einsam wie unser Schiff. Und ich fühle mich im Augenblick wie der Odysseus der griechischen Sage.«

»Ich verstehe es. Sehr gut sogar«, erklärte der Navigator.

Immer wieder gingen ihre Blicke zu dem Kugelsternhaufen vor der großartigen Galaxis, die einen effektvollen Hintergrund bildete. Dieses Bild war keineswegs identisch mit dem ersehnten Ziel, aber von hier aus konnte der Bordrechner das Schiff allein an den genauen Zielpunkt bringen.

Rhodans Gedanken waren keineswegs kühl und gelassen. Alles stürmte auf ihn ein: Vergangenheit, Gegenwart und Zukunft vermischten sich zu einem unverdaulichen Brei.

Der Sternhaufen verdiente die Bezeichnung Kleingalaxis, weil es sich nach Auskunft aller Wissenschaftler um eine eigenständige Ballung handelte, die allein und ohne jeden Zusammenhang im Leerraum stand …

Rhodans Gedanken schweiften ab zu dem leeren Platz, an dem sich einst die Erde befunden hatte. Was war im Sonnensystem geschehen? Lebte die Menschheit noch? Welche Dinge waren einer Veränderung unterzogen worden, die ihn wie alle anderen Teilnehmer dieser Irrfahrt erschrecken würden?

Der Kugelsternhaufen war untypisch. Es war keine Sonnenkonzentration, wie sie zu Hunderten am Rand von großen Galaxien vorkamen. Vielmehr musste dieses System vor undenklich langer Zeit nach einer kosmischen Katastrophe aus der benachbarten Milchstraße herausgerissen worden sein …

Die Erde, die wohl noch immer um die Verderbnis bringende Sonne Medaillon kreiste, bevölkert von einer durch Lieblosigkeit entarteten Menschheit, geleitet vom Freund Reginald Bull, der seine Krankheit nicht erkannte und sich selbst für gesund hielt. Welches Schicksal versteckte sich in der Zukunft, was hatten diese Milliarden Menschen noch vor sich?

Die Minigalaxis war heute stabil. Aber vor Jahrmillionen war sie Schauplatz einer Katastrophe gewesen, die alle Vorstellungen sprengte. Die dreieinhalbtausend Sonnen hatten sich um einen Mittelpunkt gruppiert und bildeten ein stabiles System. Langsam drehten sie sich um den Schwerkraftmittelpunkt der Minigalaxis.

Langsam und nachdenklich erklärte Rhodan: »Wir sollten diese Galaxis anfliegen und einen letzten Halt vor dem großen Unternehmen einlegen. Wir brauchen ohnehin unzählige Vorräte. Der Zeitfaktor spielt keine große Rolle. Achtunddreißig Jahre … und dann ein paar Wochen mehr, das macht keinen Unterschied.«

»Endlich bekommt unsere Pionierabteilung wieder Arbeit. Es muss hundert Jahre her sein, dass sie das letzte Mal einen Planeten betreten haben.« Das war übertrieben, dennoch lachten viele. Jemand kam mit einer Sektflasche und füllte die Gläser neu. Aus allen Ecken drang Gelächter heran. Die Frauen und Männer diskutierten und stellten Vermutungen an, was sie in der Heimatgalaxis erwartete.

Obwohl jeder wusste, dass der Weg bis ins Solsystem noch lang sein würde, konnten sie in ihren Vorstellungen das Ziel endlich deutlich definieren. Es war ein rein psychologischer Effekt: War das Ziel erkannt, wurde die Strecke bis dorthin zweitrangig.

»Zuvor werden wir sehen, was uns die Planeten von Balayndagar bieten können«, sagte Rhodan.

Nicht einmal die SPARTAC-Messungen hatten ausgereicht, die Entfernung zwischen Balayndagar und der heimatlichen Galaxis zu ermitteln. Selbst SENECA hatte es nicht geschafft, Schätzungen oder gar Berechnungen abzugeben.

Während sich das Schiff auf seinem rasenden Flug der Minigalaxis näherte, erschienen auf den Bildwänden genauere Werte der Sterneninsel. Der mittlere Abstand zweier Sonnen betrug in den Randgebieten des Kugelsternhaufens zwischen zweieinhalb und zwei Lichtjahren. Für das Zentrum der Ballung errechneten sich Distanzen von einem halben Lichtjahr und weniger.

Rhodan drängte danach, ebenso wie die anderen Menschen an Bord, Pläne zu entwerfen und sich vorzustellen, was in den nächsten Tagen und Wochen geschehen würde. Aber zuerst musste er abwarten, bis sich die Aufregung gelegt hatte. Er trank sein Glas leer und fühlte sich auf der Schwelle neuer und erregender Erkenntnisse.

Aber er wusste auch – dank der Erfahrung seiner langen Lebensjahre –, dass neue und unbekannte Gefahren auf die SOL warteten. Eine solche Odyssee konnte nicht ablaufen wie ein Märchen, an dessen Ende alle Beteiligten fröhlich einander in die Arme sanken.

Schweigend blickte er auf den Schirm. Die Fläche war schwarz und bewegungslos. Im Zentrum des Bilds stand, zusammengesetzt aus vielen winzigen Punkten, die Minigalaxis. Schräg dahinter in der Schwärze, verwischt und undeutlich, nicht in einzelne Sterne oder Bilder aufzulösen, die unbekannte Großgalaxis, vom selben Typ wie die heimische Milchstraße – unendlich weit von Sol entfernt.

Rhodan hob sein Glas und ließ es wieder füllen. Er sagte sich, dass es für alle Beteiligten wichtiger war, mit einem hervorragend ausgerüsteten Schiff die letzte Etappe zurückzulegen statt mit einer Einheit, deren Vorräte langsam zur Neige gingen.

Ein Mann bahnte sich einen Weg durch die Menge. Er war groß, hager und braun gebrannt.

»Sir?«

Rhodan senkte den Kopf und runzelte die Stirn. Der Ankömmling war ihm bekannt, aber er wusste den Namen nicht mehr.

Der Mann lächelte. Es war ein kurzes, flüchtiges Lächeln, das für eine Sekunde schneeweiße Zähne aufblitzen ließ. Jede seiner Bewegungen schien vollkommen kontrolliert zu sein. Er war etwa vierzig Jahre alt, und quer über die linke Wange lief wie eine Schlange eine dünne Narbe. Aus großen braunen Augen schaute er Rhodan ruhig an.

»Ich bin Kishin Mandruga, Chef der Pionierabteilung. Es ist sieben Jahre her, seit wir zuletzt näheren Kontakt hatten. Ich nehme an, Sie wollen einen Planeten aufsuchen.«

Rhodan entsann sich. Es war ein kurzer, aber gefährlicher Einsatz gewesen. Sie hatten versucht, frisches Fleisch und lebende Tiere zur Zucht an Bord zu holen. Ohne Mandrugas Hilfe hätte die Aktion ein fatales Ende gefunden. »Ich erinnere mich. Es war auf QUASITERRA IV, nicht wahr? Sie haben die Herde dieser Büffelähnlichen auseinander getrieben.«

»Richtig. Ich nehme an, Sie werden einen Stoßtrupp ausschicken, wenn es so weit ist. Auf diesen Augenblick haben alle hundert Männer und Frauen meiner Abteilung gewartet. Sie haben sich teilweise zwanzig Jahre lang darauf vorbereitet.«

Mit einer Handbewegung lud Rhodan Mandruga ein, Platz zu nehmen. Der Mann machte den Eindruck unerschütterlicher Zuverlässigkeit. Er war in seiner Abteilung der ruhende Punkt, aber sobald er handelte, wurde er ein kleiner Tornado. Ruhig erkundigte sich Rhodan: »Ich verstehe nicht ganz, was Sie wollen. Soll ich mich nur an Sie erinnern oder haben Sie mir Vorschläge zu unterbreiten?«

Sie mussten laut sprechen. Um sie herum waren Lärm und Lachen, klirrende Gläser und knallende Korken. Musik hing in der Luft. Das Schiff schien im Takt zu schwingen, aber das war natürlich eine Illusion.

»Es ist einigermaßen unwahrscheinlich«, sagte Mandruga, »dass wir in dieser winzigen Galaxis einem hoch entwickelten Raumfahrervolk begegnen.«

»Das hat auch die Auswertung ergeben.« Rhodan beugte sich vor. Es war verständlich, dass jeder versuchte, als einer der Ersten einen fremden Planeten zu betreten. Ihm selbst erging es nicht anders. Um seine Lippen spielte ein zurückhaltendes Lächeln, als er sagte: »Ich habe keinerlei Interesse daran, mich in Auseinandersetzungen hineinziehen zu lassen. Ich will nach Hause! Wir brauchen vor allem Frischwasser und Frischfleisch.«

»Nichts anderes dachte ich. Außerdem haben alle in der SOL es bitter nötig, auf richtigem Erdboden zu laufen, sich in die Sonne zu legen oder in einem echten Fluss zu schwimmen.«

»In Ordnung«, sagte Rhodan nachdenklich. »Bereiten Sie mit Ihrer Abteilung eine solche Mission vor. Die Astronomen werden uns einen geeigneten Planeten heraussuchen. Ich schätze, in zwei Tagen landen wir irgendwo. Bis dahin sind mit Sicherheit die letzten Brummschädel auskuriert.«

Er schüttelte Mandruga die Hand und stand auf. Im Augenblick interessierten ihn Probleme wenig. Er wollte mit seinen Freunden feiern. Im Lauf dieses Tages gelang ihm das auch mühelos.

Zeit: 5. Juli 3578 – vier Uhr dreißig
Ort: Fernorbit um Last Stopp
Mission: Start nach Last Stopp

»Jede Menge Glück! Und Sie bleiben in steter Funkverbindung mit uns«, sagte Rhodan und drückte Mandruga hart die Hand. Fünfundzwanzig Besatzungsangehörige standen in der Hangarschleuse, sie trugen leichte Raumanzüge. Neben Mandruga stand eine auffallend gut aussehende Frau, kaum älter als siebenundzwanzig. »Sie wissen, was von Ihrem Einsatz abhängt?«

»*Wir* wissen es«, erklärte Kishin. Seine braunen Augen blickten ruhig um sich. »Ich bin sicher, dass wir auf *Last Stopp alles* finden, was wir brauchen.«

Die Korvette, mit der jene fünfundzwanzig Pioniere starteten, war für solche Missionen ausgestattet. Kishin hatte sie selbst fünfmal auf fremden Planeten gelandet. Schließlich brauchte man Gewissheit darüber, ob der Planet der gelben Sonne lebensfeindlich war oder ihren Nachschubbedarf befriedigen konnte. Und alle Messungen aus dem Orbit waren nur Theorie, solange nicht ein Test das Ergebnis bestätigte.

»Starten wir«, sagte Kishin knapp.

»*Last Stopp* – nicht gerade ein schöner Name, doch zutreffend! Und der Planet sieht recht einladend aus.«

Kishin schüttelte langsam den Kopf und wandte sich an Parsena Parman, seine Gefährtin und die leitende Biologin der Pioniere. »Das würdest du sogar von einem eisbedeckten Asteroiden behaupten. Du bist zu jung, um zu wissen, was ein Planet ist. Ich wurde immerhin noch auf der Erde geboren.«

»Richtig, alter Mann!« Parsena lachte und widmete sich wieder der Panoramagalerie. Aus nahe liegenden Gründen hatte die zweite Welt der gelben Sonne ihren Namen erhalten; es sollte der »letzte Halt« auf dem langen Weg zum solaren System sein.

Jeder an Bord kannte die Daten der Erde, der Heimatwelt, die sie verloren hatten. Last Stopp war ihr ähnlich. Aber nicht mehr. Die Korvettenbesatzung sah treibende weiße Wolken und darunter Land und Wasser, die Wolkenschatten und den grellen Widerschein der Sonne auf dem Wasserdampf. In der Äquatorebene durchmaß der Planet nur 9982 Kilometer, und die Schwerkraft war unmerklich höher als gewohnt. Aber niemand würde ohne Präzisionsinstrumente diesen Unterschied herausfinden können. Der Tag dauerte nur siebzehn Stunden zweiundvierzig Minuten und sechseinhalb Sekunden.

»Ein schönes Bild«, flüsterte Parsena und streifte ihr schwarzes Haar zurück. »Ein Planet, der die Erde sein könnte.«

»... aber nicht die Erde ist«, widersprach Kishin lakonisch.

»Wann wird uns Rhodan mit einem Teil des Schiffs folgen?«

»Sobald wir wissen, dass Last Stopp ungefährlich ist.«

Fast siebenundzwanzig Grad Celsius betrug die Durchschnittstemperatur, der Planet bewegte sich auf einer nahezu vollkommenen Kreisbahn in etwas mehr als zweihundertsechsundsiebzig Tagen irdischer Rechnung. Das Bild der nördlichen Poleiskappe rutschte langsam aus der Wiedergabe, und das Meer zwischen den beiden großen Landmassen färbte sich dunkelblau. Ein herrlicher Anblick: Wälder und ausgedehnte Flussdeltas; einige Gebirge, die sich scharfgratig aus der grünen Fläche erhoben ...

»Die Luftanalyse ergibt bis jetzt hervorragende Werte«, wurde gemeldet.

Kishin nickte knapp. »Das will ich hören.«

Das Ziel der Korvette stand fest. Es war eine Hochebene, im Norden und Osten von einem ringförmigen Hochgebirge umgeben, dessen Gipfel Höhen bis zu achttausend Metern erreichten. Auf der Ebene sollte nach Abschluss aller Vorarbeiten die SOL landen. In neuntausend Metern Höhe flog die Korvette langsam eine Schleife, an deren Ende das Hochplateau wartete.

»Die Fernerkennungszentrale hat ganze Arbeit geleistet«, murmelte Kishin verblüfft. »Schaut nach links, auf das Land zwischen den beiden Flussläufen!«

Eine leicht hügelige Ebene war zu erkennen, auf der gewaltige Herden büffelgroßer Tiere weideten. Sie zogen nach Süden – das verrieten die Farbnuancen des abgeweideten Gebiets.

Parsena sagte träumerisch: »Wie in den alten Dokumentationen. Ich sehe uns heute Abend schon um ein Lagerfeuer sitzen und Büffel am Spieß essen. Fehlt nur noch der Rotwein dazu.«

»Ersteres ist wahrscheinlich, Letzteres unmöglich.«

»Aber immerhin eine gute Idee«, wandte einer der Pioniere ein. »Hören Sie mit, SOL?«

»Ja. Und wir können es auch schon nicht mehr erwarten. Die Bilder sind verlockend.« Gelächter folgte.

Über der Region herrschte später Vormittag. Die Korvette befand sich etwa zehn Grad nördlich des Äquators und näherte sich dem Halbkreis der Berge. Tropisches flaches Land und Dschungelwälder blieben unter dem Kugelraumer zurück. Ununterbrochen liefen die Auswertungen. Die Zusammensetzung der Atmosphäre hatte bislang noch geringfügige Verschiebungen in den Anteilen einiger Edelgase erkennen lassen. Aber je näher das Schiff dem Boden kam, desto unbedeutender wurden die Abweichungen.

»Wir werden die Raumanzüge nicht brauchen. Heute Nacht schlafen wir unter freiem Himmel«, schlug Parsena vor. »Ich will wissen, wie das ist«.

»Was Rhodan verbieten wird!«, wehrte Kishin ab. Noch waren mögliche versteckte Gefahren nicht entdeckt oder als nicht existent erklärt worden.

Sowohl in der Korvette als auch in der riesigen SOL herrschte äußerste Anspannung. Mehrere Flüsse wanden sich, in weiten Schleifen mäandernd, über die Hochebene. Wo das Plateau zum Dschungel hin abfiel, stiegen regenbogenfarbige Schleier von Wasserfällen und stufenförmigen Katarakten auf. Auch die Hochebene war ein Paradies für zahllose Tierherden. Nur die Westseite verlief ohne harte Abbrüche; sie senkte sich unmerklich in Dschungelgebiete, Savannen und eine Seenplatte ab, in der ein riesiger, überwucherter Meteoritenkrater zu erkennen war.

»Im Süden ist die beste Landestelle«, sagte Kishin Mandruga.

Die Bilder wurden in die SOL übertragen. Die Schönheit der Natur war überwältigend. Kaum jemand vermochte sich vorzustellen, dass es auch Gefahren geben konnte. Sogar Kishin Mandruga verspürte den Zwang, aus dem Schiff zu stürmen, sich den Raumanzug vom Leib zu reißen, ins Wasser zu springen und Früchte von den Bäumen zu pflücken.

Entlang der Südkante der Hochebene bildeten Land und Wasser einen achtzig Kilometer breiten, zerklüfteten Strand, der in zahllose Formationen aufgegliedert war, in Felsen und Geröllhalden, in Strände aus weißem Sand und zerstäubender Brandung, in nackte Abstürze und in Strandwälder, in ein Flussdelta und viele kleine Fjorde, in denen sich Süßwasser ins Meer ergoss.

Ein gewaltiger Wasserfall stürzte über rund achthundert Meter in die Tiefe, zum Teil senkrecht, zum anderen über Stufen aus blank geschliffenem Felsen. Die Katarakte waren von majestätischer Schönheit.

»Wir werden das Tosen im Schiff hören können«, sagte Parsena. »Das ist vielleicht einer der schönsten Augenblicke in meinem Leben.«

»Du hast nach der Überprüfung aller Testkulturen Zeit dafür«, murmelte Kishin. »Pilot! Wir brauchen einen Landeplatz, der auch der SOL standhält.«

»Sehr wohl, Kommandant!« Zwischen riesigen Baumgruppen, die wie grüne Inseln inmitten von Krüppelgewächsen wirkten, schwebte die Korvette auf eine traumhafte Landschaft zu. Da waren Felsen, ein kleiner Wald, ein Bach, der sich zu einem See aufstaute, Hügel mit niedrigem Grasbewuchs und schließlich noch ein Areal fast weißen Sandes.

»Ich habe Landeerlaubnis?« Der Pilot wandte sich gleichermaßen an Rhodan und Kishin.

»Von mir aus«, brummte der Pionierchef.

»Ein hervorragender Platz. Landen Sie. Wir werden später östlich von Ihnen aufsetzen«, erklärte Rhodan.

Langsam senkte sich die Korvette. Nur noch wenige Meter … dann waren es Zentimeter … Die Korvette setzte auf ihren Landestützen sanft wie ein Schmetterling auf. Die Triebwerke und der Antigrav blieben eingeschaltet, bis das Schiff vollkommen ruhig stand und die Sonden den Untergrund geprüft hatten.

Drei Minuten später wandte Kishin sich an seine Crew. »Ihr wisst, wie wir vorgehen. Kein Risiko. Wir halten die Raumanzüge allen guten Werten zum Trotz geschlossen und öffnen sie erst, sobald sämtliche Untersuchungen abgeschlossen sind. Die Desinfektionsschleusen im Unterschiff wurden soeben in Betrieb gesetzt. Wenn wir versagen, beschwören wir Lebensgefahr für die Hoffnung der Menschheit herauf, für zehntausend Terraner auf dem Weg in die Heimat. Alles klar?«

Der Pilot wandte sich um und sagte: »Unser Chef hält uns nach wie vor für ausgemachte Idioten. Aber schreiben wir das seiner Sorge um uns zu.«

Nichts war mehr in der Lage, ihre gute Laune zu zerstören. Bis zum Abend wurden sämtliche langwierigen Tests abgeschlossen. Die Prüfverfahren waren zum Teil uralt und narrensicher, zum anderen höchst modern. Jedenfalls zeigten die Ergebnisse ausnahmslos, dass Last Stopp absolut menschengeeignet war.

Ein gutes Omen …

20.

Neu, unbekannt und erregend – die Umgebung faszinierte die Pioniere. Die warme Luft, die Laute der unbekannten Tiere rundum, das immer während Rauschen des Wasserfalls und das Raunen jäher Windstöße versetzten sie in eine nie gekannte Hochstimmung. Sie fühlten sich, als hätten sie das Solsystem schon gefunden und nicht einen Planeten, der nur als Rohstoff- und Nahrungslieferant dienen sollte.

Am späten Nachmittag legten die Pioniere die Raumanzüge ab. Kishin Mandruga bewegte sich in leichten Stiefeln, einer Leinenhose und einem dünnen Hemd. Er fühlte richtige Luft und Schweiß auf seiner Haut.

»Abgesehen von dem Datenstrom, den wir hinaufgefunkt haben«, sagte er über Bildverbindung zu Rhodan, hinter dem Galbraith Deighton und der Haluter Icho Tolot standen, »ist es hier wunderbar. Sie sollten bald landen!«

Deighton lächelte knapp und erwiderte: »Aber nicht mit dem ganzen Schiffskörper. Wir haben soeben Zelle-Zwei abgetrennt und landen mit SZ-1 und dem Verbindungsstück.«

Kishin verzog das Gesicht. »Das wird einigen tausend Personen in der SZ-2 nicht gefallen.«

Der Haluter stieß ein dröhnendes Gelächter aus und rief in seiner normalen Lautstärke: »Unser Fluchen hat man bis zum Planeten hinunter gehört? Aber wir kommen nach!«

Kishin hob die Hand und bat: »Bitte, landen Sie nicht direkt auf uns. Der Landeplatz für die SOL wurde untersucht und markiert.«

»Wir befinden uns bereits im Anflug. Die SOL-Zelle-2 bleibt aber vorerst im Orbit. Wir gehen kein zusätzliches Risiko ein.«

»Verstanden!« Kishin schaltete ab. Er hatte seine Aufgabe so gut wie erfüllt, wenigstens für diesen Tag. Trotzdem vergewisserte er sich, dass seine Waffe entsichert an der Hüfte hing. Er verließ die Zentrale, schwang sich in den Lift und betrat den Boden von Last Stopp.

Kishin konnte sich sehr gut in die Stimmung derjenigen Terraner hineinversetzen, die im abgekoppelten Kugelkörper zurückgeblieben waren. Sie hatten sich auf all das ebenso lange gefreut wie er, auf eine Farben sprühende Oase nach einer unendlichen kosmischen Einsamkeit. Aber nach einigen Tagen würde auch das zweite Schiff landen; er war sicher, dass es keinerlei Gefahren gab. Sie hatten lange gesucht und nicht einmal ein primitives Eingeborenendorf entdeckt.

»Chef! Kommen Sie?«, rief einer aus der Gruppe, die mit Roboterhilfe Kunststoffiglus aufstellte und die Instrumente und Testgeräte versorgte.

»Die SZ-1 und das Mittelteil sind im Anflug!«, rief er zurück. »Wo ist Parsena?«

»Auf den Felsen!«

Die SOL brauchte nicht nur Treibstoff, Luft, Wasser und Nahrungsmittel, sondern ebenso dringend mehrere Dutzend verschiedene Erze und Metalle. In wenigen Stunden würde sich ein Heer von Robotern zu den aus dem Weltraum aufgespürten Lagerstätten aufmachen und dort Großmaschinen einsetzen.

Kishin umrundete die Landebeine der Korvette, bahnte sich einen Weg zwischen tiefgrünen Büschen hindurch und lief zögernd bergauf. Er blieb auf dem höchsten Punkt des Hügels stehen und schaute hinüber zu der Baumgruppe und den Felsen. Parsena stand tatsächlich mit einem großen Fernglas dort. Ein Windstoß bewegte ihr langes Haar. Kishin kletterte weiter und stand Minuten später neben ihr. Hoch über ihnen rollte ein dumpfer, ferner Donner über den Himmel.

»Rhodan kommt!«, sagte er. »Was hast du gesehen? Kleine grüne Männchen?«

Parsena Parman lachte hell. »Nur unwahrscheinlich viele Tiere. Sie sind nicht einmal scheu, was darauf schließen lässt, dass sie keine Feinde kennen.«

»Trotzdem werden wir die Herden dezimieren müssen«, sagte Kishin. Er wusste nicht, ob er darüber traurig sein sollte. Rhodan hatte angeordnet, dass die dehydrierten Fleischvorräte für fünf Jahre reichen mussten. Das war, wie immer man es sah, eine gewaltige Menge und daher mehr ein Schlachten als eine Jagd. Bis zum Äußersten angespannt schauten Kishin und Parsena dem landenden Schiff entgegen. Die SOL wirkte jetzt wie ein riesiger stählerner Pilz. Sie wurde größer und deutlicher und senkte sich auf den vorbestimmten Landepunkt zu. Das Fauchen der verdrängten Luftmassen wurde lauter. Langsam und majestätisch schwebte das stählerne Gebirge des Schiffs tiefer und tiefer. Eine Kugel von zweieinhalbtausend Metern Durchmesser und ein zylindrisches Verbindungsstück, fünfzehnhundert Meter durchmessend und ebenso lang, veränderten langsam die Landschaft. Ein riesiger Fremdkörper senkte sich mit dröhnenden Aggregaten. Um seinen höchsten Punkt bildeten sich Nebel und lang gezogene Wolken. Wasser rann an den Wänden herunter und verdampfte.

Schließlich stand der Koloss. Ein Beben, das die Ebene durchlaufen hatte, verebbte. Nacheinander hörten die verschiedenen Geräusche auf. Nur noch lautes Knacken und abgehende Geröllawinen in den Felsen waren zu hören.

»Das ist geschafft«, murmelte Kishin, der unwillkürlich die Hände geballt und die Fingernägel in die Handballen gebohrt hatte. »Die letzte Station, die letzte Landung vor dem Flug ins Sonnensystem.«

»Wir finden heute Nacht keinen Schlaf. Die Roboter werden vermutlich die Tiere zusammentreiben und sofort mit dem Tagebau beginnen.«

»Die Erze liegen an anderen Stellen des Planeten. Nicht hier. Ich kenne die meisten Lagerstätten.« Kishin legte seinen Arm um Parsenas Schultern und zog sie an sich. »Komm!«, sagte er nach einigen Augenblicken inniger Verbundenheit. »Beim Schiff wartet Arbeit auf uns.«

Die sinkende Sonne ließ den riesigen Schatten des Schiffs quer über die Ebene wandern, bis sich die dunklen Linien am Horizont verloren. Als Kishin und Parsena die Felsen verlassen hatten und wieder auf dem Hügel standen, zuckte der Pionier zusammen.

»Da ist etwas«, raunte er und griff mit der Hand an seine Stirn. »Mein Kopf schmerzt plötzlich.«

Parsena stöhnte tief. »Ich spüre es auch. Ein Druck im Gehirn. Aber anders als Kopfschmerzen.«

Gleich darauf erkannten sie, was ihnen zu schaffen machte. Es war ein telepathisches Signal, sehr mächtig und sehr intensiv. Aus dem dumpfen Druck lösten sich einzelne Impulse, und wenige Sekunden später erschütterte ein unhörbares, durchdringendes Gelächter den Verstand aller Menschen auf Last Stopp.

Ein telepathisches Gelächter! Jemand lachte, nur in den Gedanken der Menschen, aber deutlich und laut, von einem echten Lachanfall kaum zu unterscheiden. Und dann riss das Gelächter ab. Schneidend scharfe, deutliche und eindeutige Worte entstanden in den Köpfen der Frauen und Männer. Auch im Orbit um den Planeten, in der SZ-2, hörten alle die Gedanken.

Ihr kennt mich, Terraner. Rhodan, du kennst mich am besten, denn ich bin ES!

Du bist wirklich ein erstaunlicher Mann. Du hast Balayndagar gefunden, obwohl niemand dir dieses Ziel genannt hat. Ich brauchte nicht einzugreifen. Vor allem bin ich verwundert darüber, dass sich unsere Überlegungen derart gleichen.

Du hast den Weg nach Balayndagar selbst gefunden!

Du bist, wie ich sehe, auf einem Planeten der Schönheit und vieler Überraschungen gelandet. Das ist der direkte Weg, der dich zum nächsten der sieben Siegel führen wird. Nur weiter so!

Du wirst dich über Gefahren hinwegsetzen und Abenteuer bestehen müssen. Sieben Siegel sind es, und du wirst auch dieses Siegel brechen können – aber nur, wenn du und deine Begleiter Anstrengungen und Gefahren auf sich nehmen, die jedes bekannte Maß übersteigen. Ich werde dir dabei zusehen, aber sicher nicht eingreifen.

Ich wünsche dir Glück, Perry Rhodan! Dir und deinen Terranern. Und viel Kraft.

Die lautlosen Worte rissen ab. Dann ertönte, für jeden Terraner über und auf Last Stopp hörbar, wieder dieses wesenlose Gelächter, das nicht anders zu deuten war, als dass ES einen makabren Hang zu absolut schwarzem Humor hatte.

Kishin Mandruga wischte sich den Schweiß von der Stirn und flüsterte: »Das hat uns gerade noch gefehlt! Ich kenne ES, wenn auch nur aus Erzählungen und Geschichtswerken. Meist haben sich grässliche Dinge angekündigt. Ich glaube, wir sollten sofort wieder starten!«

»Ich weiß nichts, und ich verstehe nichts.« Parsena lehnte sich schwer gegen ihn. Nichts bewegte sich jetzt, kein Laut war zu hören außer dem Rauschen des Wasserfalles.

»Im Vertrauen: Ich bin auch unruhig geworden. Aber wir sind wenigstens in der Lage, Gefahren einigermaßen deutlich abschätzen zu können. Denke an alle anderen, die noch niemals einen Planeten betreten haben. Oder an Leute, die sich nur mit Maschinen beschäftigen.«

»Ich ahne, dass jetzt an Bord große Unruhe ausbrechen wird.« Langsam ging Parsena neben Kishin auf die Polschleuse der Korvette zu. Die Kunststoffiglus standen bereits, ein Energiezaun war gerade errichtet worden, aber nun hatten alle Arbeiten aufgehört.

»Unruhe ist nur eine harmlose Umschreibung«, versicherte Kishin. »Eine Lähmung, das wird es geben!«

Er rechnete mit Rhodans Hang zur Konsequenz. Perry Rhodan würde sich vom Gelächter und den warnenden telepathischen Worten von ES kaum entscheidend aufhalten lassen.

Schweigend sahen die Pioniere zu, wie sich langsam die Schotten, Hangarschleusen und Ausgänge des Schiffs öffneten. Als Erstes wurde die inzwischen millionenfach umgewälzte und gereinigte, wieder aufbereitete und sterile Luft erneuert. Durch frische, sauerstoffreiche Luft des Planeten Last Stopp.

Perry Rhodan hatte sich in seine Kabine zurückgezogen, um wenigstens für kurze Zeit mit seinen Überlegungen allein zu sein. Das mentale Gelächter von ES klang immer noch in ihm nach und erschien ihm wie Hohn.

Du hast den Weg nach Balayndagar selbst gefunden!

Das war ein Weg, für den die SOL 38 verdammt lange Jahre gebraucht hatte, ein Weg, der mit Tränen und Entbehrungen gepflastert war. Vor allem hatte die Besatzung nicht dieses »Balayndagar« gesucht, von dessen Existenz bis vor kurzem niemand an Bord gewusst hatte, sondern die heimische Milchstraße.

Oft genug hatte Rhodan sich gefragt, warum die perfekte Technik der SOL in all der Zeit nicht in der Lage gewesen war, eine kleine Spiralgalaxis aus dem Sternenmeer herauszufischen, aus Millionen anderen Galaxien, aus Clustern und Superhaufen. Und wenn schon nicht die Milchstraße, dann zumindest Andromeda oder M 87 mit ihrem weithin sichtbaren Jetstrahl.

Sicher, die Entfernung bis zur Heimat war unbekannt gewesen, ebenso der Blickwinkel, unter dem die bekannten Galaxien erscheinen mussten. Dennoch hätte das SPARTAC-Teleskop in all den Jahren wenigstens Hinweise liefern müssen. Die lange Zeit kursierende Behauptung, dass intergalaktische Dunkelmaterie den Blick behinderte, hatte er selbst schon seit Jahren nicht mehr akzeptiert.

ES, mein alter unsterblicher Freund, dachte Perry Rhodan bitter. *Hast du damit zu tun? Hast du in all den Jahren dafür gesorgt, dass wir die Milchstraße nicht wieder fanden, sondern erst jetzt?* Vergeblich wartete er auf ein geradezu homerisches Lachen, das ihm die Richtigkeit seiner Vermutungen bestätigte. Aber ES meldete sich nicht wieder.

»Balayndagar.« Langsam und zögernd sprach Rhodan den Namen aus und lauschte dem verhallenden Klang, als könne er das Besondere daran festhalten.

Warum hättest du eingreifen wollen? Was erwartet uns hier?

Rhodan fand keine Antwort – noch nicht. Er würde auch mit diesen Fragen leben müssen und sich weiterhin in Geduld üben. Es war wie immer, wenn ES auftauchte: Rätsel, aber keine Lösungen.

Zeit: 8. Juli 3578 – neun Uhr fünfzehn
Ort: Landeplatz der SOL, Planet Last Stopp
Mission: Koordination der Rohstoffarbeiten

Das Einholen der Rohstoffe war »nur« ein Problem der riesigen Bordrechenanlage SENECA. Es war genau berechnet worden, von welchem Material man wie viel brauchte. Das gesamte Alphabet von Mineralien, Frischfleisch bis zum Wasser war in Mengen aufgegliedert. Jeweils eine Arbeitsgruppe, schon Jahre vor der Landung auf Last Stopp zusammengestellt, nahm sich eines Punktes an.

Unmittelbar nach der Landung schwärmten die Teams aus. Aus dem Weltraum waren die Lagerstätten von Eisenerz ebenso aufgespürt worden wie Erdöl, Phosphate und Kupfer, bis hinunter zu den leichter abbaubaren Mineralien.

An rund hundert verschiedenen Plätzen des Planeten wühlten sich die Maschinen in den Boden. Transportable Kraftwerke erzeugten genug Energie, sodass der Nachschub bereits in Form von Barren oder Schnittstücken bei der SOL eintraf.

Ein Gebiet von mehr als dreitausend Quadratkilometern hatte sich in ein Netz ununterbrochen produzierender Arbeitsstätten verwandelt. Von der SOL führten riesige Röhren zum Fluss; das Summen der Pumpen übertönte jetzt sogar den Wasserfall.

SENECA überwachte den Ladevorgang im Detail, steuerte die Wasserfilter und Desinfektionsanlagen und zeigte zu vielen Diagrammen die Restkapazität.

Die größten Schwierigkeiten bereitete die Jagd. Es galt, pro Kopf der Mannschaft mehr als achteinhalb Tonnen Fleisch einzulagern.

Korvetten brachten Jagdteams zu den riesigen Tierherden. Narkosegeschütze betäubten die Tiere, Robotkommandos transportierten sie zu den kleinen Fabriken, in denen die Strecke aufgebrochen und zerlegt und das Fleisch von den Knochen gelöst wurde.

Ununterbrochen wurde die Qualität überwacht. Die schönsten und größten Felle wurden konserviert. Es gab niemanden in diesen zwei Planetentagen, der nicht bis zum Umfallen arbeitete.

Das Fleisch wurde dehydriert und zum Teil über tragbare Kleintransmitter in die Magazine transportiert.

Die Köche und Automatküchen versorgten die Mannschaft schon mit frischem Fleisch. Steakgeruch breitete sich aus, und irgendwer brachte die Uraltgeschichte vom Schlaraffenland in Umlauf. So Unrecht schien derjenige gar nicht zu haben. Die Stimmung der Arbeiter steigerte sich zu einem kaum mehr zu überbietenden Höhepunkt.

Roboter transportierten Kupferbarren und Zinntafeln, Aluminiumbarren und Bleiklumpen. Die meisten Metalle waren noch warm vom Fabrikationsprozess. Zink wurde ebenso gebraucht wie Natrium, Salztransporte rollten heran, Chrom wurde gefunden und herangeschafft.

Weiter … schneller … ohne Schlaf, rund um die Uhr, mit höchster Effizienz.

Immer noch wehte die frische Luft des Planeten durch den stählernen Koloss. Eine wahre Euphorie hatte jedes Besatzungsmitglied ergriffen.

Perry Rhodan warf Deighton einen langen Blick zu und hob die Schultern.

»Das geht leichter als erwartet, Galbraith«, sagte Rhodan und folgte einer Ordonanz, die mit einem Tablett voller Steaks vorbeiging, mit hungrigem Blick.

Deighton lächelte mitfühlend. »Wir haben es bislang immer geschafft, Perry! Der beste Beweis ist doch, dass wir heute mit diesem Schiff hier stehen und frische Steaks essen – falls man uns welche bringen würde.«

»Vor lauter Begeisterung hat uns jeder vergessen«, schränkte Rhodan ein und verfolgte, wie der Betrag der Brennstoffelemente in den Fesselfeldern wieder um eine Einheit stieg.

»Wir gehen anschließend in die Messe«, schlug Deighton vor. »Bestimmt sind wir nicht die Einzigen, die noch keinen Bissen bekommen haben.«

Sie wollten gegen Mitternacht die Aktion abgeschlossen haben, und momentan lagen alle Arbeiten gut im Zeitplan.

»Vermutlich können wir bis zum Morgengrauen starten«, sagte Rhodan. Er taxierte eine Reihe von Einzeldiagrammen. »SENECA, wie lange brauchen wir noch für die Brennstoffelemente?«, wollte er dann wissen.

Die Antwort war mehr als nur zufrieden stellend. Noch drei Stunden – unter ungünstigsten Verhältnissen.

»Gehen wir essen, Galbraith?«

»Mit Vergnügen«, versicherte Deighton.

Sie verließen die Zentrale und steuerten zielstrebig die nächste Messe an. Zur Feier des Tages gab es eine Flasche Rotwein, die wie durch ein Wunder in einem Winkel irgendeines Magazins aufgetaucht war.

Zeit: 9. Juli 3578 – elf Uhr zwanzig
Ort: Programmierungszentrale SENECA
Mission: letzte Kontrolle der Lademengen

Langsam glitt Rhodans Blick über die Anzeigen. Bis zu zehn Prozent waren die Mengen übererfüllt worden. Die SOL war für den langen Weiterflug in die Milchstraße gerüstet.

»In wenigen Stunden ist das alles hier Geschichte«, sagte der Terraner. »Eigentlich sollten wir einige Tage länger bleiben und der Besatzung Gelegenheit geben, die Freiheit eines Planeten zu genießen.«

Deighton schüttelte den Kopf; Wehmut stand in seinem Blick. Sie wussten beide, dass das unmöglich war. Bislang gab es ein Gleichgewicht zwischen anstrengender Arbeit und glücklichen Stunden der Erholung. Sobald erst Tausende Besatzungsmitglieder ausschwärmten und sich im Gelände verloren, wenn die ersten gravierenden Zwischenfälle geschahen oder Männer und Frauen in ihrer Euphorie, ihr Leben auf diesem unbewohnten Planeten statt im Schiff zu verbringen, dem Schiff den Rücken kehrten, dann wurde der Aufenthalt zum Problem.

Und noch etwas bedrückte Rhodan. »Wir wurden von ES gewarnt«, sagte er. »Ich bin sicher, dass es besser ist, keine Zeit zu verschwenden.«

Die Hangars wurden nach und nach geschlossen. Das Schiff war gelüftet und gereinigt. Selbst die Vorräte der meisten Korvetten und Beiboote waren ergänzt worden. Die Besatzungsmitglieder befanden sich mit wenigen Ausnahmen an ihren Plätzen.

Es war immer wieder faszinierend, mitzuerleben, wie ein Koloss von der Größe der SOL zum Leben erwachte. Je mehr SENECA auf eigene Systeme umschaltete, desto mehr nabelte sich das Schiff schon jetzt vom Planeten ab. Nur einige Schleusen standen noch offen.

Rhodans Stimme war überall zu vernehmen: »... es wäre zwar angenehm, noch einige Tage auf Last Stopp zu verweilen, aber wir dürfen die Warnung von ES nicht vergessen. Wir starten um ein Uhr Bordzeit. Bis zu diesem Termin befinden sich alle Kommandos im Schiff. Wir können den vor uns liegenden Millionen Lichtjahren gefasst entgegenblicken.«

Die Zeit verging schnell. Die letzten Space-Jets und Gleiter kehrten zurück.

Urplötzlich erklang SENECAS Stimme:

»Ich empfehle der Schiffsführung dringend, die Startvorbereitungen abzubrechen!«

Da war es wieder, dieses unbestimmbare Gefühl, schon zu lange gewartet zu haben. Perry Rhodan schreckte unwillkürlich zusammen.

»Ich kann die Warnung erst zum gegenwärtigen Zeitpunkt aussprechen«, fügte SENECA hinzu.

»Warum?«, rief Rhodan.

»Es gibt Unstimmigkeiten. Bis vor wenigen Sekunden war ich nicht sicher und habe das Problem mehrfach unter verschiedenen Gesichtspunkten berechnet. Die Warnung ist gerechtfertigt.«

»Was ist los?«

»Wir haben Tausende Tonnen verschiedenster Materialien an Bord genommen, unter anderem Wasser und Luft.«

»Das ist bekannt.«

»Mit diesen Rohstoffen wurde etwas an Bord genommen, was die SOL und ihre Besatzungsmitglieder zum Untergang verurteilt.«

»Was?«, drängte Rhodan. »Was ist es?«

»Die Informationen reichen noch nicht aus. Ein unbekannter, nicht zu definierender Bestandteil ist in den Materialien enthalten. Er wird sich explosiv äußern. Der Versuch, in den Weltraum zu starten, hätte die Detonation des Schiffs zur Folge.«

Rhodan drehte sich um und musterte schweigend die Zentralecrew. Die Gesichter zeigten tiefe Bestürzung.

»Wie kann SENECA behaupten, dass ein Virus oder ein Explosivstoff in den Vorräten steckt, wenn er nicht in der Lage ist, ihn zu definieren?«, erkundigte sich jemand.

»Ich kann aussagen, dass die totale Vernichtung des Schiffs erfolgt, sobald es sich über eine gewisse Distanz hinaus vom Boden erhebt. Es ist noch unmöglich, genaue Bestimmungen zu treffen, aber ich warne ausdrücklich.«

Perry Rhodan schüttelte den Kopf. »Wir haben alles immer wieder getestet und nichts gefunden. Sollen wir das noch einmal exerzieren? Ich habe den Eindruck, SENECA, du irrst dich.«

SENECAS Antwort war von bezeichnender Kürze. Er erwiderte: »Das wüsste ich aber!«

»Wir werden Tage verlieren, und man wird nichts finden«, schaltete sich Galbraith Deighton ein. »SENECA sagt nicht, was geschehen sein könnte. Die Bedeutung muss im subatomaren oder mehrdimensionalen Bereich angesiedelt sein. Nicht einmal Tolot oder Gucky haben etwas registriert.«

»Er irrt sich! Es kann nicht anders sein. SENECA irrt sich zum ersten Mal«, knurrte Rhodan und versuchte, einen Ausweg zu finden. Inzwischen gingen die Startvorbereitungen weiter.

»Das wüsste ich aber!«, sagte die Hyperinpotronik erneut. »Ich melde mich wieder, sobald ich meine Überlegungen und Berechnungen zu einem Ende gebracht habe.«

»Machen wir einen Versuch!«, schlug Deighton vor. »Was die SOL betrifft, gilt wohl auch für ihre Beiboote.«

»Einverstanden«, sagte Rhodan.

Die beklemmende Neuigkeit verbreitete sich wie ein Lauffeuer. Die Wissenschaftler, obwohl sie nicht wussten, wonach sie suchten, nahmen Materialproben und begannen ausgedehnte Untersuchungen, während überall im Schiff die wildesten Theorien wuchsen. Schließlich ließ Rhodan die letzten Startvorbereitungen stoppen und informierte die Besatzung über alle Details. Aber das war nicht viel, nur Spekulationen und Vermutungen.

»Ich bin selbst keinesfalls überzeugt«, schloss er. »Um Gewissheit zu bekommen, werden wir eine Korvette notfalls opfern.«

Längst hatte er alle Variationen, die ihm blieben, genau durchdacht. Mit Beibooten, die mit Erzeugnissen des Planeten noch nicht in Berührung gekommen waren, die Mannschaft zur Zelle Zwei hinaufzubringen? Sinnlos – er opferte den größten Teil des Schiffs.

Oder die Mannschaft von der SZ-2 abholen lassen? Das würde auch diesen Teil der SOL aufs Höchste gefährden.

Alles wieder ausladen? Das blieb als letzte Möglichkeit. Aber viele Stoffe waren schon integriert. Er dachte an den duftenden Braten und das knackige Gemüse …

»ES war schnell«, flüsterte Rhodan zu sich selbst. »Und ebenso schnell scheint sich die Gefahr zu realisieren.« Er erteilte seine Anordnungen. Eine Korvette wurde startfertig gemacht und von der Hauptzentrale in Fernsteuerung genommen.

Kishin Mandruga stand neben Parsena Parman im Konferenzraum der Pionierabteilung. Mit ihnen beobachteten einige Dutzend Frauen und Männer die Holos. Da war die Übertragung aus der Zentrale, daneben die geöffnete Hangarschleuse und – aus der Perspektive mehrerer Robotsonden – die Landschaft aus vielen Kilometern Höhe bis hin zum nahen stationären Orbit und der SOL-Zelle-2. Dort schimpfte inzwischen niemand mehr über die entgangenen Steaks.

Dann löste sich die kleine Korvette aus ihren Verankerungen und glitt in den Nachmittag des Planeten hinaus.

Alle Optiken folgten dem kleinen Kugelraumer. Fünf Kilometer Höhe ... Nichts geschah. Das Warten zerrte an den Nerven.

Zehntausend Meter. Langsam stieg die Korvette weiter empor und näherte sich der Grenze der Atmosphäre zum Weltraum.

Nichts!

»SENECA hat sich geirrt.« Parsena krallte ihre Finger in Kishins Oberarm. Atemlos verfolgten beide den Flug.

Weltraumschwärze umfing das Beiboot. Es näherte sich der SZ-2.

In drei Hologrammen loderte plötzlich eine stechende, grelle Glut auf. Die Menschen schrien auf. Zu diesem Zeitpunkt war die Explosion völlig überraschend erfolgt. Niemand hatte noch ernsthaft daran geglaubt.

Die Feuerkugel weitete sich aus, wurde dabei fahler und erlosch nach einer Weile. Nur noch vereinzelte Glutschleier blieben übrig. Aber auch sie verwehten.

Schweigen breitete sich aus. Schon der erste Versuch hatte mit erschreckender Deutlichkeit gezeigt, dass SENECA Recht behielt.

»Stellt euch vor, die SOL wäre gestartet!«, ächzte einer der Pioniere.

»Dann hätten wir alle keine Probleme mehr«, bemerkte ein anderer.

»Du bist verrückt. Keine Sorge, früher oder später finden wir heraus, was wirklich geschehen ist!«

Kishin griff nach Parsenas Hand und zog sie mit sich aus dem Konferenzraum auf den Korridor hinaus. »Wir werden lange Zeit hier bleiben müssen!«, sagte er ruhig.

Er wusste nicht, welche Bedrohung sie ins Schiff geschleppt hatten, aber er konnte sich die Konsequenzen deutlich ausmalen.

»Was willst du damit sagen?«, fragte sie und blickte ihn an.

»Das bedeutet neue Einsätze der Pioniere außerhalb des Schiffs. Vielleicht werden wir zu unserem Felsen und den Büschen voller Zikaden zurückgehen können.«

Parsena zögerte. »Das kann wohl nicht alles sein. Jeder an Bord weiß jetzt, dass wir um ein Haar in eine gewaltige Katastrophe hineingerast wären. Was geschieht weiter?«

Kishin Mandruga hob unschlüssig die Schultern. Er versuchte, die nächsten Schritte Rhodans und der anderen Verantwortlichen vorauszusehen. »Wir werden warten. Weil die Untersuchungen der Rohstoffe sehr lange dauern werden. Niemand weiß, wonach gesucht werden muss. Nicht einmal SENECA – denke ich jedenfalls.«

Die Untersuchungen würden alle personellen und technischen Ressourcen der SOL beanspruchen. Mindestens elf Dutzend verschiedener Materialien waren in das Schiff gebracht worden. Kishin fühlte sich schon jetzt krank und er fragte sich, wie Perry Rhodan diese neue Enttäuschung überwinden würde.

»Wir müssen warten!«, wiederholte er eindringlich.

Das größte Raumschiff, das Menschen je gebaut hatten, war gefangen auf Last Stopp, und die Explosion, von SENECA vorausgesagt, hatte auch die Besatzung zu Gefangenen gemacht.

Fünf Stunden lang wanderte Perry Rhodan durch die wissenschaftlichen Abteilungen, in denen die einzelnen Materialien untersucht wurden.

»Keine Ergebnisse?«, fragte er, obwohl er die Antwort instinktiv wusste.

»Nein. Das Blei, das wir untersuchen, ist nichts anderes als normales, gewöhnliches Blei. Wir können nicht einmal in den Verunreinigungen Probleme entdecken.«

»Danke.«

Rhodan ging von einem Labor ins nächste, von einem Deck ins andere. Die Wissenschaftler und Techniker wälzten die abwegigsten Vermutungen und stellten die kühnsten Hypothesen auf – nichts davon erwies sich als zutreffend.

Währenddessen wurde ein zweiter Versuch vorbereitet. Gelang er, konnte zumindest einiges definitiv gerettet werden. Als Rhodan in die Zentrale zurückkehrte, wurden die Maßnahmen gerade abgeschlossen.

Auf den Schirmen war ein ramponiertes Zwölf-Mann-Rettungsboot zu sehen, das die SOL während der letzten Jahre nicht verlassen hatte. Dieser Hangar war auch nicht geöffnet worden, und es waren keine neuen Materialien eingelagert. Sogar die Tanks waren noch mit »altem« Wasser gefüllt.

»Wenn dieses Boot die SZ-2 erreicht, ohne zu detonieren, haben wir den Gegenbeweis«, sagte einer der Männer in der Zentrale. »Start, Sir?«

»Ja. Diesen Verlust können wir bestimmt verschmerzen.«

Die Anspannung war fast greifbar. Und mitten hinein in die gespenstische Stille der zaghafte Versuch, die Stimmung zu heben: »Ob wieder SENECAS Donner zu hören sein wird? Ob das Boot auch detoniert?«

Natürlich hatte niemand den Donner einer Explosion im luftleeren Raum gehört. Aber das Schlagwort war schnell entstanden und wurde sofort benutzt. So wie »Balayndagar« oder »Last Stopp«.

Die Hangarschleuse glitt auf. Das Beiboot, das mit der Materie des Planeten bislang nicht in Berührung gekommen war, schwebte aus der oberen Rumpfhälfte der SZ-1 hervor und ging in einen langsamen Steigflug über.

Eine Wolkenschicht verzerrte vorübergehend die optische Wiedergabe. Kilometer um Kilometer stieg das Boot höher.

Die Korvette war in einer Höhe von 280.000 Metern detoniert.

»Welche Entfernung haben wir jetzt?« Rhodan wandte den Blick nicht von der Bildwiedergabe.

»Hundertzwanzigtausend …«

Gebannt verfolgten Tausende Augenpaare überall in der SOL den zweiten Flug. Das Rettungsboot durchstieß die Marke, flog weiter, immer weiter … und nichts geschah. Dreihundert … vierhundert Kilometer.

Dann fünfhundert.

Minuten später meldete Senco Ahrat von der SZ-2 mit allen Zeichen der Verwunderung: »Wir übernehmen die Fernsteuerung und schleusen das Boot nach einer Sicherheitsfrist ein.«

»Einverstanden«, bestätigte Galbraith Deighton. »Mit bekannten Methoden ist dem SENECA-Donner offenbar nicht beizukommen.«

»Wenigstens haben wir nun einen definitiven Beweis«, sagte Perry Rhodan. »Die Zerstörung der Korvette war kein Effekt des Starts von Last Stopp, sondern hing wirklich mit der planetaren Materie zusammen. Mit allen Mineralien und Erzen oder nur mit einem davon. – Die Crew wird mich verwünschen«, fügte er leise hinzu.

»Warum?«

»Weil ich einen Befehl geben muss, der uns alle schmerzt.«

Deighton hob die Brauen. »Ausladen? Alles wieder ausladen?«, fragte er fast flüsternd.

»Richtig. Alles, was wir von dieser Welt übernommen haben.«

Deighton sagte in unheilvoller Ruhe: »Selbst wenn wir das Fleisch und alle Metalle und Mineralien aus dem Schiff werfen, bleiben zwei Probleme. Die Luft und das Wasser. Beides ist längst integriert. Du wirst es nicht schaffen, das Wasser bis auf den letzten Liter aus dem Schiff zu bringen. Und sollen wir den Weiterflug ohne Wasserreserven unternehmen?«

»Fragen wir SENECA!«, entgegnete Rhodan nur.

Auf dem Weg in die Alpha-Zentrale SENECAS fühlte Perry Rhodan, dass er langsam die Selbstbeherrschung verlor. Er konnte sich nicht wehren und nicht reagieren; in seiner Vorstellung und in der Praxis, in all den langen Jahren, hatte ihn jedes Mal ein solcher Zustand schier innerlich aufgefressen. Er kämpfte gegen einen unsichtbaren und unerklärlichen Feind.

Ein junger Mann mit samtbrauner Haut und lockigem, fast blauschwarzem Haar traf Anstalten, aus seinem Sessel vor dem Hauptkontrollpult aufzuspringen.

»Sie wollen mit SENECA korrespondieren«, sagte er.

Rhodan machte eine beschwichtigende Geste. »Bleiben Sie sitzen, Hellmut. Das können Sie auch übernehmen; Sie sind mit SENECA vertrauter als wir.«

Rhodan war dabei gewesen, als Joscan Hellmuts Vater das Raumfahrerbegräbnis erhalten hatte. Seine Mutter lebte noch. Joscan war einer der ersten Menschen, die kurz nach dem Start des Schiffs geboren worden waren. Er war nicht *auf* die Welt gekommen, sondern *in* die stählerne Hohlwelt hineingeboren worden.

»Eine Frage?« Hellmut wirkte, als müsse er mühsam seine Angst vor allen Menschen unterdrücken. Im Augenblick schien er sich wieder zu Romeo und Julia flüchten zu wollen oder an seinen Stammplatz in einem der Studiersäle.

»Fragen Sie SENECA, ob es möglich ist, das Schiff nach Ausladen sämtlicher neuer Vorräte zu starten. Gehen Sie besonders auf das Problem von Luft und Wasser ein. Die Auskunft soll auf alle eingeschalteten Interkomschirme geschrieben werden.«

Hellmut warf Rhodan einen verwirrten Blick zu, dann formulierte er die Frage. Geduldig und schweigend warteten Rhodan und Deighton.

SENECAS Antwort wurde ebenfalls optisch gegeben.

es ist sinnlos, die mühsam an bord geschleppten erze, metalle und mineralien wieder auszuladen oder zu vernichten. in diese auskunft schließe ich die brennelemente ein, ebenso die luft und das wasser. abgesehen von der arbeit, die größer ist als das einbringen, stellen sich zwei gründe:

erstens ist es unmöglich, das schiff ohne luftvorrat zu fliegen, mich erstaunt die frage. es ist möglich, das schiff durch öffnen der luken im freien raum zu entlüften, vorausgesetzt, für besatzungsmitglieder ist genügend Atemluft in den raumanzügen und vorräten vorhanden, die nicht von last stopp stammt.

zweitens ist ein teil des wassers, das aus den quellen und dem fluss entnommen wurde, bereits in den körpern eines jeden besatzungsmitglieds integriert, einschließlich rhodan und deighton. über die nährlösungen inzwischen auch in meinem kreislauf.

ich rate nicht nur von diesem gedanken ab, sondern ich erkläre zum wiederholten mal, dass das schiff nicht mehr zu starten ist, ehe nicht bestimmte umstände eingetreten sind, die mir eine günstigere aussage erlauben. im augenblick ist der startversuch gleichbedeutend mit dem selbstmord, dem massenmord und der bewussten vernichtung der schiffsteile.

nachtrag. es ist nicht erwiesen, noch kann es ausgeschlossen werden, dass sowohl luft und wasser nichts mit unserer unglücklichen lage zu tun haben. aber diese information lässt kein handeln zu.

nachtrag zwei: in kürze sind, psychologisch verständlich, fehlreaktionen einzelner mannschaftsmitglieder und -gruppen zu erwarten. ende.

Nach einigen Sekunden sagte Rhodan bitter: »Nun wissen wir es genau!«

»Und dank dieser schönen und ausführlichen Schrift wird es auch dem letzten Mann sogleich klar, dass wir auf dem Planeten festsitzen.«

»Verzeihung«, sagte Hellmut, lächelte verhalten, stand auf und verließ die Zentrale. Auch er war verwirrt; weil SENECA Reaktionen gezeigt hatte, die er nicht kannte. Sie waren fremd und unverständlich. Es gab kaum einen Mann an Bord, der mehr über den Riesenrobot wusste als er, Hellmut. Er lächelte scheu. Er würde sich darum kümmern müssen. Aber zuerst musste er das Problem mit seinen Freunden diskutieren – mit dem Roboterpaar Romeo und Julia.

21.

Zeit: 9. Juli 3578 – nachts
Ort: Kabine von Tontro Jegontmarten
Mission: Verschwörung, hervorgerufen durch Psychose

Major Tontro Jegontmarten war ein großer, hagerer Mann mit kurz geschnittenem Haar. Sein kantiges Gesicht mit den scharfen Kerben hatte bis jetzt viele Menschen getäuscht, kannte man ihn näher, verwischte sich der Eindruck unbeugsamer Härte.

»Sie haben gelesen, was dieser idiotische Bordrechner geschrieben hat. Die Situation ist verfahren. Wir haben nicht achtunddreißig Jahre unseres Lebens geopfert, um hier im Vorfeld der letzten Etappe Bleibarren aus dem Schiff zu werfen und trotzdem zu krepieren. Was meinen Sie dazu?«

Seine Offiziere schwiegen. Sie gehörten zur Kernmannschaft der SZ-1-26, einer Korvette mit dem Eigennamen CINDERELLA.

»Miese Situation, Major«, sagte der Erste leise. »Ich ahne, was Sie vorhaben. Was schlagen Sie vor?«

»Ich weiß es noch nicht. Unser Schiff gehört zu den wenigen Einheiten, die noch nicht neu ausgerüstet wurden. Weil unsere Vorräte noch fast vollständig sind.«

Er hatte stundenlang überlegt, aber seitdem stand es für ihn fest: Sein Schiff würde den freien Raum ebenso erreichen wie das Rettungsboot.

»Sie wissen es nicht, Tontro? Aber warum sind wir hier?«

»Ich will weg!«, stieß Jegontmarten hervor. »Wir haben eine ganze Galaxis um uns herum, wenn auch nur eine sehr kleine. Aber ich ertrage diese verdammte Gefangenschaft nicht mehr. Wenn Sie alle sagen: Wir machen nicht mit, Major, dann muss ich auch bleiben. Wenn Sie mitmachen, starten wir.«

Der Navigator schüttelte verwundert den Kopf. »Von Loyalität ist nicht mehr die Rede? Derselben Loyalität, die uns dazu brachte, mit Rhodan aus dem Mahlstrom zu fliehen?«

»Nach beinahe vier Jahrzehnten hat sie sich erschöpft. Wenigstens bei mir!«, rief Tontro laut, dämpfte augenblicklich seine Stimme und fuhr leiser fort: »Ich will niemanden zum Verrat überreden. Aber ich bin entschlossen, mit der CINDERELLA zu starten. Weil ich nicht noch ein Jahrzehnt in der SOL bleiben und das Sonnensystem suchen will. Ich bitte euch abzustimmen. Geht ihr mit mir oder nicht?«

»Ich schwanke«, sagte einer der drei Männer. »Ich werde niemanden von uns melden, aber ich bin nur per Mehrheitsbeschluss zu überzeugen. Wir brauchen mindestens vierzig Mann. Und Frauen – vermutlich kommen wir aus dem Kugelsternhaufen nicht heraus und müssen eine eigene Kolonie gründen. Ich stelle das zur Debatte.«

Der Erste sagte hart: »Ich mache mit, Tontro. Wir sind schon zwei.«

»Drei!«, warf der Dritte ein, ein vierschrötiger Mann mit üppigen Muskeln. Auch er wirkte unsicher und verstört. Aber alle im Schiff waren das.

»Gut. Dann fragen wir die Crew. Je eher wir von der SOL weg sind, desto besser für uns. Wir treffen uns in einer Stunde wieder hier«, sagte Tontro.

Sie sahen sich an und schwiegen. Jeder von ihnen wusste, dass sie aus Daseinsangst handelten und aus Verzweiflung.

Kishin Mandruga begegnete Rhodans Blick mit ruhigen Augen. Eben erst war er geweckt und gebeten worden, in Rhodans Kabine zu kommen.

»Noch verschlafen?«, fragte der Terraner.

Merkwürdig, dachte Kishin, *wenn man mit ihm allein ist, wirkt er wie ein normaler Mensch, nicht wie ein uralter und erfahrener Unsterblicher.* »Leider«, antwortete er. »Sie haben mich rufen lassen, und ich denke mir, dass es dringend ist. Vermutlich kann ich in den nächsten Jahren noch lange genug schlafen. Was liegt an, Sir?«

»Probleme«, murmelte Rhodan und reichte Mandruga eine Tasse Kaffee. »Wachen Sie erst einmal auf, Kishin.«

»Das geschieht gerade. Probleme?« Der Chef der Pionierabteilung seufzte leise. »Wer hat in diesem Schiff keine?«

»SENECA«, sagte Rhodan zur Verblüffung Mandrugas. »Ich glaube, wir brauchen Sie wieder. Aber diesmal für eine … delikate Mission.«

Kishin Mandruga trank den heißen, pechschwarzen Kaffee und schaute hoch. »Ich bin bereit. Was bezeichnen Sie als delikat?«

»Sie haben die letzte Mitteilung SENECAS gelesen. Ich erwarte Panik auslösende Reaktionen, vereinzelte Aktionen aus Angst und Ausbrüche einiger weniger stabiler Besatzungsmitglieder. Etliche werden versuchen, das Schiff zu verlassen.«

»Und wenn die SOL gesperrt wird? Sämtliche Luken bewacht, die Schleusen und Rampen?«

»Das würde wohl auch die noch Unentschlossenen auf dumme Ideen bringen. Hören Sie, Kishin«, Rhodans Stimme war drängender geworden, er beugte sich vor und sprach leiser, »ich kann nicht nach vier Jahrzehnten Irrfahrt plötzlich sagen, wir warten gemeinsam, niemand verlässt das Schiff, wir starten in wenigen Stunden. Ersteres ist unklug, Letzteres wäre eine beleidigende Lüge. Und bei allen Appellen an die Vernunft – Sie wissen selbst, wie hoch die Erfolgsquote ist.«

Mandruga nickte langsam und überdachte die Argumente. »Ich verstehe genau, was Sie meinen. Was brauchen Sie?«

»Zuverlässige, schnelle und weitestgehend unsichtbare Teams, die sich um die Flüchtenden kümmern. Ich bin sicher, dass wir in absehbarer Zeit starten können. Wann das sein wird, weiß ich aber nicht. Achten Sie darauf, wo die Leute hingehen, dass sie sich nicht zu großen Gefahren aussetzen, und wenn wir unser Problem bereinigt haben, müssen Sie mir helfen, die Leute wieder an Bord zu holen.«

»Geht in Ordnung, Sir. Wie viele Teams zu wie vielen Leuten?«

»Das überlasse ich Ihnen!«

Mandruga goss sich noch eine Tasse voll und trank langsam. Er rechnete. Nach einigen Minuten sagte er leise: »Fünfundzwanzig Teams zu je drei Leuten. Gemischte Teams. Für diese Anzahl Leute kann ich garantieren. Nicht für mehr, denn was Sie für das Schiff ausgeführt haben, gilt ebenso für meine Abteilung. Aber diese Anzahl ist sicher und wird obendrein durch die Arbeit abgelenkt.«

»Einverstanden. Ich wünschte, es gäbe Arbeit, mit der ich einige tausend Leute ablenken könnte.«

Mandruga stellte die Tasse zurück und stand auf. »In vier Stunden wird es hell. Ich hole meine Leute zusammen und verlasse noch im Dunkeln das Schiff. Verständigt jemand die Schleusenmannschaften?«

»Ich.« Rhodan reichte Mandruga die Hand. »Außerdem steht uns noch ein dritter Versuch bevor«, sagte er. »Aber das geschieht erst bei Tag. Ich muss Gewissheit haben, und vermutlich wird das Resultat einige Kommandanten von Korvetten oder größeren Beibooten davon abschrecken, aus dem Schiff zu flüchten.«

»Was uns betrifft, wird es keine Pannen geben«, erklärte Kishin Mandruga selbstbewusst und ging.

Die unfreiwillige und schockartig herbeigeführte neue Wartezeit, dazu die Drohung von ES und SENECAS Warnung – eine Barriere war aufgerichtet worden, die zu Panikreaktionen führen musste. Alle wollten weg, waren auf die Heimatgalaxis fixiert und betrachteten inzwischen jedes weitere Hindernis als lebensbedrohende Katastrophe. Es wäre völlig ungefährlich gewesen, den Aufenthalt, vermischt mit Arbeit, auf Last Stopp um mehrere Wochen auszudehnen. Aber für eine fromme Lüge war es zu spät. Kishin weckte Parsena auf und gemeinsam instruierten sie die Pioniere.

In einem anderen Bereich der SOL ging Ähnliches vor sich …

Lautlos huschten die Männer der CINDERELLA durch die Gänge, betraten die Kammern und Schlafräume ihrer Kameraden und flüsterten lange und eindringlich. Hin und wieder kamen sie mit hoffnungslosen Gesichtern aus den Schotten, aber meistens grinsten sie verlegen und gespannt. Sie fürchteten sich, aber sie zwangen sich dazu, mutig zu sein.

Der Erste Offizier der CINDERELLA hatte zehn der besten Männer überzeugen können. Einige versprachen, Frauen mitzubringen.

Den Treffpunkt kannten alle sehr genau; es war der Vorraum des großen Hangars, in dem ihr Schiff stand.

Flüsternd wurden Zählungen durchgeführt. Es stellte sich heraus, dass es nicht mehr als dreiundvierzig Personen sein würden. Dann schloss sich das Personenschott und wurde verriegelt.

Im Licht der starken Hangarscheinwerfer stand die Korvette vor ihnen. Die Männer und Frauen befanden sich in jenem Stadium der Entschlossenheit, in dem sie sich gegenseitig durch die bloße Anwesenheit Mut machten.

»Ausgezeichnet«, sagte Major Jegontmarten. »Wir sind unbemerkt geblieben. Das Schiff wird in einer halben Stunde draußen sein.«

Langsam glitt die Polschleuse auf.

»Alles startfertig machen!«, rief Tontro unterdrückt. Kurz darauf erwachte die Korvette Stück um Stück zu technischem Leben. Noch liefen die Triebwerke nicht. Eine Gruppe beseitigte die Blockierungen der Landestützen und besetzte die halbautomatische Schaltzentrale, andere löschten die Steuerungsmöglichkeit SENECAS aus dem System. Das war einer der kritischen Momente, denn der Rechner konnte die Unregelmäßigkeit erkennen und Alarm auslösen. Das lag in seiner einprogrammierten Entscheidungsfreiheit.

Die Männer arbeiteten mit äußerster Präzision. Die Außentore öffneten sich. Nacht lag über der Hochebene.

Die Fesselfelder erloschen. Dann erwachten die Triebwerke, die Antigravprojektoren hoben das Schiff an. Steuereinheiten lösten die Korvette endgültig aus den Verankerungen. Obwohl die Crew nicht im Dauertraining stand und die CINDERELLA den Hangar seit Jahren nicht verlassen hatte, klappte das Zusammenspiel einwandfrei. Dann hing das Dröhnen und Röhren der Impulstriebwerke wie Donner über dem Land.

Diese erste, deutliche Reaktion auf den Schock der planetaren Gefangenschaft konnten auch Kishin Mandrugas Leute nicht verhindern.

Zeit: 9. Juli 3578 – elf Uhr
Ort: Magazin IV, drittes Deck
Mission: unbekannt

Janie klappte die schwere Tasche zu und sah sich um. »Die Wissenschaftler arbeiten im Schichtbetrieb Tag und Nacht, aber sie haben nichts herausgefunden.«

»Sie werden auch nichts herausfinden«, antwortete Cass hart. »Nicht einmal SENECA konnte bisher sagen, was wirklich geschehen ist.«

»Jedenfalls habe ich nicht die geringste Lust, hier zu bleiben«, stöhnte Janie. »Ich sage dir, wir schaffen es, Cass!«

»Davon bin ich nicht überzeugt.«

»Aber du tust es trotzdem?«

»Natürlich.«

Cass war Magazinwart und wild entschlossen, nicht länger zu warten. Er konnte das nicht mehr. Entweder versuchte er, zusammen mit Janie auf dem Planeten zu überleben – dann brauchten sie den Inhalt ihrer beiden Taschen. Oder er versuchte, ebenfalls nur mit Janie, in flugfähigen Raumanzügen den Orbit der SOL-Zelle-2 zu erreichen und an Bord zu gehen. Die ganze Nacht hatten Janie und er diskutiert.

»Wir gehen hinaus«, sagte sie unvermittelt. »Mir ist das Risiko mit den Fluganzügen zu groß. Wir bleiben auf Last Stopp.«

»Gut. Wir treffen uns also am Rand der Mineralgrube, die wir kontrolliert haben.« Cass zog Janie an sich, küsste sie und strich ihr übers Haar. Dann trennten sie sich. Janie verließ das Magazin, aus dessen Vorräten sie alles herausgenommen hatten, was sie zum Überleben brauchten – oder glaubten, damit überleben zu können. Cass packte die Taschen und schlich aus dem Magazin, das im oberen Teil des Schiffs lag. Er trat seinen langen Weg nach unten an und betrat die Schleusenkammer, als eine Lautsprecherstimme ertönte: »Drei Mannschaftsmitglieder flüchten mit Fluganzügen. Wir versuchen, sie aufzuhalten. Die Leute sind in Lebensgefahr.«

Cass hielt verwirrt inne. Dann, als an ihm die Wachen vorbeieilten, rannte er zur Schleuse. Er warf die Taschen einfach nach draußen ins Gestrüpp und lief wieder zurück. Sein Herz pochte wild. Er schwitzte, weil er daran dachte, dass er noch vor ganz kurzer Zeit einen ähnlichen Versuch wie die drei in der Durchsage geplant hatte.

Auf einem Monitor sah er sie in einer steilen Aufwärtskurve vom stählernen Rund der Kugel davonstreben und einen Kurs einschlagen, der nahezu senkrecht aufwärts führte.

Ihr Ziel war die Schiffszelle im Orbit.

Perry Rhodan atmete schwer. Zuerst eine Korvette, dann einige Dutzend Flüchtige, nach denen die Pioniere suchten, und nun der Ausbruch mit Hilfe von Flugaggregaten. Falls solche Beispiele Schule machten, würden sich bald viele Besatzungsmitglieder in noch größere Gefahr bringen.

»Funk?«

»Sie stehen auf Empfang. Aber sie antworten bislang nicht.«

Rhodan versuchte es selbst. Sein Tonfall klang beschwörend: »Hier spricht Rhodan. Ich rufe die drei in den Fluganzügen. Bitte kehren Sie um. Ihre Anzüge sind bereits mit dem SENECA-Donner verseucht! Sobald Sie die Atmosphäre verlassen, werden Sie sterben. Kommen Sie zurück, Sie haben nichts getan, was zu bestrafen wäre! Landen Sie oder lassen Sie sich von einer Korvette abholen!«

Rhodan wandte sich an einen Offizier: »Holen Sie die drei zurück! Ich will gar nicht wissen, wer sie sind. Aber es muss ein Schnellstart sein!«

Wieder rief er über Funk: »Wir schicken jetzt eine Korvette, die Sie zurückholen wird! Fliegen Sie nicht weiter, Sie bringen sich selbst um! Ich kann Sie verstehen, aber versuchen Sie nicht weiter, die Zelle-Zwei zu erreichen!«

Innerhalb kürzester Zeit schleuste das Beiboot aus. Die Flüchtlinge hatten inzwischen eine Höhe von vierzig Kilometern erreicht.

Rhodan war mittlerweile fest entschlossen, Zwangsmaßnahmen einzuleiten. Er musste verhindern, dass sich die Besatzung nach und nach selbst umbrachte. Galbraith Deighton kam auf ihn zu, und hinter dem Freund folgte – ein wuchtiger Koloss – der Haluter.

»Mein Kleines, du hast Sorgen«, sagte Icho Tolot in gewohnter Lautstärke. »Und ich kann dir nicht helfen?«

»Vermutlich nicht«, erwiderte Rhodan. »Jedenfalls müssen wir etwas unternehmen. Ich werde weitere Fluchtversuche unterbinden.«

»Wir sind an einem toten Punkt angelangt«, erklärte Deighton wütend. »Die Wissenschaftler haben alle denkbaren Analysen abgewickelt, nur um erkennen zu müssen, dass sie nichts wissen. Das gilt auch für die Mutanten. Inzwischen schwirren mindestens ein Dutzend verschiedene Theorien umher, von denen wohl keine zutrifft. Wir beginnen zu ahnen, dass der so genannte SENECA-Donner etwas sein muss, was sich unserem Verständnis entzieht.«

»Was zu beweisen wäre.« Auch Rhodan hatte an den Erfolg intensiver Forschung geglaubt und musste allmählich einsehen, dass seine Überlegungen falsch und alle Hoffnungen vergeblich waren. Die SOL befand sich in einer hoffnungslosen Lage. Längst kroch die Angst durch das Schiff und erfüllte die Menschen. Achtunddreißig Jahre lang hatten sie jede Strapaze auf sich genommen, aber nun brach das alles zusammen. Einige hundert waren der Panik hilflos ausgeliefert.

Perry Rhodan ließ eine Verbindung zu Senco Ahrat auf der SZ-2 im Orbit herstellen. Hinter dem Emotionauten bildete sich schnell ein Halbkreis ernst und konzentriert blickender Offiziere.

»Sir«, begann Ahrat zögernd, als Rhodan nicht sofort sprach, »wir halten es für wahrscheinlich, dass gerade die Nähe der Zelle-Zwei immer neue Fluchtversuche herausfordert.«

Der Terraner nickte knapp. »Ich kann dem leider nicht widersprechen«, sagte er. »Vor allem müssen Zwischenfälle wie mit der CINDERELLA unterbunden werden.«

»Wir hatten keinen Befehl, einzugreifen«, sagte Ahrat. »Die Korvette ging mit Kurs auf das Zentrum von Balayndagar in den Linearraum. Sie ist verschwunden, aber ich denke, dass Major Jegontmarten früher oder später zurückkommen wird. Ich ...«

»Ich bin sicher, wir sehen sie niemals wieder!«, widersprach Rhodan. »Senco, ich gebe diesen Befehl höchst ungern, aber in unserer Situation ist er das Beste, was wir unternehmen können: Wir haben uns entschlossen, Ihnen den Befehl zu geben, allein weiterzufliegen.«

Ahrat und seine Führungscrew schienen nicht sonderlich überrascht. »Wir rechneten mit dieser Anordnung«, bestätigte der Emotionaut.

»Gut. Früher oder später werden wir herausfinden, was geschehen ist und weshalb uns dieses geheimnisvolle Etwas aufhält. Wir haben sämtliche Daten, die Sie auch haben, und umgekehrt. Starten Sie, Senco! Sie sind, solange ich nicht zu Ihnen aufschließen kann, mein Botschafter für die Suche. Seit hundertachtzehn Jahren weiß niemand in der Milchstraße etwas von uns, und keiner von uns hat eine Ahnung, was im Solsystem geschieht. – Ihr Abflug wird nicht nur einige Fluchtversuche schon im Keim beenden, sondern vor allem das Risiko halbieren. Hier unten mehren sich die Probleme. Ich glaube, dass wir in wenigen Stunden anfangen müssen, uns irgendwie zu wehren. Ich wünsche euch allen viel Glück – ebenso wie uns. Starten Sie zur heimatlichen Galaxis!«

Rhodan wusste, dass dieser Entschluss eine Art Bankrotterklärung war, aber er konnte nicht anders handeln. Zögernd wandte er sich an Deighton.

»Was ist mit den drei Flüchtlingen?«

Sie waren nicht beieinander geblieben, sondern hatten sich vor wenigen Minuten getrennt. Die Korvette befand sich inzwischen im Anflug auf die zweite Person. Eine Schleuse war offen, in der Männer in leichten Raumanzügen warteten. Knapp einhundert Kilometer hoch über dem Planeten schwangen sie sich aus dem Schiff und näherten sich dem mit unverminderter Beschleunigung aufwärts strebenden Mann. Er reagierte auf keinen Funkanruf.

»Packt ihn! Schneller!«

»Er beschleunigt immer noch!«

Der Fliehende schlug Haken, um den Verfolgern zu entgehen. Von mehreren Seiten näherten sie sich ihm – und stießen doch jedes Mal ins Leere.

»Verdammt, du Narr! Warum begreifst du nicht, dass du mit deinem Leben spielst?«

Endlich erreichte einer den Flüchtling, konnte sich an ihm festhalten und wurde mit hochgerissen. Durch die Helmscheiben hindurch starrten sie sich an, als sie miteinander rangen. Dann, endlich, war der zweite Verfolger heran. Gemeinsam schafften sie es, das Flugaggregat des Flüchtlings abzuschalten.

»Beeilt euch! Der Letzte von ihnen treibt auf die kritische Grenze zu.«

Korrekturmanöver. Langsam fielen sie dem Korvettenhangar entgegen, tauchten endlich ein in die große, lichtdurchflutete Schleuse. Augenblicklich nahm das Schiff Fahrt auf und folgte dem letzten Ziel.

Weit über der Korvette oder besser: vor ihr, denn beide Objekte entfernten sich immer weiter in den Raum hinaus, glitzerte ein winziger Punkt. Mit unverminderter Geschwindigkeit raste der Raumfahrer der noch fernen SOL-Zelle-Zwei entgegen.

Die Korvette holte auf. Noch sieben Kilometer. Der erste Bremsschub … Die vier Männer in der Schleuse warteten auf den neuerlichen Ausstieg.

Endlich war die Korvette nahe genug. Sie aktivierten ihre Flugaggregate, flogen eine Zangenbewegung.

Die kritische Distanz war nahe, aber das bedeutete nicht viel. Es gab keine genauen Grenzen des Todes.

»Er lebt noch! Und wir auch – beeilt euch!«

Der erste Mann des Bergungskommandos erreichte den Fliehenden von hinten, klammerte sich mit der rechten Hand an seinem Gürtel fest und griff nach den Schaltern. Der zweite kam von vorn und rammte mit dem Ellbogen die Unterarme auseinander. Dann reagierte der Hauptschalter, die Beschleunigung des Gerätes riss plötzlich ab.

»Wenn jetzt der SENECA-Donner zuschlägt ...«, ertönte eine gepresste Stimme.

Niemand wusste, ob der SENECA-Donner mit Verzögerung ausgelöst wurde; aber das bedeutete, dass sich auch das Schiff in Gefahr befand.

Der Pilot handelte augenblicklich, als der Letzte in der Schleuse verschwand. Wie einen Stein ließ er die Korvette absacken.

Sekunden vergingen in nervenzermürbender Abspannung. Sprengte der planetare Effekt das Schiff? Starben sie alle hoch über Last Stopp?

»Jetzt passiert nichts mehr«, knurrte der Pilot, als er die Korvette in zwanzig Kilometern Höhe abfing und Kurs auf die SOL nahm. »Ich glaube, wir haben sie gerettet. Aber auf die Dauer ist das kein guter Job.«

»Geschenkt. Lasst die Leute in die Medostation bringen. Wer ist das übrigens?«

»Eine Frau aus der Programmierabteilung und zwei Techniker. Ich habe den Eindruck, dass sie einfach durchgedreht haben!«

Der Chef lachte kurz und bitter auf. »Das geht bald allen so.«

Das Bergungsmanöver hatte sechzig Minuten gedauert. Während dieser Stunde waren alle Vorbereitungen in der SZ-2 abgeschlossen worden. Langsam schwebte der gigantische Kugelraumer davon. Rhodans Anordnung war allgemein bekannt gegeben und verstanden worden.

Ein Drittel des hantelförmigen Raumschiffs begann endlich den Weg zum fernen Ziel. Niemand wusste, ob Zelle-Zwei es erreichen würde.

Sie fühlten sich eingesperrt. Jedes Analyseergebnis wurde von den Tausenden, die nervös und gespannt warteten, aufmerksam registriert. Aber jedes Mal lautete es: NICHTS!

Begierig nahmen alle den neuen Text auf, den die Hyperinpotronik auf alle Schirme schrieb.

SENECA an schiffsführung. zusammenfassung:

... nach überprüfung und kontrolle aller proben, analysen und arbeiten komme ich zu dem schluss, dass die beobachteten phänomene planetarischen ursprungs sind. an den stoffen, einschließlich luft und wasser, konnten keinerlei veränderungen festgestellt werden.

der so genannte SENECA-donner, der menschen und gegenstände am verlassen des planten last stopp hindert und explodieren lässt, ist nach wie vor ein unerklärlicher Vorgang. mehrdimensionale effekte erscheinen möglich.

luft und wasser sind mit einer sicherheit von 95 prozent nicht von dem effekt betroffen.

betrifft frage rhodan: der entschluss, sol-zelle-zwei die mission allein und ohne die beiden anderen schiffsdrittel durchführen zu lassen, ist angesichts der unsicheren lage optimal. wir müssen erfahren, was in der heimatlichen milchstraße vor sich geht, in diesem fall sind die begriffe »laren« und »leticron« zu klären. zur anfrage schiffsführung »ahrat«: es ist besser, wenn der teleporter ras tschubai im anderen schiff bleibt, also die reise ins sonnensystem mitmacht, er wird der mannschaft von sol-zelle-zwei eine wertvolle ergänzung und hilfe sein.

die von mir erwartete prognose lautet wie folgt: die sol wird noch auf unbekannte dauer auf last stopp verbleiben müssen. ereignisse, die eine günstigere prognose gestatten, liegen zurzeit nicht vor, das wüsste ich nämlich! ende.

Rhodan las den Text in seiner Kabine. Er zuckte die Schultern – die Antwort fasste nur in dürren Worten zusammen, was er schon wusste. Ziemlich deutlich hatte ES von dem schweren Versuch gesprochen, das nächste der Sieben Siegel zu brechen.

Die Funkzentrale meldete sich: »Sir, Funkspruch von Senco Ahrat.« Das Bild wechselte und zeigte den Blick in die Zentrale der SZ-2.

»Senco«, sagte Rhodan und nahm hinter dem Emotionauten Ras Tschubai wahr, »Sie wollen sich endgültig verabschieden.«

»So ist es, leider. Vielleicht gelingt es uns, Ihnen bestimmte Signale zu hinterlassen.«

Der Kugelraumer näherte sich dem Zeitpunkt, an dem er in den Linearraum gehen würde.

»Verlasst euch drauf, wir kommen nach!«, sagte Rhodan mit falscher Sicherheit. »Ich warte schon auf den Zeitpunkt, an dem sich der wahre Gegner zeigen wird.«

»Auf Wiedersehen, irgendwo zwischen hier und dem Sonnensystem.«

Rhodan lächelte kurz und hob zum letzten Mal grüßend die Hand. »Viel Glück und bis bald!«

Das Bild erlosch. In derselben Sekunde registrierte die Ortung zwei schwache Lichtblitze außerhalb der Atmosphäre. Die Analyse bewies, dass zwei Raumfahrer, die sich wohl mit Nahrungsmitteln aus den Vorräten versorgt hatten, auf der Flucht zur Zelle-Zwei verglüht waren.

22.

Zeit: 10. Juli 3578 – zwei Minuten nach Mitternacht
Ort: Ortungszentrale der SOL-Zelle-1
Mission: vorläufig letzter Fluchtversuch, Demonstrationstest

Alle Sensoren waren auf das Schiff gerichtet. »Alles bereit?«, fragte der Leiter des Projekts, der seit einem Schiffstag die Vorbereitungen beaufsichtigte.

»Die Verbindungen zu SENECA stehen.«

Wieder waren sie sicher, eine Korvette zu starten und damit zu vernichten. Sie war eines der Beiboote, die während der letzten Jahre mehrmals geflogen waren. Zwei Drittel der bordeigenen Vorräte hatten ergänzt oder ersetzt werden müssen. Aber sie waren vollständig wieder entladen und im Magazin gelagert worden.

SENECA behauptete, dass die geheimnisvollen Elemente des Planeten mit dem Schiff eine integrierte, unlösbare Verbindung eingegangen waren. Niemand misstraute dieser Antwort, weil niemand SENECA misstraute. Die Hyperinpotronik sagte in diesem Fall die böse Wahrheit.

Galbraith Deighton vertrat Rhodan, der sich zurückgezogen hatte. Nach dem letzten Funkspruch des davonrasenden Schiffsteils griff die Hoffnungslosigkeit wieder um sich.

»Sollen wir Rhodan verständigen, Sir?«

Deighton schüttelte den Kopf. Auch er spürte die Verzweiflung. Schon der geringste Hinweis auf einen Gegner oder ein Problem hätte genügt, Tausende zum Handeln oder zum Kampf zu bewegen – aber es gab nichts.

»Perry hat seine Ruhe verdient. Allerdings bezweifle ich, dass er wirklich schlafen kann. Starten Sie die Korvette! Verdammt teurer Schrott!«

Zu neunundneunzig Prozent war die Zentralecrew davon überzeugt, dass der neue Versuch sinnlos und überflüssig war. Aber ein Prozent blieb Hoffnung. Sei es, dass sie aus den Spektren der Detonation herauslesen konnten, was das Schiff zerstörte, oder sei es, dass die Eigenart des Stoffes sich während des Wartens verflüchtigt hatte – *ein Prozent Hoffnung blieb …*

»Achtung! Start!«

Niemand war in der Nähe der Korvette, als die Antigravprojektoren das Schiff von den magnetischen Verankerungen lösten und aus dem Hangar schweben ließen.

»Alle Systeme in Ordnung«, murmelte jemand.

Ein Schwarm von Mess-Sonden folgte der Korvette. Die Geschwindigkeit nahm zu, ebenso die Flughöhe.

Einige Minuten vergingen.

Die Beobachter hatten wenig Illusionen. Auch als die kritische Distanz erreicht wurde und die Daten reichlicher flossen, war keinerlei Anspannung zu erkennen.

»Ihr werdet es sehen. Nichts geschieht. Nur die Korvette löst sich …« Der Ortungsspezialist beendete seinen Satz nicht. Soeben war das Beiboot detoniert. Grelles Licht überschüttete die Gesichter aller.

»Vorbei«, murmelte Deighton. »Und die Daten werden keine neuen Einsichten vermitteln.« SENECAS knapp gefasste erste Auswertung, die kurze Zeit auf den Schirmen zu lesen war, bestätigte die Skepsis aller Fachleute.

Es gab keine Erklärung.

Nicht einmal eine Hypothese, an die man sich klammern konnte. Die ersten Teams bereiteten weitere Untersuchungen außerhalb des Schiffs vor.

Kishin Mandruga verbrannte sich fast an dem kochend heißen Kaffee. Er nickte Parsena zu und warf einen Blick auf die Zeitansage. »Ich hoffe, das war der letzte Versuch. Jedes Mal denke ich, eine Nova entdeckt zu haben.«

Ihr Gleiter stand neben dem kleinen Iglu auf der Spitze des Hügels. Der Chef der Pioniere hatte in den letzten Tagen etliche Flüchtende in seinem Gebiet entdeckt.

»Wie soll alles enden?«, fragte die Biologin.

»Niemand auf diesem Planeten kann die Frage beantworten, schönste aller weiblichen Pioniere.« Kishin trank bedächtig und setzte dann nachdenklich hinzu: »Vielleicht gibt es jemanden oder etwas auf Last Stopp. Wenn das so ist, finden wir ihn.«

»Oder er uns!«, sagte Parsena leise.

Kishin lachte rau. Er war übermüdet und gereizt, aber er dachte nicht einmal flüchtig daran, sich seiner Verantwortung zu entziehen wie jene fünfundzwanzig Leute aus dem Schiff, deren Fluchtwege sie inzwischen genau kannten.

»Er hat uns schon gefunden!«, versicherte Kishin grimmig und trank den Rest Kaffee aus.

In dieser Nacht hatten Parsena und Kishin Wache in der Nähe des Schiffs. Was die Pioniere von den Frauen und Männern im Schiff unterschied, war der Umstand, dass Kishins Leute eine Aufgabe hatten.

Allein während der nächsten Stunden bemerkten sie durch die Infrarotoptiken Dutzende Menschen, die mit Gepäck das Schiff verließen und fast immer dieselben Pfade benutzten. Früher oder später trafen sie sich auch an denselben Plätzen weitab vom Schiff.

Rhodans Vorgehen in diesem Punkt war klug, basierte aber auf unsicheren Voraussetzungen. Weil die Schleusen nicht bewacht waren und Flüchtende nicht aufgehalten wurden, wirkten sie wie ein Ventil. Der Überdruck – nervöse, panikerfüllte Terraner – konnte entweichen.

Gleichzeitig hatten die Flüchtenden jede Chance, freiwillig zurückzukommen, falls sich die Lage änderte.

»Was denkst du?«

»Nichts«, sagte Mandruga. »Ich warte wie wir alle auf eine Überraschung. Wie lange? Ich weiß es nicht. In zwei Stunden ist unsere Wache vorbei.«

Parsena griff nach seiner Hand. Während die unbekannten Sternbilder über den Himmel wanderten und hinter dem Horizont versanken, warteten die Pioniere und registrierten einzelne Flüchtende oder kleine Gruppen, die ausnahmslos nach Nordwesten wanderten.

Kurz vor dem Zeitpunkt, an dem Parsena und Kishin sich ablösen ließen, meldete sich die Koordination der Forschungsabteilungen: »Es werden eine Menge Teams kommen und alles Mögliche untersuchen. Bitte halten Sie sich bereit, ihnen Unterstützung zu geben.«

»Selbstverständlich. Noch etwas?«

»Die Zentrale meldet eine Menge Fehlanzeigen. Wie viele Leute haben Sie beobachtet?«

Kishin grinste in der Dunkelheit und antwortete: »Inzwischen zweihundert bis zweihundertzwanzig. Rechnen Sie damit, dass auch Mitglieder der wissenschaftlichen Teams flüchten werden?«

Der andere hustete trocken und brummte etwas Unverständliches, dann wurde seine Stimme wieder klarer. »Möglich ist alles. Halten Sie bitte die Augen offen.«

»Tun wir. Danke für die Meldung.«

Kishin lehnte sich zurück und startete den Gleiter. Langsam erhob sich das schwere Gefährt auf den Prallfeldern und glitt auf den Iglu zu. Vor dem leichten Bauwerk, in dem die Ablösung schlief, lagen und standen Ausrüstungsgegenstände. Über dem erkalteten Feuer, dessen Glut nur noch dunkelrot schimmerte, hing ein Kessel. Vorsichtig bugsierte Kishin den Gleiter in eine Lücke zwischen den Büschen und stellte den Antrieb ab. Zischend öffneten sich die Türen. Kishin und Parsena stiegen aus.

»He, ihr dort drinnen! Aufstehen! Im Gleiter gibt's heißen Kaffee.«

Sekunden später öffnete sich der Iglu. Ein junger Mann kam nach draußen. Er fuhr sich durchs Haar und schauerte zusammen, obwohl die Nacht warm war. Am Horizont zeigte sich der erste graue Streifen.

»Was ist das?«, fragte der Mann und deutete nach oben.

Scheinwerferstrahlen geisterten durch die Nacht, als schwere Gleiter aus dem Schiff abgesetzt wurden. Mit einigen Sätzen klärte Parsena ihre Ablösung über die letzte Durchsage auf.

»Ich begreife. Zu allem Überfluss ist auch noch das Wetter seit der Landung unverändert stabil.«

»Unverändert schön, meinst du«, verbesserte Kishin. »Los, weck deine Freundin. Wir haben auch ein Anrecht auf einige Stunden Schlaf.«

»Nicht mehr nötig.«

Die Frau kam aus dem Iglu und begrüßte Parsena und den Chef. Immer mehr Einsatzfahrzeuge senkten sich auf den Boden des Hochlands. »Hat jemand etwas von Kaffee gesagt?«

»Im Gleiter«, erwiderte Parsena. »Und noch etwas: Ihr weckt uns sofort, falls Unerwartetes geschieht. Klar?«

»Natürlich!«

Die Ablösung kletterte in den Gleiter. Kishin und Parsena blieben noch eine Weile stehen, atmeten in tiefen Zügen die frische Luft ein und dachten über den Gegensatz nach, der hier galt. Ein paradiesischer Planet, leer und ohne jede Gefahr für lebende Wesen – und trotzdem eine Welt, die ein tödliches Verderben barg.

Beide waren zu müde, um noch lange nachdenken zu können. Sie schliefen schnell ein und erwachten erst am späten Morgen. So kam es, dass sie eine wichtige Entwicklung nicht einmal bemerkten.

Cass entdeckte den kleinen See erst, als er schon bis zu den Knöcheln im Wasser stand. Er ging rückwärts, setzte sich und wartete die ersten Sonnenstrahlen ab. Dann erst erkannte er, dass er genau den Platz gefunden hatte, den er unbewusst seit seiner Kindheit suchte.

»Mein Gott«, sagte er laut. Seine Worte verhallten zwischen den Bäumen und über den langen, geschwungenen Strand. »Und das unter diesen Bedingungen und Umständen! – Janie!«

Das letzte Wort rief er lauter. Noch kreisten die Gleiter der Pioniere über das Gebiet. Janie schlief. Langsam stapfte Cass zurück. Sein Herz schlug hart, seine Stirn überzog sich mit Schweißtropfen. Er sank neben Janie zu Boden und rüttelte sie an den Schultern. Sie lag zusammengerollt im Moos, die Hände zwischen den Knien. Ihr Haar war verfilzt und verwirrt. Sie waren vom Schiff aus mindestens sechs Stunden lang ununterbrochen marschiert. Und das mit den schweren Taschen.

»Janie! Aufwachen! Ich habe es!«

Sie blinzelte und gähnte, dann öffnete sie die Augen und sah ihn an. Als sie seinen Gesichtsausdruck erkannte, erschrak sie.

»Was hast du gefunden?«

»Unseren Platz! Einen See mit Strand und allem. Und ein Bach fließt in den kleinen See. Er ist voller Fische.«

Cass stand auf und zog Janie hoch. Sie schwankte und fiel gegen ihn. Er war aufgeregt und hatte immer noch ein schlechtes Gewissen. Sie waren schmählich davongelaufen, und diese Einsicht nagte an ihm.

»Komm!«, sagte er, als rede er mit sich selbst. »Wir können hier bleiben. Wenigstens für eine Zeit.«

Er drehte sich um. Hier war es noch dunkel, und alle Pflanzen glitzerten von Tautropfen. Die Sonnenstrahlen beleuchteten erst das westliche Seeufer. Je heller es wurde, desto idyllischer erschien die Landschaft. Cass und Janie gingen über den weißen, feuchten Sand bis hinüber zu dem Einschnitt des schmalen Bachlaufs. Janie wusch ihr Gesicht mit dem kalten Wasser. Hier hörten sie das Brausen des Wasserfalls nicht mehr.

»Hier wollen wir leben?«, fragte sie, als sie wieder aufstand. Ihr Gesicht drückte Ratlosigkeit aus. Sie war müde und jeder Muskel schmerzte. Der Unterschied zwischen dem Leben im Schiff und dem halben Tag in der menschenleeren Wildnis, die mit jedem Schritt dichter und bedrohlicher geworden war, hatte sie verunsichert.

»Hier werden wir leben«, bestätigte der Magazinwart. Er deutete auf einen Durchgang, an dessen Rändern die Bäume zurücktraten und dem Sonnenlicht den Weg freigaben.

Cass und Janie liefen über die weißen Steine des Rinnsals und blieben auf dem Uferstreifen. Fünfzig Meter vor ihnen brach schnaubend eine Gruppe der büffelähnlichen Tiere aus dem Dickicht und trabte auf das Wasser zu. Der Leitbulle blieb stehen, als er die fremde Witterung aufnahm. Mit kleinen schwarzen Augen blickte er zu ihnen herüber.

»Sie tun uns nichts«, beruhigte Cass. Der Bulle stieß ein dröhnendes Gebrüll aus und senkte den breiten Schädel mit den doppelt handlangen Hörnern. Aber er blieb stehen und scharrte nur mit den Vorderhufen Sand hoch.

»Woher weißt du das?«, flüsterte Janie, aber sie folgte Cass. Er ging schnell, fast hastig auf die Lichtung zu. Die warmen Sonnenstrahlen brannten zwischen seinen Schulterblättern. Unsichtbar flüchteten kleine Tiere raschelnd durch dürres Laub.

»Ich weiß es eben«, sagte er ungehalten. Nach einigen Schritten fügte er hinzu: »Und? Ist er uns etwa nachgerannt?«

Die Lichtung war so exakt rund, als sei sie künstlich erzeugt worden. Doch es gab nicht die geringsten Hinweise darauf, dass vor ihnen jemand da gewesen war. Cass schob einige Zweige beiseite. »Das ist die richtige Lichtung zum Häuserbauen. Oder wenigstens für die ersten Hütten. Du weißt, wir sind nicht allein.«

Auf ihrem eiligen Marsch waren sie anderen Gruppen begegnet, die noch scheu ausgewichen waren und keinen Anschluss gesucht hatten. Alle schienen sich zu schämen.

»Wie ist die Lichtung entstanden? Sie ist so merkwürdig kreisrund.« Janie wirkte aufgeregt.

An den Rändern der Lichtung bildeten vorspringende Äste und das Blätterdach der Bäume einen weiten, schräg nach unten reichenden Überhang. Die Lichtung war von Büschen und Gras bedeckt.

»Ich weiß es nicht. Woher soll ich es wissen?«, sagte Cass aufgebracht. Er wandte unruhig den Kopf, ging langsam auf den Mittelpunkt der freien Fläche zu und schnappte plötzlich nach Luft. »Dort ist etwas. Ein Gleiter. Oder Trümmer von einem Schiff«, stieß er hervor und lief schneller. Im Widerschein der noch flach einfallenden Sonnenstrahlen sah er etwas undefinierbar Großes metallisch blitzen. Dann besann er sich, blieb abrupt stehen und suchte den Boden nach Spuren ab.

»Nichts zu sehen …« Langsam zog er seine Waffe. Er hatte Angst. Keine Spuren, nicht einmal versengtes Gestrüpp, kein Hinweis darauf, wie die Trümmer hierher gekommen sein konnten. Sie lagen knapp zwanzig Meter von ihm entfernt im Zentrum der Lichtung.

»Cass, warte! Lass mich nicht allein!« Janie rannte hinter ihm her. Wieder schlug sein Herz rasend. Im Magen spürte er einen harten Klumpen, seine Knie wurden schwach und zittrig. Warum überfiel ihn die Furcht wie ein Schock?

Er schüttelte den Kopf, als könne er seine unsicheren Gedanken vertreiben, und ging zögernd weiter. Ungläubig schaute er auf das, was vor ihm im Gras lag.

»Das sind keine Wrackteile«, sagte er dumpf.

»Was sonst?« wollte Janie wissen.

Wieder ein paar Schritte. Cass entsicherte den Strahler und hob den Lauf an. Er zitterte ein wenig. Insekten summten durch die Luft, Vögel zwitscherten in der Kulisse des Waldes. Hinter ihnen am Ufer brüllte wieder der Leitbulle. Es klang fordernd und bösartig.

»Ich weiß es nicht«, antwortete er endlich.

In einem kleinen Viereck, in dem absolut nichts wuchs, stand auf metallischen Stelzen ein *Ding.* Die Stelzen waren verschieden lang. An ihren Enden trugen sie transparente Kugeln, Würfel und Vierecke. An bestimmten Stellen waren diese durchsichtigen Gebilde innen verspiegelt, und der Glanz blendete.

»Das stammt nicht aus der SOL, das ist etwas ganz anderes«, raunte Janie. »Tu doch etwas!«

Er wirbelte halb herum und erwiderte unnatürlich scharf: »Was willst du? Soll ich darauf schießen? Lass mich einen Augenblick nachdenken, bitte.«

Vorsichtig umrundete er das Gebilde. Dieses Gerät, der Mechanismus oder was immer es war, entstammte einer fremden Technik.

War das die Gefahr, von der ES gesprochen hatte?

Im Innern der Kugeln und anderen Konstruktionen befanden sich Anordnungen aus Drähten, silbernen Schleifen und Elementen, die entfernt an Schaltkreise erinnerten. Trotzdem war alles sehr fremd und geheimnisvoll. Cass machte eine zweite, noch überraschendere Entdeckung.

Zusammen mit Janie blieb er vor einem Teil des rätselhaften Gegenstands stehen. Die Anlage war größer als ein schwerer Gleiter, sah aber dennoch aus wie ein Modell, wie eine Art fremde Plastik. Wo zwei röhrenförmige Ausleger aus dem Gewirr von Rohren, Kugeln und Kuben herausführten, trugen sie eine Art Bedienungspult. Es war weiß mit schwarzen Knöpfen und Tasten, Hebeln und Schaltern. Doch die Tastatur passte nicht zu dem Gerät.

»Ich verstehe gar nichts mehr«, murmelte Cass.

»Glaubst du, ich?«, erwiderte Janie. »Immerhin ist Last Stopp also nicht unbewohnt. Ob sie uns töten wollen?«

»Unsinn!« Cass registrierte erstaunt, dass sie beide leise sprachen, als würde ein lautes Wort das Geheimnis aufwecken und zu rätselhafter Aktivität bringen.

Er betrachtete das Schaltpult. Die Fläche war etwa groß wie eine Funkkonsole der SOL. Die Kanten waren gebrochen und stark gerundet, als würde dieses Pult von Wesen benutzt, die unbeholfen und vorsichtig waren. Die Schalter und Knöpfe wirkten nicht nur plump und in den Proportionen viel zu groß, sondern zugleich unglaublich primitiv.

»Ich habe jetzt das richtige Wort!« Janie schien sich als Erste gefangen zu haben, denn sie sprach lauter. »Es ist anachronistisch.«

»Wie meinst du das?«

»Die Kugeln und all die Würfel sind hochmodern. Und auch irgendwie schön. Ich meine, sie passen zusammen. Sie sehen unglaublich kompliziert aus. Alles ist harmonisch und schön.«

»Du hast Recht.«

»Aber die Tasten sind zu klobig, zu grob. Als ob unbeholfene Tiere sie benützen würden. Wie ein Computer, der von einem Säugling geschaltet werden soll. Verstehst du, was ich meine?«

»Ja. Ich glaube. Aber ich weiß dennoch nicht, was wir tun sollen.« Erst nach einer Weile erklärte Cass: »Entweder gehen wir zurück und melden den Fund der Schiffsführung. Dann behalten sie uns gleich an Bord und alles war umsonst ...«

»Oder?«

»Oder wir gehen zurück zum Baum, nehmen beide Taschen und vergessen diese ... Maschine. Dann sind wir frei und können versuchen, hier zu überleben.«

»Du hast nicht Recht!« Janie umklammerte seine Oberarme. »Verstehst du nicht, dass wir hier vermutlich den Grund gefunden haben, warum die SOL nicht starten kann?«

Er war jetzt mehr als verblüfft. Angst und Zögern, Hunger und Müdigkeit vermengten sich zu einer Stimmung, die dem Wahnsinn näher war als jeder anderen Regung. Cass stotterte vor Aufregung. »Du meinst, wir können starten, weil wir das hier gefunden haben? Das wäre möglich. Du glaubst, der SENECA-Donner wird von hier aus gesteuert?«

»Vielleicht gibt es noch andere Geräte rund um das Schiff. Niemand weiß es.«

Sie liefen an den Rand der Lichtung zurück, blickten aber immer wieder in die Richtung des rätselhaften Instruments. »Ich gehe zur SOL zurück!«, sagte Cass unvermittelt. »Aber zuerst muss ich etwas essen.«

Wenig später erreichten sie die Stelle, an der sie ihr Gepäck zurückgelassen hatten. Sie aßen beide von der Konzentratnahrung und tranken die letzten Fruchtsaftdosen leer.

»Hungrig und durstig bin ich nicht mehr«, stellte Cass fest, »aber ich muss gehen, bevor ich einschlafe.«

Janie streichelte sein durchgeschwitztes Haar und sagte erleichtert: »Wenn das Schiff erst gestartet ist, kannst du ausschlafen.«

Sie sprachen es nicht aus. Sie scheuten sich, die Wahrheit einzugestehen. Sie fühlten sich im Schiff sicherer und geborgen. Das Leben in der Wildnis eines menschenleeren Planeten kannten sie nur aus der Theorie. Aber noch klammerten sie sich an die Idee ihrer Flucht.

»Du bist schneller«, sagte Janie. »Geh voraus! Ich nehme etwas Essen und die zweite Waffe mit.«

»Einverstanden.« Der Magazinwart steckte sich mehrere Konzentratriegel ein und lief los.

Den langen Weg zum Raumschiff kannte er bereits. Und vielleicht war kurz nach dem Augenblick, an dem er von seiner auffallenden Entdeckung berichtete, die Gefangenschaft der SOL beendet, der SENECA-Donner und alles andere …

Keuchend und schwitzend, mit ausgedörrter Kehle und brennenden Augen rannte Cass zurück. Immer wieder sah er zwischen den Bäumen die gewaltige SOL aufschimmern. Als er das Waldgebiet verließ und in die Grassteppe mit den Bauminseln und den merkwürdig schirmähnlichen Bäumen vorstieß, entdeckte er in der Ferne die ersten Gleiter der Forschungsteams. Er ruhte sich im letzten kühlen Schatten aus und lief dann weiter.

Zeit: 10. Juli 3578 – drei Uhr Nachmittag
Ort: Savanne zwischen SOL und dem nördlichen Flusslauf
Mission: Roboteruntersuchungen von Julia und Romeo

Joscan Hellmut saß auf dem Dach der Kabine, ließ die Beine über der Ladefläche baumeln und sah seinen beiden Lieblingen zu. Die skurrilen Roboter standen ununterbrochen mit SENECA in Verbindung und waren die besten externen Elemente, die es je gegeben hatte.

Joscan nahm die Landschaft um sich herum mit gleichgültigem Blick auf. »Mistland«, sagte er. Er war im Schiff geboren worden, und dieser Planet war weder die Erde, die sie verlassen hatten, noch gehörte er zu den versprochenen Welten im fernen Sonnensystem. Und weder Romeo noch Julia würden etwas Aufsehen erregendes finden.

Joscan hob den Kopf und betrachtete das riesenhafte Schiff. Er langweilte sich und dachte nicht im Traum daran, zu desertieren oder eine der Verrücktheiten anzufangen, mit denen sich andere schon umgebracht hatten. Er blickte hinüber zu Romeo, der eine Grube unter einem Baum ausgehoben hatte und mit einer langen Sonde darin herumstocherte.

Er nahm das Kommandogerät und fragte: »Hast du etwas gefunden, Romeo?« Ihre Selbstständigkeit und ihre Abhängigkeit von SENECA kannte er. Wenn er sich mit einem der Roboter unterhielt, tat er das, gewissermaßen zugleich mit SENECA – zu einem Teil.

»Natürlich nicht«, antwortete Romeo. »Ich versuche es auf gut Glück. Schließlich kenne ich alle Tests. Wir versuchen, etwas anderes zu finden, einen neuen Hinweis.«

»Der wird uns nichts nützen, denn ich glaube, dass uns eine übergeordnete Kraft festhält.«

Joscan erhielt keine Antwort. Romeo fuhr fort, in dem Loch zu sondieren. Rund um das Schiff hatten sich andere Gruppen verteilt. Sie versuchten, die Lösung des Problems zu finden. Es gab sogar Fatalisten, die diesen Aufenthalt gut fanden und Urlaub vom Bordleben machten. Trotzdem lastete eine verhängnisvolle Stimmung über allem. Joscan fühlte sie. Er fragte: »Julia?«

»Ich höre.«

»Wo befindest du dich?«

»Ich bewege mich mit eingeschalteten Systemen langsam nach Norden und suche Hinweise.«

»Wer tut das nicht«, seufzte Hellmut und fuhr sich durch sein lockiges tiefschwarzes Haar. Die Mittagssonne brannte auf seinem nackten Oberkörper und bräunte seine Haut weiter.

»Ich habe bisher nichts gefunden«, meldete Julia.

»Begreiflich.«

Wieder wartete Joscan. Er wusste nicht, worauf. Hin und wieder zog ein Fluggleiter über ihn hinweg. Zwischen dem Schiff und den vielen Kommandos herrschte reger Funkverkehr.

»Ich sehe mich in der Gegend um. Benachrichtigt mich, wenn etwas vorfällt.«

»Verstanden!«, erklang es zweimal.

Joscan kletterte vom Dach und schwang sich in die aufgeheizte Kabine. Er startete die Maschine und überlegte, wohin er sich wenden sollte. Er kannte das Land kilometerweit im Umkreis, denn von den oberen Decks des Schiffs aus bot sich ein grandioser Ausblick. Er entschied sich dafür, Julia zu folgen.

Mit dem Prallfeldgleiter hatte er die Roboter aus dem Schiff hierher transportiert, was grundsätzlich überflüssig war, aber Joscan tat niemals das, was logisch erschien. Er nahm sich das Recht heraus, eigenwillig zu sein. Der schwere Lastengleiter schwebte auf eine Gruppe der kleinen Schirmbäume zu, kurvte an ihnen vorbei auf den Rand des noch weit entfernten Waldstreifens zu. In der Richtung waren Flüsse, Bäche und Seen zu erkennen gewesen. Dort verbargen sich auch ziemlich sicher die Deserteure.

Joscan Hellmut sah einen Mann aus dem Schatten des Waldes herausrennen. Im gleichen Augenblick entdeckte der Mann das Fahrzeug und begann wie wild zu winken.

Wer Joscan kannte, wusste genau, dass er jedem Menschen gegenüber verklemmt schien und sich nur in Gegenwart der Roboter gelöst und heiter gab. Aber wenn Hellmut erkannte, dass Menschen in Not sein mussten, handelte er, ohne zu überlegen.

Als der Mann sah, dass sein Winken bemerkt worden war, sank er, wo er gerade stand, ins Gras. Eine Minute später landete der Gleiter in einer Staubwolke neben ihm.

Joscan sprang aus der Kabine. Er sah einen erschöpften, staubverkrusteten Terraner von etwa fünfundvierzig Jahren. Taumelnd kam der Mann auf die Beine und ließ sich von Hellmut zum Gleiter schleppen.

»Ich bin Cass. Cass Tomlyn, Magazin. Sie müssen mir helfen. Sind Sie … Wissenschaftler?«

Joscan nickte und musterte den Erschöpften mit großen Augen. »Man kann es so nennen.«

»Wir … Ich habe etwas gefunden. Ein Instrument. Oder ein Gerät. Dort muss der SENECA-Donner enthalten sein.«

Ungläubig schüttelte Hellmut den Kopf. »Unfug. Sie sind ein Deserteur und wollen sich wichtig machen. Kann ich Ihnen trotzdem helfen?«

»Haben Sie … etwas zu trinken?«

Joscan öffnete eine Saftkonserve. Der Raumfahrer trank sie aus und warf sie aus dem Fenster. Missbilligend schüttelte Joscan den Kopf.

»Meine Freundin und ich sind Deserteure«, berichtete Cass Tomlyn stockend. »Wir sind in der letzten Nacht geflüchtet. Heute Morgen bei

Sonnenaufgang entdeckten wir eine runde Lichtung. In ihrer Mitte steht ein merkwürdiges *Ding,* das wir nicht verstehen. Wir denken beide, dass es der Grund des Donners ist und uns hier festhält. Aber das Verrückteste ist die Tastatur ...«

Er berichtete ziemlich zusammenhängend, was er gesehen hatte. Joscan, der immer mehr spürte, dass Cass die Wahrheit sagte, horchte auf. Schließlich sagte er: »Das muss ich sehen. Bringen Sie mich hin?«

»Aber nicht zu Fuß. Sagen Sie – sind Sie nicht der Spezialist für die beiden Roboter?«

»Richtig. Ich werde sie rufen!«

Joscan winkelte den Arm an und sagte: »Romeo! Julia! Bitte folgt sofort dem Peilsignal des Gleiters! Es gibt eine interessante Entdeckung.«

»Wir kommen.«

Joscan Hellmut wandte sich an den Mann und deutete nach vorn. »Ich sitze erst zum fünften Mal in einem Gleiter. Können Sie es besser? Wenn nicht, muss ich doch fliegen.«

»Wann hätte ich einen Gleiter steuern sollen?«, war die Antwort.

»Dann zeigen Sie mir wenigstens die Richtung.«

Das schwere Lastenfahrzeug brach durch die ersten Büsche, folgte minutenlang einem kaum sichtbaren Tierpfad und drang in einen breiten Waldstreifen ein. Am ersten Bachbett rief Cass plötzlich: »Halt! Wir müssen Janie mitnehmen. Sie ist mir gefolgt.«

»Sie wollten beide ins Schiff?«

»Ja, natürlich«, erklärte Cass. »Ich muss den Fund doch melden. Er kann die Lösung unseres Problems sein.«

Joscan Hellmut steuerte die schwere Maschine den verschlungenen Bachlauf entlang und hielt an, als vor einem aufgestauten Stück ein Baum über dem Wasser lag.

Mit einigen Schwierigkeiten gelang es Joscan, den Gleiter so auszusteuern, dass er fast bewegungslos neben der Frau schwebte. Janie hatte den Bach an der seichtesten Stelle überquert. Bis hierher war sie den Spuren von Cass gefolgt.

»Einsteigen!«, kommandierte Joscan trocken. »Stimmt das, was Cass berichtet hat?«

»Alles stimmt«, erwiderte Janie und schwang sich neben ihren Freund in den Gleiter. Sie war ebenso erschöpft. Mit einer fragenden Bewegung zog Cass eine neue Saftkonserve aus dem Vorrat.

»Trinken Sie nur.« Hellmut war irritiert. Zwei Menschen in so großer Nähe störten ihn. Langsam drang der Gleiter tiefer in den Wald ein und erreichte endlich das Ufer des kleinen Sees.

Nach einer halben Stunde brach Cass das bedrückende Schweigen in der Kabine. »Ist das nicht ein herrlicher Platz? Hier werden sich vermutlich viele ansiedeln, wenn sie nicht ins Schiff zurückgehen.«

Verblüfft murmelte Hellmut: »Wollen Sie etwa zurück?«

»Ja«, erklärte Cass lapidar. »... und jetzt nach links, bis zu den Büschen. Sie wachsen neben einem Bach.«

Kurze Zeit später landete der Gleiter zehn Meter vor dem Mittelpunkt der Lichtung. Langsam gingen die drei Personen auf das schimmernde und leuchtende Gebilde zu. Abermals war Hellmut verblüfft. Nach dem Bericht hatte er alles andere erwartet, aber nicht ein solches Gerät. Neugierig ging er mehrmals darum herum, berührte vorsichtig die Kugeln und blieb schließlich vor der klobigen Tastatur stehen. Er war ratlos.

»Das ist tatsächlich eine gelungene Überraschung. Ich kann Ihnen aber auch nicht sagen, was das bedeutet. Warten wir auf Romeo und Julia.«

»Sie haben die Roboter kommen lassen?«, fragte Janie.

»Sie sind optimal und werden uns verraten können, um was es sich handelt. Ich sage Ihnen, die beiden sehen dieses Gerät und wissen, was es ist. Etwas Klügeres als SENECA gibt es nicht, und ...«

»Danke, danke!«, rief Janie und hielt sich die Ohren zu. »Hören Sie auf! Das sind Maschinen! Sie sprechen von ihnen, als wären es Ihre Geliebten.«

Stirnrunzelnd starrte Joscan die Frau an und brummte: »Sie verstehen nichts. Lassen Sie mich in Ruhe.« Er drehte sich um, als er die Geräusche der Metallkonstruktionen hörte. Die Maschinen näherten sich schneller als ein Gleiter und hielten genau auf die Gruppe zu. Kurz vor dem rätselhaften Gerät bewegten sie sich auseinander und landeten auf beiden Seiten. Sie wirkten trotz ihrer verblüffenden Konstruktion, als ob sie den fremden Gegenstand schweigend und in tiefer Nachdenklichkeit prüften.

»Könnt ihr sagen, worum es sich handelt?«, fragte Joscan Hellmut.

Julia sagte überaus deutlich: »Kein Kommentar.«

Hellmut zuckte zusammen. Bildete er es sich nur ein oder hatte die Stimme des Roboters hart und abweisend geklungen? Noch niemals hatte er eine solche Antwort erhalten. Und das von seinen einzigen Freunden, mit denen er Jahre verbracht hatte.

Sie bewegten sich wieder und umrundeten den rätselhaften Gegenstand, das *Ding.* Ihre Sensoren waren darauf gerichtet. Unhörbar korrespondierten sie mit SENECA, das war für Joscan klar. Er holte tief Luft und beschloss, energischer zu werden.

»Ich frage noch einmal: Was ist das für ein Gerät? Woher kommt es?«

Diesmal erhielt er keine Antwort. Er wandte ratlos den Kopf und fing einen Blick Janies auf. Auch sie verstand nicht, was hier geschah. Der breite Körper Romeos schob sich zwischen die drei Menschen und das Gerät. In qualvoller Ereignislosigkeit verstrichen Sekunden, dann ertönten knackende Geräusche.

Plötzlich begriff Joscan. »Nein! Das dürft ihr nicht!«, ächzte er. Seine Worte verhallten unbeachtet. Die Roboter hatten ihre Waffenarme gehoben und feuerten auf das Ding. Im hellen Sonnenlicht verblassten die Glutstrahlen, und nur die Zerstörungen wurden deutlich.

Die beiden Maschinen entfernten sich von dem rauchenden und brennenden Gerät, feuerten aber ununterbrochen weiter.

»Seid ihr außer Kontrolle geraten?« Joscan warf sich nach vorn. Julia, die gerade vorbeiglitt, wischte mit einem Handlungsarm durch die Luft und schob ihn mit Nachdruck zurück an seinen Platz. Er stolperte und stürzte schwer.

Schwarzer Rauch brodelte in die Höhe. Knisternde Flammen schlugen aus den schmelzenden und sich auflösenden Teilen des Geräts. Immer noch feuerten die Waffen.

Cass und Janie wichen zurück. Von dem brennenden Etwas strahlte eine ungeheure Hitze aus.

»Joscan!«, rief Cass und half dem Programmierer auf. »Was bedeutet das?«

Hellmut betrachtete verwirrt seine zerkratzten Hände. Ärgerlich schlug er nach einem Insekt. »Ich … ich weiß es nicht«, stammelte er dann.

»Aber die Roboter sind doch Ihre Lieblinge, die Sie so genau kennen. Wenn die beiden das Ding zerstören, können wir nicht mehr feststellen, was …« Cass' Stimme brach ab.

Noch einmal umrundeten beide Roboter die schwelenden Teile. Sie feuerten sogar auf die winzigen Reste, die noch nicht völlig zerstört und weiß glühend waren. Die Rauchwolke löste sich auf. Ein stechender Geruch lag über der Lichtung.

Die drei Menschen zogen sich hustend und mit tränenden Augen zurück.

»Ich verstehe Ihr Problem«, behauptete Joscan. »Ich werde alles auf das Genaueste überprüfen.«

»Das hilft uns jetzt entscheidend weiter«, erklärte Janie sarkastisch. »Was haben Sie vor, Joscan?«

»Zurück zur SOL. Ich muss mit SENECA korrespondieren. Er wird mir alles erklären können. Und … Nein, später.«

Das Röhren und Fauchen riss ab. Knisternde Geräusche kamen aus der schwarzen Schlacke und dem ausgeglühten Erdboden. In einem weiten Kreis schwelte das Erdreich, aber die Flammen erloschen, als sie das feuchte Gras der Lichtung erreichten.

»Romeo! Julia! Meine Freunde – kommt her«, stöhnte Hellmut. Janie dachte, dass er jeden Augenblick in Tränen ausbrechen würde.

»Wir kommen«, erklärten die Roboter mit einer Stimme und kamen näher.

»Warum habt ihr die Maschine vernichtet?«, erkundigte sich Joscan in weinerlichem Ton.

»Kein Kommentar. Informationssperre!«

»Was bedeutet das? Warum Informationssperre?«, drängte der Freund der SENECA-Elemente. »Warum, SENECA?«

»Kein Kommentar.«

Joscan ließ die Schultern hängen und schüttelte den Kopf. Dann murmelte er, zu den Terranern gewandt: »Kommen Sie. Wir gehen zurück ins Schiff. Ich werde niemandem sagen, dass Sie desertiert sind.«

Er bewegte sich wie ein Schlafwandler oder in völliger geistiger Abwesenheit. Am Gleiter wartete er, bis die schweigenden Roboter ihren Platz eingenommen hatten, dann stiegen auch Cass und Janie ein. Der Gleiter setzte sich summend in Bewegung. Es gab nur einen kurzen Zwischenhalt, als Cass die beiden Taschen holte.

Während sie alle entwendeten Gegenstände, von denen sie geglaubt hatten, sie würden sie für ihr neues Leben benötigen, wieder im Magazin verstauten, sagte Janie: »Ich fühle mich, als wäre ich in die Heimat zurückgekehrt. Das wäre ein tödliches Abenteuer für uns geworden.«

Cass hielt für einen Moment inne. »Es kann noch immer ein tödliches Abenteuer werden«, murmelte er. »Wer von den dreien war eigentlich verrückter? Die Roboter oder Hellmut?«

Janie lachte heiser auf. Eine Art Albtraum war von ihr gewichen. Sie brauchte nur noch ein Bad und eine Nacht lang Schlaf. »Alle drei sind verrückt, meine ich.«

»Das kann sein. Irgendwann wird man uns fragen, und dann werden wir die Wahrheit sagen müssen.« Sorgfältig verstaute Cass die erste leere Tasche in einem Container.

»Wir haben nicht gelogen!«, gab Janie zu bedenken.

»Weil wir gar nichts gesagt haben.«

Sie waren kommentarlos ins Schiff geholt worden. Ein Fesselfeld hatte den Gleiter mit der schweren Ladung viertausend Meter hochgehoben und in der richtigen Luke abgesetzt. Während Joscan Hellmut mit Romeo und Julia in deren Bereitstellungsraum gegangen war, hatten sich Cass und Janie in ihre Kabinen begeben.

Hellmut würde niemandem erzählen, dass er sie als Deserteure identifiziert hatte. Und sie hatten ihm versprochen zu schweigen, bis er sich bei ihnen meldete und das mehr als merkwürdige Verhalten seiner Maschinen erklärte. Ein faires Angebot. Sie würden es einhalten.

Cass war fertig und veränderte die Bestandsanzeige – wobei ihm bewusst wurde, dass auch das von dem allmächtigen und alles wissenden SENECA registriert wurde – und verließ mit Janie das Magazin.

»Wir treffen uns in meiner Kabine«, sagte er.

»Ich komme nach. Eine halbe Stunde, ja?«

Irgendwie fühlte er sich, als wäre er gar nicht weg gewesen. In diesem Augenblick schwor Cass sich zu warten, egal was auch geschehen würde.

Vielleicht war die Vernichtung des fremden Geräts ein verhängnisvoller Fehler gewesen.

Vielleicht bedeutete das den Tod aller Raumfahrer und die Vernichtung der SOL. Oder doch die Rettung?

Wer wusste es, wer konnte es sagen?

Der Kybernetiker war seit zwanzig Minuten allein in dem großen Raum, aber erst jetzt befragte er SENECA. Joscan Hellmut ahnte, dass etwas schief gegangen war. Er hatte drei verschiedene Theorien über den Zwischenfall und wollte herauszufinden versuchen, warum Romeo und Julia den Fund vernichtet hatten.

Er hatte Zugriff zu allen Operationen, die nicht einer bestimmten Geheimhaltungsstufe angehörten.

»Bitte fragen Sie«, sagte SENECA.

»Akustische Antworten werden nicht benötigt«, sagte Hellmut. Er wollte lesen, was der Bordrechner ihm mitzuteilen hatte.

»Romeo und Julia haben heute Nachmittag ein fremdes Artefakt entdeckt. Sie betrachteten es eine Weile, dann geschah etwas Merkwürdiges. Ich erbitte Stellungnahme«, sagte Hellmut.

Die Antwort erschien nicht sofort auf dem Schirm. Bei der Hyperinpotronik, die mit unglaublicher Geschwindigkeit rechnete, war dies äußerst verwunderlich. Es sah aus, als überlege SENECA.

über diesen vorfall liegen mir keinerlei informationen vor.

»Ich glaube, ich werde verrückt«, stöhnte Hellmut auf. Er fuhr fort: »Beide Roboter zerstörten dieses Artefakt innerhalb von neun Minuten mit ihren Waffen und verwandelten es in einen kleinen Haufen schwarzer Schlacke. Du musst diese Information erhalten haben, SENECA! Es ist nicht anders möglich. Einspeisung muss erfolgt sein.«

Diesmal kam die Antwort in der bekannten Schnelligkeit.

mit sicherheit liegt eine störung vor, mir ist der vorfall unbekannt. überprüfen sie die externen elemente. sie haben diese information nicht an mich weitergegeben.

»Kein Irrtum möglich?«, fragte Hellmut laut.

kein irrtum möglich, das wüsste ich aber!, erwiderte SENECA. *ende.*

Verwirrt stand Hellmut auf und ging in seine Kabine. Er musste versuchen, diesen Effekt irgendwie zu klären.

Außerdem würde er seine Schützlinge überprüfen müssen. Im Augenblick war er überzeugt, dass Romeo und Julia von sich aus gehandelt hatten. Ihre Selbstständigkeit gestattete das, aber angesichts der Bedeutung eines solchen Fundes *mussten* sie zurückfragen.

»Außerordentlich befremdlich«, meinte er zu sich selbst, als er das Schott schloss. Er würde diesen Vorgang seinem Tagebuch anvertrauen.

Das Leben an Bord ging weiter wie an den bisherigen Tagen des erzwungenen Aufenthalts. Die Gefangenen des Planeten untersuchten alles, was ihnen unter die Finger kam. Nach wie vor war die SOL gefesselt. Jedermann stand vor demselben Rätsel. ES hatte sich nicht mehr gemeldet.

Die Nervosität stieg bis zu einem bestimmten Punkt, dann machte sich allmählich das Phlegma breit. Nur hin und wieder wurden die Ruhe und das gespannte Warten auf einen Angriff aus dem Unsichtbaren unterbrochen.

Wie ein flüchtiger Meteor blitzte eine Idee oder eine These auf, wurde nachgeprüft und wieder verworfen.

Die SOL blieb gefangen.

23.

Die Aufzeichnung des Kybernetikers Joscan Hellmut:

Die SOL sitzt nun schon seit über einer Woche auf Last Stopp fest. Das heißt, eigentlich handelt es sich nur um das zylinderförmige Mittelstück und die SOL-Zelle-1, denn die SZ-2 unter dem Kommando des Emotionauten Senco Ahrat ist in Richtung Heimatgalaxis in den Tiefen des Alls verschwunden.

Heimatgalaxis ... das ist einer von vielen Begriffen, die ich von den Älteren der Besatzung übernommen habe. Für mich besitzt er wenig Bedeutung. Die Milchstraße ist nicht meine Heimat, ich kenne nicht einmal die Erde.

Ich bin 37 Jahre alt – und wurde auf der SOL geboren. Das Schiff ist meine Heimat! Jene, die noch von der Erde stammen oder sogar in der »Heimatgalaxis« geboren wurden, verstehen mich nicht. Und ich verstehe sie nicht.

Wir sind auf vielen Planeten zwischengelandet, und jedes Mal sah ich in den Augen der Planetengeborenen einen feuchten Schimmer. Ich dagegen war stets froh, wenn wir wieder in den Weltraum starteten.

Wir, die SOL-Geborenen, werden von den anderen mitleidig belächelt. Oder wehleidig? Trotzdem möchte ich die Sicherheit, die Geborgenheit und den Lebensstandard auf der SOL um keinen Preis gegen das Leben auf irgendeinem Planeten eintauschen.

Doch ich schweife ab. Romeos und Julias Schicksal geht mir sehr nahe, ich habe keine besseren Freunde an Bord, und wenn mit ihnen irgendeine Fehlprogrammierung passiert ist, wenn sie einen Positronikknacks haben, dann möchte ich derjenige sein, der den Fehler herausfindet. Die neueste Entwicklung scheint mein Handeln zu rechtfertigen. Perry Rhodan hat sich endgültig entschlossen, eine Expedition auszuschicken, die erforschen soll, ob es auf anderen Planeten ähnliche Phänomene wie auf Last Stopp gibt. Wenn durch die Expedition neue Erkenntnisse gewonnen werden, sehe ich keinen Grund, das Fehlverhalten des Roboterpärchens zu melden.

Wie dem auch sei, ich werde die Rückkehr der Expedition abwarten. Vielleicht komme ich in der Zwischenzeit zu einem Ergebnis.

Die Expedition besteht aus sieben Leichten Kreuzern. Expeditionsleiter ist der Aktivatorträger Galbraith Deighton. Perry Rhodan stellt ihm zur Unterstützung die Mutanten Gucky und Ribald Corello und den Haluter Icho Tolot an die Seite.

Dass keiner von den sieben Kreuzern bisher mit Rohstoffen dieses Planeten in Berührung gekommen ist, bedarf wohl keiner besonderen Erwähnung.

Der Start der sieben Leichten Kreuzer verlief ohne Komplikationen. Dennoch atmete Galbraith Deighton erst auf, als die Flottille außerhalb des Last-Stopp-Systems in den Linearflug überging. Der Erste Gefühlsmechaniker und frühere SolAb-Chef merkte an den Emotionen der Schiffsbesatzung, dass es allen ähnlich wie ihm ergangen war. Die geheimen Ängste, dass die Kreuzer beim Verlassen des Planeten explodieren könnten, entsprangen dem Bewusstsein, dass das Phänomen des SENECA-Donners noch nicht geklärt war und die Prognosen der Wissenschaftler deshalb mit Vorsicht genossen werden mussten.

Und eben weil man in der Kleingalaxis Balayndagar auf weitere Überraschungen gefasst sein musste, würde Galbraith Deighton vorsichtig operieren. Seine Aufgaben waren klar umrissen: ohne große Risiken feststellen, ob ähnliche Phänomene wie auf Last Stopp auch auf anderen Planeten existierten – und nach Erklärungen suchen.

Die Expedition legte mit der ersten Linearetappe nur knapp hundert Lichtjahre zurück und erreichte eine grüne Sonne, von der man aufgrund der Fernortungen wusste, dass sie von acht Planeten umkreist wurde. Robotsonden sollten Proben einsammeln und würden nach einigen Tagen zurückgeholt werden – falls ein SENECA-Donner dies nicht verhinderte.

Dieser Vorgang würde sich bei einer Vielzahl von Sonnensystemen wiederholen. Erst nach Abschluss der Testserie wollte Deighton das Risiko eingehen, bemannte Beiboote auf den in Frage kommenden Welten landen zu lassen.

»Womit habe ich es nur verdient, an dieser langweiligen Expedition teilnehmen zu müssen«, maulte Gucky, als die Schiffe nach der zweiten Linearetappe eine gelbe Sonne mit sechs Planeten erreichten, von denen drei erd- bis marsähnlich waren. »Auf Last Stopp hätte ich meine Fähigkeiten viel nutzbringender einsetzen können.«

»Wie denn?« Galbraith Deighton schmunzelte. »Indem du die Gegend nach wilden Mohrrüben abgesucht hättest?«

»He, was soll diese Anspielung?«

»Tu nicht so scheinheilig«, erwiderte Deighton. »Zufällig habe ich mit angehört, wie du Lord Zwiebus aufgetragen hast, es dir sofort zu melden, falls er in der Flora von Last Stopp etwas findet, was einer Mohrrübe auch nur entfernt ähnelt. Du kannst eigentlich von Glück sagen, dass Lord Zwiebus nicht fündig wurde. Denn wenn du dir den Bauch mit Mohrrüben voll geschlagen hättest, wärst du beim Start im wahrsten Sinne des Wortes geplatzt.«

Guckys Entgegnung ging im brüllendem Gelächter Icho Tolots unter.

Es gab nicht wenige in der Zentrale des Leichten Kreuzers, die vor dem Heiterkeitsausbruch des Haluters am liebsten geflüchtet wären. Doch da sie ihre Posten nicht verlassen durften, waren sie ihm hilflos ausgeliefert.

Von allen Anwesenden konnte sich nur Ribald Corello vor dem Lachorkan des Haluters retten, indem er um seinen Trageroboter einen schallabsorbierenden Schutzschirm errichtete.

Nachdem der Haluter sich beruhigt hatte und die schmerzverzerrten Gesichter ringsum weniger wurden, sagte Gucky spitz: »Wir wissen natürlich alle, dass du eine sehr eigenartige Ansicht über Humor hast, Tolotos. Aber erkläre uns bitte, was an Galbraiths Bemerkung so komisch war. Man muss schon sehr abartig veranlagt sein, um über die Vorstellung eines durch Mohrrüben zur Explosion gebrachten Ilts lachen zu können.«

Statt einer Antwort lachte Icho Tolot erneut, dass die Zentrale des Leichten Kreuzers erbebte. Diesmal ging er noch mehr aus sich heraus, und wer weiß, wann er sich beruhigt hätte, wäre nicht Alarm ausgelöst worden.

Tolot verstummte sofort, und dann erklang die Stimme eines Ortungsspezialisten aus der Rundrufanlage: »Wir empfangen aus sieben Lichtjahren Entfernung eigenartige Energieechos!«

Galbraith Deighton erstarrte. Der Umstand, dass die Ortung von einem *Energieecho* und nicht von einer normalen *Energieemission* sprach, weckte in ihm bestimmte Vorstellungen. Ebenso erging es den Mutanten und dem Haluter. Fast gleichzeitig stürmten sie die Ortungszentrale.

… eine weitere Bestätigung für seine schlimmsten Befürchtungen? Noch redete Deighton sich ein, dass alles nur ein Zufall sein mochte. Er konnte mit wenigen Blicken erkennen, dass der Alarm von keinem der herkömmlichen Hyperortungsgeräte ausgelöst worden war.

»Es ist seltsam, dass selbst die Hypertaster keine außergewöhnlichen Werte anzeigen«, meldete der Ortungsspezialist verstört. »Einzig der Schatten-Peiler spricht an und hat auch den Alarm ausgelöst. Ich weiß noch nicht, was davon zu halten ist.«

»Ich schon«, sagte Deighton knapp und forderte den Mann auf, ihm seinen Platz zu überlassen.

Der Schatten-Peiler war ein Ortungsgerät, das vor rund 120 Jahren, als Terra noch als dritter Planet die Sonne Sol umkreiste, ein junger Wissenschaftler des Waringer-Teams entwickelt hatte. Er maß nicht die Energiehülle eines Objektes direkt an, sondern indem der Pararaum als Reflektor für die auftreffenden Impulse benutzt wurde. Durch diese Reflexion erfolgte eine Verstärkung normalerweise nicht empfangsfähiger Impulse. Schwache Strahlungen, die an ihrem Ursprung nicht anzumessen waren, kamen durch den als Reflektor wirkenden Hyperraum als vielfach verstärktes Echo zurück.

Auf diese Weise war es gelungen, die SVE-Raumer der Laren anzupeilen.

Und solche Energieechos, vier an der Zahl, zeigte der Schatten-Peiler nun an. Zumindest glaubte Deighton, die für Laren-Schiffe typischen Merkmale auf dem Schirm zu erkennen.

»Das sind die Echos von vier SVE-Raumern«, sagte hinter ihm der Ilt.

»Gucky hat Recht«, bestätigte Tolot. »Sie können sich die Gegenprobe sparen.«

Aber Deighton hatte schon die Messergebnisse auf die Positronik überspielt. Gleich darauf erhielt er das Ergebnis des Vergleichstests: Die Energieechos stimmten haargenau mit den gespeicherten Daten über SVE-Raumer überein.

»Ich verstehe das nicht«, sagte Deighton bebend. »Jeder Zweifel ist so gut wie ausgeschlossen. Das sind *Struktur-Variable-Energiezellen-Raumer.* Aber was haben sie hier zu suchen?«

»Das werden wir herausfinden«, sagte Gucky. »Es gibt viele Möglichkeiten. Wir wissen noch zu wenig über das Konzil der Sieben – und wir haben keine Ahnung, wie weit sich seine Macht erstreckt. Entweder handelt es sich nur um eine Forschungsexpedition der Laren, oder sie haben in Balayndagar Stützpunkte.«

»Balayndagar könnte eine der sieben Galaxien des Konzils sein«, warf Ribald Corello ein. »Und die Präsenz der Laren eine Folge der Geschehnisse auf Last Stopp.«

»Wir müssen nicht gleich das Schlimmste annehmen«, sagte Gucky schnell, als Deighton blass wurde. »Ich glaube nicht, dass die SOL von den Laren festgehalten wird. In dem Fall hätten sie sich bestimmt schon bemerkbar gemacht.«

»Was Gucky sagt, ist völlig richtig«, pflichtete Icho Tolot bei. »Wir dürfen davon ausgehen, dass die Laren keine Ahnung haben, dass sich eine terranische Streitmacht in dieser Kleingalaxis aufhält.«

»Hoffen wir, dass es sich so verhält«, sagte Deighton. Er sah den Haluter und die Mutanten der Reihe nach an. »Durch die Anwesenheit der

Laren erscheint es mir noch bedeutungsvoller zu sein, dass sich ES meldete.«

»Richtig«, stimmte Gucky zu. »Die Gedankenbotschaft könnte mit den Laren in Zusammenhang gestanden haben. Erklärte ES nicht, Perry ohnehin nach Balayndagar geführt zu haben, wenn er den Weg hierher nicht von selbst gefunden hätte?«

Deighton nickte. »ES erwähnte auch, dass Perry im Begriff sei, ein weiteres der Sieben Siegel zu brechen. Es kann kein Zufall sein, dass wir hier auf Laren treffen.«

Icho Tolot klatschte in die Hände seiner Sprungarme, dass die anderen fürchteten, der Lärm würde ihre Trommelfelle zerreißen, und rief dröhnend: »Worauf warten wir dann noch, meine Kleinen? Lasst uns hinfliegen und aus der Nähe beobachten, was die Laren hier treiben!«

»Mir scheint, Tolotos, du bist auf eine Drangwäsche aus«, argwöhnte Gucky.

Icho Tolot sagte darauf ernst: »Eine Drangwäsche wäre wirklich nicht schlecht, Kleiner. Achtunddreißig ereignislose Jahre sind zu viel für einen tatendurstigen Haluter.«

Die sieben Leichten Kreuzer erreichten mit einer Linearetappe das Gebiet, in dem die vier SVE-Raumer operierten. Allerdings wurde der Flug so berechnet, dass die Schiffe auf der anderen Seite des Sonnensystems den Zwischenraum verließen und die rotgelbe Sonne zwischen den SVE-Raumern und den Kreuzern stand.

Galbraith Deighton wollte keinesfalls das Risiko eingehen, von den Laren geortet zu werden. Wäre es dazu gekommen, konnte das in letzter Konsequenz das Ende der SOL bedeuten.

Im Ortungsschutz der fremden Sonne, die ersten Berechnungen nach drei Planeten besaß, war man vorerst vor einer Entdeckung sicher. Da die Schiffe selbst ebenfalls keine Messergebnisse erzielen konnten, ließ Deighton ein halbes Dutzend Sonden ausschleusen. Sie waren unscheinbar genug, um den Laren zu entgehen, ihre Kapazität reichte aber aus, für den Schatten-Peiler als Relaisstationen zu fungieren.

»Die SVE-Raumer sind in einen Orbit um den zweiten Planeten eingeflogen«, stellte Deighton fest. Auf dem Monitor des Schatten-Peilers waren die vier Energieblasen zu sehen.

Die SVE-Raumer waren inzwischen auf ein Drittel ihrer ursprünglichen Größe geschrumpft, durchmaßen aber immer noch jeweils einen Kilometer. Diese Größe behielten sie bei. Das veranlasste Ribald Corello zu der Äußerung: »Nach ihrer Ausdehnung zu schließen, scheinen die Laren große Fracht mit sich zu führen.«

»Sie sind schwer beladen«, stimmte Deighton zu. Er hatte die Daten ausgewertet und festgestellt, dass die SVE-Raumer nicht nur eine starke Energieemission hatten, sondern dass das Hyperraumecho auch auf eine große Masse und Materiedichte hinwies. »Und sie landen auf dem zweiten Planeten!«, rief er gleich darauf aus.

Gucky hatte den Platz an der Fernortung eingenommen und die Taster auf den Planeten ausgerichtet. »Der Planet ist Last Stopp sehr ähnlich«, berichtete er jetzt. »Eine Sauerstoffwelt mit einer Durchschnittstemperatur von etwa 25 Grad Celsius und einem für Menschen erträglichen Klima. Die Oberflächenstruktur weist auf üppige Vegetation hin und besteht zu zwei Dritteln aus Land. Es ist nicht ausgeschlossen, dass sich intelligentes Leben entwickelt hat. Starke hyperenergetische Tätigkeit in einem halben Dutzend Ballungszentren scheint zu bestätigen, dass diese Welt von Wesen mit hoch entwickelter Technik bewohnt ist.«

»Die energetischen Zentren können auch auf Stützpunkte der Laren hinweisen«, warf Ribald Corello ein.

»Das ist anzunehmen«, sagte Deighton. »Deshalb werden wir den Planeten vorerst beobachten.«

»Wie wäre es mit einer Landung?«, erkundigte sich Icho Tolot.

»Zu riskant. Selbst wenn wir nur eine Space-Jet ausschicken, ist die Gefahr einer Ortung zu groß. Wir kennen die technischen Möglichkeiten der Laren – und denen haben wir nicht viel entgegenzusetzen. Wir bleiben einstweilen auf unserem Beobachtungsposten.«

Die Kreuzer näherten sich der Sonne bis auf zwanzig Millionen Kilometer und hüllten sich in ihre HÜ-Schirme. In den Schutzschirmen waren nur einige Strukturschleusen geöffnet, die den Datenaustausch mit den Beobachtungssatelliten erlaubten.

Nachdem die vier Larenschiffe gelandet waren, geschah lange Zeit nichts. Die Fernortung erbrachte keine neuen Fakten. Falls auf dem Planeten Veränderungen erfolgten, waren diese über die Entfernung von annähernd 130 Millionen Kilometern nicht festzustellen. Vor allem fanden solche Manipulationen nicht im hyperenergetischen Bereich statt.

Der Planet durchmaß am Äquator 10.540 Kilometer und war an den Polen infolge überdurchschnittlich schneller Eigenrotation stark abgeplattet. Ein Tag dauerte nur 11,2 terranische Stunden.

Obwohl die Oberfläche zu zwei Dritteln aus Land bestand, gab es nur einen einzigen Kontinent, der sich wie ein großes S vom Nordpol zum

Südpol zog; die restliche Landmasse war in unzählige Inseln aufgesplittert.

Die Schwerkraft von »Es-Planet«, wie Gucky ihn nach dem s-förmigen Kontinent nannte, betrug 1,11 Gravos. Die Sauerstoffatmosphäre war gut verträglich. Allerdings ließ sich durch die Fernortung nicht herausfinden, ob es Spurenelemente für Menschen schädlicher Gase gab. Ebenso wenig konnte auf die Entfernung die Existenz bösartiger Krankheitserreger ausgeschlossen werden.

»Worauf warten wir noch?«, fragte Icho Tolot ungeduldig, als zwölf Stunden verstrichen waren. »Ein Einsatzkommando könnte in einem Bruchteil der Zeit Klarheit über die Verhältnisse auf Es schaffen.«

»Ich setze nochmals eine Frist von zwölf Stunden«, erklärte Deighton. »Wenn die SVE-Raumer bis dahin den Planeten nicht verlassen haben, wird ein Einsatzkommando landen.«

»Was besagt die Anwesenheit der vier SVE-Raumer schon?«, drängte Icho Tolot. Er schien tatsächlich eine Drangwäsche dringend notwendig zu haben, wenn er Deightons Maßnahmen so offen kritisierte. »Falls es ein Stützpunkt der Laren ist, werden mehr von ihnen stationiert sein, selbst wenn die vier Schiffe wieder starten.«

Deighton sagte nichts darauf. Er hatte den Platz am Schatten-Peiler wieder verlassen.

Inzwischen hatte es sich auf allen Kreuzern herumgesprochen, welche Bedeutung die Larenschiffe hatten. Es gab nur wenige Besatzungsmitglieder, die noch in der Milchstraße geboren worden waren. Sie wurden nun von den Jüngeren mit Fragen bestürmt. Zwar wussten auch alle anderen über die terranische Geschichte Bescheid. Doch war es etwas ganz anderes, sich von Augenzeugen über das Wirken der Laren in der Heimatgalaxis berichten zu lassen. Seit alle ganz genau wussten, in welchem Verhältnis die Laren zu den Terranern standen, wuchs die Aufregung.

Die wildesten Vermutungen wurden angestellt, was die Anwesenheit der Laren in Balayndagar bedeuten mochte – aber Einheit herrschte dahin gehend, dass sie mit den Vorgängen auf Last Stopp und demzufolge auch mit dem Festsitzen der SOL zu tun hatten.

Es war noch keine Stunde vergangen, seit Deighton die neue Frist festgesetzt hatte, als die Ortungszentrale meldete: »Die vier SVE-Raumer starten!«

Deighton, der sich mit Icho Tolot und Gucky in der Offiziersmesse aufgehalten hatte, ließ sich zusammen mit dem Haluter von dem Mausbiber in die Ortungszentrale teleportieren. Ribald Corello hatte die ganze Zeit über in seinem Trageroboter dort ausgeharrt.

»Die energetische Struktur der SVE-Raumer hat sich nicht verändert«, berichtete er. »Ebenso wenig ihre Masse. Es war ein Trugschluss, dass sie Güter nach Es brachten.«

»Das ist damit gar nicht gesagt«, widersprach Deighton. »Die Laren könnten Waren gebracht und andere, mit annähernd gleicher Masse, abtransportiert haben.«

Der Schatten-Peiler ließ deutlich erkennen, dass sich die vier nun größer werdenden Energieblasen mit steigender Geschwindigkeit vom Planeten entfernten! Als sie in einer Entfernung von vierzig Millionen Kilometern einen Durchmesser von mehr als zwei Kilometern erreicht hatten, verschwanden sie aus dem Erfassungsbereich des Schatten-Peilers.

»Jetzt können wir es wagen«, sagte Deighton. »Ich möchte aber dennoch davon absehen, ein Beiboot auf dem Planeten zu landen. Wenn es den Laren in die Hände fällt, könnte das schwerwiegende Folgen haben.«

»Ganz meiner Meinung«, stimmte Gucky zu. »Ich schlage vor, dass mich ein Beiboot in Planetennähe bringt und ich zur Oberfläche teleportiere. Ich bin kein Mensch. Selbst wenn die dort unten stationierten Laren schon von meinen Taten gehört haben – womit ich fast rechne –, werden sie mich nicht sofort mit den Terranern in Verbindung bringen. Das heißt, falls sie mich überhaupt zu sehen bekommen, was ich sehr bezweifle.«

»Ich werde selbst das Beiboot steuern«, beschloss Deighton. »Aber du wirst nicht allein auf die Oberfläche von Es teleportieren. Icho Tolot wird dein ebenfalls nichtmenschlicher Begleiter sein.«

»Immer diese Schwerarbeit«, maulte Gucky, während der Haluter in Vorfreude auf die zu erwartende »Drangwäsche« wieder laut klatschte.

Die Space-Jet flog den zweiten Planeten von der Nachtseite her an. Galbraith Deighton hatte selbst die Kontrollen übernommen. Zwei Männer hatten neben ihm Funk und Ortung übernommen, und außer ihnen waren noch zwanzig Personen an Bord, über das Kabinendeck und den Laderaum verteilt.

Gucky und Icho Tolot warteten ebenfalls in der Kommandokuppel.

Die Sonne stand hinter dem Planeten, dessen Atmosphäre von den einfallenden Strahlen in eine neblige Aura verwandelt wurde.

Bis auf die monotonen Stimmen des Funkers und des Orters, die ihre Meldungen murmelten wie Schamanen ihren rituellen Singsang, war es unter der Sichtkuppel still.

»Wir sind auf hunderttausend Kilometer heran.« Deighton lenkte die kleine Space-Jet in eine Kreisbahn. »Das müsste genügen.«

Der Planet war kartografisch erfasst worden. Die Nahortungen ergaben nicht viel Neues. Wichtig war für den Einsatz des Mausbibers und des Haluters nur, dass etwa dreitausend Kilometer nördlich des Äquators auf dem S-Kontinent die größte energetische Tätigkeit herrschte.

Icho Tolot, der infrarotsichtig war, erklärte, dass er die Wärmeausstrahlung dieser Energiequellen mit bloßem Auge sehen konnte. Und das aus einer Entfernung von hunderttausend Kilometern!

Dort unten mussten gigantische Kraftwerke existieren. Ob sie jedoch Industrie, Forschungsstätten oder militärische Einrichtungen mit Energie versorgten, konnte nicht herausgefunden werden.

»Wir sind bereit«, erklärte Gucky, der seinen Kampfanzug trug und den Helm schon geschlossen hatte. Er verständigte sich mit Deighton über Sprechfunk.

Icho Tolot trug ebenfalls seinen Kampfanzug. Das dunkelgrüne Material wirkte geschmeidig wie eine zweite Haut. Dieser Eindruck täuschte jedoch, denn durch den eingebauten Molekularumwandler war es dem Haluter möglich, dem Gewebe die Festigkeit von Stahl zu geben. Die Helmfolie hatte er nicht geschlossen – denn egal, welche Giftstoffe die Atmosphäre des Planeten enthalten mochte, dem wandelbaren Metabolismus des Haluters, der sogar im Vakuum existieren konnte, konnten sie nichts anhaben.

»Ihr kennt eure Befehle«, sagte Deighton und blickte dabei vor allem Icho Tolot an, der ihm zu unternehmungslustig erschien. »Oberstes Gebot ist, unentdeckt zu bleiben. Und bevor ihr eine Gefangenschaft riskiert, kehrt lieber unverrichteter Dinge zurück. Ihr habt achtundvierzig Stunden Zeit, dann erwarte ich euch mit der Space-Jet wieder an diesen Koordinaten. Danach fliege ich diesen Punkt alle zwölf Stunden an. Vermeidet Funkverkehr mit uns, denn er könnte von den Laren abgehört werden. Es müsste schon ein schwerwiegender Grund vorliegen …«

»Zum Beispiel, dass ich das Teleportieren verlerne«, fiel ihm Gucky ins Wort.

Deighton seufzte. »Du gehst nicht zum ersten Mal in einen gefährlichen Einsatz, Gucky. Also dann – viel Glück!«

Tolot hob den Ilt wie ein Kind mit den Laufarmen hoch. Damit war der für die Teleportation nötige körperliche Kontakt hergestellt. Gucky machte ein finsteres Gesicht – dann entmaterialisierte er zusammen mit dem Haluter.

Galbraith Deighton verspürte in sich plötzlich eine seltsame Leere, als er die Emotionen des Mausbibers nicht mehr wahrnahm. »Und jetzt nichts wie weg von hier«, sagte er wie zu sich selbst, während er die Space-Jet beschleunigte und sie in weitem Bogen um den Planeten herum in Richtung Sonne steuerte.

24.

Gucky hatte sich auf ein vegetationsreiches Gebiet konzentriert, das einige Kilometer südlich der angepeilten Energiequellen lag. Dieses Gelände stellte sich nun als lang gestreckte und tief nach Süden reichende Hügelkette heraus. Im Norden breitete sich ein weites Tal fast bis zum Horizont aus.

Da es Nacht war, konnte der Ilt keine Einzelheiten erkennen. Immerhin registrierte er, dass sich dort Anlagen aneinander reihten, die in ihrer Form Quadern ähnelten und mal hochgestellt, mal lang gestreckt waren. Diese Bauwerke wurden von etlichen Lichtquellen erhellt. Doch vorerst kümmerte er sich noch nicht darum, sondern konzentrierte sich auf wichtigere Dinge.

Er entnahm Luft- und Bodenproben, um sie vom Minilabor seines Kampfanzugs analysieren zu lassen. Die Umweltbedingungen konnten bei ihrem Einsatz jederzeit eine Rolle spielen, deshalb wollte er Genaueres wissen.

Icho Tolot beobachtete inzwischen von der Hügelkuppe aus das Tal. »Alle stark strahlenden Energiequellen sind unterplanetarisch angeordnet«, erklärte der Haluter, der die Helmfolie seiner Kombination auch jetzt nicht schloss. »Diese Kraftwerke versorgen unzählige Maschinerien, die über dem Bodenniveau liegen. Praktisch in jedem der Gebäude befinden sich auf hyperdimensionaler Basis arbeitende Aggregate. Bei den Quadern handelt es sich um einfache Zweckbauten, die ich als primitiv bezeichnen möchte. Das ist ein Anachronismus zu den komplizierten Maschinen.«

»Soviel ich weiß, haben die Laren mit ihrer Architektur nie Rücksicht auf das ästhetische Empfinden von Halutern Rücksicht genommen«, sagte Gucky, der gerade mit der Analyse der Luftprobe beschäftigt war.

»Ich kann mir nicht vorstellen, dass Laren diese Anlagen erbaut haben«, erwiderte der Haluter. »Im Vergleich muten die Gebäude wie Lehmhütten von Eingeborenen an. Von Laren werden sie bestimmt nicht bewohnt.«

»Schon mal etwas von einer Robotstation gehört?«, fragte Gucky spöttisch. Bevor Tolot etwas erwidern konnte, rief er aus: »Ha! Die Luft ist so rein wie in den letzten Naturreservaten Terras.« Gleichzeitig öffnete er seinen Helm.

»Das ist keine Robotstation«, widersprach der Haluter. »Ich kann auf keiner Frequenz für Roboter charakteristische Impulse empfangen. Ohnehin herrscht praktisch kein Funkverkehr. Wie steht es mit Gedankenimpulsen, Kleiner? Kannst du telepathisch etwas erfassen?«

»Das versuche ich dir seit geraumer Zeit zu erklären. Ich empfange keinen einzigen Gedanken. Diese Anlagen sind unbewohnt. Hier gibt es höchstens Roboter.«

»Vielleicht hast du deine parapsychischen Fähigkeiten verloren, Kleiner«, behauptete Icho Tolot. »Es wäre nicht zum ersten Mal, dass hyperdimensionale Störstrahlungen ...«

»Pah!«, rief Gucky. »Ich kann deine Gedanken lesen! Und ich beherrsche immer noch die Telekinese!«

Während er das sagte, verlor der Haluter abrupt den Boden unter den Säulenbeinen und schwebte in die Höhe.

»Schon gut, Kleiner.« Tolot lachte versöhnlich. »Ich zweifle nicht an deinen Fähigkeiten.«

Gucky ließ ihn wieder absinken.

»Wir wollen uns nicht streiten, Kleiner«, fuhr Icho Tolot fort, als er gleich darauf festen Boden unter sich spürte, »aber dort unten sind Lebewesen. Ich habe zwischen den Gebäuden Bewegungen gesehen. Und das waren keine Roboter, sondern Geschöpfe aus Fleisch und Blut. Es sind auch keine Laren. Wenn du ihre Gedanken nicht empfangen kannst, besagt das nur, dass sie sich gegen telepathische Eingriffe abschirmen können.«

»Das werde ich sofort herausfinden«, sagte Gucky. »Bisher habe ich mich nur nicht richtig konzentriert.«

»Sei vorsichtig, Kleiner ...«

Die Ermahnung des Haluters drang nicht mehr ins Bewusstsein des Mausbibers. Er streckte seine telepathischen Fühler bis zu den Gebäuden im Tal aus.

Er esperte nichts. Es schien so, dass dort unten niemand war, der dachte … Gucky konzentrierte sich stärker, versuchte, einen organischen Metabolismus zu erfassen, der Aktivitäten wie ein Gehirn zeigte … paranormale Impulse aussandte … Aber da war nichts. Doch, es war etwas da – eben dieses Nichts. Ein ganz und gar abstraktes Nichts, existent und zugleich nicht erfassbar.

Gucky wurde von einem Schwindel ergriffen und zog seine Gedankenfühler sofort wieder zurück. Jetzt erst bemerkte er, dass Icho Tolot ihn stützte.

»Was war?«, fragte der Haluter besorgt. »Hattest du Kontakt?«

»Ja … und nein«, antwortete der Ilt verstört. »Du hast Recht, dort unten sind Lebewesen. Sie denken sogar – wenngleich in ganz und gar fremdartigen Bahnen … Als handle es sich um Geschöpfe einer anderen Dimension. Ich habe förmlich die Impulse gespürt, doch ich konnte sie nicht erfassen.«

»Verstehe«, sagte Icho Tolot.

»Ich fürchte, eben das kannst du nicht, Tolotos, weil du selbst kein Telepath bist«, widersprach Gucky. »Ich habe nicht einmal den Zipfel eines Gedankens erwischt, obwohl ich merkte, dass welche da waren. Mir erging es so ähnlich wie einem, der versucht, Vakuum in ein Gefäß zu schöpfen.«

»Ich verstehe«, behauptete Icho Tolot wieder. »Auf jeden Fall ist mir klar, dass du dich großer Gefahr aussetzt, wenn du versuchst, die Gedanken dieser Fremden zu erfassen. Lass es lieber bleiben. Wir haben noch andere Mittel, den Vorgängen auf diesem Planeten auf den Grund zu kommen.«

Die Dämmerung setzte ein – und es wurde schnell hell. Bald lag das Tal unter den ersten Strahlen der aufgehenden Sonne.

Vor ihnen erstreckte sich eine Stadt, die im Tageslicht noch viel eigenartiger anmutete als durch die Beobachtungsgeräte.

»Irgendwie erinnert mich diese Stadt an die Sandburg eines Kindes«, stellte Gucky fest. Er fand diesen Vergleich überaus treffend, wenn er auch nicht sicher war, dass Icho Tolot ihn verstand. Hatte der Haluter überhaupt schon einem Kind beim Bau einer Sandburg zugesehen? Gucky hatte. Und zwar war es Mike, Perry Rhodans Sohn, gewesen, dem er dabei sogar schon geholfen hatte, als Mike sechs oder sieben Jahre alt gewesen war. Der feine Sand hatte nicht viel Möglichkeiten und Spielraum für die Fantasie eines Kindes offen gelassen, kompliziertere Formen waren nicht zu realisieren gewesen, weil der Sand keine Festigkeit und keine Tragfähigkeit besaß, und wenn er austrocknete, fielen selbst die einfachsten Türme und Bögen zusammen.

Ähnlich unkompliziert, ja primitiv waren die Gebäude. Sie schienen wie aus Sand gebaut – zumindest was ihre Form betraf.

Viel Einfallsreichtum und handwerkliches Geschick hatten die Erbauer nicht bewiesen. Die Gebäude waren durchwegs klobige Blöcke, manchmal ineinander verschachtelt. Gucky argwöhnte sogar, dass sie gar nicht erbaut, sondern aus dem Boden gestampft worden waren. Die Straßen zwischen ihnen konnten ausgebaggert sein, ebenso wie die Räume in diesen unförmigen Gebilden womöglich herausgehauen waren.

Fenster und Türen – einfache, rahmenlose Öffnungen – waren wahllos in die Wände geschlagen worden. Von Architektonik keine Spur. Von Ästhetik erst gar nicht zu reden, und nicht einmal auf geometrische Richtlinien war Rücksicht genommen worden. Diese Stadt war nicht geplant worden – sondern wie die Sandburg eines ungeschickten Kleinkinds unter tollpatschigen Händen gewachsen.

»Sieht aus wie das Ergebnis eines Wettbewerbs geistesgestörter Baumeister.« Gucky schauderte. »Ich kann mir kein Lebewesen vorstellen, das sich hier wohl fühlt. Selbst wenn es nur Zweckbauten sind.«

»Vielleicht waren die Konstrukteure nicht in der Lage, mehr zu leisten.«

»Du meinst, es handelt sich um primitive Eingeborene?« Gucky schüttelte den Kopf. »Warum sollten sich dann die Laren mit ihnen einlassen? Immerhin sind die SVE-Raumer hier gelandet. Die Ebene hinter der Stadt, das muss der Raumhafen sein, wenn mir dieser Ausdruck gestattet ist. Das Landefeld ist so primitiv wie die Siedlung selbst. Einfach aus dem Boden gestampft. Es gäbe natürlich noch eine andere Möglichkeit: Die Laren könnten diese primitiven Gebäude als Tarnung benutzen.«

»Unwahrscheinlich«, behauptete Tolot. »Für ein technisiertes Volk ist es keine Schwierigkeit, die hyperenergetischen Anlagen anzupeilen. Und vor einem unterentwickelten Volk brauchen die Laren ihre Anlagen nicht zu verstecken. Als ich sagte, die Erbauer dieser Stadt hätten ihr Bestes gegeben, meinte ich nicht, dass sie auch auf anderen Gebieten so untalentiert sind.«

»Endlich weiß ich, was du meinst, Tolotos.« Gucky seufzte. »Die Fremden können auf anderen Gebieten Genies sein, ohne zugleich gute Baumeister sein zu müssen. Geoffry Waringer zum Beispiel schüttelt seine hyperphysikalischen Erfindungen aus dem Ärmel. Aber er hätte wahrscheinlich Schwierigkeiten, einen Nagel einzuschlagen. Und die Fremden könnten ein Talent besitzen, das den Laren zugute kommt. Damit hast du womöglich den Nagel auf den Kopf getroffen, Tolotos.«

Gucky sah, wie sich der breite Mund des Haluters verzerrte, und er befürchtete das Schlimmste. Da brach Icho Tolot auch schon in donnerndes Gelächter aus.

»Um Himmels willen, beruhige dich wieder!«, herrschte Gucky ihn an. »Willst du, dass der ganze Planet auf uns aufmerksam wird?«

Icho Tolot verstummte, wenn es ihn auch einige Mühe zu kosten schien. »Entschuldige, Kleiner. Aber es ist zu komisch, dass du meinst, ich – als Haluter – könne einen Nagel auf den Kopf treffen, während du Waringer diese Fähigkeit absprichst.«

»Das findest du wirklich so lustig?« Gucky staunte. Er versuchte seit Jahrhunderten, den seltsamen Humor der Haluter zu ergründen. Doch das würde ihm wohl nie gelingen. »Ich werde mich bemühen, keine Witze mehr zu machen«, versprach er gleich darauf und wechselte das Thema. »Was hältst du davon, die Stadt aus der Nähe zu betrachten?«

»Ich brenne darauf«, antwortete Icho Tolot. »Andererseits dürfte das nicht ganz in Deightons Sinn sein. Was sagte er von wegen Vorsicht?«

»Wir können natürlich auf diesem Hügel sitzen bleiben und fleißig orten«, sagte Gucky sarkastisch. »Aber viel mehr, als wir bisher wissen, werden wir nicht in Erfahrung bringen. Wenn wir herausfinden wollen, was hier gespielt wird, müssen wir uns mit den Erbauern der Stadt befassen. Und wir müssen uns die technischen Anlagen in den Gebäuden aus der Nähe ansehen, sonst war unser Einsatz umsonst.«

»Du hast mich überzeugt, Kleiner – aber dazu hat gar nicht viel gehört«, sagte Icho Tolot. Bedauernd fügte er hinzu: »Ich fürchte nur, eine richtige Drangwäsche wird das nicht werden.«

»Wenn dir danach ist, kannst du ja einige der hässlichen Bauten niederwalzen.«

Sie schalteten ihre Deflektoren ein und wurden unsichtbar. Eine energetische Ortung schloss das jedoch nicht aus. Aber das Risiko mussten sie eingehen. Wenn die Anlagen ein ausgeklügeltes Sicherheitssystem gehabt hätten, wären sie ohnehin schon längst geortet worden. Da sich bisher keine Feindseligkeiten gegen sie gerichtet hatten, fühlten sie sich ziemlich sicher.

Gucky ergriff die sechsfingrige Pranke von Tolots Handlungsarm und teleportierte mit ihm in die Nähe des aus gestampftem Boden bestehenden Landefelds.

Die ersten Gebäude waren nur hundert Meter von ihnen entfernt. Es handelte sich um zehn Meter hohe Türme ohne Fenster und Türen. Die Außenwände waren so roh und ungefüge, als hätte ein Betrunkener einfach Lehmbrocken übereinander geschichtet.

Unzählige solcher Türme umgaben die eigentliche Stadt in Abständen von zweihundert Metern wie ein Ring.

»In den Türmen könnten Abwehreinrichtungen untergebracht sein«, sagte Gucky warnend, während er Messungen vornahm.

Icho Tolot kam einige Sekunden vor ihm zu einem Ergebnis. »Diese Türme sind nichts weiter als Verteilerstationen. Sie empfangen die Energien der subplanetaren Kraftwerke und senden sie auf kabellosem Weg an die Endverbraucher in der Stadt weiter. Wir können passieren.«

Sie kamen an den klobigen, manchmal windschiefen Türmen vorbei, ohne dass etwas geschah.

»Wenn ich nicht wüsste, dass in den Quadern Tausende von Maschinen in Betrieb sind, würde ich an eine Geisterstadt glauben«, sagte Gucky verhalten. »In den Straßen ist kein Lebewesen zu sehen, kein einziger Gedanke ist zu hören … Kannst du dir vorstellen, wie einem Telepathen zumute ist, der weiß, dass er von unzähligen Lebewesen umgeben ist, ihre Gedanken aber nicht hören kann?«

»Ich weiß nicht, wie *irgendeinem* Telepathen zumute ist«, erwiderte Icho Tolot. »Aber ich kann mir denken, was in einem neugierigen Telepathen wie dir vorgeht.«

Diese Frechheit ließ Gucky unerwidert, obwohl er eine Reihe passender Entgegnungen auf der Zunge hatte. Er sprach sie nur deshalb nicht aus, weil der Haluter unberechenbar war und niemand wissen konnte, wann er einen seiner gefürchteten Lachanfälle bekam.

Dreißig Meter hinter den Türmen ragten halbkugelförmige Hügel aus dem Boden, die aus demselben lehmartigen Material wie alle Gebäude gebaut waren. Der Begriff »halbkugelförmig« war bei diesen Gebilden allerdings eine sehr großzügige Interpretation. Eigentlich handelte es sich um Klumpen, drei Meter hoch und nur annähernd kuppelähnlich. Sie waren in gleichen Abständen wie die Türme rund um die Stadt angeordnet.

»Sieh einer an!«, rief Gucky aus, als sie die Rückseite einer der Kuppeln erreichten. »Das Ding hat einen Zugang, ist hohl – und nicht einmal leer. Was für monströse Apparaturen!«

Die unförmige Öffnung lag einen halben Meter über dem Boden und war gerade groß genug für einen Mausbiber. In dem unbeleuchteten

Hohlraum waren klobige, unhandliche Hebel und Tastaturen zu erkennen, die aus einer Art Schaltskala ragten.

»Als Zugang würde ich dieses Loch nicht gerade bezeichnen«, widersprach Icho Tolot. »Sieh dir die Eingänge der anderen Gebäude an. Alle sind mindestens drei Meter hoch – also für Wesen von annähernd meiner Größe geschaffen. Durch das Loch hier könntest höchstens du eindringen, Kleiner. Ich wiederum schaffe es, die Bedienungsinstrumente mit meinen Handlungsarmen zu erreichen, wenn ich durch die Öffnung lange.«

»Vielleicht treffen wir hier sogar auf Haluter«, sagte Gucky giftig. »Dann könntest du deinen Aggressionstrieb in einem Ringkampf abreagieren.«

Icho Tolot ließ seine drei Augen verneinend rollen und erklärte belehrend: »Die unförmigen Instrumente sind nicht für die feingliedrigen Hände eines Haluters gebaut, sondern für Wesen mit ungelenken Greifwerkzeugen. Zudem müssen sie überaus lange Arme besitzen, sonst können sie nicht durch die Öffnungen hindurchgreifen.«

Sie erreichten nun die eigentliche Stadt. Aus der Nähe wirkten die Gebäude noch unförmiger, die Wände standen windschief zueinander, waren rau und ohne Verputz und sahen tatsächlich wie Lehmklumpen aus, die man ausgehöhlt und mit Löchern versehen hatte.

»Mäßige jetzt deine Stimme, Tolotos«, trug Gucky dem Haluter auf. »Oder noch besser – schließe deinen Helm und benutze den Sprechfunk.« Als ihm gleich darauf seine dröhnende Stimme fast taub werden ließ, drosselte Gucky schleunigst die Empfangsstärke.

»Sehen wir uns gleich im nächsten Gebäude um«, schlug der Haluter vor. »Ich empfange von dort keinerlei Energiestrahlung.«

Die Straße zwischen den monströsen Gebäuden hatte keinerlei Belag. Sie bestand einfach aus unbearbeitetem Boden – entsprechend holprig war sie auch.

Gucky erreichte als Erster den Eingang des Gebäudes. Icho Tolot blieb in respektvoller Distanz, um ihm nicht versehentlich auf den Schwanz zu treten.

»Eine Art Lagerhalle«, stellte Gucky im Inneren fest. »Ich frage mich nur, wozu diese alptraumhaft hässlichen Maschinen gut sein sollen.« Er schaltete seinen Helmscheinwerfer ein, um besser sehen zu können. Für einen unbefangenen Beobachter hätte es aussehen müssen, als entstehe der Lichtstrahl mitten in der Luft.

»Und diese Farben!«, rief der Mausbiber entsetzt aus. »Lange kann man nicht hinschauen, sonst wird man glatt verrückt.«

»Du hast dich schon zu sehr dem terranischen Geschmack angeglichen, Kleiner«, sagte Icho Tolot neben ihm. »Ich finde die Farbkombinationen reizvoll.«

Gucky verspürte keine Lust, dem Haluter zu erklären, dass er absichtlich etwas übertrieben hatte. Aber abgesehen davon fand er die Form- und Farbgebung der Maschinen tatsächlich abscheulich.

Es waren klobige Dinger, drei Meter hoch, fünf bis sechs breit und ebenso tief. Sie hatten überall Auswüchse, tropfenförmige Verstrebungen, eingebeulte Konsolen und aus dem Winkel geratene Sockel – und das alles bestand aus einem glatten, porenlosen Material, das stark an Kunststoff erinnerte. Manche Verschalungen waren sogar durchsichtig und ließen das Innenleben der Maschinen erkennen.

Als Gucky einen Blick in das Innere warf, erlebte er seine erste Überraschung.

»Schau dir das an, Tolotos!«, rief er verblüfft. »So hässlich und unförmig diese Geräte außen sind – ihr Innenleben ist komplizierter als das einer jeden terranischen Positronik.«

Unter der transparenten Verkleidung war eine verwirrende Fülle kleiner, kleinster und winziger Elemente zu sehen, von denen manche schon dem Mikrobereich angehörten und deren Zusammenbau sogar einen Siganesen vor Probleme gestellt hätte.

»In welch krassem Gegensatz dazu stehen die plumpen und unhandlichen Bedienungsinstrumente«, sagte Gucky nach einer Weile. »Ich sehe nur eine Erklärung für diesen Anachronismus: Die Laren müssen alle Geräte für die Eingeborenen gebaut haben. Welches Talent diese Wesen auch immer haben, sie können solche Maschinen zwar nicht konstruieren, sie aber bedienen, sobald das Instrumentarium ihren Bedürfnissen angepasst ist.«

»Ist es richtig, wenn ich sage, dass du damit den Nagel auf den Kopf getroffen haben könntest?«, fragte Icho Tolot.

»Wenn du mir Recht geben willst – ja.« Gucky wandte sich dem Ausgang zu. »Sehen wir uns weiter um. Wer weiß, welche Überraschungen noch warten.«

Er erlebte die nächste Überraschung schon wenige Minuten später, als er mit Icho Tolot die Straße hinunterging, um eines der zentraler gelegenen Gebäude aufzusuchen.

Gucky wollte gerade ziemlich sorglos einen der Eingänge passieren – obwohl Tolot ihn zuvor auf eine starke Energieemission aufmerksam gemacht hatte –, als er beinahe mit einem Fremden zusammengeprallt wäre.

Guckys Sorglosigkeit entsprang der Gewohnheit eines routinierten Telepathen, der sicher war, die Annäherung eines anderen wegen dessen Gedankenausstrahlung rechtzeitig zu merken. Doch seine Situation war grundlegend anders. Er hatte einfach nicht damit gerechnet, dass ihm jemand entgegentreten könnte, ohne dass er dessen Gedanken empfing.

So kam es beinahe dazu, dass er mit dem Fremden zusammenprallte. Die Folgen wären unabsehbar gewesen.

Trotz des Schrecks reagierte Gucky schnell genug und teleportierte rechtzeitig aus der Gefahrenzone. Den Knall, mit dem die Luft in das von ihm hinterlassene Vakuum einströmte, konnte er leider nicht vermeiden.

Gucky betrachtete den Fremden aus sicherer Entfernung – und bei dessen Anblick wurde ihm einiges klar.

War müde vom Abstrahieren, fertig mit dem einen Problem. Trat auf die Tafthyra hinaus. Seltsames Erlebnis. Sinnesorgane nehmen Wirbelwind wahr.

Dabei weht kein Lüftchen. Aber Wirbelwind knallt.

Versuche zuerst, die Situation auf herkömmliche Weise zu sehen und zu erfassen. Geht nicht. Betrachte Vorgefallenes aus anderen Perspektiven. Gehe methodisch vor, so, wie es mich die Professoren gelehrt haben – obwohl das eigentlich der umständlichere Weg ist. Aber die Professoren meinen, wenn andere Wesen, solche, die in weniger Dimensionen denken, also eingleisig, wenn man solche Spurdenker verstehen will, muss man auch in ihren Bahnen denken.

Also sehe ich mir das Phänomen zuerst mit einem Auge an, überdenke bloß mit dem Großhirn. Nichts zu sehen, nichts zu deuten. Ziehe also zweites Auge zum Sehen heran, schalte erst Nebenhirn ein.

Vorfall wird schon klarer, ist aber noch nicht zu durchschauen.

Hätte natürlich knallenden Wirbelwind knallenden Wirbelwind sein lassen können und hätte ursprüngliche Absicht, das Meditationszentrum aufzusuchen, augenblicklich verwirklichen können.

Diese Situation aber reizt mich. Es sind oft die kleinen Phänomene des Lebens, die große Wirkungen haben können.

Sehe deshalb nun mit drei Augen, denke mit Großhirn und zwei Nebenhirnen.

Eine Struktur zeichnet sich ab. Vierdimensional, mit Spuren der nächsthöheren Dimension. Neugier ist geweckt. Also gehe ich einen abstrakten Schritt weiter und schalte drittes Nebenhirn ein.

Was für eine Fülle von fünfdimensionalen Mustern!

Es sind zwei Ballungszentren, also zwei fünfdimensionale Quellen. Aber noch immer unklar. Verständlich, wenn man bedenkt, dass es einem Mehrseher und Unendlichdenker schwer fallen muss, weniggleisig zu beobachten.

Wenn man als Beispiel nimmt, dass einer, der zwei Augen hat, eines zumacht und nur mit einem die Dinge sieht, kann man sich vorstellen, dass das unbefriedigende Ergebnisse für ihn zeitigt. Noch schlimmer aber ist einer dran, der vier Augen hat und fünf Gehirne, diese aber bewusst nicht einsetzt – nur weil ihm seine Lehrer geraten haben, auch mit den beschränkten Möglichkeiten der Minderbemittelten die Dinge zu betrachten.

Schlage alle Ratschläge der Professoren ins Nichts, sehe mit allen vier Augen und ziehe alle vier Nebenhirne heran.

Und welcher Anblick sich mir auf einmal bietet!

Da sind zwei mehrdimensionale Muster, die sich so individuell bewegen, als hätten sie ein eigenes Leben.

Fantastisch. Hätte die tanzenden Gebilde gerne eingefangen, doch fehlen mir dazu die Möglichkeiten.

Die Muster sind unglaublich vielschichtig, dehnen sich fast über das gesamte Spektrum aller Werte aus, reichen beinahe in die Endgültigkeit hinein. Aber eben nur beinahe. Sie haben nichts vom Nichts an sich, sind also doch nicht vollkommen.

Überlege, ob ich zu erkennen geben soll, dass ich Muster identifiziert habe. Wenn die mehrdimensionalen Gebilde ein Bewusstsein haben, so werden sie immer noch glauben, dass ich sie nicht entdeckt habe. Es sind ja nicht eigentliche Mehrdenker. Sie müssen annehmen, dass sie unentdeckt geblieben sind. Nein, wirklich keine Mehrdenker oder -seher, tarnen sich nur innerhalb der Muster.

Kann selbst die Tarnung nicht durchdringen, weil mir darin die Übung fehlt. Mein Lehrer Concliva könnte das. Soll ich ihn zur Beratung hinzuziehen? Nein. Will Entdeckung für mich behalten.

Aber wenn die beiden Muster weiterhin so sorglos sind, werden sie bald von allen in Tomphus entdeckt.

Gehe weiter die Tafthyra hinunter, tue äußerlich so, als ob nichts geschehen wäre. Abstrahiere aber, dass beide Muster tanzend hinter mir bleiben. Biege in die Kypla ein, verschnaufe etwas. Wenn der Gang ins Meditationszentrum nur nicht so beschwerlich wäre! Mein Geist ist so quirlig, dass er mir vorauseilen könnte. Nur der Körper macht nicht mit.

Was für eine Ironie des Nichts: der Geist von Unendlichdenkern in verkrüppelten Körpern.

Die Professoren lehren uns Jungen immer, dass man sein Los hinnehmen soll – nur das zeige einen wahrhaft großen Geist. Aber wir Jungen sind eben keine Weisen, und wir wissen noch längst nicht alles, sondern müssen weiterforschen – und dazu gehört es auch, dass wir uns über unsere Existenz Gedanken machen. Dazu gehören auch solche einbahnigen Gedanken wie der Hader mit unserer körperlichen Unvollkommenheit.

Ein schöner Geist in einer hässlichen Hülle, hat einmal einer meiner Studentenkollegen gesagt. Profan, ich weiß, aber man muss alles durchmachen. Das ist der Weg der Evolution.

Unser Volk wurde ja nicht zum Unendlichdenken geboren. Auch wir wälzten uns einst im Urweltschlamm. Aber davon wollen die Weisen nichts mehr wissen, sie eilen der Evolution mit ihrem Absolutdenken voraus. Glaube selbst nicht einmal an das Absolute. Wenn ein Volk behauptet, das Absolute erreicht zu haben, wird es stagnieren und in weiterer Folge degenerieren. Und irgendwann wird es sich wieder im Urschlamm suhlen und behaupten, das sei das Absolute.

Beende kurze Verschnaufpause, setze meinen Weg durch die Kypla fort. Die beiden unbekannten Muster tanzen wieder hinter mir nach. Sollen sie. Werde sie vorerst ignorieren. Muss zuerst meditieren, bin vom Abstrahieren wie ausgelaugt.

Da ist das Meditationszentrum. Muss was tun, damit die tanzenden Gebilde mir nicht ins Allerheiligste folgen. Ein Nebengedanke: Möchte wissen, wie es im Innern der mehrdimensionalen Gebilde aussieht. Blicke mit einem seitlichen Auge zurück, ziehe alle vier Nebenhirne zur Unterstützung heran. Bin ich erblindet, oder sind die beiden tatsächlich verschwunden? Mir soll das recht sein. Hauptsache, sie versuchen nicht, mir ins Meditationszentrum zu folgen. Möchte nämlich nicht, dass sie von anderen entdeckt werden. Sie gehören mir allein. Habe sie als Erster entdeckt. Möchte sie erforschen … Später. Zuerst das eine.

Betrete keuchend das Portal des Meditationszentrums. Profaner Gedanke zwischendurch: Sollten von unseren Verbündeten bessere Straßen verlangen, damit der Weg von einem Ende der Stadt zum andern nicht so beschwerlich ist. Dazu eine Anmerkung: Hätten schon längst Boden- und Luftfahrzeuge für den planetaren Verkehr erhalten können. Angebot wurde einstimmig abgelehnt, da die fremddimensionalen Emissionen der Fahrzeugantriebe beim abstrahierten Denken stören.

Durcheile auf allen vieren die Halle und komme in den Freiraum innerhalb des Rundbaues. Hier bin ich nun im eigentlichen Meditationszentrum.

Bin nicht allein. Viele sind da. Zumeist Studenten wie ich. Kümmere mich nicht um sie, will sie nicht in ihrer Konzentration stören. Gehe ebenfalls in mich. Das Meditationszentrum wirkt wie ein Sammelbecken für das Nichts. Durch die besondere Anordnung der Bauwerke wurde eine unsichtbare Brücke über alle Dimensionen in die siebte geschlagen. Frage mich keiner, wie das abstrakt mathematisch vor sich geht. Bin nur ein Schüler, der gelehrig sein will.

Bin tief in mich gegangen. Kraft durchströmt mich. Gedanken verknoten sich zu fantastischen Gebilden. Sehe auf einmal ganz klar und deutlich ein entscheidendes Formengebilde vor mir. Eine neue Formel.

Verlasse, so schnell mich meine Beine tragen, das Meditationszentrum und eile zu meinem Lehrer. Concliva ist beschäftigt. Er abstrahiert eine große Maschine. Versuche, in sein Unendlichdenken einzusehen, verstehe aber überhaupt nichts von dem, was er abstrahiert. Aber so weit bin ich doch schon, dass ich merke: Er abstrahiert etwas, das ein großer Segen für das Universum sein wird. Und das macht mich glücklich.

Endlich hat Concliva Zeit für mich. Erkläre ihm meinen Plan. Er scheint beeindruckt. »Das werden wir abstrahieren, Eptrocur«, sagt er mit seiner immer wohlwollend klingenden Stimme. »Aber zuerst musst du die Pläne für eine entsprechende Maschine anfertigen. Überdenke alles noch vieldimensional und dann denke es in den Speicher ein. Wir werden die Maschine für dein Abstraktum bauen lassen. Ist das alles, Eptrocur? Oder bedrückt dich noch etwas?«

Mein Professor ist ein wirklich Weiser. Er hat mich durchschaut. Habe gerade an die beiden mehrdimensionalen Muster gedacht und mir überlegt, dass ich mich nun mit ihnen beschäftigen könnte. Muss nämlich zugeben, dass die beiden mich zu meiner Abstrahierung inspiriert haben. Aber davon will ich Concliva noch nichts verraten. Also lügen.

»Ich komme mit meinen Mehrgedanken einfach nicht von der *Großen Schwarzen Null* los. Es beschäftigt mich immerzu«, lüge ich.

Er zwinkert verstehend mit allen vier Augen. »So ergeht es uns allen, Eptrocur. Aber welch hervorragende Unendlichdenker wir auch sind, wir finden keine Lösung. Und da sagen einige, wir seien an der Schwelle des Absoluten. Diese Narren.«

Diese Erkenntnis zeichnet Professor Concliva als einen echten Weisen aus.

»Die *Große Schwarze Null* lässt sich von uns nicht bezwingen«, sagt er, als ich schweige. »Aber das wird auch uns nicht unterkriegen.«

Bemerkung verwundert mich. Denn wir alle sind übereingekommen, die *Große Schwarze Null* aus eigener Kraft zu bezwingen und unsere Verbündeten nicht um Unterstützung zu bitten.

»Hat sich die allgemeine Meinung geändert?«, frage ich deshalb.

»Nein, denn das hieße, unser Unendlichdenken aufzugeben und auf die Ebene der niedrigsten Dimension zurückzukehren. Nein, Eptrocur, wir haben eine andere – eine echte – Lösung für unser Problem gefunden. Wir sind aber nicht durch Meditation darauf gekommen, sondern der Zufall hat sie uns zugespielt. Ja, auch das gibt es bei Unendlichdenkern – Zufälle. Wir besitzen nun eine Möglichkeit, uns und unser Lebenswerk zu retten. Mehr darf ich dir darüber aber noch nicht verraten.«

Also frage ich auch nicht. Gehe wieder. Will sofort meine Überlegungen in den Speicher eingeben. Damit meine Maschine gebaut werden und ich sie bald abstrahieren kann.

Bin müde, gehe auf allen vieren. Die vorderen Stummel tun mir bald vom Laufen weh. Diese Straßen! Wer sagt, dass mein Volk nur uneigennützig ist, der hat Recht. Aber etwas gesunder Egoismus wäre schon wünschenswert. Wir sollten mit allen Mitteln durchsetzen, dass man uns bessere Straßen baut.

Mache Rast. Darf mich in Gedanken nicht schon wieder über die Gegebenheiten unserer Stadt beschweren. Das ist meiner nicht würdig. Habe wichtigere Aufgaben zu erledigen. Aufgaben, die dem Universum nützen. Was haben schlechte Straßen da schon für eine Bedeutung?

Kehre zu meinem Platz an der Abstrahier-Schule in der Tafthyra zurück. Nehme mir das nächste Problem vor. Kann mich aber nicht konzentrieren. Die *Große Schwarze Null* schwebt als Drohung über mir. Ist überall um mich. Sehe wieder die beiden mehrdimensionalen Muster vor mir.

Kann einfach nicht abstrahieren. Verlasse meinen Platz. Streife ruhelos durch Tomphus, bis ich vor Müdigkeit fast umfalle. Kann die beiden faszinierenden Fremdmuster nicht finden. Existieren sie überhaupt, oder sind es nur Produkte meines überreizten Mehrdenkens?

25.

Das Wesen, das aus dem Gebäude getreten war und Gucky beinahe niedergewalzt hätte, war in jeder Beziehung erstaunlich. Es war im Vergleich zu dem kleinen Mausbiber ein Gigant und nur um einen halben Meter kleiner als Icho Tolot.

Der zweite Eindruck war, dass der Fremde eine lederartige Haut wie ein Elefant hatte, die graubraun war. Von Gestalt war das Wesen so unförmig wie die Gebäude, zumindest fand Gucky das im ersten Augenblick. Aber auch später, als er sich Einzelheiten eingeprägt hatte, scheute er nicht den Vergleich mit einer wandelnden Tonne.

Das Wesen balancierte seinen zwei Meter breiten und überaus schweren Körper auf zwei kurzen Beinstummeln, die keine Zehen oder andere Glieder aufwiesen, die ihm zur Aufrechterhaltung des Gleichgewichts hätten dienen können. Das führte dazu, dass es einen so torkelnden Gang wie ein Betrunkener hatte. Weiter oben, etwa am zweiten Körperdrittel, verfügte das Wesen über noch zwei solcher Stummel, die aber etwas kürzer waren – und Gucky vermutete zu Recht, dass es dieses zweite Paar Beinstummel gelegentlich als Laufhilfe benützte.

Aus den Schultern ragten zwei fast zwei Meter lange Tentakel, die bis zum Boden hinunterreichten. Diesen beiden schenkte der Ilt aber vorerst keine größere Aufmerksamkeit, weil er von dem mächtigen Schädel fasziniert war. Dieser hatte die Form zweier übereinander gestülpter Suppenterrinen und einen horizontalen Durchmesser von über einem Meter. Die Schädelhöhe entsprach etwa dem halben Durchmesser.

An Augen waren in dem Schädel vier zu sehen, zwei davon seitlich angeordnet, die beiden anderen an der Vorderseite übereinander liegend – und jedes war zirka 35 Zentimeter lang. Knapp unter dem unteren der beiden Vorderaugen befand sich so etwas wie eine Mundöffnung. Sie mochte der Nahrungsaufnahme dienen, aber zugleich besaß dieser Mund auch ein Sprechorgan. Denn das Wesen stieß schnaubende Laute aus.

Ein besonderes Merkmal des Schädels war noch, dass auf seiner Knochendecke vier knorpelartige Höcker saßen, die jedoch kein sichtbares Organ erkennen ließen.

Gucky fand die Überlegung als gar nicht abwegig, dass dieses Wesen von einer elefantenähnlichen Spezies abstammte. Darauf wiesen schon der tonnenförmige Körper und die Beinstummel hin. Nur die beiden Tentakel passten nicht ganz in das Bild. Andererseits: Warum sollte es auf dieser Welt nicht Elefanten mit *zwei* Rüsseln gegeben haben?

Eben diese Tentakel gaben Gucky über vieles Aufklärung, was ihm zuvor nicht ganz verständlich erschienen war. Diese Extremitäten endeten nämlich nicht in Händen, sondern in zwei Hautlappen, die der Mausbiber sofort in Greiflappen umtaufte. Sie allein standen diesem Wesen für handwerkliche Arbeit zur Verfügung. Damit wurde klar, warum die Häuser solch abenteuerliche Formen hatten, die Straßen Eselspfaden glichen und selbst das Landefeld des Raumhafens nichts an Primitivität zu wünschen übrig ließ.

Das Wesen hatte nur kurz gezögert, als es ins Freie trat, und wandte sich dann nach links. Es torkelte die Straße hinunter und bog in eine andere ein.

»Folgen wir ihm«, schlug Gucky vor.

»Wieso glaubst du, dass es männlichen Geschlechts ist?«, erkundigte sich Icho Tolot über Sprechfunk.

»Lass solche Spitzfindigkeiten, Tolotos«, sagte Gucky missmutig. Er verabscheute nichts mehr, als dass jedes seiner Worte auf die Goldwaage gelegt wurde. »Ihr Haluter seid ja auch eingeschlechtlich, und wir sagen nicht das Haluter. Nimm lieber mit deinen Geräten Fernuntersuchungen an dem Burschen vor. Was hältst du von ihm?«

»Wie ich schon vermutete, könnten die Fremden auf irgendeinem Gebiet Genies sein«, antwortete Icho Tolot, »doch sind sie wegen ihrer unzulänglichen Gliedmaßen nicht in der Lage, ihre genialen Ideen zu realisieren.«

»Jawohl, jemand anders baut die technischen Geräte für sie – und zwar mit so plumpen Bedienungsinstrumenten, dass sie mit ihren ungeschickten Greiflappen damit umgehen können«, spann Gucky den Faden weiter. »Es kann kein Zweifel daran bestehen, dass die Laren diese Geräte bauen. Bleibt nur die Frage offen, was diese Wesen damit anstellen.«

»Da es sich fast durchwegs um Positroniken handelt, werden die Fremden diese programmieren. Die Laren sind natürlich in der Lage, herkömmliche Programmierungen selbst vorzunehmen, deshalb dürfen wir annehmen, dass diese Wesen für spezielle Aufgaben herangezogen werden …«

»Ich bin mit meinen Aufzeichnungen fertig.« Gucky blieb stehen. »Stellen wir dem Burschen nicht weiter nach, sonst bekommt er noch Starallüren.«

»Du glaubst doch nicht, dass er unsere Anwesenheit bemerkt hat?«, fragte Icho Tolot erschrocken. »Hast du aus seinen Gedanken etwas erfahren …?«

»Du weißt, dass ich ihn nicht espern kann«, erwiderte Gucky gekränkt. »Es ist, als würde dieser Elefant überhaupt nicht denken – oder in Dimensionen, in die ich keinen Zugang habe. Aber ganz sicher ist, dass er sich mir nicht absichtlich verschließt. Das hätte ich bemerkt.«

Sie ließen von dem Fremden ab, der sich einem großen, unförmigen Tor näherte – und drangen im Schutz ihrer Deflektorfelder in ein Gebäude ein.

Diesmal waren sie vorsichtiger. Vor allem Gucky vergewisserte sich vor dem Betreten des Quaders genau, dass ihm niemand entgegenkam.

Das Haus, das sie betraten, war in mehrere Etagen unterteilt. Eigentlich waren es mehr Rundgänge, die in vier Stockwerken die windschiefen Wände umliefen. Vom Boden wand sich eine spiralförmige Rampe bis zum obersten Rundgang hinauf.

Überall saßen die tonnenförmigen Fremden an Pulten, auf denen verschiedenartige Geräte lagen. So unterschiedlich diese Geräte auch in ihrer Größe und äußeren Form waren, sie hatten alle eines gemeinsam: klobige, primitive Bedienungshebel und große Tastaturen für die Greiflappen.

Die plumpen Wesen ließen Hebel mal hier, mal dort einrasten, drückten Tasten, betätigten Schieberegler ... Sie machten den Eindruck von Kindern, die voll und ganz in ihrem Spiel aufgingen und so in ihre Tätigkeit vertieft waren, dass die Welt um sie herum versank.

Gucky war überzeugt davon, dass die Fremden sie nicht einmal ohne Deflektorfelder bemerkt hätten. Aber darauf ließ er es verständlicherweise nicht ankommen.

Sie sahen sich nur kurz um, Tolot stellte Messungen an und speicherte Daten, um sie später mit seinem Planhirn auszuwerten. Gucky machte holografische Aufnahmen in verschiedenen Bereichen. Als sie das Gebäude verließen, war es schon wieder Nacht geworden. In den Straßen leuchteten Energieballons, die ein diffuses Licht verbreiteten.

Sie sahen aus der Ferne einige Fremde, vermieden es aber, ihren Weg zu kreuzen. Ohnehin bewegten sie sich in der Stadt, die immerhin eine Art larischer Vorposten war, schon viel zu sorglos.

Dennoch untersuchten sie eine Reihe weiterer Gebäude. Wieder trafen sie Fremde beim Hantieren mit den unförmigen Geräten an, die ein kompliziertes Innenleben hatten, oder sie gerieten in unbewohnte Quader, in denen diese Aggregate gelagert wurden.

Icho Tolot wollte eines davon an sich nehmen, um es untersuchen zu können. Aber Gucky sagte, er könne jedes gewünschte Gerät memorieren und es – wenn sie selbst weit genug fort waren – durch Telekinese beschaffen. Damit war der Haluter einverstanden.

Sie suchten ein leer stehendes Gebäude, in dem sie vor Entdeckung sicher sein und die Auswertung der gesammelten Daten in Ruhe vornehmen konnten. In der Nähe des Raumhafens, mit Blick auf das Landefeld, fanden sie einen zweigeschossigen Würfel, dessen oberes Stockwerk leer stand. Dieser Ort schien als vorläufiges Quartier geeignet.

Die Nacht war schnell vorüber. Sie hatte nicht einmal vier Stunden gedauert. Die rotgelbe Sonne tauchte hinter dem Horizont auf und wanderte über den Himmel.

Gucky machte dabei eine Entdeckung.

Er sah außerhalb der Sonnenkorona sekundenlang einen Lichtpunkt, der heller strahlte als selbst die wenigen Sterne während der Nacht. Er machte Tolot darauf aufmerksam und versuchte, den Lichtpunkt anzupeilen. Vergeblich.

»Er kommt näher«, stellte der Haluter fest, dessen Augen eine bessere Akkomodationsfähigkeit als die eines Ilts besaßen und dem es nichts ausmachte, sogar in grelles Sonnenlicht zu blicken. »Ich erhalte ebenfalls keine Ortungsergebnisse. Dennoch bin ich sicher, dass es sich um ein Raumschiff handelt.«

Gucky streckte seine telepathischen Fühler aus – und empfing keine Gedanken. »Ein SVE-Raumer der Laren«, stellte er fest. Eine andere Erklärung gab es nicht für das Phänomen, dass das *Objekt* zwar optisch zu erkennen, aber mit Ortungsgeräten seines Raumanzugs nicht anzumessen war.

Minuten später senkte sich die tausend Meter durchmessende Energiekugel auf den primitiven Raumhafen herab.

Es war Glück, dass Gucky und Tolot im Versteck die Deflektorfelder ebenso wie alle anderen hyperenergetisch basierten Funktionen ihrer Anzüge abschalten konnten. Hätten sie sich im Freien befunden, wären sie unweigerlich entdeckt worden – entweder optisch von den Einheimischen oder ortungstechnisch von den Laren, was im Endeffekt wohl auf dasselbe hinausgekommen wäre.

Durch das Fensterloch in der Wand sahen sie, dass sich in der Energiehülle des SVE-Raumers eine Strukturlücke auftat.

Gucky erwartete, dass eine Abordnung der Laren erscheinen würde. Doch nichts dergleichen geschah. Stattdessen brachen aus der Strukturöffnung zwei Traktorstrahlen hervor.

Laren traten nicht in Erscheinung. Entweder fanden sie es unter ihrer Würde, oder sie verrichteten nur Routineaufgaben, die ihren persönlichen Einsatz nicht erforderten.

Sekunden nach dem Aufbau der Traktorstrahlen schwebten in einem von ihnen Stapel von Hunderten der klobigen Positroniken heraus, wie Gucky und Tolot sie während ihrer Exkursion durch die Stadt gesehen hatten.

»Die Laren bringen Nachschub«, konstatierte der Ilt. »Da werden die Fremden aber für eine Weile was zum Spielen haben.«

»Sie bringen nicht nur Nachschub, sondern holen andere, gleichartige Geräte ab«, fügte Icho Tolot hinzu. »Dazu dient der zweite Traktorstrahl.«

Tatsächlich wurden ebenso unförmige Geräte verschiedenster Größe aus der Stadt zum SVE-Raumer befördert und verschwanden hinter den Energiewänden.

»Mich interessiert brennend, was es mit den Positroniken für eine Bewandtnis hat und warum die Laren den weiten Weg nach Balayndagar nicht scheuen, nur um sie den Fremden zu übergeben«, sagte Gucky.

»Jetzt ist es zu spät, ein solches Gerät zu holen«, erwiderte Icho Tolot. »Wenn du teleportierst, werden die Laren unweigerlich auf dich aufmerksam. Aber wir können die Zeit nutzen, um unser gesammeltes Material auszuwerten.«

Gucky projizierte die Aufzeichnungen als metergroßes Hologramm. Die ersten Aufnahmen zeigten den Fremden auf der Straße in verschiedenen Techniken. Als der Röntgenmodus wiedergegeben wurde, zoomte der Ilt eine Vergrößerung des Kopfs.

»Das ist interessant. Sieh dir das an, Tolotos.«

Der Haluter unterbrach seine eigene Tätigkeit. »Was soll ich mir ansehen?«

»Ich meine die vier knorpelartigen Höcker auf der Schädeldecke«, sagte Gucky. »Unter jedem liegt ein separates Gehirn, das durch Nervensysteme mit dem Zentralgehirn im Schädel verbunden ist. Wir haben uns gefragt, was diese Auswüchse bedeuten könnten, nun wissen wir es. Diese Wesen haben insgesamt *fünf Gehirne!* Das ist fantastisch.«

»In der Tat … ungewöhnlich.«

»Mehr sagst du nicht dazu? Überlege dir nur einmal, welche geistige Kapazität fünf Gehirne zusammen erbringen.«

»Die Nebengehirne unter den Höckern könnten auch brachliegen«, widersprach Icho Tolot unbeeindruckt.

»Dein Planhirn scheint im Moment ebenfalls brachzuliegen«, erwiderte Gucky sarkastisch. »Zugegeben, die Röntgenaufnahme kann uns keine befriedigenden Aufschlüsse geben. Aber ich habe noch andere Aufnahmen im Kasten.«

Gucky rief eine Sequenz ab, in der durch Spezialeffekte das Knochengerüst ausgeblendet worden war, dafür aber das Nervensystem und die Gehirnwindungen deutlicher hervortraten. Zusätzlich waren alle Leiter elektromagnetischer Wellen – je nach Leistungsstärke – in Farbabstufungen dargestellt. Vereinfacht ausgedrückt wurde also das gesamte aktive Nervensystem optisch aufgelöst und die Gehirnimpulse sichtbar gemacht.

»Was sagst du dazu, Tolotos?«, rief Gucky triumphierend. »Hier ist deutlich zu erkennen, dass nicht nur das Großhirn aktiv war. Alle fünf Nebenhirne weisen die gleiche Aktivität auf. Und sie sind nicht nur untereinander und mit dem Großhirn durch ein weit verzweigtes Nervensystem verbunden, sondern auch mit sämtlichen Sinnesorganen – und ganz besonders mit den vier Augen. Anscheinend muss man für eine größere Anzahl von Hirnen auch mehrere Augen haben, um mehrschichtig sehen zu können.«

»Ich habe nicht wirklich daran gezweifelt, dass die Nebenhirne brachliegen könnten«, behauptete Icho Tolot. »Ich habe nur die Möglichkeit erwogen. Die Tatsache, dass die Fremden ihre fünf Gehirne nicht nur gebrauchen, sondern offenbar miteinander koordinieren können, lässt sie in einem gänzlich neuen Licht erscheinen. Diese Gehirne unter den Höckern müssen zusammen eine viel stärkere Kapazität haben als die größten Positroniken. Jedes dieser Wesen kann SENECA in den Schatten stellen.«

Gucky erweiterte die Projektion wieder auf Vollbild, und Tolot und er machten eine frappierende Entdeckung, die eigentlich nicht mehr sonderlich überraschte. Während der Schädel mit den Gehirnen ein wahres Nervenpaket darstellte, durchzogen den übrigen Körper kaum Nervenfasern.

»Kein Wunder, dass sie mit ihren Greiflappen nichts anzufangen wissen«, sagte Gucky seufzend. »Die Lappen besitzen keine nennenswerte Sensibilität, können nur grobe und gröbste Arbeiten verrichten. Diese Wesen sind reine Denker, die ihre Ideen in ihrem unzulänglichen Körper aber nicht verwirklichen können. Was für eine Vergeudung von Geisteskraft.«

»Die Laren haben dem abgeholfen«, sagte Icho Tolot. »Sie haben die Fähigkeiten der Eingeborenen erkannt und bauen nach deren Anweisungen komplizierte Positroniken – und lassen sie von ihnen auch programmieren. Keine anderen Geschöpfe würden das zustande bringen.«

Gucky nickte. »Damit hat sich der Kreis geschlossen.«

Die Positroniken mussten äußerlich primitiv sein, damit die Fremden sie handhaben konnten, ihr innerer Aufbau musste andererseits den geistigen Anforderungen gewachsen sein. Da die Wesen nicht die Fingerfertigkeit hatten, derart komplizierte Mechanismen zu bauen, stellten die Laren sie her – und nutzten die unübertrefflichen Abstrakt-Mathematiker für ihre Zwecke aus.

»Mir kommt da ein ungeheuerlicher Gedanke, Tolotos«, sagte Gucky plötzlich. »Könnte es sein, dass die Fremden dieser Welt die eigentlichen Strategen des *Konzils der Sieben* sind?«

»Daran habe ich auch schon gedacht«, gab der Haluter zu. »Es ist äußerst unwahrscheinlich, dass das Konzil die geistige Potenz nur für bedeutungslose Programmierungsaktionen in Anspruch nimmt.«

»Eben. Deshalb liegt es doch nahe, dass alle strategischen Maßnahmen des Konzils von diesen Abstrakt-Mathematikern berechnet werden. Jede Schlacht, die Taktik für Invasionen, politische und wirtschaftliche Entscheidungen, das Schicksal von Völkern und ganzen Galaxien, praktisch die gesamte Entwicklung des Konzils wird durch die Berechnungen dieser Wesen bestimmt. Von ihnen wurde wahrscheinlich auch der Okkupationsplan für die Milchstraße ausgearbeitet!«

Eine Weile herrschte Schweigen. Jeder wusste, wie ungeheuerlich die aufgestellten Thesen waren. Doch sie waren keineswegs gewagt, jede andere Erklärung wäre unwahrscheinlicher gewesen.

»Ich glaube, Tolotos«, sagte Gucky endlich, »wir haben das rechnerische Zentrum des Konzils entdeckt. Sind diese plumpen Fremden auch die wahren Herren des Konzils?«

»Nein«, widersprach Icho Tolot entschieden. »Sie machen mehr den Eindruck von Wissenschaftlern, denen es genügt, die Mittel für ihre Forschungen zu bekommen. Sie interessiert nicht, was sie mit dem Produkt ihres Schaffens eigentlich bewirken. Es wird so sein, dass das Konzil diese Wesen ausbeutet, ohne dass sie selbst das erkennen.«

»Sie sind wahre Abstrakt-Genies, denen es nichts ausmachen würde, missbraucht zu werden, auch wenn sie es wüssten«, fügte Gucky hinzu. »Wir müssen bedenken, dass das Konzil ihnen erst die Möglichkeiten gegeben hat, ihre Fähigkeiten einzusetzen. Und als Abstrakt-Genies können sie wohl kaum zwischen Dankbarkeit und Hörigkeit, zwischen Zusammenarbeit und Ausbeutung unterscheiden. Man müsste ihnen den Unterschied aufzeigen.«

»Diese Wesen wären wertvolle Verbündete für die Terraner«, sagte Icho Tolot. »Aber ich fürchte, Perry Rhodan könnte ihnen nicht mehr bieten als die Laren und sicherlich auch nicht das, was sie wirklich wollen – nämlich, sich geistig zu entfalten.«

Die Verladung der Güter dauerte den ganzen Siebenstundentag. Als die Sonne den Horizont berührte, startete der SVE-Raumer, ohne dass sich auch nur ein einziger Lare hätte blicken lassen.

Für Gucky und Icho Tolot ergab sich ein Problem, das für sie zu einem schier ausweglosen Dilemma wurde, je mehr sie es diskutierten.

Sollten sie zu den offensichtlich friedfertigen Planetenbewohnern Kontakt aufnehmen, selbst auf die Gefahr hin, an die Laren verraten zu werden? Oder sollten sie abwarten, bis Galbraith Deighton sie mit dem Beiboot abholte, und Perry Rhodan erst Bericht erstatten?

Die Entscheidung wurde ihnen durch ein unerwartetes Ereignis abgenommen. Plötzlich meldete sich Icho Tolot über Sprechfunk, obwohl sie sich die ganze Zeit über akustisch unterhalten hatten. Er sagte: »Mach keine falsche Bewegung, Kleiner. Tu, als sei überhaupt nichts vorgefallen. Und vor allem – teleportiere unter keinen Umständen.«

Gucky, der mit dem Rücken zum Raum saß, fragte, ebenfalls über Sprechfunk und ohne sich umzudrehen: »Wozu soll das gut sein?«

»Wir wollen doch unseren Besucher nicht erschrecken, Kleiner. Und nun dreh dich langsam um.«

Gucky tat es.

Mitten im Raum stand einer der Fremden.

Wesen mit zwei Augen sehen dreidimensional, und das damit koordinierte Gehirn denkt ebenso. Selbst Wesen mit zwei Gehirnen kommen über diese Grenze kaum hinaus. Um in die vierte Dimension – und vielleicht sogar darüber hinaus – einzudringen, müssen sie sich technischer Hilfsmittel bedienen. Für uns dagegen ist die vierte Dimension erst die Basis. Bei der fünften Dimension beginnt das Mehrdenken, mit dem jedes Neugeborene bescheiden beginnt. Der Schüler dringt in die sechste Dimension vor, und der Student lernt die siebte Dimension kennen und dringt in die Geheimnisse des Unendlichdenkens vor.

Begreife die Probleme der Spurdenker, denn unsere Konzilsbrüder sind solche. Sie mussten einfach eine Technik entwickeln, sonst wären sie in den Anfängen ihrer Entwicklung stecken geblieben.

Wir dagegen, mit unseren Mehrfachsinnen, brauchten die Brücke der Technik nie, so lehrt es zumindest die Geschichte. Doch hier irren die alten Chronisten.

Als wir immer tiefer in die siebte Dimension vordrangen, zeigte sich, dass wir unser großes Wissen ohne technische Hilfsmittel nicht anwenden konnten. Auch wir wären an diesem Punkt in unserer Evolution stehen geblieben, hätten wir uns nicht mit dem Konzil der Sieben verbündet. Ohne unsere Verbündeten, die Laren, hätten wir viele unserer Ideen nicht realisieren können.

Ein Raumschiff unserer Brüder ist gelandet und hat wieder viel technisches Material zum Abstrahieren gebracht. Unsere Lager werden geräumt. Sie waren bereits zum Bersten voll mit Modellen, in denen unsere Abstrakt-Muster gespeichert sind.

Habe viel zu tun. Warum kann ich mich nicht auf meine Aufgaben konzentrieren?

Suche das Meditationszentrum auf. Hilft wenig. Mein Denken spaltet sich, wandert über unzählige auseinander laufende Gleise ins ungewisse Nichts. Versuche, die Denkschienen wieder zusammenzuführen. Geht nicht. Finde im Meditationszentrum nicht die nötige Ruhe. Gehe wieder. Suche meinen Lehrer auf.

Concliva löst sein begonnenes Problem. Widmet sich dann mir. »Du bist ein anstrengender Schüler, Eptrocur«, sagt er. »Mit welchen Fragen quälst du dich, dass du auf keinen Nenner kommst? Warum gehst du den Weg deiner Entwicklung nicht wie andere Studenten? Du bist zu ungeduldig, willst die Phasen deiner Entwicklung überspringen, um schneller ans Ziel zu kommen. Das ist nicht gut. Man muss alle Probleme von vorne beginnen und sie kontinuierlich und chronologisch bis zur Lösung verfolgen. Auch das eigene Leben, Fragen der Existenz sind solch ein Problem.«

Gestehe alles. Erzähle von meiner Entdeckung, wie ich die beiden Fremdmuster in der Tafthyra entdeckte und sie zu ergründen versuchte, während sie mich bis in die Kypla verfolgten.

»Ein Produkt deiner verwirrten Vielfachsinne, Eptrocur«, behauptet Concliva. »Suche das Meditationszentrum auf und geh dort in dich.«

»Habe es getan, fand dort keine Ruhe«, sage ich ihm. Bin entschlossen, mich nicht mit Schulweisheiten abfertigen zu lassen. Kann meine nagende Ungewissheit nicht länger für mich allein behalten. Sage alles, wie es mir in den Sinn kommt. Selbst auf die Gefahr hin, als rebellischer Student zu gelten.

»Irrtum ausgeschlossen«, sage ich. »Habe zwei Fremdwesen entdeckt, die sich hinter fünfdimensionalem Schutzschild verbargen. Bekam deshalb Körper nicht zu sehen.«

Concliva seufzt. Es gefällt ihm nicht, wenn ich in Kürzeln spreche. Er mag das nicht. Progressiv denken – ja, traditionell sprechen aber …

Er seufzt wieder. Sagt: »Das ist unsere Galaxis, Eptrocur. Wir bereisen sie schon seit langer Zeit. Wir kennen alle Planeten. Glaubst du nicht, dass wir es wüssten, wenn in unserer Galaxis noch ein zweites Volk von Intelligenzwesen lebte? Noch dazu ein Volk, dessen Können in die fünfte Dimension hineinreicht?«

»Möglicherweise darüber hinaus«, füge ich hinzu.

»Dann erst recht«, erwidert Concliva. »Ein so – wenn vielleicht auch nur technisch – hoch entwickeltes Volk wäre unserer Aufmerksamkeit nicht entgangen.«

»Behaupte nicht, dass Fremde unserer Galaxis entstammen. Können aus anderer Galaxis gekommen sein.«

»Die anderen Galaxien stehen unter der Kontrolle des Konzils. Die Hetosonen hätten das Eindringen Fremder bemerkt.«

»Eine Möglichkeit, die meine Behauptung beinhaltet. Konzil könnte Fremde entsandt haben.«

»Ohne uns davon zu informieren?«

»Die Existenz von Hetos-Inspektoren ist erwiesen. Ist in der Geschichte unseres Volks verankert, dass Hetos-Inspektoren in unserer Galaxis gewirkt haben.«

»Diese Zeiten sind längst vorbei ... Vergiss solche Gedanken wieder, Eptrocur. Sie fallen in das Gebiet der Politik. Und für die Politik bist du noch nicht reif. Es gibt nur wenige Unendlichdenker in unserem Volk, die die Kunst der Diplomatie beherrschen.«

»Bin dennoch sicher, Fremdwesen entdeckt zu haben.«

»Unsinn.« Concliva räuspert sich. »Aber ich sehe, deine Sinnestäuschung lässt dir keine Ruhe. Du wirst dich auch nicht damit zufrieden geben, dass kein Zweiter in Tomphus gesehen hat, was du zu sehen behauptest.«

»Sind alle ins Abstrahieren vertieft, dass sie nicht sehen, was um sie vorgeht. Machte meine Entdeckung zufällig.«

»Na schön. Um dich zu beruhigen, will ich dich zu Vahnvatt bringen. Soll er sich deiner verwirrten Mehrsinne annehmen. Ich muss arbeiten.«

Vahnvatt ist der Multi-Politiker. Er empfängt mich. Seine Haut ist vom Alter grau. Seit wann lege ich wieder auf solche Äußerlichkeiten Wert? Ein Zeichen meiner Unreife?

Berichte Vahnvatt von meiner Entdeckung. Hört mir aufmerksam zu. Verbirgt seine Belustigung aber nicht. Diese Herablassung kann ich nicht leiden. Meine Selbstsicherheit (nur eingebildet) hilft mir aber, seine Überheblichkeit zu ertragen.

»Du hast nichts gesehen«, ist seine Schlussfolgerung. »Eine einfache Rechnung sollte dir zeigen, dass du dich getäuscht hast. Mache die Gleichung.«

Das ist zu kindisch. Aber ich mache die Gleichung.

Es gibt nichts zwischen den Dimensionen unserer Galaxis – außer uns. Wir plus die Laren – sind keine Fremden. Fremdwert ist null – ist gleich der *Großen Schwarzen Null.* Also ist alles Fremde gleich null. Nichts – alles Unerklärliche lässt sich im Nichts der *Großen Schwarzen Null* zusammenfassen.

»Du hast nichts gesehen«, wiederholt Vahnvatt. »Die Rechnung geht auf.«

»Gibt eine Unbekannte«, sage ich. »Die Gefahr, die uns von der *Großen Schwarzen Null* droht.«

»Warum sollte das eine Unbekannte sein? Wir sind uns der Gefahr bewusst.«

»Und die Laren?«

»Die *Große Schwarze Null* ist ihnen nicht entgangen. Sie können sie nur nicht so exakt berechnen wie wir.«

»Eben«, sage ich. Jetzt habe ich ihn dort, wo ich wollte. »Die große Gefahr der *Großen Schwarzen Null* ist unser Geheimnis. Und welches Geheimnis haben die Laren?«

»Eine Antwort erübrigt sich. Denn die Gleichung hebt sich auf.«

»Nicht, wenn man in Details geht«, erwidere ich.

»Details darüber sind Bestandteil der Politik. Und damit hast du dich nicht zu befassen.«

»Dann habe ich Recht, dass sich unser Volk den Laren nicht zur Gänze anvertraut hat!«, rufe ich triumphierend. »Könnte man das eine Intrige nennen? Und wenn wir intrigieren – warum nicht auch die Laren? Das ist die Unbekannte, die man bei einer Gleichung nicht ausklammern darf.«

Vahnvatt schweigt lange. Endlich sagt er: »Du wirst wissen, dass unser Volk Maßnahmen ergriffen hat, um dem drohenden Untergang zu entgehen. Welche Maßnahmen das sind, ist das Geheimnis. Es fällt in die Bereiche der Politik. Du musst alles vergessen, was du darüber erfahren hast, Eptrocur. Oder wir müssen dich neutralisieren.«

Empfinde das als eine Drohung. Ärger keimt in mir auf. Schweige – wie es sich für einen gelehrigen, folgsamen Studenten gehört. Wenn ein Multi-Politiker nicht weiß, was für unser Volk gut ist – wer dann? Aber ein weiser Ratschlag ist es gerade nicht, einem Wissenshungrigen zu sagen, er solle fasten. Hunger will gestillt werden. Hunger trägt den Keim des Widerstands in die Gehirne der Fastenden.

Werde gehorchen. Doch mit Einschränkung. Da die beiden Fremden angeblich nicht existieren, kann Vahnvatt auch nicht gemeint haben, dass ich mich um sie nicht kümmern soll.

Welche Logik. Aber eben diese Unlogik der Logik des Politikers will ich mir zunutze machen. Kann einfach nicht abstrahieren. Mache mich auf die Suche.

Bevor noch das Raumschiff unserer Konzilsbrüder voll beladen abfliegt, finde ich die Fremden. Sie haben ihre fünfdimensionalen Muster abgelegt. Ich kann sie in ihrer wahren Gestalt sehen, obwohl sie mit ihren zwei beziehungsweise drei Augen wohl ganz anders sehen. Aber darauf kommt es nicht an.

Kenne solche Wesen nicht einmal der Beschreibung nach. Das eine ist mehr als einen Beinstummel größer als ich. Das andere ist winzig. Schon wieder die Beachtung der Äußerlichkeiten – aber wenn man mit anders gearteten Wesen in Kontakt treten will, muss man sich auf ihre Stufe begeben. Sprechen ja mit den Laren auch nicht in abstrakt mathematischen Gleichungen.

Die beiden Fremden sind vielschichtige Denker, obwohl sie nur Spurdenker sind. Sie haben eine ausgereifte Technik bei sich.

Kehre nochmals um. Wie soll ich mich mit ihnen verständigen, wenn ich ihre Sprachformel nicht kenne? Keiner der beiden gehört einem Konzilsvolk an, deshalb muss ich damit rechnen, dass mir ihre Sprache unbekannt ist. Hole mir das Gerät für die Sprachengleichung.

Niemand bemerkt es. Niemand behindert mich, als ich zum Versteck der Fremden zurückkehre. »Versteck« ist der richtige Ausdruck, denn wenn sich selbst der Multi-Politiker den realen Tatsachen verschließt und ins Abstrakte flüchtet, werden die anderen erst recht nichts von ihrer Existenz wissen. Also ist der Aufenthaltsort der Fremden ein Versteck.

Komme hin. Das Raumschiff der Laren ist gestartet und bald darauf in den Zwischenräumen der Dimensionen untergetaucht. Stehe vor den beiden Fremden. Sie sehen mich. Verhalten sich wie nicht anders erwartet: abwartend. Sage: »Eptrocur. Und ihr?« Muss sie zum Sprechen bringen, damit mein Sprachengerät nicht nur mit Unbekannten arbeitet und ihre Worte entschlüsseln kann.

Die beiden unterhalten sich auf einer Funkfrequenz. Für mich unhörbar, aber der Detektor meines Geräts schlägt aus. Zeichnet alles auf.

Spreche wieder. Das Gesagte kann aber noch nicht in die Sprache der Fremden übersetzt werden. Die Unbekannte ist noch zu groß, die Sprachbarriere bislang nicht überwunden.

Bekomme Antwort. Gerät übersetzt: »… Gedanken nicht …« Der Kleine hat gesprochen. Und dann der Koloss mit den vier Armen und den drei Augen – immerhin *drei* Augen! Er muss zumindest ein Vielschicht-Denker sein. Habe ich das schon gesagt? Er hat zwei Gehirne.

Der Kleine – so nennt ihn auch der Koloss – bewegt sich mit seinem einen Gehirn aber ebenfalls auf vielen Schichten.

»… abwarten, Kleiner«, sagt der Koloss.

So geht es eine Weile hin und her. Beide rühren ihre Technik nicht an. Gutes Zeichen. Bewege mich selbst nicht. Das ist beim ersten Kontakt immer wichtig. Vorsicht bestimmt die Kontaktierungsregeln.

Können uns immer besser verständigen. Beide wissen schon meinen Namen. Der Koloss heißt Icho Tolot. Der Kleine Gucky. Sie behaupten ständig, dass sie in friedlicher Absicht gekommen sind. Warum tun sie das? Hätte ich geglaubt, sie kämen als Eroberer, hätte ich den Kontakt gar nicht gesucht.

Ihr Geheimnis interessiert mich. Muss ihnen aber auch Informationen geben, sonst kein Gleichgewicht. Kein Vertrauen.

»Wie nennt sich dein Volk, Eptrocur?«, will Gucky wissen.

»Kelosker.«

»Und wie heißt dieser Planet?«

»Tomphus – wie die Stadt.«

»Gibt es nur eine solche Stadt auf Tomphus?«

»Uninteressant«, antworte ich. Will mich ja nicht aushorchen lassen, will Informationsaustausch.

»Ist Tomphus der Ursprungsplanet der Kelosker?«

»Nein.« Frage schnell: »Und ihr?«

»Was wir?« Echtes Unverständnis bei Gucky. Fasst sich sofort. »Du willst wissen, woher wir kommen, Eptrocur? Eine Frage, die nicht leicht zu beantworten ist. Wir wurden nach Balayndagar verschlagen – und landeten auf diesem Planeten. Balayndagar ist unsere Bezeichnung für eure Galaxis, musst du wissen.«

»Raumschiff?«

»Mann, machst du Gedankensprünge.« Gucky redet viel – auch Überflüssiges. Wie die Professoren. Fährt fort: »Nein, wir sind nicht mit einem Raumschiff auf Tomphus gelandet. Das Risiko, von den Laren entdeckt zu werden, war uns zu groß.«

Durchschaue ihn. Will erfahren, in welchem Verhältnis Kelosker zu den Laren stehen. Könnte es ihm sagen, weiche ihm vorerst aus. »Niemand weiß etwas von eurer Anwesenheit – außer mir.«

»Das ist interessant«, sagt Icho Tolot. Seltsamer Unterton in seiner Stimme. Denke mir nichts dabei.

»Sind die Kelosker das einzige Volk dieser Galaxis?«, fragt Gucky. »Beherrscht ihr Balayndagar?«

»Unsere Heimat.«

»Seid ihr Verbündete der Laren?« Icho Tolot redet. »Oder werdet ihr von ihnen unterdrückt?«

»Kelosker gehören dem Konzil an.«

26.

Die Kelosker waren Mitglied des Konzils der Sieben! Somit das fünfte Konzilsvolk, das die Terraner nun kannten.

»Wer hätte erwartet, dass wir in dieser Kleingalaxis auf das fünfte Konzilsvolk stoßen würden«, sagte Gucky überwältigt.

Nach allem, was sie bisher erfahren hatten, sah es eher so aus, als hätten die Laren nur ein loses Bündnis mit den Keloskern geschlossen.

»Ich verstehe immer noch nicht, welche Vorteile es den Keloskern bringt, dem Konzil anzugehören«, sprach Gucky seine Gedanken aus. »Abgesehen davon, dass die Laren jene positronischen Geräte für sie bauen, die sie wegen ihrer körperlichen Mängel nicht selbst konstruieren können. Doch tun sie das ja nicht aus uneigennützigen Gründen. Und echte kulturelle und technische Hilfe leisten sie ihnen nicht. Andernfalls müssten die Kelosker nicht in diesen erbärmlichen Lehmgebäuden hausen. Aber selbst wenn die Eingeborenen auf Komfort keinen Wert legen – irgendwie wollen sie doch von der Zusammenarbeit mit den Laren profitieren.«

»Kelosker geben«, ertönte Eptrocurs Antwort aus dem Lautsprecher des translatorähnlichen Gerätes, das er mit beiden Greiflappen eines Tentakels hielt.

Allerdings betraf die Ähnlichkeit mit einem Translator nur die Funktionsweise des Geräts – es übertrug eine Sprache in die anderen. Von der Form her war es so plump und – für mehrfingrige Hände – unhandlich wie alles andere, was die Laren für die Kelosker bauten.

»Ihr verlangt keine Gegenleistung für die Programmierung der larischen Systeme?«, wunderte sich Gucky.

»Abstrahieren ist unser Lebensinhalt«, antwortete Eptrocur. Von draußen ertönte fernes Grollen wie von einem lang gezogenen Donner. Das Kontaktgespräch mit dem Kelosker hatte die Nacht hindurch gedauert. Inzwischen war die Sonne längst aufgegangen und stand hoch am Himmel.

Das Dröhnen wurde lauter und durchdringender. Es kam näher und ließ die Gebäude am Rand des Landefelds erbeben. Ein Raumschiff setzte zur Landung an.

»Das ist kein SVE-Raumer«, behauptete Icho Tolot.

»Noch ein Konzilsvolk?«, entfuhr es Gucky.

»Kelosker«, antwortete Eptrocur.

Die Form des Raumschiffs war lange Zeit nicht zu erkennen, da die

Flammenzungen der Bremsdüsen es einhüllten. Doch mit der Anzugsortung war seine Größe leicht zu bestimmen. Die Höhe von zweihundert Metern wirkte recht bescheiden, die Breite stand dazu im Verhältnis von etwa eins zu drei.

»So uneigennützig, wie du behauptest, Eptrocur, sind die Kelosker doch wiederum nicht«, meinte Gucky. »Ihr lasst euch vom Konzil Raumschiffe bauen. Oder stimmt das nicht?«

»Es stimmt.«

Das keloskische Raumschiff landete. Es war von der typischen Plumpheit, aber wenigstens herkömmlichen geometrischen Normen angepasst und sah aus wie ein auf die Spitze gestelltes Oktogon – ein Achteck. Allerdings war die untere Spitze abgeschnitten und eine neunte Fläche entstanden, das Heck, in dem die Düsen eingebaut waren und auf dem der Raumer landete.

»Was hat die Ankunft zu bedeuten?«, wollte Tolot wissen.

»Es hat keine besondere Bewandtnis«, sagte Eptrocur, ausnahmsweise einen Satz vollendend. »Unsere Schiffe landen und fliegen wieder fort.«

Gucky blickte zweifelnd zu Eptrocur. »Bist du sicher, dass der Raumer aus keinem besonderen Grund nach Tomphus gekommen ist?«

»Kenne keinen.«

In zwanzig Metern Höhe öffnete sich eine Schleuse. Ein Antigravprojektor wurde ausgefahren – den Gucky und Tolot erst als solchen erkannten, als die Mannschaft in den Kraftfeldern zu Boden schwebte. Insgesamt entstiegen achtzig Kelosker dem Raumschiff. Sie wurden von einer Abordnung aus der Stadt empfangen und in eines der klobigen Gebäude am Rand des Landefelds geführt.

»Wurden Wachen auf dem Schiff zurückgelassen?«, fragte Gucky lauernd und wechselte mit dem Haluter einen bezeichnenden Blick.

»Kaum. Wozu auch?«, antwortete Eptrocur.

»Dann könnten wir ohne Risiko an Bord gehen und uns dort umsehen«, schlug Gucky vor. »Ich würde gern ein keloskisches Schiff von innen betrachten.«

»Das ist nicht erlaubt«, protestierte Eptrocur.

»Auf uns trifft das Verbot nicht zu.« Gucky lockerte seinen Paralysator telekinetisch. »Für deine Artgenossen existieren wir ja angeblich gar nicht.«

»Werde verhindern, dass ...«

»Tut mir Leid, mein Freund«, sagte Gucky, während sein Paralysator wie von Geisterhand in Anschlag gebracht wurde. »Dann müssen wir dich eben zwingen, uns zu begleiten. Das Risiko, wenn wir dich hier zurücklassen, ist zu groß.« Der Paralysator wurde von Geisterhand ausgelöst. Eptrocur brach gelähmt zusammen.

Gucky stellte dann zu Tolot und Eptrocur die körperliche Verbindung her und entmaterialisierte mit ihnen.

Der Mausbiber hatte sich auf das Mittelteil des Oktogon-Schiffs konzentriert, weil er annahm, dass dort die Zentrale lag. Tatsächlich materialisierten sie in einer Art Kommandostand.

Tolot ließ den bewusstlosen Kelosker in einen der massigen Kontursessel sinken und probierte selbst einen anderen aus. »Wie für Haluter geschaffen«, behauptete er.

»Das kann ich von den Instrumenten nicht behaupten«, erwiderte Gucky. »Alles wie gehabt. Primitive Details für eine hochgezüchtete Technik. Willst du nicht versuchen, die Funktionen der Kontrollen herauszufinden? Das könnte nicht allzu schwer sein, weil das Schiff ja von Laren gebaut wurde.«

»Nach den Plänen der Kelosker«, gab Icho Tolot zu bedenken, fügte aber sofort hinzu: »Allzu große Mühe sollte es mir dennoch nicht machen, die Schaltungen zu verstehen.«

»Mir ist gerade etwas eingefallen, dem wir noch zu wenig Beachtung geschenkt haben.« Gucky wirkte nachdenklich. »Da die Kelosker mit ihren ungeschickten Greiflappen nicht einmal Pläne zeichnen können, müssen sie eine andere Methode gefunden haben, ihre Bauanleitungen den Laren zu übermitteln. Vielleicht finden wir einen Hinweis darauf.«

Er blickte sich kritisch um. Für ihn war die Zentrale kein lohnendes Betätigungsfeld. »Ich sehe mich auf den anderen Decks um, Tolotos.« Ohne eine Antwort abzuwarten, teleportierte er.

Gucky materialisierte im nächsttieferen Deck an der imaginären Achse des Schiffs. Von seinem Standort aus strebten Korridore sternförmig auseinander. Nach der chaotischen Architektur der Stadt Tomphus überraschte ihn das streng geometrische Innere des Raumers. Andererseits hätte er damit rechnen müssen. Die Kelosker gehorchten in ihrem Denken mathematischen Gesetzen – wenn diese auch abstrakt waren –, nur konnten sie ihr Wollen nicht auf die Materie übertragen. Diese Schiffe aber hatten die Laren oder ein anderes Konzilsvolk gebaut.

Gucky teleportierte erst in mehrere spartanisch eingerichtete Kabinen und danach in einen leeren Laderaum. Erst auf den oberen Decks fand er, was er insgeheim zu finden gehofft hatte. Er kam in einer Halle heraus, die größer war als die Zentrale, in der Icho Tolot den Sinn der Bedienungsinstrumente zu ergründen versuchte. In der Mitte stand eine massige Arbeitsstation mit den obligaten klobigen Hebeln und Tastaturen. Armaturen bedeckten die Wände bis zur Decke hinauf.

Guckys Aufmerksamkeit galt der Station in der Mitte, die von zwei Dutzend monströsen Sitzgelegenheiten umgeben war. Er konnte sich vorstellen, dass die Kelosker jede Gelegenheit zum Ausruhen nutzten, denn auf ihren beiden Elefantenbeinen war es nicht leicht, das Gleichgewicht zu halten.

Vor jeder der Sitzgelegenheiten gab es nur einen einzigen Hebel und ein Dutzend Tasten. Gucky traute sich ohne weiteres zu, sie zu bedienen und die ausgelösten Funktionen schnell wieder löschen zu können.

Den Hebel konnte er allein mit seinen bescheidenen Körperkräften nicht bewegen, deshalb nahm er die Telekinese zu Hilfe. Das plumpe Gestänge rastete auf der entgegengesetzten Seite ein. Sofort schoss aus dem Zentrum des Pults eine Energiesäule bis zur Decke hinauf. Sie flimmerte gelblich und knisterte kaum hörbar.

Sonst geschah nichts.

Gucky drückte eine Taste. Nichts veränderte sich. Erst als er eine Reihe weiterer Tasten bewegte, die sich aber nicht fixieren ließen, ging mit der Energiesäule eine Wandlung vor. Ein Gebilde erschien darin, das aussah wie das Schema eines komplizierten Kristalls. Bei genauerem Hinsehen erkannte Gucky jedoch, dass der »Kristall« mit fremden Symbolen durchsetzt war.

Das war ein Konstruktionsplan! Der Ilt bezweifelte nicht, dass die Kelosker in dieses Speichergerät ihre Ideen eingaben. Und die Laren – oder sonst ein Konzilsvolk – konnten die Konstruktionspläne jederzeit abrufen und danach Schiffe und Maschinen bauen – ganz nach den Vorstellungen der Kelosker.

»Gucky!«, dröhnte Icho Tolots Bass aus dem Helmempfang. »Komm schnell in die Kommandozentrale!« Der Mausbiber folgte dem Ruf sofort.

Er brauchte nicht erst nach dem Grund für die Aufregung des Haluters zu fragen. Icho Tolot war es gelungen, einige Monitoren der Galerie einzuschalten. Auf ihnen war das Landefeld rund um das Oktogon-Schiff zu sehen. Hunderte von Keloskern umzingelten das Schiff.

»Wir sind etwas zu sorglos vorgegangen«, stellte Gucky fest. »Kein Wunder, dass sie bemerkt haben, dass jemand an Bord hantiert. Wir müssen schleunigst fort von hier …«

Er hatte noch nicht ausgesprochen, als die Luft um das Raumschiff flimmerte. Sekundenbruchteile danach hatte sich eine Energieglocke gebildet.

»Der Schirm besteht aus fünfdimensionalen Energien«, konstatierte Icho Tolot nüchtern. »Er kann nicht einmal von einem Teleporter überwunden werden.«

»Endlich schicken die Kelosker Unterhändler. Es wurde wirklich Zeit.« Gucky sah auf einem der Schirme, dass in der Energieglocke eine Strukturschleuse entstand, durch die fünf Kelosker schlüpften. Hinter ihnen schloss sich die Lücke sofort wieder.

Tolot und er saßen in dem Raumschiff fest. Sie hatten die abenteuerlichsten Pläne für Ausbruchsversuche geschmiedet, die sich aber alle nicht durchführen ließen. Gucky konnte wegen des Schutzschirms seine parapsychischen Fähigkeiten nicht einsetzen, ebenso wenig wie Icho Tolot seine technischen Machtmittel oder seine Körperkräfte. Ein Startversuch mit dem Raumschiff wäre ebenso an dem Schirmfeld gescheitert.

Inzwischen war es wieder Nacht – und der Zeitpunkt, zu dem Galbraith Deighton sie aus der Umlaufbahn des Planeten abholen wollte, rückte näher.

Gucky nahm dem immer noch paralysierten Eptrocur das Übersetzungsgerät ab und stellte es in der Mitte der Kommandozentrale auf. Als die fünf Kelosker durch das große Schott kamen, mochten sie nicht schlecht erstaunt gewesen sein, dass sie in ihrer Sprache begrüßt wurden.

»Willkommen, Kelosker aus dem Konzil der Sieben«, sagte Gucky, und der Translator übersetzte seine Worte. »Ihr habt lange auf euch warten lassen. Aber es ist noch nicht zu spät, um unsere Kapitulationsbedingungen entgegenzunehmen.«

Die plumpen Wesen blieben abrupt stehen. Guckys großsprecherischen Worte schienen sie aus der Fassung gebracht zu haben. Ihre Blicke wanderten über die aktivierten Schirme und streiften den bewegungslosen Eptrocur. Langsam gewannen sie ihre Haltung wieder.

»Ich bin Vahnvatt«, stellte sich der Kelosker an der Spitze der kleinen Delegation vor. Er unterschied sich höchstens durch eine grauere Lederhaut von den anderen. Er wandte den mächtigen Schädel, und seine vier Augen richteten sich auf Eptrocur. »Die Torheit der Jugend …«, sagte er wie zu sich selbst, aber das Übersetzungsgerät übertrug jedes

Wort ins Interkosmo. »Er hat Neugierde mit Wissensdrang verwechselt und in seinem Eifer unserem sorgsamst gehüteten Geheimnis nachgespürt.«

»Eptrocur hat deine abfälligen Worte nicht verdient, Vahnvatt«, verteidigte Gucky den Kelosker. »Immerhin war er der Einzige in Tomphus, der unsere Anwesenheit bemerkte. Ihr anderen hattet keine Ahnung, obwohl wir vor eurer Nase herumspaziert sind.« Gucky fragte sich, wie das der Translator wohl übersetzte. »Das sollte euch überzeugen, wie sehr unsere Technik überlegen ist. Und deshalb solltet ihr unsere Bedingungen annehmen.«

Vahnvatt tat, als hätte er diese letzte Forderung überhaupt nicht gehört. »Wir haben eure Anwesenheit sehr wohl bemerkt«, ertönte es, als Vahnvatt wieder sprach. »Zumindest jene von uns, die diese Sache angeht. Eptrocur gehört jedoch nicht zu den Eingeweihten, deshalb wollten wir ihm eure Existenz verschweigen.«

Das gab Gucky zu denken. Er fragte sich, welchen Grund die Führungsspitze der Kelosker haben konnte, ihren Untertanen – oder wie man sie nennen wollte – die Anwesenheit fremder Eindringlinge zu verschweigen. Darin sah er keinen Sinn.

»Wenn ihr nicht bereit seid, Kapitulationsbedingungen anzunehmen, werdet ihr unsere Existenz nicht länger verschweigen können«, verkündete Gucky wieder großsprecherisch. »Alle Kelosker werden unsere Macht zu spüren bekommen.«

»Ihr scheint einem kriegerischen Volk anzugehören«, sagte Vahnvatt. »Das erleichtert uns den Entschluss, Maßnahmen gegen euch zu ergreifen. Ich sage es nicht gerne – denn wir sind äußerst friedliebend –, aber wenn jemand Bedingungen stellen kann, sind es wir. Ihr seid unsere Gefangenen.«

»Wie wahr – die Kelosker sind ein friedliebendes Volk!« Guckys Stimme klang spöttisch. »Ihr seid so friedliebend, dass ihr die Invasionspläne für das Konzil entwerft und Maßnahmen für die Unterdrückung vieler Völker erarbeitet – ihr seid es, die die Kriegstaktik der Laren bestimmen, euch verdanken sie ihre Strategie. Ihr seid die Ingenieure des larischen Imperiums aus Gewalt und Terror.«

»Deine Beschuldigungen treffen uns nicht, Fremder«, sagte Vahnvatt ungerührt. »Ich werde dir sogar erklären, weshalb das so ist.«

Er schilderte in einem kurzen Abriss die Geschichte seines Volks und wie es zur Aufnahme in das Konzil der Sieben gekommen war. Alles war so ähnlich vor sich gegangen, wie Gucky und Icho Tolot vermutet hatten.

Damals gehörten dem Konzil nur die mächtigsten sechs Völker aus sechs Galaxien an. Die Streitmacht der Laren besetzte die Galaxis Balayndagar – nachdem die Hetos-Inspektoren bei den Keloskern, die man wegen ihrer nicht nennenswerten Technik für unterentwickelt hielt, gute Vorarbeit geleistet hatten. Gucky kannte das am Beispiel der Terraner allzu gut.

Doch in Balayndagar war es anders gekommen. Die Hetos-Inspektoren berichteten von sagenhaften Fähigkeiten der Kelosker. Bedingt durch ihre physischen Unzulänglichkeiten, hatten sie zwar keine Technik, doch standen sie mit ihren außergewöhnlichen geistigen Fähigkeiten einzig in der Galaxis da. Die Kelosker konnten ohne Unterstützung technischer Hilfsmittel Berechnungen bis in die siebte Dimension hinein anstellen, die man nur als absolutes Nichts bezeichnen konnte.

Die Konzilsvölker hatten sehr schnell erkannt, dass die Kelosker als Verbündete wertvoller waren denn als Sklaven. Deshalb hatten sie ihnen die Aufnahme in das Konzil angeboten.

»Die Konzilsvölker nutzen euch aus!«, behauptete Gucky.

»Es kommt darauf an, von welchem Standpunkt aus man das betrachtet«, erwiderte Vahnvatt. »Wir wollen nicht zu unserem persönlichen Wohle wirken. Wir sind in dieser Beziehung überhaupt nicht egoistisch, sondern haben nur eins im Sinn – nämlich alle Völker des Universums zu beglücken, indem wir unter ihnen unsere Art des logischen, mathematisch abstrakten Denkens verbreiten. Wir wissen, dass nur das Erkennen der abstrakten Mathematik der Schöpfung glücklich machen kann. Wir haben schon immer davon geträumt, das Universum in unserem Sinn zu formen. Jetzt dürfen wir hoffen, dass wir mit Unterstützung des Konzils dieses Ziel erreichen. Es zählt gar nicht, dass das Konzil gewaltsam vorgeht, dass Tod und Vernichtung der Expansion des Imperiums vorauseilen. Der prozentuelle Anteil dieser unliebsamen Nebenerscheinungen ist minimal, wie auch die absolute Summe der Gewalt in keinem Verhältnis zum erzielten Effekt steht.«

Gucky und Icho Tolot sahen eine weitere Vermutung bestätigt, nämlich, dass für die Kelosker als Wissenschaftler nichts anderes zählte als die Verwirklichung ihrer mathematischen Ideen.

Doch die Kelosker waren noch konsequenter als gedacht. Es geschah überhaupt zum ersten Mal, dass Menschen auf ein Volk trafen, das nicht eine Ideologie oder eine Religion in andere Räume tragen wollte oder Machtansprüche stellte. Die Kelosker waren Außenseiter des Universums. Sie waren nicht nur einmalig in ihren Fähigkeiten, sondern auch in der Art, diese einzusetzen. Im Grunde genommen waren sie auch friedlich. Nur heiligte für sie der Zweck die Mittel.

Gucky fragte sich, ob es einen Sinn haben würde, mit diesen Wesen überhaupt zu verhandeln. Deshalb behielt er die einmal eingeschlagene Linie bei – die Taktik der Einschüchterung. »Die Laren können euch nicht helfen«, behauptete er. »Wir sind mit einer starken Streitmacht in eurer Galaxis und könnten alle eure Träume mit Waffengewalt zerstören. Doch wir wollen ebenfalls keinen Krieg und sind deshalb zu Verhandlungen mit euch bereit. Nur – die Bedingungen stellen wir.«

Gucky dachte daran, dass man vielleicht das Problem der auf Last Stopp festsitzenden SOL mit der Abstrakt-Mathematik der Kelosker würde lösen können. In diesem Augenblick ahnte er nur noch nicht, wie Recht er damit eigentlich hatte.

»Ich weiß, dass ihr, die ihr in unsere Galaxis eingedrungen seid, einen großen Machtfaktor darstellt«, entgegnete Vahnvatt. »Doch eure Macht beeindruckt uns nicht. Wir werden damit fertig, auch ohne die Hilfe der Laren. Wirklich zu fürchten haben wir nur die *Große Schwarze Null.«*

»Was ist das schon wieder?«, entfuhr es Gucky verblüfft.

Vahnvatt fiel ihm ins Wort. »Nur wenn ihr über die *Große Schwarze Null* genau Bescheid wisst, werdet ihr unsere Handlungsweise verstehen können«, versicherte er.

Vahnvatts komplizierten Erklärungen, die mit Begriffen und Formeln seiner Mathematik nur so gespickt waren, konnten Gucky und Icho Tolot wenigstens etwas entnehmen:

Im Zentrum von Balayndagar gab es ein Gebiet, in dem bereits unzählige Sonnen und Sonnensysteme verschwunden waren. Diese *Große Schwarze Null,* erkannten Gucky und Icho Tolot übereinstimmend, musste mit einem alles verschlingenden Black Hole identisch sein.

Man wusste zwar, dass diese Schwarzen Löcher energetisch-struktureller Natur und übergeordneter Basis waren. Wie Gucky und Icho Tolot von Vahnvatt erfuhren, war es den Keloskern gelungen, die *Große Schwarze Null* rechnerisch zu erfassen und sogar zu neutralisieren – aber: »Kein Raumschiff darf dem Zentrum unserer Galaxis zu nahe kommen, sonst wird es von der *Großen Schwarzen Null* verschluckt. Überhaupt kann sie trotz aller Vorkehrungen ihre Tätigkeit jederzeit wieder aufnehmen und unsere Sterneninsel nach und nach verschlingen. Nicht einmal wir können sagen, wann dies eintreten wird, wir wissen nur, dass der Tag kommen wird …«

»Das tut mir für die Kelosker natürlich Leid«, sagte Gucky. »Aber ich verstehe nicht, was das mit uns zu tun haben soll. Vielleicht wären die Laren imstande, euch zu helfen.«

»Wenn wir unsere Galaxis nicht retten können, ist es auch den anderen Konzilsvölkern nicht möglich«, sagte Vahnvatt entschieden. »Uns bleibt keine andere Wahl als die Flucht. Das wurde längst beschlossen. Wir standen nur vor dem Problem, wie wir unsere unersetzlichen Maschinen aus der gefährdeten Galaxis retten sollten. Unsere Schiffe sind dafür nicht geeignet.«

»Die SVE-Raumer der Laren aber schon«, sagte Gucky – er verspürte aus irgendeinem Grund eine wachsende Beklemmung.

»Nein!«, wehrte Vahnvatt ab. »Es gibt Gründe, derentwegen wir die Laren nicht mit unseren Fluchtplänen belasten wollen. Wir haben auch schon eine viel bessere Möglichkeit gefunden. Der Zufall hat sie uns zugespielt. Ist es nicht paradox, dass ausgerechnet wir, die alles genauestens berechnen und vorbestimmen, vom Zufall begünstigt werden?«

»Sehr paradox«, stimmte Gucky mit belegter Stimme zu. Er räusperte sich und fragte: »Wie könnt ihr die Fluchtpläne realisieren?«

»Mit eurem Schiff«, antwortete Vahnvatt. »Es wäre wegen seiner Größe und Reichweite bestens für unsere Zwecke geeignet. Entsprechend adaptiert könnten wir unsere Instrumente und Maschinen darin unterbringen. Die Laren brauchen davon überhaupt nichts zu erfahren.«

Diese Eröffnung traf Gucky wie ein Schock. Demnach waren die Kelosker dafür verantwortlich, dass die SOL auf Last Stopp festsaß. Sie hatten es mit ihren mathematischen Tricks irgendwie geschafft, das Schiff und seine Besatzung festzuhalten, ohne dass die Betroffenen die Wahrheit auch nur annähernd ahnten.

Vahnvatt hatte es nicht direkt ausgesprochen, aber immerhin anklingen lassen, dass für die keloskischen Geräte Platz geschaffen werden musste. Das betraf zweifellos den Großteil der Besatzung und die eigene Ausrüstung.

»Freiwillig werden wir euch die SOL nicht überlassen«, erklärte Gucky.

»Wir kennen Mittel und Wege …« Vahnvatt verstummte, als hinter ihm ein neu hinzugekommener Kelosker auftauchte und ihm etwas zuraunte. Er sprach so leise, dass der Translator seine Worte nicht übertrug.

Gucky hätte gerne gewusst, was die beiden miteinander tuschelten;

deshalb versuchte er erneut, ihre Gedanken auszuhorchen – und scheiterte wieder. Er erkannte lediglich, dass sich der Kelosker eine ungewöhnliche Erregung bemächtigte. Unvorhergesehenes musste vorgefallen sein.

Nach einer Weile wandte sich Vahnvatt wieder seinen Gefangenen zu. »Wir lassen euch jetzt allein«, sagte er. »Mir wurde gemeldet, dass in Kürze ein Raumschiff der Laren in Tomphus landen wird, das neue Instrumente bringt. Es kommt früher als erwartet – und das kompliziert die Lage. Wir können euch nicht mehr unbemerkt von hier fortschaffen. Aber wenn ihr klug seid, werdet ihr das Schiff nicht verlassen, denn falls euch die Laren entdecken, verschlimmert sich eure Lage um einiges.«

»Wem sagst du das, Vahnvatt«, murmelte Gucky.

»Was meinst du, Kleiner«, raunte Icho Tolot dem Mausbiber zu, »sollen wir die Kelosker als Geiseln behalten? Ich hätte gute Lust, ihnen zu zeigen, dass es noch andere Methoden als ihre Abstrakt-Mathematik gibt.«

Gucky schüttelte den Kopf. Er war bereits zu dem Schluss gekommen, dass ihnen Gewalt nichts einbringen würde – sie lenkten dadurch höchstens die Aufmerksamkeit der Laren auf sich. Und das wollten sie ebenso wenig wie die Kelosker.

Nur einen von ihnen wollte er nicht gehen lassen: Eptrocur, der soeben aus der Paralyse erwachte. Er schien für die Kelosker ein Rebell zu sein, weil er auf eigene Faust Kontakt aufgenommen hatte. Eptrocur konnte unter Umständen einen wertvollen Verbündeten abgeben.

Gucky richtete den Strahler auf ihn und erklärte: »Eptrocur bleibt *unser* Gefangener.«

Vahnvatt schlenkerte mit seinen Tentakeln. »Er hat es nicht anders gewollt«, sagte er nur und verließ mit seinen Begleitern die Kommandozentrale.

Sie waren kaum verschwunden, als ein gigantischer SVE-Raumer zur Landung ansetzte.

Aus der Energiehülle des SVE-Raumers brach ein Traktorstrahl, der sich vor der Stadt teilte. Dann ergoss sich aus dem Schiff ein Strom plump und primitiv wirkender Geräte. Diesmal gab es keinen zweiten Transportstrahl, der von den Keloskern programmierte Geräte abholte.

»Du hast von uns nichts zu befürchten«, sagte Gucky zu Eptrocur. »Ich musste dich nur vor deinen Artgenossen mit der Waffe bedrohen, um den Schein zu wahren. Wenn du nichts mit uns zu tun haben möchtest, kannst du gehen.«

»Ich bleibe«, kam die Antwort aus dem Translator.

Gucky und Icho Tolot hatten angenommen, dass die Löschung der Ladung so routinemäßig wie das erste Mal ablaufen würde. Umso größer war ihre Überraschung, als sie sahen, dass eine Abordnung von Laren das Raumschiff verließ.

»Ist es nicht ungewöhnlich, dass die Laren von Bord gehen?«, erkundigte sich Gucky.

»Das kommt öfter vor«, antwortete Eptrocur. »Aber nur, wenn ein besonderer Grund vorliegt. Kenne den Grund. Laren werden Verdacht geschöpft haben, weil dieses Raumschiff unter Schutzschirm steht.«

»Dann können wir nur hoffen, dass sie nicht an Bord kommen«, meinte Gucky.

Eptrocur war ihnen eine große Hilfe. Er war technisch immerhin so versiert und mit den Einrichtungen der Kommandozentrale vertraut, dass er das Übersetzungsgerät an die Außenmikrofone des Raumschiffs anschließen konnte. Auf diese Weise wurde es möglich, die Gespräche auf dem Landefeld zwischen Laren und Keloskern abzuhören.

Die Laren – annähernd humanoid, mit wirrem, nestähnlichem Haupthaar, gelben Lippen, die zu der braunen bis schwarzen Haut einen starken Kontrast bildeten, und den charakteristischen Fledermausohren – wirkten neben den Keloskern geradezu grazil. Es waren zehn von ihnen in ockergelben Uniformen, die zu der Gruppe um Vahnvatt stießen. Nur der Lare an der Spitze trug eine dunkelrote Kombination, die ihn als höheren Offizier auswies.

»Ich grüße euch, meine larischen Konzilsbrüder«, empfing Vahnvatt sie. »Ihr seid etwas zu früh dran. Wir haben erst in den nächsten Tagen einen weiteren Transport erwartet.«

»Mir scheint, wir sind gerade rechtzeitig gekommen«, erwiderte der Lare in der roten Uniform und deutete auf das keloskische Schiff. »Was hat das zu bedeuten? Wollt ihr unter dem Schutzschirm etwas vor uns verbergen?«

»Was sollten wir zu verbergen haben?«, fragte Vahnvatt zurück. »Wir Kelosker hatten vor den Laren nie Geheimnisse, und das wissen unsere Konzilsbrüder.«

»Warum dann der Energieschirm?«

»Er hat keine besondere Bedeutung. Er ist nur die Folge abstrakt mathematischer Experimente … Ich will dich mit Einzelheiten nicht langweilen, aber ich bin in der glücklichen Lage, dir mitteilen zu können, dass die Experimente erfolgreich abgeschlossen wurden. Das wird sich positiv auf unsere weiteren Abstrahierungen auswirken.«

Der Lare schien sich mit dieser Antwort zufrieden zu geben. Trotzdem war ihm anzumerken, dass ihm der Schirm nicht behagte. »Wenn die Experimente abgeschlossen sind, braucht ihr den Schutzschirm nicht mehr. Ihr könnt ihn abschalten.«

Vahnvatt zögerte. »Wir werden den Energieschirm sofort ausschalten«, sagte er dann. Wenig später erlosch die Energieglocke.

»Endlich ist der Weg frei«, triumphierte Gucky. »Wir können abhauen.«

»Du willst hoffentlich nicht teleportieren?«, fragte Tolot. »Damit würdest du riskieren, dass die Laren die psionischen Energien anmessen.«

»So blöd bin ich auch wieder nicht«, empörte sich Gucky. »Diesmal wirst du uns heraushauen müssen, Tolotos. Auf jeden Fall müssen wir so schnell wie möglich das Schiff verlassen.«

»Und wie? Soll ich mit dir unter dem Arm durch die Reihen der Laren und Kelosker laufen?«

»Wenn du artig grüßt, werden wir passieren dürfen«, entgegnete Gucky trocken. Er wandte sich dem Kelosker zu. »Weißt du eine Möglichkeit, wie wir entkommen können?«

»Wenn ich euch helfe, dann nur, damit ihr von den Laren nicht entdeckt werdet«, antwortete Eptrocur. »Ich bin kein Verräter an meinem Volk.«

»Das nimmt auch niemand an«, sagte Gucky ungeduldig. »Wie ist es nun mit einer Fluchtmöglichkeit?«

»Durch die Antriebsdüsen könnt ihr ins Freie gelangen«, erklärte Eptrocur. »Unter dem Heck liegt ein Auffangschacht für Strahlungsenergie. Dort wird euch niemand entdecken. Soll ich euch führen?«

»Das wäre ein Ding«, sagte Gucky. »Also los, beeilen wir uns, bevor den Laren einfällt, das Schiff zu durchsuchen.«

Aber Kelosker schienen den Begriff Eile nur in Zusammenhang mit dem Programmieren von Positroniken zu kennen. Eptrocur montierte jedenfalls in aller Ruhe das Übersetzungsgerät ab, nahm es unter den Tentakel und verließ dann mit torkelndem Gang den Kommandostand. Er machte den Eindruck eines zufriedenen Müßiggängers, dem alle Zeit des Universums zur Verfügung stand.

»Kannst du nicht etwas schneller laufen?«, drängte Gucky.

»Doch«, versicherte Eptrocur, sank auf die vorderen Beinstummel nieder und lief auf allen vieren weiter, ohne dadurch jedoch eine größere Geschwindigkeit zu erzielen.

Endlich erreichten sie einen Antigravschacht und schwebten in ihm bis in den Maschinenraum abwärts. Gucky machte zwischendurch Aufzeichnungen vom Antrieb und anderen Einrichtungen. Icho Tolot nahm Messungen vor. Eptrocurs gemächlicher Trab ließ ihnen dafür reichlich Zeit.

Sie durchquerten den Maschinenraum und erreichten eine Rampe, die sich in einer steilen Spirale zwischen Aggregatblöcken und Kraftwerken nach unten wand. Eine Ewigkeit schien vergangen zu sein, bis sie endlich vor den Antriebsdüsen standen.

Eptrocur öffnete eine Klappe und deutete auf eine senkrechte Sprossenleiter, die ins Freie und entlang der Landestreben zum Boden führte. »Da hinunter müssen wir«, sagte er mit Grabesstimme.

Der Kelosker tat Gucky Leid, als er sich mit seinen ungeschickten Greiflappen an den Sprossen hinunterhangelte. Sein Körper hing dabei frei in der Luft, weil es ihm unmöglich war, mit den Laufstummeln auf den Sprossen Halt zu finden. Am liebsten wäre Gucky mit ihm nach unten teleportiert. Doch die Präsenz der Laren hob die Vorsicht über sein Mitleid hinaus.

Eptrocur schnaufte wie eine Dampfmaschine, während er im Schutz der Landestütze Sprosse um Sprosse hinunterkletterte. Die Entfernung vom Schiffsheck zum Rand des Schachts war zum Glück nicht größer als acht Meter, sodass sie die Distanz in relativ kurzer Zeit überwanden. Gucky vergewisserte sich währenddessen, dass weder die Laren noch die Kelosker sie sehen konnten.

»Kann nicht mehr«, keuchte Eptrocur, als er an dem von Strahlenbündeln glasierten Schachtrand kauerte.

Icho Tolot verlor die Geduld. Er schulterte sich den tonnenschweren Körper des Keloskers und kletterte wieselflink mit ihm zum Boden des Schachts hinunter.

»Das wäre geschafft«, stellte Gucky erleichtert fest, als er die beiden erreichte. Er blickte sich unbehaglich um. »Der Schacht hat ja keinen Ausgang. Hier sitzen wir erst recht wie in einer Mausefalle fest. Falls das Raumschiff jetzt startet, werden wir gebraten.«

»Schiff startet nicht«, behauptete Eptrocur.

»Trotzdem werden wir hier nicht bleiben«, erklärte Icho Tolot. »In der Stadt sind wir vor Entdeckung sicherer.« Er blickte auf seine Ortungsgeräte und deutete danach auf eine Stelle der Wand aus festgestampftem Boden. »In dieser Richtung stehen die Gebäude am nächsten. Geht zurück!«

Gucky wusste sofort, was der Haluter plante, als er sich vor der Wand aufbaute. Äußerlich war Tolot keine Veränderung anzumerken, doch er formte den molekularen Aufbau seines Körpers strukturell um. Es war eine der extremen Fähigkeiten der Haluter, ihre Körperstruktur so zu verändern, dass die Zellen kristallin wurden und die Widerstandskraft von bestem Stahl bekamen.

Icho Tolot gab plötzlich einen seltsam unartikulierten Laut von sich und ließ seine vier Arme vor der Brust wirbeln – so rasend schnell, dass kaum jemand der Bewegung mit den Augen folgen konnte. Dann stürzte er sich auf die Wand. Ein Geräusch erklang, als würde eine Säge über Stein gleiten, Erde spritzte nach allen Richtungen – und Sekunden später war der Haluter verschwunden.

Nur ein dreieinhalb Meter hohes und fast ebenso breites Loch zeugte davon, wo er sich in den Planetenboden gefräst hatte. Von fern waren seine leiser werdenden Geräusche zu hören. Immer noch flogen vereinzelte Gesteinsbrocken aus dem Loch, dann trat wieder Ruhe ein.

Eptrocur blickte mit seinen vier Augen von dem Loch zu Gucky, sagte aber nichts. Offenbar kam ihm jetzt erst in den Sinn, dass er und seine Artgenossen die Fremden unterschätzt hatten.

Um ihn noch mehr zu beeindrucken, erklärte Gucky: »Icho Tolot gräbt sich nicht nur durch den Boden, er stampfte ihn zugleich so fest zusammen, dass kein Aushub zurückbleibt.« Und er konnte sich den Hinweis nicht verkneifen: »Warte erst, bis du mich in Aktion siehst. An meine Fähigkeiten kommst nicht einmal du mit deinen fünf Gehirnen heran.«

»Habe sofort erkannt, dass du ein Vielschicht-Denker bist«, sagte Eptrocur.

»Danke für das Kompliment – falls es eines ist.« Gucky war geschmeichelt. »Und was für ein Denker bist du?«

»Unendlichdenker.«

»Na, Unbescheidenheit kann man dir nicht vorwerfen.«

Ihre Unterhaltung wurde unterbrochen, als Icho Tolot wieder auftauchte. »Der Tunnel ist fertig«, erklärte er, ohne Müdigkeitserscheinungen zu zeigen, obwohl er sich weit mehr als einen halben Kilometer durch festen Boden gegraben hatte. »Ich habe auch schon einen passenden Unterschlupf für uns gefunden.«

»Beweg dich, Eptrocur!«, forderte Gucky den Kelosker auf und schob ihn in auf die Öffnung zu.

Der Kelosker trabte gemächlich los – auf allen vieren, weil seine hinteren Laufstummel wahrscheinlich nicht mehr die Kraft hatten, das gesamte Körpergewicht zu tragen. Gucky folgte ihm. Tolot blieb zurück, um das Loch mit einem Teil der aufgehäuften Erde zu schließen. Er holte sie aber mühelos auf halbem Weg ein.

Nach etwa siebenhundert Metern endete der Tunnel.

»Ich habe geortet, dass über uns ein Lagerraum mit noch nicht programmierten Geräten liegen muss«, erklärte Tolot. »Dort werden wir vorerst untertauchen.«

Er nahm einige Messungen vor, dann ließ er wieder die Arme wirbeln und grub sich schräg nach oben.

Wie er vorausgesagt hatte, kamen sie in einem Lagerraum heraus, in dem Tausende plumpe, unförmige Geräte gestapelt waren.

Gucky lief zur Türöffnung, um einen Blick ins Freie zu werfen. Er prallte zurück, als hätte ihn eine unsichtbare Faust getroffen.

Zehn Kelosker näherten sich zielstrebig dem Gebäude.

»Wie können sie herausgefunden haben, wo wir sind?«, wunderte sich Gucky.

»Überhaupt nicht«, antwortete Eptrocur. »Zufall. Wollen sicherlich Geräte zum Abstrahieren abholen.«

»Aber ihr Kelosker müsst eine Methode kennen, um uns aufzuspüren«, beharrte Gucky. »Wie bist du auf uns aufmerksam geworden? Und Vahnvatt hat behauptet, dass er von unserer Existenz längst wusste.«

»Hyperdimensionale Energien.«

»Natürlich! Dass ich nicht gleich darauf gekommen bin«, sagte Gucky in plötzlicher Erkenntnis. Als sie in die Stadt Tomphus eingedrungen waren, hatten sie ihre Deflektorfelder eingeschaltet gehabt. Die Kelosker – als Abstrakt-Mathematiker der siebten Dimension – besaßen zwangsläufig einen natürlichen Sinn für hyperphysikalische Phänomene.

»Du meinst also, wenn wir unsere Hyperaggregate nicht einsetzen, können uns deine Artgenossen nicht aufspüren?«, fragte Gucky vorsichtshalber.

»Richtig«, antwortete Eptrocur.

»Das ist gut zu wissen.« Gucky blickte aus seinem Versteck wieder auf die Straße. Die Kelosker waren bis auf zwanzig Meter heran. »Wir müssen das Gebäude verlassen, ehe sie uns entdecken. Bist du bereit, Tolotos?«

»Für die Drangwäsche? – Ja.«

»Sei aber nicht zu grob«, bat Gucky.

Icho Tolot ließ sich auf die etwas kürzeren Laufarme nieder, der Ilt schwang sich auf seinen Rücken. Wie vom Katapult geschnellt stürzten sie ins Freie. Den Keloskern nützte ihr Mehrsehen überhaupt nichts.

Sie erkannten selbst mit ihren vier Augen nur einen verwischten Schatten, und bevor sie wussten, wie ihnen geschah, wurden sie durch die Luft gewirbelt. Bis sie sich benommen aufrichteten, war Icho Tolot mit dem Mausbiber längst in der nächsten Seitenstraße verschwunden.

»Ins Zentrum der Stadt«, trug Gucky dem Haluter auf. »Dort sind wir vor einer Entdeckung sicherer als in der Peripherie.«

Er hoffte, dass er in einiger Entfernung von den Laren seine parapsychischen Fähigkeiten einsetzen konnte – vorsichtig dosiert, verstand sich –, ohne sich akuter Entdeckungsgefahr auszusetzen.

Icho Tolot raste mit aberwitziger Geschwindigkeit über die gewundenen und holprigen Straßen. Plötzlich wurde er langsamer und hielt schließlich an. Obwohl er aus Rücksicht auf seinen »Reiter« nicht abrupt stehen geblieben war, hatte Gucky Mühe, sich auf seinem Rücken festzuhalten. Wenige Meter vor ihnen versperrte eine Wand den Weg; sie befanden sich in einer Sackgasse.

Überraschend schnell tauchten hinter ihnen einige Kelosker auf, die ihre Verfolgung aufgenommen hatten. Tolot hätte nicht gezögert, sie über den Haufen zu rennen, aber Gucky warnte ihn rechtzeitig davor. Der Mausbiber hatte bemerkt, dass die Kelosker lanzenähnliche Metallstangen in ihren Tentakeln schwangen.

»Sie haben sich bewaffnet!«, rief er dem Haluter zu. »Es wäre Wahnwitz, sich mit ihnen auf einen Kampf einzulassen.«

»Dann müssen wir durch die Wand«, entschied Icho Tolot. »Duck dich tief auf meinen Rücken, Kleiner!« Der Ilt fand gerade noch Zeit, der Aufforderung Folge zu leisten, da schnellte sich der Haluter schon auf die Wand zu und sprengte sie, als bestünde sie aus Papier.

Gucky konnte undeutlich einige Kelosker sehen, die an Programmiertischen in ihre Arbeit vertieft waren. Im nächsten Augenblick wirbelten sie durcheinander, sich womöglich verwundert fragend, mit welcher falschen Schaltung sie die Explosion ausgelöst hatten.

Icho Tolot fegte quer durch das Gebäude und durch die nächste Außenwand auf die Straße hinaus. Hier rannte er noch ein Stück weiter und sprengte die Toröffnung eines Hauses. Zwei Kelosker, die sich ihnen entgegenstellten, wurden von Gucky paralysiert.

»Jetzt können wir wenigstens verschnaufen.« Gucky sprang von Tolots Rücken.

»Aber früher oder später werden uns die Kelosker aufspüren«, sagte der Haluter. »Es scheint, als hätten sie Alarm gegeben und die ganze Stadt gegen uns mobilisiert. Wenn wir so weitermachen, werden schließlich auch die Laren auf uns aufmerksam.«

»Das werden die Kelosker selbst zu verhindern wissen«, behauptete Gucky. »Sie sind mindestens ebenso daran interessiert wie wir selbst, dass uns die Laren nicht entdecken. Wir müssen nur durchhalten, bis Galbraith mit der Space-Jet kommt, um uns abzuholen.«

Tolots behandschuhte Pranke schloss sich plötzlich um die Mausbiberschnauze. Gucky wollte aufbegehren, doch dann sah er zwischen den Fingern des Haluters hindurch auf der Straße Kelosker erscheinen. Alle waren mit den lanzenähnlichen Geräten ausgerüstet. Schon schienen sie achtlos vorbeizugehen, doch unvermittelt blieb der vorderste stehen und machte kehrt.

Tolot zog den Ilt tiefer in das Gebäude zurück. Doch das half nicht viel. Es gab nichts, hinter dem sie sich hätten verstecken können.

So kam, was kommen musste. Die Kelosker hatten kaum das Gebäude betreten, da entdeckten sie die beiden.

Der Anführer rief etwas, woraufhin alle mit ihren Lanzen Ziel nahmen. Icho Tolot wollte sich zur Flucht wenden, doch glaubte Gucky, dass dieser Entschluss bereits zu spät kam. Er sah keinen anderen Ausweg mehr – und teleportierte.

Es war nur ein kurzer Teleportersprung, bei dem kaum psionische Energien frei wurden. Gucky rematerialisierte zusammen mit Tolot hinter den Keloskern, die eben ihre Waffen abfeuerten. Geräuschlos und ohne sichtbare Strahlung verschwand die rückwärtige Wand des Gebäudes, vor der Gucky und Icho Tolot vor Sekundenbruchteilen noch gestanden hatten – sie löste sich einfach in nichts auf.

»Ihr wollt also Krieg!«, rief Gucky empört und schlug zwei Kelosker telekinetisch mit den Köpfen zusammen, dass ihnen zu ihren vier Paranormhöckern mindestens noch eine fünfte Beule wachsen würde. Der Übrigen nahm sich Tolot mit seinen Fäusten an, dass ihnen Hören und Sehen verging. Als sich die beiden endlich zurückzogen, sah es ringsum aus wie auf einem Schlachtfeld. Der Haluter hatte seinem unstillbaren Drang nicht widerstehen können und alle Lanzenwaffen zerbrochen.

Hundert Meter weiter stießen die beiden auf eine andere Patrouille. Gucky rettete die Kelosker vor Tolots Fäusten, indem er sie mittels Telekinese auf das nächste Dach beförderte.

»Spaßverderber«, schimpfte der Haluter.

»Die sind doch keine Gegner für dich, Tolotos«, sagte Gucky. »Du solltest dich schämen, mit ihnen zu raufen.«

Das bewirkte bei dem Haluter einen solchen Heiterkeitsausbruch, dass die Kelosker auf dem Dach fürchten mussten, von dem donnernden Gelächter hinweggefegt zu werden.

Icho Tolot nahm Gucky unter den Arm und raste mit ihm davon – bis eine weitere Gruppe ihnen den Weg versperren wollte.

Doch zugleich erschien über der Stadt ein zweites SVE-Raumschiff. Als es zwei Kilometer über Tomphus zum Stillstand kam, regneten lauter kleine Punkte herab.

»Laren!«, stellte Tolot sofort fest. »Ihnen scheint nichts verborgen zu bleiben.«

»Kein Wunder – bei deinen Methoden.« Gucky teleportierte mit dem Haluter, ohne zu überlegen, in das nächste Gebäude.

Die Kelosker zerstreuten sich angesichts der herabschwebenden Laren ebenfalls in alle Richtungen.

»Jetzt sitzen wir in der Klemme«, meinte Gucky.

»Wieso? Die Drangwäsche beginnt erst richtig Spaß zu machen. Leider wird Galbraith Deighton uns bald abholen.«

»Das ist es ja gerade«, sagte Gucky dumpf. »Solange die Laren hier sind, kann ich es nicht wagen, über größere Strecken zu teleportieren.«

Und diese Erkenntnis dämpfte sogar Icho Tolots Freude an der Drangwäsche.

27.

Es traf Galbraith Deighton wie ein Blitz aus heiterem Himmel, als die Ortungszentrale meldete, dass zwei SVE-Raumer den Planeten Es anflogen.

Während das eine Laren-Schiff im Orbit blieb, ging das andere in den Landeanflug über.

Deighton wurde ungeduldiger, je mehr Zeit verstrich. Die Frist lief bald ab. In wenigen Stunden musste er mit der Space-Jet den Ortungsschutz der Sonne verlassen, um Gucky und Tolot aufzunehmen.

Aber die Laren flogen nicht wieder ab. Im Gegenteil, auch der zweite SVE-Raumer senkte sich auf den Planeten hinab.

Deighton versuchte sich einzureden, dass es kein Unglück war, wenn er den verabredeten Zeitpunkt nicht einhielt. Vereinbart war, dass er alle zwölf Stunden in einer Kreisbahn um den Planeten wartete.

Auf zwölf Stunden mehr konnte es nicht ankommen. Aber vielleicht waren Gucky und Tolot gerade wegen der Anwesenheit der Laren in Gefahr geraten und benötigten Hilfe.

Ribald Corello bot sich an, mit einem Beiboot eine Rettungsaktion zu starten. Doch davon wollte Deighton erst recht nichts wissen. Lieber zog er das Warten in Ungewissheit vor, als einen weiteren Mutanten in Gefahr zu bringen.

Die Zeit verstrich, ohne dass die Laren den Planeten verließen. Der vereinbarte Zeitpunkt rückte näher.

Der Schatten-Peiler zeigte kein Hyperecho.

Deighton starrte auf die Ortungsschirme, als könne er allein mit seinen Blicken den erhofften Start auslösen. Seine Nervosität griff auf die Mannschaft über, während die Zeit unaufhaltsam verrann …

Erkenne deutlicher als je zuvor: Geist ist nicht alles. Auch ein vollkommener Körper hat seine Vorteile.

Als Gucky und Icho Tolot flüchten, müssen sie mich im Lagerraum zurücklassen. Kann mit ihnen nicht Schritt halten. Behalte Sprachengleicher. Ist das letzte Andenken an sie? Werde sie wohl kaum wieder sehen.

Gelingt ihnen, meinen Artgenossen zu entkommen, die sich der Lagerhalle ahnungslos näherten. Doch nun wird eine gnadenlose Jagd auf sie beginnen. Ganze Stadt wird sich daran beteiligen.

Vahnvatt – dieser gerissene Multi-Politiker, der mit den Laren doppeltes Spiel treibt und die meisten von uns in die Irre geführt hat – darf kein Risiko eingehen. Er muss die Fremden fangen, bevor sie von den Laren entdeckt werden. Wie sollte Vahnvatt ihre Anwesenheit erklären?

Nehme Sprachengleicher mit mir. Kann jetzt nicht abstrahieren. Will sehen, welche Maßnahmen Vahnvatt ergreift und wie sich Laren verhalten.

Laren setzen dem Multi-Politiker zu. Der höchste Offizier hat von seinen Leuten erfahren, dass es in Tomphus drunter und drüber geht. Vahnvatt kann ihn noch einmal besänftigen, sagt: »Wir starten eine neue Versuchsreihe, bei der es zu unerwarteten Nebenerscheinungen kommt. Ich bitte deshalb unsere Konzilsbrüder, Tomphus vorerst nicht zu betreten. Ich könnte nicht für ihr Leben garantieren.«

Schlauer Multi-Politiker. Er baut für den Fall vor, dass einer der Laren die beiden Fremden entdeckt und deshalb von uns getötet werden müsste. Vahnvatt würde nicht vor einem Mord an einem Laren zurückschrecken. Bin da ganz sicher. Schicksal unseres Volks steht auf dem Spiel. Über uns droht die *Große Schwarze Null* mit dem alles verschlingenden Nichts.

Opfer für das große Ziel müssen gebracht werden. Und die Kelosker bringen sehr große Opfer. Erkenne das, als ich mich Vahnvatt anschließe. Überlasse ihm den Sprachengleicher. Über diesen ruft er Gucky und Tolot zur Kapitulation auf. Aber sie pfeifen ihm was – so hätte Gucky das sicherlich ausgedrückt.

Sehe überall, wohin ich komme, die Auswirkungen ihres Wütens. Überall liegen blessierte Kelosker, die Tolots Kraft spürten. Einige sitzen verängstigt auf den Dächern und wissen nicht, wie sie dorthin gekommen sind. Den Laren wird erklärt, dies seien Nebeneffekte abstrakt mathematischer Experimente. Sie glauben es.

Der Vierarmer hat Breschen in die Wände ganzer Häuserreihen geschlagen, wenn er in gerader Linie einfach durch sie hindurchgerannt ist. Wie sollen wir das jemals reparieren? Mir graut jedenfalls davor. Würde lieber ganze Schiffsladung von Positroniken abstrahieren als die Löcher in den Wänden der Häuser zumauern.

Aber insgeheim freue ich mich, dass Gucky und Icho Tolot ständig entkommen. Stelle mir vor, wie arg sie es treiben würden, könnten sie erst richtig aus sich herausgehen. Wegen der Laren müssen sie vorsichtig bleiben. Trotzdem kann Vahnvatt ihrer nicht habhaft werden. In Tomphus geht es zu wie im Tollhaus.

Da schreiten Laren ein. Ein zweites Energiezellenschiff erscheint über der Stadt. Vahnvatt ist der Verzweiflung nahe. Er ist sicher: Die Laren werden beide Fremden aufgreifen.

Einige hundert Laren schweben nun über der Stadt, beobachten die Vorgänge mit scharfen Augen. Nichts entgeht ihnen. Aber Gucky und Icho Tolot sind wie vom Boden verschluckt.

Höchster Larenoffizier erscheint mit Untersuchungskommission in Tomphus. Laren stellen Messungen an.

»Ihr macht eigenartige Experimente«, sagt der Offizier misstrauisch. »Testet ihr eine neue Waffe? Oder wie soll ich mir diese Verwüstungen erklären?« Auf den Gedanken, dass ein Haluter und ein Mausbiber dafür verantwortlich sind, kommt er nicht. Wäre zu abstrakt. Vahnvatt gibt eine Reihe wirrer Erklärungen, die jeder Schüler sofort als Unsinn erkannt hätte. Der Lare aber ist kein Mehrdenker und von dem blühenden Unsinn beeindruckt.

Halte etwas Abstand zu der Larengruppe, die sich von Vahnvatt durch Tomphus führen lässt. Da sehe ich Bewegung in einem Torbogen. Gucky und Tolot. Eile hin, so schnell ich kann. Habe aber Sprachengleicher nicht bei mir, sodass ich Verständigungsschwierigkeiten habe. Einige Worte ihrer Sprache habe ich aber behalten. »Vorsicht! Mir nach!«, fordere ich sie auf und dringe in subplanetaren Lagerraum ein, der Verbindungsgang zum Meditationszentrum hat.

Die beiden schließen sich mir an, ihr Vertrauen ehrt mich. Darf es nicht enttäuschen. Führe sie ins Meditationszentrum, das leer ist. Alle sind auf der Jagd nach Gucky und Tolot. Hier sind die beiden für eine Weile sicher. Nicht einmal Laren würden unser Allerheiligstes entehren. Habe keine Gewissensbisse. Vahnvatt wird nicht erfahren, dass ich solches Sakrileg begangen habe. Es geschah zur Rettung meiner Freunde – und meines Volks.

Kehre durch den Gang zum Ausgangspunkt zurück. Untersuchungskommission ist schon am Raumhafen zurück.

»Seltsam, Vahnvatt, was sich in Tomphus tut«, sagt höchster Larenoffizier gerade, als ich eintreffe.

»Die Forschung verlangt ihre Opfer«, antwortet Vahnvatt treuherzig. Was für ein abgefeimter Lügner!

»Ich werde Meldung machen müssen«, meint Larenoffizier. »Leider steht mir nicht die Zeit zur Verfügung, genauere Untersuchungen anzustellen. Aber ich erwarte deinen Bericht, Vahnvatt. Und ich verlange, dass er allgemein verständlich abgefasst ist. Vorerst glaube ich euren Beteuerungen. Wenn ich wiederkomme, will ich eine lückenlose Erklärung für diese seltsamen Experimente.«

»Du willst uns schon verlassen, Konzilsbruder?« Vahnvatt scheint das ehrlich zu bedauern. Ich weiß auch, wieso. Durch die Anwesenheit der Laren werden Gucky und Tolot wenigstens gebremst. Wenn die Laren Tomphus verlassen, können beide walten, wie sie wollen. Davor fürchtet sich Vahnvatt mehr als vor einer Entdeckung durch die Laren.

»Bleibt noch so lange, bis wir unser Problem gelöst haben«, fleht der Multi-Politiker. »Ich verlange gar nicht, dass ihr euch in unsere Angelegenheit einmischt. Es wäre sogar ratsam, dass ihr euch aus der Stadt zurückzieht. Aber verlasst nicht den Planeten. Schon die Anwesenheit unserer Konzilsbrüder wird uns anspornen.«

Er erreicht damit das Gegenteil. Die Laren sind nun von der Harmlosigkeit unserer abstrakt mathematischen Experimente überzeugt. Nichts kann sie mehr auf Tomphus halten. Vahnvatt ist darüber alles andere als glücklich.

Die Laren kehren auf ihre Raumschiffe zurück und starten.

»Verhandle mit den Fremden«, verlange ich von Vahnvatt.

»Ja, warum nicht?«, sagt der Multi-Politiker, und ich sehe die Hinterlist in allen vier Augen.

»So nicht«, wehre ich ab.

»Wir brauchen ihr großes Raumschiff, das sie SOL nennen, für den Transport unserer wertvollen Geräte«, argumentiert er.

»Übereinkommen durch Verhandlungen«, fordere ich, so kurz und bündig es geht.

»Also schön, verhandeln wir.« Vahnvatt gibt nach.

»Die Laren ziehen ab!«, rief Gucky triumphierend, als er die beiden Energiekugeln am Nachthimmel immer kleiner werden sah, bis sie schließlich verschwunden waren.

»Wir haben noch fast eine Stunde, bis Deighton uns abholen kommt«, stellte Icho Tolot fest. »Da können wir uns vorher noch ausgiebig mit den Keloskern beschäftigen.«

»Falls sie noch nicht zur Vernunft gekommen sind, werden wir ihnen tüchtig einheizen«, stimmte Gucky zu. »Verschwinden wir aber vorerst aus dieser Freiluftarena.«

Eptrocur hätte es sicherlich nicht gerne gehört, dass Gucky über diese geheiligte Stätte so abfällig sprach. Aber der Kelosker war sogleich wieder verschwunden, nachdem er sie hierher geführt hatte.

Gucky ergriff Tolots Hand und teleportierte mit ihm aus dem Meditationszentrum. Sie materialisierten auf einem großen Platz vor einem imposanten Gebäude, in dem Icho Tolot eine starke Energiequelle ortete. Einige hundert Kelosker hatten sich versammelt.

»Hier sind wir, wenn ihr uns immer noch haben wollt, ihr Dickhäuter!«, rief Gucky, und der Haluter ließ sein gefürchtetes Lachen dröhnen.

Die Kelosker drehten sich schwerfällig in ihre Richtung und brachten ihre Lanzenstrahler in Anschlag. Als sie das Feuer eröffneten, teleportierte der Mausbiber mit Tolot aus der Schusslinie. Sie materialisierten auf einem Gebäude auf der gegenüberliegenden Seite des Platzes und sahen, wie sich das Kraftwerk, vor dem sie eben noch gestanden hatten, unter dem Beschuss auflöste.

»Die demolieren ihre eigenen Anlagen.« Gucky seufzte. »Aber wer nicht hören will, muss fühlen. Wir haben unsere Verhandlungsbereitschaft gezeigt. Jetzt liegt es nur noch an ihnen.«

»He!«, rief Icho Tolot mit donnernder Stimme. »Schielt ihr, dass ihr nicht sehen könnt, wo wir wirklich sind?«

In die Menge kam Bewegung, als die verhasste Stimme wieder in ihrem Rücken ertönte. Kaum hatten sie sich in die neue Richtung gedreht und das Gebäude, auf dem die Fremden standen, unter Beschuss genommen, verhöhnte der Haluter sie schon wieder aus einer anderen Richtung …

Das ging so lange weiter, bis die meisten Bauten rund um den Platz verschwunden waren.

Gucky und Tolot wollten dieses quälende Spiel gerade beenden, als eine Gruppe anderer Kelosker zu der Menge auf dem Platz stieß.

»Aufhören! Aufhören!«, ertönte es in Interkosmo. Gucky sah, dass einer der Kelosker ein Übersetzungsgerät im Tentakel hielt; es handelte sich aber nicht um Eptrocur, sondern um den »Grauen«. »Wir bieten euch einen Waffenstillstand an. Kommt herunter, wir wollen mit euch verhandeln. Ich bin Vahnvatt, der Multi-Politiker von Tomphus. Ihr könnt Vertrauen zu mir haben.«

»Man soll zwar keinem Politiker trauen, egal, welchem Volk er angehört«, stellte Gucky fest. »Aber ich glaube, der Ernst der Lage macht Verhandlungen notwendig.«

Er teleportierte mit Icho Tolot und materialisierte wenige Schritte vor Vahnvatt. »So, großer Häuptling der Kelosker …«, sagte er in seiner schnoddrigen Art. Er vollendete den Satz nicht.

»Achtung!«, rief Icho Tolot, der dem scheinbaren Frieden nicht recht getraut hatte und seine Ortungen nicht aus den Augen ließ. Deshalb entging ihm auch nicht, dass einige Kelosker an der Seite des Politikers unscheinbar wirkende Geräte bei sich hatten, die jedoch eine starke Emission fünf- und sechsdimensionaler Strahlung aufwiesen.

»Das ist eine Falle, Gucky!«

Der Ilt handelte augenblicklich. Er hielt Tolots Hand immer noch fest, dass es ihm nicht schwer fiel, den augenblicklichen Standort mit einer Teleportation zu verlassen. Als die beiden in einiger Entfernung zwischen den anderen Keloskern wieder materialisierten, beförderte Gucky Vahnvatt mittels Telekinese an den Platz, an dem sie selbst eben noch gestanden hatten.

Im nächsten Augenblick wurde Vahnvatt von einer Energieglocke eingeschlossen. Die Kelosker an den Projektoren sahen verständnislos, wie ihr Multi-Politiker in der Falle zappelte, die den beiden Fremden zugedacht war.

»Das wird ihm zur Lehre gereichen«, stellte Gucky fest. »Die Zeit für Verhandlungen mit den Keloskern scheint noch nicht reif zu sein.«

»So ist es«, stimmte Icho Tolot zu. Als sich einer der Kelosker ihnen zuwandte, ließ der Haluter drohend die Fäuste wirbeln.

»Nicht, das ist Eptrocur!«, rief Gucky, der den Kelosker an verschiedenen Merkmalen erkannte. Eptrocur hatte das verwaiste Übersetzungsgerät an sich genommen, das Gucky dem Politiker telekinetisch entrissen hatte.

»Habe nicht gewusst, dass Vahnvatt falsches Spiel treibt«, beteuerte Eptrocur. »Müsst mir glauben!«

Gucky überlegte nicht lange, berührte den Kelosker und teleportierte mit ihm und Icho Tolot auf die andere Seite der Stadt.

»Nahm an, Vahnvatt wolle mit euch verhandeln«, sagte Eptrocur, als sie in einem leer stehenden Gebäude am südlichen Rand der Stadt materialisierten. »Versprach es mir hoch und heilig.«

»Wir machen dir keine Vorwürfe«, versicherte Gucky. »Du bist schon in Ordnung, darüber besteht überhaupt kein Zweifel.«

»Und mein Volk?«, wollte der junge Kelosker wissen. »Was denkt ihr?«

Gucky zuckte die Achseln. »Was soll ich viel sagen? Welche Meinung hättest du von Leuten, die dir etwas wegnehmen wollen, von dem deine Existenz abhängt?«

»Du meinst euer Raumschiff ...«

»Richtig, die SOL, die Last Stopp nicht verlassen kann, weil dein Volk sie festhält. Ich kann mir nicht vorstellen, dass die Kelosker ihre Meinung geändert haben und uns die Freiheit geben wollen.«

»Brauchen dieses Schiff«, sagte Eptrocur. »Aber vielleicht Ausweg möglich?«

»Wir würden uns sicher einigen«, bestätigte Icho Tolot. »Aber darauf scheint ihr Kelosker keinen Wert zu legen.«

»Nicht von Vahnvatt auf ganzes Volk schließen«, verlangte Eptrocur. »Wir stehen vor dem Untergang. Sind verzweifelt. Ohne uns können die Völker des Universums nie befriedet und beglückt werden. Versteht ihr? Wir müssen um jeden Preis danach trachten, der Katastrophe zu entgehen.«

»Wir würden euch dabei gerne helfen«, erwiderte Gucky. »Aber keinesfalls um den Preis der Selbstvernichtung. So abstrakt können wir gar nicht denken, dass wir unsere Existenz für eure Abstrakt-Mathematik aufgeben.«

»Kompromiss! Bin dafür!«

»Ein solcher wird sich zweifellos finden lassen«, stimmte Gucky zu. »Aber nicht unter den Bedingungen, die sich Vahnvatt ausgedacht hat.

Es ist nur schade, dass nicht alle Kelosker deine Einstellung haben, Eptrocur.«

»Ja, schade. Was tut ihr nun?«

»Wir müssen Tomphus verlassen.«

»Ohne weitere Verhandlungen?«

»Die Zeit drängt«, sagte Icho Tolot aus dem Hintergrund. »Wenn nichts dazwischengekommen ist, müsste Deighton mit der Space-Jet in wenigen Minuten im Orbit auftauchen.«

»Keine Verhandlungen?«, wiederholte Eptrocur.

»Ich wäre sehr dafür«, antwortete Gucky. »Doch du hast gehört, was Tolotos sagt. Unsere Zeit auf Tomphus ist abgelaufen. Vielleicht hätten wir eine Einigung erzielen können. Aber das kann immer noch werden.«

»Ihr kommt wieder?«

»Bestimmt. Wir werden über unsere Erfahrungen mit den Keloskern berichten und nicht vergessen, eure Not zu schildern. Ich bin sicher, dass wir Tomphus – oder einer der anderen keloskischen Welten – bald einen neuen Besuch abstatten. Dann wird es hoffentlich nicht mehr so gravierende Missverständnisse geben.«

»Keine Missverständnisse«, sagte Eptrocur hoffnungsvoll.

»Es ist Zeit für uns!«, drängte Tolot.

»Leb wohl, Eptrocur.« Der Mausbiber schloss den Helm seines Raumanzugs. Bevor er in den Orbit teleportierte, entsann er sich, dass es vielleicht gut war, dem Kelosker in einer menschlichen Geste zu verstehen zu geben, dass die Terraner die Bereitschaft für Frieden und Freundschaft in sich trugen.

Gucky ergriff den Tentakel des Keloskers und drückte ihn. Wenn Eptrocur diese Geste vielleicht auch nicht ganz verstand – er erwiderte den Händedruck jedenfalls.

Eine Stunde vor dem vereinbarten Zeitpunkt war die Space-Jet startbereit. Deighton ging an Bord. Er hielt sich noch nicht lange in der Kommandokuppel auf, als Ribald Corello aus der Ortungszentrale des Leichten Kreuzers meldete: »Beide SVE-Raumer sind vom zweiten Planeten gestartet. Sie entfernen sich mit hohen Beschleunigungswerten.«

Deighton atmete auf.

Die Hangarschleuse öffnete sich, dann beschleunigte die Space-Jet und entfernte sich mit wachsender Geschwindigkeit aus dem Sonnenorbit. Nach dem Erreichen der erforderlichen Mindestgeschwindigkeit trat der kleine Diskus in den Linearraum über und fiel nur wenige Sekunden später in der Nähe des zweiten Planeten in den Normalraum zurück. Die SVE-Raumer hatten das Sonnensystem bereits verlassen.

Galbraith Deighton suchte mit fiebrigen Blicken die Ortungsschirme ab. Er redete sich ein, dass es überhaupt nichts zu bedeuten hatte, wenn Gucky und Icho Tolot dieses Treffen verpassten. Dann würde er eben in zwölf Stunden wiederkommen …

Endlich schlugen die Energietaster aus.

Die Ortung hatte die beiden winzigen Objekte kaum erfasst, da verschwanden sie auch schon wieder.

Und im gleichen Augenblick spürte Deighton einen leichten Luftzug im Nacken. Er schwang mitsamt dem Kontursessel herum.

Und da standen Gucky und Icho Tolot.

Deighton lachte befreit auf.

»Alles in Ordnung?«, erkundigte er sich, nachdem die beiden ihre Helme geöffnet hatten.

»Nichts ist in Ordnung«, schnaubte Gucky. »Aber darüber später mehr. Wir müssen sofort zur SOL zurück und Perry Bericht erstatten. Der wird Augen machen, wenn er erfährt, warum die SOL auf Last Stopp festsitzt.«

Die Space-Jet kehrte in den Ortungsschutz der Sonne zurück und wurde von Deightons Kommandoschiff wieder an Bord genommen.

Wenig später nahmen die sieben Leichten Kreuzer Fahrt auf und entfernten sich in Richtung Last Stopp aus dem Sonnensystem.

Die Aufzeichnungen des Kybernetikers Joscan Hellmut:

30. 7. 3578 – Terra-Zeit. Nach meiner privaten Zeitrechnung haben wir das Jahr 38 – ich werde es mir nicht nehmen lassen, das immer wieder zu erwähnen.

Galbraith Deightons Expedition ist gestern zurückgekehrt. Die Geschehnisse um Gucky und Icho Tolot erfuhr ich, als Perry Rhodan mich zur Auswertung der Forschungsergebnisse durch SENECA hinzuzog, weil die Hyperinpotronik seltsame Reaktionen zeigte.

Einige Daten schluckte SENECA, ohne sie auszuwerten. Ich fand mit meinen Kollegen heraus, dass sich die Daten in dem komplizierten und weit verzweigten Speicherungssystem schlicht »verirrt« hatten. Das war in der Tat ungewöhnlich.

Rhodan verband die Datenauswertung mit einer Lagebesprechung, und was der Mausbiber und der Haluter berichteten, schlug wie eine Bombe ein. Wer hätte vermutet können, dass wir in dieser scheinbar unbedeutenden Kleingalaxis auf die verhassten Feinde der Menschheit stoßen würden – die Laren?

In dem Zusammenhang bekam die Mitteilung von ES – jenem geheimnisvollen Geistwesen, über das ich schon früher verschiedentlich Andeutungen gehört hatte – eine neue Wertigkeit.

Nun kann es keine Zweifel mehr geben, dass ES die Laren und das fünfte Konzilsvolk gemeint hat – die Kelosker. So überwältigend und schwerwiegend all diese Erkenntnisse auch sind, etwas anderes ist für unsere augenblickliche Lage von viel größerer Bedeutung: Die Kelosker sind dafür verantwortlich, dass wir auf Last Stopp festsitzen, und niemand kann sagen, wie ihre Falle funktioniert. Das heißt, niemand außer mir wusste es. Das war der Zeitpunkt, an dem ich mein Schweigen brach.

Schon als ich die ersten Bilder von den Keloskern sah und erfuhr, dass ihre Extremitäten für handwerkliche Tätigkeiten nicht geeignet waren, assoziierte ich das mit meinem Fund auf Last Stopp. Deshalb durfte ich nicht länger schweigen. Ich erklärte, dass das technische Gerät, das ich entdeckt hatte, von den Keloskern stammen musste. Und ich entwickelte auch sofort die Theorie, dass, falls es noch mehr solcher Geräte auf Last Stopp gab, sie für das Festsitzen der SOL verantwortlich sein könnten.

Ich muss hier vermerken, dass meine Aussage mehr Aufregung verursachte als der Bericht des Haluters und des Mausbibers. Was die Zerstörung des Geräts durch Romeo und Julia betraf, so gab ich zu bedenken, dass das Roboterpärchen nicht für sein Fehlverhalten verantwortlich zu machen sei, denn dieses war mit höchster Wahrscheinlichkeit auch auf das keloskische Gerät zurückzuführen.

Perry Rhodan schickte sofort Suchtrupps aus, die den Planeten nach weiteren keloskischen Instrumenten absuchen sollten.

Ich werde mich – nachdem ich diese Eintragung abgeschlossen habe – freiwillig für einen Suchtrupp melden. Denn ich habe persönlich das größte Interesse daran, alle Störquellen zu eliminieren, durch die Romeo und Julia negativ beeinflusst werden.

Ich möchte schließlich meine Freunde nicht verlieren.

28.

Der Raum

»Ich bin für so etwas Altmodisches wie Ehe und Familie«, sagte Eckrat Birtat. »Sobald wir einen Planeten gefunden haben, auf dem wir bleiben können, möchte ich mit dir ein solches nostalgisches Bündnis eingehen.«

May Ennis lächelte flüchtig und entfernte sich einige Schritte vom Schaltpult des Transmitters. Dicht vor dem Ersten Offizier blieb sie stehen. Sie blickte zu ihm auf und hängte ihre Finger in seinen Gürtel. »Du Träumer«, erwiderte sie. »Siehst du die Realität nicht?«

»Wir werden auf einer sehr realen Welt landen, die große Ähnlichkeit mit der guten alten Erde hat.«

»Sieh dich doch an Bord um. Hast du dir nie überlegt, was die anderen Männer sagen werden?«

»Was gehen sie mich an?«

»An Bord der CINDERELLA befinden sich vierzig Männer und drei Frauen. Dein Traum, unter solchen Umständen eine Frau für dich allein zu haben, kann sich nicht realisieren.«

Er blickte sie schockiert an. »Willst du damit sagen, dass ...?« Er sprach nicht zu Ende, denn in dem Moment baute sich das Transportfeld zwischen den Transmittersäulen auf.

»May, der Transmitter!«

Sie fuhr herum. Ihre Augen weiteten sich. »Eckrat, das ... das kann doch nicht sein.« Ihre Hand krallte sich in seinen Arm. Plötzlich schien alle Wärme aus dem Transmitterraum zu weichen. May Ennis hatte die Positronik blockiert. Das bedeutete, dass sich das Gerät auf gar keinen Fall einschalten konnte. Dennoch war das eben geschehen.

Etwas hatte sich verändert, war nicht mehr so, wie es eigentlich sein sollte. Die Unendlichkeit schien sich vor May zu eröffnen, Raum und Zeit begannen sich miteinander zu verdrehen, und die Perspektiven verzerrten sich.

Dann schnellte in Bruchteilen von Sekunden eine riesige Gestalt aus dem Transportfeld hervor. Sie flog auf Birtat und die Frau zu, breitete mit einem grässlichen Schrei die Arme aus und stürzte vor ihnen zu Boden. Unheimlich, wie sie versuchte, sich wieder aufzurichten. Ihr Gesicht hob sich dem Ersten Offizier und May Ennis entgegen.

Es war das Gesicht eines ungeheuer alten Mannes. Vertrocknete, tiefbraune Haut spannte sich über den Knochen dieses mumienhaften Antlitzes, das Birtat seltsam bekannt vorkam. Schlohweißes Haar fiel bis auf die Schultern herab, und auch die weißen Augenbrauen und der Bart wirkten überlang, als seien sie seit Äonen nicht mehr geschnitten worden.

Die Lippen bewegten sich. Der Fremde röchelte aber nur. Deutlich konnte der Erste Offizier ihm ansehen, dass er verzweifelt um Worte kämpfte. »Was ist mit Ihnen?« Birtat kniete vor ihm nieder.

Der Fremde klammerte sich an die Uniformjacke des Offiziers. Er blickte ihn flehend an. Ein Schwall unverständlicher Worte drang aus seinem Mund.

»Ich verstehe Sie nicht«, sagte der Erste Offizier.

Der Mann sank in sich zusammen, drückte die Stirn auf den Boden, und seine Schultern zuckten.

Er war von riesenhaftem Wuchs und völlig abgemagert. Auf eine kaum begreifliche Weise wirkte er in die Länge gezogen, als habe eine unvorstellbare Macht ihn deformiert.

Eckrat Birtat wandte sich an die Frau. »Hol den Doc her!«

May schien froh zu sein, aus dem Raum fliehen zu können, während der Erste Offizier den Fremden behutsam auf den Rücken drehte. Wieder hatte Birtat das Gefühl, dass er diesen Mann kannte. Aber das war vollkommen ausgeschlossen, nie zuvor war ein Mensch in Balayndagar gewesen. Wenn ihn der Greis an jemand erinnerte, war das eine rein zufällige Ähnlichkeit.

May Ennis kehrte mit »Doc« Peta Alahou zurück. Der schlaksig wirkende Mann legte dem Fremden die Finger an die Augen und hob die Lider.

»Wo kommt er her?«

»Aus dem Transmitter«, antwortete der Erste Offizier. »Mehr weiß ich nicht.«

May Ennis ging zu den beiden Säulen. Dabei fuhr sie an Alahou gewandt fort: »Das Gerät hat sich von selbst eingeschaltet, obwohl ich es gesichert hatte.« Sie blieb vor dem Schaltpult stehen. »Eckrat!«, rief sie, und ihre Stimme bebte. »Der Transmitter ist auch jetzt noch ausgeschaltet!«

In diesem Moment geschah erneut etwas völlig Unerklärliches. Die Sensortasten glommen auf.

»Bei allen Weltraumgeistern«, stammelte May. »Jetzt schaltet der Transmitter sich wieder ein!«

Birtats Blick glitt über die Anzeigen. Sie wiesen langsam steigende

Werte aus, die erst nach etwa dreißig Sekunden den Standard erreichten, der für einen Materietransport notwendig war.

Weitere zehn bis fünfzehn Sekunden verstrichen, während Eckrat Birtat und May Ennis fassungslos vor dem Transmitter standen. Danach erlosch das Transportfeld wieder.

Der Erste Offizier wandte sich dem Unbekannten zu, der aus seiner Ohnmacht erwacht war und erneut versuchte, ihm etwas mitzuteilen. Aber als er sich über ihn beugte, fiel der Kopf des Alten ruckartig zurück.

»Er ist tot«, sagte Alahou.

»Retten Sie ihn irgendwie!«, rief Birtat erregt. »Doc, Sie haben doch die Möglichkeit, ihn an ein Lebenserhaltungssystem anzuschließen.«

Peta Alahou schüttelte den Kopf. »Zu spät«, entgegnete er. »Diesen Mann erweckt nichts mehr zum Leben. Er war praktisch schon tot, als er aus dem Transmitter kam. Mit ungeheurer Willenskraft hat er sich noch einige Minuten ans Leben geklammert. Aber jetzt hilft ihm kein Lebenserhaltungssystem mehr.«

»Wieso sagen Sie das? Sie haben ihn kaum untersucht.«

Peta Alahou erhob sich. Er strich seine Jacke glatt. »Wir sollten nicht vergessen, dass ich Astronom bin, aber kein Arzt, obwohl Sie trotz meiner Proteste immer wieder so tun, als wäre ich es. Ich habe eine medizinische Teilausbildung genossen, die ausreicht, Sanitätsdienst zu versehen. Alles andere müssen wir den Medorobotern überlassen. Aber die erreichen hier auch nichts mehr.«

»Reden Sie nicht so viel – tun Sie etwas!«

Alahous Hände glitten über die Beine des Toten. Er schüttelte den Kopf, als könne er nicht begreifen, was er fühlte. Dann bewegte er ein Bein. Es knickte nicht im Knie ein, sondern bildete einen Bogen, als ob es ohne Knochen sei.

»Entweder ist dies überhaupt kein Mensch«, sagte der Astronom, »oder seine Knochen wurden vollkommen zermalmt. Haben Sie etwas dagegen, wenn ich ihn seziere?«

»Im Gegenteil. Ich will wissen, was für ein Geschöpf wir vor uns haben.«

»Ich hätte schwören können, dass es ein Mensch ist«, bemerkte May Ennis.

Eckrat Birtat betrat die Zentrale der CINDERELLA. Die Korvette hatte den Linearraum verlassen und näherte sich einer großen roten Sonne. Kommandant Tontro Jegontmarten saß neben dem Funkleitoffizier. Er war ein hagerer Mann mit kantigem Gesicht. Seine Haltung und die Art, wie er sprach und sich bewegte, ließen Energie und Zielstrebigkeit erkennen.

»Gut, dass Sie kommen, Eckrat«, sagte er, als der Erste Offizier neben ihn trat. »Wir haben eben einen Funkspruch empfangen, der ein Ding der Unmöglichkeit ist.«

»Und ich habe etwas erlebt, was mir niemand glauben würde, wenn ich nicht einen eindeutigen Beweis hätte.«

»Was für einen Beweis?«

»Eine Leiche.« Birtat berichtete mit knappen Worten, was im Transmitterraum geschehen war.

»Das ist verrückt«, sagte Jegontmarten kopfschüttelnd. »Wissen Sie, was der Funkspruch beinhaltet?«

»Woher sollte ich ...?«

Der Kommandant wandte sich halb ab und betrachtete den Panoramaschirm. Die Korvette war noch mehrere Lichtstunden von der roten Sonne entfernt. »Der Funkspruch lautete: Transmitter *einschalten!* Er war absolut unverständlich für uns und musste erst von der Positronik übersetzt werden. Interessanterweise war er in Interkosmo abgefasst.«

»Verschlüsselt?«

»Die Positronik erklärte, der Funkbefehl sei verstümmelt und verdreht gewesen, ohne kodifiziert worden zu sein. Sie verstehen, was ich meine?«

»Nein.«

»Der Spruch wurde nicht absichtlich verändert, sondern durch Umstände unverständlich gemacht, auf die der Sender keinen Einfluss hatte.«

»Aha«, sagte Birtat, ohne wirklich zu begreifen. »Wann war das?«

»Der Funkspruch lief ein, kurz bevor Sie in die Zentrale kamen.«

»Das ist logisch.«

»Wieso, was meinen Sie damit?«

»Ich wünschte, ich wüsste es selbst, Tontro. Jetzt begreife ich nämlich überhaupt nichts mehr. Erst schaltete sich das Transportfeld des Transmitters von selbst ein, obwohl die Positronik blockiert ist. Dann stürzt ein Mann aus dem Transmitter, der danach erst wirklich die Arbeit aufnimmt und sich später wieder abschaltet. Erst als das alles vorbei ist, kommt ein Befehl von einem Unbekannten, den Transmitter in Betrieb zu nehmen.«

»Sie glauben, dass ein Zusammenhang besteht?«

»Nein, das nicht, Tontro. Ich habe nur festgestellt, dass eben kein Zusammenhang bestehen kann, es sei denn, dass Ursache und Wirkung sich in einem chaotischen Durcheinander befinden.«

»Halten Sie es für möglich, dass ein Mann tot umfällt, bevor man auf ihn geschossen hat?«

Der Erste Offizier schüttelte den Kopf.

»Ausgeschlossen, Tontro. Wie sollte so etwas geschehen? Wir leben in einem Universum der Wunder, und wenn die Kausalität in bestimmten mikrokosmischen Bereichen auch nicht mehr gegeben sein mag, bleibt sie doch in unserer Erlebniswelt bestehen. Nehmen wir an, dass jemand auf einen anderen schießt. Der Energiestrahl durchbohrt die Brust des Getroffenen und verbrennt Herz und Lunge. Dann ergeben sich doch Fragen, die niemand mehr beantworten kann, sobald wir Wirkung und Ursache umkehren.«

»Das meinte ich. Wie sollten die Ereignisse ablaufen? Fällt der Mann tot um, obwohl er organisch noch völlig unverletzt ist? Erste Ursache seines Endes wäre doch der Schuss. Wird dieser nicht abgegeben, dann … Ach, lassen wir das. Solche Fragen ergeben keinen Sinn. Die Kausalität muss Grundlage unseres Denkens bleiben, sonst können wir gleich die Reise zur Hölle antreten.« Jegontmarten deutete auf den Panoramaschirm. »Ich hoffe, wir finden bald einen Sauerstoffplaneten, auf dem wir unsere Vorräte auffüllen können. Bleiben Sie in der Zentrale, ich will mir den Mann ansehen, der durch den Transmitter gekommen ist.«

Der Kommandant eilte hinaus. Er erreichte den Transmitterraum, als Peta Alahou ihn gerade mit der Leiche verlassen wollte.

»Wohin, Doc?«, fragte er.

»Ins Medocenter. Ich muss die Leiche genau untersuchen.«

»Dafür ist später noch Zeit. Wir nähern uns einem Sonnensystem. Ich möchte, dass Sie es unter die Lupe nehmen, bevor wir allzu nahe sind. Von Überraschungen habe ich vorerst genug.«

»Gut, Major, ich werde den Toten ins Medocenter bringen und ihn auf Eis legen, bis ich Zeit für ihn habe.«

»In Ordnung, Doc. Machen Sie Meldung, sobald Sie mir etwas Wichtiges sagen können.«

»Sie können sich auf mich verlassen, Professor.«

»Professor? Was soll das, Doc? Spinnen Sie?«

»Wieso? Sie nennen mich doch auch Doc, obwohl ich kein Mediziner bin.«

Major Jegontmarten verzog das Gesicht. »Für derlei Scherze habe ich keine Nerven, Doc.«

Der Astronom setzte zu einer Gegenbemerkung an, unterdrückte sie jedoch. Er blickte auf den Greis, der auf einer Antigravbahre lag. Major Jegontmarten trat näher an ihn heran. »Das ist er?«, fragte er völlig überflüssig. Alahou verzichtete auch auf eine Antwort.

Jegontmarten presste die Lippen zusammen. Er hatte das Gefühl, den Boden unter den Füßen zu verlieren. Der Tote erinnerte ihn an jemanden, nur wusste er nicht, an wen. Ein kalter Schauer lief ihm über den Rücken, dann wandte er sich ab und eilte davon.

Alahou transportierte den Leichnam weiter. Jetzt hatte er es eilig, denn auf die neue Aufgabe freute er sich. Er war Astronom aus Leidenschaft. Er stellte den Toten im Medocenter ab und begab sich sofort in seine Arbeitsräume.

Er ließ sich in einen Sessel sinken und betrachtete die rote Sonne. Ihm fiel sofort auf, dass nur wenig Sterne in diesem Sektor der Kleingalaxis Balayndagar standen. Ortungs- und Beobachtungsgeräte lieferten erste Daten. Die interstellare Materie war auffallend dünn verteilt. Die Leuchtkraft des Roten Riesen war beträchtlich schwächer als aufgrund der anderen Daten zu erwarten. Die Sensoren zeigten eine deutliche Strahlung in der Nähe der Sonne an.

Das Türschott öffnete sich. May Ennis trat ein. »Störe ich, Doc?«

»Mich stört heute gar nichts mehr, May.«

Sie setzte sich neben ihn in einen freien Sessel. »Hat *es* Sie wieder mal gepackt?« May deutete auf die Ortungs- und Beobachtungsschirme. »Was ist mit der roten Sonne? Ich sehe nichts Ungewöhnliches.«

»Das ist auch nicht möglich«, entgegnete er geheimnisvoll und setzte seine Untersuchungen fort. »Ich habe gerade festgestellt, dass wir einem wahren Hagel von Röntgenstrahlung ausgesetzt sind.«

»Die Schutzschirme absorbieren alles.«

»Das kann nur jemand sagen, der von Astrophysik keine Ahnung hat.« Alahou verzog die Mundwinkel. »Diese Röntgenstrahlung besitzt eine besondere Eigenschaft, die ich eben erst ermitteln konnte. Sie verändert stetig ihre Frequenz.«

»Und das ist wichtig?«

Alahou schaltete um. Das Bild der roten Sonne vor dem nachtschwarzen Hintergrund des Weltraums verschwand. Dafür erschien eine von der Positronik hergestellte Skizze. Sie zeigte die Sonne und zwei Planeten.

»Sehen Sie sich diese exzentrischen Planetenbahnen an!«

»Doc, ich bin gerade geschickt genug, um zu erkennen, dass die Sonne zwei Begleiter hat.«

»Dann muss ich Ihnen wohl sagen, May, Sie haben sich geirrt. Wir haben ein Doppelsonnensystem vor uns.«

»Die Rote hat einen Begleiter?« Die Frau schüttelte den Kopf. »Ich sehe ihn nicht.«

»Das können Sie auch nicht. Er ist nämlich unsichtbar.«

Das Schwarze Loch

Major Tontro Jegontmarten blickte auf den Schirm, auf dem sich das Gesicht des Astronomen abzeichnete. »Warum höre ich von Ihnen nichts, Doc? Glauben Sie, wir wollen ewig warten?«

»Ich habe meine Gründe«, erwiderte Alahou gelassen. »Beantworten Sie mir bitte noch eine Frage.«

»Schießen Sie los.«

»Ich muss wissen, ob die CINDERELLA vom Kurs abweicht, obwohl die Steuerungssysteme einwandfrei funktionieren.«

»Das ist allerdings der Fall«, antwortete der Kommandant verblüfft. »Woher wissen Sie das? Wir haben uns eben über dieses Phänomen unterhalten. Das Schiff wird abgelenkt, obwohl wir keine Gravitationsquelle ausmachen können, die dafür verantwortlich ist.«

»Dann ist alles klar, Sir. Das Sonnensystem vor uns besteht aus dem Roten Riesen und einem Black Hole. Es ist ein Doppelsystem.«

»Ein Schwarzes Loch?« Jegontmarten blickte den Astronomen bestürzt an. »Sind Sie sicher?«

»Absolut.«

»Dann verschwinden wir besser von hier. Ich habe keine Lust, in die Hölle zu fliegen.«

»Keine Sorge, dass so etwas geschieht«, erwiderte Alahou. »In wenigen Minuten kann ich Ihnen einwandfreie Navigationsdaten liefern. Das System verfügt über einen erdähnlichen Planeten, der hervorragend für unsere Zwecke geeignet sein dürfte.«

»Glauben Sie das wirklich, Doc? Wenn dies ein Doppelsystem ist, herrschen wohl extreme Verhältnisse auf dem Planeten. Er müsste sowohl den Roten Riesen als auch das Schwarze Loch umkreisen. Dabei treten zwangsläufig Temperaturschwankungen auf, die einer Entwicklung jeglichen Lebens im Wege stehen dürften.«

»Das ist richtig. Der Planet befindet sich derzeit aber in einem günstigen Abstand zur Sonne mit angenehmen Durchschnittstemperaturen.

Es mag sein, dass er in anderen Jahreszeiten zur Eiswüste erstarrt, doch jetzt bietet er uns erträgliche Verhältnisse. Und wir wollen ja nur unsere Vorratslücken schließen.«

Major Jegontmarten pfiff leise durch die Zähne.

»Für Sie ist das natürlich eine einmalige Gelegenheit, ein Schwarzes Loch aus der Nähe zu studieren, Doc«, sagte er. »Sie sind verrückt genug, sich bis in die unmittelbare Nähe eines solchen Kannibalen zu wagen.«

»Wir haben ein rotierendes Schwarzes Loch vor uns, das uns nicht gefährlich werden kann, wenn die Navigation meine Daten exakt beachtet.«

»Ich bin einverstanden und komme zu Ihnen hoch, Doc.«

Mit einem Gefühl des Unbehagens verließ Major Tontro Jegontmarten die Hauptzentrale. Black Holes stellten die größte Gefahr für die Raumfahrt dar, sie waren heimtückische Fallen, in denen schon manches Raumschiff spurlos verschwunden war.

Als der Kommandant das astronomische Arbeitszentrum betrat, sagte May Ennis gerade: »Ich habe mich nie für die Theorie dieser Schwerkraftgiganten interessiert – das war ja wohl während des Flugs für mich nicht wichtig. Was zum Teufel sind die Details?«

Alahou bemerkte den Major. »Es gibt keinen Zweifel mehr!«, meldete er. »Wir befinden uns vor einem Black Hole.«

Jegontmarten setzte sich in einen Sessel. »Wollen Sie die Frage nicht beantworten, Doc? Erklären Sie Miss Ennis doch, was für ein Monstrum wir vor uns haben.«

»Gern. May, Sie wissen, dass Sterne irgendwann zugrunde gehen?«

»Das schon – aber nicht, wieso sie altern.«

»Sonnen gewinnen ihre Energie aus der Verschmelzung leichter Atomkerne zu schweren Kernen. Ich glaube, die physikalischen Einzelheiten kann ich uns ersparen. Anfangs besitzt ein Stern einen hohen Anteil an Wasserstoff. Diesen baut er zunächst zu Helium, dann zu Kohlenstoff und allmählich zu immer schwereren Elementen auf. Und ganz banal gesagt: Eines Tages hat der Stern keine Energiequelle mehr, die einen Gravitationskollaps verhindern könnte. Sein Strahlungsdruck entfällt also, und je schwerer er ist, desto schneller kann der Zusammenbruch erfolgen. Der Tod einer Sonne kennt viele Möglichkeiten und Zwischenstadien. Aber ich will nicht von Neutronensternen und Supernovae reden. Gelingt es einem Stern nicht, einen wesentlichen Teil seiner Masse abzustoßen, bevor er in sich zusammenbricht, verwandelt er sich in ein Schwarzes Loch.«

»Hm«, machte May. »Die gesamte Masse sackt also zu einem winzigen Klumpen mit ungeheuer starker Gravitation zusammen. Aber wieso wird der Stern dann unsichtbar?«

»Nehmen wir einmal an, wir stünden mit der CINDERELLA auf der Oberfläche eines in sich zusammenfallenden Sterns und näherten uns seinem Zentrum. Die Schwerkraft nimmt also ständig zu. Das bedeutet, dass unsere Startgeschwindigkeit im gleichen Maß höher werden muss.«

»Das ist mir klar.«

»Vertrauen Sie nicht blind auf unsere Techniker«, warf Kommandant Jegontmarten ein. »Falls Sie glauben, unsere Triebwerke könnten jede Fluchtgeschwindigkeit erreichen, ist das ein Irrtum.«

»Ich verstehe. Sobald die Gravitation Werte erreicht, dass selbst die Lichtgeschwindigkeit beim Start nicht mehr ausreichen würde, säßen wir fest. Wir hätten ...« May Ennis blickte die beiden Männer abwechselnd an. »Jetzt habe ich begriffen: Auf einem solchen zusammenbrechenden Stern wird die Schwerkraft schließlich so hoch, dass selbst das Licht sich nicht mehr von ihm lösen kann. Stimmt das?«

»Richtig«, erwiderte der Astronom. »Ein Schwarzes Loch ist unsichtbar, weil kein Lichtstrahl sich von seiner Oberfläche entfernen kann. Nichts kann sich von ihm wieder lösen, es sei denn, im überlichtschnellen Bereich.«

»Also müsste man theoretisch von einem Black Hole aus per Hyperfunk nach außerhalb Kontakt aufnehmen können.«

»Vorausgesetzt, man hat genügend Energie zur Verfügung«, stellte Jegontmarten fest.

»Und daran scheitern alle theoretischen Überlegungen bereits«, pflichtete Alahou bei. »Zudem stimmen die physikalischen Gegebenheiten in einem Schwarzen Loch nicht mehr mit denen außerhalb überein. Raum und Zeit können sich umkehren. Alles kann anders werden. Und jedes Raumschiff würde ohnehin von der Schwerkraft zertrümmert werden.«

May Ennis blickte auf die Schirme. »Da draußen ist also so ein Monstrum ... Sagen Sie, Doc, wie groß würde denn die Erde als Schwarzes Loch sein?«

»Die kritische Größe eines zusammenbrechenden Sterns, der aber alle Materie und das Licht für immer an ihn fesselt, ist durch den so genannten Schwarzschild-Radius gekennzeichnet. Nach einem deutschen Wissenschaftler benannt, der das herausgefunden hat. Dieser Radius beträgt für Terra nicht mehr als einen Zentimeter. Das ist die Grenze.«

»Und Sie meinen, das Ding da draußen sei so klein? Nur einen Zentimeter?«

Peta Alahou schüttelte den Kopf. »Es ist beträchtlich größer. Ein exaktes Ergebnis liegt mir noch nicht vor, aber ich schätze es auf etwa einhundert Kilometer Durchmesser.«

»Das würde bedeuten, dass eine Unsumme von Sternen darin steckt.«

»Das ist vollkommen richtig. Dieses Schwarze Loch muss schon viele Planeten und Sonnen verschluckt haben.«

»Und warum hat es den Roten Riesen nicht gefressen?«

»Weil er sich in einem ganz bestimmten Bewegungs- und Raumkrümmungsverhältnis zu ihm befindet, der ihn noch davor schützt. Aber ich kann das bislang nicht mit letzter Sicherheit sagen.«

»Mir gefällt das alles nicht.« Major Jegontmarten begann eine unruhige Wanderung. »Halten Sie es für möglich, Doc, dass ein Zusammenhang besteht zwischen dem alten Mann, der durch den Transmitter gekommen ist, und dem Black Hole?«

Alahou überlegte lange, bis er schließlich den Kopf schüttelte. »Das halte ich für ausgeschlossen. Natürlich ist die Versuchung groß, alles mit dem Schwarzen Loch erklären zu wollen, was uns bisher als unerklärlich erscheint. Aber so einfach ist das nicht. Hier müssen noch andere Kräfte im Spiel sein. Fast immer lassen sich alle Vorgänge nach unseren logischen Gesetzen erklären. Deshalb kann ich Ihnen nur empfehlen, den Transmitter genau untersuchen zu lassen.«

»Glauben Sie, ich hätte einen Fehler gemacht?«, fragte May Ennis beleidigt. »Ich habe nur die üblichen Inspektionsarbeiten vorgenommen und dabei genau das getan, was ich immer gemacht habe. Jeder Handgriff sitzt hundertprozentig.«

»Ich wollte Sie nicht kritisieren, May. Sehen Sie aber bitte ein, dass für uns alles leichter ist, wenn wir feststellen könnten, dass Sie etwas falsch gemacht haben.«

»Verraten Sie mir, was das sein sollte?«

»Schon gut«, beschwichtigte Alahou.

»Eine Frage noch«, wandte der Kommandant ein. »Nehmen wir den unwahrscheinlichen Fall an, dass der Mann aus dem Transmitter tatsächlich in irgendeiner Weise mit dem Schwarzen Loch in Berührung gekommen sei?«

»Sie wollen also davon ausgehen, dass er in das Loch gestürzt ist?«

»Ja. Erklären Sie mir, was dann mit ihm passieren würde.«

»Der arme Teufel hätte nicht die Spur einer Überlebenschance. Er würde restlos zerfetzt werden.«

»Wieso?«, fragte May.

»Weil die Schwerkraft eine der wesentlichsten Kräfte des Universums ist. Schwere Sterne beeinflussen den Raum so stark, dass er sich krümmt. Wenn wir mit der CINDERELLA antriebslos an einer Sonne vorbeifliegen, wird unsere Bahn verändert. Die Fahrt geht nicht mehr geradeaus, sondern verläuft in einer gebogenen Linie.«

»Das weiß ich.« May Ennis krauste die Stirn. »Aber weiter ...?«

»Stellen Sie sich vor, wir wären zweidimensionale Lebewesen und lebten auf einer ausgedehnten Ebene. Nehmen wir also weiter an, dass dieses flache Land von einem Stern stark gekrümmt wird. Wenn der Stern schwer genug ist, wird die Krümmung so stark, dass die Ebene sich allseits zusammenschließt. Das wäre dann, als lebten wir auf der Oberfläche eines Ballons, ohne jemals in das Innere eindringen zu können. Wir könnten also nicht erkennen, was da ist, und blieben an der Oberfläche isoliert, da wir nur zwei Dimensionen kennen.«

»Sie meinen, dass eine ähnliche Isolation eintritt, wenn sich ein Schwarzes Loch bildet?«

»Der Raum in unmittelbarer Nähe wird so stark gekrümmt, dass er sich völlig abschließt. Nichts, was sich innerhalb dieses geschlossenen Raumes befindet, könnte jemals wieder heraus. Sogar ein Lichtstrahl krümmt sich zurück und kommt nicht weg.

Dieses Schwarze Loch reißt zudem mit seiner ungeheuren Schwerkraft alles in seiner Umgebung an sich. Wenn die Antriebsaggregate der CINDERELLA ausfallen würden, begänne unsere Reise ins Black Hole schon in der nächsten Sekunde. Wir würden schließlich hinter dem Ereignishorizont des Schwarzen Loches verschwinden.«

»Ereignishorizont? Was ist das?«

»Die Grenze, von der an es keine Rückkehr mehr gibt.«

»Für alles, was sich nur lichtschnell bewegen kann.« May Ennis lächelte wissend. »Die CINDERELLA verfügt aber über einen Linearantrieb. Wir können schneller als das Licht fliegen.«

»Das könnten wir, falls wir heil durch den Ereignishorizont kämen, May.« Alahou seufzte tief. »Aber so etwas ist unmöglich, weil die Schwerkraft uns nicht ungeschoren lässt. Wir wären nur noch eine Masse sich ständig weiter zusammenballender Atomkerne. Für uns würde jedoch alles recht schnell gehen.«

»Wieso für uns? Für andere nicht?«

»Nun, nicht nur der Raum ist in der Nähe eines Schwarzen Lochs gekrümmt, auch die Zeit ist es. Würden wir unseren Sturz mit einer Uhr verfolgen, hätten wir den Eindruck, dass alles schnell geht. Nehmen wir aber an, Major Jegontmarten wäre zurückgeblieben und beobachtete uns, so würde er nur eine CINDERELLA sehen, die sich immer langsamer auf das Black Hole zubewegt und dabei zunehmend verblasst. Er würde den Eindruck haben, als brauchten wir ewig, um den kritischen Schwarzschild-Radius zu erreichen.«

May Ennis erhob sich. »Mir raucht der Kopf.«

»Das alles ist doch ganz einfach, May.« Alahou lächelte amüsiert. »Stellen Sie sich vor, wir an Bord der CINDERELLA geben Major Jegontmarten Blinkzeichen, während wir in das Schwarze Loch rasen.«

»Was dann ...?«

»Während wir die Zeichen in schneller Folge geben, stellt der Major fest, dass sie in immer größer werdenden Abständen kommen. Je näher wir dem Ereignishorizont sind, desto länger werden die Pausen, bis schließlich das Leben unseres Kommandanten nicht mehr ausreicht, das nächste Signal zu empfangen.«

»Ich gehe zu meinem Transmitter«, erklärte May Ennis hilflos. »Da sind mir die Zusammenhänge wenigstens klar.«

»Die Daten sind absolut zuverlässig, wir können den Flug fortsetzen.«

Der Erste Offizier nickte zufrieden. »Gut, Doc. Dann dürfen Sie sich um den Mann aus dem Transmitter kümmern. Wir wollen alles über ihn erfahren.«

Das Hauptschott öffnete sich. Dr. Allpatan Hirishnan trat ein und ging zielstrebig auf den Kommandanten zu. Der Physiker war ein kleiner Mann, der sich betont gerade hielt. Er trug das Haar kurz und verbarg in den buschigen Augenbrauen siganesische Mikroverdichter, die vor seinen Augen Energiefelder erzeugten. Diese wirkten wie die Gläser einer Brille. Hirishnan war stark kurzsichtig, ohne Hilfsmittel sogar so gut wie blind.

Der Wissenschaftler salutierte militärisch exakt vor Jegontmarten, obwohl er zu einer solchen Ehrenbezeigung nicht verpflichtet gewesen wäre. Als Sprecher der Schiffsbesatzung hatte er sich jedoch ein Gebaren zugelegt, mit dem er seine Bedeutung unterstreichen wollte. Er stammte vom Planeten Epyret, einer vor Jahrhunderten von Terranern besiedelten Welt. Seine Haut war kirschrot und wirkte spröd, als ob sie vor Trockenheit aufreißen müsste. Zwei Schneidezähne ragten weit über die Unterlippe hinaus.

»Was kann ich für Sie tun?«, fragte der Major kühl. Er befürchtete Schwierigkeiten, da der Physiker so förmlich auftrat.

»Sir, ich habe die Aufgabe, Ihnen mitzuteilen, dass die Mannschaft ihre Meinung geändert hat.«

»So? Hat sie das?«

»Ja, Sir. Wir sind zu der Überzeugung gekommen, dass es ein Fehler war, uns von der SOL zu trennen. Wir sind der Ansicht, dass wir nach Last Stopp zurückkehren sollten.«

Jegontmarten nickte. Mit leicht verengten Augen blickte er den Epyreter an. »So etwas habe ich erwartet, Hirishnan. Warum sind Sie zu der Meinung gekommen, dass wir einen Fehler gemacht haben?«

»Perry Rhodan war in Schwierigkeiten, Sir. In einer solchen Situation waren wir zur Solidarität verpflichtet. Wir hätten zu Rhodan stehen müssen, so, wie er sich stets für uns eingesetzt hat.«

»Etwas spät fällt Ihnen das ein. Sollte das daran liegen, dass da draußen ein Schwarzes Loch ist, vor dem Sie Angst haben?« Der Kommandant deutete mit ausgestrecktem Arm auf den Panoramaschirm.

Der Epyreter verfärbte sich. Unter seinen Augen bildeten sich blaue Halbbögen, und seine Wangen nahmen einen violetten Ton an. »Ich möchte Sie bitten, diese Worte zurückzunehmen, Sir«, erklärte er mit gepresster Stimme, während er sich noch mehr versteifte, die Hände zu Fäusten ballte und sie gegen die Oberschenkel drückte.

»Warum sollte ich das tun?«

»Weil Sie mich sonst in eine ausweglose Lage bringen, Sir.«

»Ah ja, ich vergaß die besondere Mentalität Ihres Volkes und den Ehrenkodex. Der Vorwurf der Feigheit zwingt Sie zu einem bestimmten Verhalten. Ich erinnere mich. Was müssen Sie tun, falls ich meinen Verdacht nicht widerrufe?«

»Darüber möchte ich nicht sprechen, Sir. Es geht nicht um mich, sondern um jenen Teil der Besatzung, den ich vertrete.«

»Gut«, entgegnete Jegontmarten mit schneidender Schärfe. »Erklären Sie diesem Teil der Besatzung, dass ich meine Entscheidungen nicht ständig ändere. Wir – das heißt die Mehrheit – haben beschlossen, uns von Rhodan zu trennen und eine Welt zu suchen, auf der wir menschenwürdig leben können. Dabei bleibt es. Ich nehme zur Kenntnis, dass Sie mir mitgeteilt haben, wie einige von uns denken. Das ist alles. Wir werden auf dem Sauerstoffplaneten landen und unsere Vorräte auffüllen. Danach setzen wir unsere Suche fort.«

»Sir, ich möchte …«

»Unser Gespräch ist beendet.«

Der Physiker grüßte erneut, machte auf den Hacken kehrt und verließ die Zentrale. Tontro Jegontmarten ließ sich nicht täuschen. Er hatte für das übertriebene Gebaren des Physikers kein Verständnis, wusste jedoch, dass Allpatan Hirishnan ein klar denkender und geistig kerngesunder Mann war, der nach den Ehrvorstellungen seines Volkes lebte. Über ihn zu lachen wäre gefährlich gewesen. Der Major wurde sich dessen bewusst, dass es auch ein Fehler gewesen war, ihn der Feigheit zu verdächtigen.

Er nahm sich vor, sich so bald wie möglich in Ruhe mit Hirishnan auszusprechen, und erteilte den Befehl zum Weiterflug.

29.
Diogenes' Fass

Der Fremde aus dem Transmitter lag unverändert auf der Antigravtrage. Peta Alahou trat an ihn heran und ließ seine Finger über die Jacke gleiten, die der Tote trug. Sie sah unendlich alt aus und zerfiel bei der Berührung. Dass sie so mürbe war, schien aber nicht nur am Alter zu liegen. Alahou erinnerte sich, wie die Kleidung von einigen Männern ausgesehen hatte, die in einer Explosion umgekommen waren. Der spontane Druck, dem sie ausgesetzt gewesen waren, hatte das Gewebe zerstört und zerfetzt.

Er nahm ein Laserskalpell und trennte damit zunächst die Kleidung auf. Schnitt und Material kamen ihm nicht ungewöhnlich vor. Die Uniform hätte auch einem Terraner gehören können.

Mit dem Skalpell öffnete er das linke Bein unter dem Knie. Dabei führte er den Schnitt so tief, dass er den Knochen hätte treffen müssen. Er stieß indes auf keinerlei Widerstand.

Erstaunt legte der Astronom das Instrument zur Seite. Ausgerechnet in dem Moment meldete sich der Kommandanten über sein Armbandgerät.

»Wie weit sind Sie, Doc?«

»Ich habe eben angefangen.«

»Und?«

»Ich finde keine Knochen.« Alahou entfernte einen Muskelstrang und klappte einen zweiten zur Seite. »Wo Knochen sein müssten, sehe ich nur Brei.«

»Brei? Was meinen Sie …?«

Alahou schabte etwas von dem Material ab und legte es auf ein Mikroskopfeld. Die Vergrößerung erschien als dreidimensionales Abbild. »Das sieht aus wie feinste Knochensplitter. Ich möchte fast behaupten, dass das Skelett unseres bedauernswerten Besuchers von unbekannten Kräften zermahlen wurde.« Er kehrte zu der Leiche zurück und wandte sich den Armen und dem Brustkorb zu.

»Und das bedeutet, Doc?«

Peta Alahou blickte auf. »Irgendetwas hat diesen armen Kerl mit unvorstellbarer Kraft in die Länge gezogen. Er hatte vorher Proportionen wie ein Terraner.«

»Könnte es ein Terraner gewesen sein?«

Der Astronom hob abwehrend die Hände. »Ich habe nur Feststellungen getroffen, Major. Terraner gibt es in diesem Raumsektor außerhalb der CINDERELLA nicht.«

»Das ist die Frage. Vergessen Sie nicht, wie viel Zeit vergangen ist, seitdem die Erde das Sonnensystem verlassen hat. Seit dieser Zeit sind wir von der Heimatgalaxis isoliert. Es könnten durchaus Terraner bis Balayndagar vorgedrungen sein.«

Alahou überlegte kurz. Dann nickte er. »Sie haben natürlich Recht, Sir. Es erfordert einiges Umdenken von uns, dass wir jetzt wieder auf Terraner treffen können, die nicht auf der Erde geboren wurden.« Er legte das Sezierbesteck zur Seite. »Vielleicht finden wir schon auf dem Planeten Verwandte.«

»Wir haben die Welt Altrak genannt«, sagte der Kommandant. »In Erinnerung an den Kosmosoziologen, der darzustellen versuchte, wie die Begegnung zwischen uns und unseren Geschwistern aus der Milchstraße verlaufen könnte. Wollen Sie Ihre Arbeit fortsetzen?«

»Nein. Ich denke, ich habe genügend herausgefunden.«

»Dann kommen Sie bitte in die Zentrale. Wir werden die Leiche konservieren. Vielleicht können wir sie später jemandem übergeben.«

Der Kommandant schaltete ab. Alahou deckte die Leiche zu und begab sich in die Hauptleitzentrale. Altrak zeichnete sich schon deutlich auf dem Panoramaschirm ab. Die Ortungen tasteten den Planeten stetig ab.

Major Jegontmarten fasste die wichtigsten Daten zusammen, als der Astronom neben ihm erschien: »Es ist eine Sauerstoffwelt, die hervorragend für uns geeignet zu sein scheint. Jedenfalls in dieser Phase ihres Umlaufs. Eine üppige Vegetation hat sich entwickelt, sodass wir unsere Nahrungsmittelvorräte hoffentlich auffüllen können. Rohstoffe scheinen genügend vorhanden zu sein. Anzeichen einer Zivilisation haben wir bisher nicht entdeckt. Die Energieortung spricht allerdings an, und der Massetaster weist überraschende Werte aus.«

»Der Planet ist also nicht unberührt«, stellte Alahou fest.

Die CINDERELLA senkte sich auf einen lang gestreckten Kontinent auf der nördlichen Halbkugel hinab. Er war dicht bewaldet und nur wenig gebirgig und wurde durch schmale Ozeane von anderen Kontinenten abgetrennt. Die Landmassen konzentrierten sich nördlich des Äquators, den Süden beherrschte ein einziger Ozean mit nur wenigen Inselgruppen.

Eckrat Birtat, der Erste Offizier, deutete auf einen Schirm am Ortungsleitstand. »Da unten ist etwas, das sich um den ganzen Planeten spannt. Sehen Sie, Major?«

Die Abbildung gab Aufschluss über den energetischen Haushalt. Deutlich war eine Linie zu erkennen, die sich nördlich des Äquators wie ein Ring um Altrak herumzog. Das Raumschiff näherte sich einem weiten Tal, in dem sich dieser Ring zu einem fassförmigen Gebilde aufblähte.

Major Jegontmarten erklärte: »Genau dort landen wir!«

Die CINDERELLA schwebte langsam auf das Tal zu. Auf dem Panoramaschirm waren bislang nur üppige Wälder zu erkennen.

»Die Anlage sendet energetische Impulse aus!«, meldete der Ortungsoffizier.

»Können Sie feststellen, wohin?«

»Noch nicht, Sir.«

Jegontmarten nickte verbissen. Das Raumschiff glitt auf einen Höhenrücken zu, auf dem sich mehrere große Lichtungen befanden. Von hier aus war das fassförmige Gebilde leicht zu erreichen.

»Landen!«, befahl Kommandant Jegontmarten.

Als die Korvette zur Ruhe gekommen war, wandte er sich Alahou zu.

»Haben Sie auch die Organe des Toten untersucht?«

»Nein. Wozu?«

»Wie wollen Sie eindeutig sagen können, dass es sich um einen Terraner handelt, wenn Sie das unterlassen haben? Erst Aufbau und Lage von Herz, Nieren, Leber und Drüsen lassen klar erkennen, ob eine Verwandtschaft zwischen ihm und uns besteht.«

»Major, ich bin Astronom und dazu für medizinische Notfälle ausgebildet. Ich bin kein Pathologe. Und glauben Sie, dass es angenehm ist, einen Toten zu zerschneiden?«

»Ich bestehe darauf! Ebenso auf einem schriftlichen Bericht.«

Peta Alahou kreuzte die Arme vor der Brust. »Major, ich appelliere an Ihre Vernunft. Wir befinden uns in unmittelbarer Nähe eines

Schwarzen Lochs, das zur tödlichen Falle werden kann. Nichts ist wichtiger, als dieses Black Hole zu erforschen.«

»Solange die CINDERELLA auf dem Planeten steht, sind wir sicher. Altrak muss erst die Sonne umkreisen, bevor er sich wieder dem Schwarzen Loch nähert. Bis dahin vergeht noch mehr als ein Jahr Terra-Zeit. Tun Sie also, was vordringlich ist, und regen Sie sich nicht künstlich auf.«

Alahou wollte erneut protestieren, weil Jegontmarten sich vorher mit dem Untersuchungsergebnis zufrieden gegeben hatte. Er sah aber ein, dass er damit wenig erreichen würde. Zähneknirschend verließ er die Zentrale.

Zwei Tage später erklärte Tontro Jegontmarten, dass ein Kommandotrupp die CINDERELLA verlassen würde. »Unsere Vorbereitungsarbeiten haben länger gedauert als gewöhnlich«, sagte er. »Vergessen Sie aber bitte nicht, dass wir keineswegs über Möglichkeiten wie etwa die SOL verfügen, einen Planeten zu erforschen. Wir sind auf nichts gestoßen, was uns gefährlich werden könnte. Diese Welt wäre sogar zur Besiedlung geeignet, wenn sie nicht eine so extreme Umlaufbahn um ihre beiden Gestirne und damit für uns auf Sicht unerträgliche klimatische Bedingungen hätte. Dem Vorauskommando gehören an: Doc Peta Alahou, Eckrat Birtat, Allpatan Hirishnan, May Ennis und ich. Die übrige Besatzung wird das Schiff erst nach unserer Rückkehr verlassen.«

Alahou, der kurz zuvor die Kabine des Kommandanten betreten hatte, holte tief Luft. »Der Tote ist … Ich meine, er war ein Terraner. Kein Zweifel. Ich weiß nur nicht, woher er gekommen sein kann.«

Jegontmarten quittierte die Feststellung mit einem Nicken; er hatte jetzt anderes im Sinn. »Was haben Sie mit der Leiche gemacht?«

»Konserviert, Sir.«

»Der Tote läuft uns nicht davon, aber wir werden schon in der Schleuse erwartet. Wir sollten die anderen nicht warten lassen, Doc.«

Der Erste Offizier hatte leichte Energiestrahler mitgebracht, die jeder am Gürtel tragen konnte. »Also dann«, sagte Jegontmarten, nachdem die Waffen verteilt waren. »Sehen wir uns *Diogenes' Fass* endlich an!«

Niemand konnte sagen, wer die Bezeichnung *Diogenes' Fass* aufgebracht hatte. Sie war in den letzten beiden Tagen Allgemeingut an Bord geworden.

Als das Außenschott der Bodenschleuse aufglitt, wehte ihnen eine warme, von exotischen Gerüchen erfüllte Luft entgegen. Ungeduldig ließ Alahou dem Kommandanten den Vortritt, dann ging er an den anderen vorbei bis zu den Landestützen und blieb erst im rötlichen Sonnenlicht stehen.

Diogenes' Fass war noch etwa zwei Kilometer entfernt. Schimmernd und in verschiedenen Farben flirrend, ragte es bis in eine Höhe von rund fünfhundert Metern auf. Es sah tatsächlich wie ein überdimensionales Fass aus.

»Welche Farbe hat es eigentlich?«, fragte May Ennis. »Es sieht in jeder Sekunde anders aus.« Sie blinzelte in die Sonne. Dünne Wolkenschleier zogen hoch über die CINDERELLA hinweg.

Tontro Jegontmarten ging wortlos auf das Gebilde zu. Er hatte in den letzten beiden Tagen genügend Spekulationen gehört und keine Lust mehr, noch länger darüber zu diskutieren. Bisher stand nur eines fest: *Diogenes' Fass* war das Werk einer hoch stehenden Zivilisation.

Peta Alahou widmete seine Aufmerksamkeit den Bäumen und Büschen. Sie waren grün von der Wurzel an. Er schloss daraus, dass sie schnell wuchsen. Ihnen blieb auch nicht viel Zeit, sich zu entfalten. Sobald der kurze Sommer vorbei war, geriet Altrak in eine Kältezone, in der die Temperaturen bis nahe an den absoluten Nullpunkt sanken. In den Ästen der Bäume entdeckte er sogar einige kleine Tiere. Vögel sah er nicht und vermutete, dass sich geflügelte Wesen auf Altrak gar nicht erst entwickeln konnten. Die Gruppe arbeitete sich durch dichtes Unterholz bis zu einem mehrere Meter abfallenden Abbruch vor. Von hier aus bis zu dem fassförmigen Gebilde wuchsen nur noch niedrige, moosartige Pflanzen. Jegontmarten riss einige Gewächse aus. Im Weitergehen warf er immer wieder Pflanzenteile voraus, um auf diese Weise einen unsichtbaren Energieschirm aufzuspüren, der sich vielleicht zwischen der Gruppe und dem Fass erhob. Aber die Erbauer des gigantischen Gebildes hatten auf solche Schutzmaßnahmen verzichtet. Nichts hielt die Terraner auf, bis sie das Gebilde erreichten.

»Es sieht aus wie eine hochverdichtete Stahllegierung«, stellte Major Jegontmarten fest.

»Und es hat überhaupt keine Farbe.« Als May Ennis nach oben blickte, revidierte sie ihre Feststellung. In der Höhe schimmerte und fluoreszierte *Diogenes' Fass* in vielen Nuancen. Nur direkt vor ihr war der Stahl farblos, wenn auch keineswegs durchsichtig.

»Haben Sie eine Erklärung dafür, Hirishnan?«, fragte der Kommandant.

Der Physiker schüttelte wortlos den Kopf.

Die Gruppe umrundete das Gebilde. Der Major, Birtat und Hirishnan bewegten sich etwas schneller als May Ennis und der Astronom, sodass die beiden schließlich zurückblieben.

»Wozu mag das Ding da sein?«, fragte May.

»Ich habe nicht die geringste Ahnung«, gab Alahou zu. »Aber niemand baut so etwas, wenn er kein bestimmtes Ziel damit verfolgt.«

»… sagte der Terraner, fest davon überzeugt, dass alle anderen genauso denken und handeln müssen wie er selbst.«

Alahou blickte die Frau verblüfft an. »Wollen Sie damit andeuten, dieses Fass könne einfach nur so hingestellt worden sein, ohne eine Aufgabe zu erfüllen?«

»Warum nicht?«

»Wissen Sie, was so etwas kostet?«

»Nein, und das interessiert mich auch nicht. Ich will es ja nicht kaufen.«

»So meine ich das nicht, May. Ich wollte nur sagen, wer dieses Monstrum erbaut hat, der muss dafür einiges an Kapital aufgebracht haben.«

»Das ist doch kein Argument. Auf der Erde sind auch unglaubliche Bauwerke errichtet worden, ohne dass auf Kosten Rücksicht genommen worden wäre.«

»Die Erde …« Alahou schien für einen Moment sehnsüchtig dem Klang der eigenen Stimme zu lauschen.

»Denken Sie an Burgen, Tempel und Paläste«, fuhr May Ennis sarkastisch fort. »Heute bezeichnet man das alles als Kulturdenkmäler. Zumindest wir auf der SOL.«

»Sie schweifen vom Thema ab.« Alahou blieb stehen, legte den Kopf in den Nacken und blickte an der schimmernden Wand empor.

»Womit würden Sie dies denn vergleichen wollen, May? Etwa mit den Pyramiden Ägyptens?«

»Warum nicht?«

»Ich bin ein Bewunderer der Pyramiden.«

»Und mir krampft sich das Herz zusammen, wenn ich nur daran denke. Hunderttausende Menschen ausgebeutet, damit ein einziger Mächtiger in den Steinhaufen begraben werden konnte. Dabei merkt ein Toter nicht mehr, ob man ihn in der Wüste oder auf diese Weise bestattet.«

»Das hier ist kein Grab, May.«

»Vielleicht doch.«

»Ich will nicht mit Ihnen streiten.«

Sie zuckte mit den Schultern. »Schade, Peta«, sagte sie. »Dabei kann ein Streit reizvoll sein. Warum sind Sie immer so friedlich?«

»Das weiß ich auch nicht. Reden wir nicht mehr davon.«

Alahou fühlte sich keineswegs so sicher, wie er sich gab. Immer wieder spähte er zum Waldrand hinüber, um wilde Tiere oder Eingeborene rechtzeitig zu entdecken. Aber seine Sorge war unbegründet.

Jegontmarten, Birtat und Hirishnan hatten mittlerweile den vorderen Rand des fassförmigen Gebildes erreicht. May Ennis und Alahou gingen schneller, um zu ihnen aufzuschließen. Als sie ebenfalls in das monströse Bauwerk hineinsehen konnten, blieben sie schweigend stehen.

Diogenes' Fass war an der Seite offen, doch der Blick reichte nicht weit. Düstere Energiefelder, die sich kaum merklich voneinander abhoben, bildeten ein undurchdringliches Mosaik, das alles Licht zu verschlucken schien.

»Als ob darin ein Schwarzes Loch steckte«, behauptete Hirishnan.

»Es ist unheimlich«, bemerkte May Ennis. »Ich habe das Gefühl, von ihm aufgesogen zu werden.«

Bevor jemand ihn daran hindern konnte, bückte Peta Alahou sich, hob einen faustgroßen Stein auf und schleuderte ihn in die Schwärze. Der Stein verschwand, zugleich stob ein bläulicher Funkenschwarm vor der Gruppe in die Höhe.

»Sind Sie wahnsinnig geworden, Doc?«, schrie Major Jegontmarten. Er packte den Astronomen an der Schulter und zerrte ihn zurück. »Sie hätten uns umbringen können.«

Alahou löste sich vom Kommandanten. »Ich gebe zu, dass das unüberlegt war. Trotzdem ist das kein Grund, mich zu erwürgen.«

»Ich erwarte von Ihnen, dass Sie sich beherrschen«, sagte der Major zornig und wandte sich dem Physiker zu. »Was glauben Sie? Was ist das?« Er deutete auf das schwarze Energiegeflecht.

Der Epyreter schüttelte den Kopf. »Ich weiß es nicht, Sir. Ich würde empfehlen, dass Sie die CINDERELLA in unmittelbarer Nähe landen lassen. Dann habe ich meine Instrumente in Reichweite.«

»Das Schiff bleibt, wo es ist«, entschied der Kommandant. »Wenn Sie etwas benötigen, rufen Sie es per Funk ab.«

Der Physiker presste die Lippen zusammen und blickte Jegontmarten schweigend an.

»Was ist mit Ihnen?«, fragte der Major. »Warum setzen Sie sich nicht mit der CINDERELLA in Verbindung?«

»Ich nahm an, Sie hätten mich mitgenommen, um mir einen Ausgleich für Ihr unehrenhaftes Verhalten zu bieten.«

Jegontmarten blinzelte überrascht. »Was sagen Sie da? Meinen Sie nicht, dass Sie sich mit Ihren überholten Ehrbegriffen uns anpassen müssen und nicht umgekehrt?«

»Das mag im Großen und Ganzen zutreffen, aber nicht auf diesen speziellen Fall. Sie haben mich einen Feigling genannt.«

»Ach, lassen Sie mich in Ruhe und fangen Sie endlich mit Ihrer Arbeit an.«

Jegontmarten wandte sich ab und folgte Alahou, der an der schwarzen Wand entlanggegangen war. Dabei blickten beide in die runde Fassöffnung, ein gewaltiges düsteres Tor mit einem Durchmesser von etwa dreihundert Metern.

»Das Ding scheint von Leben erfüllt zu sein«, bemerkte der Astronom, als der Kommandant zu ihm aufgeschlossen hatte. »Je nach der Richtung, aus der wir die Energiefelder sehen, scheinen sie sich zu verändern.«

»Ich frage mich, ob es im ganzen Fass so aussieht wie hier am Rand oder ob es weiter innen Maschinen und technische Einrichtungen gibt.«

Von der CINDERELLA kamen mehrere Gleiter. Sie landeten bei Hirishnan. Mehrere Männer luden die Geräte aus, die er für seine Arbeit benötigte.

»Sie sollten den Epyreter ernst nehmen«, sagte Alahou.

»Das tue ich«, entgegnete Jegontmarten abweisend, »aber nicht mehr als notwendig.«

»Er denkt und fühlt anders als wir, Sir. Es könnte sein, dass er Sie vor die Alternative stellt, sich entweder bei ihm in aller Form zu entschuldigen oder sich mit ihm zu duellieren.«

Jegontmarten fuhr überrascht herum. »Das glauben Sie doch selbst nicht!«

»Ich habe mehrere Monate lang in der Epyreter-Enklave auf Terra gelebt und dort wissenschaftliche Arbeiten durchgeführt. Daher glaube ich, einiges über die Epyreter zu wissen. Ihr Ehrenkodex wirkt fremd. Hirishnan wird lieber sterben, als sich als Feigling ansehen zu lassen.«

Der Major schüttelte den Kopf. Er hatte kein Verständnis für ein derartiges Verhalten, das für ihn einer nahezu vergessenen Vergangenheit angehörte.

»Das war doch nur so dahergesagt«, erklärte er betroffen. »Ich habe es nicht wirklich ernst gemeint.«

»Dann sprechen Sie sich mit Hirishnan aus, Sir.«

»Später, jetzt nicht.« Tontro Jegontmarten setzte sich ins Gras, stützte die Ellenbogen auf die Knie und blickte in die undurchdringliche Schwärze. »So ungefähr stelle ich mir ein Schwarzes Loch im All vor«, sagte er. Alahou antwortete nicht. Der Astronom versuchte, sich auf einzelne Energiesektoren zu konzentrieren. Es gelang ihm nicht. Ein unheimliches Gefühl beschlich ihn. Plötzlich fühlte er sich in der Nähe dieses monströsen Gebildes nicht mehr wohl. Ihm war, als würde er von der Schwärze angezogen.

Eine fremde Macht schien von ihm Besitz zu ergreifen. Widerstrebend schritt er auf die Fassöffnung zu. Er schloss die Augen, weil er das schwarze Nichts nicht mehr sehen wollte, aber das Bild, das er wahrnahm, veränderte sich nicht.

»Doc, sind Sie verrückt geworden? Bleiben Sie stehen!«, rief Jegontmarten.

Alahou ging schneller. Er stolperte über einen Stein, fing sich jedoch ab und begann zu laufen. Er musste daran denken, dass der in die Schwärze geworfene Stein sich in einem Funkenregen aufgelöst hatte. Aber nicht einmal die Erinnerung daran konnte ihn aufhalten. Der Sog wurde übermächtig. Alahou öffnete die Augen. Er rannte auf das todbringende Energiegitter zu. Hinter sich hörte er Jegontmarten, der ihm folgte.

»Alahou!«, rief der Kommandant keuchend. »Kommen Sie zu sich!«

Der Astronom rang mühsam nach Luft. Seine Brust schmerzte, aber er blieb nicht stehen. Nur noch wenige Meter trennten ihn vor der Auflösung in einen energetischen Funkenregen. Da sprang ihn der Major von hinten an und warf ihn zu Boden.

Alahou wälzte sich herum. Mit Händen und Füßen schlug er nach Jegontmarten und schleuderte ihn zurück. Der Kommandant kam jedoch schnell wieder hoch. Als der Doc den Amoklauf in die Schwärze fortsetzen wollte, stellte der Major ihm ein Bein und hieb ihm gleichzeitig die Faust in den Nacken.

Alahou brach bewusstlos zusammen und blieb wenige Zentimeter vor dem todbringenden Nichts liegen.

Jegontmarten wartete, bis er wieder ruhiger atmen konnte. Dann packte er den Astronomen bei den Füßen und schleifte ihn von *Diogenes' Fass* weg. Erst nach einigen Metern zerrte er den Ohnmächtigen hoch und wuchtete ihn sich über die Schulter.

Birtat kam ihm entgegen. »Was ist geschehen?«

»Durchgedreht.« Der Major tippte sich mit dem Zeigefinger an die Stirn. »Er hat zu lange in die schwarzen Energiefelder gesehen.«

Der Erste Offizier drehte sich zur Fassöffnung um. »Glauben Sie, Major, dass dieses Ding etwas mit dem Schwarzen Loch zu tun haben könnte?«

»Keine Ahnung«, entgegnete Jegontmarten abweisend. Er wollte keine Spekulationen anstellen, zumal Birtat dann in endlose Überlegungen geraten würde. Der Erste Offizier war ohne weiteres dazu bereit, bei physikalisch-logischen Denkmodellen zu beginnen und bei mystischen Weltschöpfungsmöglichkeiten zu enden.

»Sehen Sie doch konzentriert hinein!«, drängte Birtat. »Dann fällt Ihnen vielleicht etwas auf.«

»Kein Bedarf. Ich habe gerade einen erwischt, der das schon zu lange getan hat.« Jegontmarten war froh, dass sie die anderen erreicht hatten. Er missachtete May Ennis' Fragen und wandte sich an den Physiker. »Können Sie schon mehr sagen, Doktor?«

Der Epyreter registrierte überrascht, dass der Kommandant ihn mit seinem akademischen Titel ansprach. Das war ungewöhnlich. Jegontmarten tat so etwas sonst grundsätzlich nicht, da er Titelanreden für absolut überholt ansah. Wenn er den Astronomen Alahou »Doc« nannte, war das stets nur spöttisch gemeint. Das Gesicht des Physikers wurde noch etwas dunkler, und die weit aus dem Mund ragenden Zähne gruben sich fest ins Kinn. Er erhob sich und stemmte seine Hände in die Hüften.

»Was habe ich schon wieder verkehrt gemacht?«, fragte Jegontmarten.

Allpatan Hirishnan ging nicht darauf ein. »Im Fass gibt es keine Materie«, berichtete er. »Der Innenraum ist nur mit energetischen Strukturen ausgefüllt. Ich schätze, dass es in *Diogenes' Fass* etwa eineinhalb bis zwei Milliarden verschiedenartig gepolte, gleichgerichtete, geformte und geschaltete Energiefelder aus der ein- bis siebendimensionalen Physik gibt.«

»Sagten Sie siebendimensional?«

»Allerdings.«

Jegontmarten blickte verblüfft auf das schwarze Energiegitter, das sich vor ihnen erhob. »Siebendimensional – ist das nicht ein wenig hochgegriffen?«

»Vielleicht«, entgegnete der Epyreter. »Eindeutige Beweise liegen mir natürlich noch nicht vor. Dafür war die Zeit zu kurz ...«

»Ich mache Ihnen doch keinen Vorwurf, ich habe lediglich Schwierigkeiten mit der Vorstellung, was siebendimensional überhaupt sein soll. Bis zur dritten, vierten und fünften Dimension kann ich noch mitdenken, aber dann ist allmählich Schluss.«

»Die verschiedenartigen Energiefelder erfüllen, wie ich vermute, den Zweck von normalen positronischen oder elektronischen Schaltanlagen. Die unbekannten Konstrukteure dieser gigantischen Maschine benötigen keine Materie wie wir. Ihre Zivilisation ist schon einen Schritt weiter als unsere und verwendet energetische Strukturen.«

»Moment, wenn das so ist, dann muss es irgendwo eine Kontrollstation geben. Und Projektoren, Kraftstationen, Sicherungen, Isolatoren, Leitschienen und was weiß ich noch. Woher erhält diese Anlage ihre Energie? Was soll das Ganze überhaupt? Wozu dient es? Niemand baut so ein Monstrum nur zum Spaß oder damit spätere Zivilisationen die Hände vor Bewunderung über dem Kopf zusammenschlagen.«

Hirishnan erlaubte sich ein sparsames Lächeln.

»Sie erwarten hoffentlich nicht von mir, Sir, dass ich alle Fragen innerhalb von zehn Minuten beantworten kann? Ich habe gerade erst mit meinen Untersuchungen begonnen.«

»Schon gut. Informieren Sie mich aber so schnell wie möglich über jedes Detail, das Sie herausfinden.«

»Wir dürften Zeit haben, Sir. Die Anlage steht meiner Meinung nach schon einige Jahrhunderte hier. Sie wird uns in ein paar Stunden oder Tagen nicht abhanden kommen.«

»Da haben Sie Recht, Hirishnan. – Falls etwas geschieht, ich bin wieder im Schiff zu finden.« Er stieg in einen Gleiter und flog zur CINDERELLA zurück.

Nichts

Als die Dunkelheit hereinbrach, kehrten auch Dr. Allpatan Hirishnan und Peta Alahou an Bord zurück. Sie begaben sich sofort zum Kommandanten.

»Meine ersten Vermutungen waren richtig«, erklärte Hirishnan. »Für den Aufbau und die Aufrechterhaltung der energetischen Strukturen wird außerordentlich viel Energie verbraucht. Ich bin zu dem Schluss gekommen, dass *Diogenes' Fass* und der geortete Gürtel, der sich um den Planeten spannt, ihre Energie unmittelbar von der Sonne beziehen.«

»Und wozu?«

»Darüber können wir bis jetzt nur Spekulationen anstellen«, sagte Alahou. »Wenn wir diese Frage wirklich klären wollen, müssen wir mit der CINDERELLA starten.«

»Warum?«

»Ich muss mehr über das Schwarze Loch erfahren. Messungen und Beobachtungen, die weitgehend frei von Störfaktoren sind, kann ich aber nur im Weltraum anstellen«, antwortete der Astronom.

»Was hat das mit *Diogenes' Fass* zu tun?«

»Wahrscheinlich sehr viel«, sagte Hirishnan. »Es besteht offenbar ein enger Zusammenhang zwischen beiden. Darum geht es ja. Ich benötige die Hilfe von Alahou, wenn ich wenigstens einige Fragen vollständig beantworten soll.«

»Gut. Einverstanden«, stimmte der Kommandant zu.

»Ich werde von Bord gehen, aber mit Alahou ständig in Verbindung bleiben, Sir. So können wir eventuelle Reaktionen von *Diogenes' Fass* und das Schwarze Loch gleichzeitig beobachten.«

Jegontmarten nickte schwer. »Bilden Sie sich aber nicht ein, dass wir uns weit von Altrak entfernen werden. Ich gehe nicht das geringste Risiko ein, weil ich keine Lust habe, im Schwarzen Loch zu enden.«

»Wir brauchen uns dem Black Hole nicht weit zu nähern«, schränkte Alahou ein. »Wir Astronomen sind es gewohnt, unsere Beobachtungen aus großen Entfernungen durchzuführen.«

Die drei Männer trennten sich. Peta Alahou begab sich in sein astronomisches Arbeitszentrum, und Allpatan Hirishnan verließ die CINDERELLA.

Zehn Minuten später startete die Korvette.

»Störe ich?«, fragte Major Jegontmarten fünf Stunden später, als er den Raum betrat, in dem Doc Alahou arbeitete. Auf den Schirmen sah er ein rundes, blauschwarz schimmerndes Gebilde, das von einem Kranz grüner Punkte umgeben wurde.

»Was ist das?«

»Das Black Hole«, erklärte Alahou. »Ich habe es mit Gravitationsstrahlungen sichtbar gemacht. Für mich sichtbar.«

Jegontmarten nickte versonnen. »Haben Sie etwas herausgefunden, Doc?«

»Allerdings, Sir.«

»Und was ist das?«

»Nichts.«

Ärgerlich blickte der Major den Wissenschaftler an. »Wollen Sie mich auf den Arm nehmen?«

»Keineswegs.«

»Dann drücken Sie sich gefälligst nicht so blödsinnig aus.«

Peta Alahou schob einige mit Zahlen bedeckte Folien zur Seite. »Glauben Sie nicht, Sir, dass ich Sie auf den Arm nehmen will«, sagte er. »Was ich Ihnen jetzt zu erklären versuche, meine ich vollkommen ernst.«

»Dann schießen Sie endlich los!«

»Wie Doktor Hirishnan schon mitteilte, besteht ein enger Zusammenhang zwischen *Diogenes' Fass* und dem Schwarzen Loch. Die genauen Hintergründe haben wir noch nicht klären können, aber das wird noch kommen. Das ist auch zunächst nicht so wichtig. Wichtiger ist, dass ich Masseberechnungen über den Kern des Schwarzen Lochs anstellen konnte.«

»Sie meinen, Sie haben sich mit dem Materieklumpen befasst, der sich in diesem Schwarzen Loch zwangsläufig befinden muss.«

»Wieso zwangsläufig, Sir?«

Jegontmarten verzog die Mundwinkel. »Das ist doch wohl klar. Das Schwarze Loch existiert nur, weil eine Schwere Sonne in sich zusammengekracht ist und dabei enorm verdichtet wurde. Und das Schwarze Loch hat nur deshalb eine so gefährliche Gravitationswirkung, weil die verdichtete Masse noch da ist. Ohne sie gäbe es schließlich kein Schwarzes Loch.«

»Wieso?«

Der Major blickte den Astronomen verblüfft an. »Verdammt, Doc, wer stellt denn hier die Fragen? Sie oder ich?«

»Wir haben Kommunikationsschwierigkeiten.«

»Reden Sie keinen Quatsch.«

»Ich habe nur gesagt, dass Sie mich nicht verstehen. Und das stimmt.«

Der Kommandant seufzte resignierend.

»Also gut, belassen wir es dabei. Erklären Sie mir lieber, was Sie herausgefunden haben.«

»Das versuche ich schon die ganze Zeit. Sie stellen nur immer wieder unsachliche Fragen.«

»Meine Geduld ist zu Ende, Doc. Heraus mit der Sprache!«

»Ich habe schon gesagt, dass es um das Abhängigkeitsverhältnis von *Diogenes' Fass* und dem Schwarzen Loch geht.«

»Das haben Sie.« Jegontmarten beschloss, sich in Geduld zu üben.

»Gut. Wir haben herausgefunden, was in dem Schwarzen Loch ist.«

»Und was ist das, Doc?«

»Nichts.«

Der Major blickte den Astronomen verblüfft an. Zunächst war er sprachlos, dann verdüsterte sich seine Miene.

»Ich hatte Sie gebeten, mich ernst zu nehmen«, sagte Alahou rasch, um einem Zornesausbruch zuvorzukommen.

»Alahou, Sie wollen doch hoffentlich nicht behaupten, dass es keinen schweren Kern in dem Black Hole gibt?«

»Doch. Genau das will ich.«

Jegontmarten setzte sich. »Haben Sie einen Schnaps für mich?«

Der Astronom holte eine Flasche und zwei Gläser aus einem Fach seines Arbeitstischs hervor und schenkte ein. »Major, es ist wirklich so. Natürlich hat es früher einmal einen Kern des Schwarzen Lochs gegeben. Wie Sie schon sagten, ist der Zusammenbruch eines Gestirns dafür verantwortlich, dass es überhaupt erst entstand. Das aber bedeutet nicht, dass dieser Kern später auch noch vorhanden sein muss. Die Krümmung des Raumes ist unter Umständen so stark, dass sie sich nicht von selbst mehr aufheben kann. Auch dann nicht, wenn der schwere Kern aus irgendeinem Grund verschwindet.«

»Wie sollte er verschwinden?«

»Es gibt eine Theorie, die sehr viel für sich hat. Sie besagt, dass die Belastung für den Raum in einem Black Hole derart groß sein kann, dass ein Durchbruch in einen anderen Raum, vielleicht sogar ein anderes Universum möglich wird. Aus diesem Grunde wäre es keineswegs überraschend, wenn der Kern durch die Öffnung in einen anderen Raum geschleudert würde.«

»Aber dort bildet er doch wieder nur ein Schwarzes Loch«, wandte Jegontmarten ein.

»Warum denn? Er könnte auch explodieren und neue interstellare Materie bilden, aus der im Verlauf von Jahrmillionen wieder neue Sonnen entstehen.«

»Das geht mir zu weit. Und das scheint mir auch zu überspitzt.«

»Überlegen Sie, Major: Vielleicht ist unser Universum, in dem wir leben, auf diese Weise entstanden …«

»Wie bitte?«

»Haben Sie sich nie gefragt, woher das Ur-Ei gekommen ist, aus dem beim Urknall unser Universum entstanden ist? Für uns stand es am Beginn der Zeit, was natürlich nicht richtig ist, denn schon vorher muss es eine Zeit gegeben haben. Vielleicht ist das Ur-Ei aus einem Black Hole eines anderen Universums in diesen Raum gekommen.«

»Gut, gut, Doc«, wehrte Jegontmarten ab. Er kippte sein Glas in einem Zug. »Das will ich alles gelten lassen. Was ich nur nicht verstehe, ist, dass das Schwarze Loch noch existiert, obwohl seine Ursache verschwunden ist. Eigentlich müsste es sich von selbst auflösen. Wenn Sie aber sagen, dass die Raumkrümmung so groß geworden ist, dass sie sich selbst erhält, dann muss ich das wohl akzeptieren. Nur, was bedeutet das praktisch für uns?«

»Darauf kann ich noch keine endgültige Antwort geben. Ich vermute, und Doktor Hirishnan ist gleicher Meinung, dass *Diogenes' Fass* für das Fortbestehen des Schwarzen Loches mitverantwortlich ist.«

Jegontmarten überlegte kurz. Dann entgegnete er: »Wenn wir das Fass zerstören, löst das Schwarze Loch sich auf?«

»Vielleicht. Das wäre sogar wahrscheinlich.«

»Dann frage ich mich, warum die Erbauer von *Diogenes' Fass* das Black Hole erhalten wollen?«

Alahou trank sein Glas ebenfalls leer. »Woher soll ich das wissen? Vielleicht ist es eine Art Heiligtum für sie?«

Jegontmarten wischte sich mit dem Handrücken über den Mund. »Wir verschwinden von hier, sobald unsere Vorräte aufgefüllt sind. Je schneller, desto besser. Ich habe ein verdammt komisches Gefühl, und meine Gefühle haben mich noch nie getäuscht.«

»Uns kann nichts passieren, solange wir dem Schwarzen Loch nicht zu nahe kommen.«

»Das werden wir auf gar keinen Fall tun, sondern uns so schnell wie möglich weit entfernen. Ich habe mich nicht von Rhodan abgesetzt, um unnötige Risiken einzugehen. Im Gegenteil.« Der Kommandant nickte dem Astronomen zu und verließ den Arbeitsraum.

Alahou machte da weiter, wo er unterbrochen worden war. Für ihn als Astronomen war die Vorstellung, dass das Schwarze Loch absolut nichts enthielt, nicht einmal so ungewöhnlich. Derartige Überlegungen waren längst aufgestellt worden. Alahou bedauerte lediglich den Störfaktor *Diogenes' Fass*. Ihm wäre es lieber gewesen, wenn er das Black Hole ohne dieses geheimnisvolle Gerät hätte beobachten können.

Die Shifts und alle Transportgleiter verließen die Korvette. Major Jegontmarten wollte keine Zeit mehr verlieren. Möglichst umgehend mussten die Vorräte an Bord ergänzt werden und danach die Korvette starten.

Zusammen mit Peta Alahou landete der Kommandant in einem Gleiter bei Dr. Hirishnans Versuchsanordnungen. Sie hatten den Physiker gerade erreicht, als die Luft dröhnte. Tontro Jegontmarten blieb stehen. Er blickte zu dem fassförmigen Gebilde hinüber, von dem der Lärm zu kommen schien.

»Hirishnan, haben Sie daran manipuliert?«, fragte der Kommandant scharf.

»Natürlich nicht, Sir.«

Die Metallwände des Fasses schillerten und fluoreszierten und schienen sogar zu vibrieren. Der Major hatte zudem den Eindruck, dass sich das Fass aufblähte. Zur CINDERELLA zu fliehen war sinnlos, falls die geheimnisvolle Maschine explodierte.

Dann wurde es wieder stiller, und Jegontmarten merkte, dass er sich getäuscht hatte. Die Geräusche waren lediglich von den Metallwänden reflektiert worden. Langsam drehte er sich um und sah, wie sich ein plumpes Gebilde über den Horizont schob.

»Ein Raumschiff«, sagte Hirishnan betroffen.

Das Schiff wirkte plump und ungefüge. Es schien von Händen gebaut worden zu sein, die keine Feinarbeit leisten konnten.

»Zur CINDERELLA!«, rief der Major. »Schnell!«

Er warf ein Gerät des Physikers kurzerhand in den Gleiter, setzte sich hinter die Kontrollen und wartete ungeduldig darauf, dass die beiden Wissenschaftler ebenfalls einstiegen. Er zweifelte nicht im Geringsten daran, dass die Wesen in dem Raumschiff mit den Erbauern von *Diogenes' Fass* identisch waren. Kaum waren Alahou und Hirishnan an Bord, beschleunigte Jegontmarten mit Höchstwerten. Auch die anderen Gleiter kehrten zum Schiff zurück.

Der Major erreichte kurz darauf die Zentrale der Korvette. Der Erste Offizier atmete sichtlich auf.

»Wir haben bereits versucht, die Fremden anzusprechen, doch ohne Erfolg!«, meldete er.

»Alle an Bord?«

»Wir sind vollzählig.«

»Dann starten wir sofort!«

Auf dem Panoramaschirm war das plumpe Raumschiff deutlich zu erkennen. Pilot Ric Endre ließ die Antriebsaggregate anlaufen.

In dem Moment blitzte es beim Schiff der Fremden auf. Ein armdicker Energiestrahl zuckte über die CINDERELLA hinweg und schlug auf der dem Fass abgewandten Seite in den Boden.

»Das war deutlich«, sagte Jegontmarten.

»Immer noch Startbefehl?«, fragte der Erste Offizier.

Der Kommandant schüttelte den Kopf. »Abbrechen! Wir verhandeln erst. Unsere Stärke zeigen können wir dann immer noch.«

Die Antriebsaggregate liefen wieder aus. Es wurde ruhig in der Zentrale. Zwischen der CINDERELLA und *Diogenes' Fass* landete das fremde Raumschiff, das von seltsam geformten Auswüchsen übersät war.

»Wir warten ab«, entschied der Kommandant.

Minuten verstrichen, dann meldete der Ortungsoffizier: »Sir, es nähern sich noch mehr Schiffe!«

In der Ortung zeichneten sich sieben Reflexe ab, während auf dem Panoramaschirm erst drei Schiffe sichtbar wurden. Sie landeten.

Aber damit nicht genug. Immer mehr Raumschiffe der Fremden näherten sich dem Tal und sanken herab. Schließlich bildeten siebzehn Raumer einen Kreis um die CINDERELLA, aus dem es kein Entkommen geben konnte.

30.
Die Kelosker

Drei Tage später schwiegen die Fremden immer noch. Alles, was Tontro Jegontmarten unternommen hatte, war ohne Echo geblieben. Er rief alle 43 Besatzungsmitglieder in der Zentrale der Korvette zusammen.

»Wir sitzen in der Falle«, erklärte er unumwunden. »Das ist wohl allen klar. Dabei beunruhigt mich am meisten, dass die Gegenseite so beharrlich schweigt. Ich kann mir kaum vorstellen, dass sie uns nicht verstanden haben. Wer Raumschiffe baut, verfügt auch über positronische oder zumindest elektronische Einrichtungen, die eine Basiskommunikation ermöglichen. Ein Startversuch käme unter den gegebenen Umständen einem Selbstmord gleich. Wir dürfen aber auch nicht länger warten und die Initiative aus der Hand geben. Deshalb schlage ich vor, dass ein Teil von uns das Schiff verlässt. Damit will ich vermeiden, dass bei einem denkbaren Angriff alle getötet werden.«

»Was ist denn, falls die CINDERELLA tatsächlich zerstört wird?«, fragte Peta Alahou. »Auf diesem Planeten können wir nicht leben.«

»Warum nicht? Er hat einen langen, schönen Sommer.«

»Und einen Winter, der sich sehen lassen kann«, konterte der Astronom.

»Ich kann Ihnen keine Alternative bieten. Wenn es tatsächlich dazu kommen sollte, werden wir subplanetarische Anlagen errichten müssen, in denen wir überwintern können.«

»Als ich mich Ihnen anschloss, habe ich ein neues Paradies gesucht«, erklärte Allpatan Hirishnan. »Was Sie uns bieten, sieht aber verdammt nach einer Hölle aus.«

»Daran kann ich nichts ändern«, entgegnete Jegontmarten ruhig. »Die Realität ist nun einmal so und nicht anders.«

»Ich gehe nicht von Bord«, erklärte Hirishnan. »Ich bleibe auf jeden Fall hier.«

»Jeder kann sich frei entscheiden. Wer bleiben will, darf bleiben. Wer gehen will, der soll es tun. Ich muss allerdings darauf bestehen, dass wenigstens zehn Mann an Bord bleiben, die das Schiff manövrierfähig halten.« Jegontmarten schaute sich suchend um. Er sah Zustimmung für seinen Plan bei den meisten Besatzungsmitgliedern. Nur wenige schienen sich nicht anschließen zu wollen. »Mir kommt es darauf an, dass wir zwei Fronten bilden können. Es ist offensichtlich, dass die Fremden sich als eine Art Wächter von *Diogenes' Fass* fühlen. Sollte die CINDERELLA in Bedrängnis geraten, können wir also damit drohen, das Fass zu vernichten. Vielleicht hilft uns das als Druckmittel. Es ist also wichtig, dass die Kommandos, die das Schiff verlassen, nicht nur Versorgungsgüter und Ausrüstung für eine eventuelle Besiedlung des Planeten mitführen, sondern zugleich schlagkräftige Waffen.« Er nickte dem Ersten Offizier zu. »Sie, Eckrat, leiten eine Gruppe. Suchen Sie sich zehn Männer aus. Doc Alahou wird eine zweite Gruppe und Evvsagh Queulik eine dritte führen. Stellen Sie die Kommandos zusammen und versorgen Sie sich mit allem, was Sie benötigen. Ich erwarte Ihre Vollzugsmeldung in einer Stunde.« Jegontmarten blickte auf sein Chronometer. Es zeigte den 20.7.3578 12.15 Uhr an.

Eine Stunde später erschienen Birtat, Alahou und Queulik erneut in der Zentrale. »Alles fertig, Tontro«, meldete der Erste Offizier.

»Wir haben uns darauf geeinigt, dass mein Trupp der erste ist«, sagte Queulik, ein Ingenieur. »Danach werden Doc und Eckrat im Abstand von jeweils fünfzehn Minuten folgen.«

»Von der Bodenschleuse aus führt ein Graben zum Wald hinüber«, erklärte Birtat. »In ihm werden wir uns vorarbeiten. Queulik wird nach Südwesten gehen, während Doc und ich uns in westliche Richtung halten.«

»Ich hoffe, dass Sie es schaffen.« Jegontmarten drückte den dreien die Hand. »Und ich hoffe, dass wir uns bald wieder an Bord sehen.«

»Was wird aus Ihnen?«, fragte Alahou.

»Ich werde weiterhin versuchen, mit den Fremden zu verhandeln. Irgendwann müssen sie reagieren.«

»Hoffentlich.«

Birtat, Queulik und Alahou verließen die Zentrale. Als sie die Bodenschleuse erreichten, trafen die anderen Männer und drei Frauen ein, die zu ihren Kommandos gehörten. May Ennis hatte sich entschlossen, nicht mit dem Ersten Offizier, sondern mit Alahou zu gehen. Die beiden anderen Frauen wollten zusammen mit Queulik als Erste das Schiff verlassen. Auf vier Antigravplattformen stapelten sich Ausrüstungsgüter. Einer der Techniker arbeitete an einem Gleiter; er wollte die Maschine mit Hilfe des Autopiloten nach Abschluss der Ausbruchsaktion nachholen.

»Also dann«, sagte Queulik. Das innere Schleusenschott glitt zur Seite, Sekunden danach öffnete sich auch das äußere. Draußen war es noch hell, aber das spielte keine Rolle. Sie mussten davon ausgehen, dass ihre Chancen am Tag nicht geringer waren als in der Nacht.

Queuliks Antigravplattformen schwebten etwa einen halben Meter über dem Boden. Birtat und Alahou beobachteten die Gruppe, wie sie sich von der CINDERELLA entfernte. Der Graben wurde auf beiden Seiten von Büschen gesäumt und bot zumindest optische Deckung gegen die Schiffe der Fremden.

Mittlerweile hatte auch Alahous Gruppe die Kampfanzüge angelegt. »Ich hoffe, wir sehen uns bald gesund wieder«, sagte er und reichte Birtat die Hand. May Ennis küsste den Ersten Offizier auf die Wange. »Bis gleich«, sagte sie.

Bei den unförmigen Raumschiffen blieb alles ruhig.

Alahou lief los. Er eilte May Ennis um etwa fünf Meter voraus. Wenig später konnte er schon die Queulik-Gruppe sehen, die gerade in der südwestlich verlaufenden Senke verschwand. Über wenigstens zwanzig Meter hinweg führte jener Abschnitt direkt auf eines der Raumschiffe zu. Das dichte Gebüsch war für Ortungen kein Hindernis.

Alahou gab den anderen aus seiner Gruppe zu verstehen, dass sie sich beeilen mussten. Er verzichtete bewusst darauf, die Fluggeräte der Kampfanzüge zu benutzen, weil sie ein allzu deutliches Energieecho abgegeben hätten. Es war schon riskant genug, die Antigravplattformen einzusetzen.

Alahou hörte den keuchenden Atem von May Ennis hinter sich. »Jetzt ist auch Eckrat draußen«, meldete sie.

Es war nur ein unbestimmtes Gefühl, das Doc Alahou warnte, doch er verharrte auf der Stelle. »Achtung! Vorsicht«, raunte er und zog die Frau mit sich in Deckung.

Gleichzeitig blitzte es bei einem der Raumschiffe auf. Ein Energiestrahl schoss auf die südwestliche Abzweigung zu. Glutflüssiges Material spritzte auf, und sofort bildete sich eine dichte Nebelwolke. Alahou hörte den Schrei eines Mannes, und er sah eine verbrannte Gestalt aus dem Brodem hervortaumeln. Sie lief noch einige Schritte und brach dann zusammen.

»Weiter! Schnell!« Er sprang auf und hastete den Graben entlang. Nach einigen Schritten blickte er sich um und stellte erleichtert fest, dass die anderen ihm folgten.

»Sie dürfen uns nicht entdecken!« Als er den Kopf hob, sah er, dass sie genau zwischen zwei Raumschiffen waren. Er erreichte die ersten Bäume des Waldgebietes, lief noch ein Dutzend Schritte weiter und lehnte sich gegen einen Baumstamm. Die anderen schlossen auf. Zu sehen war die Stelle nicht, an der Queulik und seine Begleiter zerstrahlt worden waren. Ein beklemmender Geruch wehte von dort herüber.

»Wo bleibt Birtat?«, fragte einer der Männer.

»Ich weiß nicht. Vielleicht ist er wieder umgekehrt?«

Der Astronom ließ die anderen vorgehen. Er wartete, bis er endlich den Ersten Offizier sehen konnte.

Tontro Jegontmarten verkrampfte seine Hände um die Sessellehnen, als er auf dem Panoramaschirm sah, wie Queulik und seine Gruppe getötet wurden.

»Das war nicht gerade der Beweis für eine intelligente Entscheidung«, sagte Dr. Hirishnan sarkastisch.

»Machen Sie es besser!«, entgegnete der Kommandant erregt.

Er bemühte sich angestrengt, die anderen Gruppen zu entdecken. Es gelang ihm nicht. Erst nach einer scheinbar endlosen Zeitspanne lief der vereinbarte Rafferimpuls ein.

»Alle anderen haben es geschafft«, stellte Jegontmarten fest. »Einundzwanzig Männer und eine Frau haben sich in Sicherheit gebracht.«

»Das bedeutet überhaupt nichts. Ich möchte nicht mit ihnen tauschen.«

Jegontmarten erhob sich. Er wollte die Zentrale verlassen, als Hirishnan ihn zurückrief. »Sehen Sie, Major! Sie kommen heraus.«

Der Physiker brauchte nicht zu erwähnen, wen er meinte. Jegontmarten fuhr herum und beobachtete, dass sich in einem der unförmigen Schiffe eine Schleuse öffnete.

In dem Schott wurde ein seltsam aussehendes Lebewesen sichtbar. Jegontmarten zweifelte im ersten Moment daran, dass es sich wirklich um ein Besatzungsmitglied handelte, aber dann bemerkte er die Waffe, die der Fremde trug.

Unwillkürlich suchte er nach einem Vergleich, fand aber nichts. Hinter diesem Wesen erschienen weitere. Sie wirkten fast bemitleidenswert plump und ungefüge, sahen aus wie graubraune Fleischberge, die sich auf vier Beinstümpfen fortbewegten. An ihrem großen, mit Höckern übersäten Schädel streckten sich zwei tentakelähnliche Arme vorbei, die in primitiven Greiflappen endeten.

»Schwer vorstellbar, dass diese Wesen eine Technik entwickelt haben«, bemerkte Dr. Hirishnan. »Wer Maschinen für Raumschiffe bauen will, kann mit diesen Greifern nichts anfangen.«

Als die Fremden sich auf ihre hinteren beiden Beinstummeln erhoben, wirkten ihre Bewegungen noch schwerfälliger. Deutlicher war zu erkennen, dass der monströse Kopf ohne halsartigen Übergang aus den mächtigen Schultern wuchs. Jegontmarten schätzte, dass die Fremden gut drei Meter groß waren. Ihre Schädel waren allein schon über einen Meter breit und sicherlich mehr als halb so hoch. Auf der Schädeldecke erhoben sich vier Knochenwülste. Auffallend waren auch die vier Augen; zwei saßen etwa dort, wo beim Menschen die Schläfen sind. Sie waren etwa zwei Handspannen lang und zogen sich um den halben Schädel herum. Das dritte, ebenfalls elliptisch geformte Auge befand sich dort, wo beim Menschen die Stirn ist, und das vierte im unteren Schädelbereich. Erst darunter bildeten breite, farblose Hautlappen offenbar den Mund.

Diese seltsamen Geschöpfe schoben sich aus der Schleuse hervor. Ihre Zahl wuchs auf fast hundert an. Sie wälzten sich auf *Diogenes' Fass* zu, wobei immer wieder einige von ihnen auch auf das vordere Beinpaar herabsanken, als könnten sie nicht lange genug die Balance halten.

»Diese Gelegenheit sollten wir wahrnehmen«, sagte Hirishnan. »Warum schießen Sie sie nicht über den Haufen?«

»Das wäre Wahnsinn.«

»Sie haben Angst.«

Jegontmarten drehte sich um und musterte den Epyreter. »Sie würden schießen, wie? Daran, dass wir dann vernichtet werden, denken Sie nicht? Ihnen kommt wohl auch nicht in den Sinn, dass dies so etwas wie ein Kommunikationsversuch sein könnte?«

»Sie haben mich beleidigt, aber Sie selbst schrecken vor Entscheidungen zurück, die ...«

»Hirishnan, mäßigen Sie sich. Wenn Sie der nervlichen Belastung nicht gewachsen sind, verlassen Sie die Zentrale!«

Der Physiker zuckte zusammen. »Ich bereue zutiefst, dass ich mich Ihnen angeschlossen habe. Ich hätte bei Rhodan bleiben müssen.«

»Das hätten wir vielleicht alle tun sollen. Aber wir haben uns gegen ihn entschieden. Und deshalb werden Sie meine Anweisungen befolgen. Verzichten Sie darauf, mir Ratschläge zu geben! Wir können es uns nicht leisten, in dieser Situation offensiv zu werden.«

Jegontmarten blickte wieder auf den Panoramaschirm. Die Fremden hatten inzwischen die Seite von *Diogenes' Fass* erreicht, an der die Terraner ihre Untersuchungen durchgeführt hatten. Sie bewegten sich in einer überraschend exakten Formation. Ein unsichtbarer Nervenstrang schien alle miteinander zu verbinden. Ihre Bewegungen verliefen völlig synchron.

»Sie tanzen«, stellte Hirishnan verblüfft fest.

Die plumpen Gestalten bildeten einen weiten Halbkreis vor dem Fass, sodass alle in das schwarze Energiegitter blicken konnten. Sie streckten ihre tentakelartigen Arme vor und schwangen sie rhythmisch hin und her, schritten vor und zurück, taumelten zur Seite, ließen sich auf die Vorderfüße fallen oder drehten sich ruckartig um sich selbst. Immer aber vollführten alle exakt die gleiche Bewegung, sodass Jegontmarten den Eindruck gewann, die Szene werde durch eine Speziallinse hundertfach vervielfältigt.

»Verstehen Sie das?«, fragte der Kommandant.

»Nein«, entgegnete der Epyreter. »Wenn es nicht so bitterernst wäre, könnte ich sogar lachen. Ich hätte nie gedacht, dass diese plumpen Wesen tanzen würden.«

»Sie können lachen?« Jegontmarten schüttelte den Kopf. »Das übersteigt mein Vorstellungsvermögen.«

Hirishnan reagierte nicht auf die Bemerkung. Fasziniert beobachtete er das Geschehen. »Es ist, als ob sie ein Heiligtum vor sich hätten.«

»Vielleicht ist es das wirklich.« Der Kommandant richtete die Außenmikrofone auf die tanzenden Geschöpfe. Er vernahm einen dumpfen Gesang. Alle Laute wurden aufgezeichnet, gleichzeitig speicherten die Translatoren diese Informationen. Jegontmarten hoffte, dass der Gesang einen Text enthielt und sich nicht in der Melodie erschöpfte. Eine Stunde verstrich. Dann hatte Almed die ersten Auswertungen vorliegen.

»Sie beten das schwarze Ding tatsächlich an«, erklärte der Fremdsprachenspezialist. »Sie meinen aber nicht wirklich *Diogenes' Fass,* sondern offensichtlich das Schwarze Loch.«

Jegontmarten holte die Texte auf einen Monitor. Viel war es nicht, was die Fremden mit ihrem Singsang verrieten. Almed hatte schon in dem einen Satz alles zusammengefasst.

»Daraus geht hervor, dass ein enger energetischer Zusammenhang mit dem Schwarzen Loch besteht«, sagte Jegontmarten, keineswegs mehr überrascht. »Sie haben das Fass selbst gebaut. Aber dennoch verehren sie es wie einen Götzen.«

Der Gesang veränderte sich. Und der übersetzte, noch lückenhafte Text wurde aggressiver.

»Sie haben uns zum Tode verurteilt, Hirishnan«, las der Major. Er lehnte sich in seinem Sessel zurück. »Und sie meinen es offenbar verdammt ernst.«

»Wieso? Warum?«, fragte der Epyreter.

»Wir sind ihrem Heiligtum zu nahe gekommen. Außerdem sind sie davon überzeugt, dass das Schwarze Loch hin und wieder ein Opfer braucht, damit es sich ruhig verhält. Erhält es das nicht, lässt es sich auch mit *Diogenes' Fass* nicht mehr kontrollieren. Sie sagen Altrakulfth dazu, aber damit können sie nur das Fass meinen.«

»Sie wollen uns in das Black Hole werfen?«

»Offensichtlich.«

»Ohne mich! Wir müssen uns zur Wehr setzen.«

»Und wie?«

Die CINDERELLA steckte in der Falle. Gegen siebzehn Raumschiffe konnte die Korvette allein nichts ausrichten.

Peta Alahou kauerte auf einer kleinen Anhöhe. Er konnte die tanzenden Fremden sehen, und der Anblick faszinierte ihn derart, dass er die Gefahr völlig vergaß. Ihm erging es nicht anders als den Männern in der Hauptleitzentrale der CINDERELLA. Auch er wusste zunächst keine Erklärung.

»Wollen Sie hier ewig liegen bleiben?«, fragte May Ennis flüsternd. Sie erschien neben ihm, ohne dass er ihr Nahen bemerkt hatte.

»Sehen Sie sich das an, May!«

»Na und? Es interessiert mich nicht. Sobald die Kolosse ausgetanzt haben, werden sie uns umbringen.«

»Manchmal sind Sie verdammt nüchtern.«

»Damit bin ich bisher recht weit gekommen.«

»Sie haben Recht.« Der Astronom zog sich in gebückter Haltung zurück und folgte mit der Frau den anderen. Sie befanden sich noch gefährlich nahe bei den Raumschiffen der Fremden, und es hatte wenig

Sinn, länger zu verweilen. Mittlerweile hatte sich auch Eckrat Birtat mit seinen Leuten eingefunden.

»Wir beratschlagen gerade, was wir tun können«, sagte der Erste Offizier. »Wir müssen der CINDERELLA helfen.«

Der Astronom blickte durch das Blätterdach nach oben. Er konnte einen Teil von *Diogenes' Fass* sehen. »Wie wäre es, wenn wir ihr Spielzeug kaputtmachen?«

»Wie sollen wir das wohl anstellen? Das ist eine ...« Birtat unterbrach sich, als sein Armbandfunkgerät ansprach.

»Nicht zurückmelden«, erklang Jegontmartens Stimme. »Nur Informationen aufnehmen. Die Kelosker, so nennen sich die Fremden, wollen uns umbringen. Sie wollen uns mit der CINDERELLA in das Schwarze Loch schleudern. Es besteht ein enger Zusammenhang zwischen dem Black Hole und *Diogenes' Fass.* Damit wird das Schwarze Loch offenbar kontrolliert. Hirishnan glaubt, dass das Black Hole völlig verschwinden wird, wenn *Diogenes' Fass* ausfallen sollte.« Damit brach die Verbindung ab.

»Wir teilen uns wieder in zwei Gruppen auf«, bestimmte Birtat. »Die Kelosker dürfen uns nicht erwischen. Doc, Ihre Idee war gut. Wir müssen nur etwas finden, womit wir das verdammte Fass zerstören können.« Nachdenklich biss er sich auf die Unterlippe, dann fügte er hinzu: »Doc, hat Hirishnan Recht? Verschwindet das Loch?«

»Ich weiß es nicht.«

»Sie sagten doch, dass es völlig leer ist, dass sich aber die Raumkrümmung von selbst hält. Könnte es nicht vielmehr so sein, dass die Krümmung nur bestehen bleibt, weil *Diogenes' Fass* dafür sorgt?«

Peta Alahou schüttelte den Kopf. »Das glaube ich kaum.«

»Aber das wäre doch einfach und logisch. Wozu brauchen sie das Fass, wenn nicht, um damit das Schwarze Loch, das sie ja wohl verehren, zu erhalten? Bestimmt, Doc, ohne das Fass würde es sich auflösen.«

»Wenn Sie meinen ...«

Ein Geräusch schreckte sie auf. Etwas Schweres rumorte im Unterholz. Beide Gruppen hasteten weiter.

Peta Alahou achtete kaum darauf, wohin er trat. Er dachte nur an das, was der Erste Offizier gesagt hatte. Die Überlegungen hatten etwas Zwingendes. Natürlich war es leicht, sich vorzustellen, dass das Schwarze Loch von einer siebendimensional strukturierten Maschine aufrechterhalten wurde. Eben weil es nichts enthielt. Andererseits sah er auch lieber die Ursache für eine derart starke Gravitationsquelle in einer entsprechend dichten Masse. Zugleich glaubte Alahou zu fühlen, dass Birtat einem Gedankenfehler zum Opfer gefallen war.

Er überquerte eine kleine Lichtung und blieb jäh stehen. Wie Schuppen fiel es ihm von den Augen. Er fuhr herum und wollte zur CINDERELLA hinübersehen, aber Büsche und Bäume verdeckten ihm die Sicht.

»Doc, was haben Sie?«, fragte May Ennis. »Sie sind ganz blass geworden.«

»Es ist nichts«, entgegnete er ausweichend.

Sie kam zu ihm und legte ihm eine Hand auf den Arm. »In unserer Situation sollten Sie keine Geheimnisse haben.«

»Sie würden mir doch nicht glauben.«

»Versuchen Sie es!«

Peta Alahou sagte ihr, wer der Mann gewesen war, der vor einigen Tagen aus dem Bordtransmitter der CINDERELLA gekommen war.

»Sie sind verrückt, Doc!«

»Ich wusste, dass Sie genau das sagen würden, May, aber es stört mich nicht.«

Blockade

Tontro Jegontmarten wartete, bis von allen Stationen eine Klarmeldung vorlag. In der Zentrale der CINDERELLA befanden sich außer ihm nur noch drei Offiziere.

»Sagen Sie den Keloskern, dass wir die Tänzer nicht an Bord ihres Schiffs zurückkehren lassen, wenn sie uns nicht sofort freien Abzug gewähren!«, befahl er.

Der Funker führte den Befehl aus.

»Ein Thermogeschütz auf die Kelosker ausrichten!«

Auch hier die prompte Bestätigung: »Ausgerichtet und feuerbereit, Sir!«

»Feuerfreigabe erst auf meinen Befehl!«

»Keine Antwort, Sir«, meldet der Funker.

»Wiederholen Sie unser Ultimatum! Die Kelosker sollen begreifen, dass wir es ernst meinen. Eine Minute Frist!«

Immer noch tanzten hundert der äußerlich plumpen Fremden vor der schwarzen Seitenwand von *Diogenes' Fass.* Es schien, als hätten sie nichts von der Ankündigung gehört. Die Zeit lief ab.

»Wollen Sie es wirklich tun?«, fragte Hirishnan, der die Zentrale während der letzten Befehle betreten hatte.

»Uns bleibt keine andere Wahl. Wir müssen eine Entscheidung herbeiführen, egal wie.«

Der Kommandant beugte sich vor. »Maschinen startklar!«

Nur Sekunden vergingen bis zur Vollzugsmeldung. Die Impulstriebwerke liefen an.

Der Major presste die Lippen zusammen. Er wollte nur bluffen, denn er wusste, dass er gegen den Willen der Kelosker nicht starten konnte. Die Schutzschirme der CINDERELLA würden dem gleichzeitigen Beschuss von siebzehn Raumschiffen nicht standhalten.

»Noch zehn Sekunden ...«

»Warum melden sich die Kelosker nicht?«, fragte der Kommandant. »Sind sie taub?«

»Noch fünf ...«

Geradezu verzweifelt blickte Jegontmarten auf die Schirme. Bis zuletzt hoffte er, dass auf einem von ihnen plötzlich das Abbild eines der Fremden erscheinen würde. Aber das war nicht der Fall.

»Die Minute ist um.«

»Feuer!«

Jegontmarten beobachtete, dass der Waffenleitoffizier die Sensorfelder berührte. Ein Energiestrahl hätte sich aus dem Projektor lösen und viele der Tänzer töten müssen. Aber nichts geschah.

»Keine Feuerbereitschaft, Sir!« Der Widerspruch zu den positronischen Anzeigen, die Grünwerte übermittelten, war offensichtlich.

»Versuchen Sie die anderen Geschütze!«

»Ebenfalls kein Kontakt, Sir!«

Jegontmarten fluchte. »Starten Sie!«, befahl er im gleichen Atemzug.

Der Pilot blickte ihn an und zögerte.

»Sie sollen starten, verdammt!«

Der Kommandant verfolgte, wie der Pilot mit tausendfach geübten Schaltungen den Schub auf die Ringwulstdüsen freigab – und sich plötzlich zurückfallen ließ.

»Nichts, Sir! Wir können nicht starten. Alles ist blockiert. Wir sitzen fest.«

Die Kelosker hatten absichtlich gewartet. Eine andere Erklärung hatte Jegontmarten nicht dafür, dass ausgerechnet jetzt einer der Fremden auf dem Panoramaschirm erschien. Der Major wusste, dass er sich irrte, dennoch hatte er das Gefühl, dass der Kelosker schadenfroh grinste. Unverständliche Laute hallten aus den Lautsprechern, wurden aber sofort gedämpft und von der positronischen Übersetzung verdrängt.

»Wir haben gefunden, dass das Altrakulfth berührt wurde. Es waren Minder-Abstrakt-Denker, die sich nicht scheuten, das Heilige zu schänden, das Alleinbewahrer der Galaxis ist.«

»Nichts ist beschädigt worden«, unterbrach Jegontmarten energisch. Er behielt den Kelosker stetig im Auge.

»Sie haben die *Große Schwarze Null* herausgefordert.«

»Niemand hat absichtlich gegen die Gesetze der Kelosker verstoßen«, erklärte der Kommandant. »Es ist kein Schaden entstanden.«

»Das ist ein Irrtum. Die heiligen Tänze haben das Altrakulfth besänftigt, nicht aber die *Große Schwarze Null.*«

»Wir haben nicht feststellen können, dass sich irgendetwas negativ verändert hat.«

»Ihr seid Minder-Abstrakt-Denker.«

»Das klingt sehr verächtlich«, bemerkte Hirishnan.

»Wer hat das Altrakulfth erbaut?«, fragte Jegontmarten.

»Die Kelosker.«

»Sind sie so schlechte Konstrukteure, dass ihre Arbeit bereits durch einen kleinen Stein gefährdet wird?«

»Die Kelosker sind nicht betroffen. Auch das Altrakulfth ist es nicht. Aber die *Große Schwarze Null* fordert materielle Opfer. Ohne Opfer wird sie nicht ruhig bleiben.«

Jegontmartens Hände zitterten. Er fühlte nur zu deutlich, wie wenig er mit seinen Worten erreichte, obwohl der Kelosker ihm antwortete. Im Grunde genommen bestand überhaupt kein Kontakt zwischen ihm und diesem Wesen. Welten trennten sie voneinander. Sie wechselten Worte, aber keiner verstand den anderen wirklich.

»Das Schiff wird bald starten«, erklärte der Kelosker. »Es wird den freien Kräften des Alls übergeben. Die *Große Schwarze Null* wird es zu sich holen.«

»Nein!«, schrie der Kommandant. »Das ist doch Irrsinn!«

»Die *Große Schwarze Null* verlangt ein Opfer. Wir müssen es bringen, oder sie wird sich nicht länger von uns und dem Altrakulfth kontrollieren lassen.«

»Ich werde mein Schiff hier an Ort und Stelle sprengen und dabei auch das Altrakulfth vernichten«, drohte Jegontmarten.

»Nichts dergleichen wird geschehen. Die *Große Schwarze Null* ist nicht zu überlisten. Sie kontrolliert das Schiff mit unserer Hilfe. Ihr seid nicht mehr frei, sondern schon jetzt das Opfer, was auch immer ihr dagegen zu tun versucht.«

Das Abbild erlosch. Wie betäubt blickte Jegontmarten auf den Schirm, der nur noch das Umfeld des Landeplatzes zeigte. Er wusste, dass der Kelosker die Wahrheit gesagt hatte. Die CINDERELLA und ihre Besatzung waren zum Tod verurteilt worden.

»Wollen Sie nichts tun?« Hirishnans Stimme offenbarte seinen Hass. »Sie hätten auf mich hören sollen, Major. Warum sind Sie nicht umgekehrt? Rhodan hätte uns wieder aufgenommen.«

»Reden Sie nicht so viel!« Der Kommandant befahl dem Funker: »Informieren Sie Birtat und Alahou! Beide Gruppen müssen wissen, was geschehen wird, sollte die CINDERELLA tatsächlich gegen unseren Willen starten. Beeilen Sie sich!« Er wandte sich an die anderen Offiziere: »Wir verlassen das Schiff! Kampfanzüge anlegen! Geben Sie die Order an die Besatzung weiter!«

»Tontro«, keuchte Dr. Hirishnan panikerfüllt. »Die CINDERELLA startet!«

Jegontmarten fuhr herum. Nur auf dem Panoramaschirm konnte er sehen, was geschah; kein anderes Instrument zeigte den Start an. Der Pilot saß in seinem Sessel und tat nichts. Dennoch stieg das Schiff auf. Es verließ Altrak. Erst jetzt versuchte der Pilot, den Vorgang zu stoppen, aber seine Schaltungen blieben wirkungslos.

»Die Transformkanone abfeuern!«, befahl Jegontmarten. Er sah, dass der Waffenoffizier seinem Befehl nachkam, aber kein Geschoss wurde abgestrahlt und im Ziel materialisiert.

Die CINDERELLA wurde von einer unheimlichen Kraft beherrscht, die das Schiff unaufhaltsam in die Höhe drückte.

»In die Hangars!« Der Kommandant gab den Befehl über Interkom. »Alles andere hat keinen Sinn mehr.«

Im Antigravlift sanken sie nach unten in den Haupthangar, in dem zahlreiche Shifts und vier Drei-Mann-Zerstörer standen. Jegontmarten schickte den Piloten in einen der Zerstörer und befahl einen Startversuch, während er selbst das Schott öffnete.

Bis zu diesem Moment war er sich nicht darüber klar gewesen, wie fest die Kelosker sie in den Tentakeln hielten.

Das Schleusenschott bewegte sich nicht, die positronische Schaltung versagte.

Jegontmarten fühlte, wie der Boden unter seinen Füßen erzitterte. Die Impulstriebwerke liefen an, ohne dass jemand an Bord dazu beigetragen hätte.

»Die CINDERELLA startet!«, rief May Ennis.

Durch das Blätterdach hindurch konnte auch Peta Alahou die Korvette sehen, die mit beträchtlicher Geschwindigkeit in den rötlichen Himmel aufstieg.

»Wieso können sie nichts dagegen tun?«, fragte die Frau bitter.

»Jegontmarten hat es behauptet, und ich glaube ihm«, antwortete der Astronom. »Die Kelosker beherrschen eine Technik, die für uns noch lange ein Buch mit sieben Siegeln bleiben wird.«

»Und was jetzt?« May war zumute, als sei eben die letzte Brücke zur Erde abgebrochen worden.

»Ich weiß auch nicht«, antwortete Alahou. »Wir können nur abwarten.«

»Wir müssen Jegontmarten helfen.«

»Wie denn? Wollen Sie *Diogenes' Fass* stürmen und siebzehn Raumschiffe der Kelosker zerschlagen?«

»Wir können nicht hier stehen und nichts tun.«

Die CINDERELLA wurde zu einem kleinen Punkt am Himmel. Alahou spürte ebenso wie alle anderen, dass sie unwiderruflich verloren war. Er konnte sich die Verzweiflung an Bord nur zu gut vorstellen.

»Glauben Sie wirklich, dass die Korvette ins Schwarze Loch stürzen wird?«

»Die Kelosker haben es gesagt – ich traue es ihnen zu.«

May Ennis blickte Alahou forschend an. Ihre Lippen zuckten.

»Sie sagen das so, Doc, als wünschten Sie sich, an Bord zu sein. Sie glauben nicht daran, dass wir auf diesem Planeten überleben können, und Sie denken, wenn Sie schon sterben müssen, dann an Bord des Schiffs, das in eine Schwarze Sonne stürzt.«

»Das hat etwas für sich, May.« Alahou quälte sich ein Lächeln ab. »Viele Astronomen haben schon davon geträumt, in ein Schwarzes Loch hineinzufliegen, obwohl sie wissen, dass es keine Rückkehr gibt. Aber was soll's? Wir müssen hier auf diesem Planeten leben, und ich glaube, dass wir reelle Chancen haben.«

Der Boden erzitterte unter ihren Füßen, und plötzlich tobte ohrenbetäubender Lärm über sie hinweg. »Die Kelosker starten!«, schrie Birtat aus einiger Distanz. Seine Stimme war kaum noch verständlich.

Alahou suchte wie alle anderen Deckung, warf sich hinter einen umgestürzten Baum und zog May Ennis zu sich heran. Er fürchtete, von einem der Schiffe unter Beschuss genommen zu werden. Erst als die Raumer der Kelosker bereits eine Höhe von mehreren hundert Metern erreicht hatten, wurde ihm bewusst, was Birtat wirklich gemeint hatte.

»Das ist Tontros Chance. Wenn wir *Diogenes' Fass* angreifen, lenken wir die Kelosker damit vielleicht so wirksam ab, dass sie ihn in Ruhe lassen.«

»Vielleicht.« May schien nicht an diese Möglichkeit zu glauben.

»Bestimmt. Das Fass ist für sie ein Heiligtum. Sie verehren es und beten es an. Wenn wir dort ansetzen, dann treffen wir ihren Nerv.« Die Raumschiffe der Kelosker waren nun bereits so weit entfernt, dass Alahou an keine Gefahr mehr glaubte. »Alle Schiffe sind gestartet.« Er ruderte mit den Armen, um Birtat herbeizuwinken. »Wir greifen *Diogenes' Fass* an!«

Eckrat Birtat lief auf ihn zu, seine Begleiter brachen aus den Büschen hervor. Unversehens breitete sich Optimismus aus.

»Doktor Hirishnan meinte, dass das Black Hole vielleicht nur von *Diogenes' Fass* aufrechterhalten wird. Wenn wir das zerstören, gibt es kein Schwarzes Loch mehr, und die CINDERELLA ist gerettet«, sagte der Erste Offizier. Er blickte Alahou forschend an, als fürchte er, der Astronom könne ihm die Hoffnung nehmen. »Das ist doch so, oder?«

»Bestimmt«, entgegnete Doc Alahou zögernd. Er spürte, dass die Männer Zuspruch benötigten.

»Sagen Sie doch endlich, was Sie wirklich denken«, platzte May Ennis heraus. »Sie haben vorhin eine Theorie eröffnet ...«

»Ich werde Ihnen das Fell versohlen, wenn Sie nicht den Mund halten«, brauste der Astronom auf.

»Dann hätten Sie alle anderen gegen sich.«

Doc Alahou schüttelte den Kopf. »Bilden Sie sich nur nichts darauf ein, dass Sie die einzige Frau unter uns sind. Noch können Sie daraus kein Kapital schlagen. Was ist, Birtat? Gehen wir endlich los?«

Der Erste Offizier antwortete mit einer energischen Geste, mit der er die Männer antrieb. Sie liefen durch das Unterholz auf das mächtige Gebilde zu, das sie um fast fünfhundert Meter überragte. Birtat sorgte dafür, dass sie eine Kette bildeten, die sich rasch weiter auseinander zog. Damit wollte er verhindern, dass eventuell zurückgebliebene Kelosker ein leichtes Ziel hatten. Bald merkte er, dass sie nicht schnell genug vorankamen, weil die Kampfanzüge sie zu stark behinderten. Trotz der erhöhten Ortungsgefahr befahl er, die Fluggeräte einzuschalten.

May Ennis hielt sich zurück. Sie war der Meinung, dass sie sich nicht in einen Kampf einschalten durfte. Vielmehr glaubte sie, die Verpflichtung zu haben, ihr Leben auf jeden Fall zu erhalten. Sollte eine Gruppe auf diesem Planeten zurückbleiben müssen, war sie die Einzige, die das Fortbestehen einer Siedlung auf Dauer ermöglichen konnte.

Doc Alahou flog unter den Baumkronen, um möglichst lange in optischer Deckung bleiben zu können. Sie hatten alle die Helme übergestülpt, um sich über Funk besser verständigen zu können. Plötzlich schrie Birtat auf. Er hatte den Waldrand erreicht und unvermittelt freie Sicht auf den unteren Teil von *Diogenes' Fass*.

»Kelosker!«

Alahou sah die Fremden gleich darauf. Sie hatten eine riesige Grube ausgehoben und schoben weiteres Erdreich mit einem Antigravtraktor zur Seite. Darunter wurde eine schimmernde Metallfläche sichtbar.

Die plumpen Wesen unterbrachen ihre Arbeiten sofort, als sie die Terraner bemerkten. Und sie eröffneten, ohne zu zögern, das Feuer aus Energiestrahlern. Ein blauer Blitz zuckte dicht an Alahou vorbei und blendete ihn sekundenlang. Er feuerte ungezielt zurück und ließ sich hinter eine Bodenwelle sinken.

Gleich darauf beobachtete er einen Kelosker, der sich schwerfällig einem kanonenartigen Gerät näherte, das vorn in einem spiralförmigen Projektor endete. Alahou glaubte, eine Art Desintegrator zu erkennen, und er fürchtete, dass der Gegner damit den gesamten Waldrand bestreichen wollte.

Er zielte auf den Kopf des Keloskers. Aber er zögerte.

Noch nie hatte er ein lebendes Wesen getötet. Er hatte ungeheuren Respekt vor allem Leben und erinnerte sich in dem Moment, dass er selbst Spinnen, die hin und wieder in seinem Arbeitsraum auf der Erde aufgetaucht waren, vorsichtig wieder an die Luft gesetzt hatte.

Doch diesmal blieb ihm keine andere Wahl. Er musste Leben vernichten, das Leben eines hochintelligenten Wesens. Er presste die Lippen zusammen. Bis zu dieser Sekunde hatte er nie darüber nachgedacht, wie das sein würde. Er brauchte den Druck auf den Auslöser nur ein klein wenig zu verstärken.

Doc Alahou schluckte. Seine Kehle krampfte sich zusammen. Er beobachtete, dass der Kelosker das waffenähnliche Ding erreichte und daran einige Hebel bewegte, dass es sich vom Boden erhob und schwebend einer leichten Erhöhung näherte. Alahou begriff, dass der Tod in den nächsten Sekunden kommen würde. Er musste an Tontro Jegontmarten denken, der in diesem Moment verzweifelt versuchte, den Sturz in das Schwarze Loch zu verhindern.

Er schloss die Augen. Sein Finger drückte zu.

Alles andere war ganz leicht. Die Waffe vibrierte nicht einmal in seiner Hand.

Als er die Augen wieder öffnete, sah er, dass von dem Kelosker nur noch ein verkohlter Klumpen übrig war.

Ihm wurde übel.

Der ganze Irrsinn dieses Kampfes wurde ihm bewusst. Gab es wirklich keine Möglichkeit zur Verständigung zwischen den Vertretern zweier hochintelligenter Völker? Er wusste in diesem Moment noch nicht einmal, wer den schwersten Fehler begangen hatte. Wirklich die Kelosker? Oder hatte man sie, ohne es zu wollen, so schwer beleidigt, dass ihr logisches Denkvermögen aussetzte?

Links und rechts neben ihm blitzte es auf. Aber auch von den Keloskern schlug ihnen heftiges Feuer entgegen.

In seinem Helmlautsprecher klang eine spöttische Stimme auf. »Wollen Sie nicht kämpfen, Doc? Wollen Sie wirklich warten, bis alle verwundet sind, damit Sie Sanitäter spielen können?«

Maßloser Zorn überfiel ihn. Stand May Ennis unter Schock, dass sie nicht mehr wusste, was sie sagte?

Alahou kroch zur Seite bis hinter einen großen Stein. Von hier aus konnte er drei Kelosker sehen, die ununterbrochen schossen. Ein Schrei veranlasste ihn, zur Seite zu blicken. Einer der Männer aus Birtats Gruppe war getroffen worden und torkelte weiter auf die Kelosker zu und mitten in einen Energiestrahl hinein. Alahous Gedanken setzten aus.

Er legte seine Waffe an und schoss dreimal hintereinander. So eiskalt wie auf dem Schießstand. Er vergaß völlig, dass auch für ihn Gefahr bestand.

Er tötete drei Kelosker.

Einen vierten entdeckte er hinter einem Erdwall. Da er ihn nicht von seiner Deckung aus treffen konnte, sprang er auf und rannte eine Erhebung hinauf. Im Laufen feuerte er und traf den Fremden tödlich.

Er hörte das Gebrüll des Ersten Offiziers, begriff jedoch nicht, was Birtat meinte. Suchend blickte er sich um und verstand erst dann: »Gehen Sie in Deckung, Doc! Sind Sie lebensmüde?«

Seine Knie zitterten, ihm fehlte die Kraft, sich einen neuen Schutz zu suchen. Dabei dämmerte ihm, dass er längst hätte tot sein müssen. Er blieb stehen, drehte sich um.

Überall war der Boden verbrannt, Qualmwolken stiegen auf. Er zählte zwölf tote Kelosker.

»Es ist vorbei«, sagte er schwer.

Der Erste Offizier und einige Männer stürmten auf die Stellungen der Kelosker zu. Danach suchten sie die Umgebung nach Spuren ab.

Erst dann kehrten alle zu der Grube zurück, die die Fremden ausgehoben hatten.

Zu dieser Zeit hatte Peta Alahou sich wieder gefangen und arbeitete mit zwei Männern daran, die schimmernde Metallplatte, die freigelegt worden war, aufzubrechen. »Wir müssen die Energiestrahler einsetzen. Nur so kommen wir schnell genug voran. Wenn wir uns nicht beeilen, ist die CINDERELLA verloren.«

»Warum schießen wir nicht einfach in das schwarze Energiegitter hinein? Oder warum werfen wir nicht neue Steine?«, fragte Birtat.

»Weil wir nicht wissen, was dann geschieht«, erwiderte der Astronom. »Wenn es uns aber gelingt, die Steuermechanismen zu zerstören, werden die Energiefelder in sich zusammenbrechen.«

Alahou richtete seinen Strahler auf die Metallplatte. Als er schoss, löste sich das Material auf, und ein dunkles Loch entstand. Er schaltete das Fluggerät seines Kampfanzugs an und schwebte bis über die Öffnung. Mit dem Helmscheinwerfer leuchtete er hinein.

»Da unten stehen Maschinen«, berichtete er. »Ich sehe plumpe Hebel und Schalteinrichtungen für Kelosker. Wir sind am Ziel.«

»Lassen Sie mich zuerst gehen«, bat der Erste Offizier.

Alahou erkannte, dass Birtat es sein wollte, der die CINDERELLA rettete. »Bitte«, sagte er. »Ich lasse Ihnen gern den Vortritt.«

31.
Die Zeit

»Tontro Jegontmarten!« Der Kommandant blickte über die Schulter zurück. Er war überrascht über den Ton, in dem er angesprochen wurde. Dr. Allpatan Hirishnan stand hinter ihm.

»Was gibt es?«, fragte der Major.

»Wir alle wissen, dass wir verloren sind«, erklärte der Epyreter.

»Unsinn.«

»Aus diesem Grund ist für mich die letzte Gelegenheit gekommen, Sie zu einer Entschuldigung zu zwingen.«

Jegontmarten verzog irritiert das Gesicht. »Was ist in Sie gefahren, Hirishnan? Drehen Sie durch?«

»Sie haben mich einen Feigling genannt.«

»Ach, das meinen Sie.« Jegontmarten gähnte demonstrativ und

wandte Hirishnan den Rücken zu. »Wir desintegrieren das Schleusenschott, Leute. Helme schließen! Dann brechen wir mit den Drei-Mann-Zerstörern aus.«

Der Epyreter packte ihn an der Schulter und riss ihn herum. »Sie wollen mir die Genugtuung verweigern?«

»Hören Sie mit dem Quatsch auf, Hirishnan! Dafür ist wirklich keine Zeit.«

»Dann lassen Sie mir keine Wahl, Major.« Hirishnan zog einen Desintegratorstrahler aus dem Gurt seines Kampfanzugs. Jegontmarten wich zurück. Er erbleichte, doch der Epyreter richtete die Waffe nicht auf ihn, sondern auf seinen eigenen linken Arm.

»Nehmt ihm den Desintegrator ab!«, befahl der Kommandant.

Hirishnan sprang zurück, bis er mit dem Rücken an einer Wand lehnte. Er zielte auf zwei Männer, die sich ihm nähern wollten. »Sie werden mich nicht daran hindern, ehrenvoll zu sterben«, sagte er, drehte die Waffenmündung und löste seinen linken Arm mit einem Desintegratorstrahl auf.

»Haben Sie den Verstand verloren, Hirishnan?«, rief Jegontmarten entsetzt.

»Ich tue, was mir die Gesetze meines Volkes vorschreiben. Ich kann nicht mit der Belastung leben, der Sie mich ausgesetzt haben.« Bevor jemand ihn daran hindern konnte, führte er den grünen Desintegratorstrahl in Gürtelhöhe quer durch seinen Leib.

Jegontmarten wandte sich ab. Er hatte nicht geahnt, dass ein Epyreter so weit gehen konnte. Als er zwei seiner Männer am Schleusenschott stehen sah, zwang er sich, seine Gedanken auf ihr aller Problem zu richten.

»Schießen Sie!«, befahl er.

Die Desintegratorstrahlen verwandelten das Schott in Staub. Die ausströmende restliche Atmosphäre wirbelte ihn mit sich hinaus ins All.

Jegontmarten sah zum ersten Mal einen Bereich im All, der völlig frei von Sternen war. Obwohl die CINDERELLA noch weit entfernt stand, hatte er das Gefühl, mit unwiderstehlicher Gewalt angezogen zu werden.

»Szeirin, Kapra und Marol zuerst!«, befahl er.

Die Genannten liefen auf einen der Drei-Mann-Zerstörer zu und stiegen ein. Sie benötigten knapp zwei Minuten für ihre Startvorbereitungen.

»Alles in Ordnung, Sir«, meldete Szeirin.

Im Startkatapult ruckte die Maschine an und wurde aus der Schleuse gestoßen. Das Impulstriebwerk zündete außerhalb der Korvette …

Einer der Männer neben Jegontmarten jubelte, doch sein Freudenschrei kam zu früh. Der Drei-Mann-Zerstörer explodierte fünfhundert Meter von der Korvette entfernt an einem unsichtbaren Hindernis.

»Ein Energieschirm liegt um die CINDERELLA«, stellte der Kommandant fest. Er wagte nicht, den letzten sechs Männern, die noch bei ihm geblieben waren, in die Augen zu sehen. Er wusste, dass alles vorbei war.

Bevor er sie daran hindern konnte, rannten zwei Männer auf einen der übrigen Zerstörer zu. Sie schwangen sich in die Maschine und begannen hastig mit den Startvorbereitungen.

Jegontmarten eilte ihnen nach. »Steigen Sie aus!«, befahl er. »Das hat doch keinen Sinn.«

»Wir versuchen es«, antwortete einer der beiden. Der Major erkannte erst jetzt den Chefingenieur der Korvette. »Wir feuern die Energiestrahler auf den Schirm ab. Vielleicht gelingt es uns, eine Strukturlücke zu schaffen.«

Hilflos trat Jegontmarten zurück. Er wusste nicht mehr, was er tun sollte. Der Chefingenieur irrte sich, daran zweifelte der Kommandant keine Sekunde. Das Unternehmen kam einem Selbstmord gleich.

»Warten Sie noch!«, schrie er. »Vielleicht schaffen die anderen es, *Diogenes' Fass* zu …«

Der Drei-Mann-Zerstörer raste aus der Schleuse. Sein Buggeschütz feuerte, erzielte aber keinen sichtbaren Effekt. Der Waffenstrahl wurde vielmehr vom Energiefeld der Kelosker aufgesogen. Jegontmarten sah die Explosion und wandte sich ab. Ein Wrackteil des Zerstörers wirbelte an ihm vorbei und tötete einen der Männer im Hangar.

»Keine weiteren Experimente!«, befahl er. »Wir gehen in die Zentrale.«

Die drei Überlebenden zögerten. Jegontmarten trieb sie mit Waffengewalt aus dem Hangar. Als sie die Schleuse ins Schiffsinnere hinter sich hatten, schlug er seinen Helm zurück.

»Wir können nur hoffen, dass Hilfe von außen kommt«, erklärte er. »Alles andere ist sinnlos.«

Schweigend schwebten sie zur Zentrale empor. Die Bordpositronik arbeitete.

»Wir nähern uns der Lichtgeschwindigkeit«, stellte der Major überrascht fest.

»Dann können wir in den Linearflug übergehen?«, fragte einer der Männer, ein Positronikspezialist.

»Versuchen können wir es«, erwiderte Jegontmarten. Er warf sich in den Pilotensessel. »Nichts. Überhaupt nichts. Der Linearantrieb reagiert nicht.«

Eine eisige Hand schien sich um seine Kehle zu legen. Nur noch am Rand des Panoramaschirms zeichneten sich einige Sterne ab. Das Zentrum war schwarz. Dort musste das Schwarze Loch sein, das die CINDERELLA mit unwiderstehlicher Gewalt anzog.

Jegontmarten vernahm eine Stimme, die er nicht verstand. Verwundert wandte er sich um. Hinter ihm stand der Positronikspezialist. Der Mann war durchsichtig geworden und redete in einer Sprache auf ihn ein, die er nie zuvor gehört hatte.

Abwehrend hob Jegontmarten den Arm, als der Positronikspezialist ihm noch näher kam. Entsetzt bemerkte er, dass seine Haut runzlig aussah wie die eines uralten Mannes.

Der Erste Offizier der CINDERELLA blickte in den blassroten Himmel von Altrak hinauf. »Hoffentlich kommen wir nicht zu spät, Doc«, sagte er. »Wo mag das Schiff jetzt sein? Schon im Ereignishorizont des Schwarzen Lochs?«

»Wie soll ich das wissen, Birtat?«

»Sie kennen die Distanz ...«

»Das Black Hole ist etwa 300 Millionen Kilometer entfernt. Ein Drittel davon hat die CINDERELLA bestimmt schon zurückgelegt«, erwiderte Alahou. Er stieß Birtat an. »Beeilen Sie sich.«

Der Erste Offizier schaltete sein Fluggerät ein und ließ sich durch das Loch nach unten sinken. Er verschwand.

»Birtat«, rief der Astronom, »wo sind Sie?«

»Hier unten. Sehen Sie mich denn nicht?«

»Alles in Ordnung?«

»Klar. Sie können nachkommen.«

Peta Alahou schwebte ebenfalls in die Tiefe. Für ihn veränderte sich nichts. Als er festen Boden unter den Füßen spürte, schaltete er sein Flugaggregat aus und schaute sich um. Eckrat Birtat war nicht da.

Von oben blickte May Ennis herab. »Wie fühlen Sie sich, Doc?«, fragte sie.

»Nicht anders als sonst. Schicken Sie die übrigen Männer herunter!«

Sie drehte sich um, und kurz darauf schwebten acht Männer durch das Loch. May Ennis folgte als Letzte. »Wo ist Eckrat?«, fragte sie spontan.

»Ich weiß es nicht«, entgegnete Alahou.

»Hier bin ich«, sagte die Stimme des Ersten Offiziers dicht neben ihnen. »Habt ihr keine Augen im Kopf?«

Alahou blinzelte – und zweifelte an seinem Verstand. Er sah Birtat einfach nicht. »Lassen Sie das Versteckspiel!«, schimpfte er.

»Also, jetzt langt es mir.« Eine Faust kam aus dem Nichts und boxte Alahou leicht vor die Brust. »Behaupten Sie bloß nicht, ich wäre unsichtbar.«

Der Erste Offizier war plötzlich wieder da, doch so eigentümlich verzerrt, dass er kaum wieder zu erkennen war. Er war so groß wie immer und ebenso breit, doch er schien keine Tiefe mehr zu besitzen. Alahou glaubte im ersten Erschrecken, einer sich bewegenden Folie gegenüberzustehen. Doch auch das änderte sich.

Eckrat Birtat trat noch einen Schritt vor und sah so normal aus wie immer. »Was ist bloß in euch gefahren?«

»Nichts. Gar nichts.« Peta Alahou merkte an den Reaktionen der anderen, dass sie alle das gleiche Phänomen beobachtet hatten. Also hatte er den Verstand noch nicht verloren. Energisch löste er sich von der Gruppe und eilte auf eine Maschine zu. Sie war dreieckig und mit Hebeln und Griffen für die Greifwerkzeuge der Kelosker versehen. Entschlossen zerrte er an einem der Hebel. Ihm war, als bilde sich ein Gravitationszentrum in diesem Griff, von dem er angesogen wurde. Seine Hand schien zu schrumpfen, während sein Körper schier von innen nach außen umgedreht wurde. Mit letzter Kraft bewegte er den Hebel. Ein Funkenregen schoss über ihn hinweg und sprühte an der Decke nach allen Richtungen auseinander.

»Teufel auch«, stöhnte Alahou. »Meine Hand.«

Er wandte sich um. Alles hatte sich erschreckend verändert. Er stand in einer gigantischen Halle. Ungefähr fünfzig Meter entfernt warteten neun Riesen. Sie erinnerten ihn an Terraner, obwohl ihre Gestalten seltsam verzerrt und deformiert zu sein schienen. Einer der Giganten näherte sich, er hatte langes Haar, das ihm bis über die Schultern fiel. Als er den Mund öffnete, ertönte ein ohrenbetäubendes Gebrüll. Der Astronom flüchtete hinter eine Maschine. Er zog seinen Strahler und zielte auf das Monstrum, doch bevor er schießen konnte, kehrte es zu den anderen zurück.

Einer der Riesen schrie gellend auf. Mit einem mächtigen Sprung setzte er über eine Maschine hinweg, rammte seinen Schädel gegen die Wand und wälzte sich auf dem Boden. Ein anderer wollte zu ihm gehen. In dem Moment richtete der Gestürzte seine Waffe auf diesen Mann und tötete ihn mit einem einzigen Schuss.

Doc Alahou warf sich zu Boden und barg den Kopf in seinen Armen. Er wusste nicht mehr, wo er war, und er zweifelte an seinem Verstand. Wo waren May Ennis und die Männer geblieben? Wo war Eckrat Birtat?

Der Boden bebte. Alahou hob den Kopf und sah, dass sich ihm erneut einer der Riesen näherte. Er sprang auf und floh unter eine kleinere Maschine. Dabei erinnerte er sich daran, dass er hierher gekommen war, weil er zerstören wollte. Er musste handeln, wenn er die CINDERELLA noch retten wollte. Er prallte gegen ein Metallgitter, das ihm den Weg versperrte. Halb betäubt stürzte er zu Boden, und ein Funkenregen stob knisternd über ihn hinweg. Er wälzte sich herum und bemerkte, dass der Riese sich gebückt hatte. Seine mächtige Pranke schob sich an ihn heran, um ihn zu ergreifen und wegzuzerren.

Doc Alahou feuerte mit dem Strahler auf das Gitter und zerstörte es. Dann schnellte er hoch und raste weiter. Blitze zuckten aus dem Boden und den Wänden, zugleich schrumpfte der Durchgang, dass er fürchten musste, stecken zu bleiben. Verzweifelt warf Alahou sich nach vorn; er rutschte auf dem Bauch über das glatte Metall und lag plötzlich zwischen zwei Maschinenblöcken, die nicht viel größer waren als er selbst. Nach Atem ringend, richtete er sich auf. Die Riesen waren verschwunden.

»Was ist mit Ihnen los, Doc? Wollten Sie Siganese werden?«, fragte Eckrat Birtat, und er sah dabei völlig normal aus. Alahou blickte an ihm vorbei zu dem Toten hinüber. Es war Cap Othroppo, der Waffenwart.

»Worauf warten wir noch? Wir müssen das alles zerstören, sonst drehen wir durch«, sagte der Astronom heftig. Er richtete seine Waffe auf eine mannshohe Maschine und feuerte, bevor die anderen es verhindern konnten. Die Maschine blähte sich auf und verdoppelte ihr Volumen. Weiß glühende Teile spritzten davon. Zwei Männer starben, als ihnen die Glut in den Leib fuhr.

Altrak schien zusammenzustürzen. Der Boden wankte so heftig, dass sich niemand mehr auf den Beinen halten konnte.

Peta Alahou schlug mit dem Kopf gegen einen Stahlbügel. Er verlor vorübergehend das Bewusstsein. Als er wieder zu sich kam, fand er sich, May Ennis und die sechs anderen Männer in einer gläsernen Halle wieder, die von zahlreichen Zwischenwänden in kleinere Abschnitte unterteilt wurde.

»Wo sind wir hier?« Alahou erhob sich schwankend.

»Sie haben geschossen, und plötzlich waren wir hier«, antwortete Birtat.

Der Astronom klopfte mit den Knöcheln gegen eine der transparenten Wände. Das Material wirkte hart und spröd, war jedoch kein Glas. Alahou trat einige Schritte zurück und feuerte. Der Energiestrahl schlug in die Wand und erzeugte einen kleinen roten Fleck. Das war alles.

»Wir sitzen in der Falle«, sagte May Ennis.

»Es muss einen Ausgang geben. Wir suchen ihn. Jeder geht in eine andere Richtung.«

Die Gruppe teilte sich. May blieb in der Nähe von Alahou, und sie war es auch, die einen Durchgang fand. Vorsichtig trat sie hindurch. Alahou spürte die Gefahr.

»May!«, rief er. »Bleiben Sie stehen!«

Die Frau blickte über die Schulter zurück. Sie lächelte, weil ihr Petas Angst übertrieben vorkam. Sie ging weiter – und verschwand von einer Sekunde zur nächsten, als ob sie teleportiert wäre.

»Verdammt, wo ist sie?«, fragte Birtat keuchend. Seine Lippen zuckten, und Alahou erkannte, dass der Erste Offizier dem Zusammenbruch nahe war. »Doc, sagen Sie doch etwas.«

»Vielleicht ist es wieder nur ein harmloser Trick. Passen Sie auf, gleich wird May wiederkommen und uns auslachen.«

»Alle zu mir!«, befahl der Erste Offizier. »Wir bleiben zusammen.«

Alahou nahm seinen Gürtel ab, ging bis zu der Stelle, an der die Frau durch die Wand gegangen war, kniete sich hin und rollte den Gürtel aus. Die Magnetschnalle glitt bis zu der Stelle, an der May verschwunden war, und verschwand ebenfalls. Alahou zog den Gürtel zurück. Die Schnalle fehlte.

»Glatt abgeschnitten«, stellte er fest.

»Damit sitzen wir endgültig in der Falle«, sagte Birtat.

Alahou richtete seinen Strahler auf die Stelle, an der May Ennis verschwunden war, doch der Erste Offizier schlug sie ihm zur Seite.

»Sind Sie verrückt geworden, Doc? Wenn May noch lebt, bringen Sie sie damit um.«

Die Männer waren ratlos und wussten nicht mehr, wohin sie sich wenden sollten. Jeder Schritt konnte den Tod bedeuten.

Wieder übernahm der Astronom die Initiative. »Wir sind nach einem Schuss hierher gekommen«, erklärte er. »Mag sein, dass wir auf die gleiche Weise auch wieder aus dem Labyrinth verschwinden können. Wir sollten alle gemeinsam auf einen Punkt feuern. Vielleicht reicht die Energie aus.«

Birtat gefiel dieser Vorschlag nicht. Da er jedoch keine Alternative hatte, gab er nach kurzem Zögern nach. »Also gut.« Er entfernte sich einige Schritte und blieb vor einer transparenten Wand stehen. »Wir nehmen dieses Ziel. Hier werden wir May hoffentlich nicht gefährden, falls sie überhaupt noch lebt.«

Die anderen kamen zu ihm. Gemeinsam richteten sie ihre Waffen auf die Wand und lösten sie gleichzeitig aus. Wieder bildete sich nur ein kleiner roter Fleck in dem Material, dann zuckten Blitze nach allen Seiten. Für Sekundenbruchteile bildete sich ein schwarzer Ball. Alahou fühlte sich mit fürchterlicher Gewalt auf dieses Ding zugerissen, bevor er jedoch hineinstürzte, verschwand es wieder.

Gleichzeitig veränderte sich die gesamte Umgebung. Alahou stand wieder unter der Öffnung, durch die sie in die Station eingedrungen waren. Hoch über ihm kniete Pritt Officyer am Rand des Lochs.

»Sie sind wieder da!«, schrie der Laborant. »Sie sind wieder da!«

Verblüfft blickte Doc Alahou empor. Er konnte verstehen, dass Officyer überrascht war, aber der Laborant tat, als wären sie tagelang verschwunden gewesen.

Der Astronom schaltete das Flugaggregat ein und schwebte nach oben. Die anderen folgten ihm. Alle waren sie froh, aus der geheimnisvollen Station entkommen zu sein.

»Wo waren Sie so lange?«, fragte Officyer.

»Das wissen wir auch nicht«, antwortete Birtat. Nichts schien sich verändert zu haben. *Diogenes' Fass* bestand noch immer. Die Zerstörungen, die sie angerichtet hatten, waren offensichtlich ohne Wirkung geblieben.

»Was heißt so lange?« Alahou wischte sich den Schweiß von der Stirn. »Wir waren doch nur ein paar Minuten da unten.«

»Minuten? Spinnen Sie, Doc? Wir warten seit sieben Stunden auf Sie.«

Erst jetzt fiel dem Astronomen auf, dass die Sonne bereits im Westen stand und bald untergehen würde. Der Schock ließ ihn betreten schweigen. Eckrat Birtat stellte immer neue Fragen, und die Männer, die draußen geblieben waren, wollten wissen, wo May Ennis und die anderen steckten. Schließlich nahm der Astronom Officyer zur Seite. Sie verglichen ihre Uhren. Die Differenz von fast sieben Stunden war definitiv.

»Alles war umsonst«, sagte Alahou niedergeschlagen. »Wir können der CINDERELLA nicht mehr helfen. Es ist zu spät.«

»Wieso das?«, fragte der Erste Offizier. »Nur weil wir ein paar Stunden in diesem ... Ding da waren?«

»Begreifen Sie denn nicht? Wir waren einer Zeitverschiebung unterworfen, und die CINDERELLA ist es auch. Die Korvette wird in das Schwarze Loch gerissen, daran zweifelt wohl niemand mehr. Dabei geschieht etwas, an das wir bisher noch nicht gedacht haben: Die Abhängigkeiten von Zeit und Raum verkehren sich.«

»Was soll das?«, fragte Birtat nervös. »Was wollen Sie damit sagen?«

»Die CINDERELLA rast auf das Zentrum des Schwarzen Lochs zu. Vielleicht befindet sie sich sogar schon im Black Hole. Das Schiff kann sich nur noch in einer einzigen Richtung bewegen – auf das Schwerezentrum zu. Eine Abweichung ist nicht möglich. Damit ist ihr Verhältnis zum Raum so geworden, wie unser aller Verhältnis zurzeit ist. Sie fließt stets nur in eine Richtung. Wir können sie nicht anhalten. Was wir auch tun, die Zeit läuft weiter. Andererseits können wir uns frei im Raum bewegen. Das ist der CINDERELLA nicht mehr möglich.«

»Sie behaupten, dafür kann sie sich in der Zeit bewegen?«

»Vielleicht. Genau wüsste ich das erst, wenn ich an Bord wäre.«

»Mir scheint, Sie wünschen sich das.«

»Darauf kann ich nicht antworten, aber ich weiß, dass die CINDERELLA für uns uneinholbar verloren ist.«

»Warum?«

»Weil sie sich immer mehr der Lichtgeschwindigkeit nähert, aber nicht nur kurze Zeit in diesem Geschwindigkeitsbereich bleibt wie wir, wenn wir den Anlauf zum Linearflug nehmen, sondern ständig. Damit müssen sich Zeitverschiebungen ergeben.«

»Das ist richtig, aber die Zeit an Bord der CINDERELLA verläuft dann weniger schnell als bei uns«, entgegnete Eckrat Birtat. »Sie haben sich geirrt. Gerade weil sich eine Zeitverschiebung ergibt, haben wir noch eine Chance.«

Doc Alahou blickte an der schimmernden Wand von *Diogenes' Fass* hoch. »Mir soll es recht sein, Birtat. Ich weiß nur nicht, wie wir dieses Ding zerstören können. Es scheint eine verdammte Ähnlichkeit mit einem Schwarzen Loch zu haben.«

»Ich schlage vor, dass wir die Energiemagazine aus mehreren Waffen in der Kontrollstation deponieren und mit einem Schuss zünden«, sagte der Erste Offizier. »Die Explosion sollte ausreichen. Wenn nicht, ist es ohnehin vorbei.«

»May Ennis befindet sich vielleicht noch da unten«, warf einer der Männer ein.

»May ist tot«, entgegnete Doc Alahou. »Davon bin ich mittlerweile überzeugt.«

»Die Energiemagazine«, forderte Birtat.

Sechs Männer reichten ihm die kleinen Patronen. Er nahm sie und schwebte durch das Loch nach unten, legte sie auf einer Maschine ab und kehrte zurück.

»Vorsicht«, sagte er. »Entfernen Sie sich weit genug. Ich bleibe hier und zünde die Munition.«

Das Ding

Tontro Jegontmarten betrat die Hauptleitzentrale der CINDERELLA. Der Boden zitterte unter seinen Füßen, obwohl die Antriebsaggregate längst nicht mehr liefen. Er hatte vergessen, warum er vor wenigen Minuten die Zentrale verlassen hatte und nun zurückkehrte. Es fiel ihm immer schwerer, klar zu denken.

Der Panoramaschirm war schwarz. Nicht ein einziger Stern war zu sehen. Jegontmarten schluckte mühsam. Das Ende stand unmittelbar bevor. Die Kelosker hatten ganze Arbeit geleistet, die CINDERELLA konnte nicht mehr aufgehalten werden.

Plötzlich erinnerte der Kommandant sich wieder. Er war im Maschinenraum gewesen, weil er gehofft hatte, das überlichtschnelle Triebwerk doch aktivieren zu können. Er hatte festgestellt, dass der Waring-Konverter Risse aufwies und nicht mehr funktionsfähig war.

Jegontmarten befand sich allein in der Zentrale. Die anderen waren verschwunden, hielten sich irgendwo im Schiff auf. Er wusste nicht, was sie taten, aber das war auch nicht mehr wichtig.

Er ging zum Funkleitstand hinüber. Das Schiff erzitterte so heftig, dass er sich an der Lehne des Sessels festhalten musste. Ihm wurde übel, als er sah, dass der Sitz des Piloten aus der Halterung brach. Irgendwo prasselten heftige Entladungen, und beißender Ozongestank breitete sich aus.

Das schmerzverzerrte Gesicht von Navigator Appetix zeichnete sich auf einem Monitor ab. Appetix sah aus wie ein alter Mann, sein Kopf war fast kahl.

»Sir, warum versuchen wir nicht, mit dem Transmitter von Bord zu entkommen?«, fragte der Navigator. Er wollte noch mehr sagen, doch plötzlich gurgelte er halb erstickt. Er taumelte zurück und stürzte zu Boden. In seinem Rücken steckte ein armlanges Metallteil.

»Transmitter?« Jegontmarten flüsterte das Wort. Er brauchte einige Sekunden, bis er die Bedeutung voll erfasste.

Der Transmitter bot eine überlichtschnelle Transportmöglichkeit. Damit bestand die Chance, dem Black Hole zu entkommen, vorausgesetzt, dass sich ein Raumschiff in der Nähe befand, das ebenfalls einen Transmitter an Bord hatte, der noch dazu eingeschaltet und empfangsbereit war. Die Chance dafür war verschwindend gering.

Jegontmarten lächelte bitter, als er sich dessen bewusst wurde. Dann dachte er an die Raumschiffe der Kelosker und fragte sich, weshalb sie keinen geeigneten Transmitter haben sollten. Der Stand ihrer Technik ließ das durchaus zu.

Er grinste voll Bitterkeit. Wie überrascht mussten die Kelosker sein, wenn ausgerechnet er aus einem ihrer Transmitter entkommen sollte.

Der Major aktivierte den Hyperkom. Erregt brüllte er: »Transmitter einschalten! Transmitter einschalten!«

Er wiederholte die Worte oft. Erst nach einigen Minuten glaubte er, genug getan zu haben. Das war, als der Panoramaschirm zusammenbrach und noch einiges mehr. Tontro Jegontmarten wurde aus dem Sitz gerissen. Er schlang seine Arme um den Kopf, um sich zu schützen, prallte gegen einen anderen Sitz und rutschte an ihm hinunter zu Boden. Als er die Augen wieder öffnete, brannte nur noch die Notbeleuchtung, und eine Serie Blitze waberte über dem Kontrollpult.

Auf allen vieren kroch Jegontmarten zum Schott. Die CINDERELLA bebte. Immer neue, harte Gravitationsstöße brachten die Neutralisatoren an den Rand des Zusammenbruchs. Der Kommandant begriff, dass die letzten Minuten des Schiffs angebrochen waren. Er erreichte das Schott und schob sich keuchend bis zum Antigravlift vor. Hier musste er sich festhalten, weil die Korvette hart erschüttert wurde. In der Zentrale explodierte etwas.

Jegontmarten zog sich mit letzter Kraft in den Liftschacht und ließ sich von dem abwärts gepolten Feld nach unten tragen.

Er dachte an Doc Alahou und seine Aussagen über das Schwarze Loch. Da war irgendetwas von Raum und Zeit und Kausalität gewesen. Der Astronom hatte gemeint, je näher ein Objekt dem Ereignishorizont eines Black Hole käme, desto mehr wichen die physikalischen Gesetze von dem ab, was im Normalraum galt. Konnte sich die Kausalität wirklich verschieben?

Jegontmartens Geist umnebelte sich.

Konnte ein Mann tot umfallen, bevor ihn die tödliche Kugel getroffen hatte?

Der Major streckte die Arme aus und fing sich ab. Er kletterte aus dem Liftschacht und blieb erschöpft auf dem Boden liegen, aber nicht lange. Der Schwerkraftvektor kippte, und Jegontmarten rollte schreiend in einen Gang hinein, der plötzlich zu einem senkrecht in die Tiefe führenden Schacht geworden war. Als er etwa zehn Meter tief gefallen war, kippte die Bewegung erneut. Der Major rutschte noch mehrere Meter weit über den Boden, bis er sich an einem offenen Türschott festhalten konnte.

Als er den Kopf hob, sah er den Transmitter. Er war eingeschaltet. Verlockend wie die Erlösung von allen Qualen erschien ihm das Transportfeld, das ihn an ein Schwarzes Loch erinnerte.

Jegontmarten hörte, wie die Schiffszelle eingedrückt wurde. Hoch über ihm zersplitterten die ultraharten Versteifungen wie Glas. Er schrie und presste die Hände auf die Ohren, weil er den Lärm nicht ertragen konnte.

Wie weit war es noch bis zum Ereignishorizont des Schwarzen Lochs, bis zu jener Grenze, von der an es mit absoluter Sicherheit keine Rückkehr mehr gab? Eine Lichtminute? Einige tausend Kilometer? Eine Minute? Nur Sekunden? Was zählte überhaupt in der Nähe des Black Hole? Gab es Zeit noch?

Der Antigrav fiel aus. Damit wurde die volle Schwerkraft des unsichtbaren Sterns wirksam.

Tontro Jegontmarten kreischte auf. Er hatte das Gefühl, auf einem Streckbett zu liegen. Etwas zog ihn mit unwiderstehlicher Gewalt in die Länge. Die Schmerzen waren unerträglich, aber er verlor das Bewusstsein nicht. Er erlebte bei klarem Verstand, wie er durch die Luft wirbelte und in das Transportfeld des Transmitters hineingeschleudert wurde.

Tontro Jegontmarten breitete die Arme aus. Er verlor wegen der Schmerzen die Kontrolle über sich. Seltsamerweise blieb ein Zeitgefühl, das er nie zuvor bei einem Transmittersprung gehabt hatte. Er schien durch die Äonen zu schweben, während sein Körper in Tausende von Bruchstücken zerrissen wurde.

Unvermittelt stürzte er in einen hellen Raum. Er fiel auf den Boden, stemmte sich aber sofort mit aller Kraft, über die er noch verfügte, hoch. Er blickte auf seine Hände hinab und sah, dass sie alt und zerfurcht waren. In Sekunden war er um Jahrzehnte gealtert.

Mühsam hob er den Kopf.

Der Schock tötete ihn fast – und mit einem Mal begriff er.

Er war durch die Zeit geschleudert worden. Die unbegreiflichen Kräfte des Black Hole hatten die Zeit überwunden und ihn in die Vergangenheit geschleudert, durch den einzigen Transmitter, den es in dieser Zeit gab und der durch seine Hyperkomrufe aktiviert worden war.

Vor ihm standen der Erste Offizier der CINDERELLA Eckrat Birtat und May Ennis. Er erkannte beide sofort.

Birtat kniete vor ihm nieder. Jegontmarten krallte seine Hände in die Uniformjacke des Ersten.

»Kehrt um!«, keuchte er. »Die CINDERELLA darf nicht weiterfliegen. Altrak bringt uns allen den Tod.«

Sie verstanden ihn nicht. Ratlos blickten Birtat und May Ennis sich an, als hätte er eine vollkommen unbekannte Sprache benutzt.

»Umkehren!«, wiederholte er. »Nicht näher an das Schwarze Loch heran!«

Er presste seine Stirn auf den kühlen Boden und hörte Birtat und May miteinander sprechen, aber er verstand sie nicht. Ihre Worte schienen vollkommen verdreht zu sein. Ihm wurde dunkel vor Augen.

Irgendwann später kam er noch einmal zu sich. Eckrat Birtat war bei ihm. Tontro Jegontmarten wiederholte seine Warnung, aber der Erste Offizier verstand ihn wiederum nicht. Jegontmarten akzeptierte, dass er seinen letzten Kampf verloren hatte. Seine Kraftreserven waren aufgebraucht. Plötzlich fühlte er sich unendlich leicht. Sein Kopf fiel nach hinten. Dann wurde es endgültig dunkel um ihn.

Die CINDERELLA überschritt den Ereignishorizont des rotierenden Schwarzen Lochs ohne ihren Kommandanten. Die Schiffszelle kollabierte. Innerhalb von Sekundenbruchteilen pressten die unvorstellbaren Gewalten im Innern des Black Hole die Korvette zu einem Klumpen zusammen, der kleiner war als der Kopf einer Stecknadel und noch kleiner wurde, je näher er dem Zentrum kam.

Eckrat Birtat schloss den Helm und überzeugte sich davon, dass die anderen Männer der CINDERELLA sich weit genug von der Kontrollstation entfernt hatten. Dann schaltete er das Fluggerät ein und stieg bis in eine Höhe von etwa fünfzig Metern auf. Sorgfältig zielte er auf das Patronenbündel, das er gerade noch sehen konnte. Er schoss und beschleunigte. Unter ihm schien Altrak aufzubrechen. Eine Stichflamme zuckte aus der Kontrollstation, und die Druckwelle schleuderte ihn weit über das Land hinaus. Er brauchte geraume Zeit, bis er seinen Sturz unter Kontrolle gebracht hatte, dann ließ er sich absinken und blickte aus sicherer Entfernung zu dem fassförmigen Gebilde zurück, das über das Black Hole wachte. *Diogenes' Fass* hatte keine stabile Hülle mehr. In der Wandung bildeten sich zahlreiche Ausbeulungen und Vertiefungen, und das Fass selbst schien in sich zusammenzusinken wie zähflüssiges Wachs. Birtat jubelte. Nun erhielt die CINDERELLA doch noch ihre Chance.

Aus der Kontrollstation schlugen Flammen, ein Teil des Bodens verwandelte sich in flüssige Glut.

»Wir haben es geschafft, Doc!«, rief Birtat. Er sah die anderen Männer hinter einem Hügel hervorkommen, hinter dem sie Schutz gesucht hatten.

»Blicken Sie lieber mal nach oben«, riet Peta Alahou.

Sieben keloskische Raumschiffe sanken herab.

Der Offizier beschleunigte in Richtung von Alahou und den anderen. »Wir müssen verschwinden!«, rief er und zeigte nach Westen auf bewaldetes Gebiet. Doch bevor die Gruppe sich in Bewegung setzen konnte, hingen die Schiffe bereits über ihnen, und rötlich flimmernde Energiewände bildeten einen weiten Kessel, aus dem es kein Entkommen geben konnte. Berit Jaffa versuchte es dennoch. Er stieg mit dem Fluggerät bis in mehrere hundert Meter Höhe auf und wandte sich nach Südwesten. Als er die Energiebarriere fast erreicht hatte, blitzte es bei einem der plumpen Raumschiffe auf. Der Energiestrahl tötete Jaffa.

Als auch Somo Eys flüchten wollte, hielt Doc Alahou ihn fest. »Es hat keinen Sinn, Somo«, sagte er, »wir müssen warten.«

»Die bringen uns um, Doc.«

»Vielleicht. Wir werden mit ihnen reden.«

Zunächst zeigten die Kelosker keine Neigung, mit den Terranern Kontakt aufzunehmen. Sie kamen zu Hunderten aus ihren Raumschiffen hervor und tanzten auf *Diogenes' Fass* zu, während von den Raumschiffen blaue Energiezungen zu dem Objekt ihrer Verehrung hinüberschlugen.

»Sie versuchen, den Zusammensturz zu verhindern«, behauptete Birtat. »Aber das Ding ist hin, jede Wette.«

Sie beobachteten das Geschehen, ohne sich erklären zu können, was die Kelosker zu ihrem Verhalten veranlasste. Man wusste mittlerweile, dass die Fremden hochintelligente Lebewesen waren, die eine übergeordnete Technik beherrschten. Wie passte das mit ihrem Tanzgebaren zusammen, das eher von Primitiven zu erwarten gewesen wäre?

Doc Alahou merkte plötzlich, dass ihm etwas die Brust umklammerte. Vergeblich bäumte er sich dagegen auf.

»Was ist los mit Ihnen, Doc?«, fragte Birtat besorgt.

»Sie holen mich.« Der Astronom schlug wütend um sich.

Die Kelosker hatten ihn in ein unsichtbares Energiefeld gehüllt und zogen ihn zu einem der Raumschiffe. Alahou gab es rasch auf, sich dagegen zu wehren.

Er wurde in einer Schleuse abgesetzt. Der Druck wich von seiner Brust. Er fühlte sich freier, gab aber der Versuchung nicht nach, zu fliehen. Vielmehr wartete er. Nur wenige Minuten verstrichen, dann erschien ein Kelosker. Alahou wich unwillkürlich zurück.

»Bleib!«, befahl der Fremde. »Was habt ihr getan? Ihr habt das Altrakulfth zerstört.«

»Was blieb uns anderes übrig?«, antwortete der Astronom. Ein Translator ermöglichte die Verständigung zwischen ihm und dem Kelosker. »Ihr habt unser Schiff in das Schwarze Loch geschleudert, oder ihr wollt es tun. Wenn wir dass verhindern wollen, müssen wir dieses Altrakulfth ausschalten.«

»Ihr wisst nicht, was ihr tut. Das Schiff existiert nicht mehr. Es ist im Schwarzen Loch verschwunden. Aber damit wird es sich nicht zufrieden geben.«

»Unsinn«, entgegnete Doc Alahou. »Dies ist ein Black Hole wie viele andere, aber kein lebendes Wesen, das Emotionen kennt. Es kann nicht zufrieden oder unzufrieden sein. Das ist unmöglich.«

»Ihr wisst nichts«, stellte der Kelosker zornig fest. Seine Stimme wurde lauter. »Dennoch habt ihr zerstört, blind und ohne nachzudenken.«

»Dabei haben wir euch den Vortritt gelassen. Ihr habt ebenfalls keine Fragen gestellt, sondern sofort geschossen.«

Der Kelosker ging nicht auf den Vorwurf ein.

»Was ihr für ein Schwarzes Loch haltet, ist keins«, erklärte er. »Es ist das Nichts, das absolute Nichts. Es war einmal ein Schwarzes Loch, das wie ein gefräßiger Moloch die Galaxis Balayndagar vernichten wollte. Wir haben es mit siebendimensionaler Technik bezwungen und auf eine bescheidene Existenz beschränkt.«

»Was ist die siebte Dimension?«, fragte Doc Alahou.

»Die siebte Dimension ist das Nichts, das absolute Nichts. Das Nichts war es, was Balayndagar zu verschlingen drohte. Wir haben die Gefahr gebannt, indem wir das Altrakulfth bauten und mit Energiegittern der siebten Dimension ausstatteten.«

Alahou seufzte. Warum prallten seine Fragen an diesem Wesen ab? Warum gab es ihm nicht die Antworten, die er wirklich erwartete?

»Ich habe herausgefunden, dass es in dem Schwarzen Loch keinen schweren Kern mehr gibt. Ich vermute, dass der Raum so stark gekrümmt wurde, dass der Kern in ein anderes Universum geschleudert wurde.«

»Das ist richtig. Die Verzerrung des Raumes ist so stark, dass sie einen Schlund erzeugt hat, der eine Verbindung zu einem anderen Universum erschafft. Nicht nur die Zeit, sondern auch der Raum unterscheidet sich erheblich von dem, was ihr euch vorstellen könnt. Die Kausalität kehrt sich um. Deshalb ist es möglich, Energien für das Altrakulfth zu gewinnen, das die *Große Schwarze Null* bändigt.«

»Das Black Hole liefert Energien an eine Maschine, die es ermöglicht, seine eigene Existenz zu erhalten?« Peta Alahou schüttelte den Kopf. »Das begreife ich nicht.«

»Es ist logisch und klar. Aber du irrst dich, Terraner. Die Aufgabe des Altrakulfth ist nicht, die *Große Schwarze Null* zu erhalten.«

Doc Alahou blickte überrascht auf. Er empfand keine Furcht vor dem so fremdartig aussehenden Wesen, obwohl er wusste, dass ihm kein Ausweg mehr blieb.

»Nicht?«, fragte er. »Welche Aufgabe hat es dann?«

»Die *Große Schwarze Null* bedrohte die Galaxis Balayndagar. Sie bildete den Schlund, in dem alles zu versinken drohte. Deshalb bauten wir Kelosker zusammen mit dem Konzil das Altrakulfth. Es bändigte die *Große Schwarze Null* und verringerte sie auf ihre heutige Größe. Fällt das Altrakulfth aus, wird die *Große Schwarze Null* sich unvorstellbar weit ausdehnen, sie wird Tausende Sonnen in sich hineinreißen und schließlich die gesamte Galaxis vernichten. Nichts und niemand wird das verhindern können.«

Doc Alahou drehte sich erbleichend um. Er blickte zu *Diogenes' Fass* hinüber, das um seine Stabilität kämpfte und jeden Moment in sich zusammenfallen konnte.

Plötzlich verstand er in ganzer Konsequenz, wie schrecklich sie sich geirrt hatten. Ein Schwarzes Loch mit dem Durchmesser von einhundert Kilometern war schon ungeheuer groß. Es reichte aus, die Sonnenmassen von zigtausenden Gestirnen in sich aufzunehmen. Wie gigantisch mussten die Massen erst sein, die ehemals in dieses Schwarze Loch gestürzt waren, wenn der Kelosker wirklich die Wahrheit gesagt hatte?

Die *Große Schwarze Null* war kein Schwarzes Loch im astronomischen Sinn, sondern ein von den Keloskern mit Hilfe ihrer siebendimensionalen Technik umfunktioniertes Gebilde, das nur noch Ähnlichkeit mit einem Black Hole hatte und dieses mit seinen physikalischen Sondererscheinungen sogar übertraf. Deshalb war es zu Ereignissen gekommen, die scheinbar jeder Logik entbehrten, die widersinnig und völlig unerklärlich gewesen waren, die aber dennoch den Gesetzen der keloskischen Technik und Physik entsprachen.

Doc Alahou wandte sich wieder dem Kelosker zu. »Ich erkenne, dass wir schwere Fehler gemacht haben«, erklärte er. »Wir wollen uns dafür entschuldigen, obwohl ich auch weiß, dass sich dadurch nichts mehr ändert. Aber das alles wäre nicht geschehen, hättet ihr Kelosker auf unsere Kommunikationsbemühungen nicht so beharrlich geschwiegen.«

»Geh zu deinen Freunden zurück.«

»Was wird mit uns geschehen?«

»Das hängt davon ab, ob es uns gelingt, das Altrakulfth zu retten.«

»Und was ist, wenn es nicht glückt?«

»Das werdet ihr erleben.«

Doc Alahou wurde von einer unsichtbaren Faust getroffen. Sie warf ihn aus der Schleuse. Vor dem Schiff stürzte er zu Boden. Er sprang sofort wieder auf und wandte sich dem Kelosker zu, doch dieser war bereits verschwunden. Das Schleusenschott hatte sich geschlossen. Alahou kehrte zu Birtat und den anderen zurück.

»Was wollte er von Ihnen, Doc?«, fragte der Erste Offizier.

Der Astronom wartete mit seiner Antwort, bis alle zuhörten. Dann berichtete er.

»Sie haben selbst Schuld«, sagte Birtat hitzig. »Verdammt, sie mussten uns nicht zusammenschießen, nur weil einer von uns einen Stein in das Altra…, na, Sie wissen ja, in das Ding da geworfen hat.«

»Altrakulfth.«

»Na schön.«

»Es ist nun mal geschehen. Jetzt ist nichts mehr zu ändern.«

»Was machen wir?«, fragte Birtat.

»Wenn sich die *Große Schwarze Null* tatsächlich so ausweitet, wie der Kelosker behauptet, verschlingt sie Altrak und die rote Sonne«, sagte Birtat. »Mensch, Doc, glauben Sie wirklich, die Kelosker sind so beschränkt, dass sie hier bleiben, wenn eine solche Gefahr besteht?«

»Ich glaube überhaupt nichts mehr«, antwortete der Astronom. »Es ist keineswegs gesagt, dass dieser Planet und die Sonne in die *Große Schwarze Null* stürzen müssen. Das System bildet wegen der Einflussnahme der Kelosker eine Ausnahme. Ich wäre nicht überrascht, wenn zunächst die halbe Galaxis in der *Großen Schwarzen Null* verschwände und erst ganz am Schluss diese Sonne.«

»Achtung. Da tut sich einiges!«, rief einer der Männer.

Alahou blickte an *Diogenes' Fass* hoch. Die riesige Maschine sank deutlich in sich zusammen. Doch dann stabilisierte sie sich wieder.

»Sie schaffen es!«, brüllte Eckrat Birtat euphorisch. »Sie schaffen es! Das Fass wird wieder größer.«

Tatsächlich blähte *Diogenes' Fass* sich wieder auf. Es wurde wieder so hoch, wie es vorher gewesen war. Doc Alahou fühlte sich dennoch nicht erleichtert. Er hatte das seltsame Gefühl, dass die Gefahr noch lange nicht vorbei war.

Eckrat Birtat hieb ihm wuchtig die Hand auf die Schulter. »Doc, alles ist okay.«

»Halten Sie den Mund.«

»Was ist los mit Ihnen? Drehen Sie durch?«

Peta Alahou wies nach oben. Seine Blicke glitten über die schillernde Metallwand, in der deutliche Risse entstanden.

»Sehen Sie doch selbst, Eckrat. *Diogenes' Fass* bricht zusammen!«

Die Kelosker, die bisher um das Gebilde herumgetanzt hatten, gaben Schreckensschreie von sich. Mit einer Geschwindigkeit, die ihnen keiner der Terraner zugetraut hätte, liefen sie zu den Raumschiffen zurück.

»Und wir?«, schrie Birtat. »Wo bleiben wir?«

»Fluggeräte benutzen! Schnell weg, so weit wie möglich!«

Die Energieschirme fielen. Die Schleusen schlossen sich hinter den letzten Keloskern. Alahou schaltete sein Fluggerät hoch. Er schloss den Helm. Mit ausgestreckten Armen raste er dicht über dem Boden dahin.

Flammen schlugen aus den Unterseiten der Raumschiffe. Sand, Staub und Pflanzenteile wirbelten auf. Die Raumer der Kelosker hoben sich nur wenig an und strebten in niedriger Höhe von *Diogenes' Fass* weg, deutlich bemüht, einen größeren Abstand zu gewinnen.

Alahou warf sich auf den Rücken herum. Er blickte zu *Diogenes' Fass* hinüber. Noch stand das unglaubliche Gebilde. Als der Astronom aber etwa zweihundert Meter entfernt war, implodierte es und stürzte rasend schnell in sich zusammen. Die schimmernde Metallfläche verschwand von einer Sekunde zur anderen. Dafür sah Alahou nur noch etwas Schwarzes, das zunächst ungeheuer groß und hoch war, sich dann aber so schnell verdichtete, dass er dem kaum folgen konnte. Zugleich spürte er einen zunehmenden Sog.

Er sah einen kleinen Felskessel unter sich, in dem er Schutz zu finden hoffte. Er ließ sich fallen und prallte hart auf. *Diogenes' Fass* war verschwunden, und der schwarze Ball ... Entsetzt begriff Alahou, dass ein kleines Schwarzes Loch entstanden war. Mit einem Mal wurde ihm auch klar, weshalb die Kelosker sich panikartig entfernt hatten. Die Raumschiffe bildeten nun einen Ring, der einen Durchmesser von etwa zehn Kilometern hatte. Blassrote Energiestrahlen bildeten siebzehn Brücken zu dem schwarzen Ding. Sie hielten es fest, da es sonst zum Mittelpunkt des Planeten stürzen musste. Die Folge wäre gewesen, dass es Altrak von innen heraus aufgefressen hätte.

Während ungeheure Gravitationskräfte ihn packten, während er beobachtete, dass Sandmassen, Gestein, Bäume und die Männer, mit denen er nach Altrak gekommen war, mit unfassbarer Gewalt in das winzige Schwarze Loch gerissen wurden, registrierte er, dass die Kelosker sich bemühten, ein Vakuum um das schwarze Ding aufzubauen, um es wirksam gegen seine Umgebung zu isolieren.

Alahou klammerte sich mit aller Kraft fest, doch die Felsen hielten dem Sog der Gravitation nicht stand. Sie rutschten auf das schwarze Ding zu. Vergeblich versuchte der Astronom, sich mit dem Fluggerät zu retten. Ihm erging es nicht anders als den Gefährten. Sich überschlagend, wirbelten sie dem Nichts entgegen.

Die kosmischen Gewalten lösten ihn in Moleküle auf, aber auch diese Bruchstücke waren noch zu groß. Sie wurden zu Atomen zersprengt, die wiederum noch gigantisch in ihrem Volumen im Verhältnis zu dem waren, was schließlich das Ding erreichte. Die Elektronen drangen in den Atomkern ein. Protonen verwandelten sich in Neutronen, und alles verdichtete sich so sehr, dass es schließlich nicht einmal ein Milliardstel des ursprünglichen Durchmessers behielt.

Die Kelosker kämpften tagelang mit dem winzigen Schwarzen Loch, dann stabilisierte es sich.

Tanzend verließen die so plump wirkenden Wesen ihre Schiffe, tanzend umgaben sie das Ding, das schwarz und unheimlich in einem Vakuum dicht über der leer gefegten Oberfläche von Altrak hing.

Die Schwerkraft war gebändigt. Vorerst.

ENDE

Perry Rhodan-Buch Nr. 83

KAMPF UM DIE SOL

erscheint im September 2003

Perry Rhodan

Zyklus »Die Dritte Macht«

Band 1
Die Dritte Macht
ISBN 3-8118-0647-5

Band 2
Das Mutanten-Korps
ISBN 3-8118-0649-1

Band 3
Der Unsterbliche
ISBN 3-8118-0658-0

Band 4
Der kosmische Lockvogel
ISBN 3-8118-0667-X

Band 5
Vorstoß nach Arkon
ISBN 3-8118-0676-9

Band 6
Der Robotregent
ISBN 3-8118-0680-7

Zyklus »Atlan und Arkon«

Band 7
Atlan
ISBN 3-8118-2001-X

Band 8
Festung Atlantis
ISBN 3-8118-2011-7

Band 9
Das rote Universum
ISBN 3-8118-2014-1

Band 10
Thora
ISBN 3-8118-2015-X

Band 11
Der Fall Kolumbus
ISBN 3-8118-2018-4

Band 12
Der Anti
ISBN 3-8118-2022-2

Zyklus »Die Posbis«

Band 13
Der Zielstern
ISBN 3-8118-2024-9

Band 14
Rhodans Sohn
ISBN 3-8118-2027-3

Band 15
Mechanica
ISBN 3-8118-2028-1

Band 16
Die Posbis
ISBN 3-8118-2029-X

Band 17
Die Hundertsonnenwelt
ISBN 3-8118-2030-3

Zyklus »Das 2. Imperium«

Band 18
Hornschrecken
ISBN 3-8118-2031-1

Band 19
Das zweite Imperium
ISBN 3-8118-2032-X

Band 20
Kampf gegen die Blues
ISBN 3-8118-2033-8

Zyklus »Meister der Insel«

Band 21
Straße nach Andromeda
ISBN 3-8118-2035-4

Band 22
Schrecken der Hohlwelt
ISBN 3-8118-2036-2

Band 23
Die Maahks
ISBN 3-8118-2037-0

Band 24
Die Para-Sprinter
ISBN 3-8118-2038-9

Band 25
Brennpunkt Andro-Beta
ISBN 3-8118-2039-7

Band 26
Kontrollstation Modul
ISBN 3-8118-2040-0

Band 27
Andromeda
ISBN 3-8118-2041-9

Band 28
Lemuria
ISBN 3-8118-2043-5

Band 29
Der Zeitagent
ISBN 3-8118-2044-3

Band 30
Bezwinger der Zeit
ISBN 3-8118-2045-1

Band 31
Pakt der Galaxien
ISBN 3-8118-2046-X

Band 32
Die letzte Bastion
ISBN 3-8118-2047-8

Zyklus »M 87«

Band 33
OLD MAN
ISBN 3-8118-2048-6

Band 34
Die Kristallagenten
ISBN 3-8118-2049-4

Band 35
Magellan
ISBN 3-8118-2050-8

Band 36
Die Zeitpolizei
ISBN 3-8118-2052-4

Band 37
Arsenal der Giganten
ISBN 3-8118-2053-2

Band 38
Verschollen in M 87
ISBN 3-8118-2054-0

Band 39
Paladin
ISBN 3-8118-2055-9

Band 40
Dolan-Alarm
ISBN 3-8118-2056-7

Band 41
Die Konstrukteure des Zentrums
ISBN 3-8118-2057-5

Band 42
Das Zeitkommando
ISBN 3-8118-2060-5

Band 43
Spur zwischen den Sternen
ISBN 3-8118-2062-1

Band 44
Alarm für die Galaxis
ISBN 3-8118-2063-X

Zyklus »Die Cappins«

Band 45
Menschheit am Abgrund
ISBN 3-8118-2064-8

Band 46
Der Todessatellit
ISBN 3-8118-2065-6

Band 47
Die Cappins
ISBN 3-8118-2066-4

Band 48
Ovaron
ISBN 3-8118-2067-2

Band 49
Welten in Angst
ISBN 3-8118-2068-0

Band 50
Gruelfin
ISBN 3-8118-2069-9

Band 51
Vasall der Mächtigen
ISBN 3-8118-2070-2

Band 52
Exil im Hyperraum
ISBN 3-8118-2071-0

Band 53
Die Urmutter
ISBN 3-8118-2072-9

Band 54
Finale für Pluto
ISBN 3-8118-2073-7

Zyklus »Der Schwarm«

Band 55
Der Schwarm
ISBN 3-8118-2074-5

Band 56
Kampf der Immunen
ISBN 3-8118-2075-3

Band 57
Das heimliche Imperium
ISBN 3-8118-2077-X

Band 58
Die Gelben Eroberer
ISBN 3-8118-2078-8

Band 59
Herrscher des Schwarms
ISBN 3-8118-2079-6

Band 60
Die Cynos
ISBN 3-8118-2080-X

Band 61
Terra im Brennpunkt
ISBN 3-8118-2081-8

Band 62
Götzendämmerung
ISBN 3-8118-2082-6

Band 63
Das Tabora
ISBN 3-8118-2083-4

Zyklus »Die Altmutanten«

Band 64
Die Stimmen der Qual
ISBN 3-8118-2084-2

Band 65
Die Altmutanten
ISBN 3-8118-2085-0

Band 66
Kampf der Paramags
ISBN 3-8118-2086-9

Band 67
Die Para-Bank
ISBN 3-8118-2087-7

Zyklus »Das Kosmische Schachspiel«

Band 68
Anti-Universum
ISBN 3-8118-2088-5

Band 69
Die Hyperseuche
ISBN 3-8118-2089-3

Band 70
Gehirn in Fesseln
ISBN 3-8118-2094-X

Band 71
Das Erbe der Yulocs
ISBN 3-8118-2095-8

Band 72
Kontakte mit der Ewigkeit
ISBN 3-8118-4050-9

Band 73
Schach der Finsternis
ISBN 3-8118-4051-7

Zyklus »Das Konzil«

Band 74
Konzil der Sieben
ISBN 3-8118-4052-5

Band 75
Die Laren
ISBN 3-8118-4053-3

Band 76
Raumschiff Erde
ISBN 3-8118-4054-1

Band 77
Im Mahlstrom der Sterne
ISBN 3-8118-4055-x

Band 78
Suche nach der Erde
ISBN 3-8118-4056-8

Band 79
Spur des Molkex
ISBN 3-8118-4057-6

Band 80
Menschheit am Scheideweg
ISBN 3-8118-4058-4

Spezialroboter T

Allgemeines:

Diese zweieinhalb Meter großen Roboter dienen als bewegliche Ableger der Hyperinpotronik SENECA an Bord des terranischen Fernraumschiffs SOL und stehen stetig mit ihr in Verbindung.
Aus psychologischen Gründen wurden beide Roboter als klobige, kastenartige Gebilde konstruiert und weisen viele Besonderheiten auf, wie zum Beispiel leuchtende Augen, Blinklampen, einen beweglichen Mund und manches mehr. Diese Eigenarten täuschen jedoch über die wahre Stärke von ROMEO und JULIA hinweg.
Beide verfügen über eine eigene Hochleistungspositronik und Sensoren zur Erfassung optischer, akustischer und energetischer Eindrücke. Ihre Bewaffnung besteht aus zwei im Körper verborgenen Multi-Energiestrahlern. Die widerstandsfähigen Ynkelonium-Terkonit-Stahlkörper werden durch HÜ- und Paratron-Schirme geschützt.

Technische Daten:

1. Leuchtauge (auch Scheinwerfer für Infrarot und Ultraviolett)
2. Beweglicher Mund mit Hochleistungslautsprechern bis in den Ultraschallbereich
3. Vollbeweg
4. Außenpro Desaktivi nur mit S zugänglic
5. Energies Desintegr
6. Herunter Blinklicht
7. Wartungs eigenem
8. Haftsohle
9. Mikrosen
10. Elektrom
11. Schwerkr
12. Gleichge
13. Kompakt
14. Federnde
15. Drehbare
16. Zusatzpo
17. Schutzsc
18. Energiefe Impulsste
19. Energiev
20. Energies Desinteg
21. Hyperfun
22. Notstrom
23. Minitrans Sprachen
24. Ortungsg
25. Augenlins